GOLDMANN

Buch

In der Militärakademie West Point scheint ein Geist umzugehen. Jedenfalls haben verschiedene Kadetten gräßliche Alpträume, in denen ihnen das Gespenst eines Soldaten aus dem Bürgerkrieg erscheint, und nur allzu schnell wird ihren Vorgesetzten klar, daß sie es hier nicht mit ein paar durchgedrehten Spinnern zu tun haben. Eine Untersuchungskommission wird eingesetzt: Drei Spezialisten der Psychologe Liam FitzDonnell, der Biophysiker Sam Bondurant und der Kadettenausbilder Track Dortmunder, allesamt Vietnamveteranen - sollen den mysteriösen Vorfällen auf den Grund gehen.

FitzDonnell, Bondurant und Dortmunder glauben nicht an Geister und wollen die übernatürlichen Phänomene wissenschaftlich angehen; bald aber müssen sie sich eingestehen, daß die geheimnisvollen Vorgänge nicht mit rationalen Mitteln zu erklären sind. Und dann stößt Sams Frau Maggie auf ein altes Buch über die Militärakademie und kommt einer hundertfünfzig Jahre zurückliegenden Katastrophe auf die Spur - einer längst vergessenen Geschichte von Wahnsinn, Schuld und Blut.

Das Grau der Hölle - ein okkulter Thriller in der Tradition von Peter Straubs *Geisterstunde.* »Ein angestaubtes Genre? Von wegen. So und nicht anders sollten Geistergeschichten heute sein.« *T.E.D. Klein*

Autor

Timothy R. O'Neill war Führer eines Platoons in Vietnam und Kommandeur einer Panzerdivision. Er studierte Psychologie an der Universität von Virginia und lehrt heute an der Militärakademie in West Point.

Timothy R. O'Neill

Das Grau der Hölle

Roman

Aus dem Amerikanischen
von Sibylle Schmidt

GOLDMANN VERLAG

Die amerikanische Originalausgabe erschien 1987 unter dem Titel
»Shades of Grey« bei Viking Books, New York

Für Mary Ellen

Umwelthinweis:
Alle bedruckten Materialien dieses Taschenbuches
sind chlorfrei und umweltschonend.
Das Papier enthält Recycling-Anteile.

Der Goldmann Verlag ist ein Unternehmen
der Verlagsgruppe Bertelsmann

Umschlaggestaltung: Design Team München
Umschlagfoto: Ernst Wrba, Sulzbach
Satz: All-Star-Type Hilse, München
Druck: Elsnerdruck, Berlin
Verlagsnummer: 8122
Lektorat: Sky Nonhoff
Redaktion: Regina Winter
Herstellung: Martin Strohkendl
Made in Germany
ISBN 3-442-08122-X

3 5 7 9 10 8 6 4 2

PROLOG

Samstag, den 20. Oktober, 3 Uhr 32

Anfangs war das Geräusch schwach, höher als die höchsten wahrnehmbaren Töne, dann wurde es tiefer, es kamen weitere Töne hinzu. Sie begannen in der Stille vor der Dämmerung, kamen mit der Kälte, mit dem Eis, das über die Fenster kroch, in die Rohre, das in allen Ecken nach den leblosen Dingen forschte. Das Geräusch war erst fern, dann so nah wie die Fensterscheiben, die rasselnd in die anschwellenden tiefen Töne einstimmten.

Zarte Eisblumen krochen vom Rand des Fensters nach innen, ganz allmählich, bis nur noch kleine Flächen unbedeckt waren, die kalten Flutlichter von den neuen Kadettenunterkünften auf der anderen Seite des Exerzierplatzes nur noch gedämpft durch das Glas drangen, und die Schatten über Barstows Bett verschwammen.

Barstow wehrte sich gegen den Traum, diesen Traum, der ihm so vertraut war; er wußte, daß es ein Traum war, aber das Wissen hatte nichts Tröstliches. Er spürte die Kälte, hörte das Beben des Fensterrahmens und gab ein leises Wimmern von sich.

Er brauchte lange, um sich dem Schlaf zu entwinden, aber nach einer Weile merkte er, daß er aus dem Traum in einen halbwachen Zustand übergegangen war, so sanft und abrupt zugleich, als sei er unmerklich durch einen Spiegel getreten. Der Traum schien ihm realer als der Wachzustand. Das Licht war trübe, die alltäglichen Merkmale des Raums wirkten fremd, und einen Moment lang glaubte er, Traum und Wirklichkeit seien auf bösartige Weise vertauscht worden, das Haus und die Frau seien real, dieser seltsame Raum dagegen Bestandteil eines Traums.

Es lag jedoch nur an seinen Augen, die sich erst an das Licht gewöhnen mußten, und als er sich auf die Seite rollte, verschwand der Dunst zwischen Carsons und seinem Bett allmählich, und das feine Lichtmuster, das durchs Fenster drang, ordnete den Dingen wieder Form und Platz zu.

Dann bewegten sich die Lichtmuster, langsam und ziellos, und Barstow erinnerte sich, wo er war, und eine Hoffnungslosigkeit, schrecklicher als die Angst, packte ihn, denn er wußte, was geschehen würde. Was jetzt geschehen würde, in der Stunde zwischen Erwachen und Licht.

Wie immer überfiel ihn zuerst das drängende Gefühl von Panik; er spürte die Kraft, die ihn erfaßte, ein sanfter, weicher, aber würgender Druck von solcher Macht, daß seine eigene Energie dagegen armselig und hilflos wirkte. Er wollte einen Ton von sich geben, aber sein Hals war zu eng; er versuchte sich zu bewegen, wie immer, aber da war dieses Gewicht, und seine eigene Energie wurde von jener unsichtbaren Kraft aufgesogen.

Am schlimmsten war, daß ihn diese intensive Kraft völlig hilflos machte. Mit zehn Jahren war er einmal an einem gleißend hellen Sommertag der Aufsicht seiner Eltern entwischt und weit hinaus in die Brandung gepaddelt. Es war ein erregendes und kribbelndes Gefühl gewesen, nicht mehr stehen zu können im Wasser. Dann hatte er eine Bewegung gespürt, ein leichtes Kräuseln der Wasseroberfläche, und etwas hatte sein Bein gestreift, etwas Unsichtbares. Er war in Panik geraten und fast ertrunken, und noch heute schnürte sich ihm der Hals zusammen, wenn er die Gegenwart von Dingen spürte, die sich seinem Blick entzogen. Auch jetzt geschah das wieder. Er lag auf der Seite, und der Auslöser des Drucks, die allumfassende Kraft, war über ihm.

Dann, wie immer, ließ die Panik nach. Das kannte er schon. Am Anfang war er nicht bereit dafür, aber schließlich nahm er seinen Mut zusammen und sagte in Gedanken: Ja, ich spüre dich, ich kenne dich, ich heiße dich willkommen.

Und, wie jedesmal, spürte er die unausgesprochene Antwort.

Die Traurigkeit war da, in Gestalt dieser schrecklichen Lähmung, dieses behutsamen, unbezwingbaren, besitzergreifenden Drucks. Die Traurigkeit und die endlose, abgrundtiefe Müdigkeit. Ich kenne dich.

Er spürte jedoch auch den Zorn, aus einer anderen Richtung, aber in der Nähe, wie immer; und in seinem Halbschlaf sah er ihn als flatternden Vogel, böse und aufgebracht über den gütigen Schatten, der ihn festhielt. Er wußte, daß er nicht nach ihm suchte, dieser rasende, unbeschreibliche Zorn; aber er erschreckte ihn.

Und wie immer spürte er die Angst. Nicht seine. Die winzige Angst, die herumschlich und sich in den Schatten verbarg. Sie war immer da, betrachtete still die Traurigkeit, verkroch sich vor dem Zorn.

Mit ungeheurer Willensanstrengung – er war jetzt wacher – drehte er sich auf den Rücken. Er hatte sich nicht gegen die Kraft wehren müssen; wie immer hatte sie ihm erlaubt, sich zu bewegen. Nur das, nicht mehr. Es wurde immer besser, wenn er sie sehen konnte. Und sie war da, wie immer, still, wachsam, fern.

Barstow blickte zurück, und das kalte Licht spiegelte sich in seinen Augen, in denen plötzlich Tränen standen. Es war ein bleiches Licht, traurig und kalt und unglaublich fern. Gab es ein Erkennen? Er wußte es nie sicher. Nur die Spiegelung einer Spiegelung.

Aber heute nacht war da noch etwas anderes; nicht das rasende Zornige, nicht das Jämmerliche, das sich verbarg, nicht der traurige Späher im Dunkeln. Es kam nicht oft, war beinahe nicht wahrnehmbar, ein Schatten hinter den Schatten. Es brachte keine Angst, keine Traurigkeit, keinen Zorn für ihn. Es war gefaßt, nur sich selbst bekannt. Doch Barstow wußte, könnte er es sehen, würde auch das Ende sichtbar.

Dann, wie immer, sammelte sich die traurige Gestalt und wandte sich um – ein letzter Blick? Und schließlich die Lichter, sie tanzten und wirbelten zum Abschied und folgten ihm zu irgendeinem Gebieter, und Barstow spürte zum ersten Mal eine Ahnung von einem Ende, von einer Veränderung. Etwas würde geschehen. Es gab keine ausgesprochene Mitteilung, nur ein erwartungsvolles Gefühl, als näherte sich das endlose, geduldige Ausharren seinem Ende. Und nun war die Zeit fast gekommen.

Als die letzten Lichter verschwunden waren, spürte Barstow die Kälte, setzte sich auf seinem Bett auf, in der Ecke des Alkovens. Er wandte sich dem Fenster zu, zählte die Scheiben laut, zählte sie nochmals, dann ein drittes Mal, als ob die vertraute Aufzählung ihn wieder in einer ihm bekannten Welt verankern könne.

Er zog sich seine grüne Decke über die Schultern. Die Stille war zurückgekehrt. Draußen auf dem Exerzierplatz hörte er das schnelle, knappe Klacken der Absätze, als der Offizier vom Dienst von einem Wachgang zur Wachstube zurückkehrte. Das vertraute Geräusch verstärkte sein Gefühl der Verlassenheit.

Er lehnte den Kopf an die kalte Wand. Etwas wird geschehen.

Carson, auf der anderen Seite des Alkovens, schlief. Barstow hatte schwer geatmet, um das Gefühl von Bedrängnis zu vertreiben, das immer noch anhielt; jetzt nahm er sich zusammen, um seinen Zimmergenossen nicht zu wecken. Das erleuchtete Zifferblatt der Uhr auf Carsons Tisch zeigte drei Uhr zweiundvierzig an. Aber für Barstow war die Nacht zu Ende. Es konnte ein langes Warten werden. Ein einsames Warten. Sein einziger Weggefährte war die Stille. Carson hörte ihm nicht mehr zu. Der Kommandeur der Kompanie glaubte ihm nicht, hatte Barstow angeschaut, als habe er einen Verrückten vor sich. Was konnte er ihnen auch sagen?

Drei Uhr fünfundvierzig.

Was hatte er heute nacht gesehen? Bis heute nacht war es immer dasselbe gewesen, seit fast einem Monat dasselbe. Nie waren Worte gefallen, immer war da nur die stärker werdende Kraft des anderen gewesen, das flüchtige Gefühl eines herannahenden Moments, etwas, auf das sich zu warten lohnte.

Drei Uhr siebenundvierzig.

Er starrte zum Fenster und wartete auf das Licht.

1

SAM

Verfluchtes Volk! Was untersteht ihr euch?
Hat man euch lange nicht bewiesen:
Ein Geist steht nie auf ordentlichen Füßen?

GOETHE

1

Abgesehen von seinem trockenen und reizbaren Naturell unterschied sich Sam Bondurant von seinen Kollegen durch die Tatsache, daß er häufig nachdachte. West Pointer sind von Natur aus Macher, keine Denker, und wenn sie auf einen Burschen stoßen, der reglos und inaktiv in seinem Büro hockt und behauptet zu »denken«, neigen sie dazu, etwas vor sich hin zu grummeln wie: Ich wünschte, ich hätte auch so viel Zeit zu vertrödeln. Von Anfang an werden sie darauf trainiert, Handeln für wichtiger als Nachdenken zu halten, und wenn die Handlung sich als falsch erweist, waren sie zumindest noch angriffslustig, was als wünschenswerter Zug betrachtet wird. Sam verzieh ihnen ihren Tatendrang, und sie verziehen Sam seine Trägheit.

Aber Sam war auch kein »Grad«. Damit meinen wir, daß er nicht in West Point graduiert wurde, obwohl West Pointer durchaus zugeben, daß sich das Wörtchen »graduiert« auch auf andere Ausbildungsbereiche beziehen kann. Zahlreiche Mitglieder des Lehrkörpers – vor allem die wechselnden, nicht festangestellten – waren »Non-Grads«. Sie wurden gelegentlich auch »Sternchen« genannt, weil sich früher vor ihren Namen auf den Stundenplänen ein kleiner Stern befunden hatte. Diese Unterscheidung ist natürlich kaum von tragender Bedeutung, denn sie waren alle Offiziere der Armee, und die aus Sams Generation waren alle in Vietnam graduiert worden, was alle Unterschiede verwischt hatte. Aber wenn man zu Sams Art von »Non-Grads« gehörte, blieb einem mehr Raum für Schrullen.

Sam selbst unterschied drei Sorten von Grads: jene, die den Nimbus des Kadetten nie mehr loswurden; jene, die zu Offizieren herangereift waren und sich dann, zum Entsetzen ihrer Frauen, wieder in Kadetten verwandelten, sobald sie einen Lehrauftrag in West Point annahmen; und jene, die schon vor dem ersten Tag in den Beast Barracks reif waren und infolgedessen ihren ursprünglichen Charakter nicht veränderten. Diese Offiziere schätzte Sam am meisten, denn wenn sie auch nicht mutiger oder erfolgreicher sein mochten als ihre Kollegen, so hingen sie doch mehr an ihrer Unabhängigkeit als die anderen, denen diese nicht so am Herzen lag.

Track Dortmunder gehörte zu der letzten Sorte, und er demonstrierte seinen Individualismus an diesem Morgen, indem er grußlos Sams Büro betrat, sich abwandte, sein Koppelschloß öffnete und die grüne Uniformhose fallen ließ. Sam lehnte sich in seinem Bürosessel zurück und versuchte ein Pokerface aufzusetzen, während er sich die Szene ansah.

Sam und Track waren seit fünfzehn Jahren Freunde. Sie hatten 1969 im 1. Bataillon, 77. Panzerregiment, in und um Nui Con Thien, ganz im Norden der Republik Vietnam, gedient. Sam war Kommandeur der C-Kompanie gewesen, Track sein erster Zugführer. Der Bataillonskommandeur hielt Track für einen Irren und versetzte ihn als eine Art Geschenk des Bataillonsstabs zu Sams Kompanie, weil Sam ständig begabte Leute forderte. Sam wußte Bescheid über Track. Er *war* ein Irrer, aber die trockenen Kategorien des *Diagnostischen und Statistischen Handbuchs für Psychische Abweichungen* hatten bei den eigenartigen Lebensformen im Quang Tri von 1970 ihre Bedeutung längst verloren. Track war vollständig angstfrei und im Kampf hervorragend, und seine Truppen liebten ihn, weil er sich selbst nicht schonte, ihnen Bier ins Feld schmuggelte (mit Sams Einverständnis) und sie zum Lachen brachte. Offenbar hatte der Bataillonskommandeur andere Kategorien, mit denen er Führungsqualitäten beurteilte, denn er versuchte unentwegt, Tracks Karriere lahmzulegen. Es war jedoch Sams Aufgabe, die Beurteilung zu verfassen; der Bataillonskommandeur unterzeichnete nur, und als imagebewußter Mann wollte er sich nicht als Volltrottel erweisen, indem er Sams Einschätzung widersprach. Sam stellte Track als eine Inkarnation von Josua dar. Track war erfolgreich, und Tracks Männer waren erfolgreich; aber Sam wußte, daß ein Kommandeur zwar seine Männer als Einheit lieben kann, daß er jedoch ins Verderben läuft, wenn er einem einzelnen zuviel Aufmerksamkeit zukommen läßt. Männer neigen dazu, sich im Kampf zu vergessen, und ein Kommandeur kann sich nicht zu viele Löcher in seiner Rüstung leisten.

Eines Tages wurde Tracks Panzer von einer B-40-Rakete getroffen, und er kriegte eine volle Ladung Splitter ins Gesicht. Eine Kopfwunde sieht immer schlimmer aus, als sie ist, weil viel Blut über das Gesicht strömt. Track sah so verheerend aus, daß der Sanitäter die gefährlichere Brustwunde völlig übersah. Sam und der Sanitäter schleppten Track auf einer Trage zum Nothubschrauber und ließen ihre Last auf die Frachtfläche gleiten. Track sah übel aus, und Sam, ungeübt in der Abschiedsetikette in einer solchen Lage, fragte Track, ob er etwas für ihn tun könne. Track versuchte etwas zu keuchen, aber seine Worte gingen im Lärm des Helikopters unter. Sam beugte sich mit besorgter, einfühlsamer Miene zu ihm, und Track flüsterte: »Wär nett, einen geblasen zu kriegen.«

Track hatte einen Schutzengel, und seine und Sams Laufbahnen kreuzten sich nicht nur einmal. Sie besuchten 1975 gemeinsam das College für Stabsoffiziere in Fort Leavenworth, Kansas, und keiner außer den verblödeten Luschen von der Personalabteilung in der Militärverwaltung wunderte sich, als Sam auf die Universität ging und danach einen Lehrgang als Ausbilder in West Point absolvierte und Track ein Jahr später in derselben Abteilung auftauchte.

Sam schob seine Brille in Richtung Nasenspitze – die letzte Rettung des Kurzsichtigen, wenn er die bittere Welt nicht mehr ohne gnädige Nebel ertragen kann (und Tracks Kehrseite war kein erhebender Anblick). »Nun«, sagte Sam, »habe ich alles gesehen.«

»Gesehen vielleicht«, sagte Track und schloß seine Hose, »aber gehört hast du noch nicht alles. Wart's nur ab.«

»Ich kenne diesen Gesichtsausdruck. Du bist nicht zum Quatschen hier, du willst was. Setz dich, ich hole Kaffee.« Sam nahm seine Tasse und ging hinaus.

Track setzte sich nicht, sondern inspizierte Sams Bücherregale. Einige Leute versuchten, Zugang zu Sams schwieriger Persönlichkeit zu bekommen, indem sie seine Bücher in Augenschein nahmen. Track war schlauer. Sam sammelte Bücher aus perversen Gründen. Er hatte ein ganzes Regal voller Schriften über Störungen im Sexualverhalten und kindliche Entwicklung. Sam hatte kein Interesse an sexuellen Störungen, und Kinder waren ihm gleichgültig, aber er hatte einmal in einem schwachen Moment bei einem psychologischen Buchclub unterschrieben, der einem das Buch des Monats zuschickte, bis man eine eidesstattliche Versicherung abgab, wozu, darauf spekulierte man dort, die meisten Abonnenten zu faul waren. Sam war zu faul, und die meisten Bücher des Monats beschäftigten sich mit Sextherapien oder kindlicher Entwicklung. Irgendwann hatte Maggie verkündet, daß diese Bücher in den Regalen zu Hause ihn aussehen ließen wie einen Päderasten und daß die verfluchten Dinger zu verschwinden hätten. Also hatte Sam sie ins Büro getragen, wo sie, ungelesen, neben Gewichtigerem ihren Platz fanden; und dank ihrer Unübersehbarkeit wurde Sam nun als Guru in puncto Sex und Kindheit betrachtet. Er hatte nicht einen dieser Bände gelesen, bastelte aber fleißig an seiner Legende, indem er die Bücher munter verlieh und den Leuten das Versprechen abnahm, sie wiederzubringen (in der Hoffnung, sie würden es nicht tun). Mehr über Sams Geschmack verrieten dagegen die Buchstützen am Ende des Regals, das seinen Lieblingsbüchern vorbehalten blieb: ein Australopithecus-Schädel aus Plastik und ein menschliches Gehirn in einem Glaskolben.

Track nahm das Gehirn und studierte es. Die Kadetten in Sams Psychobiologie-Kurs hatten es in saubere, flache Scheiben seziert, und das Formalin war verfärbt und trüb. Zum Unbehagen seiner Besucher sorgte Sam immer für besten Ausblick auf das Hirn. Er setzte es als Prüfungseffekt für zukünftige Studenten ein: Veränderungen in der Gesichtsfarbe deuteten meist auf Probleme im Labor hin. Der Leiter der Abteilung hatte sich mehr als einmal über das fürchterliche Ding beschwert, was dem Hirn lediglich einen garantierten Dauerplatz auf dem Regal eingebracht hatte. Track schwenkte das Konservierungsmittel ein wenig hin und her, um die trockene Oberfläche der Hirnrinde zu befeuchten. Der alte Sam und sein verfluchtes Hirn.

Sam kam mit einer Tasse frischen Kaffees zurück und lümmelte sich in seinen Bürosessel. Track stellte das Hirn wieder aufs Regal, setzte sich auf den Eckstuhl und grinste. »Guten Morgen, Sir. Was können Sie dem alten Track berichten?«

»Ich kenn dich gut genug, um nichts zu sagen, bevor ich nicht meine erste Tasse intus habe. Also, was treibt dich dazu, mir am Montag morgen den Arsch hinzuhalten?«

»Du mißverstehst mich. Ich bilde mich ökonomisch und pädagogisch weiter: Mein Kopf hielt Ausschau nach Kleingeld, und mein Arsch hatte Privatstunden in Astronomie.« Das war Tracks Art; großmäulige Grobheiten, mit einer versteckten Anspielung auf Aristophanes. Er hatte Spaß an Zuhörern, die über die Derbheit die Nase rümpften und nicht gebildet genug waren, den Witz zu kapieren. Sam kapierte ihn immer und ließ die Ferkeleien durchgehen, als Zeichen von Tracks Ignoranz gegenüber der Vereinbarkeit von Lehrer- und Soldatendasein.

»Ich bin im Bilde, daß du mich heute morgen gesucht hast«, sagte Sam, »und meistens machst du dir nicht die Mühe, es ein zweites Mal zu versuchen. Was kann ich für dich tun?«

»Einer der Kadetten hat ein winziges Problem. Bloß ein winziges, mickriges Problemchen.« Track stand auf und griff zu Sams Telefon. »Tatsache ist, ich finde, Liam sollte das auch mitkriegen.«

»Was«, sagte Sam, »könnte Liam und mich schon gemeinsam interessieren?« Liam FitzDonnell war Sams intellektuelle Nemesis. Er war außerordentlicher Professor für differentielle Psychologie, und seine Ausbilder hielten Kurse über Persönlichkeit, Beratung und Sozialpsychologie sowie Abweichungen vom Normalverhalten ab. Sam war außerordentlicher Professor für mathematische Psychologie und befaßte sich mehr mit den technischen Problemen, die sich zwischen Mensch und Maschine ergaben. Seine Werkzeuge waren Computer, Mikroskope und Kathodenstrahlenröhren. Liam betrachtete Sam als naiven Reduktionisten, für den der Blick durch das Mikroskop eine spezielle Version von Scheuklappen war. Für Sam war Liam ein Nachfahre der Shoshonen-Medizinmänner.

Liam meldete sich an der Gegensprechanlage, und Track schlug ihm vor, doch den Flur entlang zu Sams Büro zu spazieren und sich etwas Interessantes anzuhören.

»Was«, sagte Liam, »könnten wohl Sam und ich gemeinsam interessant finden?«

»Geister, Liam. Spukgestalten, Gespenster, Nachtmahre, Pukas. Nein, Liam, ich weiß das nicht. Aber du. Deshalb rufe ich dich an.« Track legte sanft den Hörer auf. »Er ist unterwegs. übrigens, falls du es je wissen möchtest, Sam: Ein Puka ist kein scheiß Gespenst.«

»Natürlich nicht. Es ist ein keltischer Tiergeist, der den einen heimsucht und dann den anderen, und wie geht's denn so, Major Dortmunder?«

Liam stand im Flur und lehnte sich an den Türrahmen. Er war so groß wie Sam und ebenso schlaksig, aber seine Hände und Füße waren ungewöhnlich groß, und er hatte einen ruckartigen, steifen Gang, der das einzige äußerlich sichtbare Zeichen eines Streifens weicher verbrannter Haut zwischen seinem Kreuz und seinen Schulterblättern war. Seine Haare waren irisch-schwarz und wenig gepflegt, während Sams sandfarben und akkurat geschnitten waren. Wenn man von der gebrochenen Nase absah – Relikt einer Unbesonnenheit beim Erstlingsboxen, das er nie hatte ausbessern lassen, weil seine damalige, nun schon lange vergessene Freundin es niedlich gefunden hatte –, sah er aus wie ein Dichter. Er hatte eine sanfte, getragene Stimme, die wie die eines Dichters klang, jedoch im Gegensatz zu Sam keinerlei Neigung zur Ironie, und eine düstere, stille Intensität, an der Sams bissige Schnellfeuergewehrattacken unmerklich abglitten.

Sie waren beide fest in West Point angestellt und hatten ihre ursprünglichen Berufslaufbahnen (Sam war bei den Panzertruppen, Liam bei der Infanterie gewesen) hinter sich gelassen; der korrekte Ausdruck für sie war PAP, Permanente Außerordentliche Professoren. Im Gegenzug hatten ihre Betreuer bei den Panzertruppen und der Infanterie sie aufgegeben und betrachteten sie verächtlich als Schulmeister, die vor dem Soldatenberuf geflohen waren, um sich an der Militärakademie zu verkriechen. Wenn Sam und Liam überhaupt etwas gemein hatten, dann war es ihr Grund fürs Dableiben: Sie liebten beide West Point, obwohl Sam den Ort als »Steinwüste mit Klonen« bezeichnete und Liam sich gar nicht dazu äußerte.

Liam lächelte müde. »Geister, Track? Letzten Monat ist Patti wegen falsch verlegter Rohre aus der Haut gefahren. Und nun Kettengerassel auf dem Dachboden?«

»Nein, Liam, es ist nicht mein Geist, ich hab 'n besseren Geschmack. Dieser hier treibt sich in der 47. Division herum.« Die Divisionen hatten die älteren Kadettenunterkünfte bei der Turnhalle, seltsame, altmodische Gebilde, bei denen die Zimmer um Treppen herum angeordnet waren.

Liam kam herein und lümmelte sich in den Stuhl gegenüber Sam. Er war aufgrund seines Körperbaus und seiner Verletzungen unfähig, im üblichen Sinn des Wortes zu *sitzen*, so daß er seine Arme und Beine in seltsamen eckigen Verrenkungen arrangieren mußte. In seinen Augen lag nicht mehr der übliche Ausdruck von schläfrigem, undurchsichtigem Gleichmut. Vielmehr sah er Track mit verhaltenem Amüsement an, und das bedeutete bei Liam, daß er neugierig war. Er hat den Köder geschluckt, dachte Track, nur noch ein kleiner Ruck, dann sitzt er fest.

»Einer der Kadetten, die ich betreue, ist Kompanieführer der G-4-Kompanie. Er war am Samstag bei mir im Quartier, um das Spiel zu sehen, und er hat mir sozusagen vertraulich von dieser Sache erzählt.«

»G 4? Ist das Tetzler?«

»Tetzel, Sam. Jedenfalls hat er in der 47. Division diesen Knaben, dem die Knie schlottern und der sagt, er hat 'nen Geist in seiner Bude.«

Liam bewegte sich. »War da nicht schon vor Jahren mal was mit einem Geist dort drüben? Ein Freund von mir wohnte damals in der 47. Division.«

»Tja«, sagte Track, »69, nachdem du den Abschluß gemacht hast, liefen da ein paar komische Dinger, im selben Jahr, als die Frau vom Direktor wegen einem Geist im Keller ihres Quartiers nervös wurde. Ich war damals im ersten Jahr und im

3. Regiment, ich hab also nicht viel davon aus erster Hand mitgekriegt. Ich hatte zuviel damit zu schaffen, den Abschluß hinzukriegen, um mich mit Geistern abzugeben – zumindest solchen.« Liam lächelte.

Track war in seiner Kadettenzeit als munterer Lebemann bekannt gewesen, der es zu einem Rekord in Strafmärschen wegen exzessiven Trinkens gebracht hatte. Der Kommandeur war drauf und dran gewesen, Track rauszuwerfen, bis der General in einem berühmt gewordenen Gespräch den Fehler machte, hervorzuheben, daß Robert E. Lee in seinen vier Jahren nicht einen einzigen Verweis bekommen habe. Kadett Dortmunder hatte daraufhin bemerkt, daß man Lee auch nur als wackeren Verlierer in Erinnerung behalten habe. Der Kom war erbost gewesen, hatte aber gegen Tracks Logik nichts vorbringen können, da sie zusätzlich durch Grants derbe Umgangsformen gestützt wurde. Er hatte Track noch eine Chance gegeben, und wenn Tracks gesamtes Leben so ausgesehen hätte wie diese letzten Monate vor seinem Abschluß, hätte er einen Platz zu Gottes Rechter verdient. Nach dem Abschluß jedoch war er wieder zu alter Form aufgelaufen, und nachdem er die Grundausbildung zum Offizier in Fort Knox absolviert hatte, konnte sich sein Ruf durchaus mit dem von Packer Porter messen, der eine Mickey Maus auf das Zifferblatt an der Uhr an den East Barracks gemalt hatte, und mit dem von Charley Slade, der diverse Klassenkumpel und ihre weiblichen Begleitungen bei einem Picknick der Kompanie damit überrascht hatte, daß er seinen Schwanz in ein Glas Eingemachtes steckte. Inmitten von derlei Traditionen waren Geister wahrhaft blasse Schemen.

»Was ist damals mit den Geistern passiert?« fragte Sam, der als Non-Grad darauf angewiesen war, daß ihm die anderen die Geheimnisse der West Pointschen Sagenwelt offenbarten.

»Ich glaube, sie haben's aufgegeben, sich damit rumzuschlagen, als *Time* die Geschichte brachte; im übrigen war das direkt vor dem Navy-Spiel, und die Kacke war sowieso am Dampfen, da hatte keiner Zeit.«

»Ich war schon in Nam damals«, sagte Liam gedankenverloren, »aber ich glaube, ich kann mich erinnern, davon gehört zu haben. Haben sie nicht so eine Art Medium gerufen?«

»Wer?« fragte Sam. »Ich kann mir nicht vorstellen, daß irgendeiner im Haus 600 sich mit Löffelverbiegern abgibt.«

»Ich weiß nicht«, sagte Track. »Sie waren zu beschäftigt damit, mich rauszuwerfen, um mich um Rat zu fragen. Ich glaube, es gab da irgend 'ne Truppe von 'nem parapsychologischen Institut in New York. Dann ließen sie's fallen. Wir können es nicht lange ertragen, wenn man sich über uns lustig macht.«

»Aber du hattest jetzt von einem Kadetten gesprochen«, erinnerte ihn Liam.

»Ja, John Tetzel, der Nachsichtige« – Sam zog die Schultern ein – »Kompanieführer der G-Kompanie, 4. Regiment, zu dem die berüchtigte 47. Division gehört. Ich hab ihn gehegt, seit er einer der Jungspunde war, und er schaut ab und zu rein. Er ist ziemlich in Panik wegen dieser Sache hier, und er will noch nicht zu seinem Tak gehen deshalb.«

»Wer ist sein Tak?« fragte Sam. Der »taktische Offizier« ist ein Army Captain oder Major, der für eine Kadettenkompanie verantwortlich ist.

»Stu Broadnax.«

»Stu ist in Ordnung. Warum traut sich der Kleine nicht zu ihm?«

»Na, schau dir das mal aus Tetzels Blickwinkel an«, sagte Track. »Der Bursche sagt, da seien Geister. Dafür gibt's nur eine Handvoll Erklärungen. A, da sind wirklich Geister. B, der Kleine ist völlig irre, dann ist er hier im Handumdrehen raus. C, er lügt, dann ist er ebenso schnell raus. John will nichts übereilen.«

Liam lehnte sich zurück und bedachte Track mit einem nachdenklichen Blick. »Hat der Bursche intellektuelle Probleme?«

»Nein, glaube ich nicht. John hat nichts Derartiges erwähnt.«

»Disziplinäre Probleme?«

»Manchmal«, sagte John. »Überwiegend Kleinkram – Schmutz, Sachen schlecht präsentiert, der übliche weltbewegende Mist. Wird etwas zapplig unter Druck.«

Liam ließ nicht locker. »Kann der Kommandeur den Kleinen leiden?«

»Nein. Aber er hält ihn nicht für einen hoffnungslosen Fall.«

»Dann sollte er mit der Sache zum Tak und die Würfel fallen lassen, wie sie fallen.«

Track runzelte die Stirn. »Ich denke, er glaubt genug von der Geschichte, daß er nichts riskieren will.«

Sam ging raus, um sich noch Kaffee zu holen. Seine Sprechanlage piepte zweimal, und jedesmal nahm Track den Hörer ab und sagte kurz angebunden: »Er ist nicht da.« Liam war in Gedanken versunken. Die Geschichte ließ ihn nicht los; es war irgendwie dumm, als habe jemand seinen Seelenfrieden gestört, und er weigerte sich, diese Unruhe mit einem oberflächlichen Begriff zu versehen.

»Track«, sagte er schließlich, »mir gefällt die Sache nicht. Sag dem Kadetten, er soll damit zu seinem Tak gehen.«

»Warum?«

»Weil wir's hier mit einem Heranwachsenden unter psychischem Druck zu tun haben, und er sollte zum Beratungszentrum oder zu den zuständigen Psychologen.«

»Der Junge weigert sich, sagt John. Er glaubt, ins Beratungszentrum gehen nur Schwule oder Irre.«

Sam kam zurück und hörte den letzten Teil des Gesprächs. »Der Kleine sieht Geister und macht sich Gedanken um Schwule und Irre?«

Alle lachten. »John hielt das aus irgendeinem Grund nicht für eine gute Idee. Ich weiß wirklich nicht, warum, und er hat sich nicht dazu geäußert. Aber irgendwas machte ihm zu schaffen.«

»Ich schätze, du hast recht«, sagte Sam. »Die typische Reaktion für einen Kadetten wäre, eine Riesengaudi daraus zu machen oder den Burschen gleich zu den Psychoklempnern zu schicken.«

»He, paß auf, was du sagst«, sagte Liam. Er hatte eine Ausbildung als klinischer Psychologe.

»Oder noch übler«, grinste Sam. »Der ortsansässige Parapsychologe wird auch nicht viel Einfühlungsvermögen zeigen.« Der »Parapsychologe« war Lieutenant Colonel Ward E. Lane, Direktor des Kadettenberatungszentrums. Lane war ehemaliger Infanterist und bemühte sich angestrengt, das Hätschelimage des Beratungszentrums loszuwerden und unter Beweis zu stellen, daß die Männer vom Medical Service Corps so harte Burschen waren wie die anderen auch. Er war ausgebildeter Fallschirmspringer und hatte eine Neigung zu Wörtern wie Paraphrase und Parameter, weshalb ihn sein Beratungsstab insgeheim den »Parapsychologen« nannte. Bis ein neuer Offizier Lane in aller Unschuld fragte, ob er wirklich Parapsychologe sei, worauf der Spitzname in einer heftigen Explosion unterging, die einige ramponierte Karrieren zurückließ.

Liam begann auf seine übliche, leise, schleppende Weise zu sprechen. »Schau, es ist Irrsinn, sich mit einem Achtzehnjährigen, der in einer Krise steckt, herumzuschlagen. Er ist vielleicht ein echtes Milchbrötchen ...«

»Klinischer Terminus, Liam?« fragte Sam.

»... oder bestenfalls mischen wir uns in eine Sache, die nur den Tak was angeht. Und zudem, ich möchte euch daran erinnern, geht es den Regimentstak was an. Ich weiß noch genau, wie der unsere Abteilung als zuständig für ›Verblödung und Fehlverhalten‹ bezeichnet hat.« Die Initialen der Abteilung für Verhaltensforschung und Führungsfragen waren seit jeher Gegenstand mehr oder weniger origineller Entstellungen. »Das sind zwei – oder drei – stichhaltige Gründe, sich da rauszuhalten.«

Track wunderte sich, daß Sam, der sich normalerweise höchst ungern in Angelegenheiten außerhalb seines Bereichs einmischte, ganz anderer Meinung war. »Herrje, es kann nun wirklich nichts schaden, mal mit dem Mann zu reden. Wenn wir auf ein echtes Problem stoßen, können wir ihn zur Beratung schicken oder zurück zu Stu. Werd bloß auf deine alten Tage nicht noch zum Bürokraten. Du bist der klinische Psychologe von dieser munteren Truppe hier. Wenn du dir ein Bild von dem Jungen machst, erweist du ihm einen Dienst.«

»Du meinst, bei dem Grünschnabel ist 'ne Schraube locker?« fragte Track.

»Was in der Art. Wir wissen's nicht, weil wir nicht gefragt haben. Oder hat dein Kadett dir noch Einzelheiten geliefert, Track?«

»Ja, hat er. Erstens spielen sich in der Division reichlich seltsame Dinge ab. Im Aufenthaltsraum haben Leute spät nachts Kinder gehört, die die Flure entlangrannten, und zwei Kadetten haben ein Kind weinen hören. Und Vandalismus. Zerbrochene Fensterscheiben. Und dann ist da noch 'ne Kleinigkeit. Der Zimmergenosse von dem Typ ist vor ein paar Wochen zum Kompanieführer gegangen und hat darum gebeten, in ein anderes Zimmer verlegt zu werden, weil sein Mitbewohner sich seltsam benehme. Er wollte damals nicht sagen, warum, aber John sprach nun gestern mit mir darüber, weil der Zimmergenosse wieder zu ihm gekommen war und darum gebeten hatte, wirklich so schnell wie möglich ausziehen zu dürfen.«

»Ist der Typ noch seltsamer geworden?«

»Nee, aber der Zimmergenosse hat angefangen, das Zeug auch zu sehen. Der machte sich fast naß vor Angst.«

Liam rührte sich wieder. »Und was genau sehen diese Jungs?«

»John äußerte nichts Genaueres, aber er wirkte ziemlich betroffen. Die Grünschnäbel sagen, sie hätten eine Art verschwommene menschliche Gestalt gesehen, früh morgens, vor dem Morgengrauen. Daß es eiskalt im Zimmer geworden sei und wieder wärmer, nachdem das Ding verschwunden war. Das war alles.«

»Du hast vorhin angedeutet«, sagte Sam, »daß er die Geschichte offenbar auch selbst glaubt. Wie kommst du darauf?«

Track runzelte die Stirn. »Ich weiß nicht. Nur so'n Gefühl.«

»Warum hast du ihn nicht gefragt?«

»Weil ich versucht hab, mir ein verfluchtes Footballspiel anzusehen.«

»Prachtvoll.«

»Schau«, sagte Track, »ich hab keine Ahnung von Geistern. Aber ihr zwei Hanseln. Du hast die Ausrüstung und weißt, wie man so 'ne Art Geistdetektor zusammenbastelt, und Liam kennt überhaupt nur Sachen, die voller Spinnweben sind. Wenn es einen Geist gibt in dem Zimmer, wirst du den Mistkerl finden; wenn er im Kopf von jemandem steckt, wird Liam ihn finden.«

Diese Argumentation packte beide Männer bei der Eitelkeit, womit Track gerechnet hatte. Sie einigten sich darauf, diese Woche mit dem Kompanieführer zu reden und dann weiterzusehen. Track schickte dem Kadetten John Tetzel eine Nachricht, und der stimmte einem Treffen in Sams Büro am Mittwoch zu. Wie sich herausstellte, schlugen die Ereignisse jedoch eine etwas schnellere Gangart an.

Liam war geschieden und wohnte in der alten Unterkunft für ledige Offiziere auf einer Klippe über dem Hudson River. Da seine Zimmer auf den Fluß hinausgingen, hatte er eine wunderbare Aussicht, vor allem im Herbst. Am gegenüberliegenden Ufer sah man hinter einem leichten Dunstschleier das Städtchen Garrison. Die letzten Sonnenstrahlen ließ die Bäume im Glanz ihrer Herbstfärbung erstrahlen.

West Point konnte einem ziemlich auf die Stimmung schlagen mit seinen düsteren Steinbauten und seiner strengen Ordnung. Im Winter war es ein passender Hintergrund für schaurige Depressionen, Stätte von Dämonen, die Infinitesimalrechnung, Elektrotechnik und Sozialkundearbeiten hießen; und tatsächlich nannte man die Zeit zwischen dem Ende der Weihnachtsferien und Frühlingsanfang »den Trübsinn«. Im Hochsommer war West Point heiß und schwül und wurde von Touristenhorden heimgesucht. Aber jetzt im Herbst, wenn die Touristen verschwunden waren und das Wetter sich von seiner besten Seite zeigte, fand Liam, daß die wunderbare Aussicht eine zerrüttete Ehe wert war.

Er schaltete kein Licht an und lehnte sich an die Fensterbank. Weit unten auf den breiten Flußufern unterhalb der Klippe sah er die letzten Aktivitäten des Tages – studentische Volleyballspiele und eine kleine Gruppe chassidischer Familien aus der Stadt, die in ihren Bus kletterten, um rechtzeitig zum

Abendessen zu Hause zu sein. Auf dem Fluß kämpften sich ein paar Segelboote gegen den Wind vor, dort, wo der Flirtation Walk begann, ein Waldpfad, auf dem Kadetten gerne in willkommener Abgeschiedenheit ihre jungen Damen ausführten.

Es wurde rasch dunkel, und er hatte Hunger; aber Abendessen war gleichbedeutend mit Mikrowelle. Liam war ein äußerst unbegabter Koch, und er aß lieber auswärts, auch alleine, statt sich dem erniedrigenden Erlebnis auszusetzen, sogar einer Tiefkühlmahlzeit den Garaus zu machen. Er wäre an diesem Abend wirklich gerne mit Anna zusammen gewesen, aber sie war in Boston. Er erwog, sie anzurufen, aber er kannte sich und Anna gut genug, um ihre mangelnde Fähigkeit, mittels Telefon Nähe zu erzeugen, richtig einzuschätzen. Im Gespräch mit Anna war Liam stark von nonverbalen Mitteln abhängig, da ihrer Stimme selten andere Gefühle als Ungeduld zu entnehmen waren; und wenn er anrief und sie nicht abnahm, machten sich kleine Dämonen über seine Wut her.

Er fühlte sich grundlos deprimiert und ängstlich, aber er wußte genug über die Mängel der menschlichen Natur, um sich klarzusein, daß Anfälle von Vernunft so häufig waren wie kostenlose Mittagessen. Ich seh sie ja dieses Wochenende, sagte er zu den Dämonen, und sie sangen erbost, *ja, Liam, ja, Liam, und wenn du wiederkommst, sind wir immer noch da, immer noch da.*

Er merkte, daß es vollständig dunkel geworden war, und schaltete die Tischlampe ein. Das Wohnzimmer war klein, aber vollgestopft mit geerbten und gekauften Dingen und Gegenständen, die er mit Tücke den Klauen des verflucht gerissenen Anwalts seiner Exfrau entwunden hatte. Liams Lieblingsstück war ein geschnitzter chinesischer Kirschholztisch, ca. um 1880, mit dunklen, ineinander verschlungenen Drachen, fein gearbeiteten Intarsien und der zweckmäßigsten Schreibfläche, die je ersonnen wurde. Dazu gehörte ein passender Stuhl, der in seiner Familie Baronstuhl oder *leac na riog* genannt wurde, nach dem steinernen Sitz, auf dem einst die Könige in Ulster gekrönt worden waren. Er hatte eine hohe Lehne und Armstützen und war in derselben Weise geschnitzt; er war, wie der *leac na riog,* eine höchst gefährliche und unbequeme Sitzgelegenheit. Er stammte aus dem Besitz von Liams Großvater Roderick FitzDonnell, dessen Großvater Ruaridhe Fitz Donnell of Fermanagh wiederum darauf bestanden hatte, daß Liam diesen Namen tragen sollte. Liam ist die irische Version von William, und so erinnerte man sich in den Taufurkunden des Willem Fitz Hugh Gilbert, des verarmten normannischen Abenteurers aus Rouen, der Aoife ni-Donnaill geheiratet hatte, um ihren Vater Con Mor uf-Donnaill davon abzuhalten, sich für den Verlust eines schneeweißen Bullen zu rächen. So hatte man Liam berichtet.

Stuhl und Tisch waren gleichermaßen scheußlich, aber Liam hing sehr daran. Der Tisch hatte Fächer mit Schubladen, die mit geschnitzten Griffen zu öffnen waren, und Liam zog nun eine der Schubladen auf und entnahm ihr einen Lederbeutel. Er wog ihn nachdenklich in der Hand und holte dann drei kleine runde Steine heraus. Er reihte sie von rechts nach links vor sich auf dem Tisch auf. Die Oberfläche der Steine wies jeweils ein seltsames eingekerbtes Linienmuster auf. Liam hatte diese Steine bei einer Expedition zu einem Flußtal bei Fort Sill, Oklahoma, gefunden, während er beim Ausschuß der Feldartillerie war. Er hatte Hunderte ähnlich geformter, rundgewaschener Kiesel zurückgeworfen, bis er einundzwanzig perfekte, glatte und symmetrische Ovale beisammen hatte. Auf allen hatte er unterschiedliche Runen eingraviert.

Er sah den rechtesten an; dort hatte er *Mensch,* das Ich, eingezeichnet:

ᛗ

Ja, wo steckte er nur? Flüchtiger kleiner Mistkerl. In der Mitte war *Ist,* die Rune des Stillstands:

ᛁ

Ja, typisch für mich. Ständig am Feststecken. Auf dem linken Kiesel war *Tir* eingraviert, die Rune des Kriegers:

Nach der Lage der Runen interpretierte Liam sie folgendermaßen: Ich suche nach dem Ich. Aber ich bin auch der Krieger, voll des Ungestüms, aber gehorsam gegenüber anderen, die altbekannte Gespaltenheit des Kriegers. Und zwischen diesen Kräften ist Stillstand, da hängt meine Seele vom Lebensbaum wie Odin, stumm im Wind baumelnd. Er schob die Runen zur Seite, nahm drei weitere aus dem Beutel und legte sie ebenso wie die anderen. *Wyn, Eoh, Nyth:*

Freude, Abwehr, Zwang. Ja, schlag nur zu, altes Runenweib. Kannst du nicht subtil sein? Die Runen haben nur so viel magische Kraft, wie sie den Tiefen meiner eigenen Verzweiflung entlocken können; du tobst deine Zauberkräfte an mir aus, alte Hexe, *Voluspa,* und ich werd dich aus dem Fenster auf den Flirtie schmeißen. Freude: Anna. Abwehr: Nie wieder wirst du mich verletzen können. Zwang: Kann ich nicht sagen, nicht mal, wenn du mit glühenden Zangen an meiner Zunge zerrst. Nein, du altes Biest, alte Hexe, heute abend kriegst du keine Chance mehr. Ab in den Sack, verfluchtes Teufelspack.

Er knallte die Schublade mit den Runen in ihrem Ledersack heftig zu und atmete tief durch. Anna nicht anrufen. Diese Geistergeschichte. Was war zu tun? Er nahm ein Blatt Papier und schrieb:

> Erstens: Ist der Bursche beeinflußbar? Streß, düstere Gedanken, Autosuggestion? Hypnotisches Induktionsprofil. Der Zimmergenosse: *folie à deux?* Könnte sein.

Wie vorgehen? Profile, Kadett und Zimmergenosse: Woher die düsteren Gedanken? Familienleben. Religiosität? Glaube an Übernatürliches? Ist der Geist ein willkommener Fluchtweg aus der persönlichen Kleinhölle zwischen Herrn Grünschnabels Ohren?

Eine Frage noch: Wen zum Geier verarsche ich hier?
Und er spurtete ins Schlafzimmer und rief Anna an.

Auch Sam notierte sich Fragen. Er saß mit einem Notizblock im Bett und schrieb, und seine Fragen glichen denen von Liam nicht:

1. Physikalische Bedingungen des Raums. Luftzug (Kälte), Rohre geben Geräusche von sich?
2. Lichtverhältnisse während der Erscheinungen (falsches Wort?) Telephotometer? Ständige Ausschläge, addiert und Durchschnitt ermittelt über längere Zeit? (Wie lang »Erscheinungen«?)
3. Hörbar? J. T. fragen. Mikrophon, RTA-Computer?
4. Physiologische Veränderungen bei Kadetten? Parameter? Herzschlag, Hautwiderstand? Direkt oder per Telemeter?

Maggie blickte vom Kreuzworträtsel in der Sonntagsausgabe der *Times* auf; sie trug ihre Lesebrille und malte wie immer Buchstaben in die Kästchen. Hochnäsige Tante. Sie spürte seine Gedanken und sagte: »Du hast gewußt, daß ich ein Genie bin, als du mich geheiratet hast.«

»Wort mit vier Buchstaben für einen keltischen Geist«, sagte er.

Sie lächelte siegesgewiß und klimperte mit den Wimpern. »*Puka*. Sag bloß, du machst Forschungen in Sachen unsichtbare sechsbeinige Hasen.«

Er lachte. »Nein, es geht nicht mal um Banshees. Bloß um ganz normale Geister.«

Sie legte die Zeitung nieder und starrte ihn an. »Geister?«

»In der Betonung hör ich das Wort heute nicht zum ersten Mal. Es ist so, daß Track mit einer Geistergeschichte zu Liam und mir gekommen ist.« Er gab die entscheidenden Punkte des Gesprächs wieder, und Maggie stützte sich auf die Ellbogen und blickte ihn an.

»Und du willst das wirklich machen?«

»Was machen, Frau?«

»Bei der Lösung des Mysteriums der Großen Geister der Lost Forties mithelfen?«

»Es sind die ›Lost Fifties‹; die Forties haben nur normale Geister.« Die Lost Fifties waren Unterkünfte, die mit Nummern aus diesem Jahrzehnt bezeichnet waren, und waren zu diesem Namen gekommen, weil sie fernab der Machtzentralen lagen und so meist vom Offizier vom Dienst verschont wurden. »Und«, fügte er hinzu, »ich würde nicht mal mit 'nem drei Meter langen elektrischen Viehtreiber da rangehen.«

»Du Biest!« Sie hockte sich auf die Knie und stützte die Fäuste in die Hüften. »Du mußt!«

»Warum soll ich meine Zeit mit solchem Quatsch vergeuden?«

»Es ist kein Quatsch! Du kritzelst schon stundenlang vor dich hin, machst Zeichnungen und murmelst.«

»Es *ist* Quatsch. Track und Liam können was unternehmen, aber wenn ich in der Psychologischen Gesellschaft ...«

»Ich platze vor Neugier ...«

»... bei der Stange bleiben soll ...«

»Apropos bei der Stange bleiben ...« Sie hatte ihr Haar über Nacht auf Lockenwickler gedreht, und die Locken hüpften jetzt, als sie die Arme in die Luft warf.

»Naja«, sagte er widerstrebend, »du könntest ja einen kleinen Anreiz geben.«

Sie ließ die Arme auf die Knie sinken und lächelte. »Wort mit vier Buchstaben für ›verhandlungsbereit‹.«

»*Lieb.*«

»Ich dachte eher an *geil.*«

»Nicht übel.« Er blickte zur Decke. »Gott, gib mir Kraft.«

»Die Zeichen stehen gut.« Sie streifte ihr Nachthemd über

den Kopf, zog die Decke weg und kniete sich über ihn. Er streichelte ihr Haar, das sanfte blasse Blond, das sie extra für ihn mit vielen Tricks bewahrte, und sie beugte sich vor und küßte ihn lange, neckte ihn mit der Zunge, und er nahm ihre Brüste in die Hände und murmelte »keine Versprechungen mehr«.

Sie schnaufte verächtlich und richtete sich auf, nahm ihn in die Hand und führte ihn, mit geschlossenen Augen, lächelnd, erst amüsiert, dann vertraut, als er in sie eindrang.

»Gott«, flüsterte er, »mach mich schwach.«

Sie ließ sich herab, verschlang ihn ganz, und sagte: »Wort mit sieben Buchstaben für ›lustvollster Körperteil des Mannes‹.«

Er irrte sich, und sie zwickte ihn an einer Stelle, wo es weh tat.

Später lag sie neben ihm, ein Bein quer über ihn, den Kopf an seine Schulter gelegt. Die blonden Locken waren in der Hitze des Gefechts leicht feucht geworden. »Warum ergibst du dich so kampflos?«

»Ich hätte es sowieso gemacht.«

»Das weiß ich. Ich meine, warum hast du mich geheiratet?«

»Du hast hübsche Möpse.«

»Das weiß ich auch, aber du bist so ein schöner Mann. Du bist eine mieslaunige Nervensäge und überaus eingebildet, und du legst am Bauch zu, aber du hast den besten Kopf von allen auf dieser Schutthalde hier, außer vielleicht Liam Fitz-Donnell …«

»Sieh dich vor, Frau.«

»… obwohl er nicht die mindeste Chance hätte, es mit dir im Bett aufzunehmen …«

»Besten Dank.«

»… außer er hätte eine Lehrerin wie mich zur Seite …«

»Du bewegst dich auf äußerst dünnem Eis, meine Liebe.«

»Genug von Liam«, sagte sie. »Warum hast du mich geheiratet?«

»Hab ich dir doch gesagt – du hast hübsche Möpse.« Er

wies mit der Fingerspitze auf das entsprechende Objekt in seiner Nähe.

Sie verstummte, und ihm wurde klar, daß er nicht umhinkam, diese Frage von Zeit zu Zeit zu beantworten, und daß er jetzt besser gradestehen und seine Pflicht erfüllen sollte, wenn er nicht angesichts der Regungen, die er bereits wieder verspürte, zum Bettler werden wollte. Aber er wußte die Antwort auch schon.

»Maggie, ich habe dich geheiratet, weil ich ein müder, unzufriedener Typ von der Armee bin, der für seine Aufgaben gnadenlos überqualifiziert ist, und weil ich nicht wußte, was ich lieben konnte, bis du anfingst, mich zu lieben, aus Gründen, die ich nicht verstehe. Warum liebst du mich? Das ist ein viel unergründlicheres Mysterium.«

»Das ist nicht fair, Sam. Ich hab dich gefragt, warum du mich geheiratet hast, nicht, warum du mich liebst.«

»Okay, und warum hast du mich geheiratet?«

»Du hast hübsche Möpse.«

Er richtete sich im Bett auf, und sie versuchte sich zu schützen, aber er kitzelte sie, bis sie kreischte. Die Nachbarn kannten sie schon zu lange, um sich darüber Sorgen zu machen.

2

Maggie erwartete ungeduldig den Mittwoch, an dem der Kompanieführer sich mit Sam und Liam treffen würde. Ihre Wartezeit verkürzte sich, denn um 7.30 Uhr am nächsten Morgen fand Sam einen gelben Zettel an seinem Bürobriefkasten, auf dem Colonel Pretorius um einen Rückruf bat. Pretorius war stellvertretender Kommandeur, und Sam hatte normalerweise keinen Kontakt mit ihm. Ferner fand sich dort eine Nachricht von Track. Er besuchte zuerst Track, wodurch ihm eine Überraschung erspart blieb.

»Sam, letzte Nacht hat die Kacke mächtig angefangen zu

dampfen. Tetzel hatte beschlossen, im Zimmer von den Jungs zu schlafen und sich das ganze Spuktheater mal anzusehen.«

»Ich entnehme deinen blumigen Äußerungen, daß er irgendwas entdeckt hat.«

»Worauf du deinen Arsch wetten kannst. Er rief mich heut morgen um schwarz ist die Nacht Uhr dreißig an und verkündete, er habe solchen Schiß, daß sein Schließmuskel den Twist tanze. Mitten in der Nacht hat er schon seinen Tak angerufen, und beim Mittagessen wird's wohl das gesamte Korps wissen.«

»Du hast nicht ganz zufällig Tetzel gegenüber in Zusammenhang mit dem Geist meinen Namen erwähnt?« Sam entfaltete stumm den Zettel von Pretorius, der ihm momentan als Ersatz für Tracks Hals dienen mußte.

Track legte den Kopf schief und lächelte. »Naja, ich hab eure Namen am Sonntag erwähnt, bevor der Kleine auf die tolle Idee kam, in dem Spukhaus zu übernachten.«

»Könnte das wohl eine Erklärung dafür sein, daß ich Pretorius anrufen soll?«

Track grinste. »Sicherlich nicht. Ich kann mich allerdings erinnern, daß Tetzel im Laufe des zuvor erwähnten frühmorgendlichen Telefongesprächs zur Sprache brachte, daß der Tak ihm aufgetragen hatte, sich heute morgen unverzüglich bei Pretorius zu zeigen, wenn es ihm gelungen sei, sich mit ausreichend grauer Wolle zu umhüllen, um seine Nacktheit zu bedecken. Ob er dabei deinen Namen aufgebracht hat, ist mir jedoch ein großes Rätsel ...«

»Am Arsch die Rübe.«

»... aber wenn man mich konsultiert hätte bei der Frage, wie zu verfahren sei mit einem entfesselten Geist und einem verschwundenen Grünschnabel, hätte ich gewiß deinen und Liams Namen ...«

»Was soll das heißen, ›verschwundener Grünschnabel‹?«

»Ach ja, ich vergaß, es zu erwähnen. Ich habe grade festgestellt, daß Barstow am Samstag kurz nach dem Zapfenstreich das Weite gesucht hat. Hat sich die von dir überaus geschätzte Institution im Rückspiegel betrachtet und aus dem Staub gemacht. Hat sich keinen Urlaubsschein geben lassen, seinen ausstehenden Sold nicht geholt, keine Koffer gepackt und Mama nicht getelext, daß sie ein Bett beziehen soll. Ist einfach ab durch die Mitte. Von der Bildfläche verschwunden.«

Sam seufzte. »Naja, das wird zumindest Maggie gefallen; sie war sehr hartnäckig letzte Nacht. Solche Sachen faszinieren sie. Vielleicht kann sie für irgendein Magazin was drüber schreiben.« Bevor sie Sam kennengelernt hatte, war Maggie angehende Spezialistin in mittelalterlicher Literatur gewesen und hatte begeistert an ihrer Dissertation gearbeitet und Aufsätze benotet und nebenbei geschrieben. Nun war sie im Hafen der Ehe gelandet, einer Festanstellung auf immer und ewig.

Track sog Luft durch die Zähne. »Maggie langweilt sich halb zu Tode, stimmt's?«

»Naja, Unileben ist das hier nicht gerade. Es geht ihr jetzt besser.«

»Und wie hält sie das aus, in eurem furchtbaren Mausoleum an der Lee Road festzusitzen, mit 'nem Mädchenzimmer und guter Aussicht und keinem Job und nur dir als Gesprächspartner?«

»Ich schätze, es fällt ihr nicht leicht«, sagte Sam, den Seitenhieb ignorierend. »Sie müßte mehr zu tun haben. Der Computer ist ein Segen, obwohl ich glaube, daß sie bald anfangen wird, zu schielen und platte, dünnhäutige Fingerspitzen zu kriegen, so lange, wie sie immer da dransitzt. Sie hat wieder eine Geschichte an diese Krimizeitschrift verkauft.«

»Das ist toll. Sie wird die neue Lady Agatha.« Track schaute Sam ernst an. »Weißt du, Sam – und sei bitte nicht beleidigt –, ich frage mich, was eine so erstklassige Frau wie Maggie an einem Arsch wie dir findet.«

Sam lachte. »Das beunruhigt mich auch immer. Ich schätze, am Ende hat sie meine Geduld überzeugt.« Sam war jahrelang überzeugter Junggeselle gewesen, nur mit der Armee verheiratet und höchstens gelegentlich an Romanzen interessiert. Er hatte Maggie vor drei Jahren an der Uni getroffen. Sie war wesentlich jünger als er und galt unter den Doktoranden der

Anglistik als heißer Feger. Sie hatten nach zwei Monaten geheiratet, was in ihrem Freundeskreis höchste Betroffenheit auslöste, da man einfach nicht glauben wollte, daß Maggie einen älteren Mann geheiratet hatte, der zudem noch Psychologe und Vietnamveteran war – und wahrscheinlich ein Psychotiker mit faschistoidem Charakter, der Frauen schlug und in seinem Flurschrank eine Reihe Vietcong-Ohren an einer Schnur hängen hatte. Auch Track wunderte sich über Maggies leidenschaftliche Liebe zu Sam und wünschte sich manchmal, daß sie nicht gar so stark sein möge, wie es den Anschein hatte.

Wie die meisten anderen Männer in der Abteilung und der größte Teil der männlichen Schwimmer, die sich im Sommer am Delafield Pond, dem Badeplatz des Ortes, trafen, hegte Track eine geheime Liebe zu Maggie. Sam dagegen zeigte etwa so viel Gefühl wie sein widerliches eingelegtes Hirn auf dem Regal.

»Schau, Sam – John hat mir das alles letzte Nacht erzählt, und er will uns immer noch am Mittwoch treffen. Ich kenne ihn eine ganze Weile, und ich hab ihn noch nie so reden hören wie letzte Nacht. Die ganze Sache ist ziemlich ernst.«

»Okay, Track. Ich werd Pretorius anrufen.« Er blieb einen Moment in der Tür von Tracks Kabuff stehen. »Und du bist sicher, daß du damit nichts zu tun hast?«

Track sah ihn mit unschuldig aufgerissenen Augen an. »Würde ich meinem alten Kumpel so was antun?«

Sams Treffen mit Colonel Pretorius dauerte keine zwanzig Minuten. Der stellvertretende Kommandeur versicherte Sam, daß er auf den Rat von Track hin gehandelt und volles Vertrauen in Sams Fähigkeiten habe. Sam solle mit allen ihm zur Verfügung stehenden Mitteln eine kurze, unauffällige Untersuchung der Sache vornehmen. Kontakt mit sämtlichen äußeren Instanzen sei unbedingt zu vermeiden; er solle sich nicht an Geisterjäger, Institute für paranormale Phänomene, nicht an ein Medium und vor allem nicht an Vertreter der Massenmedien wenden. Der Kommandeur der Kadetten, versicherte Colonel

Pretorius, werde Sam die notwendige Unterstützung zukommen lassen; im Gegenzug habe Sam sich diskret zu verhalten und in den Wochen vor dem Footballspiel von Army und Navy keinerlei Anlässe für Unruhe zu liefern.

Als man ihn entließ, schoß Sam sofort in seine Abteilung zurück und rief in seiner Unterkunft an, um Maggie über die Neuigkeiten ins Bild zu setzen. Maggie war nicht da, weshalb er bei Liam und Track anklingelte, aber es war um die Mittagszeit, und Liam war im Offizierskasino und Track beim Joggen. Völlig ausgebremst, machte sich Sam an einige technische Vorbereitungen; aber ohne das Gespräch mit dem Kadetten waren sie nutzlos. Nach einigen Minuten gab er es auf und marschierte zum Offizierskasino, um Liam zu suchen.

Liam hockte in einer Ecke des großen Speisesaals und aß mit Doris Gilmer zu Mittag, einem Captain von der Air Force. Doris' Fachgebiet waren psychologische Abweichungen, und so war sie unter Liams Supervision geraten. Sam war nicht begeistert, daß er sich nun mit beiden befassen mußte, aber Liam mußte erfahren, was Track ihnen an den Hals geschafft hatte; es gab also kein Drumherum. Wenn sie viel zu tun hatte, war Doris ein schwieriger Fall, weil sie dann immer abwechselnd unter Anfällen von Feminität und Tritt-ihnen-in-die-Eier-Entschiedenheit litt, die wirkten, als wache sie aus einer Rolle auf und müsse panikartig in eine andere wechseln. Dieses Verhalten brachte Sam immer aus dem Tritt; er hatte nicht einmal im Umgang mit *ausgeglichenen* Frauen sehr viel Erfahrung, und Doris war nie ausgeglichen. Er dachte sich, daß es ziemlich hart sein mußte, gleichzeitig Frau und eine zackige Braut in Uniform zu sein; einige Frauen gerieten zur Karikatur, einige versuchten sich für eine Seite zu entscheiden (meist erfolglos), und einige waren stark und unabhängig und kümmerten sich nicht um irgendwelches Rollenverhalten. Letztere kamen immer am besten durch. Doris versuchte es mit beiden Varianten, und wenn sie es auch nicht schaffte, ihr Image wunschgemäß zu gestalten, so hielt sie dabei doch die Männer in Trab – was, wie Sam aufgefallen war, einen exzellenten Kompromiß darstellte.

Sam holte sich an der Theke einen Salat und steuerte damit auf Liams Tisch zu. Liam begrüßte ihn mit wahrnehmbaren Anzeichen von Erleichterung: Doris hatte ihm eindeutig wegen irgendwas die Hölle heißgemacht, und Sam bot eine willkommene Abwechslung. Bei Liam übte Doris nur, bei Sam jedoch fuhr sie volles Geschütz auf. Sie fand ihn unzugänglich, unfreundlich und unlebendig, drei Us, hinter denen sich in Doris' Lexikon der Alliterationen die Vokabel »zweidimensional« verbarg.

»Das ist ja wieder ein unlebendiger Salat«, stellte sie mit einem Blick auf Sams Teller fest, als Sam neben seinem Stuhl stand. »Was hast du denn da draufgeschüttet, Grießbrei?«

»Das ist Roquefort-Dressing, Doris. Ich muß nicht auf die Linie achten.« Danach müßte sie eigentlich den Mund halten, dachte sich Sam.

Doris lächelte mit der Herzlichkeit einer Fallgrube.

»Tja, Liam, sieht aus, als sollten wir Geister jagen«, sagte Sam.

Liam schloß einen Moment lang die Augen. »Im Gegensatz zu dir hab ich einen Ruf zu verlieren«, sagte er.

Sam blickte auf Doris. »Ach ja? Wär ich nicht drauf gekommen.«

»Iß deinen Grießbrei, Sam. Du hast ihn nötig.« Doris ließ den Heldenmut Heldenmut sein und widmete ihre gesamte Aufmerksamkeit ihrem Sandwich.

Liam grinste. »Track sagte, als er dich zum letzten Mal sah, warst du grade auf dem Weg zu Pretorius. Er fand es echt komisch.«

»Track hätte auch noch am Little Big Horn gelacht«, sagte Sam, »zumindest, wenn er Indianer gewesen wäre. Pretorius will, daß wir im stillen arbeiten, kein Aufsehen erregen. Ich habe den Eindruck, daß wir dafür zu sorgen haben, daß keiner Witze über West Point macht, vor allem nicht angesichts des bevorstehenden Army-Navy-Spiels ...«

»Keine Angst«, sagte Liam und legte Sam eine Hand auf den Arm, »in deinem nächsten Leben wirst du als ›Grad‹ geboren.«

»Karma ist Karma«, sagte Sam, »aber ich glaube, ich bin zuerst als Schwein vorgesehen ...«

»Recht so!« sagte Doris.

»... womit mir der Kulturschock erspart bliebe. Jedenfalls fiel auch dein Name ...«

»Besten Dank, Track.«

»... im Zusammenhang mit dieser Unternehmung.«

Doris hatte inzwischen das Gesprächsthema erfaßt. »Geister? Was für Geister?«

»Der Geist der 47. Division«, sagte Sam. »Auf alle Fälle können wir verfahren, wie es uns beliebt. Ich meine, wir sind es Track schuldig, ihn da einzubeziehen, und sei es auch nur, um ihm dafür zu danken, daß er uns in die Sache reingebracht hat.«

Doris schloß die Augen. »Was für Geister?«

»Ganz deiner Meinung«, sagte Liam. »Das mindeste, was wir tun können.«

»Was für Geister, zum Teufel?«

»Das allermindeste«, sagte Sam. Doris holte aus und boxte Sam auf den Bizeps. Es war ein gut plazierter Schlag, und Sam spürte, wie sein Arm bis zu den Fingerspitzen gefühllos wurde. »Sollen wir's ihr sagen?«

»Ich weiß nicht, Sam. Was meinst du?«

»Ich meine, daß ich nicht vollständig gelähmt werden will.«

Liam berichtete Doris von Tracks Kadetten und der ehrenvollen Spezialaufgabe, eine Geisterjagd durchführen zu dürfen.

»Hast du Maggie davon erzählt?«

»Ja, letzte Nacht.«

»Das erklärt natürlich alles.« Doris stocherte in ihren Pommes frites.

»Erklärt was?«

»Was erklärt was?«

»Wovon du redest.«

»Maggie.« Sie untersuchte ein grünliches Objekt auf ihrem Teller.

»Was ist mit Maggie?«

»Ich glaube nicht, daß ich es dir sagen sollte.« Sie starrte fasziniert auf das verfärbte Kartoffelstück. »Wißt ihr, es ist eine Schande, was man so alles in abgepackten Lebensmitteln findet.«

»Was ist mit Maggie, Doris?« Sam nagte nervös an seiner Salatgabel.

»Finde ich auch«, sagte Liam. »Die Lebensmittelbehörde sollte wirklich was dagegen unternehmen. Ungeheuerlich, echt.«

»Schau es dir an, Sam«, sagte Doris ernsthaft und hielt ihm das gräßliche Ding unter die Nase. »Es ist grün, um Himmels willen.«

»Möchtest du noch irgendwas sagen, Doris, bevor ich dir die Lippen abreiße?«

»Nur daß ich Maggie heute morgen mit circa zwanzig Büchern und einigen großen alten Drucken vor sich in der Bibliothek gesehen habe; sie hat mich nicht mal bemerkt.«

Sam war angetan. Es war leichter, mit Maggie zurechtzukommen, wenn sie sich einer Sache verschrieb und nicht mehr so viel Zeit hatte, darüber nachzudenken, wie öde es in West Point sein konnte, wenn man seine Unikarriere aufgegeben hatte, um Sam Bondurant, seines Zeichens altgewordener kleiner Junge und Experimentalpsychologe, zu heiraten. »Was hat sie gelesen?«

»Woher soll ich das wissen?« fragte Doris. »Habe ich die Angewohnheit, mich in anderer Leute Angelegenheiten zu mischen?«

»Ja!«

»Ja!«

Doris hob in herablassend-gehässiger Pose das Kinn. »Beug dich rüber, Sam – ich flüstere es dir ins Ohr.«

Sam wußte Bescheid, aber heute war ein Tag für Risiken. Doris legte ihren Mund an Sams Ohr und sagte mit erhobener Stimme: »Mit Herpes leben.« Die Offiziere an den umstehenden Tischen schauten zu ihnen und sahen Sam blaß werden und Liam demonstrativ in die andere Richtung blicken.

Etwas Roquefort war von Sams Gabel auf seine Hose gefallen, und er tauchte seine Serviette in sein Glas mit Eiswasser und begann heftig zu rubbeln, weil er keinen Wert darauf legte, sich anschließend mit einem deutlich sichtbaren Fleck am Schritt zurück zur Thayer Hall zu begeben. Doris sah ihm zu, schüttelte traurig den Kopf und erklärte lautstark: »Ich sage es dir wirklich ungern, Sam, aber das ist völlig wirkungslos.«

Wie sich herausstellte, hatte Maggie sich auf der Suche nach Hinweisen auf Geister reihenweise durch Folianten über die Geschichte von West Point gewühlt. Als Sam nach Hause kam, fand er sie inmitten von offenen Büchern und großen Drucken im Wohnzimmer auf dem Fußboden. Er stellte seinen Aktenkoffer im Flur ab und setzte sich neben sie auf den Teppich.

Sie war bester Stimmung. »Sam, sieh dir das an.« Sie beförderte eine Reproduktion eines alten Aquarells von West Point in vergangener Zeit zutage. Sam identifizierte die Darstellung als den Blick, den man von der Stelle, wo heute die MacArthur-Statue stand, über Eisenhower Hall hinweg auf Hudson Valley hatte. Natürlich gab es kaum Gebäude zu dieser Zeit; lediglich ein paar Häuser und einige Kadetten, Soldaten in altmodischen Uniformen, waren zu sehen.

»Sieh mal, Sam. Dieses Bild wurde 1828 von einer gewissen Emmeline Blood gemalt. Dies ist das Haus des Direktors«, sagte sie und deutete auf eines der Gebäude.

»Sieht nicht danach aus.«

»Es ist ziemlich dran gebaut worden. Und es ist das einzige dieser Häuser, das noch steht.«

»Furchtbare Malerin«, sagte Sam. »Wie Grandma Moses, aber nicht mal volkstümlich – bloß unbeholfen.«

»Davon gab's einige. Hier sind ein paar andere Bilder aus etwa der selben Zeit. Die legten scheinbar Wert auf ihre Unbeholfenheit. Das hier ist von 1833.«

»Ich verstehe. Sieht aus, als hätten sie den Pinsel mit der Harke verwechselt. Aber du hast dir die doch nicht ausgeliehen, um einen Essay über Schund zu schreiben. Was ist so besonders an denen?«

Maggie rieb sich die Hände. »Tja, zum einen versetzen uns

diese Bilder in die richtige Zeit und an den richtigen Ort, um dem Geist auf die Spur zu kommen. Es gibt ihn schon seit ewigen Zeiten! In zweien von den vier inoffiziellen Werken über West Point im 19. Jahrhundert wird der Geist direkt erwähnt, und in einem sozusagen scheu angedeutet.«

»Du erkennst eine scheue Andeutung bestimmt auf Anhieb.«

Maggie lächelte die Drucke an. »Hier, 1876, im Jahr von Custers Niederlage, haben wir John Waverley Uptons versponnenes kleines Buch über das Akademiegelände und die absonderlichen Legenden der Einheimischen. Auf Seite achtzehn, gleich nach den üblichen Geschichten über Molly in der Küche des Direktors und so fort, findet sich eine Beschreibung von einem Geist, die auf unseren paßt.« Maggie las vor:

»Weit weniger erheiternd denn diese schelmischen Erscheinungen dagegen ist der Geist eines Soldaten in der Uniform von vor fünfzig Jahren, der das Gebiet südlich des Hauses des Direktors heimsucht. Es wurde uns von Miss Bridget Hardesty von Highland Falls, einer Achtzigjährigen, die in den 20ern des Jahrhunderts der Familie eines Mathematiklehrers als Mädchen diente, berichtet, daß der Geist jener des Captain Adonijah Proctor sei, ihres letzten Herrn. Dieser bewundernswerten Dame zufolge, deren Fähigkeiten die Jahre kaum etwas anhaben konnten, bewohnten Captain Proctor und seine Familie von 1822 bis zum 12. Dezember 1830 ein Gebäude auf dem Gelände, das aber an letztgenanntem Tag vollständig niederbrannte. Unter den Toten befanden sich Captain Proctors Frau und ein kleines Kind, das bei allen, welche die Familie kannten, darunter auch Kadetten und Colonel Thayer, außerordentlich beliebt war.«

Sam legte den Arm um Maggies Schultern, aber ihre Entdeckung nahm sie vollständig in Anspruch. Das Buch war ein altes, kleines Bändchen mit Schnüren und den edlen vergoldeten Deckeln, die auf eine Zeit lange vor der von Taschenbüchern und makellosen Bindungen verwiesen. Aber selbst zu der Zeit, als dieses Buch gedruckt worden war, hatte sich nur noch eine uralte irische Dienerin an Captain Proctor erinnern können. Sam wußte auch, daß an der alten Professor's Row heute nur noch das alte, elegante Haus des Direktors stand, das sich über die Jahre stark verändert hatte. Einstmals hatte darin Colonel Sylvanus Thayer gewohnt, der Gründervater der Militärakademie, der in seiner Amtszeit viele der bleibenden Traditionen von West Point und pädagogische Lehren, die damals ihrer Zeit weit voraus waren, ins Leben gerufen hatte. Thayers Statue blickte heute von einer Ecke des Appellplatzes Richtung Süden. Sam fiel ebenso auf, daß Captain Proctors Haus sehr wohl auf dem Gelände der heutigen Unterkünfte der 47. Division gestanden haben konnte, wenn es sich damals südlich vom Haus des Direktors befunden hatte.

»So, hier ist eine Karte«, sagte Maggie, »die uns fürsorglicherweise von Lieutenant T. B. Brown, 3. US Artillerie, Klasse von 1826, zur Verfügung gestellt wird. Sie trägt die Jahreszahl 1830, und tatsächlich finden wir hier Proctors Haus genau zwischen denen der Professoren Douglas und Mansfield. Ist das nicht ein Prachtstück? Er hat sogar den Nutzgarten eingezeichnet!«

»Scheint die richtige Stelle zu sein«, gab Sam zu. »Die Vierziger müssen der Position von Thayers Haus nach zu schließen etwa hier sein.«

Maggie wandte sich wieder dem Buch zu. »Und jetzt wird's erst richtig gut, Liebling; hör zu.

›Captain Proctor überlebte das Feuer, hielt sich aber in den Jahren zwischen dem tragischen Verlust seiner Familie und dem mexikanischen Krieg in kleineren Unterkünften in der Nähe von Highland Falls – oder, wie man es seinerzeit zu nennen pflegte, Buttermilk Falls auf. Bei Ausbruch des Krieges bat er um Entbindung von seinen Lehraufgaben und schloß sich den vordringenden republikanischen Truppen an. Seinem Freund Winfield Scott Hancock zufolge, Held des vergangenen Krieges, der ihn schon als Kadett gekannt hatte, kam Proctor ums Leben, als er mit dem 6. Infanterieregiment am Sturm auf Chapultepec teilnahm.

Die ersten Zeugnisse von seltsamen Vorkommnissen finden

sich in Äußerungen eines Sergeant Theophilus Roarke, der am 2. November 1935 als Sergeant vom Wachbataillon Dienst tat. Ein Mitglied seiner Sondertruppe, das nur als Corporal O'Hanlon bekannt war –‹«

Sam schnaubte. »Wo spielt denn dieses Drama, in Dublin? Das können doch nicht alles Iren gewesen sein.«

»Wart's nur ab«, sagte Maggie, »noch sind wir nicht bei Mrs. Seamus O'Grady. Hör gut zu – die ganze Geschichte riecht nach Torffeuer.

›... als Corporal O'Hanlon bekannt war, gab zu Beschwerde, daß ihn ein kleines Kind verfolge und necke, das er, der Dunkelheit und der Bäume wegen, von seinem Posten aus nicht gewahren konnte. Befragt, was das Kind denn getan habe, gab Corporal O'Hanlon in großer Empörung zur Antwort, die kleine Range habe über ihn gelacht. Sergeant Roarke hat allem Anschein nach seinem Wachposten eine scharfzüngige Rede gehalten, in der er, wenn es mir erlaubt sei zu spekulieren, sein allgemeines Mißfallen an den Kämpfen mit Armeen von Whiskyfässern zum Ausdruck brachte, für die des Corporals Rasse berühmt sei.‹«

Maggie hielt inne, um zu bemerken, daß Liam unbedingt dieses Buch lesen müsse, da es jede Menge despektierliche Äußerungen über die Nachfahren des Heiligen Patrick zu bieten habe.

»›Aber als Sergeant Roarke ein zweites Mal von dem leicht erregbaren Corporal O'Hanlon herbeigerufen wurde, geschah dies aus einem anderen Grunde. Das Kind, so berichtete O'Hanlon, würde in den Büschen ›gar jämmerlich‹ weinen, und es solle doch besser 'jemand nach ihm sehen, dem armen, kleinen Ding'. Corporal O'Hanlon hatte, so scheint, genug der Grobheiten von seiten seines Sergeants erfahren und wollte sich somit aus keinem Grunde von seinem Posten entfernen, und sei es auch für einen guten Zweck.

Sergeant Roarke jedoch war weniger vorsichtig, und da das Schluchzen eines kleinen Kindes an die weicheren Seiten seiner Natur rührte, begann er mit O'Hanlons Hilfe, die Büsche nach dem erbarmungswürdigen Racker abzusuchen. Als nach gründlichster Suche nirgendwo eine Spur des armen Kindes entdeckt werden konnte, das Weinen dennoch nicht aufhören wollte und einmal von hier, dann wieder von da zu hören war, so schien es, gingen erst O'Hanlon und dann Roarke schlagartig der Begeisterung für ihr Vorhaben verlustig; die beiden Soldaten verließen O'Hanlons Posten in ernster Stimmung und wurden für das vorzeitige Abrücken hernach von ihrem Offizier heftig getadelt.‹«

»Kann ich mir lebhaft vorstellen«, grinste Sam. »›Bei meiner Treu, Captain Sör, ganz schaurig ward's, geweint und geschluchzt hat's ohne Unterlaß, und dabei war's so sichtbar wie das Mondlicht, Sör.‹«

»Sam, letzte Nacht hast du gesagt, daß Tracks Kadett von einem weinenden Kind gesprochen hat.«

Das rief Sam zur Ordnung. »Ja, so was hat er erwähnt. Kinder, die rumlärmten und dann im Studierzimmer weinten oder so was.«

»Das paßt, Liebling. Schau, da haben wir diese zwei braven Jungs, die im November 1835 in den Büschen rumsuchen nach einem weinenden Kind, was nicht da ist. Und denk dran, unser unglücklicher Freund Adonijah Proctor ist *immer noch in West Point* und ertränkt in irgendeiner Bar seinen Kummer oder so was. Jetzt hör zu. Adonijah hat von dem Vorfall gehört:

›Dann trug es sich zu, daß Captain Proctor, eine einsame und tragische Gestalt, die Soldaten peinlich genau über ihr Erlebnis befragte; und hernach gab es vielfältige Berichte über das weinende Kind, das in der Nähe des Postens gehört wurde, vor allem im Spätherbst. Doch wurden diese Berichte, die in den 30ern des Jahrhunderts sehr zahlreich gewesen waren, weitaus rarer mit Ausbruch des mexikanischen Krieges, und Captain Proctors Zustand, der schon jahrelang düster gewesen war, verschlechterte sich zusehends. Sein Nachsuchen um Teilnahme am Kampf war angesichts seines fortgeschrittenen Alters ein ungewöhnliches Ansinnen, aber jemand scheint sich seiner Bitte angenommen und ihm die Einberufung verschafft zu haben, die ihn dann das Leben kostete – obwohl, den Berichten von General Hancock zufolge, dieses Leben ohne Bedauern erlosch und, so können wir denken, in der Hoffnung auf eine lang ersehnte Vereinigung.

1857 finden wir wiederum Hinweise auf das weinende Kind, unter Bedingungen, die an Corporal O'Hanlons Begegnung gemahnen. Zu dieser Zeit stoßen wir auch auf einen ersten Bericht von einem Geist in einer altertümlichen Uniform. Die Erscheinung sucht den Landstrich heim, auf dem sich einst Captain Proctors Zuhause befand. Es wird überliefert, daß diese neue Gestalt keine andere als Captain Adonijah Proctor ist, der zurückgekehrt sei, um sein verlorenes Kind zu suchen. Jedoch mag es zur Beruhigung dienen, daß der Geist von jenen, die ihn kannten, darunter zwei Kadetten, mit denen ich im Krieg diente und die mir während des Winterlagers 1864 viel über ihn berichteten, als ganz und gar harmlos und auf eine Art, die die beiden nicht zu erläutern vermochten, gütig beschrieben wird.‹«

Sam streckte sich auf dem Teppich aus. »Von wann, sagst du, stammt dieser Text?«

»1876«, antwortete Maggie. »Der Autor hat seine letzten Jahre vorwiegend in West Point verbracht und sich 1887 nach Cornwall-on-Hudson zurückgezogen. Diese Geschichte ist eines von zwei Büchern, die er verfaßte; das andere besteht weniger aus Historie und mehr aus persönlichen Erinnerungen. Es könnte in einer sehr kleinen Auflage nur für seine Freunde erschienen sein. Jedenfalls scheint es keine Exemplare mehr davon zu geben.«

Sam starrte sie ungläubig an und runzelte die Stirn. »Lieber Gott, Mag – wie hast du das alles rausgekriegt?«

»Die gute alte Mrs. Seamus O'Grady.«

»Das war also kein Witz! Wer ist Mrs. Seamus O'Grady?«

»Sie arbeitet in der Bibliothek, und zwar offenbar seit der Schlacht bei Gettysburg. Älter und gebrechlicher kann man gar nicht mehr sein. Sie zu befragen war wie mit 'ner Amöbe zu boxen. Aber sie weiß die guten Sachen und kannte die ganze Geschichte vom alten Adonijah.«

»Herrgott, Mag, so alt kann sie doch gar nicht sein!«

»Natürlich nicht, Dummkopf. Sie wußte von Adonijah, weil ich nicht die erste war, die was über ihn wissen wollte.«

»Aha!«

»Man hat sie zweimal nach ihm gefragt. Das erste Mal 1947, und dann wieder 1968. Beim letzten Mal passierte das wegen des Durcheinanders, das das Auftreten des Geists in diesem Jahr ausgelöst hatte, und zwar im Zuge einer Untersuchung, die ein Colonel durchführte, an den sie sich nicht erinnern kann –«

»Sehr hilfreich.«

»Jedenfalls legte sie dann mit einer langen Klagerede darüber los, wie blöde es doch sei, Bücher nach dem System der Library of Congress zu archivieren. Ich mußte sie ein bißchen scheuchen, um sie wieder aufs richtige Thema zu bringen.«

»Du bist hart wie 'n Spechtschnabel, Mag.«

»So bin ich nun mal. Hast du jemals vom Ladies' Reading Club gehört?«

»Ich bin mir keiner Kenntnisse über eine solche Körperschaft bewußt.«

»Nun, laut Mrs. O'Grady ist der Ladies' Reading Club eine inoffizielle Vereinigung, die sich aus den Gattinnen aktiver und pensionierter Lehrkräfte der Akademie zusammensetzt und in der Zeit entstand, als die Ehefrauen hier sich noch der Muße widmen konnten. Die Gruppe traf sich zweimal monatlich, und bei jeder Sitzung stellten ein, zwei Frauen Aufsätze über dieses oder jenes Thema vor. 1947 präsentierte eine der Frauen einen Text über den Geist von Adonijah Proctor.«

»Wer war das?«

»Mrs. O'Grady erinnert sich nicht daran. Sie behauptet jedoch, daß das alte Frauenzimmer dabei auf dieses Buch hier zurückgegriffen hat und daß man 1947 schon von ihm als dem ›Geist von der 47. Division‹ sprach.«

»Heureka!«

»Du klingst nicht sehr aufgeregt, mein Schatz.«

»Maggie, ich versuche nicht, einen Geist zu finden. Ich versuche Thesen aufzustellen, die das Übernatürliche als Ursache für diesen Blödsinn *ausschließen.*«

»Du meinst, du liegst hier und erzählst mir, daß du keinen Geist finden willst?«

»Falsch, Liebste. Ich sage, ich *werde* keinen Geist finden. Und zwar, weil es keine Geister gibt.«

»Mistkerl! Ich bringe den ganzen verdammten Tag damit zu, eine senile alte Bibliothekarin auszuquetschen, die seit vierzig Jahren nichts anderes mehr tut, als Silberfische totzutreten, und du erzählst mir, Adonijah Proctor interessiert dich nicht?«

»Doch, doch, er interessiert mich, er interessiert mich. Ich glaube bloß, daß ich ihn nirgendwo außer in seinem Grab finden werde.«

Maggie schlug das Buch zu, stand auf und marschierte Richtung Küche. »Ich bin sicher, daß Liam meine Bemühungen zu schätzen weiß.«

»Das bezweifle ich nicht. Track sagt, alles, was er weiß, ist von Spinnweben überzogen.«

»Spinnweben, wahrhaftig«, rief Maggie aus der Küche. »In deinem Kopf sind bloß keine Spinnweben, weil die sich vor Hohlräumen fürchten.«

»Uuh!«

Ein entsprechender Schlachtruf kam aus der Küche zurück.

»Mag, vergib mir, und hol mir ein Glas irgendwas.«

»Hol's dir selbst, Bondurant.«

»Okay, Mag, machen wir einen Friedensvertrag. Ich geb mich mit dem Teil von diesem Käse ab, den ich okay finde – was heißt, irgendwas, was ich auf einem Oszillographen sehen kann.«

»Philister!«

»Liam betrachtet die Sache unter dem Aspik –«

»O Gott, auch noch Kalauer!«

»Aspekt, daß der Geist sich im Kopf und nicht außerhalb befindet, und du, meine Teuerste, darfst dich auf den Pfad begeben, der von Unkraut überwuchert und mit Ästen verhangen ist.«

Maggie kam mit zwei Bieren und einer Tüte Kartoffelchips herein und schmetterte: »*And that's the road to fair Elfland, where you can I maun gae.*«

»Manchmal denke ich wirklich, daß du aus jenem fernen Lande stammst, Maggie.«

»*I Married a Chick from the Fourth Dimension?*«

»Ich hoffe, du glaubst nicht, daß ich eindimensional bin.«

»Natürlich nicht, liebster Gatte. Du verfügst mindestens über zwei Dimensionen.«

3

Tracks Kadett traf pünktlich um 9.30 Uhr ein. Er sah aus wie erwartet: groß, breitschultrig, blond und nervös und merklich verstört. Sam war davon ausgegangen, daß man es ihm ansehen konnte – schließlich war Track schon aufgrund eines kurzen Anrufs beunruhigt gewesen, und Track ließ sich nicht so schnell aus der Ruhe bringen. Sam ging durch den Kopf, daß Tetzel wie jemand aussah, der ein Gespenst gesehen hatte.

Track eröffnete die Sitzung, indem er klarstellte, daß Tetzel kein Spinner war. »John besucht Patti und mich seit Anbeginn seiner Laufbahn. Er war immer hundertprozentig verläßlich. Ich weiß auch, daß Stu Broadnax ihn für einen exzellenten Soldaten hält. Ich bringe diese Nachtkrappsache hier nur zur Sprache, Jungs, weil ich von der Integrität und vom Urteilsvermögen dieses Mannes völlig überzeugt bin. Wenn John der Meinung ist, daß man sich darum kümmern sollte, glaube ich das bedingungslos.«

Tetzel errötete unter seiner Blässe.

Liam, der sich wieder auf einem Stuhl lümmelte, rührte sich und schaute Tetzel aufmunternd an. »Erzählen Sie uns doch einfach, was los ist, und warum Sie es für wichtig genug halten, um sich in diese Gruselstätte hier zu bemühen und uns eine Geistergeschichte zu erzählen.«

»Sir, ich hätte beinahe nichts davon erzählt. Aber diese Sache ging mir schon etwa eine Woche im Kopf rum, und ich habe Major D. davon berichtet, und dann, Montag nacht ...

»Fangen wir ganz am Anfang an«, sagte Sam.

»Ja, Sir. Wir – äh – wir hörten schon im September Gerüchte, daß was nicht stimme, bevor ich überhaupt was von dem Problem dieser Erstjährler wußte. Mir schien es unwichtig zu sein, und in der Kompanie machten sie darüber Witze. Mitte September informierte mich einer der Zugführer – Andrea Linnell aus der 46. Division –, daß einige Erstlinge im Fernsehraum herumrennende Kinder gehört hätten. Nicht, daß die Kinder da wirklich rumgelaufen waren. Die Leute hörten nur diese Geräusche, während sie fernsahen.«

»Haben sie irgend etwas gesehen?« fragte Sam und sah ihn stirnrunzelnd an.

»Nein, Sir. Nur Lachen und Scharren, sie wußten aber nicht, woher. Das hat Andrea berichtet. Wir sind ja in der Nähe der Sporthalle, und manchmal toben dort noch Kinder – meistens kleinere Offizierskinder – herum, nachdem sie im Schwimmbad waren oder so. Da sind auch noch andere Kinder, richtige Mistrangen, die nach dem Zapfenstreich aufs Gelände kommen. Sie machen Lärm, und ein paar Fensterscheiben sind zu Bruch gegangen. Andrea hat nachgefragt, ob es so klang, als seien die Kinder innerhalb des Gebäudes oder außerhalb, und die Erstjährler sagten, sie hätten es nicht unterscheiden können. Die Stimmen waren weit entfernt, aber es klang nicht, als ob sie von außen kämen.

Ich rief beim Regiment an und gab das zu Protokoll. Ich hab mit dem Stabschef gesprochen; er dachte, ich sei verrückt, aber er ließ die Wachen eine Woche lang spätnachts nachsehen, und nichts tat sich.«

Liam beugte sich zu dem Kadetten, versuchte sein Vertrauen zu gewinnen. »Hat jemand versucht, die Ursache des Lärms zu ergründen?«

»Ja, Sir, jedesmal. Andrea sagt, sie hätten überall gesucht, im ganzen Haus, in den Latrinen, auf den Treppen. Sie hörten die Geräusche, aber sie fanden nichts. Schließlich ging Andrea eines Nachts rüber, als es wieder passierte und nahm die ganze Division in Augenschein. Sie sagte, es war seltsam – es klang nicht richtig, nicht nach richtigen Stimmen.«

»Was meinte sie damit?« fragte Sam.

»Das habe ich sie auch gefragt. Sie sagte, sie könne es nicht erklären. Es klang nicht nach wirklichen Geräuschen.«

»Wirkliche Geräusche?« fragte Sam. »Wie kann ein Geräusch nicht nach einem Geräusch klingen?«

»Sir, ich weiß es nicht. So hat Miss Linnell es ausgedrückt.« Tetzel fuhr in derselben Art fort und berichtete einige Minuten lang von den Gremlin-Witzen in der Kompanie und fügte hinzu, daß, Witze hin oder her, das Fernsehzimmer sich als Treffpunkt keiner großen Beliebtheit mehr erfreute.

»Dann, vor drei Wochen, veränderten sich die Geräusche. Die Kinder lachten nicht mehr. Sie wimmerten, und manchmal weinten sie – kein normales Weinen, sondern richtige Schreie. Dann hörte es einfach auf. Eines Tages nach dem Mittagsappell kam Andrea zu mir und sagte, da sei ein Grünschnabel in ihrer Truppe, der mit mir reden wolle. Ich fragte sie, um was es ginge, und sie sagte, ich würde ihr doch nicht glauben, wenn sie's mir erzählte, und ich solle mit dem Burschen selbst reden. Ich sagte ihr, er solle gleich nach dem Abendessen bei mir antreten.

Dann kam er. Ich hatte ihn in erster Linie als etwas zapplig in Erinnerung – nicht schlimm, nur Kleinkram. Er war etwas unorganisiert. Sein Truppführer hatte einige Arbeit mit ihm, und sein Zimmergenosse mochte ihn nicht, was es noch schwieriger machte.«

Liam fragte sich, ob der Bursche ins Waschbecken gepißt hatte. Sein erster Zimmergenosse, ein magerer, asthenischer Junge aus Pennsylvania, hatte sich so gefürchtet, von den anderen verlacht zu werden, daß er diese Strategie ersonnen hatte, um nicht auf den Flur gehen zu müssen, wo die Gefahr bestand, von den älteren Jahrgängen entdeckt zu werden – bis Liam ihn auf frischer Tat ertappt und dem armen Kerl mitgeteilt hatte, daß er seine Eier zum Frühstück verspeisen könne, wenn er das noch mal täte. Liam hatte sich den geistgeplagten Jungen wie ein Abbild dieses historischen Opfers vorgestellt.

»Hatte er – hat er – intellektuelle Schwierigkeiten?« fragte Liam.

»Nein, Sir, nichts Dramatisches. Eine vier in Psychologie.« Sam lachte. »Er ist nicht sehr helle. Hauptsächlich Sportler. Hockeyspieler. Sieht aus wie'n Schnitzel mit Gesicht.«

Liam korrigierte sein inneres Bild. Solche Kadetten ließen sich nicht durch Verhöhnen vom Pißbecken fernhalten.

»Hat er Freunde in der Kompanie?« fragte Track.

»Nicht viele, Sir. Er ist ein bißchen aggressiv. Spricht nicht viel, lacht selten.«

»Erzählen Sie uns doch von seinem Besuch bei Ihnen«, sagte Liam.

»Ja, Sir. Mister Barstow – so heißt er – kam an diesem Abend zu mir. Ich war ziemlich überrascht über sein Aussehen, Sir. Normalerweise sieht er ziemlich stur aus. Nicht rebellisch, aber irgendwie ungerührt. An diesem Abend sah er aber anders aus. Er war müde und hatte ziemliche Mühe, die Worte rauszukriegen.

Er fing an, indem er erklärte, er hätte ein großes Problem. Er stotterte ziemlich rum, und ich erinnere mich, daß ich dachte, herrje, er hat grade festgestellt, daß er schwul ist. Er sagte, er hoffe, er hätte nur Phantasien, oder es würde vielleicht wieder weggehen, aber er könne nicht mehr schlafen und würde abnehmen und im Unterricht Mist bauen. Ich sagte ihm, er solle aufhören drumrumzureden. Da schaute er mich an und erklärt: ›Sir, in meinem Zimmer spukt es.‹

Ich wußte nicht, was ich sagen sollte. Aber jetzt wurde er wenigstens offener; ich schätze, er hatte darauf gewartet, das Ganze bei jemandem abladen zu können, und jetzt redete er sich in Rage. Er erzählte, daß er seit Wochen immer mal wieder vor dem Morgengrauen aufwache und dieses Etwas an seinem Bett stehen sehe, und er würde es anstarren, und es würde ihn anschauen, und dann seien da diese ganzen kleinen treibenden Lichter, und das Etwas würde sich umdrehen und durch die Wand gehen. Er sagte, währenddessen sei es kalt im Zimmer, und er würde es gleich spüren, wenn das Etwas wieder weg sei.«

»Und was ist ›das Etwas‹?«

»Er sagte, es sei ein Mann, eine Art durchsichtiger grauer

Mann in einer altmodischen Uniform mit einem Umhang und einer dieser großen Schirmmützen, die sie im mexikanischen Krieg getragen haben.«

»Hat sein Zimmergenosse es auch gesehen?«

»Zuerst nicht, Sir. Sein Zimmergenosse ist ein Bursche namens Eliot Carson. Wirklich anständiger Bursche, hilft – oder half – Barstow bei seinen Kursen. Zuerst weckte Barstow ihn immer, aber das Etwas verschwand ständig, und Carson hatte die Nase voll von ihm und sagte, er solle zum Psychologen gehen oder zum Geisterjäger oder sonstwohin, aber er solle ihn schlafen lassen.«

»Statt dessen kamen Sie und haben ihn ausgefragt«, sagte Sam. Liam ignorierte ihn.

»So war es wohl, Sir. Jedenfalls wachte Carson eines Nachts auf und sah es auch – er hatte ein Geräusch von Barstow gehört und schaute hinter die Trennwand in Barstows Alkoven. Da war es, und es sah genauso aus, wie Barstow es beschrieben hatte. Das war am Donnerstag letzter Woche, nach Mitternacht. Ich schätze, nachdem der Zimmergenosse es auch gesehen hatte, fand Barstow es weniger peinlich, damit rauszurücken.

Naja, ich hab ihm eine Menge Fragen gestellt, und er war sich in allem ziemlich sicher. Ich fragte ihn, ob er in ein anderes Zimmer umziehen wolle, und er sagte, nein, das Etwas hätte eine freundliche Ausstrahlung, fast, als ob es ihn beschützen wolle.«

»Vor was?« fragte Track. »Hat es mit ihm gesprochen?«

»Das habe ich ihn auch gefragt, Sir. Er sagte, er wisse es nicht. Aber etwas anderes sagte er – daß er den Eindruck gehabt habe, daß noch etwas im Raum sei, etwas weniger Wohlgesonnenes. Es war nur so ein Gefühl, sagte er, und irgendwas, was er ein- oder zweimal aus dem Augenwinkel gesehen hat oder zu sehen glaubte. Er konnte es nicht beschreiben, und er war ziemlich außer sich, als er darüber sprach. Also ließ ich ihn gehen und sagte ihm, er solle Carson zu mir schicken.

Carson erschien ein paar Minuten später, und der war in noch üblerem Zustand. Er erklärte, er hätte den Geist zweimal gesehen – einmal so, wie Barstow ihn beschrieben hatte, und einmal, während Barstow schlief. Das zweite Mal war in der Nacht vor dem Gespräch mit mir. Er weinte, von wegen harmlos könne er nichts sagen, nur daß das Ding kein Witz sei. Ich fragte ihn, ob Barstow ihm davon erzählt habe, und er sagte, ja, er hätte es vor ein paar Wochen erwähnt, aber er – Carson – hätte es als Alberei abgetan.

Er beschrieb es genauso wie Barstow, erwähnte aber noch etwas, das Barstow offenbar vergessen hatte. In der Nacht, als sie es beide sahen, war auf dem Fußboden Wasser zurückgeblieben, nachdem das Etwas verschwunden war; kaltes Wasser, wie geschmolzenes Eis. Darüber konnte Carson dann überhaupt nicht mehr lachen. Das Wasser war real.

Dann kam Andrea am Sonntag morgen zu mir und berichtete, daß Barstow in der Nacht abgehauen sei. Carson hatte ihn nicht vermißt, weil das Frühstück freiwillig war und er dachte, Barstow sei schon fertig; dann stellte er fest, daß Barstows Abwesenheitskarte nicht abgezeichnet war und daß sein Käppi in seinem Schrank lag.«

»Hatten sie in der Nacht den Geist gesehen?«

»Nein, Sir – zumindest Carson nicht. Aber Carson sagt, er schläft sehr fest, vor allem samstags nachts. Er sagte auch, ihr Fenster sei wieder zersprungen, und er hätte es nicht gehört, er muß also wirklich geknackt haben wie ein Stein.«

»Fenster?« fragte Sam.

»Ja, Sir. Es gibt da ein Fenster, bei dem dauernd die Scheibe kaputtgeht. Andrea war ziemlich stinkig darüber – die Handwerker mußten es seit August schon dreimal ersetzen. Sie sagen, es hat was mit Temperaturschwankungen zu tun, die den Rahmen verziehen.«

Liam schaltete sich ein. »Sie sagen, es hätte Fälle von Vandalismus gegeben. Könnte das hier mit Absicht passiert sein?«

»Ich denke nicht, Sir. Das Zimmer ist im zweiten Stock, und es ist immer dasselbe Fenster. Ich glaube nicht, daß ein Rowdy so zielgerichtet handelt.«

»Ich hab ein Fenster, das sich so verhält«, sagte Track. »Außerdem ein Klo, das wegrutscht, weil die Rohre zu schmal sind, und ein Türschloß, das in drei von fünf Fällen mit dem Schlüssel gemeinsame Sache macht, außer wenn's regnet, dann stehen die Chancen fünf zu zwei. Ein Hoch auf staatliche Gebäude.«

»Ich habe mit Andrea darüber gesprochen, und wir fanden, wenn die Sache so schlimm ist, daß Barstow das Weite sucht, sollte ich mit Major Broadnax darüber sprechen.«

»Hat Barstow jemanden angerufen?« fragte Sam. »Ich will Sie nicht aus dem Konzept bringen, aber hat sich jemand bei ihm zu Hause erkundigt? Irgendeine Spur, wo er hin ist?«

»Nein, Sir. Die Stubenaufsicht sagte, er hätte jemanden etwa um halb vier an der Schreibstube vorbeigehen hören, dachte aber, es sei einer auf dem Weg zur Latrine. Ach ja, und er meinte, er hätte die Kinder wieder gehört – das Weinen und Rumoren. Vielleicht hat er deshalb nicht nachgesehen, wer da rumwanderte.«

»Gab es Hinweise darauf, daß Barstow sich unerlaubt von der Truppe entfernen wollte?« fragte Liam. »Meistens verschwindet jemand nicht einfach, sondern er gibt irgendwelche Zeichen vorher.«

»Ja, Sir, ich weiß, was Sie meinen. In letzter Zeit nicht, aber er sprach wohl ganz am Anfang mal davon abzuhauen – das hat mir mein Zimmergenosse erzählt. Das ist Mort Hazlett, der zu der Zeit Barstows Zugführer war. Sein Truppführer schickte ihn zum Beratungszentrum und hoffte, jemand würde ihm Mut machen ...«

»Abzuhauen oder zu bleiben?« fragte Track.

»Das hat er nicht gesagt, Sir. Aber er blieb dann da, zumindest bis Samstag nacht.«

»Oder Sonntag morgen«, warf Liam leise ein.

»Sie sagten, Sie hätten sich entschieden, mit Major Broadnax zu sprechen«, meinte Sam.

»Ja, Sir. Aber eine Sache wollte ich noch ausprobieren. Ich mußte die Ruhe bewahren. Also beschloß ich, in dem Zimmer zu schlafen und selbst nachzusehen.«

»Wenn Sie mir das am Sonntag gesagt hätten«, sagte Track, »hätte ich Ihnen davon abraten können.«

»Das habe ich mir gedacht, Sir«, sagte Tetzel. »Ich bin jedenfalls Montag nacht nach Zapfenstreich da rüber. Ich schlief in Barstows Bett. Ich hab das Ganze nicht so ernst genommen. Ich dachte mir, er hätte Alpträume oder schwache Nerven, oder es gäbe einen Scherzbold in der Division, der sich einen Spaß erlaubte. Es dauerte eine Weile, bis ich eingeschlafen war, aber irgendwann nach Mitternacht horchte ich dann heftig an der Matratze.

Ich erinnere mich, daß ich schlecht geträumt hatte – ich glaube, das war kurz, bevor ich aufwachte. Dann – Sie wissen, wie das ist, wenn man einen Alptraum hat und zu sich kommt und merkt, daß man nur geträumt hat? So ging es mir. Ich war nur halbwach und wußte nicht mal richtig, wo ich war. Dann kriegte ich dieses Gefühl, gelähmt zu sein. Ich war völlig fertig, aber ich versuchte, meinen Arm zu bewegen, und es ging nicht.

Dann spürte ich irgendwie, daß jemand im Raum war. Ich lag auf der Seite, mit dem Gesicht zur Wand, und konnte nichts sehen, aber ich wußte, daß jemand da war, ich spürte, daß mich jemand ansah. Erst in diesem Moment erinnerte ich mich, warum ich dort war, und stellte die Verbindung her. Das packte mich wirklich wie – tja, ich weiß kein passendes Wort dafür. Es war, als ob alle Kraft aus mir rausgesogen würde, als sei ich völlig hilflos, und dieses Etwas könne alles mit mir machen.«

»Noch zu diesem ›wissen, ohne es sehen zu können‹«, sagte Sam. »Haben Sie irgendwas gehört oder gespürt?«

»Nur so eine Art Druck. Ich erinnere mich, daß ich an diesen Typ in *Catch 22* dachte, der immer Angst hat, eine Katze könnte auf seinem Gesicht schlafen und ihn ersticken …«

»Hungry Joe«, sagte Liam.

»Ja, Sir. So fühlte es sich an – wie eine große, weiche Katze, die auf mir lag. Mein Mund war völlig ausgetrocknet. Ich atmete tief durch – was mir schwerfiel –, und ich konnte nur krächzen oder zischen. Ich konnte meine eigene Stimme nicht hören, aber offensichtlich war ich laut genug, um Carson zu wecken.

Mit den Tönen wich auch der Druck ein wenig. Ich schaffte es, mich auf den Rücken zu drehen, und ich erinnere mich, daß ich dann diese Art grauer Wolke über dem Bett sah. Ich sah sie nur undeutlich. Ich bewegte mich ein bißchen, dann spürte ich, daß Carson mich wachrüttelte und immer sagte: ›Das war es, Sir, das war es.‹«

»Sie sagen, Carson mußte Sie wachrütteln«, sagte Liam. »Aber vorher haben Sie behauptet, daß Sie schon wach waren. Was stimmte denn nun?«

»Ich schob Carsons Hand weg, Sir, und sagte ihm, ich sei schon wach. Er sagte, er hätte gehört, daß ich ein Geräusch machte, und als er nachschaute, sah er den Geist und daß ich mich auf die Ellbogen gestützt hatte und ihn anstarrte. Er sagte, er habe mich eine ganze Weile beobachtet, und dann habe das Ding wieder seinen Abgang durch die Wand gemacht – so drückte es Carson aus –, und ich hörte nicht auf zu starren, weshalb er mich rüttelte.«

»Vorher erwähnten Sie«, sagte Sam, »daß die anderen eine graue Gestalt gesehen hätten, nicht nur eine Wolke. Ging Ihnen das auch so?«

»Nein, Sir. Ich erinnere mich nicht genau daran, was ich sah. Ich sehe es jetzt nicht mehr vor mir – nur so eine Art blassen Fleck. Und ich glaube, ich sah, wie das Etwas sich auflöste. Barstow und Carson sagten, sie sahen immer, wie es sich umdrehte und von einem Kreis von Lichtern umgeben durch die Wand ging. Davon habe ich nichts mitbekommen.«

»Haben Sie sonst noch was Ungewöhnliches bemerkt?« fragte Track.

»Ja, Sir. Plötzlich, nachdem Carson mich gerüttelt hatte, war mir kalt. Es war eiskalt im Zimmer. Ich legte mir Barstows grünes Mädchen um …«

»Sein *was?«* fragte Sam.

»Seine Extradecke, Sir. Wir nennen sie grünes Mädchen. Als Carson das sah, sagte er, so sei es immer. Er meinte, ich solle zum Heizkörper rüberkommen. Er war an, aber man mußte die Hand zwischen die Rippen stecken, um irgendwas von der Wärme mitzukriegen. Und an den Fenstern war Eis. Das war wirklich der Hammer, Sir – ich habe morgens nachgesehen: Es hat in dieser Nacht nicht gefroren.«

»Woher wissen Sie das?« fragte Sam.

»Sir, ich habe morgens in der Zeitung nachgesehen – es soll um die fünf Grad gehabt haben.«

Sie schwiegen eine Weile. Track schaute zu Liam, der an seiner Lippe nagte. Der Kadett schien peinlich berührt.

»John«, sagte Liam schließlich, »vorher sagten Sie, daß Sie schlecht geträumt hätten. Von was handelte der Traum?«

Ein Hauch von Mißtrauen lag auf Tetzels Gesicht. »Nicht von dem Geist, Sir.«

»Schon okay«, sagte Liam, »aber ich sammle Träume. Wenn er nicht allzu intim ist, würde ich ihn gerne hören.«

Tetzel lachte. »So eine Art von Traum war es nicht, Sir. Die habe ich nie montags.« Track schnaubte.

»Ich weiß nicht mehr, wie er anfing, Sir. Ich glaube, ich glitt von einem in den anderen. Ich träume nicht so sinnvoll. Ich erinnere mich nur, daß ich Urlaub hatte und zu Hause war. Meine Mutter kam darin vor und meine kleine Schwester Jeannie. Mam war wegen irgendwas wütend auf sie. Ich weiß nicht mehr, was es war, aber sie sprach ganz leise mit ihr, ganz merkwürdig – sie spricht sonst nie so –, und Jeannie fürchtete sich. Dann zerrte meine Mutter sie in ihr Zimmer und sperrte sie in einen Schrank, in dem sie ihre Puppen und Spielsachen und alte angeknabberte Süßigkeiten und Krimskrams aufbewahrt, und sagte, Jeannie müsse da drin bleiben, bis sie wieder in Ordnung sei. Ich erinnere mich nicht genau daran, was sie sagte – ich glaube, es war ›in Ordnung‹ oder so was. Bis sie wieder ›in Ordnung‹ sei. Ich versuchte, sie davon abzuhalten – Jeannie hat Angst vor Dunkelheit, und sie fing an zu weinen und zu schreien und hämmerte gegen die Tür. Ungefähr da bin ich aufgewacht.«

Liam nickte und sagte sehr sanft: »Wie alt ist Jeannie?«

»Sie ist achtzehn, Sir. Sie ist bald mit der Highschool fertig. In diesem Schrank mit den Spielsachen sind schon seit langer Zeit Schuhe und Kleider und anderes Zeug.«

»Ist so etwas jemals passiert? War das eine typische Art von Bestrafung in Ihrer Familie?«

»Nein, Sir! Wir haben nicht mal Schläge oder Klapse oder so was gekriegt. Meine Mutter versuchte mit uns zu sprechen wie mit Erwachsenen. Das war ihre Philosophie, uns wie Erwachsene zu behandeln, und wenn das nichts nützte, die Sache Dad zu übergeben. Seine Art von Philosophie war das zwar nicht, aber er hat uns niemals in den Schrank gesperrt.«

Liam beugte sich vor, sehr aufmerksam. »John, könnte ich es Ihnen zumuten, ein paar einfache Tests durchzuführen? Auch wenn sie etwas albern scheinen?«

»Natürlich, Sir. Gleich jetzt?«

»Gleich jetzt. Setzen Sie sich aufrecht hin, John, und stellen Sie die Füße fest auf den Boden. So ist es richtig. Legen Sie jetzt die Hände auf die Armlehnen. Schauen Sie zu mir.« Liam bewegte seinen Finger in einer Entfernung von etwa 15 Zentimetern vor Tetzels Augen hin und her, die leicht zu schielen begannen, als er auf den Finger starrte. »Jetzt möchte ich, daß Sie meinem Finger mit dem Blick folgen, ohne den Kopf zu bewegen. Genau, hinterherschauen, wie Sie zu Ihren Augenbrauen hochschauen. So ist es richtig. Jetzt lassen Sie Ihre Augen so und schließen sie ganz langsam, behutsam, nein, nur die Lider, schauen Sie weiter nach oben; noch ein bißchen mehr, genau so. Okay, entspannen Sie Ihre Augen.« Tetzel zwinkerte heftig und schaute zu Track, als wolle er fragen, ob man Liam vertrauen könne. Track lächelte.

»Noch ein Test«, sagte Liam. »Denken Sie dran, ich hatte gesagt, es könnte etwas albern wirken. Also, schließen Sie die Augen. Entspannen Sie sich. Stellen Sie sich vor, ich hätte einen Ballon an Ihr linkes Handgelenk gebunden, einen großen Ballon, der mit Helium gefüllt ist. Sie spüren den Zug, einen leichten, stetigen Zug, der Ihren Arm hochzieht. Entspannen Sie sich völlig, lassen Sie den Ballon nur seine Wirkung tun, entspannen Sie sich, und geben Sie dem Zug des Bal –« In diesem Moment ruckte Tetzels Arm leicht, als würde er von dem imaginären Ballon in die Höhe gezogen. Liam nagte wieder an seiner Lippe, fuhr dann hastig fort: »Geben Sie dem Ziehen des Ballons nach, genau, lassen Sie zu, daß er Ihren Arm zieht.« Als Tetzels Hand etwa fünfzehn Zentimeter über der

Stuhllehne schwebte, sagte Liam, er könne die Augen öffnen und sich wieder entspannen.

»John, haben Sie heute nachmittag etwas Zeit?«

»Ja, Sir. Ich könnte um 14 Uhr 30 oder etwas später wiederkommen.«

Liam beugte sich wieder vor. »Sind Sie schon mal hypnotisiert worden?«

Tetzel lächelte und schaute wieder zu Track. »Nein, Sir. Warum wollen Sie mich hypnotisieren?«

»Ich glaube, daß Sie sich dann leichter an das erinnern könnten, was Sie gesehen und gehört haben, auch wenn Sie zu diesem Zeitpunkt im Halbschlaf waren. Ich bin sicher, daß Sie Ihre Erinnerungen an Montag nacht so präzise wie möglich wiedergegeben haben, aber mit einer anderen Vorgehensweise könnten wir eventuell mehr Details erfahren.«

»John«, sagte Track, »ich glaube, Sie kommen in Zeitdruck.«

Tetzel sah auf seine Armbanduhr. »Tut mir leid, Sir – ich habe in sechs Minuten Unterricht. Klar, ich tue alles, was Sie wollen. Soll ich wieder hierherkommen?« Liam nickte, womit er zu Sams Ärger über dessen Büro verfügte. Tetzel sagte zu und stürzte aus dem Büro, um es noch rechtzeitig zu seiner Stunde zu schaffen.

Track sprach zuerst. »Na, kann ich Wetten annehmen?«

»Höchst eindrucksvoll«, sagte Sam. »Maggies Woche ist gerettet.«

»Was meinst du, Liam?«

»Wie Sam«, sagte Liam, »bin ich beeindruckt.«

»Ist es ein Geist?«

Sam und Liam schüttelten beide den Kopf. »Nein, Track«, antwortete Liam, »der Geist ist in ihren Köpfen.«

»Aber die zwei Erstjährler beschreiben ihn auf dieselbe Weise, und Tetzel hat mit Sicherheit auch etwas gesehen.«

»Naja«, sagte Liam, »sie beschreiben eine graue Form. Aber mit Ausnahme von Barstow, der sie zuerst gesehen hat, haben sie alle eine Beschreibung davon gekannt, *bevor* sie sie selbst sahen. Diese Beschreibung ist nicht nur suggestiv, sie kann auch sehr leicht in eine autosuggestive Form umgewandelt werden, weil sie alte Uniformen dieser Art aus dem Museum, von alten Drucken in der Bibliothek, Diavorträgen über die Geschichte von West Point und von zig anderen Plätzen kennen. Das ist recht leicht zu erklären.«

»Und was ist mit der Kälte?«

»Denk daran, Track, daß Barstow ihm von der Kälte erzählt hat, was suggestiv war und zudem in Zusammenhang mit übernatürlichen Dingen ein Klischee ist, wie der treue Hund, der die Erscheinung zuerst wittert. Dazu kommen vielleicht einige reale physische Faktoren. Er lag auf der Seite, und er sagte, es habe eine enorme Anstrengung bedeutet, sich auf den Rücken zu drehen. Vielleicht war ihm der Arm eingeschlafen, und die Kälte, die er spürte, war das Blut, das in den Arm zurückschoß.«

»Und warum konnte er sich nicht bewegen, Liam?«

»Das ist absolut natürlich. Er war in düsterer, suggestiver Verfassung, als er sich schlafen legte, und dann hatte er den Alptraum. Ich nehme an, daß das Erlebnis mit einem Schreck beim Aufwachen – einem *cauchemar* – begann, bei dem man in einer Art Halbschlaf ist. Ein solcher Zustand hat viele Ähnlichkeiten mit einem Hypnosezustand, und da kann es zu Erscheinungen wie hysterischer Lähmung kommen. Wenn er sich wirklich die Nerven abgeklemmt hat und sein Arm deshalb kalt wurde, kann das den Effekt verstärkt haben.«

»Hat dich das alles gar nicht gepackt, Liam?« fragte Track.

»Doch, alles sogar. Und es gibt einen Punkt, bei dem ich immer noch unsicher bin – nicht wie bei den Mutmaßungen, mit denen ich versucht habe, dieses Erlebnis zu erklären –, weshalb ich auch jetzt noch nicht darüber sprechen möchte.«

»Und was ist damit, daß beide es sahen?« fragte Sam.

»*Folie à deux.*«

Sam widerstand der Versuchung, von Maggies Entdeckungen zu erzählen. Seine Reaktion glich im wesentlichen der von Liam, aber aufgrund der Ähnlichkeiten mit den alten Geschichten war er sich weniger sicher. Er glaubte nicht, daß er einem Geist begegnen würde, aber er fragte sich, ob der Erstjährler Barstow die Sache nicht ausgeheckt und seinen Zimmergenossen und seinen Kompanieführer damit verrückt gemacht hatte. Kannte Barstow das Buch von Upton? Es müßte auf dem Laufzettel im Buch vermerkt sein. Vielleicht hatte er es aber auch in der Bibliothek gelesen, ohne es auszuleihen. Ob Maggie das herausfinden konnte?

Track brach zum Unterricht auf, und Sam marschierte zum Labor. Er verbrachte den Großteil seiner Zeit mit einem oder zwei Forschungsprojekten, Unterricht und Laborpraktika für die Kadetten, die in seinem Gebiet ihren Abschluß machten. Das Labor war sein ganzer Stolz. Es war mit zusammengebettelten Zuschüssen, erschnorrten Gerätschaften und hart erkämpften Subventionen aufgebaut worden. Die meisten Offiziere in der Abteilung hatten keinen Schimmer, was Sam zwei Häuser weiter trieb, in seinen Räumen, die vollgestopft waren mit stumm blinkenden Computern, mysteriösen Maschinerien und Regalen mit Käfigen, in denen weiße Ratten hausten. Sam war das völlig einerlei.

Er hatte es schon früh aufgegeben, Fremden seine Tätigkeit erklären zu wollen, und stellte sich immer als »Offizier« oder »Lehrer am College« vor. Maggie bemühte sich sehr, seine Zuneigung zu technischen Obskuritäten zu teilen, aber sie bevorzugte doch Dinge literarischer und esoterischer Art. Sam hatte keinerlei Probleme mit diesem Arrangement. Maggie gehörte zu einem anderen Teil seines Lebens, und er war sehr für Abgrenzungen zwischen den einzelnen Bereichen. Es war beispielsweise höchst mühselig, jemandem, der das Vokabular nicht kannte, seine Tätigkeiten zu erläutern. Dagegen fiel es ihm leicht, sich mit Maggie über ihre Vorlieben zu unterhalten, weil er sich in ihrer Gegenwart auf Bereiche des Geistes einlassen konnte, die mit dem geschriebenen Wort und den Geheimnissen ungeklärter und vielversprechender Theorien zu tun hatten.

Im Labor angekommen, trommelte Sam einen Kriegsrat zusammen. Der Labortechniker, ein mürrischer Spezialist namens Ortega, hatte den Vormittag damit zugebracht, die Rattenkäfige zu säubern, weil sie im Psychologiekurs der Erstjährler zum Einsatz kommen sollten. Der Offiziersanwärter, Sergeant Saganian, war im Beratungszentrum damit zugange gewesen, Colonel Lanes Empfangsdame anzubaggern, und das tat er noch, als Sam eintraf. Ortega fuhr ihm genüßlich in die Parade. Captain Salinger, ein Offizier im ersten Jahr, der die Hälfte von Sams Lehrmaterial intus hatte und sich eines soliden Grundlagenwissens in Informatik und mathematischer Psychologie rühmen konnte, wurde dem Datenlabor entrissen. Sam stellte Stühle im Kreis und erläuterte kurz, daß sie alle mit Mitteln der rationalen Wissenschaft daran arbeiten würden, den Geist der 47. Division zu untersuchen.

»Ohne Scheiß, Sir?« sagte Saganian. »Wir gehen 'n Geist suchen?«

»Ganz falsch, Sarge. Wir werden etwas suchen, was die Leute für einen Geist halten, was aber keiner ist. Wir haben eindeutige Aussagen von Zeugen, deren Aufrichtigkeit kaum zu bezweifeln ist; mehr davon gibt es heute nachmittag. Etliche Faktoren, die in diesen Aussagen erwähnt werden, können gemessen werden – vor allem das Weinen eines Kindes, etwas Sichtbares, das sichtbar oder, objektiv betrachtet, nicht ›sichtbar‹ sein mag, und, was für uns am leichtesten zu überprüfen sein dürfte, eine unerklärliche Veränderung in der Temperaturwahrnehmung. Wir haben die Ausrüstung, um diese Dinge zu messen, sowie die physiologischen Veränderungen bei jeder Person im Raum auf Monitor zu übertragen.«

»Wir verlagern uns in die Unterkünfte?« fragte Saganian.

»Müssen wir«, sagte Sam. »Wenn der Kompanieführer heute nachmittag wiederkommt, werde ich mit ihm aushandeln, was wir arbeiten können.

Wir brauchen also vier vollständige Ausrüstungen.

Einmal eine Videoausstattung mit ferngesteuertem Schwenkarm und ferngesteuertem Focus und Zoom, damit wir alles im Raum sehen können, ohne ihn betreten zu müssen, sowie einen der Videorecorder. Nehmt auch den Infrarot-Video aus dem visuellen Lab und montiert ihn auf den Untersatz neben der normalen Kamera, damit wir Wärmebilder haben. Bringt einen Umschalter an, so daß wir abwechselnd aufzeichnen können.

Zum zweiten, einen der Mikrocomputer mit Input-Output-Interface und eine Anzahl von Thermoelementen, damit wir pausenlos die Raumtemperatur in unterschiedlichen Räumen messen können. Acht Kanäle mit Analog-Digital-Input.« Er sah Salinger an. »Schreiben Sie ein Programm, mit dem wir einen Durchschnittswert auf allen Kanälen über eine relativ kurze Beobachtungszeit – sagen wir, zehn Sekunden – ermitteln können, und geben Sie uns für jeden Kanal eine gesonderte Hardcopy; nach jeder Nacht möchte ich ein Diagramm, das auf jedem Kanal Temperatur und Zeit wiedergibt. Ich möchte auch eine WENN/DANN-Vorrichtung, die einen Alarmton gibt, wenn auf einem der Kanäle etwas unter einen bestimmten Wert sinkt. Schreiben Sie als Auslösepunkt irgendeine Variable rein, und wir geben den Wert ein, wenn wir den normalen Durchschnittswert der Raumtemperatur vor Ort ermittelt haben.«

»Ist mir ein leichtes, Sir«, antwortete Salinger und rieb sich fast die Hände vor Freude.

»Verzeihung, Sir«, sagte Saganian. »Ich habe den Eindruck, daß hierbei eine Menge Nachtarbeit vonnöten sein wird.«

»Wirklich schlau, Sarge. Sie und Ortega sind in der Zeit von den anderen Pflichten befreit. Wir erarbeiten einen Zeitplan, und Sie können dann tagsüber in die Falle.

Wir werden auch den Biocomputer brauchen. Ich möchte Herzfrequenz und Hautwiderstand auf dem Monitor haben, und vielleicht mit einem Pneumograph die Atmung messen. Wir brauchen ein verdecktes Kabel vom Computer zu dem Untersuchten und müssen die Sensoren sicher, aber nicht störend anbringen können. Da laßt ihr euch was einfallen.«

Saganian nickte. Das Projekt gefiel ihm, weil es eigenständige Arbeit verhieß, bei der man ohne Fragerei seine Originalität unter Beweis stellen konnte.

Salinger war verwirrt. »Sir, warum messen wir die Vorgänge an einer Person? Was hat das mit dem Geist zu tun?«

»Hören Sie mir doch zu, George: Es gibt keinen *Geist*. Liam glaubt, daß die sichtbare Erscheinung eine Art Wachtraum ist. Wenn das stimmt, wird sich aus der Latenz bei Aktivität der unabhängigen Faktoren – erhöhter Puls, schnelle Veränderungen im Hautwiderstand etc. – ergeben, daß sie ausschlagen, *bevor* der Geist visuell wahrgenommen wird.«

»Sie meinen, er wird einen Alptraum haben, während er noch schläft, und das Zimmer sehen, das Ganze aber dann berichten, wenn er ›wach‹ ist?«

»Ganz genau. Ich möchte auch wissen, ob das mit Veränderungen im Schlafrhythmus zusammenhängt. Deshalb brauchen wir auch Monitore für zwei Kanäle am Elektroenzephalogramm. Wir werden an einen Kanal die Alpha-Wellen und am anderen die Beta-Wellen herausfiltern.«

Salinger und Saganian nickten.

»Gut«, schloß Sam, »suchen Sie das Zeug zusammen, und bereiten Sie sich darauf vor, es am Samstag rüberzuschaffen; wir wollen die Kadetten nicht beim Lernen stören, indem wir da herumrumoren. Und schlafen Sie sich vorher aus.« Er schwieg kurz, sagte dann zu Saganian: »George, ich weiß, daß Ihre Kadetten Sie im Unterricht über diese Sache ausquetschen werden.«

Saganian grinste. »Ich schätze, sie werden wissen wollen, wo ihre Computer hingekommen sind.«

»Spielen Sie das Thema runter, und sagen Sie ihnen, daß sie keine Gerüchte verbreiten sollen. Ich habe Colonel Pretorius versprochen, kein Aufsehen um die Sache zu machen. Wenn bei diesem Blödsinn irgendwas Vernünftiges rauskommt, können wir nächstes Jahr eine Fallstudie draus machen.«

»Wir haben nicht die geringste Chance, auf so einer Sache den Deckel draufzuhalten, Sir.«

Sam lachte. »So verkrampft müssen wir's auch nicht behandeln; aber *Newsweek* sollten Sie nicht grade Interviews geben.«

»Keine Angst, Sir; wir haben das ganze Spektrum drauf.«

»Das ist die richtige Einstellung«, sagte Sam. »Jetzt sammelt das Zeug zusammen, und morgen früh komme ich mit 'nem neuen Haufen von Anordnungen wieder.« Er nahm seinen Mantel und steuerte zur Tür. »Ach ja, und George ...«

»Sir?«

»Wir haben auch schon einen Titel für den Aufsatz in der Fachzeitschrift. ›Graue Schatten‹.«

4

Tetzel kam direkt nach dem Nachmittagsunterricht wieder. Zu Tracks Erstaunen bat er darum, ein paar Minuten mit Liam sprechen zu dürfen, bevor sie die Sitzung fortführten. Sam und Track verschwanden, um sich um ihre Post und den Rest des täglichen Kleinkrams zu kümmern, und Liam schloß die Tür.

»Mir läßt da was keine Ruhe«, sagte der Kadett, »seit heute morgen. Zuerst dachte ich nicht dran, aber nach dem Mittagessen fiel es mir wieder ein, und es kam mir seltsam vor. Ich weiß nicht genau, warum.«

»Wir sind ja allmählich an seltsame Dinge gewöhnt«, sagte Liam. »Tun Sie sich keinen Zwang an.«

»Tja, Sir, ich habe angefangen, mir Gedanken über diesen Traum zu machen – den Alptraum, den ich hatte, bevor ich aufwachte.«

»Den fand ich auch sehr interessant.«

»Tatsächlich, Sir? Naja, eigentlich war es gar nicht so sehr der Traum, sondern das, was ich heute morgen sagte, als ich darüber sprach. Erinnern Sie sich, daß ich sagte, meine kleine Schwester hätte Angst vorm Dunkeln?«

»Ja, natürlich. Eine ziemlich aufregende Szene.«

»Tja, ich weiß nicht, warum ich das gesagt habe. Jeannie hat nämlich vor gar nichts Angst. Ich kann mich nicht erinnern, daß sie sich jemals gefürchtet hätte, wenn wir das Licht ausgemacht haben, nicht mal, als sie klein war. Es ist wirklich merkwürdig, Sir. Ich habe das heute morgen gesagt, weil ich offenbar dachte, es sei so, aber nachdem ich weg war, habe ich mich gefragt, warum ich das bloß getan habe. Es war einfach nicht in Ordnung. Tut mir leid, Sir ...«

»Nein«, sagte Liam, »es war ganz richtig, darüber zu reden. Manchmal halten uns Träume zum Narren. Aber manchmal enthalten sie mehr Wahrheit als alles, was wir sagen oder tun, wenn wir wach sind.«

»Müssen wir Major D. davon erzählen? Es ist mir ziemlich peinlich; ich möchte nicht, daß er denkt, ich lüge.«

»Oh, das war keine Lüge«, sagte Liam. »Zumindest nicht im üblichen Sinne. Aber ich werde es nicht zur Sprache bringen. Ist Ihnen zu dem Traum noch was eingefallen?«

»Ja, da war noch was, kurz vor dem Aufwachen, aber es hatte nichts mit dem Geist zu tun ...«

»Das wissen wir noch nicht«, sagte Liam. »Es könnte wichtig sein. Ich muß wissen, wie Ihre Stimmung war, als Sie aufwachten; wie Sie sich fühlten, wie aufmerksam Sie waren.«

»Das war alles typischer Tetzelscher Traummüll. Ich hab manchmal so verschwommene Träume, kurz bevor ich zu mir komme – das sagt Mort übrigens immer: Nicht ›ich wache auf‹, sondern ›ich komme zu mir‹.«

»Ich auch«, sagte Liam.

»Dieses Mal – gleich nach der Sache mit Jeannie und dem Schrank – war da noch eine andere Frau oder ein Mädchen, das mich von hinten umarmte. Es war nicht meine Mutter und nicht Jeannie, sondern jemand anders.«

»Jemand, den Sie kennen?«

»Nein, Sir. Ein Mädchen, glaube ich, oder eine junge Frau, aber sie fühlte sich riesig an – ich meine, ich hatte das Gefühl, daß sie ziemlich groß war.«

»Oder Sie waren klein«, sagte Liam. »Was sagte sie?«

»Sie sagte immer wieder einen Namen. ›Nora‹. Sie klang, als würde sie sagen ›Nora wer? Nora wer?‹«

»Als ob sie den Nachnamen wissen wollte?«

»Genau, Sir. Dann sang sie, ziemlich leise; ich erinnere mich nicht an das Lied, nur daran, daß sie sang, und das war das letzte, woran ich mich erinnern kann, bevor ich aufwachte und den Geist sah.«

»Okay«, sagte Liam. »Haben Sie über die Sache mit der Hypnose nachgedacht?«

»Sie wollen mich wirklich hypnotisieren?«

»Nur, wenn Sie wollen«, sagte Liam. »Ich möchte Ihnen dabei helfen, sich an mehr Details zu erinnern und noch ein paar Beobachtungen machen. Um herauszufinden, was passiert ist, ist es auch sehr wichtig zu wissen, wie beeinflußbar Sie sind.«

»Glauben Sie, daß mich jemand hypnotisiert hat, Sir?« Tetzel fand die Sache sichtlich zweifelhaft.

»Nicht direkt. Aber manchmal machen wir das mit uns selbst, und das geschieht schnell, wenn die Situation etwas Zwingendes hat und wir nicht ganz bei uns sind. So etwas kann die Wahrnehmung trüben.«

»Sicher, Sir. Aber meine Wahrnehmung war nicht getrübt. Da war etwas, und es war da, als Carson und ich beide völlig wach waren.«

»Ich habe schon viel seltsamere Dinge gehört«, sagte Liam. »Entspannen Sie sich einen Moment, ich mache mich jetzt auf die Suche nach den übrigen Inquisitoren.«

Liam entdeckte Sam und Track auf einer Bank im Flur, wo sie von Doris Gilmer gelöchert wurden. Sam sah Liam winken und stürzte los, wobei er noch versprechen mußte, später wieder als Mißhandlungsobjekt zu dienen. In Sams Büro gruppierten sich alle auf dieselbe Art wie am Morgen.

Liam erklärte, daß er sich ein Bild von Tetzels Beeinflußbarkeit durch Hypnose gemacht habe und seine Erlaubnis habe, eine intensivere Untersuchung vorzunehmen. Es ginge dabei ausschließlich um den Geist und andere noch unklare Aspekte des gesamten Vorfalls.

»Jetzt denken Sie bitte daran«, sagte Liam, beugte sich vor und verstärkte die Wirkung seines betont ruhigen Verhaltens, indem er – was für ihn untypisch war – dem Kadetten direkt in die Augen starrte, »Hypnose ist nicht das, was man Ihnen darüber erzählt hat. Wir werden das Wort *Trance* für Ihren Zustand benutzen, aber nur, weil es keinen passenderen Ausdruck gibt. Sie werden nicht einschlafen, Hypnose hat nichts mit Schlafen zu tun; man kommt eher in einen Zustand erhöhter Wahrnehmungsfähigkeit, der aber auf sehr wenige Dinge begrenzt ist. Wie tief Sie in diese Trance eintreten, ist einzig und allein Ihre Entscheidung. Sie sollten sich auch klarmachen, daß ich in keiner Weise Einfluß auf Ihre Reaktionen habe. Es ist nicht wie im Kino: Sie sind nicht ›in meiner Macht‹. Sie werden sich nur extrem entspannt und sehr aufmerksam fühlen. Wenn wir die Trance beenden wollen, werde ich einfach ›eins, zwei, drei, vier, fünf‹ sagen, einfach ›eins, zwei, drei, vier, fünf‹, und ich werde Sie so wie jetzt an der Schulter berühren, und Sie werden diesen Zustand wieder verlassen, egal, wie tief Sie in ihn eingetreten sind.«

Track stellte fasziniert fest, daß Liams Stimmlage und seine Sprachweise sich ganz allmählich verändert hatten, während er diese allgemeinen Äußerungen machte, daß seine Sätze seltsam rhythmisch und monoton geworden waren. Er merkte, daß Liam bereits mit der Hypnotisierung des Kadetten begonnen hatte. Liam sprach weiter auf Tetzel ein, erzählte ihm vom Gefühl des Treibens, das er haben würde, und forderte ihn zu einer Atemübung auf; Track dachte sich, daß mit dem tiefen Einatmen eine leichte Form von Hyperventilation erzeugt werden solle, die wiederum allmählich zu diesem »treibenden« Gefühl führen solle, das der Kadett als Beginn der Trance deuten würde. Liam versetzte den Kadetten mit einigen Imaginationsübungen in Trance – Track und Sam fanden das Wort sehr passend –, und schließlich sanken Tetzels Augenlider herab, und er saß reglos auf dem Stuhl. Nur sein Kopf schwang bei den Atemzügen leicht hin und her.

»John, wie fühlen Sie sich?« Auch Liam lehnte sich zurück; Track bemerkte eine leichte Anspannung in seinen Zügen, die seine ruhige Stimme Lügen strafte.

»Gut, Sir. Sehr entspannt.«

»Okay, John, sprechen wir also wieder über den Geist. Ich möchte, daß Sie sich so deutlich wie möglich an alles erinnern.«

»Ja, Sir.«

»Sie werden jetzt eine geteilte Wahrnehmung empfinden. Der eine Teil kann die Ruhe, das Gefühl körperlicher Gelassenheit, spüren; Sie müssen nicht besonders aufmerksam hinhören, weil der andere Teil Ihres Bewußtseins mich sehr deutlich wahrnehmen kann. Verstehen Sie mich?«

Tetzel atmete langsam und sagte schleppend: »Ja, Sir. Ich werde Sie hören.«

»Manchmal, John, wollen wir, daß der in Trance Befindliche alles vergißt, was er in diesem Zustand erlebt. Ich möchte jedoch, daß Sie sich an alles erinnern, worüber wir sprechen.«

»Ja, Sir.«

»John, ich möchte Ihnen auch noch sagen, daß Ihr Bewußtsein mich nur wahrnehmen wird, wenn ich zu Ihnen spreche, es sei denn, ich sage Ihnen etwas anderes. Sie werden mich nur hören, wenn ich mich an Sie wende; Sie werden mich nicht hören, wenn ich mit Colonel Bondurant und Major Dortmunder spreche. Verstehen Sie mich?«

»Ja, Sir.«

Liam wandte sich zu Sam und Track. »Wir sind soweit. Er treibt irgendwo im Crab-Nebel. Er ist stark beeinflußbar, wie ich es erwartet hatte. Ich werde ihn jetzt zu einigen Punkten befragen, die mir unklar sind, und wenn wir fertig sind, bereite ich ihn für eure Anliegen vor, falls ihr welche habt.« Die anderen stimmten zu.

»Okay, John. Hören Sie mich noch?«

Tetzels Lippen lösten sich mit einem leicht schmatzenden Geräusch voneinander. »Ja, Sir.« Seine Stimme war weit entfernt und klang irgendwie vage. Liam runzelte die Stirn.

»Gut, John, ich möchte nun, daß Sie sich daran erinnern, was Sie in der Nacht sahen, als Sie in Barstows Zimmer schliefen. Versetzen Sie sich dorthin. Sie werden sich viel präziser als sonst an Details erinnern können, und Sie werden alles sehr klar vor sich sehen. Wieviel Uhr ist es, John?«

»Ich weiß nicht, Sir.«

»Schlafen Sie?«

»Nein, Sir.«

»Sind Sie schon lange wach?«

»Nein, Sir.« Er schwieg einen Augenblick. »Ich wache grade auf.«

»Haben Sie etwas geträumt?«

»Nein, Sir.«

Die drei Offiziere blickten sich an. »Haben Sie überhaupt etwas geträumt heute nacht?«

»Nein, Sir.«

»Ist es dunkel im Zimmer?«

»Nein, Sir. Es ist hell.«

»Ist das Licht an?«

»Nein. Das Licht kommt von draußen, durchs Fenster.«

»Welches Fenster?«

»Das Fenster gegenüber vom Bett.«

»Durch das man auf den MacArthur-Flügel schaut?«

»Ja. Aber da ist noch mehr Licht. Ich sehe es, als ich aufwache. Ich weiß nicht, wo es herkommt.«

»Beschreiben Sie es.«

»Es ist grau, wie helles Sternenlicht, und es bewegt sich leicht.«

»Wie bewegt es sich?«

»Die Schatten bewegen sich, als schwenke jemand eine Laterne.«

»Tut das jemand?«

»Ich glaube nicht.«

»Haben die Schatten deutliche Umrisse?«

Tetzel blinzelte, als versuche er besser zu sehen. »Nein. Die Schatten sind verschwommen. Sie bewegen sich nur ein bißchen.«

»In welche Richtung schauen Sie?«

»Zum Fenster.«

»Liegen Sie auf der Seite?«

»Nein, ich liege auf dem Rücken. Ich schaue zur Seite.«

»Schauen Sie nach oben.«

Tetzel wandte leicht den Kopf. Sie beobachteten ihn angespannt, als er nach oben schaute, um dort, wie sie annahmen, den Geist zu erblicken. Sie sahen, daß sich sein Gesicht anspannte und seine Augen sich leicht öffneten; es ließ sich schwer sagen, was er empfand. Einen Moment lang war es Angst, eine Angst, die sie alle erfaßte und stärker war als bei seinem Bericht am Morgen. Aber sie verschwand und machte einem anderen Ausdruck Platz. Sam fand, daß es nach einem reinen, passiven Staunen aussah. Track sah das Gesicht eines Lourdes-Pilgers. Liam war nicht sicher, was er wahrnahm, aber es flößte ihm ein weitaus unangenehmeres Gefühl ein als die vorangegangene Angst. Etwas im Gesichtsausdruck des Kadetten zeugte von einer absoluten Verwundbarkeit, einer gefährlichen Verwundbarkeit.

»Was sehen Sie, John?«

»Er ist da.« Seine Stimme war sachlich, ausdruckslos.

»Wer ist da?«

»Der Mann, den Barstow gesehen hat.«

»Ist es ein Mensch, John?«

»Nein.«

»Was ist es?«

»Ich weiß es nicht.«

»Wie sieht er aus?«

»Ein grauer Mann.«

»Wie sieht er aus, John?«

»Er ist grau. Er ist das flackernde Licht. Ein bleiches Licht. Ein trauriges Licht.«

»Ein trauriges Licht?«

»So weit weg, wie kalte Sterne. Traurig, so weit weg zu sein.«

»Aber er steht über Ihnen?«

»Ja. Er beugt sich über mein Bett.«

»Wieso ist er dann weit weg?«

»Ich weiß nicht. Er ist da und weit weg.«

»Was ist wie kalte Sterne?«

»Seine Augen.«

»Was ist mit dem Rest seines Gesichts? Können Sie es erkennen?«

»Ja. Nein. Nicht genau. Um die Augen ist es dunkel, als sei er müde.«

»Aber die Augen sind wie Sterne.«

»Nur die kleinen Punkte, wie entfernte Spiegelungen.«

»Sind es Spiegelungen oder auch Lichter?«

»Es sind Spiegelungen des Himmelslichts.«

Sam und Track sahen Liam verblüfft an. Der zuckte die Achseln, wandte sich dann wieder dem Kadetten zu.

»Was meinen Sie damit, John?«

Aber Tetzel antwortete nicht. Seine Mundwinkel verzogen sich nach unten, und er biß die Zähne aufeinander. Plötzlich waren seine Augen voller Tränen; die Augen öffneten sich, und er starrte durch Liam hindurch auf etwas hinter ihm. Track und Sam saßen hinter Liam und konnten Tetzels Gesicht nicht ganz sehen; Liam jedoch sah es, und er erkannte überwältigenden Kummer und furchtbare Qual. Wenn sich in diesen Augen ein Licht spiegelte, dachte er, dann war es nicht das Himmelslicht.

»Warum sind Sie traurig, John?«

Seine Stimme bebte. »Ich weiß nicht.«

»Was sehen Sie, John?«

»Sie hat Angst.«

»Wer hat Angst, John?«

»Sie hat Angst! Sie hat Angst!« Er preßte die Arme an sich und ballte die Fäuste.

Die beiden anderen bemerkten, wie Liam sich anspannte. *»Hören Sie, John! Eins, zwei, drei, vier, fünf!«* Er berührte Tetzel an der Schulter. Sein Gesicht war jetzt bleich und völlig ausdruckslos. Wie in der Vorbereitungsphase schwankte sein Kopf bei den Atemzügen.

Liam beugte sich vor und legte ihm die Hand auf die Schulter. »Hören Sie mir zu. Sie verlassen die Trance, wenn ich bis fünf zähle. *Eins, zwei, drei, vier, fünf!«* Liam klatschte vor dem Gesicht des Kadetten in die Hände. Nichts veränderte sich. Liam lehnte sich zurück und biß sich auf die Lippe. Track und Sam wechselten beunruhigte Blicke.

»Hören Sie, John«, begann Liam aufs neue. Doch dann holte Tetzel tief Luft und murmelte etwas; die drei Offiziere beugten sich gleichzeitig zu ihm.

»Torch eins zwei«, sagte Tetzel.

»Wie bitte, John?« Liams Lippen schlossen sich nicht mehr ganz; das erste Anzeichen echter Besorgnis, das Track bei dem ruhigen Mann je gesehen hatte.

»Torch eins zwei!« sagte Tetzel jetzt dringlicher, *»Torch eins* *zwei!«* Seine Stimme war jetzt laut, panisch; dann seufzte er und schüttelte den Kopf.

Liam begann erneut, versuchte nicht angespannt zu klingen. »John, ich möchte, daß Sie –«

Track fuhr auf, als hätte man ihn gestochen. Tetzels Augen waren so plötzlich aufgeklappt, daß es schien, als sei bei dieser unheimlichen, mechanischen Bewegung ein Klicken zu hören gewesen. Er wandte den Kopf und sah Liam direkt an. Er war nicht mehr in Trance. Tetzel war bei vollem Bewußtsein. In seinen Augen lag ein Ausdruck, den nur Liam sehen konnte, und der würde ihn nie wieder vergessen.

Tetzels Arm fuhr ruckartig hoch wie bei einer schlechten Animation und landete mit einer eckigen Bewegung auf Liams Schulter. Dann lächelte Tetzel, doch durch seinen starren Blick war es ein grauenhaftes Lächeln. Er sprach:

»Du bist dran, Kumpel. Die alte Pflicht.« Sam und Track zuckten zusammen. Die Stimme war kraftvoll, sicher, keine Stimme, wie sie jemand in Trance hatte, und es war nicht Tetzels Stimme. Liam fuhr zurück, aber Tetzels Hand krallte sich um Liams Schulterstücke, und sein Rangabzeichen begann sich zu lösen. *»Erinnerst du dich?«* sagte Tetzel mit derselben Stimme. *»Damals hab ich dich gefragt. Die alte Pflicht.«*

Liam warf sich vor, drückte Tetzel auf den Stuhl und flüsterte:« *Eins, zwei, drei, vier, fünf. Wachen Sie auf!«* Aber Tetzel sackte plötzlich zusammen, ließ Liams Hemd los und begann heftig zu atmen; er verdrehte die Augen, kippte um und sackte über die Stuhllehne.

»Um Himmels willen, Liam!« sagte Track. *»Er hyperventiliert!«*

»Das weiß ich, zum Teufel! Hilf mir, ihn hinzulegen! *Eins, zwei, drei, vier, fünf!«*

Dann hörte Tetzel auf, um Atem zu ringen, und seine Augen fielen zu. Sie setzten ihn wieder auf den Stuhl, und er schien sich zu beruhigen.

»John«, sagte Liam, »können Sie mich hören?«

»Ja, Sir.« Er sprach wieder mit der Trance-Stimme.

»John, haben Sie Angst?«

»Nein, Sir.«

»Sind Sie allein?«

»Ja, Sir.«

»Möchten Sie aufwachen?«

»Ja, Sir.«

»Wissen Sie noch, was wir besprochen hatten zum Aufwachen?«

»Ja, Sir.« Sam bemerkte, daß Tetzel Tränen in die Augen stiegen.

»Hören Sie, John: Wenn Sie aufwachen, werden Sie sich an nichts erinnern, was Sie während der Trance gesehen und gehört haben. Verstehen Sie mich?«

»Ja, Sir.« Tränen strömten ihm übers Gesicht.

Liam zögerte. »Hat sie immer noch Angst?«

»Sie ist fort.«

»John, eins, zwei, drei, vier, fünf. Wachen Sie auf.« Tetzel öffnete die Augen und drehte den Kopf hin und her, als sei sein Nacken steif. »Wie war ich, Sir?«

»Prima, John. An was erinnern Sie sich?«

»An alles, Sir. Wie Sie mir gesagt haben.«

Doch Track traute dem Frieden nicht. Tetzel war heiter und beschwingt; von der Angst und der Ehrfurcht und der Qual, die ihn erfaßt hatten, war nichts mehr zu bemerken.

»John«, sagte Liam, »wir möchten Ihnen ein paar Fragen stellen, nur um zu überprüfen, wie sich Ihre Erinnerungen mit unseren Eindrücken decken.«

»Schießen Sie los, Sir.«

»Warum haben Sie die Trance verlassen?«

Tetzel blickte Liam zweifelnd an. »Sie haben mir auf die Schulter getippt und bis fünf gezählt, wie Sie's mir gesagt hatten.«

»Warum habe ich Sie aus der Trance geholt?«

»Ich weiß nicht, Sir.«

»Über was haben wir gesprochen?«

»Über den Geist, Sir. Sie fragten mich, wie sein Gesicht aussah.«

»Und was haben Sie gesagt?«

»Ich habe nichts gesagt, Sir. Sie haben mich rausgeholt.«

»John, erinnern Sie sich an etwas wie ›Spiegelungen des Himmelslichts‹?«

»Sir?«

»›Spiegelungen des Himmelslichts‹. Erinnern Sie sich daran?«

»John, hören Sie. Ich habe Sie rausgeholt, weil Sie eine sehr starke emotionale Reaktion zeigten. Sie erinnern sich nicht daran?«

»Nein, Sir.«

Sam sagte: »Und was ist mit ...« Aber Liam brachte ihn mit einer Geste zum Schweigen.

Tetzel sah Liam an, und in seinem Blick lag Mißtrauen und noch etwas anderes, das Liam nicht deuten konnte. »Nein, Sir. Ich erinnere mich an nichts Derartiges.«

»John, berühren Sie Ihr Gesicht.«

Tetzel sah Liam an, als habe der ihn aufgefordert, die Zunge rauszustrecken. »Sir?«

»Berühren Sie Ihr Gesicht, Ihre Wangen.«

Er tat es und spürte die Nässe. Er schaute auf seine Finger, wischte sich dann wieder übers Gesicht. Er wurde rot. »Was ist das, Sir?«

»Tränen, John. Erinnern Sie sich nicht daran, wie es dazu kam?«

»Nein, Sir. Ich erinnere mich nur daran, daß Sie mich baten, den Geist zu beschreiben.«

»Okay, John. Hören Sie; Sie erinnern sich nicht an die Geschehnisse während Ihres Erlebnisses. Das kommt vor. Manchmal spaltet ein Teil von uns Dinge von unserer normalen Wahrnehmung ab und verhindert so, daß wir uns ihnen stellen müssen. Das geschieht vor allem dann, wenn es sich um sehr unangenehme, traurige oder bedrohliche Dinge handelt.«

»Wie bei der Verdrängung, Sir?«

Liam grinste. »Sie haben im Grundkurs Psychologie gut aufgepaßt, wie ich sehe. Ja, ein Wort dafür ist *Verdrängung*, aber ich benutze lieber den Ausdruck *Dissoziation*, wenn ich es zu erklären versuche. Sie haben den richtigen Ansatz. Regen Sie sich nicht darüber auf. Wir haben alle diese kleinen Macken, und am besten läßt man sie in Ruhe. Deshalb hab ich Sie rausgeholt.«

»Ich verstehe, Sir.«

»Wenn das so ist, dann sind Sie der einzige auf der Welt, John.«

»Also gut«, sagte Track, »was ging da vor sich? Er hat mich ganz schön geschafft.«

»Mich auch«, sagte Liam. »Ich habe noch nie eine solche Reaktion erlebt. Noch nie. Er war sehr empfänglich, wie man an dem Augenrollen und dem Armtest sehen konnte. Die Schnelligkeit des Übergangs, die schleppende Stimme – das kriegt man nicht oft.«

»Wie präzise waren seine Beschreibungen?« fragte Sam. »Hat er das wiedergegeben, was er gesehen hat?«

»Er hat wiedergegeben, was er glaubt, gesehen zu haben, und es hat ihn extrem aufgewühlt. Manches mag mit dissoziierten Kindheitserfahrungen zusammenhängen. Manches mag – ich weiß nicht. Ich muß darüber nachdenken.«

»Heilige Scheiße«, sagte Track, »ich hab fast das Zähneklappern gekriegt, als er dich packte und mit dieser elenden Stimme sprach! Was war das denn?«

»Haben wir es mit einer multiplen Persönlichkeit zu tun?« fragte Sam. »Ich habe in Erinnerung, daß das unter dissoziativen Störungen rangiert.«

»Und es kommt sehr selten vor«, sagte Liam. »Ich habe noch nie eine erlebt.«

»Vielleicht war das die erste.«

»Ich weiß nicht. Ich bezweifle es. Die Kadetten werden vor der Aufnahme geprüft. Aber dieser Traum, dieses düstere Thema vom Quälen eines Kindes, ich weiß nicht. Manchmal entstehen multiple Persönlichkeiten – ich sage manchmal, weil es so wenige brauchbare Fallstudien gibt, daß man keine klaren Tendenzen aufzeigen kann –, durch ein extrem repressives Familienleben. Aber ich sehe wenig Mängel in der persönlichen und sozialen Anpassung bei Tetzel.«

»Verdammt richtig«, sagte Track. »Er ist nicht gaga.«

»Aber wer zum Teufel ist diese Frau?« insistierte Sam. »Was war dieses Zeug mit der ›Torch‹? Worum es auch ging, davon konnte er sich nicht lösen. Und die ›alte Pflicht‹?«

»Ich weiß nicht«, sagte Liam. »Ich habe ihn nicht verstanden.«

»Klang nach einem typischen Spruch für Kadetten«, sagte Track. »Davon kriegen Sie hier eine Menge zu hören.«

»Warum hatte er's auf dich abgesehen?« sagte Sam, der Reaktionen von Liam haben wollte. »Er hat sich bewegt wie ein Zombie. Hast du so was schon mal gesehen?«

»Woher soll ich das wissen? Nein, ich hab so was noch nie gesehen. Aber ich war der Macher. Ich saß vor ihm, also packte er mich. Es war wie ein Wachtraum.« Liam hielt sich an den Stuhllehnen fest, um das Zittern seiner Hände zu verbergen. »Ich glaube jedenfalls nicht, daß irgendwas davon kohärent war.«

»Scheiß auf kohärent«, sagte Track. »Er wußte, was er sagte.«

»Gentlemen«, sagte Sam, »dies ist eine faszinierende Darbietung Freudscher Erkenntnisse und Geistesblitze, aber es ist eine Viertelstunde nach Feierabend, und ich höre den Diensthabenden Türen abschließen. Ich schlage vor, wir fahren andernorts fort, in weniger formellem Rahmen und innerhalb von Wänden ohne Ohren.«

Track sah auf seine Armbanduhr. »Ich hab 'ne Idee. Ich rufe Patti an und sage ihr, daß ich auf dem Heimweg Pizzas kaufe. Wir treffen uns dann alle bei uns.«

»Ich hole Maggie ab«, sagte Sam.

»Ich bring ein Kissen mit«, sagte Liam.

»Was?« sagte Maggie. »Auswärts essen? Nachdem ich seit Stunden in der Küche stehe, um ein Schlemmeressen zuzubereiten? Ein perfektes Heim verlassen, um auswärts Pizza zu mampfen?«

»Naja«, sagte Sam lahm, »es war eine –«

»Großartig! Ich hole meinen Mantel!«

Track und Patti wohnten in den Majorsquartieren auf einem Berg, hoch über West Point. Man hatte diese Wohngegend höchst treffend »Stony Lonesome« genannt. Sie war ein Ghetto für junge Familien und Autofahrer mit stählernen Nerven, die sich Tag für Tag den Weg durch Scharen von Kindern bahnen mußten, die tollkühn auf Dreirädern aus Einfahrten geschossen kamen. Stony Lonesome war ein Tummelplatz für Masern, Windpocken und Keuchhusten, eine Börse für Krankheitserreger, an der ausgefallene Schultage gehandelt wurden wie Sojabohnen und Rindfleisch. Die kleinen Grünflächen wurden von Horden von Kindern, die wie die wilden Wölfe zwischen den Felsen und den zweistöckigen Ziegelhäusern herumtobten, in wüstes Ödland verwandelt. Einige tapfere Familien hatten sich an die Kultivierung von kleinen Gärten gewagt, aber Stony Lonesome ruhte auf etwas, das Track als der Welt größten Granitblock bezeichnete, und die meisten Pflänzchen klammerten sich nur mit letzter Kraft an die dünne Erdschicht und sahen aus wie mißratene Bonsais.

Bei Track und Patti saß man auf dem Fußboden, da die Benutzung der Möbel das Entfernen von Stapeln von Büchern, Zeitschriften und Spielsachen erfordert hätte. Als Sam und Maggie hereinkamen, wurden sie von zwei Kindern überfallen – was überraschend war, denn die zwei jüngeren Dortmunders befanden sich angeblich auf Besuch ein Haus weiter. Das jüngere, ein zerzaustes achtjähriges Mädchen namens Dana, erläuterte in einer wirren Rede, daß sie bei den Nachbarn im Wohnzimmer habe kotzen müssen und daß die Nachbarn beschlossen hatten, Dana könne doch ruhig nach Hause gehen, als sie Tracks Wagen in die Auffahrt biegen sahen. Das ältere Kind war ein mürrischer, frecher zwölfjähriger Junge, der wie eine kleinere Ausgabe von Track aussah. Sein ausdrucksstärkster Beitrag an diesem Abend bestand aus einem gleichgültigen Grunzen. Maggie mochte ihn; er hatte seinen eigenen Kopf. Aber ihr Liebling war Dana.

Bei Dana stand Sam hoch im Kurs. »Sam, komm und schau dir Raymond an!«

Sam grinste und ergab sich. »Wie geht's denn Raymond so?«

»Komm und schau – ich hab grade seinen Käfig sauber gemacht. Ich hab ihm eine neue Klopapierrolle gegeben, und er schläft drin!«

»Dana«, sagte Patti, »hol doch Raymond einfach, wenn du ihn Colonel Bondurant zeigen willst.« Aus dem Mundwinkel sagte sie zu Sam: »Besser, du schaust dir ihr Zimmer nicht an ... Das Gesundheitsministerium würde hier dichtmachen, wenn sie's sehen könnten.« Aber Dana polterte schon die Treppe hinauf. Sie hatte Turnschuhe an, die sich bei ihr wie Holzclogs anhörten; die Nachbarn jenseits der Wand teilten die Tage nach Danas Märschen auf der Treppe ein.

Während Dana unterwegs war, rekapitulierten die Männer die aufregenden Ereignisse des Tages. Maggie beobachtete Liam, als er von Tetzels Hypnose berichtete. Track überschüttete Liam mit Komplimenten für seine Fähigkeiten und sein Einfühlungsvermögen, Liam war das sichtlich unangenehm, und er versuchte das Thema zu wechseln. Sam war sehr still, betrachtete eingehend den Teppich und gab ab und zu einen neutralen Kommentar ab. Maggie wußte, daß er eifersüchtig war, und sie genoß es; sie quetschte Liam nach Einzelheiten aus und ignorierte Sam, bis sie – höchst widerwillig – beschloß, daß er genug gelitten hatte. Ohne ihre Aufmerksamkeit von Liam abzuwenden, ließ sie ihre Hand auf Sams Knie gleiten und drückte es.

»He, Obacht, Maggie«, sagte Track ernsthaft. »Sam ist bekannt für seine leichte Reizbarkeit.«

»Was du nicht sagst.«

Patti brachte zwei Flaschen Wein aus der Küche – eine rot, eine weiß –, und sie waren alle damit beschäftigt, einzuschenken und sich wieder auf den Kissen niederzulassen, als Dana mit Raymond auftauchte. Raymond war eine Ratte beachtlichen Alters, ein Veteran des Kadettenversuchslabors. Sam hatte Dana vor einem Jahr mit ins Vivarium genommen und ihr die Auswahl unter den identischen, rotäugigen Desperados überlassen, die ihre zitternden rosa Schnauzen an die Käfiggitter drückten und sich inspizieren ließen. Bei einigen Kandidaten legte Sam das Veto ein, nachdem er die Kommentare der

Kadetten auf den Käfigkarten gelesen hatte: »Dumm«, »Frißt Menschenfleisch«, »Geht an den Hals«. Sie beschränkten sich auf drei identische Sprague-Dawley-Männchen. Dana durfte jedes halten und quietschte, wenn sie ruderten oder kratzten oder sie vertrauensvoll und kurzsichtig aus wäßrig korallenroten Augen anblickten. Das letzte erleichterte sich prompt auf ihr Kleid und verspielte so seine Überlebenschance (Sam umging dieses Thema zwar dezent, aber die verbleibenden Ratten würden nach dem letzten Kurs geopfert werden). Der Erwählte wurde dann Raymond getauft, und ihm wurde sofort mehr zärtliche Liebe zuteil, als sich eine Ratte in ihrem kurzen, öden Leben vorstellen kann.

Sam nahm Raymond entgegen und blickte in die sanften glänzenden Augen des Tiers. Er stellte fest, daß sie leicht blaß und milchig aussahen. O Mist, dachte er, die arme Ratte wird alt. Ich möchte nicht in Tracks Haut stecken, wenn der kleine Gauner alle viere in die Luft streckt und abnippelt. Dann fiel Sam ein weicher Knoten hinter Raymonds linkem Vorderbein auf. Ein Tumor. Der wird mit Sicherheit größer werden. Er ist wahrscheinlich geschlossen und gutartig, aber er wird Dana Sorgen machen.

»Dana«, sagte er, »hast du diesen Knubbel an Raymonds Bein gesehen?«

»Ja«, sagte sie. »Buddy hat gesagt, es sei Krebs. Ich hab ihm gesagt, er sei ein Arschloch.«

»*Dana!*«

»Es stimmt aber, Mam. Nicht wahr, Sam?«

»Ganz bestimmt, Dana. Ich glaube nicht, daß es Krebs ist. Es ist wahrscheinlich bloß ein Tumor – Ratten kriegen so was ziemlich häufig. Vor allem diese zahmen weißen.«

»Tut es ihm weh?«

»Sieht er aus, als ob ihm was weh tut?« Die Ratte hockte zufrieden auf Sams Hand und zuckte mit der Schnauze.

Dana lächelte. »Er sieht völlig okay aus. Wie lange wird er leben, Sam? Ist er alt?«

»Nun, das hier ist eine spezielle Art von Ratten. Sie heißen Sprague-Dawleys, und sie leben nicht so lange wie die auf den

Müllplätzen. In einem Stahlkäfig vielleicht ein Jahr. Aber Raymond wohnt in einem schönen warmen Häuschen mit Holzspänen und prima Essen ...«

»Er frißt Milky Ways«, sagte Patti.

»Ganz genau«, sagte Track. »Passen zu seiner Hautfarbe wie die Faust aufs Auge.«

»Aber Daddy! Ratten haben keine Hautfarbe!«

»Mit den Milky Ways würd ich's aber nicht übertreiben«, sagte Sam angewidert.

»Gib ihn mir mal«, sagte Maggie. Die Ratte wand sich in ihrer Hand und schwang ihren nackten Schwanz. Maggie hielt sie wie einen Säugling, und sie starrte mit schwimmenden Augen bewundernd zu ihr hoch. »Oh, Sam – er ist zauberhaft.« Sie grinste Patti reuevoll an. »Nach zwei Jahren mit Sam fühlt sich sogar eine Ratte kuschlig an.«

»Mein erster Impuls«, sagte Patti, »war, ihn auf den Mond zu schießen. Dieser Schwanz! Dana, bring Raymond wieder zu seiner reizenden Rolle. Maggie, das verdammte Vieh schläft für sein Leben gern in einer Klopapierrolle.«

»Da lernt man doch die simplen Freuden des Lebens zu schätzen«, bemerkte Sam.

»Simple Freuden hin oder her«, sagte Maggie. »Erzählt endlich was von dem Geist.«

2

MAGGIE

Nichtig ist der Männer Schimpf über die Frauen
Das Zittern eines müß'gen Bogenstreichs.

Euripides

5

»Okay, Liam«, sagte Maggie, »warum glaubst du nicht an Geister?«

»Wer behauptet, daß ich das nicht tue?« gab Liam zurück und machte es sich wieder am Fuße von Tracks Sofa bequem. Seit etwas mehr als einer Stunde kreiste die Weinflasche, während Sam, Track und Liam – dieser allerdings widerstrebend – von den Gesprächen mit Tetzel und der Hypnose berichtet und Maggie die Ergebnisse ihrer Forschungen über Adonijah Proctor kundgetan hatte.

Maggie ließ sich nicht beirren. »Du machst ebenso deutlich wie Sam, daß Adonijah weit unter eurer Würde ist. Ihr drei Sphinxen müßt den armen Kadetten in Grund und Boden gestarrt haben.«

»Oh, du mißverstehst mich«, sagte Liam. »Ich glaube sehr wohl, daß es einen Geist gibt. Ich denke nur, daß er aus der Welt diverser extrem starker Kräfte der Psyche stammt und nicht aus dem schummrigen Reich der Untoten.«

Maggie blickte Liam aus leicht zusammengekniffenen Augen an. »Verkauf mich nicht für dumm, FitzDonnell.«

»Das würde ich nie wagen«, sagte Liam. »Ich hab meine Augen gerne da, wo sie sind. Glaubst du denn daran?«

»Ich negiere Dinge jedenfalls nicht einfach, bloß weil sie nicht in mein beschränktes, kleines Weltbild passen.«

Liam lächelte sein aufreizendstes Lächeln. »Liest du gerne Geschichten aus dem Reich des Übernatürlichen, Maggie?«

»Natürlich. Manchmal schreibe ich sogar welche.« Track registrierte ihr eisiges Lächeln und hoffte, daß die Unschuldigen sich außer Schußweite befanden.

»Wer ist dein Lieblingsautor?«

»H. P. Lovecraft. Yog-Sothoth war der Held meiner Jugend. Ich erinnere mich, daß ich ›Die Ratten im Gemäuer‹ mit dreizehn gelesen hab.«

Patti schlürfte ihren Wein. »›Ratten im Gemäuer?‹ Lovecraft? Klingt nach unserer Unterkunft in Leavenworth und Sams gräßlichen Sextherapiebüchern.«

Liam nahm sie nicht zur Kenntnis. »Lovecraft schrieb dekadente Horrorstories und war ein zurückgezogen lebender Sonderling aus Neu-England, der sich eine private Mythologie übernatürlicher Wesen zusammengedacht hat. Da wimmelt es von seltsamen Gerüchen und tierischen Lauten und unsagbaren Riten in Kreisen von Menhiren auf Berggipfeln, von abgelegenen Dörfern, deren Bewohner durch Inzucht, Zauberer und theriomorphe Cousins zum Schwachsinn verdammt sind –«

»Therio was?« fragte Patti.

»Tiergestaltig«, sagte Maggie. »Wie Track, wenn es Drinks gibt.«

»Jedenfalls«, sagte Liam, »sind seine Geschichten nichts für Leute mit schwachem Magen – wie Track, wenn er die Drinks dann intus hat ...«

»Heiliger Strohsack«, sagte Track. »Ich hab mir diesen Scheiß doch bloß angehört – wann ist denn nun die Jagd auf mich eröffnet worden?«

»Genau«, sagte Maggie und goß sich Wein nach, »laßt Yog in Frieden.«

»Warum«, beharrte Liam, »liest du dieses Zeug? Fühlst du dich gut dabei? Bringt es dich zum Lachen? Zum Weinen?«

»Das wirst du uns doch gleich erzählen«, sagte Maggie.

»Weil dir die Einkaufszentren nicht genügen.«

»Patti ist damit zufrieden«, sagte Track. »Jedes Wochenende fährt sie per Anhalter von einem zum nächsten.«

»Blödsinn«, erhob Patti Einspruch. »Ich brauche das ganze Wochenende, um den Dreck von dir und den Kindern wegzuräumen.«

»Einkaufszentren?« sagte Maggie.

»Einkaufszentren«, sagte Liam. »Keine Kathedralen, bloß Einkaufszentren. Keine Mythologien, keine Götter in den Sturmwolken, bloß eine Kreditkarte und die Anbetung eines Mammon aus Plastik.«

»Als Ersatz für eine Seele, die noch staunen kann«, sagte Maggie.

»Ich hatte dich nie für religiös gehalten, Liam.«

»Bin ich auch nicht, Sam. Mein Großvater war Katholik und hatte in einer Stadt in South Carolina einen Kurzwarenladen, in der lauter Protestanten rumrannten, die glaubten, Nonnen würden sich die Köpfe scheren. Er mußte seinen Glauben ablegen, damit die Geschäfte gingen. Mein Vater war Episkopale. Aber er machte gerne Witze darüber, daß er einer Kirche angehörte, die, wie er sagte, nicht auf Glauben, Gnade, Hoffnung oder Liebe basierte, sondern einzig und allein auf der Geilheit Heinrichs des Achten. Warum es sich schwer machen, sagte er sich, wenn man ständig wechseln kann, um an Asche zu kommen. Und sein Sohn, zwei Generationen nach den Rittern des Kolumbus, ist Agnostiker.«

»Und nicht glücklich«, sagte Maggie.

»Käse«, sagte Track. »Du bist nicht Agnostiker. Du bist Heide. Du betest die Höhe an. Und weiß der Himmel, was du noch alles machst auf deinen Joggingtouren.«

»*Ich* weiß, was er macht«, sagte Maggie. »Er steht in Kreisen aus Menhiren und schreit Verse aus dem gefürchteten *Nekronomikon* von dem verrückten Araber Abdul Alhazred.«

»Wovon zum Teufel sprichst du?« fragte Sam, ärgerlich, außen vor gelassen zu werden.

»Du hättest dasein sollen«, sagte Maggie. Patti lachte anzüglich.

»Ich kapier's immer noch nicht«, sagte sie. »Was hat das alles mit dem Geist zu tun?«

Liam seufzte. »Der Teil von uns, der im Einkaufszentrum glücklich ist, ist eben nur ein Teil unserer psychischen Ausstattung. Es gibt noch einen anderen, der meist im Schatten bleibt. Um diesem Teil seinen Willen zu geben, gehen wir zur Kirche. Wir empfinden das Bedürfnis, an etwas zu glauben, das transzendent und unfaßbar ist. Nicht wie in der Kirche heute, mit modernen Predigten und Getränken und Sonntagsschule für die Kinder. Ich meine jene Art von Kirche, wo das Brot zum Leibe Christi wird, der Wein – kein Traubensaft – zu seinem Blut. Die Kirche war ursprünglich das Haus Gottes, eines Gottes, dessen Weg über die dunklen Schwingen des Sturms führte. Ein lebendiger Gott, und wir aßen ihn sonntags zum Mittagessen – stellt euch das vor –, und er ließ sich in unseren lebendigen Seelen nieder als ein unlösbares Rätsel, dessen Angesicht von den Flügeln der Seraphim beschattet wurde und keinerlei Ähnlichkeit mit George Burns hatte. Und wenn wir seine Existenz verleugnen – murrt und droht er.«

»Dann ist es ein religiöses Bedürfnis?« fragte Patti.

Liam lächelte. »Nein, ein psychisches. Du –«

»Ich hab diesen geduldigen Seufzer gehört«, sagte Maggie. »Du willst sagen, daß wir Geistergeschichten brauchen, weil die arme Psyche keine Drachen und Trolle und Götter mehr hat, die sie bewundern oder verachten oder was auch immer kann, und daß man mit der MasterCard nicht alles kaufen kann. Wie tief willst du noch sinken? Ich hab schon genug zu tun mit Sams unerträglichem Gurugehabe, und nun muß ich mir von dir so was anhören. Hab ich mich durch Jung und Fraser und Bettelheim gewühlt, um hier zu sitzen und mich von irischen Möchtegernweisen zum Narren halten zu lassen? ›O Maggie, du armes, dummes Buschmensch, wie tut es mir doch leid, daß ich dir dein Essen vorkauen muß.‹«

»Ach, Maggie«, sagte Sam.

Liam sah sie vorsichtig an. »Ich nehme alles zurück.«

»Das meinst du nicht wirklich«, sagte sie, »aber ich höre es für mein Leben gern.«

Liam sah sie einen Moment ausdruckslos an, dann griff er nach der Weinflasche, in der sich noch ein Rest befand; Maggie hielt ihm ihr Glas hin, und Liam goß ihr langsam ein halbes Glas ein, dann nahm er sich selbst noch etwas. Sie stießen behutsam an und erzeugten ein Klingeln von der Zartheit eines Windspiels. »Du hast recht, Maggie. Du hattest mindestens ebensoviel zu sagen wie ich. Tut mir leid.«

Sie trank ein Schlückchen. »Nein, tut es dir nicht. Es ist dir peinlich. Das ist weitaus zufriedenstellender.«

Sie fuhren von Stony Lonesome zu ihrem Haus an der Lee Road. Maggie rollte sich auf dem Beifahrersitz zusammen und lehnte den Kopf ans Fenster. Sie dachte an Liam und daran, wie anders als Sam er war, und ihm doch auf eine unergründliche Weise ähnlich. Ebenso wie Track, fürchtete sie sich ein bißchen vor ihm.

Mit Sam war das anders. Es gab Verhaltensweisen bei ihm, an die sie auch mit List und Tücke nicht herankam. Sie waren im Kern seines Wesens verankert, und selbst ihre subtilsten Versuche, dort einzudringen, waren so wirkungsvoll wie der Versuch, einen Panzer zu tarnen, indem man ihn mit Hautcreme einrieb. Im Zentrum entzog sich ihr seine dunkle, geheimnisvolle Seele, und sie war überzeugt davon, daß dieser Teil der begehrenswerteste an Sam war.

Was hatte es mit Liam auf sich? Wenn Liam da war, verstummte Sam. Es gab niemanden sonst, der diese Wirkung auf ihn hatte. Sie kannte Sam gut genug, um zu wissen, daß es nichts mit einem Gefühl von Unterlegenheit zu tun hatte. Sams Geist beschritt andere Pfade, aber er war Liam ebenbürtig – und Sam war schneller und verfügte über einen wendigen Witz, wohingegen Liams Humor stiller und erheblich philosophischer war. Sam schien Liam immer zu studieren, wenn er wieder den ›irischen Möchtegernweisen‹ gab, und Maggie fragte sich nun, was er zu entdecken hoffte.

»Tut mir leid, daß ich Liam an die Gurgel gegangen bin«, sagte sie zu dem kalten Fenster. Sie sah Sams Gesicht dort gespiegelt, beleuchtet von den grünen Lämpchen am Armaturenbrett.

»Wir haben's nicht besser verdient. Wir verlieren uns so oft in unserer eigenen Gelehrsamkeit: ›berauscht von der Fülle unseres Geschwafels‹.«

»Das hast du geklaut«, sagte sie zu der Spiegelung im Fenster, »bei Benjamin Disraeli.«

»Ich mach dir keinen Vorwurf, Maggie. Es scheint Liam einfach schwerzufallen, dich nicht als Spiegel für jemand anders zu sehen, bis es dann wieder mal zu spät ist.«

»Jedenfalls bin ich nicht sein Spiegel. Hoffe ich zumindest.«

»Das hat gesessen diesmal. Er wird's nicht vergessen.«

»Das befürchte ich ja«, lachte sie. »Versuch es bitte anders darzustellen.«

»Nein«, sagte Sam ernsthaft, »du hast Liam zum ersten Mal klargemacht, daß du eine ernstzunehmende Kraft bist. Du hast den Ausdruck auf seinem Gesicht nicht deuten können. Der ist da nicht sehr oft.«

Sam bog auf die Straße zu ihrem Viertel ab. Die abrupte Wendung brachte Maggie aus dem Gleichgewicht, und sie hielt sich am Armaturenbrett fest. Sie war schläfrig und beschwipst von dem Wein. Sie trank selten viel, aber dieser Abend war etwas Besonderes. Daß sie an ihrem braven Image gerüttelt hatte, das sie zugunsten von Sams Position in der Abteilung aufrechterhielt, beschwingte sie zusätzlich; und sie hatte ein intensives Triumphgefühl, wenn sie sich an Liams Gesicht erinnerte, als sie ihm die Abreibung verpaßte. Sie war albern geworden und hatte Track zum Abschied geküßt; Patti hatte gekichert (sie war noch angesäuselter als Maggie), und Sam hatte sie mit einer Zärtlichkeit zum Wagen geführt, die er normalerweise nicht in Anwesenheit von anderen an den Tag legte. Alles in allem, dachte sie, war es ein schöner Abend gewesen. Bloß ein bißchen Kettenrasseln auf dem Dachboden, und sogar Sam wird lockerer.

Er parkte und ging um den Wagen herum, um ihr die Tür zu öffnen. Dann standen sie nebeneinander und schauten auf den Hudson. Ein Frachtkahn wurde den Kanal am Constitution Island hinuntergezogen, und die roten Lichter des Schleppers spiegelten sich wie weiße und rote Eiszapfen im Wasser. Maggie atmete langsam aus und freute sich an den Schwaden, die sich immer zeigten, wenn die Luft kalt wurde nach den warmen Oktobertagen, die dem frostigen Ende des Herbstes vorausgingen. Sie mochte diese Zeit des Jahres am liebsten. Sam machte lange Wochenendausflüge mit ihr in die Catskill Mountains, nach Connecticut oder nach New Hampshire und Cape Cod (was sie im Sommer aus schierer Menschenfeindlichkeit verabscheute, außerhalb der Saison jedoch liebte, weil niemand, der recht bei Sinnen war, sie dort stören würde). Wenn sie nicht viel Zeit hatten, fuhren sie Richtung Nordwesten nach Otterkill oder machten Spaziergänge im Black Rock Forest; wenn das ganze Wochenende noch vor ihnen lag, fuhr

Sam scheinbar nach dem Zufallsprinzip über verlassene Sträßchen und machte dann spontan bei einer urtümlichen Gastwirtschaft halt (wo man immer ein Zimmer für sie bereitzuhalten schien). Sie wirbelten Blätterhaufen auf, verspeisten mehrgängige Mahlzeiten am Kaminfeuer und brachten den Rest der Samstagnacht mit ausgelassenen sinnlichen Freuden zu. Das Wunderbare an all dem verlor nur ein klein bißchen von seinem Zauber, als sie durch Zufall mitbekam, daß es sich nicht um phantastische Spontanentscheidungen handelte, sondern daß der Halunke sich die Routen eingeprägt und die Zimmer telefonisch reserviert hatte. Das, so mußte sie zugeben, sah Sam auch wesentlich ähnlicher.

Sie blickte zu ihm auf. Er sah dem Schlepper und dem Kahn zu, wie sie unter den Lichtern von Constitution Island durchzogen. »Sam?«

»Frierst du?«

»Weißt du noch was Beßres, Soldat?«

»Laß uns reingehen. Es ist nach Mitternacht.«

»Laß uns draußen bleiben«, sagte sie. »Dies kann die letzte Nacht sein, in der wir es ohne ein Rudel Huskies zum Lee Gate schaffen.« Sam faßte sie an der Hand, und sie nahmen eine Abkürzung über das Gelände der Nachbarn zur Lee Road. Um diese Zeit waren die Straßenlaternen schon dunkel. Ein leichter Wind wehte von Norden, durch die Senke zwischen Storm King Mountain und Breakneck hindurch, und die Lichter von Newburgh funkelten und tanzten hinter den Bäumen. Maggies Rausch hatte sich verzogen, und die kühle Luft belebte sie. Sie waren alleine auf der Straße; keine Jogger oder Leute mit Hunden würden um diese Zeit auftauchen. Meist haßte Maggie West Point, fühlte sich bedrängt von der Enge und der Abgeschlossenheit, haßte sich selbst dafür, daß sie eine arbeitslose Army-Ehefrau war. Aber in dieser Nacht spürte sie einen flüchtigen, zarten Hauch von den Gefühlen, die Sam, Liam und Track für den Ort hegten. Für sie mochte es nur ein gräßliches graues Kloster sein, in dem unschuldige Jugendliche auf mönchische Krieger machten, ein gottverlassener Haufen alter Granitschutt in einer steinigen Einöde, aber für andere bedeutete es mehr. Es barg eine geheimnisvolle Anziehungskraft, die ehrgeizige und fähige Männer wie Sam und Liam dazu brachte, auf ein besseres Leben anderswo zu verzichten, um hier ihre Jahre zu verbringen.

Ihre Stimmung verflog schlagartig, als ein flaches dunkles Gebilde aus den Büschen am Straßenrand brach und in ein Abflußrohr flitzte. Sie schrie und umklammerte Sam; er verlor das Gleichgewicht und fiel auf die Grasfläche neben dem Pflaster. Seine goldbetreßte Mütze rollte auf die Straße und in den Rinnstein. Maggie stürzte auf ihn, und er umschlang sie, und sie spürte, daß er leise lachte. Sie lag auf ihm und rang nach Atem. Ihr Herz klopfte wie wild; sie fragte sich, ob sich in der kurzen Panik ihre Blase entleert habe. Dann faßte sie sich und boxte gegen Sams Schultern. »Worüber zum Teufel lachst du?«

»Naja, ist ein komischer Platz hier zum Rumwälzen. Es ist Rauhreif auf dem Gras.«

»Was war das bloß?«

»Ein Waschbär.« Er küßte sie fest; ihre Zähne stießen aneinander.

Sie machte sich entrüstet von ihm frei. »Wie hast du das gemacht? Ein Telex geschickt? Ihn dafür bezahlt?«

»Wovon sprichst du, zum Teufel?«

»Vergiß es. Küß mich noch mal.« Er tat wie geheißen, und sie rollte auf den Rücken, scherte sich nicht um das feuchte kalte Gras auf ihrem Kamelhaarmantel und umklammerte Sam leidenschaftlich, als er sie mit der Zunge liebkoste und den Duft ihres Haars einatmete, in dem sich feuchte Blätter verfangen hatten.

»Das ist unheimlich«, sagte er, nachdem sie wieder zu Atem kamen. »Es war ein furchtbares Gefühl.«

»Was für ein ›furchtbares Gefühl‹, Bondurant?«

»Daß ich mich in den Morgenstunden halb zu Tode gefroren inmitten eines Kreises von Pilzen wiederfinden würde, ohne dich, meine schöne, gnadenlose Lady.«

»Dich hier zurücklassen und deine Pension in den Wind schreiben?« sagte sie. »Keine Chance.«

Dann versteifte sie sich; Sams Ohren waren nach all den Jahren in Panzern nicht mehr sehr tauglich, aber Maggie hörte den Jogger und bedeutete Sam, still zu sein. Es war zu spät. Noch ein paar Schritte, dann kam er vorbei. Sam hielt den Kopf gesenkt und schloß die Augen. Als das Laufgeräusch sich entfernte, hörten sie den einsamen Läufer zurückrufen: »Ihr solltet das mal zu Hause probieren!«

Sam hangelte sich auf die Knie. »Scheiße. Welcher normale Mensch joggt schon noch nach Mitternacht?«

»Welcher normale Mensch rollt sich schon mit seiner Frau neben einer öffentlichen Straße im nassen, kalten Gras herum?«

»Einer, der geil genug ist, um sich in ein Minenfeld zu legen. Laß uns heimgehen.«

»Feigling.«

»Komm schon, Maggie. Der Mistkerl wird bis zum Lee Gate laufen, dann umdrehen und zurückkommen. Laß uns hier verschwinden.«

»Bondurant, wenn du wirklich Eier hättest, würdest du's hier mit mir im taubenetzten Gras treiben.«

»Taubenetztes Gras, daß ich nicht lache! Das sind Eiskristalle. Und hier fährt die Militärpolizei lang, sobald die Lichter aus sind.«

»Du hast mich verstanden, Bondurant.«

»Du hast gewonnen, Maggie. Ich schreib dir ein Memo für die Akte. Sam Bondurant hat keine Eier. Jetzt laß uns aufstehen und in unser warmes Heim marschieren und den Reigen wieder eröffnen.«

»Jetzt oder nie, Sam.«

»Maggie, du hast sie nicht mehr alle! Wieviel hast du getrunken?«

»Haltet eure Zunge im Zaum, Bube. *Ich* brauche keine starken Drinks, um meinen Mut zu spüren.«

»Hier geht's nicht um Mut, du Irre, sondern um Verstand ...«

Der Jogger kam wieder vorbei. »Hört auf zu flüstern«, keuchte er. »Ich kann nichts hören.«

Maggie lachte, und als sie wieder zu Atem gekommen war, reichte sie Sam die Hände und ließ es zu, daß er sie hochzog. Er fand seine Mütze bei dem Abflußrohr, in das der Waschbär geflüchtet war, und versuchte die Erde und die gelben Grashalme von seinem Mantel und den Knien seiner grünen Uniformhose zu entfernen; Maggie zupfte sich Blätter aus den Haaren. Als sie mit zerzaustem Haar neben ihm auf dem Boden gelegen hatte, war sie eine Fee gewesen, *la belle dame sans merci*. Jetzt war sie wieder Maggie, und Sam liebte sie mehr, als sie je ahnen würde, denn es war ihm unmöglich, ihr das zu sagen. Sie gingen schweigend zurück zu ihrer Unterkunft, und die Wölkchen ihres Atems vermischten sich in der kristallenen Luft der ersten kalten, klaren Nacht des Jahres, während über ihnen Orion und Kassiopeia und der Große Bär in der endlosen dunklen Weite des Firmaments tanzten.

Maggie war so müde, daß sie es kaum mehr selbst schaffte, sich auszuziehen und die Laken zurückzuschlagen. Als Sam aus der Dusche kam, lag sie eingerollt in nackter Unschuld oben auf dem Federbett. Er deckte sie mit einer anderen Decke zu und knipste das Licht aus.

Etwa zu der Zeit, als Sam und Maggie sich in heidnischer Wildheit im Gras herumrollten, erwachte John Tetzel schweißgebadet. Er setzte sich im Dunkeln auf und schaute auf den Wecker, legte sich dann wieder hin und starrte auf die Schatten, die die Lichter von draußen auf seinen Tisch warfen. Sein Zimmergenosse schnarchte leise, ein angenehmes Geräusch, das verkündete, es ist nicht wahr, es war bloß ein Alptraum, nichts von alledem ist je geschehen, und mit dem Schnarchen von Mort Hartlett ließ sich das beweisen.

Nachdem er zwei Nächte nacheinander geträumt hatte, begann er, sich vor dem Dunkeln zu fürchten. Jede Nacht sagte er sich, es passiert schon nichts. Und jede Nacht passierte es. Als er zehn Jahre alt gewesen war und manchmal Alpträume gehabt hatte, hatte er immer ein Spiel gespielt. Wenn er eine Weile im Bett gelegen hatte und fühlte, daß der Schlaf kam, versuchte er nichts zu denken und wartete auf den ersten neuen Gedanken, der ihm in den Kopf kam. Dann nahm er sich vor, diesen Gedanken im Kopf zu behalten, und wenn er träumte, würde er davon träumen und von nichts Schlimmerem. Manchmal klappte es, aber nicht immer. Es war eine angenehme Idee und ein bequemer Aberglaube. Aber jetzt versagte er. Der Traum kam trotzdem.

Er kam auf seltsame Weise, manchmal alleine, manchmal entstand er aus anderen, noch seltsameren Träumen. Und es war nie derselbe. Beim ersten Mal war es seine Mutter gewesen, die Jeannie in den Schrank einschloß. Jetzt war es häufiger eine andere Frau, eine schlanke, schöne, ernste Frau, die Jeannie mit ruhiger, entschiedener Stimme ausschimpfte, was schrecklicher war, als wenn sie geschrien hätte und zornig gewesen wäre. Sie schloß den Schrank mit einem merkwürdigen großen schwarzen Schlüssel ab, und die Schreie seiner Schwester erstickten hinter der Tür, als ob die Dunkelheit sogar ihre Geräusche verschlang. Am schrecklichsten war die sanfte, ernste Stimme der Frau, die entsetzliche Kluft zwischen ihren Worten und ihrer Sprechweise.

Und in dieser Nacht hörte er auch die andere Stimme, was seltener vorkam – eine Mädchenstimme, irgendwo hinter ihm. Die Stimme war nicht die seiner Mutter. Er lag in dem dunklen Zimmer, atmete langsam und versuchte klar zu denken, aber er konnte sie nicht einordnen. Es war die Stimme eines Wohlgesonnenen, eine sympathische Stimme, aber er verstand nicht, was sie sagte. *Ma noyra hoo*, schien sie zu sagen, *ma noyra hoo a vick,* seltsames, sinnloses Kauderwelsch, aber es klang sanft und gütig. Wie das Gebrabbel einer Verrückten. Die weichen Arme umschlangen ihn, tröstende Arme, und er bettete seinen Kopf in diese Weichheit, versuchte Jeannies Schluchzen und das klägliche Hämmern ihrer kleinen Fäuste zu vergessen. *Vwill hoo tyinn?* sagte die Stimme der Verrückten einfühlsam, *v-will hoo tyinn, ma gry-een?*

Tetzel schloß die Augen und dachte an die morgige Prüfung in Flüssigkeitsmechanik. Die seltsame, schmeichelnde, verrückte Stimme verschwand.

Er war nach der Hypnosesitzung auf sein Zimmer zurückgekehrt und hatte Dutzende von Kadetten im Flur gesehen; die Nachricht war schnell im Corps herumgegangen. Er hatte sich verdrückt, ohne entdeckt zu werden, und hatte den Rest des Nachmittags mit seinem Freund vom Brigadestab verbracht. Als er schließlich aufs Kompaniegelände zurückmußte, hatte sich die Menge zerstreut.

Sein Zimmergenosse Mort war dennoch ziemlich verärgert. Er hatte den größten Teil des Nachmittags damit verbringen müssen, die Neugierigen abzuwimmeln. Sogar beim Uni-Football, der auf dem Buffalo Soldier Field in sicherer Entfernung gespielt wurde, hatten ihn Kadetten ständig genervt und etwas über den berühmten John Tetzel, der den Geist gesehen hatte, wissen wollen. Als er zur Unterkunft zurückgekommen war, um vor dem Abendessen eine Dusche zu nehmen, hatte er gründlich die Nase voll gehabt von Geistern. Er fand eine gewisse Genugtuung darin, daß John ebenfalls übler Laune war. Tetzel hatte nicht das geringste Interesse daran, sich über die Erlebnisse seines Tages zu verbreiten.

Das Abendessen war dann der erste Alptraum der Nacht. Im Augenblick stand Tetzel im Mittelpunkt des allgemeinen Interesses. Letzte Woche, rief er sich in Erinnerung, war es die Nachbereitung des Linda-Ronstadt-Konzerts in der Eisenhower Hall. Nächste Woche würde es etwas Neues sein. Aber jetzt, in diesem entscheidenden Moment, war John Tetzel die Berühmtheit; Tetzel und der verdammte Geist waren ganz groß. Zu diesem Zeitpunkt, Ende Oktober, konnte er nicht wissen, daß der Geist eine Rolle in der Hundredth Night Show, der Theateraufführung der Abschlußklasse, spielen würde und daß er mit einer gekonnten Zeichnung im *Howitzer*, dem Kadettenjahrbuch, verewigt werden würde. An diesem Tag hatte er genug damit zu tun, das Abendessen hinter sich zu bringen und sich in die Anonymität der Unterkünfte zurückzuschleichen.

Dieser Rummel wäre vielleicht gar nicht so übel gewesen, doch er wußte, was die anderen Kadetten nicht wußten – daß dies mehr war als eine kurze Abwechslung im Herbsteinerlei. Es war *real*. Er wußte es, auch wenn dieser arrogante Rattenkiller und sein magischer Freund Mandrake es nicht wußten. Er hatte das verfluchte Ding *gesehen*, und das war nicht komisch. Aber der Geist war nicht das schlimmste. Die echte Bedrohung kam anderswoher – aus den Träumen. Sie waren die Quelle des wirklichen Grauens, der Angst, gegen die sogar das Tageslicht machtlos war.

Es gab zwei Dinge, die er über diese Träume wußte. Er konnte es nicht beweisen, aber er wußte, daß es so war.

Zum einen waren sie nicht morbide Phantastereien. Die Träume enthielten eine Warnung, und wenn er auch zu entsetzt war, um darüber nachzudenken, worin sie bestand, war er doch vorsichtig genug, sie zu fürchten.

Zum zweiten handelte es sich nicht um *seine* Erinnerungen. Er kannte den Raum nicht mehr. Der Schrank war nicht mehr sein Schrank. Jeannie war noch sie selbst, wie vor vielen Jahren. Manchmal war die Frau auch noch seine Mutter; doch immer häufiger kam nun eine andere Frau vor, eine unbekannte. Und die brabbelnde Verrückte, die ihn tröstete, wenn er vor Angst weinte, stammte nicht aus seiner Vergangenheit – dennoch kam sie ihm auf unerklärliche Weise bekannt vor. Er wandte sich ihr zu und begrub sein Gesicht an ihren Brüsten. Er kannte sie, ihr Name lag ihm auf der Zunge.

Er sah den Flur vor sich, als er im Bett lag, und versuchte nicht daran zu denken. Ein Flur in blassem Blaugrau, Mulden von Stuhllehnen an der Wand, ein nackter Boden mit unebenen Brettern. Ein seltsamer Geruch, muffig, und der scharfe Geruch eines Holzfeuers, der ihm in die Nase drang. An der Wand sah er das Gemälde, das im Arbeitszimmer seines Vaters gehangen hatte, eine Jagdszene mit Hunden und Fasan. Er hörte die Stimme seiner Mutter, sanft und entschieden und dennoch fremd, mit einem Beiklang von Triumph, der unstimmig und obszön wirkte, und dahinter das Schluchzen seiner Schwester und das Geräusch ihrer kleinen, weichen Fäuste, die wieder und wieder gegen die Tür schlugen. Dann war da wieder die Stimme, nur für ihn, und sie versprach Sicherheit und Wärme, aber er verstand sie nicht: *Ayshth, a vick, ayshth! Nock ish thoo!*

Und diese Vision erfüllte ihn plötzlich mit einer Traurigkeit, die aus dem Nichts kam, von einem geheimen Ort, aus einer anderen Zeit, eine Traurigkeit, die ihm fast den Atem nahm und das Herz stillstehen ließ. Tränen liefen ihm die Wangen hinab, in seinen Augen stand ein Kummer, den nur diejenigen kennen, die in die dunkle Quelle der Endlichkeit geblickt und sich abgewandt haben.

Er riß Laken und Decke herunter und fiel auf Hände und Knie. Mort fuhr herum und setzte sich auf. »Was zum Teufel machst du auf dem Boden?« fragte er schläfrig.

Tetzel antwortete nicht. Er kam irgendwie auf die Füße, stolperte in Unterwäsche auf den Flur hinaus zur verlassenen Schreibstube und wählte Tracks Nummer.

Patti tastete verkatert nach dem Hörer und bekam ihn schließlich ans Ohr: »Ja?«

Tetzel lehnte sich an den Tisch der Stubenaufsicht; er zitterte und ließ beinahe selbst den Hörer fallen. »Ma'am, entschuldigen Sie. Ich weiß, daß es spät ist. Ist Major D. da?«

»Wer ist da? Es ist nach Mitternacht.«

»Ma'am, es tut mir wirklich leid. Hier ist John Tetzel. Ich muß Major Dortmunder sprechen.«

Sie war jetzt hellwach. Die Dringlichkeit in Tetzels Stimme war nicht zu überhören; er war in Not. Track war auch aufgewacht und sah sie mit einem seltsamen Blick an.

»Was ist los?«

»John ist dran.«

»Wer? Tetzel? Herrje, ich dachte, deine Mutter sei wieder im Krankenhaus. Gib her. John? Was zum Geier ist los, Junge? Es ist schaurig spät.«

Als er antwortete, verstand Track, was Patti erschreckt hatte. Die Stimme des Kadetten bebte. »Sir, ich bin echt fertig. Ich muß Sie und Colonel FitzDonnell morgen treffen. Ich bin wirklich fertig. Ich brauche unbedingt Hilfe.«

»Was ist passiert, John?«

»Sir, es tut mir leid, daß ich Sie störe ...«

»Schluß mit dem Käse, John. Wenn Sie'n Problem haben, rufen Sie Major Track an. Was ist los?«

»Sir, ich habe diese gräßlichen Träume, und ich glaube, daß sie was mit dem Geist zu tun haben. Ich werd' sie nicht los; ich kann nicht schlafen, ich habe Angst, und ich weiß nicht, warum. Heute nacht war es noch schlimmer, so schlimm war es noch nie. Es ist wirklich unheimlich. Kein Scheiß, Sir, ich bin wirklich übel dran. Kann ich Sie morgen treffen?«

»Morgen, Quatsch«, sagte John. »Ich komm jetzt gleich rüber. Bleiben Sie, wo Sie sind, ich rufe den Offizier vom Dienst an ...«

»O nein, Sir! Kommen Sie nicht jetzt. Ich möchte nicht, daß jemand davon erfährt. Es ist schon schlimm genug, ständig Leute, die um mich rumhängen und mich wegen dem Geist aufziehen. Wenn das hier rumgeht, denken sie alle, ich kann mein Hirn ins Klo spülen.«

»Haben Sie morgen eine Pause, Junge?«

»Erste Stunde, Sir.«

»Bestens. Hören Sie zu: Bewegen Sie Ihren Arsch um 7 Uhr 30 zu meiner Bude. Und seien Sie pünktlich.«

»Ja, Sir.«

»Und John ...«

»Ja, Sir?«

»Wo sind Sie?«

»In der Schreibstube, Sir.«

»Haben Sie kein Telefon im Zimmer? Sie sind Kompanieführer.«

»Doch, Sir. Ich wollte nicht, daß Mort mithört.«

»Okay, alles klar. Aber Sie rufen mich von welchem Telefon auch immer sofort an, wenn Ihnen der Arsch auf Grundeis geht, verstanden?«

»Ja, Sir. Danke, Sir. Tut mir leid, daß ich Sie geweckt habe.«

»Junge, ich bin mein ganzes Leben lang aufgeweckt worden. Ich bin keine zartbesaitete Jungfrau.«

»Entschuldigen Sie mich bei Mrs. D., Sir, ja?«

»Herrje, John, die schläft längst wieder.«

Tetzel ging in sein Zimmer zurück und fiel aufs Bett. Mort schnarchte. Die Träume kamen in dieser Nacht nicht wieder.

6

Maggie schlief bis kurz vor neun. Sie lag immer noch unter der Decke am Fuß des Bettes, und als sie aufwachte, war ihre erste Sinneswahrnehmung die kratzige Wolldecke auf ihrer Haut. Sie streckte sich und zog die Decke über ihre Füße. Maggie mochte Morgen ohne Terminpläne am liebsten. Sie stand immer um sechs mit Sam auf, machte mit großem Wirbel Frühstück, und sobald er zur Tür raus war, schoß sie die Treppe rauf und hüpfte wieder ins Bett. Sam ließ sich allerdings davon nicht täuschen und demonstrierte Toleranz, indem er meist die *Times* vom Hof holte und sie auf dem Nachttisch plazierte, bevor er zur Thayer Hall losfuhr. Maggie wiederum wußte, daß Sam die erste halbe Stunde seines Arbeitstags damit zubrachte, im Büro seine eigene *Times* zu lesen; sie konnte sich also ihrem morgendlichen Ritual ohne auch nur den Hauch eines schlechten Gewissens hingeben.

Sie hatte einen metallischen Geschmack und ein pelziges Gefühl im Mund, aber außer einer leichten Übelkeit fehlte ihr nichts, die Qual eines echten Katers blieb aus. Tatsächlich hatte sie an diesem Abend gar nicht so viel getrunken – ihre Euphorie war eher durch die Stimmung des Augenblicks und die Freunde ausgelöst worden, nicht so sehr durch den Rebensaft –, und die Ausschnitte des blauen Himmels, die sie durchs Schlafzimmerfenster sehen konnte, belebten sie. Die knorrigen Äste der Eiche im Hof hoben sich scharf gegen die Helligkeit ab, und der Wind der letzten Nacht war verstummt. Es war kalt. Sie ahnte es aufgrund der Klarheit der frischen Herbstluft und des Zischens und Ächzens der alten Heizung. Dies würde ein Tag werden, für den sich das Aufstehen lohnte; sie hatte nur den Termin im Krankenhaus um elf, danach war Zeit für den Ladies' Reading Club, wo sie die Beschäftigung mit Adonijah Proctor wieder aufnehmen konnte.

Sam hatte die Zeitung an diesem Morgen vergessen oder kein Risiko eingehen wollen, sie zu wecken, und so konnte sie weiter unter der angenehmen Decke verweilen. Sie hatte keine Ahnung, wieso sie nackt am Fuße des Bettes lag – sie erinnerte sich nur noch, wie sie Erde und Gras aus ihren Haaren geklaubt hatte –, aber ihr schwante Übles. Sie war wohl eher kollabiert, statt vernünftig ins Bett zu gehen. Kein Wunder, daß Sam sich davongeschlichen hatte. Sie rollte sich auf die Seite und entdeckte noch mehr Schmutz von der Rasenfläche auf der Überdecke. Sie fuhr sich mit den Fingern durchs Haar, was weitere Überreste zutage förderte. Nicht geduscht letzte Nacht. Zumindest muß ich nicht die Laken wechseln, dachte sie.

Sie zog die Decke weg und erhob sich. Etwas zittrig stand sie neben dem Nachttisch. Ihr wurde für einen Moment schwarz vor Augen, und sie ließ sich auf die Bettkante sinken. Sie steckte den Kopf zwischen die Knie, bis das Blut zurückkehrte, dann stand sie wieder auf. Dieses Mal schaffte sie es bis zum Badezimmer, wo sie sich ins Klo erbrach, wie es sich gehörte. Kaltes Wasser und ausgiebiges Zähneputzen vertrieben den sauren Geschmack, und mit einer heißen Dusche war die Übelkeit kuriert.

Sie zog sich nicht gleich an, sondern fönte sich vorm Waschbecken die Haare und bürstete sie sorgfältig. Samstag war mal wieder eine Dauerwelle fällig, um Sam aufzuknacken. Sie ging in den Flur und öffnete den Wäscheschrank; in der Tür befand sich ein großer Spiegel, und sie begutachtete sich eingehend. Sie stellte sich seitwärts und winkte ihrem Spiegelbild zu. »Hübsche Möpse, was? Du bist ein Schwein, Bondurant, aber du hast 'nen guten Geschmack.« Nicht übel für 29, dachte sie, gar nicht übel. Mit etwas Nachhelfen kommt man mit 29 noch ganz gut hin.

Sie zog ihr Wollkostüm an, dazu die gelbe Seidenbluse, die sie von Sam zu ihrem letzten Geburtstag bekommen hatte. Dies war ihr »Managerkostüm«, mit dem sie die Gattinnen beeindruckte und ihre Männer einschüchterte. Bei dem typischen stumpfen Karrierehengst, der grundsätzlich mit einer Frau verheiratet war, die in eine von drei Kategorien paßte, klappte das immer. Da gab es zum einen die Sorte der drallen Gehirnamputierten mit Pferdegebiß und dem Intellekt einer

Wüstenspringmaus, dem Stoffwechsel eines Felsbrockens und dem unerschütterlichen Glauben an Schatzis Genialität. Biestige Furien bildeten die zweite Kategorie; diese Gattung von Vampiren konnte Maggie nur beeindrucken, indem sie den Gatten betörte, was meist ein Kinderspiel war, da die Gatten sich nach langjähriger Ehe mit einem blutleeren, ehrgeizigen Nosferatu nur zu bereitwillig betören ließen. Die dritte Sorte waren die multitoxischen Barbie-Puppen. Diese waren intelligent genug, um ein makelloses Äußeres und ein gewinnendes Lächeln vorzuweisen, hatten aber aufgrund jahrelanger Anpassung an die Bedürfnisse der Armee sämtliche inneren Organe gegen automatische Funktionen vertauscht. Nach zehn oder fünfzehn Jahren als perfekte Gattin war die MBP verschlissen, eine fähige Frau, die auf die Ebene jener geistlosen Lächlerinnen herabgesunken war, die die spiegelblanken Küchen in Werbespots bevölkern. Mit ihnen legte sich Maggie niemals an; ihr war immer, als höre man in diesen Frauen ein Ticken, den Zeitzünder einer Bombe.

Maggie zog die Männer vor. Damit handelte sie sich wenig Beliebtheit bei der Damenwelt ein. Ihre einzigen weiblichen Vertrauten waren Patti Dortmunder, der die Army so wenig anhaben konnte wie Track, und Doris Gilmer. Sie bewunderte Doris, weil die mit Sam fertig wurde. Das war eine rare Fertigkeit, und dafür verdiente sie ebenso viel Respekt wie eine Geisha, der es gelang, Godzilla durch einen Reifen springen zu lassen.

Aber heute mußte sie sich auf die Spur von Alice Fetterman, ihres Zeichens Vorsitzende des Ladies' Reading Clubs, setzen. Sie betrat ihr Büro – das Haus hatte drei Schlafzimmer, und zwei davon benutzten Sam und Maggie als Büro – und stellte den Computer an, um ihre Tagestermine zu überblicken.

Sam hatte ihr letztes Jahr zu Weihnachten einen IBM geschenkt, um ihre Lebensgeister zu wecken und sie zum Schreiben zu animieren. Es hatte funktioniert. Sie liebte das verdammte Ding, und sie hatte im letzten Jahr drei Kurzgeschichten produziert (von denen zwei in einem Krimimagazin veröffentlicht wurden), und einen Aufsatz für eine

Textsammlung über *Sir Gawain und den Grünen Ritter*, die von ihrem Doktorvater zusammengestellt wurde. Während der Computer in die Aufwärmphase ging, suchte sie Alice Fetterman im Telefonbuch. Sie stand bei Colonel Matthew L. Fetterman, Englisches Seminar, Mahan Hall, mit einer Adresse in der Wilson Road. Sie wählte die Nummer, und eine wohltönende weibliche Stimme war am anderen Ende. Ja, sagte Alice Fetterman, ich bin ganz bestimmt zu Hause heute morgen, und ja, natürlich würde ich mit Vergnügen mit Ihnen über den Ladies' Reading Club sprechen. Sie verabredeten sich für 11 Uhr 30.

Der Computer war startklar und gab an, daß er eine Nachricht habe. Sie rief sie auf. Sam hatte sie eingegeben, bevor er um sieben aufgebrochen war:

WOLLTE DICH NICHT WECKEN; DU SAHST NACH DER FUMMELEI LETZTE NACHT AUS WIE EINE SATTE MÄNADE. HOFFE, DU FÜHLST DICH GUT GENUG, UM MIT MIR UM 13.30 IM KASINO ZU MITTAG ZU ESSEN.

TRACK RIEF UM 6.30 AN – TETZEL HAT PROBLEME, UND WIR TREFFEN IHN HEUTE MORGEN. ICH ERZÄHL DIR BEIM LUNCH DAVON.

ICH BETE DICH AN.

GANZ DEIN

YOG-SOTHOTH

Sie überzeugte sich davon, daß sie ihre Versicherungskarte und ihren Ausweis in der Brieftasche hatte, bevor sie losging, dann rief sie in Sams Büro an. Er sei bei einer Sitzung, sagte die Sekretärin, mit Colonel FitzDonnell und einem Kadetten. Maggie ließ die Verabredung um 1 Uhr 30 bestätigen und fuhr ins Krankenhaus.

Der Kadett hatte jedoch Sams Büro schon um 8 Uhr 30 verlassen. Sam und Liam schlossen sich mit der Tonbandaufzeichnung seiner Aussagen für eine Weile im Büro ein. Liam hatte auf einer wörtlichen Dokumentation des Berichts bestanden, und der Kadett hatte ohne Umschweife zugestimmt. Er hatte allerdings so ziemlich allem zugestimmt, was seine Aussicht auf Schlaf verbesserte – die Art von Schlaf, die man nachts im Bett bekommt, nicht die Art, die er täglich im Unterricht absolvierte.

Nachdem die Sonne aufgegangen war und er gefrühstückt hatte, war Tetzel in besserer Verfassung gewesen, und er hatte sich noch einmal bei Track entschuldigt. Track hatte ihm das Wort abgeschnitten: »Lassen Sie den Blödsinn«, sagte er zu dem Kadetten. »Jetzt klingt's nicht mehr so schlimm, aber Sie haben eine weitere Nacht vor sich.« Liam war erleichtert gewesen, als Track zum Unterricht aufbrach. Tetzel war paradoxerweise weniger verkrampft, wenn er mit Fremden sprechen konnte.

Tatsächlich redete er wie ein Wasserfall. Sam schrieb diese bislang unbekannte Redseligkeit seinem Kampf gegen die Müdigkeit zu. Ungeachtet des Grundes dafür, waren Sam und Liam sehr dankbar für den Recorder; Tetzel schweifte ab, verhedderte und wiederholte sich und war offensichtlich darauf aus, seinen Kopf von den düsteren Inhalten zu befreien. Er gestand ein, daß er den Traum erstmals in der Nacht gehabt hatte, als er in dem Spukzimmer schlief, und daß er ihn in den zwei folgenden Nächten bis zum Morgengrauen wachgehalten habe. Er überfiel ihn wieder und wieder, wenn er in Schlaf sank, veränderte sich bei jeder Wiederholung und entspann sich zu einem grotesken Ritual, das vor allem deshalb besonders grausig war, weil es trotz einiger vertrauter Figuren ganz bestimmt (in seinen eigenen Worten) der Traum eines anderen war.

»Warum glauben Sie das, John?« fragte Liams Stimme vom Band, als sie die Aufnahme abspielten, nachdem Tetzel gegangen war.

»Schwer zu sagen, Sir. Die Dinge, die ich anfangs erkannt habe – mein Zimmer, Jeannie, meine Mutter –, begannen sich zu verändern.

Als ich sie zum ersten Mal in dem Traum sah, wußte ich, daß sie zu mir gehörten. Aber das neue Zeug, die Veränderungen, fühlen sich falsch an. Es ist, als ob jemand in mir den Ort, die Leute kennt, und ich die vertrauten Sachen spüre, aber dieser Teil von mir kommt mir wie ein Fremder vor.«

Sam drückte auf die Pausentaste. »Das gefällt mir nicht. Dieses Gefühl von Fremdheit, ein Anzeichen von pathologischen Denkvorgängen. Er muß ins Beratungszentrum.«

»Quatsch«, sagte Liam. »Er hat Kontakt zur Wirklichkeit. Er hat Alpträume, Alpträume, die mit seinen Erlebnissen in diesem Zimmer zusammenhängen. Es besteht kein Anlaß, ihn zur Ward Lane zu schicken.«

Sam sah Liam mißtrauisch an. »Seit wann bist du so gelassen? Laß das Band weiterlaufen.«

Der Kadett beschrieb den Flur, wie er im letzten Traum ausgesehen hatte. Am meisten irritierten ihn die Unebenheit der Bodendielen und der Geruch nach offenem Feuer.

»Was ist so seltsam an dem Flur?« hatte Sam gefragt.

»Sir, er sieht nicht aus wie der Flur in einem modernen Haus. Er sieht aus wie in einem alten Haus, wie in Williamsburg. Es wirkt alt – nicht alt altmodisch. Und der Geruch war auch unheimlich.«

»Warum war er unheimlich?«

»Es roch nach Holzfeuer in einem Kamin; aber der Kamin zog nicht gut.«

»Warum war Ihnen das unheimlich?« hatte Sam gefragt.

»Sir, ich glaube, daß der Geist, wer auch immer er ist, vor langer Zeit etwas mit diesem Haus zu tun hatte. Ich weiß, daß es völlig irre klingt, aber ich glaube, wenn ich diesen Traum habe, werde ich irgendwie an den Ort versetzt, wo der Geist ist. Es ist sehr unangenehm.«

»Ich glaube, das wäre mir auch etwas unheimlich«, hatte Liam ihm versichert. »Aber machen Sie sich keine Sorgen – Sie sind nicht der erste Mensch, der Träume hat, die bedeutungsvoll oder morbide oder ›zu real, um Träume zu sein‹ waren. Die Träume sind wichtig, John, aber sie ziehen Sie nicht in eine fremde Welt. Sie offenbaren Ihnen eine Welt innerhalb Ihres eigenen Geistes.«

Aber Tetzel hatte sich nicht recht überzeugen lassen, und jetzt hörten sie zu, wie der Kadett über Details des Traumes diskutierte. Es war offensichtlich, daß es ihm wichtig war, die Existenz des Geistes – oder einer anderen übersinnlichen Kraft – anerkannt zu wissen. Ein Geist war immer noch besser, als nicht alle Tassen im Schrank zu haben.

Schließlich hatte Liam ihn unterbrochen. »Erzählen Sie uns noch mal von dem verrückten Mädchen, John.«

»Ich hab es nie gesehen, Sir. Sie war im Flur, dann hinter mir, und hielt mich wie ein kleines Kind.«

»War es Ihre Mutter?« hatte Liam gefragt. »Vielleicht, wie Sie sie von früher in Erinnerung haben?«

»Nein, Sir. Meine Mutter – aber sie war nicht mehr meine Mutter, sondern diese grausam klingende Frau – war den Flur hinuntergegangen und hatte Jeannie weinend im Schrank zurückgelassen. Das Mädchen hatte eine andere Stimme.«

Liam: »Wie anders?«

»Höher. Aber sie klang seltsam, irgendwie melodisch. Die Worte – falls es Worte waren – klangen merkwürdig. Sie schien ihre Zunge nicht richtig einsetzen zu können. Einige der Laute, die *k*s zum Beispiel, hörten sich verwischt an, als sei sie betrunken oder würde lallen.«

Liam hatte gedrängt. »Können Sie sich an irgend etwas erinnern, was sie gesagt hat?«

»Nein, Sir. Sie sprach nicht Englisch. Keine Sprache, die ich erkennen konnte.«

»Denken Sie nach. Erinnern Sie sich an bestimmte Laute?«

Es folgte ein langes Schweigen auf dem Band. Sam erinnerte sich, daß der Kadett die Augen geschlossen und sich auf das irre Gebrabbel besonnen hatte. »Ja, Sir«, sagte er schließlich. »Ich erinnere mich an etwas wie ›*ma noyra hoo*‹. Und manchmal sagte sie etwas wie ›*a vick*‹.«

Liam hatte sich zurückgelehnt und nagte an seiner Lippe. »John, wann sagte sie ›*a vick*‹?«

»Was meinen Sie, Sir?«

»Sagte sie es am Anfang eines Satzes? Am Ende?«

»Tja, Sir«, sagte der Kadett nachdenklich, »das kann ich wirklich nicht sagen. Ich kann mich nicht daran erinnern. Ich bin nicht sicher, was ein Satz war und was nicht.«

Ein weiteres langes Schweigen auf dem Band. Dann wieder Liams Stimme: »John, möchten Sie es noch einmal mit der Hypnose probieren?« Sam war im stillen entgeistert gewesen. Liams Erschrecken stand ihm noch vor Augen, und er wunderte sich, daß er so leichtfertig auf eine neue Katastrophe zusteuerte.

Tetzel zeigte jedoch keinerlei Anzeichen von Furcht. »Prima, Sir. Dieselbe Art?«

»Nicht genau«, sagte Liam. »Dieses Mal werde ich Ihnen auftragen, sich *nicht* zu erinnern. Haben Sie was dagegen?«

Dem Kadetten war etwas unbehaglich zumute gewesen. Sam dachte sich, daß er wahrscheinlich annahm, daß Liam sich mit heiklen Sachen befassen wolle, mit denen er lieber nichts zu tun haben wollte. Aber als Liam ihm vorschlug, die Suggestion des Vergessens aufzulösen, wenn nichts allzu Erschreckendes geschah, hatte er eingewilligt.

Dieses Mal war die Übergangsphase noch kürzer als beim ersten Versuch. Nach einigen Minuten befand sich Tetzel in derselben tiefen Trance. Liam hatte ihn schnell zu dem Traum geführt und seine Erinnerungen auf das geheimnisvolle brabbelnde Mädchen konzentriert.

»Was sagt sie?«

»Nur sinnloses Zeug.«

»Was für Zeug? Können Sie die Laute hören?«

»Ich kann sie hören. Ich kann sie nicht wiedergeben.«

»Warum nicht?« hatte Liam gefragt.

»Es sind fremde Laute. Einige sind fremd. Ich kann sie nicht aussprechen.« Er sprach wieder undeutlich.

Sie hörten, wie Liam tief Luft holte, dann sagte er bestimmt: »Versuchen Sie's. Versuchen Sie das wiederzugeben, was das Mädchen sagt.«

Schweigen. Dann, zögernd *›ma naw-re hoo, ma nawre hoo, a vick‹*. Und etwas wie *›v-waill hoo t-yinn‹*. Ich kann es nicht richtig aussprechen. Das letzte Wort klingt wie *›chin‹*, aber nicht ganz.«

»Sehr gut, John«, hatte Liam gesagt. Sam hatte etwas Neues in Liams Stimme und seinem Verhalten gespürt. »Also, wo ist das Mädchen?«

»Sie ist hinter mir. Sie legt ihre Arme um mich. Jetzt summt sie etwas.«

»Summt oder singt, John?«

»Summt.«

»Können Sie die Melodie hören?«

»Ich höre die Melodie.«

»Erkennen Sie sie?«

Schweigen. Dann: »Nein, Sir. Ich habe sie noch nie gehört.«

»Können Sie sie für mich summen, John?«

Wieder Schweigen. Tetzel hatte den Kopf schräg gelegt, als lausche er den Flöten des Pan; er lächelte, ganz auf die Musik konzentriert, sein Mund öffnete sich. Während das Band stumm weiterlief, sah Sam den Kadetten vor sich. Ihm wurde klar, daß John Tetzel für diesen kurzen Augenblick kein Fremder in einem fremden Land gewesen war; er gehörte dorthin und lauschte dem Summen des mysteriösen Mädchens. Dies, schloß Sam, war der Einstieg zum unheimlichen Ende der Sitzung gewesen.

Dann war die Stimme des Kadetten wieder zu hören; keine Worte, sondern die Melodie, die er stockend wiedergab (*la da da, da dum ...*). Sam sah Liam an. Der Psychologe lauschte ebenso angespannt wie vorhin, als Tetzel dies in ihrer Anwesenheit getan hatte. Sam hatte die Melodie noch nie gehört, aber es schien sich um eine Art Schlaflied mit einer schrägen, ungeordneten Phrasierung zu handeln. Die Töne wanderten offenbar endlos lange ziellos dahin, begannen dann von vorne. Anfänglich dachte Sam, der Kadett habe lauter lose tonale Enden erwischt, aber im Verlauf der Melodie wurde ein Muster erkennbar. Es war auf eine unheimliche Art liebreizend, ein Feenlied. Sam fühlte, wie er beim Abhören des Bandes eine Gänsehaut bekam, genau wie zuvor. Das war *real.* Kein noch so hochentwickelter Computer hätte die Wirkung einordnen können, die dieses unheimliche Lied auf die beiden Männer hatte. Sams Eindruck war zwingend: Diese Melodie stammte nicht von Tetzel, sie stammte aus einer anderen Zeit und war doch irgendwie vertraut.

Dann hielt Liam das Band an und spielte es zum Anfang des

Liedes zurück. Stille, dann das Summen des Kadetten. Zu Sams Erstaunen summte Liam mit, begann dann leise, unbeirrt zu singen, in unverständlichen Phrasen. Dann fiel es Sam ein.

»Ich kenne das. Es ist ein Folksong aus den Sechzigern, als sie alle verrückt waren nach Folkmusik. Irgendso ein schräges Ding mit einem Kauderwelschrefrain.« Liam lächelte.

Das Summen des Kadetten hörte auf, und sie hörten Liams Stimme: »Sehr gut, John. Das genügt. Können Sie sich an Worte erinnern?«

Tetzel hatte die Stirn gerunzelt. »Es fängt an mit *shule, shule, shule arvon*; dann kommt *shule* irgendwas irgendwas irgendwas *shule go coon* ...« Der Kadett hatte weitergesprochen, sich an einzelne Wörter erinnert. »Dann irgendwas irgendwas *ma vorneen shlawn* oder so ähnlich.«

»Gut, John. Danke. Bei ›fünf‹ werden Sie die Trance verlassen. Eins, zwei, drei, vier, fünf.« Stille auf dem Band, der Liams Unbehagen nicht zu entnehmen war, als er sah, daß die Reaktion wiederum ausblieb. »Eins, zwei, drei, vier, fünf.« Nichts. Liam hatte leise geflucht und noch zweimal versucht, den Kadetten zurückzurufen.

Sams Stimme auf dem Band. »Was nun?«

Liam: »Keine Ahnung. Dieselbe Reaktion wie beim letzten Mal, nur länger. Davor hatte ich Angst. Er wird nach einer Weile von alleine rauskommen, aber ich möchte nicht, daß er erläutern muß, warum er zu spät zum Unterricht erschienen ist.«

Sie hatten Tetzel einige Minuten schweigend beobachtet. Der Kadett schien zu schlafen. Dann hatte Liam gelächelt und ihn an der Schulter berührt. Mit einem Mal schlug der Kadett die Augen auf.

Das Band: »Bereit, Sir?«

Liam: »*Cead mile failte rumhat abhaile*. Sie sind fertig. Haben Sie großartig gemacht, John.«

Tetzel: »Wirklich, Sir? Sie haben doch noch gar nicht angefangen.«

Liam hatte das Band zum Anfang des Lieds zurückgespult. »Haben Sie dieses Lied schon mal gehört, John?«

Tetzel hatte Liam mißtrauisch angeblickt. »Was ist das, Sir?« Der Kadett hatte den Kassettenrecorder angesehen, dann Liam, dann Sam. Für den Bruchteil einer Sekunde glaubte Sam etwas wie Erkennen aufflackern zu sehen; dann verschwand der Ausdruck und machte einer kaum wahrnehmbaren Andeutung von Feindseligkeit Platz. Sam dachte jetzt: Er hat es erkannt, und das ist ihm nicht recht. Warum? Gehörte es zu seinem Traum oder zu etwas anderem? Irgend etwas an diesem Lied wühlt ihn auf, etwas, woran er nicht denken möchte, und sein Summen auf dem Band macht es ihm schwer, das zu vergessen und abzutun.

Liam: »Das sind Sie. Haben Sie das schon mal gehört?«

Stille, während der Kadett zuhörte. »Nein, Sir. Klingt komisch. Bin das ich, der da summt? Ist das ein echtes Lied?«

Liam: »Ich glaube, ich habe es schon mal gehört. Wo kommen Sie her, John?«

Tetzel: »Aus Bakersfield in Kalifornien, Sir.«

Liam: »Wie ist der Mädchenname Ihrer Mutter?«

Tetzel: »Sir?«

Liam: »Ich sagte ›Wie ist der Mädchenname Ihrer Mutter?‹«

Tetzel: »Shapiro, Sir.«

Liam:« *Fall-che- ron-gat ow-all-ye, a vick-o.«* (So hörte es sich zumindest für Sam an.)

Tetzel: »Sir?«

Liam: »Erkennen Sie das nicht?«

Tetzel: »Es klingt wie das, was das Mädchen in meinem Traum sagte.«

Liam:« »John, sprechen Sie Sprachen? Außer Englisch, meine ich?«

Tetzel: »Deutsch, Sir. Ich hatte zwei Jahre auf der High-School und habe hier zwei weitere Jahre Unterricht gehabt.«

Liam: »Sonst nichts?«

Tetzel: »Nein, Sir.«

Liam: »Spricht jemand in Ihrer Familie Fremdsprachen?«

Tetzel: »Meine Mutter spricht etwas Französisch, Sir.«

Liam:« Sie haben sich erinnnert, daß das Mädchen im Traum etwas sagte wie ›*ma naw-re hoo a vick*‹. Sagt Ihnen das was?«

Tetzel: »Das klingt nach dem, was ich in dem Traum hörte, Sir, jetzt, wo Sie's erwähnen. Ich weiß nicht, was es bedeutet.«

Liam: »Wie ist es mit *›v-will hoo t-yinn‹*?«

Auch diese Worte lösten bei Tetzel nichts aus.

Mittlerweile drohte er wieder zu spät zum Unterricht zu kommen. Er war verwirrt und verärgert, daß Liam ihm keine weiteren Erklärungen lieferte.

»Also gut, verdammter Druide«, sagte Sam jetzt. »Worum zum Teufel ging es bei dem Zauber?«

»Sam, wir haben eine ganze Reihe neue Möglichkeiten. Wir *müssen* wissen, ob John jemals Zugang zu diesem alten Buch hatte, das Maggie entdeckt hat. Wir müssen außerdem nach jeder möglichen Quelle suchen und herausfinden, ob er die Geschichte irgendwo gelesen haben kann.«

»Ich bin deiner Meinung, aber das erfordert eine Kleinigkeit an Recherche. Was ist mit vergriffenen Büchern? Die Historie von Upton war vergriffen. Wir haben vielleicht eine Chance, sämtliche historischen Werke über West Point zu finden – die meisten stehen in der Bibliothek –, aber was ist mit informellen Quellen? Und warum ist das jetzt so wichtig? Vorher war das ein Aspekt von vielen.«

»Erinnerst du dich an Maggies Geschichte aus dem alten Buch? Welche Quelle hatte Upton für die Geschichte von Adonijah Proctor?«

Sam dachte kurz nach. »Eine Dienerin der Familie, Jahre nach dem Feuer.«

»Eine Dienerin. Wie hieß sie?«

»Herrje, das weiß ich doch nicht mehr.«

»Aber ich. Bridget Hardesty.«

»Okay, Bridget Hardesty. Na und?«

»›*Mo naire thu*‹, sagt das Mädchen im Traum, nicht ›Nora wer.‹ Das ist irisch, Sam, gälische Umgangsprache. ›Schäm dich‹. Dann sagte sie ›*Bhfuil tu tinn, a mhic*‹. Ich glaube, der Anfang bedeutet: ›Bist du krank?‹ Die Worte am Ende, das ›*a vick*‹, von dem er spricht – bedeuten ganz klar ›mein Sohn‹.«

»Holla.« Sam lehnte sich zurück und schnaubte verblüfft.

»Das Lied, Sam. Du hattest recht – es ist ein amerikanischer

Folksong, und als du es in den Sechzigern gehört hast, hatte es wirklich einen Nonsens-Refrain. Aber das war nicht immer so:

Shule, shule, shule arvon
Shule go sucir, agus shule go ciuin,
Shule go deen durras, agus aylin l'yurra,
Is go de tu a yourneen slan.

Der Nonsens-Refrain ist verschlamptes Gälisch – *Siuil a run.* Er hat die irischen Worte gesungen, nicht den Nonsens. Das wird ein großer Tag für Maggie.«

»Für mich nicht«, sagte Sam. »Was machen wir nun damit? Wo könnte er Gälisch aufgeschnappt haben?«

»Das ist eine gute Frage«, sagte Liam in seiner Druidenmanier. »Irgendwelche Vorschläge?«

»Als Arbeitshypothese würde ich annehmen, er hat es einmal gesprochen gehört und es im Langzeitgedächtnis gespeichert. In der Hypnose und mit einem kleinen Anreiz durch Autosuggestion kam es an die Oberfläche. Die Wörter selbst haben nicht so viel mit der Situation selbst zu tun. Könnten auch willkürliche Gesprächsfetzen sein.« Er zog die Augenbrauen hoch und sah Liam an. »Die andere Möglichkeit sieht natürlich so aus, daß er ein paar Zeilen nachgelesen hat und lügt wie gedruckt.«

»Ist aber unwahrscheinlich.«

»Ja«, gab Liam zu, »das glaub ich auch.«

»Wo stehen wir dann also? Ich kann brabbelnde irische Geister nicht mit Hilfe von thermodynamischen Messungen nachweisen.«

Liam gab sich wenig einfühlsam. »Daran hab ich von Anfang an nicht geglaubt.«

»Und bitte schön, warum?«

»Weil du keine Hypothesen hast. Was erwartest du? Daß du unheimliche elektrische Entladungen aufspürst?«

»Zum letzten Mal«, sagte Sam, dem es allmählich reichte, »ich erwarte gar nichts. Keine kalten Stellen, keine Auren, keine seltsamen Vibrationen, kein Garnichts. Aber das ist Voraussetzung dafür, den Quatsch sein zu lassen und uns auf deine allseits geschätzten Lockere-Schrauben-Theorien zu konzentrieren.«

Liam gab eines seiner rarsten Grinsen zum besten, was seinem Gesicht eine verblüffende Jugendlichkeit verlieh. »Mach dir keine Gedanken, Sam. Du darfst den Schraubenzieher halten.«

Alice Fetterman erwies sich als wahre Fundgrube für Sagengut des Ladies' Reading Club. Sie war seit 1962 Vorsitzende. Über eine Stunde plauderten sie neben einem fröhlich flackernden Feuer im großen, leeren Haus der Fettermans an der Wilson Road. Diese Häuser im Pseudo-Tudor-Stil mit Holztäfelungen und unerwarteten Räumen schrieb man den architektonischen Spinnereien Stanford Whites zu; Alice Fetterman vertraute Maggie an, daß Mr. White seiner gerechten Strafe nicht entgangen war.

Maggie erläuterte die Umstände der Geisteruntersuchung. »Ich bräuchte einen Hinweis auf jemanden, der 1947 dabei war, als der Text vorgelesen wurde. Mrs. O'Grady von der Kadettenbibliothek –«

»O Sie Ärmste«, sagte Alice, »hat sie Ihnen die alte Leier vom Katalogsystem der Library of Congress vorgetragen?«

»Das tat sie. Sie war äußerst beharrlich.«

»Ich weiß.« Sie schüttelte den Kopf. »Die geistigen Fähigkeiten des armen Wesens gehen zunehmend den Bach runter. Ich bin mit ihr vor drei Jahren aneinandergeraten, als ich für den Club einen Text über die Warner-Schwestern schrieb. Ich hab fast eine Stunde gebraucht, die längste Stunde meines Lebens war das, um sie auf das Thema zu bringen. Nachdem sie schließlich mit ihrer Kritik am Katalogsystem fertig war, half sie mir, alles über Susan und Anna Warner auszubuddeln, was ich nur wissen wollte. Sie kennt sich mit den Beständen der Bibliothek aus wie kein anderer, aber sie bewacht sie wie der Fluch der Mumie.«

»Stimmt das mit dem Text von 1947?«

»Ach du liebes bißchen, Maggie! Sehe ich aus, als wäre ich damals schon dabeigewesen? Da muß ich in den Archiven des Clubs nachsehen.« Sie stellte ihre Teetasse auf den Marmortisch zurück und ging zu einer polierten Queen-Anne-Vitrine aus Mahagoni neben dem Kamin. Die Sonne schien durch die

Glastür des Schranks, und Maggie bemerkte eine dünne Staubschicht auf der Oberfläche. Alice Fetterman, du bist mir sympathisch, dachte sie.

Die ältere Dame durchsuchte die mittlere Schublade und förderte nach einer Weile einen ziehharmonikaähnlich gefalteten Aktenordner zutage. »Ich hab wenig Anlässe, dieses Ding rauszuholen. Bernice Gort hat es mir gegeben, als sie mir vor zehn Jahren die Akten überreicht hat. Sie war die letzte Präsidentin; seit Gott weiß wann. Ich glaube, sie übernahm das Amt, als Max Taylor Direktor war. Sie war bestimmt 47 schon Mitglied, weil Hob Gort – er hieß Hobart, ist mittlerweile gestorben – während des ganzen Koreakriegs Direktor war und erst 61 in den Ruhestand ging.« Sie blätterte bedächtig die Papierstapel durch.

»Hier haben wir's! ›Der Geist des Korps‹, September 1947. Mrs. O'Gradys Gedächtnis ist umwerfend. Meine Güte!«

»Was ist?«

»Nun, es wurde von Bernice Gort präsentiert! Heute ist ein Glückstag für dich, Maggie.«

Maggie lächelte. Die hat 'ne Ahnung. »Lebt sie noch?«

»O ja! Sie kommt allerdings nicht mehr zu den Treffen. Sie hatte vor einigen Jahren einen Schlaganfall und kann nicht mehr fahren. Sie wohnt in einem entzückenden Haus auf dem Storm King, an der Straße nach Cornwall. Gottverlassenes Fleckchen, wo sie im Winter nie den Schnee räumen. Aber eine phantastische Aussicht. Riesige Räume, Kamine, so groß, da könnte man Moloch, dem Dämon der Midianiter, opfern! Sie kann das Haus alleine nicht mehr halten.«

»Wie kann ich ihre Bekanntschaft machen?«

»Das ist nicht so einfach, Liebes. Sie hat ein Hörgerät, das sie meistens abstellt. Das Telefon hört sie nicht. Ich versuche trotzdem mal, sie anzurufen.« Noch einmal ließ sie ihren Jasmintee im Stich und zog sich in einen anderen Raum zurück. Einige Minuten später hörte Maggie sie ins Telefon schreien. Funktioniert das Hörgerät nicht? Muß ich ein Megaphon mitbringen?

Nach weiteren gedämpften Schreien kehrte Mrs. Fetterman

zurück. »Bernice schätzt das Telefon nicht besonders, wie Sie sich bestimmt gedacht haben. Aber Sie sind herzlich willkommen, sie zu besuchen.«

»Wann paßt es denn?«

»Liebes, wenn man so alt ist wie Bernice, ist jede Zeit zwischen Morgengrauen und Abenddämmerung recht. Ich empfehle den Vormittag oder frühen Nachmittag; im Laufe des Tages wird sie ein bißchen müde. Sie ist keinesfalls senil – sie hat immer noch eine scharfe Zunge und einen wachen Humor –, aber Luftsprünge macht sie keine mehr.«

»Glauben Sie, sie hätte was dagegen, wenn ich direkt nach dem Lunch reinschaue?«

»Ich weiß, daß sie begeistert sein wird, Maggie. Ach, übrigens ...«

»Ja, Mrs. Fetterman?«

»Bernice ist ein reizender Mensch, ganz reizend. Aber sie hat einen Hund, der der Schrecken vom Orange County ist. Tragen Sie nicht Ihre besten Sachen.«

Maggie sah an ihrem Wollkostüm hinunter. »Guter Rat. Ich werde meine Lederhose und Motorradstiefel anziehen.«

Alice brachte sie zur Tür. »So weit müssen Sie nicht gehen, Maggie. Drehen Sie ihm bloß nicht den Rücken zu.«

Maggie schoß um zwanzig vor zwei ins Offizierskasino, blieb in der Tür des großen Speisesaals stehen und hielt nach Sam Ausschau. Schließlich entdeckte sie Track an einem vollbesetzten Tisch in einer hinteren Ecke und sichtete Sams Hinterkopf. Track sah sie kommen und winkte ihr zu, und alle Offiziere außer Doris Gilmer erhoben sich, als sie herankam. Sie gehörten alle zur Abteilung, und Hauptgesprächsthema war das Football-Spiel gegen das Boston College am Samstag. Sam fand Football vollkommen uninteressant und hatte wacker am Hauptgang herumgesägt, der angeblich Kalbfleisch darstellen sollte. Als er Maggie sah, spürte er sofort etwas Ungewöhnliches, das von ihr ausging – ein Leuchten im Gesicht, eine Veränderung in der Haltung. Track fiel es auch auf, und er beäugte sie mißtrauisch.

Sie begrüßte die Offiziere fröhlich und küßte Sam auf die Backe; er wurde rot und schaute unbehaglich drein. Als alle wieder saßen – Maggie hatte sich auf einem Stuhl zwischen Doris und Liam niedergelassen –, sagte Track: »Keine Sorge, Maggie. Er ist bloß schüchtern.« Maggie strahlte. »Du hast keine Ahnung! Dieser Mann hier hat den letzten Abend in leidenschaftlicher Umarmung mit mir auf der kalten Erde am Rande der Lee Road zugebracht.«

»Maggie!«

»Nun komm schon«, sagte Doris. »Ihr seid schließlich verheiratet. Wir haben euch alle im Verdacht, daß ihr euch anfaßt, wenn keiner hinguckt.«

»Bin ich nicht so sicher«, sagte Herb Fischer, der Jura unterrichtete. »Sam läßt keine Gelegenheit für Vorlesungen aus.«

»Nimm's nicht gar zu schwer«, sagte Doris. »Er schließt diese Biocomputer an seinen eigenen Körper an – ich war Zeuge –, also *muß* er einen Herzschlag haben.«

»Falsch«, sagte Sam. »Ich habe eine Zentrifugalpumpe mit siebzig Umdrehungen pro Minute. So läuft das bei mir. Und was hattest du heute morgen für Schwierigkeiten, Maggie?«

Maggie berichtete von Alice Fetterman und ihrem geplanten Besuch auf dem Storm King bei Bernice Gort nach dem Lunch. Obwohl Sam, Liam und Track sich über das Thema ausschwiegen, hatten die anderen Anwesenden von dem Geisterprojekt vernommen. Sie hatten ihr Repertoire an albernen Witzen schon abgelassen und sich dann wichtigeren Themen zugewandt. Im Zuge von Maggies Enthüllungen kehrte ihr Interesse zurück. Sam gab einen kurzen Bericht von der Sitzung mit Tetzel (erwähnte aber nichts von der Hypnose).

Maggie schüttelte den Kopf. »Liam, wo hast du Gälisch gelernt? Und warum?«

»Da steckt kein Geheimnis dahinter«, sagte Liam. »Ich habe in meinem ersten Jahr auf der Grad School eine Arbeit über Mythen von Kindestötung und ihre Interpretation in der Freudschen Theorie gemacht. Einer der Mythen stammte aus einem alten irischen Fragment aus dem *Táin* …«

»Dem was?« fragte Herb.

»Dem *Táin bó Cúailgne*«, sagte Maggie. »*Die Viehjagd von Cooley.* Es gehört zu einer Erzähltradition, die der ›Zyklus des roten Aste‹ genannt wird.«

Liam fiel auf, daß Maggie die irischen Worte korrekt aussprach. »Jedenfalls«, fuhr er fort, »ermordet in einer Geschichte, ›Die Tötung von Aoifes einzigem Sohn‹, ein Held namens Cú Chulainn seinen einzigen Sohn im Kampf. Es gab nur eine Übersetzung in der Bibliothek, und irgendein Idiot hatte sie 1971 ausgeliehen und war dann damit verschwunden. Es waren nur noch ein paar kommentierte schwedische Bücher da, in denen das verdammte Ding in der *irischen Urversion* vorkam. Ich mußte mir 'ne Grammatik und ein Wörterbuch suchen – das hatten sie wenigstens – und Teile davon übersetzen.«

»Meine Herren!« sagte Herb.

»Was hast du rausgekriegt?« fragte Maggie.

»Wenn Väter Mythen verfassen, werden die Söhne getötet. Laios wurde von Cú Chulainn, Hildebrandt und Rustum gerächt.«

»Wovon zum Teufel sprichst du?« fragte Doris.

»Über Gründe für vernünftige Familienplanung«, sagte Sam.

Maggie lächelte. Track schlürfte seinen Kaffee. Er wollte sich der Liam-Hatz nicht anschließen. Er erwog, mit dem Beispiel von Telemachos und Odysseus zu kontern, beschloß dann aber, daß er einen Ruf zu verlieren habe.

»Übrigens«, sagte Sam, »hat George Salinger vorm Lunch angerufen. Er hat die ganze Ausrüstung beisammen, wir können sie in die 47. Division schaffen. Samstag morgen ist dafür geplant. Möchtest du mithelfen?«

»Spitze! Wann wirst du das Zimmer zu Gesicht kriegen?«

»Gleich nach dem Essen; Liam und ich treffen uns um zwei mit Stu Broadnax.«

»Mist!« sagte Maggie. »Da plausche ich gerade mit der alten Mrs. Gort.«

»Keine Sorge«, sagte Liam, »ich hab die Befürchtung, daß wir uns da ein Weilchen aufhalten werden.«

»Hilfst du uns, das Zeug rüberzuschaffen?« fragte Track.

»Nee, ich muß abdampfen«, sagte Liam. »Ich fahre übers Wochenende weg.«

»Hört, hört«, sagte Track. »Wieder Richtung Boston?«

Liam nickte.

»Liam«, sagte Maggie, »das ist albern. Ich fange allmählich an, an der Existenz dieser Frau zu zweifeln. Wann kriegen wir sie zu sehen?«

»Sobald ich weiß, wie ich Doris und Track mundtot machen kann.«

»Aha!« sagte Track. »Ein Mimöschen?«

»Kaum. Vielleicht gelingt es mir, sie zur Halloween-Party am nächsten Freitag hierher zu locken.«

»Das wär doch fein!« sagte Maggie. »Ich freu mich schon seit Wochen auf diese Party. Vielleicht kriege ich den alten Sam dieses Jahr sogar in ein Kostüm.«

Liams Miene brachte Zweifel zum Ausdruck.

»Was für ein Kostüm würde denn passend sein für – wie heißt sie?« fragte Doris.

»Anna Perugino«, sagte Liam trocken. »Ich bitte sie zu kommen, aber ich kann's nicht garantieren. Sie ist nicht wild darauf, Boston zu verlassen, nur damit ich meinen Spaß habe.«

»Wir warten mit angehaltenem Atem«, sagte Maggie. »Und wie statten wir zwischenzeitlich Sam aus?«

»Er wär ein schnuckliger Darth Vader«, schlug Doris vor.

»Keine schlechte Idee«, sagte Maggie. »Mit Schwarz als Grundfarbe und heftigem Atmen liegt man nie falsch.«

Sam erhob sich. »Auf, auf, Gentleman, wir haben in einer Viertelstunde eine Verabredung mit Stu Broadnax.« Er legte Maggie kurz die Hand auf die Schulter, und sie sahen sich an. »Bis heute abend zu Hause. Geh schonend mit der alten Mrs. Gort um.«

»Wovon sprichst du? Zuerst geh ich mit euch, um mir das Zimmer anzuschauen.«

»Tja, Sam«, sagte Track. »Das kannst du ihr nicht ausschlagen.«

»Vielleicht«, schlug Doris vor, »möchte er 'ne Woche lang auf der Veranda schlafen. Geschmack ist unberechenbar.«

»Das ist ein offizielles Treffen«, sagte Sam. »Wir –«

»Blödsinn«, sagte Maggie. »Sei nicht so 'ne Schlafmütze. Wie kannst du nur so bürokratisch sein bei einem Zimmer, in dem es spukt? Dafür gibt's doch sicher keine Bestimmungen, oder?«

»Laß sie mitkommen«, sagte Track. »Wen stört's denn?«

Sam seufzte. Ihm fielen zwei oder drei Dutzend Bestimmungen ein, die ziemlich finster aussahen, und sechs oder sieben bedeutende Leute, die mehr noch als das taten, aber es half alles nichts. »Okay, aber nur ein Blick. Du hast deine Reise zu Mrs. Gort.«

Maggie tätschelte ihm die Hand und lächelte. Sam eilte in Begleitung von Liam von dannen, aber Track blieb noch einen Moment. Als alle Zeugen verschwunden waren, beugte er sich vor und küßte Maggie auf die Stirn. »Gratuliere, Schöne.«

»Zu was?« Dann lächelte sie und zwinkerte. »Danke, Track. Wer hat dich ausgebildet, Gandalf der Graue? Ich wünschte, Sam würde irgendwas wahrnehmen.«

»Mach dir keine Sorgen um den ollen Sam. Du mußt nur seine Aufmerksamkeit gewinnen.«

»Und wie, bitte schön?«

»Soll ich dir einen Schmiedehammer borgen, Schöne? Ein kurzer Schlag zwischen die Augen genügt.«

»Sei nicht so hart mit ihm, Yog – in seltenen und köstlichen Momenten öffnet er sich.«

»So was hatte ich mir schon gedacht, Maggie; Jungfernzeugung scheint mir doch etwas abwegig. Ich ertrage nur dieses traurige Lächeln so schlecht, wenn du erzählst, daß er sich manchmal öffnet. Er ist genau wie wir alle – ein Opfer falscher Hygieneerziehung.«

Maggie lachte. »Na, mir tut der arme Adonijah Proctor leid. Keiner kann einen Raum so gut einfrieren wie unser Sam.«

7

Sam, Liam und Maggie trafen Major Broadnax um kurz nach zwei an der Wachstube. Sie brachen sofort zu den Forties auf, da der Unterricht, der um zehn nach angefangen hatte, gleich zu Ende sein würde, und ein Offizier, der sich zwischen den Stunden zu Fuß über den Hauptplatz bewegte, war gezwungen, Hunderte erfreuter Kadetten zu grüßen. Es war eine der seltenen Gelegenheiten für Kadetten, eine milde Form von Rache auszuüben. Es war, als verständigten sie sich wortlos über den Ablauf der Schikane und bewegten sich beim Vorbeigehen des Offiziers von einer Gruppe zur nächsten, um die größtmögliche Anzahl von Grüßen herauszuschinden. Sam fand das nicht sonderlich erheiternd und war bald dazu übergegangen, rhythmisch zu grüßen und niemanden gesondert wahrzunehmen, während er sich durch den Strom kämpfte. Liam entwickelte seine eigene Methode: Er sah grundsätzlich auf die Uhr, bevor er Thayer Hall verließ, und ließ sich nur auf Verabredungen ein, bei denen keine Gefahr bestand, dem grauen Pausenstrom zu begegnen.

»John Tetzel hat in der nächsten Stunde Unterricht«, sagte Broadnax, als sie in strammem Tempo an der Washington Hall vorbeimarschierten und sich auf das Ausfalltor zubewegten, hinter dem die Forties lagen. »Andrea Linnell wartet vor dem Gebäude auf uns.«

»Ist sie der Zugführer, der in der Division wohnt?« fragte Sam.

»Jawoll. Verflucht guter Kadettenoffizier«, sagte Broadnax, »ein echter Bomber. Bringt kaum was auf die Waage, hat sich aber schon als Anfänger mächtig durchgesetzt. Sie ist allerdings nicht grade wild auf das Geistergetue.«

»Warum nicht?« fragte Maggie.

»Naja, ich schätze, es bringt ihr Verständnis von Ordnung und Disziplin durcheinander. Und sie ist bekannt dafür, daß sie ein scharfes Auge auf ihre Grünschnäbel hat – wehe dem, der in irgendwas schlampig ist. Der ist sofort von Sergeants mit Lehrauftrag umringt und wird in Ketten zur Nachhilfe geschleift. Wußtest du, Liam, daß kein einziger Erstjährler aufgehört oder Schwächen aufgewiesen hat, seit sie dran ist? Sie nennen sie Große Mutter.«

Andrea Linnell stand neben der Treppe, die zur 47. Division führte, als sie ankamen. Sie salutierte zackig. Broadnax stellte Liam und Sam vor und gab eine Erklärung zu Maggie ab. Linnell nickte und schüttelte allen die Hand. Sie war klein und drahtig und hatte blaßblonde Haare, Sommersprossen und frostige blaugraue Augen. Sam mußtmaßte, daß sie hübsch sein konnte, aber dazu hätte sie in etwas anderem als einer Uniform stecken und etwas mehr als einen Hauch von Make-up tragen müssen. So lief der Effekt auf den Inbegriff der wilden Range hinaus: GI-Seife und kein Badeschaum. Aber Liam wußte, daß sie als erste Frau in ihrer Klasse verlobt war.

Liam und Sam waren beide Lieutenant Colonels und standen damit höher im Rang als Broadnax, aber sie wandte sich an den taktischen Offizier. Maggie existierte für sie nicht, wobei dies durchaus als höfliche Geste gemeint sein konnte, da Maggie sich nicht auf dem Gelände aufhalten durfte; sie nahm sie also einfach nicht zur Kenntnis. »Sir, Kadett Carson ist auf dem Zimmer. Kadett Barstow ist immer noch abwesend.«

»Irgendwas von ihm gehört?« fragte Liam.

»Nein, Sir. Ich habe heute morgen mit seinem Vater gesprochen; er hat sich dort noch nicht zurückgemeldet oder angerufen.« Diese Bemerkung erheiterte Maggie, die angestrengt versuchte, sich einen Heranwachsenden vorzustellen, der sich bei Mama und Papa »zurückmeldete«.

»Schießen wir los«, sagte Broadnax. Kadett Linnell schoß los.

Die neueren Kadettenunterkünfte – die Eisenhower- und MacArthur-Flügel am Hauptplatz und die New South Barracks, die (sicher sehr zum Entsetzen ihrer Namensgeber) nach Lee und Sherman benannt waren – waren als Schlafräume angelegt, lange Reihen von Zimmern an einem Flur. Verwaltungstechnisch war diese Form praktischer als die älteren Bauten, da die Aufsicht durch die Flure viele Kadetten auf einmal erreichen konnte, und die Inspektionen rasch und ohne Umwege durchgeführt werden konnten. Bei den ältesten noch bewohnten Unterkünften waren die Räume dagegen in Ringen um Treppenabsätze herum gruppiert. Ihr stolzes Alter zeigte sich an den Holzböden, die ausgetreten und zerkratzt waren von Generationen von Kadetten, die von der Parade heimkehrten. Auch ein neuer Anstrich konnte da nicht mehr helfen.

Aber es gab auch Vorteile. Diese alte Lage der Zimmer hatte etwas Familiäres; sie förderte den Gemeinschaftsgeist bei den Bewohnern der Räume. Die Division war ein Heim, was die neuen Unterkünfte nie sein würden. In den sterilen offenen Korridoren, der monotonen Gesichtslosigkeit der Zimmer, konnte kein Verständnis von Gemeinschaft gedeihen.

Die drei Offiziere und Maggie folgten Andrea Linnell die schmale Stiege hinauf zur ersten Etage. Sie klopfte laut an die Tür, die dem Treppenabsatz am nächsten war; auf dem Namensschild stand ›Carson und Barstow‹. Sie wartete einen Moment, öffnete dann die Tür und trat vor den Offizieren ein. Ein männlicher Kadett in Sportkleidung stand in Habachtstellung neben dem Fenster und nahm Haltung an. Sie wies ihn an, »sich zu rühren«. »Sir«, sagte sie zu den Besuchern, »dies ist Kadett Carson.«

»Guten Tag, Mr. Carson«, sagte Liam. »Wir haben gehört, Sie haben einen Zimmergenossen zuviel.«

»Tag, Sir. Scheint so.« Der unbeschwerte Ton blieb ohne Wirkung auf den Kadetten, der die Hände hinter dem Rücken verschränkte und sich offensichtlich unwohl fühlte.

»Wir müssen sozusagen Ihr Zimmer verkabeln«, sagte Sam. »Wir möchten Sie damit nicht stören, und wir werden Ihnen damit nicht im Weg sein. Ich denke nicht, daß diese Sache hier länger als eine Woche in Anspruch nehmen wird, wenn überhaupt so lange.«

»Das geht völlig in Ordnung, Sir«, sagte Carson. »Mr. Tetzel hat uns berichtet, was Sie planen. Ich bin sehr dafür, Sir.«

»Glauben Sie, daß wir auf etwas stoßen werden?« fragte Liam.

»Ja, Sir.«

Liam sah den Kadetten eindringlich an. »Warum sind Sie so sicher?«

»Weil ich es gesehen habe, Sir. Wenn ich es sehen kann und Mr. Barstow und Mr. Tetzel, dann ist es auch da.«

»Hat Mr. Tetzel mit Ihnen darüber gesprochen?«

»Nein, Sir. Er war seit der Nacht, in der er ... seit Anfang der Woche nicht mehr hier. Aber das ganze Korps weiß, was er gesehen hat, Sir.«

»Haben Sie eine Ahnung, warum Ihr Zimmergenosse sich davongemacht hat?« fragte Sam.

Carson schaute zu Broadnax, dann, unbehaglich, zurück zu Sam. »Sir, ich glaube, daß er Angst hatte. Vor etwas, was er gesehen hat. Ich glaube, er ist in Panik geraten und abgehauen.«

»Wie kommen Sie darauf, daß es sich so abgespielt hat?« fragte Liam.

»Wir haben an dem Nachmittag, bevor er verschwand, darüber gesprochen, Sir. Darüber, daß er Angst hatte, etwas würde passieren, daß es eine Veränderung gegeben hätte. Er sagte nicht viel; das war, nachdem er bei Mr. Tetzel gewesen war.«

»Hat er konkret davon gesprochen, verschwinden zu wollen?«

»Nein, Sir. Ich kam vom Frühstück zurück, und dann dämmerte mir, daß er weg war.«

»Hat er irgend etwas mitgenommen?«

»Mir fiel nicht auf, daß was fehlte, Sir. Aber vielleicht einige private Dinge; mit seinen persönlichen Sachen war er sehr verschlossen.«

»Keine Bilder, Briefe, so etwas?«

Carson dachte einen Moment darüber nach. Nicht daß ich wüßte, Sir.«

»Seine Brieftasche, Führerschein, Kreditkarten?«

»Das hatte er alles in seiner Spindbox, Sir.«

»Nachdem wir das unerlaubte Entfernen von der Truppe gemeldet hatten, haben wir sie aufgemacht«, sagte Broadnax. »Es waren zwei Briefe von seinem Vater drin und ein Klassenring aus der Highschool. Kein Geld, keine Brieftasche, nichts dergleichen.«

»Sir«, sagte Carson, »da fällt mir ein, daß er am Freitag einen Scheck eingelöst hat. Ich erinnere mich, daß er das Geld in die Spindbox legte.«

Broadnax sah Liam an und zuckte die Achseln. »Vielleicht hatte er es schon letzte Woche geplant. Wir werden's nicht erfahren, bevor er sich zurückmeldet oder irgendwo auftaucht.«

Während Liam dem Kadetten Fragen stellte, sah Sam sich in dem Zimmer um. Es war klein und wirkte vollgepropft. Zwischen den Betten der Kadetten befand sich eine Trennwand – er erinnerte sich daran, wie Tetzel berichtete, daß Carson um die Wand herumging, als Barstow den Geist sah, und ebenso, als Tetzel dem Ding begegnet war. Die Wand über dem Bett, das er für Barstows hielt, war kahl und wurde von einem Kleiderschrank und der Rückwand begrenzt; er registrierte, daß dies die Wand sein mußte, durch die der Geist sich hereinlehnte, um sich über den Schlafenden im Bett zu beugen. Es mußte dieses Bett sein, dachte er sich, weil aufgrund der Trennwand das Fenster vom anderen Bett aus nicht sichtbar war. Durch diese Wand mußte der Geist auch wieder verschwunden sein, wenn Tetzels Beschreibung zutraf.

»Mr. Carson«, sagte Liam, »haben Sie Angst davor?«

»Nein, Sir.«

»Warum nicht?«

»Das ist schwer zu sagen, Sir. Zuerst hatte ich Angst, wie Mr. Barstow. Aber er sagte mir, es wolle niemandem etwas zuleide tun. Er sagte, da sei er ganz sicher. Als ich es dann sah, dachte ich daran, was Mr. Barstow gesagt hatte, und ich verstand, was er meinte. Es war, als ob ich spüren könnte, was es empfindet.«

»Telepathisch?« fragte Liam.

»Nicht genau, Sir. Es kamen mir keine Wörter in den Sinn. Ich spürte nur irgendwie, was er empfand, und es machte mir keine angst.«

»Was meinen Sie, was er empfand?«

»Das weiß ich nicht, Sir. Es war nichts Bestimmtes. Ich hatte nur das Gefühl, als ob er genau wisse – ich weiß nicht, Sir, als ob er genau Bescheid wisse, wie es ist, traurig zu sein und Angst zu haben. Ich weiß nicht, warum, Sir.«

»Hielt das Gefühl an, nachdem er weg war?«

»Ja, Sir, lange. Ich kann es irgendwie immer noch spüren.«

»Wann war der Geist zum letzten Mal hier?«

»Letzte Nacht, Sir.«

Broadnax, der herumwanderte und Tische und die Oberfläche der Hosenbügel auf Staub überprüfte, sah Carson scharf an. »Was! Letzte Nacht wieder?«

Carson nahm unsicher wieder Haltung an. »Ja, Sir. Er kommt jetzt jede Nacht.«

»Warum haben Sie niemandem was gesagt?« fragte der taktische Offizier.

»Das habe ich getan, Sir. Mr. Tetzel wußte davon, und wir sahen wenig Sinn darin, es zur Sprache zu bringen, solange –«

»Miss Linnell, ich wünsche, daß mir *jedesmal* berichtet wird, wenn jemand etwas sieht.«

Der Zugführer versprach, einen täglichen Bericht zu liefern; Sam fragte sich, was Broadnax mit diesem Bericht beabsichtigte. Vielleicht würde er sich zu einem Dauerbericht wie die Krankheitsliste oder die Liste der im Waschraum gefundenen Socken entwickeln.

Liam sagte dem Kadetten, er solle sich entspannen; mit einem Seitenblick zu seinem Tak »rührte« er sich wieder.

»Mr. Carson, hatten Sie ungewöhnliche Träume?«

»Ich nicht, Sir – zumindest erinnere ich mich nicht. Mr. Barstow hatte Alpträume.«

»Wissen Sie, worum es da ging?«

»Nicht genau, Sir. Er erzählte mir später, es hätte mit Eingeschlossenwerden zu tun, irgendwas mit einer gemeinen Frau, die ihn in einen Schrank eingeschlossen – nein, jemand anderen –, und draußen ein Feuer angemacht habe. Manchmal wacht er auf und spricht mit sich selbst, und ich habe ihn auch schon im Schlaf sprechen hören. Manchmal wacht er auf und spricht immer noch; wenn es ganz schlimm ist, wecke ich ihn selbst auf.«

»Haben Sie je gehört, was er sagte?«

»Nicht genau, Sir. Er spricht ziemlich undeutlich, es ist schwer zu verstehen. Einmal dachte ich, er hätte ›Papa‹ oder was Ähnliches gesagt. Er wollte nicht mehr darüber reden.«

Liam wandte sich an Broadnax. »Sobald Barstow auftaucht, muß ich mit ihm sprechen. Teilen Sie es mir sofort mit, falls Sie was von ihm hören.«

»Worauf Sie sich verlassen können, Sir. Ich hoffe, er taucht bald auf. Seine Leute sind dem Irrsinn nahe.«

»Gut«, sagte Sam, »wo kann ich meine Geisterjagdmaschinen aufbauen?«

»Wie groß ist das Zeug?« fragte Broadnax.

»Oh, ein großer Polygraph, etwa sechzig auf sechzig auf drei Meter, zwei Mikrocomputer und Zubehör, die auf zwei Tischen etwa von der Größe von Schultischen stehen, ein Drucker samt eigenem Tisch. Paßt etwa an die schmalere Wand in einem dieser Räume. Und«, fügte er mit einem reuevollen Lächeln hinzu, »ich muß alles an dieser Wand, aber in dem anderen Zimmer aufstellen.«

»Warum?« fragte der Tak. »Warum nicht in dem Zimmer selbst?«

»Wir müssen unauffällig vorgehen.«

»Befürchten Sie den Geist zu verscheuchen?«

»Nein«, sagte Sam, »das fällt in Liams Ressort. Ich möchte nur die Raumwirkung so wenig wie möglich beeinträchtigen. Aber ich kann das Zeug auch nicht in allzugroßer Entfernung anbringen. Ich habe sehr schwache Signale, die über Drähte vermittelt werden. Sogar mit isolierten Kabeln und Sechzig-Hertz-Filtern werde ich Störungen bekommen, und je länger das Kabel, desto mehr Lärm wird es aufnehmen. Es muß im Raum nebenan sein, damit ich die Kabel möglichst kurz halten kann.«

Braodnax schaute Andrea an. »Was meinen Sie dazu?«

»Sir, im Raum nebenan wohnt nur ein Kadett. Sein Zimmergenosse ist für den Rest des Schuljahrs in der Klinik. Hartman, Sir, der mit der Rückenverletzung.«

»Was ist mit dem verbliebenen Kadetten?«

»Das ist Tate, Sir. Ich kann ihn für eine Woche zu Willis und

Puryear eine Etage höher legen. Wir können die Schränke und Betten in Richtung Tür schieben, und dann könnte man die Ausrüstung an dieser Wand plazieren.«

Nach einigen technischen Fragen von Sam, der sich an der geringen Anzahl geerdeter Steckdosen störte, nahmen sie den Raum in Augenschein, in dem die Apparate aufgestellt werden sollten. Sie einigten sich darauf, die Geräte am nächsten Morgen mit einem Kleinbus rüberzuschaffen, während die Kompanie bei der Parade war, und mit der Installation fertig zu werden, während das Football-Spiel im Gange war und die meisten Kadetten sich im Stadion aufhielten.

Liam blieb in dem Zimmer zurück. Er versuchtet, sich daran zu erinnern, wie es ausgesehen hatte, als er vor so vielen Jahren auf Besuch gekommen und für einige Drillstunden geblieben war. Seit damals hatte es mindestens einen neuen Anstrich bekommen. Achtzehn Jahre sind eine lange Zeit. Corey war jetzt achtzehn Jahre tot. Gott, Corey. Dieser Raum brauchte wirklich nicht noch mehr Geister! Er schloß die Augen und berührte sachte die Wand mit den Fingerspitzen; sie fühlte sich kühl an – nicht kalt, wie sie angeblich durch den Geist wurde, sondern kühl wie die grauen Granitsteine, die stummen Zeugen eines anderen Geistes, einer langen Reihe von Geistern. ›Die Armee der Toten‹ hatte Robert Service sie genannt: »*Sie kommen – es ist die Armee der Toten.*« Aber es war eine andere Armee, waren andere verlassene Gräber: nicht Magersfontein, nicht Spion Kop, sondern An Loc und Binh Dinh und Hue – Gott, Hue – und der A Shau und der Ba Long. Er öffnete die Augen. Die Farbe ist neu, dachte er, aber sie deckt nie richtig ab. Sie ist immer noch da, die Armee der Toten. Dann überlief ihn ein Schauer. »Torch eins zwei. Torch eins zwei. Du bist dran, Kumpel – die alte Pflicht.«

»Was hast du gesagt?«

»Nichts, Maggie. Hab nur laut gedacht. Ein Freund von mir hat mal hier gewohnt.« Sie waren allein.

»Was? Hier drin? Großer Gott! Gab es da auch schon Geister?«

Liam lächelte sein träges, aufreizendes Lächeln. »Damals nicht. Unsere Art von Geist zeigt sich nie, bis wir alt genug sind, um sein wahres Wesen zu erkennen.«

»Du klingst wie ein schrecklicher alter Griesgram.« Maggie äugte um die Ecke der Trennwand auf Barstows leeren Alkoven. »Sieht zu sauber aus für einen Spukort. Brauchen Geister nicht Spinnweben oder so was?« Sie bereute den Satz augenblicklich; Liam hatte es nicht verdient, mit einem lahmen, albernen Spruch abgetan zu werden, was auch immer seine Erinnerungen ausgelöst haben mochte. Aber er lachte freundlich.

»Da du grade davon sprichst«, sagte er, »Wollmäuse, wie man sie unter Betten findet, heißen im Kadettenjargon ›Geisterhaufen‹.«

Es hörte ihre Witzelei nicht; es konnte nicht normal hören oder sehen. Es fühlte sie auf eine verschwommene Weise, die die beiden nicht verstanden hätten. Das eine war dunkel, Schatten eines Schattens, und es spürte seinen Schmerz, wurde von ihm angezogen, nährte sich daran. Das andere glühte fast vor unklarem Wissen, glühte vom Leben im Leben, entzündet von der Kraft, die es haßte und begehrte. Es schwang sich in die Luft, und kein Staubkörnchen regte sich bei seinem Flug. Es spreizte sich und umkreiste sie und raste vor Zorn und Machtlosigkeit, doch sie konnten es nicht spüren; wie ein wildes Tier in den Wäldern war es, das vom Feuer der Trapper angezogen wird, ein Tier, das hungrig ist und doch vorm Feuer zurückschreckt.

Maggie runzelte die Stirn. »Es ist kalt hier. Oder hat Sam oder irgendwer ein Fenster aufgemacht?«

Liam schaute zum Fensterrahmen hinüber. »Hier ist eine Fensterscheibe zerbrochen; da kommt die kalte Luft durch, spürst du's?« Das tat Maggie, und sie schauderte.

Als sie wieder nach draußen ans Licht traten, war es nach drei, und die Kadetten kamen nach und nach vom Unterricht zurück. Maggie bedankte sich bei Broadnax und Andrea Linnell und machte sich zu ihrer Verabredung mit Bernice Gort auf. Liam hatte es ziemlich eilig wegzukommen. Stu Broadnax salutierte und wollte zur Washington Hall und seinem Büro weitergehen, aber der allgemeine Aufbruch kam durch das Erscheinen des sehr aufgebrachten Lieutenant Colonel Lane vom Beratungszentrum ins Stocken. Er vergeudete keine Zeit mit Vorreden. »Was zum Teufel hat es mit dem gottverfluchten Blödsinn auf sich, den Sie da mit den Kadetten veranstalten, FitzDonnell? Ich hab mit solchen Dingen zu tun, nicht Sie!«

Lane war schnell gegangen und keuchte; er hatte Tetzel kurz nach dem Lunch getroffen, und als er herausfand, daß der Kadett nicht nur Termine für Gespräche und eine Beratung gehabt hatte, sondern auch noch *zweimal* hypnotisiert worden war, hatte er im Beratungszentrum einen riesigen Aufruhr veranstaltet. Dann hatte er in Liams Abteilung angerufen und die Sekretärin terrorisiert. Da der Abteilungschef nicht da war (selbst wenn, vermied er es meist, Lanes Anrufe anzunehmen), war die Zorneslawine über dem Ersten Offizier niedergegangen, der den Hörer mit zwei Fingern auf Abstand hielt, wie man eine Giftschlange hinter dem Kopf packt. Dieser Offizier verstand sich aufs Reden und lenkte den Zorn des Psychologen um, indem er ihm höflich mitteilte, er werde sicher die Antwort auf alle Fragen von Colonel FitzDonnell erhalten, der sich gegenwärtig, soweit er wisse, mit Colonel Bondurant und Major Broadnax im Zimmer des Kadetten befinde – worauf an Lanes Ende schwungvoll der Hörer aufgeknallt wurde.

»Sie haben mit Mr. Tetzel gesprochen?« fragte Liam.

»Allerdings, das habe ich! Was zum Teufel bringt Sie dazu, Kadetten zu hypnotisieren? Das ist gegen die Bestimmungen, und sowie ich diese Quasselstrippe von Abteilungsleiter in die Finger kriege, wird die Sache klargestellt. Und in der Zwischenzeit bewegen Sie und Bondurant gefälligst Ihre Ärsche aus dem Kadettenbereich!«

Sam, der zu dem Schluß gekommen war, daß ihr Gegner das Stehvermögen eines Klappstuhls hatte, meldete sich zu Wort. »Nun kommen Sie, Ward. Reden wir darüber wie Gentlemen.« Er legte Lane die Hand auf den Arm.

»Da gibt's nichts zu reden. Ihr steckt eure Nase in Sachen, die euch nichts angehen. Damit hat sich's. Ich weiß, daß ihr beide nicht die Kompetenz habt, in diesen Dingen herumzupfuschen, und das Beste, was ihr tun könnt, ist, so schnell wie möglich hier zu verschwinden.«

»Nun kommen Sie schon, Ward. Reden wir ein bißchen drüber. Ich weiß, daß Sie nicht ganz unrecht haben, aber das ist kein Grund, sich so aufzuregen. Wir wollen doch keine große Sache daraus machen ...« Lane ließ sich von Sam außer Hörweite der beiden anderen Offiziere ziehen. Broadnax war blaß; er unterstand Lane nicht, aber Lane war wie Broadnax selbst einer der Männer des Kommandeurs, Sam und Liam dagegen nicht. Andrea hatte Haltung angenommen und verblüfft dem Spektakel von Offizieren zugesehen, die ihre Sprache vergaßen – eine Schwäche, von der sie geglaubt hatte, daß sie mit dem Erwerb von goldenen Schulterklappen verschwand. Sam und Lane standen dicht beisammen. Liam sah mit verschränkten Armen und amüsiertem Gesichtsausdruck, wie Sam, ganz Aufrichtigkeit und Höflichkeit, auf Lane einredete. Lane hatte die Hände in die Hüften gestemmt, und sein Nacken verfärbte sich von hellem Rosa zu leuchtendem Rot und wütendem Dunkelrot.

»Hören Sie zu, Sie Arschloch«, sagte Sam lächelnd und in freundlichstem Tonfall, »Liam und ich sind hier, weil der stellvertretende Kommandeur uns auf Anweisung von Ihrem Boß General Harrington hierher befohlen hat. Hören Sie ganz genau zu, weil ich Ihnen jetzt sehr detailliert und in schöner Offenheit berichten werde, was sich hier demnächst abspielen wird, und was nicht. Und das tue ich nur einmal.

Zunächst werden wir am Samstag morgen unsere Ausrüstung vom Labor hier herüberschaffen. Wir werden sie den Samstag über installieren und vorbereiten. Dann werden wir Samstag nacht mit den Messungen beginnen. Wir werden hierbleiben, bis wir die nötigen Daten zusammenhaben, was etwa eine Woche dauern wird. Wir haben die bedingungslose Unterstützung des Kommandeurs – der uns darum gebeten hat, diese Sachen anzuleiern –, des taktischen Offiziers des Regiments, des taktischen Offiziers der Kompanie und der Kadettenaufsicht. Sowie Ihre freundliche und höfliche Hilfsbereitschaft, Ward.

Und die haben wir, Ward, weil Sie trotz der Tatsache, daß Sie ein Oberarschloch sind, ein flatulenter Sack – was Furzer bedeutet, mit dem Wort können Sie Ihren Wortschatz auf zweihundert erhöhen –, und ein unfähiger Psychologe, leider zur Gattung der Hominiden zählen, die über ein Minimum an Selbsterhaltungstrieb verfügen, auch wenn Sie, Ward, statt Hirnmasse Sägespäne und statt Eier Schrotkugeln haben. Deshalb hegen Sie eine gewisse Zuneigung zu Ihrem Patent. Da der Allmächtige Sie aus unerfindlichen Gründen so belohnt hat, ist sicher sogar Ihnen klar, daß es sich nicht empfiehlt, seinen Chef wissen zu lassen, daß man sich wie ein Volltrottel benommen hat, indem man zwei gleichgestellten Offizieren verbal ans Bein pinkelt, obwohl doch der Direktor beim letzten Offizierstreffen solches Benehmen ausdrücklich verurteilt hat. Sie möchten doch bestimmt auch nicht, daß Ihr Boß erfährt, daß Sie sich vor einem unschuldigen Kadetten als das Riesenarschloch entpuppt haben, das Sie sind, und schauen Sie sich genau an, was Sie für ein Gesicht machten und vor Major Broadnax, der, wie Sie wissen, für den Kommandeur arbeitet. Haben Sie das gefressen, Ward? Nun, ich hasse es, unerbetene Ratschläge verteilen zu müssen, da ich weiß, daß sie meist nicht befolgt werden. Aber bei Ihnen mache ich da eine Ausnahme, und sei es nur, weil ich Offiziersausbilder bin und gegen mein besseres Wissen hier reingezogen wurde. Und hier kommt nun mein dringlicher, wohlerwogener Rat. Verziehen Sie sich, Ward. Ich fordere Sie nicht auf, sich bei Stu und dem Kadetten zu entschuldigen, weil ich aus langjähriger Erfahrung weiß, daß Offiziere mit sehr lauten Stimmen meist sehr kleine Geschlechtsdrüsen haben, die wiederum in Verbindung mit großen, widerwärtigen Egos auftreten. Aber Ihre Abwesenheit wird von jedem hier begrüßt werden, Sie selbst eingeschlossen, wenn Sie mal in Ruhe darüber nachsinnen.«

Die Zuschauer hatten natürlich von alledem kein Wort mitbekommen. Sie sahen lediglich, daß Sam nicht mehr sprach und Lane milde anblickte, der abrupt kehrtmachte und in Richtung Washington Hall davonstapfte.

Sam gesellte sich wieder zu ihnen. »Miss Linnell, Colonel Lane bedauert sein ungezügeltes Verhalten und hofft, daß Sie sich davon nicht verletzt fühlten. Wir haben alle unsere Grenzen, und er hatte die seinen überschritten. Urteilen Sie nicht zu hart über ihn, bevor Sie wissen, wo Ihre eigenen liegen.«

»Jawohl, Sir.«

Es entstand ein unbehagliches Schweigen, dann fragte Linnell Broadnax, ob sie sich zurückziehen dürfe, um sich mit den Angelegenheiten der Kompanie zu befassen. Als sie wegging, sagte Broadnax: »Großer Gott, Sam, ich dachte, er kriegt 'nen Infarkt. Was haben Sie ihm gesagt?«

»Ich hab ihm das Ganze nur aus einer anderen Perspektive dargestellt, Stu. Er ist ein vernünftiger Mann, wie wir alle. Wir sehen uns Samstag.«

Bernice Gorts Heim war ein solides, zweistöckiges Farmhaus, das in einer Zeit gebaut worden war, als man es gerne besonders scheußlich hatte. Es hatte ursprünglich einen grünen Anstrich besessen, der mit wohlmeinender Nachlässigkeit über die Jahre zu einem würdevollen Grau verblaßt war, das dem Auge des Betrachters mehr schmeichelte. Es lag hinter einem Zedernwäldchen und einer etwas verkommenen Buchsbaumhecke und war von der Straße aus kaum zu sehen.

Maggie fuhr einen schmalen Kiesweg entlang. Als sie sich der Veranda näherte, gefiel ihr das Haus etwas besser. Es stand auf einem Steilhang, und zu seinem Fuße erstreckten sich der Fluß und die Dächer von Cornwall. Es war ein beschaulicher, besinnlicher Ort, und Maggie empfand ein seltsames Gefühl von Zufriedenheit und Traurigkeit, ein Gefühl, das glückliche Erinnerungen und Verluste gleichermaßen umschloß. Neben der Betontreppe, die zu einem blätterbedeckten Pfad und zur Haustür führte, hielt sie an, stellte den Motor ab und blickte übers Tal zu der Festungsruine auf Bannerman's Island und zum Breakneck Mountain auf der anderen Seite. Werden Sam und ich so enden? fragte sie sich. Oder werde *ich* so enden, in

Erinnerung an Sam Blätter aufklauben, bis ich zu alt bin, um die Harke zu heben?

Sie stieg die Treppe hoch und suchte nach einer Klingel oder einem Türklopfer. Beides schien nicht vorhanden. Sie klopfte an den Rahmen der Fliegentür. Eine lange Stille folgte. Ach verflixt, dachte sie, die alte Bernice hat ihr elendes Hörgerät ausgeschaltet. Sie öffnete die Fliegentür und klopfte an die Holztür innen; nichts tat sich. Sie drehte am Türknauf. Es war nicht abgeschlossen, und sie öffnete die Tür einen Spaltbreit.

Es geschah alles sehr schnell. Ein schwarzes Gebilde quetschte sich in Bodennähe durch die Öffnung und hielt nur lange genug inne, um Maggie aus einem schwarzen Auge mit einem bösen Blick zu bedenken. Unbeeindruckt davon, daß sie potentiell als Beute oder Spielkamerad geeignet war, schoß der große, lockige, ungeschorene Pudel über den Kiesweg in Richtung Albany davon. Direkt hinter dem Hund erschien eine kleine, zarte Frau. Ihr Gesicht wies so viele Runzeln wie ein getrockneter Apfel auf. Ihre Stimme war jedoch weitaus kräftiger, als man es von einer kleinen Frau annahm, und man hörte sie noch auf der Straße nach Cornwall: *»Satan! Du Mistvieh! Komm hierher!«*

»Oh, das tut mir leid!« sagte Maggie. »Das war meine Schuld. Ich hab ihn rausgelassen. Es war ein Versehen.«

»Ach, keine Sorge, junge Dame. Satan kommt immer wieder. Manchmal erst nach Tagen, aber er kommt immer zurück.« Die alte Frau grinste. Dann sagte sie: »Sie müssen Mrs. Bondurant sein. Kommen Sie rein, wir wollen über die alten Zeiten reden.«

Mrs. Gort kochte Kaffee. »Nicht die richtige Zeit am Tag«, sagte sie, »aber ich kann Tee nicht ausstehen; davon krieg ich Runzeln im Zahnfleisch. Und Sie wissen nicht, was Leiden ist, junge Frau, wenn Sie das Gefühl nicht kennen.« Sie servierte den Kaffee in einer Art Bibliothek im hinteren Teil des Hauses. Die Fenster waren groß und schmal und gingen auf einen kleinen von Tannen begrenzten Hof hinaus. Aus den umstehenden Wäldern wehten gelbe Blätter heran, die übers Gras wirbelten und sich an einer Grenzmauer fingen. Auf dem Ziegelfußboden der Terrasse standen noch schmiedeeiserne Gartenmöbel, auf denen schmutzige, ausgebleichte Kissen lagen. Maggie nahm an, daß Mrs. Gort die Terrasse zur Zeit nicht benutzte, und dachte darüber nach, wer wohl dabei helfen könne, die schweren Eisenstühle wegzutragen, um sie über den Winter drinnen zu lagern.

Ich bin hier, um sie nach Geistern zu fragen, dachte Maggie, und hier sind genug versammelt für ein großes Ringelreihen. Die Bibliothek stand voll mit Büchern (es war eine echte Bibliothek), und in den Zwischenräumen sammelten sich gerahmte Fotos und Erinnerungsstücke. Das Leben des Brigadegenerals Hobart G. Gort war dokumentiert: Kadett Gort, Klasse von 1927; Lieutenant Gort und seine Kompanie auf den Stufen vor der Kaserne; Gort mit der Flagge, Schofield Barracks, 1927 auf Hawaii; Captain Gort, Fort Benning, 1936. Man konnte verfolgen, wie das jugendliche, kantige Gesicht älter und weicher wurde. Hier war Colonel Gort als Professor und Leiter der Abteilung Kriegskunst und Ingenieurswesen. Auf einem anderen Foto war er mit Bernice und einer Gruppe von Menschen, die Maggie für seine Kinder und Enkel hielt, in dem kleinen Hinterhof abgebildet: Brigadegeneral Gort, im Ruhestand. Das Bild war im Hochsommer entstanden, und der Hof war sonnendurchstrahlt; Bernice hatte sich bei ihm eingehängt, und das kleinste Kind, ein etwa vierjähriges Mädchen, hielt sich schüchtern an ihrem Rock fest; der General hatte über etwas gelacht, als der Auslöser betätigt wurde.

Heute jedoch war die Bibliothek düster, da die Sonne bereits hinter dem Gipfel des Storm King abgetaucht war. Bernice hatte eine Tischlampe eingeschaltet, aber die Wände schienen ihr schwaches gelbes Licht zu verschlucken.

»Alice sagte, Sie interessieren sich für den Aufsatz über den Geist«, sagte Bernice, nachdem sie sich für den Kaffee entschuldigt hatte (»koffeinfrei – ich hasse diese Brühe, aber der zimperliche Doktor in West Point hat mir das echte Zeug vermiest«). »Nach dieser albernen Geschichte hat mich jahrelang kein Mensch mehr gefragt. Was bringt Sie dazu?«

Maggie berichtete ihr von der Geistersuche, erwähnte aber nichts von ihren eigenen Forschungen zu Adonijah Proctor. Sie hörte schon Liams überhebliche Kritik und dachte an Sams Manie in puncto Objektivität, also wollte sie sich Bernices Erinnerungen unverfälscht und direkt anhören.

»Naja, ich kann nicht behaupten, daß es mich überrascht«, sagte Bernice. »Sie haben aus diesem Raum eine Abstellkammer gemacht und alles vergessen. Höchst kurzsichtig, aber was kann man von der Truppe im Büro des Kommandeurs schon anderes erwarten. Ich habe ihnen gesagt, daß es wieder passieren würde.«

»Tja«, sagte Maggie, »und Sie haben recht behalten. Offenbar haben sie den Raum in den Sechzigern noch mal geöffnet, und es gab einen weiteren Vorfall mit dem Geist. Dann machten sie wieder eine Vorratskammer draus und vergaßen alles. Und dieses Jahr, sagt mein Mann, brauchten sie Platz und haben das Zimmer wieder geöffnet. Voilà!«

»Überrascht mich kein bißchen. Sie sind wie das Ancien Regime: lernen nichts und vergessen nichts. Das kommt davon, wenn man da einen karrierewütigen General nach dem anderen durchjagt; sie wissen nichts, müssen aber alles mögliche verändern, weil Bosse immer Dinge verändern, um sich dann anzusehen, was sie angerichtet haben. Oh, ich hoffe, ich habe Alice nicht mißverstanden – Ihr Gatte ist doch festangestellt?«

Maggie bejahte, worauf Bernice sich erleichtert zeigte. »Ich werde von Jahr zu Jahr geschwätziger. Alterserscheinungen; ich rede ja ständig nur mit dem beschränkten Satan. Ich habe schon befürchtet, ich wäre Ihnen zu nahe getreten. Hob machte mir immer die Hölle heiß, weil ich so indiskret bin. In welcher Abteilung arbeitet Ihr Mann?«

»VuF.«

»Vu was? Ist das wieder ein neuer bürokratischer Hirnriß, auf dem besten Wege zu seiner Geburt in Bethlehems Krippe?« Bernices Verachtung für bürokratische Vorgänge war eindeutig eine liebe alte Gewohnheit von ihr.

Maggie lächelte. »Verhaltensforschung und Führungsfragen, Mrs. Gort. Sam ist Psychologe.«

»Oh«, sagte sie erleichtert, »nur ein anderer Name! Das hieß früher Militärpsychologie und Führungstechnik und dann Büro für militärische Führungsfragen. Ein guter alter Freund von mir, Red Shipley, war da Chef. Das war ein Schätzchen! Dieser Hund konnte selbst dem Teufel ein Ohr abschwatzen. Hob glaubte, Red könne sogar auf dem Wasser gehen – er war einer von Omar Bradleys Schützlingen. Ein lieber Mensch. Starb 62, in Arizona unten. Auf dem Golfplatz, sagte Hob, so daß ich annehmen kann, er ist mit einem Lächeln auf dem Gesicht verschieden.«

Sie goß Maggie koffeinfreien Kaffee nach und sah zum Fenster hinaus auf das Blättertreiben. Maggie nahm schweigend einen Schluck. Die alte Frau war mit ihren Gedanken woanders, vielleicht irgendwo, wo die Sommersonne in den Hof fiel und man das Lachen von Kindern hörte.

Schließlich kam sie wieder zu sich. »Entschuldigen Sie, Mrs. Bondurant. Sie haben sicher nicht wie ich den ganzen Nachmittag Zeit. Ich habe den Aufsatz noch hier – ich hab ihn rausgekramt, nachdem Alice angerufen hat, und auch noch ein paar Notizen, die ich mir beim Schreiben gemacht hatte. Ich nehme an, Sie werden dabei finden, was Sie brauchen.«

»Zu welchem Schluß sind Sie bezüglich des Geistes gekommen, wenn ich fragen darf?«

Bernice lachte, ein Ton, der so leicht und flüchtig war wie die dürren Blätter. »Wie kann man denn bei einem Spukzimmer zu ›einem Schluß kommen‹? Und falls man es doch tut, meine Liebe, verrät man das nicht.«

»Haben Sie nicht spekuliert, wer der Geist gewesen sein könnte?«

»Oh, wenn Sie wollen, tue ich das, aber es war nicht ein Geist. Es waren zwei: der traurige alte Captain Proctor und seine arme kleine Annabelle.«

»Ah, ein wohlbekannter Name!« sagte Maggie. »Wo haben Sie etwas über den alten Adonijah erfahren?«

»In der Bibliothek gab es ein uraltes Buch ...«

»*West Point am Hudson* von Upton.«

»Genau dieses. Ich nehme an, Sie haben sich in die Kadettenbibliothek gewagt. Ist Betty O'Grady noch da?«

»Großer Gott«, sagte Maggie. »War sie 1947 auch schon da?«

»Das will ich meinen. Ihr Mann war Master Sergeant Seamus O'Grady – sie sagte allerdings ›Hamish‹ oder etwas ähnlich Absonderliches zu ihm –, er arbeitete jahrelang für die Kavallerie. Ich sah sie ständig. Ich habe sehr eifrig gelernt damals, Mrs. Bondurant. Nicht nur für den Ladies' Reading Club. Wissen Sie, ich habe in Wellesley meinen Abschluß in Mathematik gemacht. Ich hatte grade meinen Magister, als Hob mich 32 einfing.«

»Ich kenne das Gefühl«, sagte Maggie.

»Wenn ich fragen darf, Mrs. Bondurant: Warum beteiligen Sie sich an diesen Untersuchungen?«

»Nennen Sie mich bitte Maggie, Ma'am. Weil ich mich langweile.«

»Aha! Der Professor vernachlässigt Sie?«

»Nein, ganz und gar nicht. Er ist nur sehr in seiner Arbeit verfangen, und darüber können wir nicht sprechen. An diesem Projekt hier sind wir beide beteiligt. Ich mache die Hintergrundrecherchen ...«

Bernice lachte. »Wenn man sich als Teil der ›Hintergrundrecherche‹ wiederfindet, merkt man, daß man alt wird, Maggie.«

Maggie lenkte das Gespräch auf Bernices Quellen für den Aufsatz von 1947.

»Nun«, sagte sie nach kurzem Nachdenken, »hauptsächlich stützte ich mich auf *West Point am Hudson* von Upton. In den Memoiren gab es auch eine kurze Erwähnung des Geistes. Das interessantere, aber weniger brauchbare Buch war nämlich Uptons anderes Werk, seine Memoiren.«

»Memoiren?«

»O ja! Er hat eine autobiografische Textsammlung zum Leben in West Point verfaßt. Im Selbstverlag natürlich. Ein seltsames Buch, ganz anders als sein historisches Werk. Hat Betty O'Grady nichts davon gesagt?«

»Doch«, sagte Maggie, »aber sie meinte, es gäbe es nicht mehr.«

»Ach, Unfug! Wenn sie's nicht rausgeschmissen haben – und sie schmeißen nie was raus –, muß es noch da sein. Sie wird vergeßlich.«

»Ich war nach ihren Worten davon ausgegangen, sie habe es nie selbst zu Gesicht bekommen.«

»Dann ist sie verkalkt. Sie hat mir das Ding 47 rausgesucht. Es war ein altes Buch mit loser Bindung. Und die Seiten waren gegen Ende übel verklebt – hab nie erfahren, wie es ausging.«

»Wieviel stand über den Geist drin?«

»Einiges, soweit ich mich erinnern kann – und, wenn ich mich nicht irre, zum Teil Dinge, die den Äußerungen in dem anderen Buch widersprachen. Er kam ein- oder zweimal ziemlich zusammenhanglos darauf zu sprechen. Ich glaube, er fand die ganze Sache ziemlich faszinierend.«

»Glauben Sie, er war an übernatürlichen Erscheinungen im allgemeinen interessiert?« fragte Maggie.

»Das glaube ich nicht. Es ist so lange her! Ach ja! Jetzt erinnere ich mich! Wissen Sie, Maggie, ich habe ein erstaunliches Gedächtnis. Ich glaube, weil ich mein Hörgerät häufig abstelle und nur noch mit Satan rede. Jedenfalls war Upton mit General Hancock befreundet – ich glaube, Hancock war schon drei Jahre länger als Upton in Point –, und Hancock hatte Proctor während seiner Kadettenzeit kennengelernt, als Proctor Professor für Beschaffungswesen oder so was war. Ich kann diese Abteilungen nicht auseinanderhalten. Hob war mächtig wütend, als sie Kriegskunst und Ingenieurswesen auflösten und diese neuen bürokratischen Gebilde schufen. Das war sein letzter Kampf, armer Mann.« Bernice senkte aus Respekt vor General Gorts Andenken die Stimme. »Wissen Sie, Maggie, Hob war ein verheerender Ingenieur. Ich liebte diesen Mann und vertraute ihm, und wir waren 52 Jahre glücklich verheiratet. Aber ich hätte nie an einem Damm wohnen mögen, den er gebaut hatte. Aber, weiß Gott, der Mann war ein Kämpfer gegen die Bürokratie! Er hatte Dekan werden sollen, aber er war zu alt, als der Dekan damals endlich in Ruhestand ging. Ich dachte, sie würden ihn glatt mumifizieren – den Dekan, nicht Hob – und hinter Glas packen und in seinem großen Sessel im

Konferenzraum belassen. Aber angesichts seiner regen Leistungen wäre es wahrscheinlich niemandem aufgefallen ...«

Sie richtete sich eindeutig darauf ein, ihr willkommenes Publikum längerfristig zu nutzen, als mit einem furchtbaren Radau Satan zu Hilfe eilte, der die Vordertür aufgeschoben hatte und im Galopp in die Bibliothek gestürmt kam. Als seine Pfoten mit dem Holzboden in Berührung kamen, glitten sie in alle vier Richtungen davon, und mit einem Ausdruck höchster Verzweiflung schlitterte der Hund in einen kleinen Orientläufer. Der Läufer rutschte weg und klappte unter einer Pfote zusammen, was die anderen drei himmelwärts beförderte. Satan kam mit einem dumpfen Klatschen auf dem Boden auf, wo momentelang ein Gewirr aus schwarzen Beinen, lockigem Fell und glitzerndem Speichel entstand. Maggie sah ihm erheitert zu, aber Bernice erstarrte, da sie die wirkliche Katastrophe nahen sah und wußte, daß sie nicht mehr aufzuhalten war.

»Vorsicht mit der Tasse, Maggie«, sagte die Witwe. »Das ist echtes Limoges.«

Satan streckte sich, vollbrachte eine Art Rolle seitwärts und landete auf allen vieren. Nachdem er vor Überraschung, sich wieder obenauf zu befinden, so einen Augenblick verharrt hatte, warf er sich auf Maggie. Die Hinterpfoten gaben dem Läufer einen Stoß, der kleine Teppich schoß davon und landete an der Wand. Maggie hielt Tasse und Untertasse hoch und preßte die Beine zusammen (ihr Vater hatte einst einen Golden Retriever besessen, und sie kannte sich aus mit dem Benehmen von Hunden – das dem von Männern, so sann sie, während ihr Leben vor ihr vorüberzog, durchaus in manchem glich). Der große Pudel fegte ein Beistelltischchen aus Mahagoni aus dem Weg, auf dem sich ein Silberservice befand, ließ seine Vorderpfoten schwer auf Maggies Schoß klatschen und begann mit schwachsinniger Verzückung, ihr das Gesicht abzulecken.

»Tut mir so leid, Maggie«, sagte Bernice, nachdem sie den widerspenstigen Satan, dessen Krallen wild auf dem Parkett scharrten, in die Speisekammer gesperrt und die Tür verriegelt hatte. »Satan ist nicht auf Hobs Mist gewachsen, sondern auf meinem – um mir Gesellschaft zu leisten, nachdem Hob verschieden war. Meine alten Freunde versichern mir, daß sie mich für eine leidlich intelligente Person halten, aber dieser Hund ist lebender Beweis dafür, daß ich zu fürchterlicher Dummheit neige, wenn ich selbst entscheiden darf.«

Maggie hatte sich wiederhergestellt und wischte an den feuchten Flecken herum, wo der Pudel auf ihren Rock gesabbert hatte. »Kein Problem, Mrs. Gort. In meinen wilden Studentenjahren war ich mal mit jemandem befreundet, der so ähnlich war.«

»Satan wird hocherfreut sein. Worüber sprachen wir vor der Störung?«

»Sie erzählten mir von General Hancock?«

»Tat ich das? Ach ja. Wie ich schon sagte, war Hancock, der im Bürgerkrieg als Korpskommandeur ziemlich berühmt wurde. als Kadett Schüler von Proctor; es muß kurz vor Proctors groteskem Ende in Mexiko gewesen sein. Hancock kam offenbar gut mit dem alten Adonijah aus, und sie lernten sich näher kennen. Nun, so sah es damals aus, als Upton, der, nehme ich an, kurz vor dem Bürgerkrieg seinen Abschluß machte, Hancock begegnete. An diese Geschichte erinnere ich mich nicht genau, aber ich glaube, Upton war von Anfang an bei seinem Stab und hatte später unter ihm das Kommando über eine Brigade. Nach Appomattox ging Upton nach Point zurück und avancierte dort zum Lehrer, wie Proctor. Es würde Ihnen sicher sehr nützlich sein, wenn Sie Betty O'Grady von ihren Silberfischen ablenken und sie dazu bringen könnten, Ihnen dieses Buch rauszusuchen.«

»Leider war es so«, sagte Maggie, »daß sie auf das neue Katalogsystem zu sprechen kam, als ich sie wegen dem Buch befragte. Und dann hab ich sie fast nicht mehr auf das Thema zurückgebracht.«

»Ja, sie war schon als junge Frau eine Jammerliese. Sie wissen, daß sie von Highland Falls kam, nicht wahr? Ich glaube, aus der dritten oder vierten Generation. Aber ich möchte ja nicht, daß Sie *mich* wieder auf das Thema zurückbringen müssen. Ich erinnere mich dunkel, daß Upton die Geschichte von den Geistern und noch etliches von Hancock hörte. Er erwähnt auch mehrfach einen Brief von Hancock in der Historie, nicht wahr?«

»Ja«, sagte Maggie, »ich erinnere mich an den Teil. Ich hatte den Eindruck, daß der Brief sehr informativ war, aber Upton schrieb, er sei nicht mehr ›vorhanden‹.«

»Wirklich. Tja, Sie brauchen dieses Buch. Knöpfen Sie sich die alte Betty vor. Es waren ein paar Bemerkungen drin, die dem Geist des anderen Buchs nicht entsprachen, wenn Sie mir diesen Ausdruck verzeihen, und die könnten durchaus wertvoll sein.« Sie zog aus einem Stapel Zeitschriften auf einem Stehtischchen einen alten Umschlag hervor. »Dies ist der Aufsatz, den ich vor all den Jahren im Ladies' Reading Club vorgelesen habe. Ich habe ihn vor Ihrem Eintreffen noch einmal gelesen, und er ist mir sehr peinlich – er wirkt flach und oberflächlich heute, aber vergessen Sie nicht, daß ich damals sehr viel jünger war. Kümmern Sie sich nicht um die Kommentare.«

Maggie nahm den Umschlag entgegen; er war zufriedenstellend gewichtig. »Haben Sie herzlichen Dank; ich gebe es Ihnen so bald wie möglich zurück.

»Sparen Sie sich die Mühe, Liebes; ich mache keinen Gebrauch mehr davon. Ich mache ja auch keinen Gebrauch mehr von der Bibliothek, außer um dann und wann einen Gast zu empfangen. Laden Sie mich doch einfach in den Club ein, wenn Sie Ihre Arbeit vorlesen.«

»Oh, ich bin aber nicht Mitglied im Club – ich helfe nur Sam ...«

»Aber warum nicht? Sie sind offensichtlich eine gebildete Frau, Mrs. Bondurant. Ich bin sicher, Alice Fetterman würde Sie gerne einführen.«

»Ach, ich hatte eigentlich gehofft, einen Job zu finden. Der Club trifft sich tagsüber, und ich weiß nicht, wie ...«

»Ach, Unfug. Sie möchten nur nicht zu etwas gehören, was Ihrer Ansicht nach ein Haufen ältlicher Sherrytrinkerinnen ist.«

Bernices Scharfsinn bestürzte Maggie. »Keineswegs, Mrs. Gort. Ich wollte damit nicht ausdrücken, daß –«

»Ich weiß, daß Sie das nicht wollten. Wissen Sie, Maggie, der Reading Club wurde zu einer Zeit ins Leben gerufen, als es für Damen überhaupt nichts anderes gab – wir waren damals natürlich Damen, keine Frauen. Der Club war eine vornehme Methode, gebildete Frauen vor dem galoppierenden Wahnsinn zu bewahren. Es klappte auch – ich bilde mir das zumindest gerne ein. Wenn Sie Point heute isoliert finden, hätten Sie's erst mal in den Vierzigern sehen sollen. Es war wie hinter den Barrikaden von Fort Laramie. Also taten wir was dagegen. Den Club gibt es schon seit sehr langer Zeit, Maggie. Viele Dinge gibt es schon seit sehr langer Zeit. West Point ist ein seltsamer Ort« – Maggie nickte –, »und er bewirkt seltsame Dinge bei den Menschen. Und das Problem dabei ist, daß die Leute anfangen, es zu lieben. Nicht nur die Studenten, nicht nur die Lehrer – sogar die Leute im Ort, die hier seit Jahren arbeiten. Wenn es Geister gibt, Maggie, ist das hier der ideale Ort für sie. Haben Sie schon mal was von einem Drugstore gehört, in dem es spukt? Oder einer Autowaschanlage?«

Maggie räumte ein, daß dies nicht der Fall war.

»Sie sind dort, wo Menschen lieben, Maggie – oder dort, wo sie hassen. Wenn es Geister gibt, findet man sie an solchen Orten. Und je intensiver Liebe oder Haß sind, desto länger verweilen sie dort. In West Point wimmelt es von Geistern. Wir nähren sie, wie Bauersleute, die ein Tellerchen Milch für die Elfen rausstellen. West Point ergreift Besitz von deinem Leben, ob man es liebt oder nicht, und manchmal saugt es auch alles Leben aus einem heraus, wie bei Hob …«

»Aber so furchtbar kann es doch nicht sein«, sagte Maggie.

»O doch, manchmal schon. Nachdem Hob im Ruhestand war, hatte er nichts mehr. Er ging noch eine Weile zu den Sitzungen in seiner Abteilung, aber nach ein paar Jahren kannte ihn dort keiner mehr, und er gab es auf. Er schrieb ein oder zwei Artikel für *Assembly*, aber er war nicht mit dem Herzen bei der Sache. Wissen Sie, Maggie, er starb drei Jahre, nachdem er in Ruhestand gegangen war, und ich glaube, er starb, wie man so häufig sagt, weil er nichts mehr mit sich anzufangen wußte.«

Maggie fragte sie, ob er keine Freude an seinen Kindern und Enkelkindern gehabt habe.

»Bitte?« fragte Maggie. »Oh, das Bild dort. Dies sind nicht unsere Kinder, Maggie; dies sind die Kinder von Kadetten, die wir lange Zeit betreut haben. In dem Jahr, als Hob aufhörte, lud ich diejenigen, die an der Ostküste stationiert waren, zur Feier ein. Und wissen Sie was? Vier kamen tatsächlich, mitsamt ihren Familien. Wir hatten einen Sohn, aber er konnte nicht kommen. Er ist 66 leider gefallen. Dieses Jahr wäre er 57 geworden, aber von ihm ist uns nur ein silberner Stern in einer Samtschatulle geblieben – nicht grade viel zum Herzeigen nach all den Jahren. Er gehörte zur Klasse von 48. Seine Frau wohnte damals bei uns, als sie vor seinem Abschluß zu Besuch kam, eine Woche bevor sie heirateten.«

»Haben Sie noch Kontakt zu ihr?«

»Nein, Maggie. Sie hat vor Jahren wieder geheiratet. Ich glaube, daß sie es nicht ertragen kann, an West Point zu denken, geschweige denn, mich zu besuchen. Ich mache ihr keinen Vorwurf daraus, habe ich noch nie getan.« Plötzlich standen Bernice Tränen in den Augen. »Wir sammeln Geister, Maggie. Tut mir leid ...«

»O nein, Mrs. Gort ...«

»Und ich lebe alleine in einem Spukhaus.« Sie richtete sich auf, eine zarte, alte Frau mit einer würdevollen Ausstrahlung, die Maggie rührte. »Wenn Sie einmal so alt sind wie ich, Mrs. Bondurant, werden Sie merken, daß man sie nicht mehr mit einem Spritzer Wasser verscheuchen kann. Und selbst wenn sie verschwinden würden – was dann?« Die zwei Frauen sahen sich schweigend an: Maggie, die stolz, vital und dynamisch aussah; Bernice Gort, die aufrecht und gefaßt in ihrem Sessel saß, eine Teetasse in der Hand, und Trost suchte beim Geist der Vergangenheit, der sich in der schummrigen Bücherei niederließ.

Sie standen an der Tür. Maggie hatte den Umschlag mit Bernices Aufsatz in der Hand, und Bernice hielt voll überschwenglicher Herzlichkeit Maggie am Arm. Aus der Speisekammer waren das leise Scharren und das gedämpfte Bellen von Satan zu hören, der seinem Ärger über das Eingesperrtsein Ausdruck gab. Es war nach fünf, und die Sonne war längst hinter dem Storm King verschwunden. Es wurde kalt, und der Wind ließ nach, als fürchte er sich vor den Schatten.

»Hören Sie, Maggie, Sie werden Ihre persönliche Lebensform finden, wenn Sie es schaffen, dabei nicht auf das zu verzichten, was Sie von Ihrem Mann brauchen, und ihm das geben, was er von Ihnen braucht.« Bernice zog Maggie zu sich und küßte sie auf die Wange.

Als Maggie in den Wagen stieg, hörte sie Bernice Gort rufen: »Satan, gib Ruhe, oder ich dreh dir den Hals um!«

3

LIAM

Frostiger Winter
Ein sachte verglimmendes Feuer
Zögerndes Begehren

Finsterste aller Finsternisse
Unterwegs begegnen wir uns
In Einsamkeit

8

Liam schloß um drei Uhr am Freitag sein Büro ab, tauschte die Uniform gegen einen Straßenanzug, packte hastig eine Reisetasche und ließ West Point hinter sich. Die Fahrt zum La-Guardia-Flughafen stellte seine Geduld jedesmal auf die Probe; die Militärakademie der Vereinigten Staaten ist nur eine Stunde von New York City entfernt, aber ihre Abgeschiedenheit wird jedem deutlich, der Thayer Gate passiert. Und Liam war ungeduldig. Er war erst eine Viertelstunde unterwegs und trommelte schon mit den Fingern aufs Lenkrad. Ruhige Gelassenheit demonstrierte er in Gesellschaft; jetzt war er alleine, auf dem Weg zu Anna, und jede Verzögerung machte ihn zapplig.

Im September war er zum letzten Mal bei ihr gewesen – fast ein Monat war vergangen, und die alte Marotte erwachte wieder zum Leben. Die Gruftbewohner seines Zorns gähnten und reckten sich, und er spürte ihr Nagen. Die Ironie der Lage entging ihm nicht. Seit er Anna Perugino kannte, war die Ironie zu seinem ständigen Begleiter auf einem Weg geworden, der seiner Ansicht nach zum Ruin führen mußte. Wie bei allen anderen Fahrten nach Boston zu der Frau, die er liebte, wechselte seine Stimmung in rasender Geschwindigkeit von Qual zu Jubel zu einer anderen Form von Qual. Es war eine gute Kur gegen Überheblichkeit.

Er hatte Anna vor sechs Jahren kennengelernt, mitten im Chaos seiner in Trümmern liegenden Ehe und der Sorgerechtsschlappe, als Linda ihm nach seiner dritten Versetzung innerhalb von drei Jahren mitgeteilt hatte, daß sie dieses Spiel nicht länger mitmachen, sondern Boardwalk und Park Place verkaufen, sich was Eigenes suchen und nach Durham zurückziehen werde. Großartig, hatte Liam gesagt, den Versetzungsruf nach Fort Benning in der Hand, geh zurück nach Durham. Schnüffel an Tabakblättern, und heirate irgendeinen Jim Bob, der einen Pickup mit einer Flinte Kaliber 16 drin hat und aus Spaß und Profitgründen Wein anbaut. Aber die Kinder waren verloren, aus für Liam unersichtlichen Gründen hatte sie allein das Sorgerecht bekommen. Und sie hatte keinen Haudegen namens Jim Bob geheiratet, der Wein anbaute, sondern einen Publizistikprofessor, mit dem sie in Chapel Hill lebte und zu dem die Kinder Daddy sagten. Kein Beinbruch, dachte er, als er an der Auffahrt zur psychiatrischen Klinik von Rockland County vorbeifuhr, die Kinder hab ich verloren, aber, Teufel noch mal, ich habe Anna.

Anna arbeitete bei einer Computerfirma in Dedham, Massachusetts, und hatte, was die Ehe betraf, ähnlich frustrierende Erfahrungen wie Liam gemacht, weshalb sie einen Ehrgeiz hegte, den auch Liams Bitten nicht erschüttern konnten. Sie marschierte bei Analog ebenso schnell die Karriereleiter hoch, wie sie es bei ihren zwei vorangegangenen Jobs getan hatte, und das gelang ihr mittels eiskalter Manipulation und, wie Liam argwöhnte, gelegentlicher Zuhilfenahme einer schnellen Nummer. Leichen pflasterten ihren Weg. Sie trug ihre Weiblichkeit wie ein Spitzenhemdchen über einer stachelgespickten Rüstung, auf der unvorsichtige Männer schneller aufgespießt wurden, als sie denken konnten. Er hatte einmal aus Spaß ein Gedicht über sie gemacht, das sich zum Teil mit diesen Gefühlen befaßte:

Gefühle sind, so sagt sie stets,
Mit Penisneid nicht sehr vereinbar.
So plünder ich lieber, morde und stehl,
Und bleib auf Ewigkeit unnahbar.
Refrain: Gatten, Geliebte, Millionäre –
Wenn ich keinen hab, schneid ich ihren ab.
Frauen, Damen, Tussen, Biester –
Da laß ich mich lieber nicht erweichen
Und wart geduldig auf den einen ganz Reichen.

Aber das machte sie keineswegs betroffen; vielmehr rahmte sie das Gedicht und hängte es in ihr Büro. Eines Tages, bedeutete diese Geste Liam, werd ich *deine* besten Stücke da aufstellen, gebräunt und ausgestopft, auf einem Mahagonisockel mit einem Bronzeschildchen. Das trau ich ihr zu, dachte er, und den Präparator wird sie mit einem Küßchen bezahlen.

Sie war nach Fort Benning gekommen, um dem kommandierenden General der dortigen Infanterie einen verbesserten Feuerleitcomputer für Mörsereinsatz vorzustellen. Sie hatte einen langhaarigen Lakai im Kordanzug zur Seite gehabt, der die Hardware herumschleppte und von ihr mit unsichtbaren Knüffen herumkommandiert wurde. Der General wurde ziemlich albern, als sie ihren kleinen Vortrag hielt. Ihre klare, kühle Stimme und ihr strenges, elegantes Wollkostüm bildeten eine reizvolle Ergänzung zu ihren großen unschuldigen Augen. Liam verfiel auf Anhieb ihren winzigen Füßen. Waren sie gebunden worden? Von Missionaren in China aufgezogen, dachte er, gekidnappt und gefangengehalten vom blutrünstigen Kriegsherrn Wu Fu-Yu und von seinen Gegenspielern so begehrt, daß ... Dann hatte er ihre Augen gesehen. Sie waren riesig, dunkelbraun, gekonnt akzentuiert – Augen, die wohl einen Kriegsherrn zu Fall bringen konnten. Aber er sah noch einmal genauer hin, blinzelte. Er hatte stark das Gefühl, daß sie ausdruckslos waren; doch nein, etwas war da, aber es kam ihm so vor, als blicke er in einen Spiegel. Ich schaue in die Augen dieses Mädchens, dachte er, und sehe meine eigene Torheit. Der General machte eine witzige Bemerkung, und sie lachte, ein lautes, unfeminines Lachen. Es mußte so robust sein; nichts anderes würde diese Augen durchdringen können.

Sie ging nicht gleich nach dem Vortrag, und er hatte vorgeschlagen, ihr das Nachtleben in Columbus, Georgia, zu zeigen, was mindestens eine halbe Stunde in Anspruch nehmen würde; er stellte fest, daß er plötzlich über seine Scheidung, seine Kinder und seine Frustrationen sprach. Er hielt sie für seltsam oberflächlich und egozentrisch, wie ein Teenager in einem schicken Erwachsenenoutfit. Aber sie war auch sehr einnehmend, was nicht ohne Wirkung auf ihn blieb.

Am nächsten Tag war sie weg, und Liam widmete sich wie immer seiner Arbeit. Aber Anna ging ihm nicht aus dem Kopf; er sah ihre unbefangenen Bewegungen und ihre eigenartigen Augen vor sich, und er hörte die ungekünstelten Klänge ihres Lachens. In den nächsten Tagen blieb seine Büroarbeit liegen – alles bis auf das Gutachten über den Feuerleitcomputer der

Firma Analog –, und sogar die Sekretärinnen tuschelten. Schließlich nahm ihn der Stabschef, ein kahlköpfiger Redneck aus Arkansas, beiseite und legte ihm nahe, eine Woche Urlaub zu nehmen oder ein paar Löffel Salpeter zu schlucken oder sich einen anderen Job zu suchen.

Liam entschied sich für den Urlaub, rief bei Analog an und spürte Anna auf. Dann feierte er seinen Erfolg, indem er ihr seine erste Lüge erzählte: daß er vorübergehend in den Bereich von Boston versetzt worden sei. Kannte sie dort irgendwo gute Restaurants? Ja, sicher, sagte sie; einige, ein großes Spektrum in puncto Preis und Küche. »Was mögen Sie denn?« fragte sie.

Er wagte es. »Französisch?«

»Sehr gut! Ich schicke Ihnen eine Liste.«

»Die Liste kriege ich auch von der Handelskammer«, gab er zurück. »Wie wär's statt dessen mit Begleitung?« Und sie hatte zugesagt. Von diesem Augenblick an hatte er nicht mehr von ihr lassen können, und er war auch nie mehr zufrieden gewesen.

Er bog vom Palisades Parkway in Richtung George-Washington-Brücke ab und bezahlte die Maut. Der Verkehr wurde etwas dichter, wie immer am Freitagnachmittag, aber hauptsächlich in der Gegenrichtung. Am anderen Ende des Harlem River bog er auf den Deegan Expressway ab, und als er am Yankee-Stadion vorbeikam, taten sich die kleinen Dämonen mit unziemlichem Genuß an ihm gütlich. Er hörte auf, sich auf den Verkehr zu konzentrieren, und probte seine ersten Worte für Anna.

»Ach du Scheiße!« Liam stierte sie an. Sein Mantel hing unachtsam über seinem Arm, der Gürtel streifte den schmutzigen Boden der Eingangshalle. »Was hast du getan?«

»Vielen Dank! Mir gefällt's. Alle finden es gut.«

»Lieber Gott, du bist von Natur aus brünett! Deine Hautfarbe, deine Augen. Wie konntest du das bloß tun?«

»Sei bloß nicht so spießig, Liam. Jeder weiß, daß ich brünett bin. Sie sollen ja nicht denken, daß ich von Natur aus blond bin.«

»Was sollen sie denn dann denken? Daß du deine Haare mit Eigelb einschmierst?«

»Willkommen in Boston.« Sie schaute leicht zur Seite, vermied seinen Blick, und ihr zarter Mund war ein wenig verzogen, gerade genug, um auf eine kühle, unpersönliche Art Verletztheit auszudrücken. Er kannte diesen Ausdruck, aber das wappnete ihn nicht gegen seine Wirkung. Er gab nach, zuckte innerlich die Achseln und beschloß, daß Blondierungen, wenn sie schon sein mußten, bei Anna einfach hinreißend aussahen. Er stellte seine Tasche ab, die er mit im Handgepäck gehabt hatte, und küßte sie leicht auf die Wange. »Du bist wunderschön.«

Sie lächelte mit fast geschlossenen Augen und hob ganz leicht das Kinn. Auch diese Geste war ihm wohlvertraut; sie bedeutete *Sieg auf ganzer Linie.*

»Mehr hab ich nicht dabei«, sagte er. »Laß uns hier verschwinden. Ich kann keine Flughäfen mehr sehen. Ich brauche einen Drink. Ich brauche Essen.«

»Da bist du am richtigen Ort«, sagte Anna schwungvoll wie ein millionenschwerer Jachtbesitzer. »Folge mir.« Sie durchquerten schnell die Halle, ließen die trübe blickenden Haufen von Reisenden, die auf ihre Koffer warten mußten, hinter sich. Anna ging vorneweg, und sie übersah die Blicke, die man ihr zuwarf, mit geübter Ungerührtheit. Sie war heute abend nicht für ein Dinner mit zwei Rechnungen gekleidet, stellte er mit einer Mischung aus Erleichterung und Bedauern fest. Ich komme billig davon; aber sie auch, so wie ich meine Anna kenne. Das ist ein Routineaufzug für den Abend – weicher beiger Wollpullover, dunkler Wollrock mit Schlitz vorne, der runde Knie und schlanke Waden freigibt. Wer ist sie heute abend? Da ist auch die alte, abgetragene Handtasche. Es muß die aufsteigende Karrierefrau sein, die nicht lange fackelt. Gott schütze die tüchtigen Mädchen.

An diesem Abend aßen sie norditalienisch: Kalbfleisch in Weinsoße mit Artischockenherzen, dazu einen Weißwein zur Ehre des zarten, hellen Fleischs. Das Restaurant war gemütlich und leger. Es war Annas Lieblingslokal, und sie stürzte sich mit der Gier eines Löwen, der sich über ein frischgerissenes Zebra hermacht, auf ihr Fleisch. Liam kaute bedächtig und betrachtete sie im Licht der Kerze. Ihre Augen hatten sich in all den Jahren, die er sie kannte, nicht verändert, und heute abend waren sie besonders raffiniert betont. In dem schmeichelnden, schummrigen Licht sah sie aus wie eine byzantinische Kaiserin – wahrscheinlich Theodora, sinnierte Liam in heimlichem düsteren Vergnügen. Welche traurigen *anekdota* verbergen die Augen meiner Sphinx? Undurchdringlich und schön, und niemals blicken sie mich an, niemals geben sie etwas preis.

Sie war angriffslustiger Stimmung. »Warum gibst du dich eigentlich nach all den Jahren immer noch mit diesem Army-Mist ab?« Sie hatte Kalbsmedaillons und ein Antipasto verputzt und schritt nun zur Tat.

»Spaß, Reisen, Abenteuer«, sagte Liam. »Man darf Leute töten und Sachen kaputtmachen. Bestes Essen. Was will ein echter Mann mehr?«

»Anständige Bezahlung.«

»Das geht schon klar, Anna. Wenn du die Unterkunft und die Läden und PX und medizinische Betreuung dazuschmeißt, bleibt noch reichlich genug übrig für ein gelegentliches Dinner in Boston.«

Sie schüttelte den Kopf. »Okay, vergiß das Geld. Wälz dich ruhig in Altruismus. Ich bin immer noch der Meinung, daß du an einer echten Uni sein müßtest und dort mit graduierten Studenten und echten Profs arbeiten solltest. Du hast die Fähigkeiten dazu. Klar, du würdest weniger verdienen, aber in deiner Freizeit könntest du irgendeine unschuldige, großäugige Tutorin oder Studentin zum Seufzen und Quieken bringen, und zwar mit erheblich weniger Aufwand, als wenn du mich füttern und dir dabei wünschen mußt, ich wär eine andere.«

»Du bist offenbar der Meinung, mich aufs präziseste erfaßt zu haben.«

»Einer muß es ja tun, Liam. Du mußt doch jeden Tag neu überlegen, wer du bist.«

»Tja, stimmt, ich hol' stündlich meinen Ausweis raus und

schau nach, damit ich weiß, mit welchem Namen ich meine Briefe unterschreiben soll.« Er spielte die Rolle des schwer Betroffenen.

Sie übersah es. »Für mich ist mein Job unheimlich wichtig. Ich werd die Industrie in die Tasche stecken. Und es gibt jede Menge Männer, die mir gerne dabei behilflich sind, mich zu amüsieren, wenn mir danach zumute ist. Du hast keine wirklichen Ziele; du läßt dich treiben, grübelst und kämpfst mit dir, und stagnierst dabei. Was willst du eigentlich?«

»Kommen wir doch wieder auf dich zu sprechen. Du baust dein Leben auf nichts auf, auf gar nichts. Was willst du mit dir anfangen, wenn du nicht mehr jung und umwerfend bist, wenn du in deiner Karriere das Maximum erreicht hast? Deine Lebensphilosophie gleicht der Keynesschen Wirtschaftstheorie: auf grenzenloses Wachstum und begrenzte Resourcen setzen. Und wer bezahlt das Defizit?«

»Ich nicht, Liam. Niemand. Ich lasse niemanden zurück, der trauert, und ich werde nicht alt. Ich weigere mich, mein glückliches und nützliches Leben unnötig zu verlängern. Und ich ziehe niemanden mit mir.«

Liam gab das Thema auf und widmete sich wieder seinem Kalbfleisch. In Momenten wie diesen jagte ihm Anna Angst ein. Sie war umgeben von einer kristallenen Hülle, einer Härte, die alles Weiche in ihr verbarg und die Berührung verhinderte.

Da liegt das Problem, dachte er später, kurz vorm Morgengrauen. Er wachte immer früh auf; seit seiner Zeit als Kadett gehörten die Stunden vor Tagesanbruch ihm, und nichts konnte sie stören. Anna schlief noch. Sie hatte die Knie angezogen und lag mit dem Rücken zu ihm. Er sah, wie sich das Laken mit ihren Atemzügen hob und senkte. Irgend etwas ist in dieser Kristallhülle. Es muß einfach so sein. Ich liebe dieses verdammte göttliche Biest. Ich habe vom Kampf mit ihr Narben davongetragen, dort, wo niemand es sieht, aber ich habe sie niemals berührt, nie. Ich sehe mich in ihren Augen gespiegelt und kann nur ahnen, was auf der anderen Seite ist. Wenn ich nur herausfinden könnte, was sie berührt, was sie ängstigt, was (falls es überhaupt möglich ist) sie verletzt. *Nichtig ist der Männer Schimpf über die Frauen,* schrieb Euripides, *das Zittern eines müß'gen Bogenstrichs; und beweisen werd ich's. Ihre Schwüre haben keine Zeugen.* Aber sie hat recht. Wäre ich wirklich der, der ich vorgebe zu sein, würde ich nicht Euripides zitieren.

Er rollte sich zu ihr und schmiegte sich an ihren Rücken; als seine Füße die ihren berührten, schreckte er zurück, weil sie kalt waren. Ein so kleines Herz kann das Blut nicht überallhin pumpen, dachte er. Aber ihre Schultern waren warm, und er roch Spuren von Parfum vom Vorabend; behutsam atmete er den Duft ein und küßte sie auf den Hinterkopf. Sie bewegte sich nicht. Er suchte ihre Brüste und umkreiste mit der Fingerspitze sachte die Knospe. Anna rührte sich leicht, bewegte aber die Schulter nach vorne, wies ihn ab. Die Anzeichen einer Erektion suchten das Weite. Naja, war ja bloß ein Gedanke. Ihre Leidenschaft für ihn war dergestalt, daß ihre Liebesakte etwa so häufig stattfanden wie die Olympischen Winterspiele und es ihnen dabei nicht mal so warm wurde wie auf der Piste. Er küßte sie noch einmal und kuschelte sich an ihren Rücken. Er flüsterte »Ich liebe dich«, was er in den letzten Jahren selten getan hatte. Anna rührte sich nicht.

Es wurde langsam hell. Wenn es abends spät geworden war, schlief sie immer bis neun oder zehn. Er würde auch weiterschlafen, wenn er sein Gebet im Morgengrauen absolviert hatte. Meine Liebste, dachte er, meine teure Lady, mein göttliches Biest, die du funkelst und glitzerst wie eine kristallene Karaffe. Ich kann den Wein sehen durchs Glas, aber ich darf ihn nicht kosten. Bestimmt ist er süß, doch versetzt mit Belladonna; schöne Lady, tödlicher Nachtschatten.

Die Morgendämmerung kam geräuschlos. Liam schlief, als sie eintrat.

Während Liam in Boston den Schlaf der Gerechten schlief, holten Sergeant Saganian und Specialist Ortega um 7 Uhr 30 am Fuhrpark einen Zweitonner ab. Sam und Captain Salinger stießen am Labor mit einem kleineren Lastwagen zu ihnen.

Dann brachten sie erst einmal eine halbe Stunde mit Kaffeetrinken zu, bevor sie sich der Aufgabe stellten, Geräte, die annähernd eine halbe Tonne wogen, zur 47. Division zu schaffen. Der größte Brocken war ein riesiger, sperriger Polygraph mit zehn Kanälen, der an die 50 Kilo wog, fast zwei Meter hoch war und auf dem ein Oszillograph von dreißig Zentimetern Durchmesser mit mehreren Kanälen thronte. Saganians Vorgänger, ein kleingeratener Stabssergeant, hatte einmal versucht, das Ding zwei Treppen runterzukriegen, und war schließlich davon in einer Ecke eingekesselt worden, bis ihn Salinger zwei Stunden später aus dieser peinlichen Lage befreit hatte. Diesmal mußten sie das Gerät über zwei enge und schmale Treppenaufgänge in das Zimmer neben dem des Geistes transportieren. Der Unterbau der Geräte konnte in kleinere Teile zerlegt werden, aber es würde dennoch den ganzen Vormittag in Anspruch nehmen, die Ausrüstung dorthin zu schaffen, ganz zu schweigen vom Aufbau, den Tests und der Kalibration.

Bevor Saganian den Laster auch nur durch das Ausfalltor zur Division fuhr, hatte Andrea Linnell bereits das Zimmer ausräumen lassen, in dem die Instrumente aufgebaut werden sollten, und hatte die Kadetten in Erwartung einer Inspektion und der Parade, mit der vor dem Football-Spiel die Massen delektiert werden sollten, an andere Orte befohlen. Sam erachtete das als sinnvoll; wenn sie den Polygraphen die Treppe hochhievten, kam niemand mehr daran vorbei, und angesichts der Sicherheitsrisiken beim Transport von schweren Lasten bewiesen sie lieber Heldenmut, als die Kadetten in der Nähe zu wissen. Sie mochten noch so weit unten stehen in der militärischen Rangordnung; über dem Haupte desjenigen, der sie gefährdete oder ihr Wohlbefinden aufs Spiel setzte, würde sich geballter Zorn entladen.

Sams Alpträume wurden wahr. Auf der Hälfte der ersten Treppe begann der schwere Apparat zu schwanken. Salinger und Sam hoben ihn von unten; Saganian und Ortega (Saganian kämpfte an der Rückseite des Oszillographen um sein Leben, während Ortega dahinter voll und ganz damit beschäftigt war, sich zu sorgen und die Hände zu ringen) standen oben. Der Polygraph kippte auf die Offiziere zu. »Haltet das Scheißteil!« brüllte Salinger. Unter Einsatz aller Kräfte gelang es Saganian, es auf seine Seite zu verlagern. Der Sergeant wurde vom Gewicht des Geräts auf die Treppe gedrückt, und die Rollen am Boden setzten das Ding in Bewegung. Mit einem fürchterlichen Schlingern rutschte es eine Stufe, und eine Ecke bohrte sich in Salingers Fuß, was einen Schmerzensschrei und eine Litanei von Verwünschungen seitens Saganians auslöste. Die Kritik richtete sich gegen Ortega, der zu dem ganzen Desaster nichts außer einer gelegentlichen Unterlassungssünde beizutragen wußte.

»Verflucht«, brüllte Sam, »lassen Sie Ortega in Ruhe und helfen Sie mir, diesen scheiß Katafalk von Salingers Fuß wegzukriegen!« Salinger gurgelte mit hervortretenden Augen und verzerrtem Gesicht seine Zustimmung. Nach minutenlangem Grunzen, das nur durch ein gelegentliches Stöhnen und Saganians Flucharien unterbrochen wurde, neigte sich der Kasten schließlich nach oben. Mit einem erleichterten Wiehern zog der verletzte Offizier seinen Fuß unter der Ecke hervor und fiel nach hinten, wo er am Fuße der Treppe zum Sitzen kam. Dort zog er den Schuh aus und untersuchte seinen Fuß auf einen etwaigen Bruch, aber nun war Sam hinter dem Ding gefangen. Wenn er Salinger zu Hilfe eilte, würde Saganian es nie und nimmer alleine halten können, und es würde die Treppe hinunterrollen und sie vermutlich zermatschen. Andererseits hatte Sam alleine nicht die Kraft, den Kasten die Treppe hochzuschieben, und Saganian und Ortega konnten nicht fest genug zupacken, um es zu ziehen. Sam fluchte atemlos; die Kadetten würden erst in einer halben Stunde von der Inspektion zurück sein, und die Unterkünfte waren verlassen. Salinger schaffte es schließlich, seinen Schuh auszuziehen, wobei er nach kurzer Inspektion seines Fußes zu dem Schluß kam, daß er vermutlich gebrochen war.

»Großartig«, sagte Sam, »das ist einfach großartig. Jetzt haben sie uns offiziell am Arsch. Wie lange können Sie das Ding noch halten, Sarge?«

»Ich weiß nicht, Sir«, grunzte Saganian. »Ich kann hier hinten nichts richtig anpacken, ohne die Drähte abzureißen.«

»Dann reißen Sie die Drähte ab«, sagte Sam. »Hier geht's jetzt um Tod oder Leben.«

»Sir, dieses Zeug ist uralt, und wir haben keine Pläne; wenn ich die Drähte abreiße, kriegen wir's nie wieder in Gang.«

O mein Polygraph, o meine Dukaten, dachte Sam. »Irgendwelche Vorschläge?«

»Ja, Sir«, gab Saganian zurück. »Um Hilfe rufen.«

Sie riefen um Hilfe. Nichts tat sich.

»Geist, wo steckst du denn jetzt?« sagte Sam. »Okay, Sarge – wir rollen das Ding wieder die Treppe runter. Stufe um Stufe. Wenn ich zurückgehe und es nicht halten kann, vertraue ich darauf, daß Sie beide das können. Denken Sie dran: Ich steh für vierhundertausend Dollar Laborausrüstung im Wort, und wenn ich sterbe, müssen Sie die nächsten zehn Jahre alles auflisten.«

»Klarer Fall, Sir«, sagte Saganian. »Wir halten es oder sterben im Kampf.« Das taten sie auch fast. Nachdem sie zehn Minuten lang geächzt und gestöhnt hatten, während Saganian als Hintergrundbegleitung seine Kommentare beisteuerte, hatten sie ganze zwei Stufen geschafft. Weitere vierzehn blieben ihnen.

»Habt ihr Jungs Schwierigkeiten?« Major Broadnax stand in der Tür. Salinger hockte immer noch da und knetete seinen Fuß.

»Nein, Arschloch, wir machen 'ne Kaffeepause«, zischte Sam. »Könnten Sie wohl mal hochkommen und mir mit dem Drecksding helfen?«

»Tja, ich weiß nicht recht«, sagte Broadnax, »ich hab meine beste Hose an. Die zieht so leicht Fäden.« Er stieg betont geziert über Salinger hinweg, schob sich neben Sam und half ihm beim Heben. »Lieber Gott, Sir – aus was ist das Ding, aus Uran?«

»Hauptsächlich Stahl«, sagte Sam, »und ein paar Vakuumröhren. Jetzt schieben Sie, verdammt.«

»Jawoll«, sagte Broadnax. Mit einem Grunzen und einem

Stoß hievten sie es über die letzte Stufe. Sam hockte sich auf den Treppenabsatz, während Saganian losrannte, um einen Krankenwagen zu rufen. Das Krankenhaus sputete sich, und der Fahrer, ein gutgelaunter Specialist Five, untersuchte den Fuß und verkündete feierlich, daß er gebrochen sei. Sam dankte ihm für seine Mühe und die Diagnose. Salinger stöhnte.

Nachdem der verletzte Offizier abtransportiert war, sagte Sam: »Glücklicherweise bin ich nicht abergläubisch.«

»Keine Sorge, Sir«, sagte Broadnax.

»Von jetzt an kann es nur noch bergab gehen.«

»Mußten Sie das sagen?« sagte Sam, der mit geschlossenen Augen an der Wand lehnte. Der Schweiß strömte ihm übers Gesicht. »Wir müssen das verfluchte Ding auch wieder runterschaffen, wenn das Projekt zu Ende ist.«

»Ein Hoch auf Langzeitprojekte«, sagte Broadnax.

»Ich bedaure wirklich, daß Liam das alles verpaßt hat«, sagte Sam bösartig. »Er hätte dabeisein müssen.«

Broadnax lachte. »Ich könnte seinen Tag retten. Ich kam eigentlich rüber, um Ihnen von meinem Gespräch mit Colonel Street heute morgen zu berichten.« Street war der taktische Offizier auf Regimentsebene.

»Was ist denn in den gefahren, daß er mit Ihnen spricht?« fragte Sam. Street war bekannt für seine Abscheu gegenüber den verständnisvollen Flaschen und Tunten aus der Abteilung Verhaltensforschung und Führungsfragen.

»Pretorius«, eröffnete Broadnax. »Der hat ihn gestern abend angerufen, nachdem Lane sich bei ihm über Ihre Meinungsverschiedenheit Donnerstag nachmittag beklagt hat. Offenbar hat Bruder Lane Ihren Rat nicht beherzigt. Pretorius hat es ihm ausgeredet, das Kriegsgericht einzuberufen oder Sie zu steinigen oder was er sonst noch im Sinn hatte, aber er hat wohl gedacht, er müsse was tun, damit Lane keinen Schlag kriegt, da er ja nun für den Kommandeur arbeitet und Sie und Liam für den Direktor. Jedenfalls sagte Pretorius zu Street, er solle Ihnen beibringen, daß Liam unter keinen Umständen, wiederhole unter keinen Umständen, Kadetten befragen soll, die als Fälle für eine Beratung im Zentrum in Frage kämen, und daß Liam auf keinen Fall, wiederhole auf keinen Fall, andere Kadetten hypnotisieren soll. Und zu guter Letzt bittet Pretorius darum, daß Sie, wenn Sie wieder mit Lane sprechen, ihn mit gewählten Worten fertigmachen, damit er nicht meint, er sei beleidigt worden.«

»Wörtliches Zitat oder nur Wiedergabe?«

»Wörtliches Zitat, bearbeitet von Street, dann bearbeitet von mir.«

»Na, das ist Spitze. Soviel zu den Gesprächen mit dem Kadetten, die wir noch gebraucht hätten – Liam jedenfalls. Ich schätze, uns bleibt nur noch die High-Tech-Lösung. Heiliger Strohsack. Die Amateure sind mal wieder am Werk.«

Kurz nach diesem Wortwechsel kehrten Saganian und Ortega mit dem Laster und dem Rest der Ausrüstung wieder. Captain Salinger war in der Notaufnahme; sein Fuß war tatsächlich gebrochen, und sie würden ihn über Nacht in der Klinik behalten, weil er Gefahr lief, zum Mörder zu werden, wenn sie ihn unbeaufsichtigt herumhinken ließen.

Die restlichen Instrumente waren innerhalb einer Viertelstunde in dem Testraum neben der Spukkammer verstaut. Broadnax blieb da, um die Übertragungen und Checks zu überwachen, und Saganian erklärte ihm, stolz auf seine Kenntnisse auf dem Gebiet technischer Obskuritäten, jedes einzelne Gerät. An der Wand zwischen dem Testraum und dem Spukzimmer standen zwei Mikrocomputer.

»Das hier sind Thermocouples«, sagte Saganian. »Sie messen die Temperatur. Wir werden sie mit jeder Seite des Zimmers nebenan verbinden. Sie zeichnen Daten über jede Temperaturänderung auf.«

»Wozu soll das gut sein?«

Sam antwortete. »Alle Zeugen berichten von einem Temperaturabfall, den sie gespürt haben. Wir wissen noch nicht, ob der wirklich stattfindet, oder ob es sich um eine Form von Hysterie handelt.«

»Hysterie? Mir ist nicht aufgefallen, daß die Kadetten so außer sich waren.«

»Ich meine damit nicht hysterisch im volkstümlichen Sinn«, sagte Sam. »Ich meine damit die Art von Hysterie, von der Freud sprach – ein körperlicher Eindruck, der auf psychischen, nicht auf physischen Ursachen beruht.«

»Ah ja, natürlich.«

»Liam glaubt, daß die Kälteempfindungen subjektiv sind. Deshalb wollen wir objektive Messungen«, sagte Sam achselzuckend.

»Glauben Sie das auch?«

»Ich weiß nicht«, murmelte Sam und blickte besorgt auf einen lockeren Kippschalter. »Das ist nicht mein Gebiet. Ich laß nur die Dioden glühen und die Piepser piepen.«

»Ich hab's angeschlossen, Sir«, sagte Saganian. »Wir machen besser einen Test, bevor wir weiterbasteln.«

»Prima«, sagte Sam. »Werfen Sie ihn an.« Saganian schaltete den Computer ein. Er war in ein Fach in einem Stahlregal montiert, und die Keyboards ragten heraus. Die Diskettenlaufwerke surrten und klickten, und nach etwa einer halben Minute tauchte die Prompt Message auf einem kleinen Fernsehschirm in einem Regal auf. Broadnax war beeindruckt. Es sah sehr professionell aus. Zum ersten Mal war er überzeugt von dem Projekt und kam zu dem Schluß, daß Colonel Pretorius die richtigen Leute ausgewählt hatte.

In diesem Augenblick verschwand alles vom Bildschirm. Saganian erging sich in einer Aufzählung der typischen Schwächen von Kathodenstrahlröhren im allgemeinen, hob aber zu ihrer Ehrenrettung das hohe Alter dieser speziellen hervor, während er im Dunkeln hinter dem Gerät herumhantierte. Sofort kam wieder Leben in den Bildschirm. Broadnax applaudierte höflich.

»Nur ein lockerer Kontakt«, sagte Saganian. »Versuchen Sie's noch mal.« Sam gab ein paar Befehle ein, und die Laufwerke erwachten wieder zum Leben. Auf dem Bildschirm erschienen in Spalten angeordnete Zahlen.

»Das ist die Grundeinstellung der Thermocouples«, sagte Sam. »Die Zahlen in den Spalten geben die Temperaturen in einem vorgegebenen Fünf-Sekunden-Intervall wieder.«

Broadnax nickte. Er hatte eine Schwäche für Spielereien. »Aber wo sollen die Thermocouples hin?«

»Nebenan ins Spukzimmer.«

»Und wie verbinden Sie die Kabel mit dem Computer?«

»Durch das Loch.«

»Welches Loch?«

»Das Loch, was wir in die Wand bohren müssen selbstverständlich«, sagte Sam lächelnd und legte den Kopf leicht schief.

»Also Moment mal, Sir! Sie meinen, Sie wollen an der Wand rummurksen – ein Loch reinbohren?«

»Ich wüßte nicht, wie man's sonst machen sollte. Wir könnten vielleicht noch mit unseren Infrarotsystemen arbeiten und auf die Kabel verzichten.«

»Das klingt doch schon besser.«

»Bestens«, sagte Sam. »Dann haben Sie ja nichts gegen das Fenster.«

»Welches verfluchte Fenster?« Der taktische Offizier spürte ein pelziges Gefühl in den Füßen. Das ist also Hysterie, dachte er erbost.

Sam zuckte ungeduldig die Achseln. »Das Fenster, was wir für die Infrarotstrahlen in die Wand einbauen müssen, damit wir auf das Loch in der Wand verzichten können, durch das wir die Kabel führen müßten.«

»Wie groß müßte das Fenster denn sein?«

Sam betrachtete nachdenklich die Wand und kratzte sich am Kopf. »Also, lassen Sie mal sehen. Ich muß vollen Zugang von drei oder vier Winkeln auf beide Wände haben, die an Barstows Alkoven liegen. Ich würde mal sagen – vorsichtig geschätzt natürlich etwa sechzig auf neunzig.«

»Millimeter?« fragte Broadnax hoffnungsvoll.

»Zentimeter. Wie gesagt, ist das natürlich eine vorsichtige Schätzung. Wir müßten eventuell ...«

»Scheißdreck«, sagte Broadnax. »Ich kann nicht ein 60 auf 90 Zentimeter großes Loch in die Wand stemmen lassen!«

»Dann machen wir's wohl besser mit den Kabeln«, sagte Sam und schüttelte bedauernd den Kopf.

»Allerdings.«

Die Kadetten kamen von der Parade zurück und verschwanden kurz darauf wieder zum Football-Spiel im Michie-Stadion. Broadnax blieb da, um Sam und die Techniker im Auge zu behalten und dafür zu sorgen, daß das Loch nur so groß wie notwendig geriet. Um zwei Uhr standen die Instrumente alle am richtigen Platz, und die Sensoren und die Kamera auf dem Schwenkarm waren im Spukzimmer angebracht. Die Elektroden und Sensoren für die physiologischen Messungen befanden sich über Barstows Bett. Die Elektroden für den Elektroenzephalographen waren oberhalb des Kopfkissens in einen Kabelkasten gesteckt, und dünne Drähte und Sensoren hingen von oben auf die Bettdecke herunter. Saganian betätigte den Hauptschalter, und der Raum wurde lebendig wie in Disneyland, mit Schnurren und Klicken und dann dem warmen bunten Lichtschein der Bildschirme und der Kontrollämpchen. Schließlich schaltete er die Kamera ein und machte einen Schwenk durch das Zimmer der Kadetten.

»Hol's der Teufel«, sagte Broadnax. »Das ist verblüffend. Und damit kann man nun einen echten Geist ablichten?«

»Wenn er da ist«, beteuerte Saganian, »werden wir ihn ablichten, das ist so sicher wie das Amen in der Kirche.«

Broadnax betrachtete die Displays. Er konnte die Temperatursignale erkennen, acht dünne grüne Linien, die sich über den Bildschirm wanden. Sie pulsierten leicht. Wenn sie die andere Seite erreichten, piepte der Computer leise, eine fünfstellige Zahl tauchte unten auf dem Bildschirm auf, dann summte der Drucker kurz. »Was macht er?«

»Er gibt uns auf jedem der acht Kanäle eine Messung der Temperatur«, sagte Saganian, anhand von fünfhundert Stichproben pro Stunde. Wenn er dann genug beisammen hat, um den Bildschirm vollzuschreiben, ermittelt er einen Durchschnittswert und druckt ihn aus. Die Temperatur kann nicht so schnell wechseln, daß man sie mit unserer Stichprobenrate nicht mehr messen kann, und man spart so Papier und Speicherraum.«

»Großartig«, sagte Broadnax. »Und was ist das hier?« Er

deutete auf einen schmalen Kasten mit einem kleinen Bildschirm in einem Regal. Auf dem Bildschirm zuckten eine Reihe roter Bahnen im unteren Teil eines Schaubilds auf und ab.

»Das ist der Audiomikrocomputer«, sagte Ortega, der früher in einem Plattenstudio gearbeitet hatte und sich mit solchen Geräten auskannte. »Wir benutzen ihn, um die Geräusche zu analysieren. Er mißt auf 32 Kanälen gleichzeitig – das sind diese kleinen Bahnen, die auf und ab hüpfen. Die Bewegung, die jetzt da ist, entsteht durch die Raumgeräusche im Gebäude. Hier, Sir, ich zeig es Ihnen.« Er ging in das Spukzimmer und sagte »Vom Walde draußen, da komm ich her« auf. Die Bahnen bildeten Gipfel und Täler, während er sprach.

»Das ist faszinierend«, sagte Broadnax, als Ortega in den Testraum zurückkam. »Und wozu zum Geier sind diese ganzen Drähte da?« Er wies auf ein Bündel farbiger dünner Drähte, die im hinteren Teil des Polygraphen verschwanden, der Salingers Fuß auf dem Gewissen hatte.

»Das sind die Eingänge von den EEG-Sensoren im anderen Raum, Sir«, sagte Saganian. »Sie werden die Hirnströmungen auf diesem großen Fernsehbildschirm darstellen.«

»Und jetzt tut sich gar nichts bei denen?« fragte Broadnax.

»Gar nichts, Sir. Wir lassen sie durch isolierte Kabel laufen und filtern den Sechzig-Hertz-Bereich raus, damit wir die Gegenwelle nicht aufs Bild kriegen.«

Broadnax deutete auf den Oszillographen-Bildschirm auf dem Polygraphen. »Und weshalb zappeln dann diese gelben Linien da?«

9

Sie starrten auf das Display. Acht leuchtende bernsteinfarbene Linien wanden sich parallel über den Bildschirm, und wenn sie das Ende erreicht hatten, fingen sie wieder von vorne an. Broadnax hatte recht. Die Linien waren nicht gerade; sie hüpften auf und ab, bildeten eine unregelmäßige zackige Kurve. Alle Linien glichen sich.

»Ich geb's auf«, sagte Sam. »Was ist das?«

Saganian stierte auf den Bildschirm. »Keinen Schimmer, Sir. Ich nehme an, das Kabel – nein, das Kabel ist isoliert –, die Elektrodendrähte müssen es sein, die Elektrodendrähte. Sie müssen irgendeinen Impuls aufnehmen. Ich wüßte allerdings nicht, was das sein sollte. Sieht aus wie EEG.«

»Und wie jedes beliebige Geräusch«, sagte Sam. »Wir haben irgendwo ein Geräusch im System.«

»Aber wo, Sir?« fragte Saganian. »Und was? Das ist bombensicher keine normale Energiequelle. Das System filtert die sechzig Hertz raus. Und schauen Sie – da ist eine langsame Wellenbewegung bei etwa fünf oder sechs Hertz. Was könnte eine solche Form erzeugen?«

»Keine Ahnung«, sagte Sam. »Vielleicht ist es ein Pochen aus einer höheren Frequenz. Wir müssen es auf jeden Fall rauskriegen. Ich kann keine vernünftigen Messungen machen mit diesem ganzen Plunder im Hintergrund.«

Broadnax wollte nicht außen vor gelassen werden. »Wovon sprechen Sie, Sir?«

»Wir wissen's nicht genau. Die Bewegungen, die wir hier haben, müssen von den EEG-Sensoren – von den Enzephalographensensoren für die Hirnströme – auf der anderen Seite der Wand stammen. Das sind lange dünne Drähte mit kleinen vergoldeten Plättchen am Ende. Wir bringen sie an der Schädeldecke und am Ohrläppchen – zur Erdung – der jeweiligen Person an und messen die kleinen Veränderungen im Potential zwischen zwei Elektroden. Die Veränderungen zeigen die algebraische Summe von Millionen winziger Potentiale auf der Hirnrinde in Umgebung der Meßelektroden an.«

»Also ist das auf dem Bildschirm das Gemurmel von Hirnzellen?«

»O nein – in dem Raum drüben ist kein Mensch, kein Hirn. Die Elektroden hängen da bloß von dem Kabelkasten runter, den wir grade über Barstows Bett an die Wand genagelt haben. Wir haben irgendwo ein elektrisches Geräusch, und die

Elektrodendrähte verhalten sich wie eine Art Antenne und nehmen das auf.«

»Ist das außergewöhnlich?«

»Ja und nein. Wir erwarten im Hintergrund sechzig Perioden pro Sekunde wegen des Gegenstroms. Aber unsere Maschine hat einen Filter, der den Sechzig-Hertz-Bereich rausfiltert. Und außerdem hat dieses Geräusch sicher keine Hertz – bei dem Tempo, mit dem diese Linien über den Bildschirm fegen, würden sechzig Perioden pro Sekunde quasi einen Klecks auf dem Phosphor hinterlassen. Ich bin mir nicht darüber im klaren, warum wir was kriegen, obwohl die Drähte nur runterhängen. So wie ich diese falschen Impulse kenne, müßte das einen extrem schwachen Niederschlag geben. Aber dieses Zeug hier ist alles andere als schwach.«

Broadnax grinste. »Irgendwas Gespenstisches mit von der Partie?«

»Die Hypothese ist auch nicht schlechter als die anderen«, lachte Sam. »Es sieht wahrhaftig aus wie ein menschliches EEG. Ich meine, im großen Ganzen sehe diese Frequenzen aus wie die Summe der Frequenzen in der Hirnrinde. Ich bin mir allerdings nicht sicher, ob ein Geist Nervenpotentiale hat.«

»Gibt es Hirnströmungen im Raum?«

»Unter keinen Umständen! Die findet man ausschließlich auf der Oberfläche des Gehirns.«

»Schaut euch das an«, sagte Saganian. Die Linien bebten kurz in einem regelrecht dramatischen Aktivitätsschub.

»Sehen Sie mal, Stu«, sagte Sam, »das sah wie ein typischer Alpharhythmus aus. Das ist eine spezielle Störungsform mit einer hohen Frequenz und hohen Amplitude, bis zu 14 Hertz. Wir können es sehen, wenn der Teil des Hirns, an dem wir messen, entspannt ist.«

»Dann schläft der Geist?«

»Nein, den Alpharhythmus finden wir nur in ganz bestimmten Schlafphasen. Es kommt eher vor, daß – verflucht, nun rede ich auch schon davon! Hören Sie, da gibt es keinen Geist, der denkt. Wir haben ein nicht vorgesehenes elektrisches Geräusch in ...«

»Was ist das denn, Sir?« fragte Saganian.

Die Form der Wellen veränderte sich. Das willkürliche Muster der Ausschläge wurde durch wiederkehrende runde Bögen, gefolgt von abrupten, kurzen Zacken ersetzt.

»Sieht aus wie ein umgekehrtes EKG«, sagte Ortega.

»Das ist die Messung der Aktionsströme des Herzens, Stu«, sagte Sam. »Aber die Spitze taucht zu kurz auf. Und, wie Ortega sagte, es ist quasi umgekehrt.«

»Schon mal so was gesehen?« fragte Saganian.

»Ja«, sagte Sam, »ich glaube schon. Aber ich weiß nicht mehr, wo und was es war. Vielleicht fällt es mir wieder ein, und wir verstehen das hier.«

»Ich hab so was im Leben noch nicht gesehen«, sagte der Offiziersanwärter. »Ich wüßte gar nicht, wo ich anfangen sollte, nach 'ner Quelle zu suchen.«

»Nun«, sagte Sam »wie wär's im Zimmer drüben? Gehen Sie rüber und schauen Sie, ob die Stereoanlage läuft oder so was.«

»Ich garantiere Ihnen«, sagte der taktische Offizier, »daß da drüben keine Stereoanlage ist.«

»Ich schau mal, ob da was ist, was es auslösen könnte«, sagte Saganian und verschwand im Flur. Sie hörten, wie er die Tür öffnete und in seinen Stiefeln umherging.

»Sir«, sagte Ortega, »schauen Sie mal jetzt.« Das Gipfel- und Zacken-Muster war verschwunden, statt dessen zeigten sich kurze, schnelle Wechsel.

»Tja«, sagte Sam, »unser lärmender Freund ist wieder zum Leben erwacht. Das gleicht einem Beta-Rhythmus – es sieht wirklich aus wie die Hirntätigkeit eines Menschen im Wachzustand.« Während sie hinsahen, nahmen die Ausschläge langsam zu. Innerhalb von Sekunden berührten die Spitzen jeder Linie beinahe die der angrenzenden Linien.

»Verflucht«, sagte Ortega, »das ist ein Signal.« Er rief laut: »Hey, Sarge, was treiben Sie da drüben?«

Sie hörten gedämpft seine Stimme: »Stellen Sie den RTA ein, Sir. Schalten Sie das Tonband ein. Schnell!« Sam setzte den Mikrocomputer an, der Geräuschmessungen mit größtmöglicher Präzision ermöglichte. Die gelben Bahnen bewegten sich und bildeten Gipfel, pulsierten und hüpften quer über den Bildschirm. Ortega schaltete das Tonband ein.

»Alles klar, Sarge!« schrie Ortega.

»Colonel Bondurant«, kreischte Saganian aus dem Zimmer der Erstjährler, »kommen Sie vorsichtig rüber! Schnell!« Sam sah Broadnax an und zuckte die Achseln, ging dann auf den Flur hinaus. Er sah Saganian mit aufgerissenen Augen langsam rückwärts aus dem Zimmer treten. »Hören Sie, Sir – hören Sie genau hin. Haben Sie's?«

Sam lauschte. Er hörte nichts. »Sarge, ich bin beinahe taub. Stu! Kommen Sie her, schnell!«

Broadnax hastete herbei.

»Hören Sie's?«

Der Offizier schloß die Augen, legte den Kopf in den Nacken und konzentrierte sich auf das Geräusch. Dann klappte er die Augen auf und nickte heftig. »Großer Gott! Ich höre es!«

»Seien Sie still, alle beide!« sagte Sam. Sie sahen ihn erstaunt an. »Reden Sie nicht drüber – das ist wichtig. Hören Sie nur zu.« Etwas verwirrt von Sams Heftigkeit, fügten sich die beiden dennoch seiner Anweisung. Sam versuchte angestrengt, etwas zu hören, aber da war nur das anhaltende, hartnäckige Pfeifen, das er nicht mehr loswurde. Er ging, fast auf Zehenspitzen, zurück in den Geräteraum.

»Ortega«, flüsterte er, »schalten Sie die Thermocouple-Kanäle ein.« Der Labortechniker gab ein paar Befehle in den Computer ein, und die orangefarbenen Linien rollten über den Videobildschirm. Sie wiesen weniger Zacken auf als die »EEG«-Signale auf dem Bildschirm des Polygraphen und bewegten sich kaum. Nichts, keine Temperaturveränderungen.

»Sir«, zischte Ortega, »schauen Sie auf den Polygraphen.« Das EEG-ähnliche Signal verblaßte. Nach einigen Sekunden war es verschwunden. Sam bedeutete Ortega, still zu sein, und wartete auf eine Reaktion von Saganian und Broadnax.

Sie kam fast gleichzeitig. »Ich hör es nicht mehr«, hörte er Saganian sagen. »Ich auch nicht«, fügte Broadnax hinzu. »Es ist weg. Mann o Mann. Ich kann's nicht glauben. Ich kann's echt nicht glauben.«

»Nein!« sagte Sam. »Sprechen Sie nicht drüber. Warten Sie einen Augenblick.« Er riß vom Aufzeichnungspapier des Polygraphen ein Stück ab und machte zwei Teile daraus. Er nahm den Markierstift des Labortechnikers und ging in den Flur.

»Hier, Stu. Schreiben Sie auf diesen Teil des Papiers, was Sie gehört haben, dann geben Sie den Stift Saganian.«

»Kein Problem, Sir«, sagte der Offiziersanwärter, »ich habe selbst einen Stift.« Er nahm das andere Stück Papier entgegen und kritzelte etwas darauf. Sam verglich die beiden Zettel.

Broadnax hatte geschrieben: *das Weinen eines Kindes.* Auf Saganians Zettel stand: *das Weinen eines kleinen Mädchens.* Er zeigte ihnen die Zettel. Broadnax schüttelte ungläubig den Kopf. Saganian lehnte sich an die Tür und flüsterte: »Mich laust der Affe.«

»Haben Sie's auch gehört, Sam?« fragte Broadnax.

»Nein. Aber das hat nichts zu sagen. Ich höre in den hohen Frequenzen sehr schlecht – Berufsrisiko bei Panzerfahrern. War es leise, oder konnten Sie es deutlich hören?«

»Es war deutlich, Sir«, sagte Saganian. »Aber es war seltsam. Es klang nicht wirklich.«

»Was meinen Sie mit ›es klang nicht wirklich‹?«

»Ich weiß nicht, Sir. Irgendwie –«

»Warten Sie! Notieren!« Er gab ihnen die Zettel und Stifte zurück, und sie schrieben pflichteifrig. Saganian notierte: *hohl, wie ein Scheppern in meinem Kopf.* Broadnax' Eindruck: *wie von einem alten Grammophon. Aus weiter Ferne gehört.*

»Na«, sagte Broadnax, »das nenne ich schnelle Erfolge. Beim ersten Mal, wo Ihr das Zeug anstellt, heureka!«

»Bitte noch keine Heurekas«, sagte Sam mit einem gutgelaunten Grinsen. »Bis jetzt haben wir nur ein Störgeräusch und zwei Hörhalluzinationen.«

»Halluzinationen, Sir?« sagte Saganian. »Wir haben das Weinen doch beide gehört.«

»Sie waren beide darauf vorbereitet, es zu hören«, hob Sam unbeirrt hervor. »Wir haben die Berichte der Kadetten miteinander besprochen. Das könnte schon gereicht haben.«

»Was ist mit dem Tonband?« fragte Ortega.

»Richtig«, sagte Sam. »Was ist mit dem Tonband? Hatten Sie die Regler ganz hochgestellt, Ortega?«

»Aber wie, Sir – ganz oben. Man konnte die Bahnen hüpfen sehen am RTA. Sie hätten das Furzen einer Feldmaus hören können.«

»Aber wenn das Weinen nun – tja, kein richtiges Geräusch war?« fragte Broadnax etwas widerstrebend.

»Sie meinen, daß es vielleicht eine Art Telepathie war?« sagte Sam. »Ob das Band es aufnehmen würde, wenn es nur in Ihrem Kopf stattfand? Nein, das ist ausgeschlossen. Es reagiert nicht auf PSI-Energie oder irgendwelche mysteriösen löffelverbiegenden Kräfte, von denen wir ausgehen müssen, um an Telepathie glauben zu können. Aber selbst wenn das Gerät keine wirklichen Töne aufgezeichnet hat, stellt uns das trotzdem vor ein anderes Problem.«

»Welches?« fragte Broadnax.

»Warum habe ich es nicht gehört? Ich höre in den oberen Frequenzen nicht mehr gut, aber telepathische Übertragung müßte ohne auditive Wahrnehmung möglich sein. Wenn dem so ist, hätte ich es auch hören müssen, da es logischerweise nichts mit meinem Innenohr zu tun hat. Also – spulen wir das Band ab.«

Dem Resultat folgte ein Schimpfwort seitens Saganians. Als Ortega das Band abspielte, war lediglich ein wirres Rauschen zu hören, das sich aus Raumgeräuschen zusammensetzte. Außer dem Laufgeräusch hörten sie die Stimmen im Flur (das Mikrophon hing über Barstows Bett) und Sams gestrenge Anweisungen, die Diskussion zu unterlassen. Die waren laut genug, um sie zusammenzucken zu lassen – Ortega hatte tatsächlich voll aufgedreht, aber wenn die zitierte Feldmaus Winde gelassen hätte, hätte man sie wegen der Raumgeräusche kaum vernehmen können.

»Kacke«, sagte Ortega, »entweder es stimmt was mit den Köpfen nicht, oder das Band ist im Eimer. Wir haben's nicht.«

»Mag sein«, sagte Sam. »Lassen Sie's noch mal über die RTA laufen.« Ortega stöpselte die Kabel um, um die Aufnahme zur Frequenzanalyse über den Audiocomputer abzuspielen.

Die Ergebnisse waren wenig ermutigend. Die Bahnen auf dem Bildschirm gaben das bereits Gehörte wieder. »Schauen Sie sich das an«, schimpfte Ortega. »Sieht aus wie verfluchtes statisches Rauschen.«

»Schauen Sie, Stu«, sagte Sam, »das ist nutzlos. Das Geräusch im System erstreckt sich auf eine ganze Reihe von Frequenzen, wir können es also nicht einfach rausfiltern. Wir würden das Weinen mit dem Geräusch rausfiltern.«

»Sie meinen«, sagte Broadnax, »daß wir nichts machen können.«

»Vermutlich nicht. Lassen Sie mich drüber nachdenken. Unserem bisherigen Glück nach zu schließen, wird dieser Vorfall der einzige auswertbare sein. Wenn es eine Möglichkeit gibt, unser weinendes Kind rauszuholen, werden wir sie finden. Ich hab's eilig, dieses Projekt hinter mir zu lassen.«

»Warum, Sir?« fragte Broadnax.

Sam grinste bösartig. »Ich kann's kaum erwarten, diesen Polygraphen die Treppe wieder *runter* zu schaffen. Denn diesmal«, sagte er mit einem bedeutsamen Blick auf Saganian und Ortega, »werde ich oben sein und runtergucken.«

Es war Betty O'Gradys Pech, daß sie gerade im Keller der Bücherei zu Gange war, als Maggie am Samstag morgen das Gebäude betrat. Betty nahm Neuerwerbungen auf und hockte hinter Stapeln von Büchern mit neuen knisternden Bindungen und unberührten Seiten. Es bereitete ihr großes Vergnügen, mit neuen Büchern zu tun zu haben. Die alten machten ihr unentwegt Kummer – die schlaffen Bindungen und die leicht umzublätternden Seiten mit den Spuren menschlicher Berührung stießen sie ab. Wenn es nach ihr gegangen wäre, hätten die Kadetten niemals Zugang zu diesen Stapeln bekommen, und die kostbaren Bände wären einer weit entfernten und angenehm unkonkreten Nachwelt in ihrer Urform erhalten geblieben.

Sie zuckte zusammen, als sie Maggie im Flur hörte, die sich bei einem dieser hohlköpfigen Mädchen, die der Bibliotheksleiter wöchentlich neu einzustellen schien, nach der Richtung erkundigte. Diese Mädchen waren so beständig wie Eintagsfliegen und verschwanden jedesmal aufs neue, bevor sie es gelernt hatten, Mikrofiches von Bratfisch zu unterscheiden. Bei den Aushilfen wiederum war Betty O'Grady nur als der Troll bekannt, der die Brücke zwischen wunderbaren Büchern und schlichten Lesern bewachte. An diesem Samstag hätte sie ihren Ruf jederzeit gerne unter Beweis gestellt, und zwar um jemanden zu quälen, einfach aus dem Grunde, weil sie dazu verdonnert war, am Samstag im Büro zu hocken.

Sie erinnerte sich genau an Maggie, von ihrem ersten Besuch Anfang der Woche. Das war eine Frau, mit der nicht gut Kirschen essen war, dachte Betty, eine von diesen verdammten selbstbewußten Offiziersfrauen. Und zu allem Überfluß wollte sie auch noch was über Uptons Bücher wissen. Das kam hinzu, eine wirklich gefährliche Sache. Ich hätte nie geglaubt, daß noch mal einer danach fragen würde, dachte sie, nachdem sich zwanzig Jahre lang keiner darum gekümmert hat. Aber einige Dinge kommen offenbar nie zur Ruhe.

Maggie erschien in der Tür, und Betty O'Grady beäugte die große und beeindruckende junge Frau aus ihrer sicheren Position hinter ihrer Buchbrüstung wie ein Schütze, der über eine Mauer späht. Von Betty O'Gradys Warte aus wirkte Maggie wie die Nike von Samothrake mit Kopf.

»Ah«, sagte Maggie, »Mrs. O'Grady persönlich. Wie geht es denn an diesem schönen Morgen?«

»Ich sollte eigentlich gar nicht hier sein«, jammerte Mrs. O'Grady, »Samstag ist mein freier Tag und –«

»Da hab ich ja Glück, daß ich Sie treffe«, rief Maggie aus. »Wenn Sie jetzt nicht da wären, hätte ich bis Montag warten müssen!«

»Aber ich habe gar keine Zeit, Mrs ... äh ...«

»Bondurant, Mrs. O'Grady, Margaret Bondurant. Ich war Anfang der Woche hier und habe nach Quellen über Geister in West Point gesucht, erinnern Sie sich?«

»Oh, sicher. Sie haben sogar ein bißchen was gefunden, wenn ich mich recht entsinnne. Konnten Sie das Material verwenden?«

»Oh, es war wunderbar. Am besten hat mir John Waverley

Uptons *West Point am Hudson* gefallen. Erinnern Sie sich an unsere Gespräche über das kleine Buch?«

Die ältere Frau hatte dunkle Vorahnungen. »Ja, sicher. Ich bin froh, daß Sie ...«

»Dabei sprachen wir auch über einen dazugehörigen Band, Mrs. O'Grady. Uptons Memoiren, die er im Selbstverlag veröffentlicht hat, mit dem Titel – ach, wie war gleich der Titel?«

»Ich weiß wirklich nicht –«

»Ach ja, richtig. *Meine Jahre in West Point*. Wurde erstmals, wie es heißt, 1881 gedruckt. Erinnern Sie sich? Ich hatte Sie danach gefragt. Sie meinten, die Bibliothek von West Point hätte nie eine Ausgabe davon im Bestand gehabt.«

»Ja, ganz recht. Das Buch erschien in einer *sehr* kleinen Auflage. Wir haben kein Exemplar hier, und ich bezweifle sehr, ob –«

»Aber Sie haben natürlich auch eine immense Zahl von Büchern zu verwalten, und da vergißt man schon mal das eine oder andere.«

»Mrs. Bonaventure«, sagte Betty eisig, »ich ...«

»*Bondurant.*«

... vergesse so etwas nicht. Unser Bestand weist dieses Buch nicht auf.«

»Schauen Sie doch bitte mal nach.«

»Wenn Sie darauf bestehen, aber ...«

»Schauen Sie bitte nach.« Mrs. O'Grady schaltete ergeben ihren Computer ein und wartete die Aufwärmphase ab. Sie trommelte mit ihren knochigen Fingern auf den Rand des Keyboards. Als die Datei erschien, gab sie Titel und Autor ein. Fast sofort kam die Antwort: TITEL NICHT GEFUNDEN. RICHTIG GESCHRIEBEN?

»Bitte, Mrs. Bondurant. Es tut mir leid. Wir haben es nicht.«

»Aber Sie hatten es mal. Was ist damit geschehen?«

»Mrs. Bondurant«, sagte die Frau und erhob sich aus ihrem Bürosessel, um ihre Position zu betonen – wäre sie als Pavian zur Welt gekommen, hätten sich ihre Nackenhaare gesträubt – »wir haben dieses Buch nicht und hatten es nie, und ich bin sehr beschäftigt. Wenn Sie vielleicht mit Mr. –«

»Mrs. O'Grady, Bernice Gort versichert mir, daß sie das Buch nicht nur gesehen, sondern auch ausgeliehen und gelesen hat. Das war 1947, und sie zitiert daraus in einem Aufsatz über die Geister in West Point. Ich möchte noch hinzufügen, daß sie dort die freundliche Mitarbeit von Mrs. Elizabeth Cleary O'Grady erwähnt. Nun, ich bin sicher, daß Sie so gut wie ich wissen, daß Bernice Gort in ihrem ganzen Leben noch nichts vergessen hat« – in diesem Punkt stellte Maggie vage Vermutungen an – »und ich argwöhne beinahe, daß das bei Ihnen sehr ähnlich ist. Ich habe einige Erfahrungen mit Bibliothekaren, Mrs. O'Grady. Sie vergessen nichts. Niemals. Ich war auch so frei, eben einige Worte mit Ihrem Vorgesetzten zu wechseln, der mir versichert hat, daß es eine Akte über Bücher gibt, die verlorengingen, gestohlen wurden oder sonstwie der Vernichtung anheimfielen. Ich wäre Ihnen sehr verbunden, wenn Sie einen Blick in diese Akte werfen könnten, Mrs. O'Grady.«

Betty O'Grady hatte es gleich gewußt. Maggie war einer dieser Menschen, die irgendwann in ihrem Leben etwas über Bibliothekare gelernt hatten. Sie nahm an, daß Maggie studiert und sich aus reinem Überlebenstrieb die Kniffe angeeignet hatte, mit denen man die statischen Verteidigungen schlagen konnte, welche die Verteidiger der Kataloge mit der Geschicklichkeit eines Feldmarschalls bildeten. Aber Betty O'Grady war keine Durchschnittsbibliothekarin. Sie war die Creme de la Creme; sie war schlichtweg die beste. Sie hatte auch die mobile Verteidigung zur Bestform entwickelt und erkannte in Maggie eine würdige Gegnerin. Seit 1966 hatte sie sich keiner solchen Herausforderung mehr stellen müssen. Damals hatte sie den Vorsitzenden des Akademischen Ausschusses drei Wochen lang davon abgehalten, diese Erfindung des Teufels, das Vorbestellregal, einzuführen. Der alte General Bracken, ruhe er in Frieden, war ein zäher Kunde gewesen. Aber diese Maggie Bondurant war noch von einem anderen Kaliber. Und sie hatte einen Trumpf, von dem sie nichts ahnte: Betty O'Grady fürchtete sie wegen des Buchs, dieses einen Buchs, bei dem sie gegen die heiligen Regeln der Bibliothekare verstoßen hatte.

»Nun, Mrs. Bondurant, ich fürchte, die Liste ist nicht im Computer zu finden. Der größte Teil besteht aus handschriftlichen Eintragungen; nur die letzten sechs oder sieben Jahre sind auf Diskette gespeichert. Ich müßte die alten Bände durchsehen. Könnte ich Sie anrufen, wenn ich die Information gefunden habe? Mein Gedächtnis scheint leider doch nicht mehr zu sein, was es mal war. Wenn Mrs. Gort sich daran erinnert, war es natürlich da, aber ...«

»Sie könnten doch einfach mal bei den letzten sechs, sieben Jahren nachsehen, wenn die per Computer zugänglich sind. Wer weiß, wann das Buch verschwunden ist.«

Fast hätte sie mich gehabt, dachte Betty. »Ja, selbstverständlich. Das mache ich doch gleich.« Sie rief die Liste auf, in aller Seelenruhe, da sie wußte, daß das Buch dort nicht auftauchen würde. »Hier«, sagte sie etwas freundlicher zu Maggie, »es ist nicht drin. Die Bände durchzusehen ist natürlich ein anderer Aufwand. Das dauert –«

»O Mrs. O'Grady«, sagte Maggie, »ich hätte nicht im Traum daran gedacht, Ihnen all die Arbeit aufzuhalsen, nur weil ich etwas wissen will. Zeigen Sie mir einfach die Bände, und –«

Betty hob entsetzt beide Hände. »Ach du lieber Gott! Ich kann doch nicht jeden in meinen Akten herumwühlen lassen! Der Himmel weiß, was dabei alles passieren kann! Sie müßten leider bis nächste Woche warten, wenn ich dazu komme.«

»Oh, ich beschädige Ihre Akten nicht. Es macht mir gar keine Mühe, Mrs. O'Grady, und Sie haben so viel zu tun, daß ich Sie wirklich nicht mit dieser läppischen Sache belästigen möchte.«

»Mrs. Bondurant, das verstößt gegen die Bestimmungen der Bibliothek. Tut mir leid. Die Entscheidung liegt nicht bei mir.«

»Oh«, sagte Maggie, »wenn die Entscheidung nicht bei Ihnen liegt, läßt sich das nicht ändern. Ich würde Sie nie überreden wollen, gegen die Bestimmungen der Bibliothek zu verstoßen.«

»Ich danke Ihnen. Ich mache mich dran, wenn –«

»Ich werde mich dann wegen der Erlaubnis einfach an Mr. Pennington oben wenden. Ich bin sicher, er wird darüber entscheiden können, und Sie müssen dann kein Risiko eingehen.« Maggie hielt inne, lächelte und hoffte, Betty O'Grady würde kapitulieren und ihr die Mühe ersparen, Pennington zu überreden, den sie nur von der Namenstafel in der Eingangshalle der Bibliothek kannte. Sie hatte ihr Opfer unterschätzt. Betty hielt stand.

Pennington hielt auch stand. Er war furchtbar fett und hatte, wie Maggie schnell bemerken mußte, keinerlei Gespür für hübsch plazierte Fesseln. Cleopatra begegnete ihrem Octavian. Nein, beharrte er, nur Angestellten der Bücherei war der Zugang zu den Archiven der Ausleihe erlaubt, aber ja, gestand er zu, er würde Mrs. O'Grady bitten, sich so bald wie möglich mit diesem Projekt zu befassen. Gegen Godzilla seh ich kein Land, dachte Maggie.

Sie bemühte sich noch einmal zu den Regalen und sah die Bände im Umfeld von *West Point am Hudson* durch, falls die Memoiren dort standen, aber nicht im Katalog aufgeführt waren. Die Suche verlief ergebnislos, und sie spürte, wie ihre Stauballergie sich bemerkbar machte und ihre Hände anschwollen. Sie erwog, Sam in den Unterkünften zu besuchen, entschied sich aber, lieber doch nicht ohne Begleitung in den Bereich der Kadetten hineinzumarschieren. Als sie bei sich zu Hause ankam, hob es nicht gerade ihre Stimmung, daß drinnen das Telefon klingelte, während sie noch nach ihrem Schlüssel suchte. Als sie die Küchentreppe hinaufhastete, um noch rechtzeitig ranzugehen, stolperte sie und stieß sich das Schienbein an der Ecke des Kühlschranks.

Alice Fetterman war dran. »Oh, Maggie«, sagte sie, »ich bin ja so froh, daß ich Sie zu Hause erwische – ich versuche schon seit dem Frühstück, Sie zu erreichen.«

»Sie hätten mich fast wieder verpaßt«, sagte Maggie und rieb ihr Bein, das aufgeschürft war und zu bluten begann. »Ich komme grade aus der Bücherei zurück.«

»Deshalb rufe ich an. Haben Sie das Buch gefunden?«

»Welches? Sie meinen, die Upton-Memoiren? Ich fürchte, nein.« Maggie runzelte die Stirn. Ihr Gespräch mit Alice war kurz gewesen, und sie konnte sich nicht erinnern, das Buch erwähnt zu haben.

»Bernice hat mich gestern abend angerufen, Maggie. Sie hat

mir von Ihrem Gespräch am Donnerstag erzählt, und ihr ist noch etwas eingefallen, daß sie vergessen hatte zu erwähnen. Sie bat mich, es Ihnen zu sagen, weil es vielleicht nützlich für Sie sein könnte.«

»Was auch immer es ist«, sagte Maggie, »ich nehme es dankend an. Betty O'Grady und die Bibliothek haben mich außer Gefecht gesetzt.«

»Ja, also, Bernice sagte, als Sie gegangen seien, hätte sie das Gefühl gehabt, nicht alles berichtet zu haben. Ich nehme an, sie dachte gestern den ganzen Tag darüber nach, und dann fiel es ihr ein. Sie sagte, sie erinnere sich, daß irgend etwas mit dem Buch schon vor zwanzig Jahren schwierig war, als der Geist zum letzten Mal mit den Ketten rasselte und der Direktor eine Untersuchung anordnete. Ich habe Bernices Aufsatz natürlich nicht gelesen – hatten Sie die Möglichkeit reinzuschauen? –, aber sie sagt, die Spukerscheinungen seien denen von 47 sehr ähnlich. Als der Geist jedenfalls zum letzten Mal auftauchte, hat sich jemand vom Historischen Seminar mit den Hintergründen befaßt, und er fand das Buch genau da, wo es hingehörte, im Regal. Bernice erinnert sich daran, weil Betty O'Grady das erwähnte und weil der Offizier vom Historischen Seminar Hob einen Brief schrieb, in dem er sich für Bernices Notizen für die Reading-Club-Sache bedankte. Es ist Bernice unglaublich peinlich, sagt sie, daß sie an diese Geschichte nicht dachte, als Sie bei ihr waren.«

Maggie bleckte die Zähne und schwang die geballte Faust gegen die imaginäre Mrs. O'Grady. »Alice, sagen Sie bitte Mrs. Gort, ich stehe in ihrer Schuld. Allmählich wird die Chose klarer. Wissen Sie, daß ich heute morgen mit dieser Person, dieser O'Grady, gesprochen habe und sie behauptete, die Bibliothek hätte das Buch nie im Bestand gehabt?«

»Ging es verloren?«

»Dieser vertrauenswürdigen Figur zufolge zierte es niemals die Regale des Hauses. Aber Bernice hat in ihrem Aufsatz – den ich übrigens gelesen habe – nicht nur aus dem Buch zitiert, sondern auch noch Betty O'Grady für ihre Unterstützung gedankt. Der alte Drachen verneinte das Ganze eisern.«

»Und damit nicht genug«, sagte Alice. »Wissen Sie, daß ich das Ding irgendwo *gesehen* habe?«

»Das gibt's doch nicht. Wo?«

»Tja, das ist das Problem. Es fällt mir nicht mehr ein.« Maggie schnitt dem Telefonhörer eine Grimasse. »Ich kann mich nur daran erinnern«, fuhr Alice fort, »irgendwo ein altes Buch in die Hand genommen und mich darüber gewundert zu haben, daß es Erinnerungen an West Point waren. Ich bin ziemlich sicher, daß es das war, nach dem Sie suchen. Aber das ist ein paar Jahre her, und ich weiß nicht mehr, wo das war. In der Bücherei war es jedenfalls nicht, soviel ist klar. Es war auf einem Flohmarkt oder bei einer Wohnungsauflösung oder so was. Ich weiß noch, daß ich es fast gekauft hätte, aber es war nicht gut erhalten, deshalb habe ich es zurückgelegt.«

»O nein«, sagte Maggie, »ich wünschte, Sie hätten es gekauft! Wer weiß, wo es jetzt ist?«

»Tja, ich konnte natürlich nicht ahnen, daß es noch zu was anderem gut ist, außer die Regale zu schmücken. Ich hätte es für ein altes Bücherregal genommen, aber die hinteren Seiten klebten zusammen. Es sah aus wie ein –«

»Was war mit den hinteren Seiten?«

»Naja, sie klebten zusammen – sah aus, als hätte jemand Sirup darübergegossen und das Buch daraufhin als verdorben betrachtet.«

»Alice, das war das Exemplar aus der Bibliothek! Bernice sagte mir, die hinteren Seiten seien verklebt gewesen! Und außerdem, wie viele Exemplare sind davon wohl in Umlauf? Es muß das verschwundene Exemplar aus der Bücherei sein.«

Alice versank für einen Augenblick in Schweigen. Sie haben recht. Aber ich weiß, daß ich es nicht in der Bibliothek gesehen habe. Warum sollte sich ein Bibliotheksbuch irgendwo anders finden als dort?«

»Wieviel ist so ein altes Buch wert?« fragte Maggie.

»Nicht viel, denke ich – vor allem wenn es beschädigt ist.«

»Vielleicht hat Betty O'Grady es gestohlen und verkauft. Vielleicht versucht sie einen Diebstahl zu vertuschen.«

»Das kann ich mir nicht vorstellen«, sagte Alice. »Das würde sich kaum lohnen.«

»Wahrscheinlich nicht«, sagte Maggie, »aber es ist doch mächtig seltsam, daß sie behauptet, das Buch sei nie da gewesen, obwohl das nachweislich nicht stimmt.«

»Ich wünschte, mir würde einfallen, wo ich es gesehen habe«, sagte Alice, »aber es ist so lange her. Ich kann nicht hoffen, es zu finden, selbst wenn ich mich an den Ort erinnere. Inzwischen sind Jahre vergangen.«

»O'Grady könnte es wissen. Ich werd' am Montag versuchen, es aus ihr herauszuquetschen. Vielleicht bricht sie unter der neuen Beweislage zusammen. Jedenfalls«, triumphierte Maggie, »freue ich mich schon auf ihr Gesicht, wenn ich sie stelle. Sie hat was auf dem Kerbholz, Alice, und ich weiß nicht, was.«

Samstag nacht forderte die Geistergeschichte ihr erstes wirkliches Opfer. Die Sache war im Kadettenkorps herumgegangen wie Windpocken in einer Kindertagesstätte und hatte fast die Gespräche über das bevorstehende Army-Navy-Spiel verdrängt. Die Interessenverschiebung beunruhigte den Kommandeur, und er ließ durch die Aufsicht einen moralischen Aufruf verbreiten, der in knapper Form darauf hinwies, daß solcher Unsinn überhand nehmen könne und man sich bitte auf die wichtigeren Dinge konzentrieren und nicht mit pubertären Albernheiten abgeben solle. Diese Botschaft zeitigte natürlich keinesfalls den gewünschten beruhigenden Effekt. Das erste Opfer war Lumpy Dilworth, ein riesiger Linebacker aus Florida, von dem bekannt war, daß er sich im Dunkeln fürchtete. Seine frühere Dienstzeit, darunter neun Wochen auf der Ranger School, hatten Lumpys natürlicher Abneigung gegen Eulen, Fledermäuse und die düstere Nacht nichts anhaben können. Die Geschichte von seiner Panik in seinem ersten Jahr, als eine Gruppe seiner Klassenkameraden ihn überredet hatte, bei Nacht eine Abkürzung über den Friedhof zu nehmen, hatte einen ganzen Tag für Erheiterung gesorgt und war auch jetzt, da Lumpy kurz vor dem Abschluß stand, keineswegs vergessen.

Die Erinnerung an diesen Scherz vor drei Jahren veranlaßte einen Kadetten namens Fred Comar, sich in ein Bettuch zu hüllen und in Lumpys Spind zu verstecken. Als Lumpy um 10 Uhr 35 (ganz genau 22 Uhr 35, wie es vom Offizier vom Dienst vermerkt wurde, der sich mit der Angelegenheit befaßte) vom Squashspielen in der Sporthalle zurückkam, wankte Fred Comar, in das weiße Tuch gehüllt und in dem dunklen Raum nur undeutlich erkennbar, aus dem Schrank und stöhnte schrecklich, um Lumpy zu erheitern. Lumpy war jedoch alles andere als erheitert. Wiehernd vor Entsetzen, versuchte er in äußerster Hast den Raum zu verlassen. Unglücklicherweise hatte er beim Hereinkommen die Tür hinter sich halb geschlossen, und so rannte er mit vollem Karacho gegen die Kante des Hindernisses, wobei er sich die Nase brach und aufgrund seiner Körpergröße die Tür aus ihrer obersten Angel riß.

Das zweite Opfer der Geistergeschichte war Frank Comar. Lumpy zertrümmerte einen Squashschläger auf Freds Kopf. Da Lumpy ein wichtiger Mann in der Football-Mannschaft war und das Navy-Spiel bevorstand, zogen einige auch Lynchjustiz in Erwägung, wobei Freds Hals für die Schlinge vorgesehen war. Die besonneren Stimmen behielten die Oberhand. Alles in allem profitierte Fred von dem Vorfall. Vorher ein Niemand im Korps, geriet er nun zu einer Art Volksheld, vor allem, da Lumpy Fred verzieh und, Matschnase hin oder her, gegen die Navy ruhmreich zu Felde zog.

Sie hatten lange geschlafen am Sonntag – Anna mußte unter der Woche früh aufstehen und feierte die Wochenenden mit ausgedehnten Abenden und langem Ausschlafen. Sie teilte die Sonntagszeitung mit Liam, und gegen zehn Uhr waren die Seiten überall auf dem Bett verteilt und ihre Körper mit Druckerschwärze verschmiert. Liam las die Buchrezensionen, Anna den Freizeitteil.

»Übrigens«, sagte er, nachdem er die Literaturbeilage bezwungen hatte, »ich möchte, daß du nächsten Freitag nach West Point kommst.«

Sie kannte Liam gut genug, um mißtrauisch zu sein. »Irgendein spezieller Grund?«

»Die Chance des Lebens. Die Halloween-Party der Abteilung.«

»Ein Kostümfest?«

»Ja, ein Kostümfest. Du mußt einfach dabeisein. Wie viele Kostümpartys gibt es schon bei Analog?«

»Soll das ein Witz sein?« fragte sie. »Da ist jeden Tag Kostümfest. Computerleute haben keinen Geschmack. Mein Boß trägt immer noch Hemden mit Dackelohren.«

»Also«, sagte Liam, »sind wir im Geschäft?«

Sie kaute auf ihrer Lippe herum. Nach West Point zu gehen hieß, Liams Revier zu betreten. Hier in Boston hatte sie ihn unter Kontrolle; in West Point konnte sie sich dessen nicht sicher sein. Obwohl sie im Vorteil war – ein simpler Vorteil, der jedoch aus der schlagkräftigsten Waffe aller Zeiten bestand, nämlich daraus, geliebt zu werden, ohne selbst lieben zu müssen –, war sie nie sicher, was sich hinter Liams undurchdringlicher Fassade ereignete. Sie spürte eine düstere, jedoch sorgfältig kontrollierte Intensität bei ihm. Ganz zu Anfang, als sie sich kennenlernten, war sie in seiner wilden und maßlosen Liebe zu ihr zum Ausbruch gekommen, und das hatte ihr angst gemacht; sie hatte sich instinktiv zurückgezogen, ihn zurückgewiesen, und ihr Ausweichen hatte ihn verletzt. Jetzt war es leichter, mit ihm umzugehen; eine besorgte Umsicht war an die Stelle der hemmungslosen Offenheit getreten, mit der er sie zu Anfang überfordert hatte. Er war noch immer großzügig und aufmerksam und fügte sich ihren Stimmungen, aber seine Briefe, einst voller Zärtlichkeit, waren selten geworden und inzwischen so glatt wie knapp. Zum ersten Mal fiel ihr auf, daß sie sich mit dieser Distanziertheit, die sie selber angeordnet hatte, weniger wohl fühlte als mit seiner alten Überschwenglichkeit. Anna war intelligent, attraktiv, schlau und hatte Selbstvertrauen. Aber sie wußte auch um ihre eine große Schwäche. Ihr Mut war eine Scheinkonstruktion, die nur funktionierte, solange andere zu ihr aufschauten. Überwältigt von ihrer Schönheit und besessen von Eroberungsplänen, waren die Männer, mit denen sie es im Beruf zu tun hatte, taub gegenüber dem leisen stählernen Rauschen, und wenn sie erst einmal wehrlos waren, war es zu spät. Aber einen offenen Kampf würde Anna auf keiner Ebene durchstehen, und sie wußte, daß das bei Liam anders war. Sie wußte auch – im Gegensatz zu Liam –, daß er sie durchaus verletzen könnte, falls er sich das vornahm.

Aber Anna war auch zu großen Verrücktheiten imstande, wenn sie auf eine verlockende Möglichkeit stieß. Die Vorstellung eines Kostümfests berührte sie auf einer Ebene, wo noch immer die alte Zartheit ihres Geschlechts schlummerte. In seltenen Momenten konnte sie diese Zartheit annehmen. Es gab da ein Kleid, was ihr ein Verehrer im letzten Frühjahr geschenkt hatte, und sie hatte bisher keine Gelegenheit gehabt, es zu tragen. Es bestand aus keinem Rückenteil und sehr wenig Stoff auf der Vorderseite, und ihre genüßliche Vorstellung davon, wie sie damit die einheimische Bauernschaft in ungläubiges Erstaunen versetzen könnte, war leider getrübt worden von der Vision, daß ihre treuen Begleiter tot umgefallen wären, wenn sie es getragen hätte. Diese Laune des Moments, nichts sonst, war es, die ihr ein Lächeln auf die Lippen zauberte und sie dazu veranlaßte, Liam zuzusagen.

»Was wirst du anziehen?« fragte sie, während sie in ihrem Schrank nach einem Höschen Ausschau hielt.

»Ich hab mir noch keine Gedanken darüber gemacht«, sagte er und sah ihr zu, wie sie mit dieser kindlichen Selbstvergessenheit durchs Zimmer streifte, die ihn immer wieder berührte. »Vielleicht trag ich bloß eine Goldkette mit einem Ring durch die Nase, und du darfst sie herumschleppen.«

»Ich finde, du solltest noch etwas anhaben.«

»Ich werd darüber nachdenken. Hast du schon eine Idee für dich?«

»Nicht konkret«, sagte sie zum Badezimmerspiegel. »Ich muß es mir überlegen.«

»Ich hoffe, daß du kommst. Ich bin mir nicht sicher, ob die Leutchen da oben an deine Existenz glauben.«

Sie lachte, und die Badezimmerwände warfen das Echo zurück. »Oh, sie werden sich an mich erinnern, keine Sorge.«
Ein leichtes, warnendes Schaudern überkam Liam.

Anna fuhr ihn zum Flughafen. Es war außergewöhnlich starker Verkehr, und sie verpaßten den Fünf-Uhr-Flug; so blieben Liam 40 zusätzliche Minuten vor der nächsten Maschine nach La Guardia. Sie streiften durch die Abflughalle. Es waren unbehagliche Momente für beide, in denen sie sich mit einer doppelten Wahrheit konfrontiert sahen, der man in solchen Augenblicken nicht ausweichen konnte: Liam konnte die wichtigen Fragen nicht stellen, und Anna konnte die wichtigen Antworten nicht geben. Die Fragen hingen zwischen ihnen in einem Feld kalter, unbewegter Luft. Sie plauderten über die Servicemängel in der Economy-Class, und Liam erzählte ihr eine Geschichte von einer bemerkenswerten Stewardeß, die er vor Jahren auf einem Charterflug von Travis nach Saigon erlebt hatte. Sie antwortete mit einem vergnügten Lachen, und dann verfielen sie wie immer in Schweigen.
»Schau«, sagte er, »es ist spät, du mußt hier nicht mehr warten. Ruf mich an, wenn du weißt, wann du nächste Woche ankommst.«
»Prima! Ich ruf dich an.« Er sah sie an, und einen seltsamen Moment lang hätte er Anna beinahe gesagt, daß er sie liebe; sie spürte es und hielt den Atem an, straffte sich, um seinen Worten auszuweichen. Aber er gab ihr nur einen flüchtigen Kuß und sagte: »Ich werde versuchen, West Point auf La Perugino vorzubereiten. Es wird einiges an Planung und Koordination vonnöten sein. Die Evakuierungspläne müssen auf den neuesten Stand gebracht werden, medizinische Bestände müssen überprüft und Dementis gedruckt und verteilt werden ...
Sie lachte laut, und Passanten blickten sie an und freuten sich an zwei Liebenden, die so miteinander verbunden schienen, daß sie sich in einem Flughafenterminal gegenseitig zum Lachen bringen konnten.

10

Sie trafen sich am Montag wieder bei Track zu Hause. Sam hatte überall Schmerzen vom Kampf mit dem Polygraphen, Maggie war übler Stimmung wegen eines morgendlichen Disputs mit Betty O'Grady. Track und Patti gaben sich alle Mühe, eine beschwingtere Stimmung zu schaffen, aber es wurde ihnen bald klar, daß sie hier versuchten, Orest und Elektra aus einem Muttertagskater zu reißen.

Liam kochte wegen Colonel Pretorius' Verbot von weiteren Gesprächen mit den Kadetten, das ihn völlig lahmlegte. Er war davon überzeugt, daß der Vergleich von Traumthemen derjenigen Kadetten, die die Erscheinung direkt erlebt hatten, der Schlüssel zu den Ereignissen in der 47. Division war. Das Verbot bezog sich auf alle Kadetten, nicht nur auf diejenigen, die vielleicht eine Beratung brauchten. Seine Bitte um ein klärendes Gespräch mit Colonel Pretorius war an diesem Morgen abgelehnt worden, und aus der gereizten Reaktion des Colonels war klar ersichtlich gewesen, daß ein Versuch, ihn umzustimmen, in Pretorius' Ohr denselben Effekt haben würde wie das Summen kleiner Insekten. Liams Abteilungschef weigerte sich, einzugreifen oder um die Unterstützung des Dekans zu ersuchen, und zwar mit der einleuchtenden Begründung, daß die Untersuchung bisher vom Kommandeur geleitet worden war und er deshalb die Regeln bestimmen konnte.

Sam war der Meinung, daß der Schlüssel für ein mögliches Gelingen der Untersuchung darin lag, die Qualität der Bänder auf irgendeine Art zu verbessern. Er stellte fest, daß die Begeisterung für das Projekt im Büro des Kommandeurs spürbar nachließ. Die Aufregung mit Lane und die Störung im Bereich der Kompanie, die zudem noch von Colonel Streets Ärger über das Loch in der Wand verstärkt wurde, veränderten die Stimmung. Ein Erfolg – zum Beispiel eine klare Aufnahme des weinenden Kinds – wäre ein Geschenk des Himmels gewesen und hätte die weitere offizielle Unterstützung gesichert. Sam empfand keine Ehrfurcht vor dem Übernatürlichen wie Maggie, aber er war eisern entschlossen, das Projekt zu Ende zu bringen, das bereits eimerweise Schweiß und einen gebrochenen Fuß gekostet hatte. Sam mußte Salingers Klassen unterrichten, bis der verletzte Lehrer wieder gehen konnte.

Maggie hatte Betty O'Grady mit den Erinnerungen von Mrs. Gort konfrontiert. Die listige Bibliothekarin hatte das Wochenende zur inneren Kräftigung genutzt und war wieder gefaßt und unangreifbar. Was auch immer früher mit dem Buch gewesen war, sagte sie, heute war es nicht mehr im Bestand der Bücherei. Und zu der Annahme, daß das von Mrs. Fetterman beschriebene Buch das Exemplar aus der Bibliothek gewesen sei – das war völliger Blödsinn, da ein Buch, dessen hintere Seiten zusammenklebten, nie wieder bei ihnen im Regal gelandet wäre. Viel wahrscheinlicher war es doch, beharrte sie, daß Bernice das Buch an einem anderen Ort entdeckt habe und sich nicht mehr richtig erinnern könne. Jedenfalls war das Buch so oder so nicht in der Bibliothek, und in den handschriftlichen Akten ließe sich kein Vermerk über seinen Verlust finden. Maggie beschloß, daß es sinnlos war, wieder zu Pennington zu wandern, da es auf Bettys Argumentation keinerlei Antwort gab. Maggie wußte, daß die Frau log, und obwohl sie keinerlei Vorbehalte gegen Mittel wie angespitzte Bambusstöcke und Senfklistiere gehabt hätte, um ihre Annahme zu beweisen, sah sie doch um Sams Ruf willen davon ab. Vielmehr brachte sie zur Sprache, daß die gegenwärtige Aufregung seltsam nahe an Halloween lag.

»Wir haben Mittwoch – in zwei Tagen! Natürlich läßt der Marschall die Kinder nicht vor Freitag abend rumziehen, und sogar dann müssen sie zurücksein, bevor es dunkel wird. Bevor es dunkel wird! Könnt ihr euch das vorstellen?«

»Scheiß der Hund drauf«, sagte Track, »als ich klein war, haben wir gar nicht erst *angefangen* rumzuziehen, bevor es dunkel war und keiner uns mehr was erkennen konnte. Bevor es dunkel wird, so ein Dreck!«

»Recht hast du«, sagte Maggie. »Die machen das ganze Halloween kaputt. Als nächstes geben sie den Kindern noch schulfrei.«

»Was hat das denn damit zu tun?« fragte Sam.

»Deshalb war Halloween doch immer so was Besonderes«, sagte sie, plötzlich lebhafter. »Es gab nicht offiziell frei. Weil nicht schulfrei war, war es ein inoffizieller Feiertag; man hatte irgendwie das Gefühl, daß die Oberen Halloween gerne vermieden hätten, und so konnten sie wenigstens ihre Hände in Unschuld waschen.«

»Aber, Maggie«, sagte Patti, »wir haben zwei oder drei Wochen vorher angefangen, in der Schule alles dafür vorzubereiten – Poster, Dekorationen, Wandbehänge aus schwarzer und orangerfarbener Pappe und diese furchtbar stinkende Paste.«

»Die stank doch nicht«, sagte Maggie. »Die war toll. Ich hab sie gern gegessen, als ich in der dritten Klasse war. Aber dieses Ablenkungsmanöver mit der Bastelei war bloß ein schlauer Trick. Die wollten, daß wir das für ihre Idee hielten, damit wir nicht merkten, daß es der Tag des Jahres war, an dem die dunkle Seite der Kindheit eine blutige Axt über die Zivilisation erhebt.«

»Du lieber Himmel«, sagte Track, »erinner mich bitte daran, daß ich nie mit dir zum Rumziehen gehe.«

»Sie hat recht«, sagte Liam. »Tolkien hat mal in einem Vortrag gesagt, daß nur Kinder, die unschuldig sind, Gerechtigkeit fordern. Erwachsene, die die Sünde kennen, wollen Gnade. Schaut euch doch nur die alten Märchen an, vor der Disney-Zeit. Die sind so schaurig, daß sie's mit einem George-Romero-Skript aufnehmen könnten. Die Königin in *Schneewittchen* wurde nicht nur von sieben kleinen Menschen und einem Prinzen besiegt; ihr Mann zwang sie dazu, in rotglühende Eisenschuhe zu steigen, in denen sie tanzen mußte, bis sie tot umfiel. Solche Dinge passieren in *wirklichen* Kindergeschichten immer – Kindergeschichten, die für Kinder von Leuten erfunden wurden, die etwas von Kindern verstehen. Das übersehen wir gerne«, sagte Liam. »Wir sehen nicht aus dem Blickwinkel von Kindern.«

»Da sieht man 'ne Menge Knie«, sagte Track.

»Ganz genau!« sagte Liam. »Das Kind ist von Riesen umgeben, und es sind keine gütigen Riesen. Sie sind alle mächtig, und – das ist das Erschreckende – sie sind launisch und unberechenbar, weil sie anders denken. Das Kind ist ständig auf ihre Gnade angewiesen. Solange das Kind noch Säugling ist, reichen sie es herum. Wenn es laufen kann, sagen sie ihm, es soll aufs Klo gehen. Freud hat einige bemerkenswerte Dinge über Kinder geschrieben –«

»Mmhm«, sagte Track. »Wissen wir.«

»Nicht nur das«, sagte Liam. »Aber es wird weniger darüber geredet; man stößt erst drauf, wenn Freud sich intensiv mit dem Ödipus-Komplex beschäftigt. Der kleine Junge ist auch deshalb so entsetzt über seine ödipale Lust und die Aggressionen gegenüber seinem Vater, weil er glaubt, daß Erwachsene, *weil sie alle Macht haben, auch alles wissen.* Sie können in seinen Kopf schauen, sie wissen, was er denkt, und Daddy wird ihn bestrafen. Ich bin kein Freudianer, wie ich schon mehrfach betont habe, aber ich finde diesen Punkt sehr schön beobachtet. Kinder haben eine große – und zweckmäßige – Angst vor Erwachsenen. Wenn sie sehr klein sind, sind sie am meisten gefährdet.«

»Und daher die bösen Geschichten?« fragte Patti.

»Nicht wenige«, sagte Liam. »Ich hab mal ein Paper dazu gemacht ...«

»Ach du Scheiße«, sagte Track.

»... und eine ganze Menge über die dunklen Themen in Mythen und Volkssagen gelesen, die sich mit dieser frühen Angst befassen. *Schneewittchen, Dornröschen* und *Hänsel und Gretel* gehören noch zu den milderen Beispielen. Am fürchterlichsten ist eine sehr alte Geschichte, die in diversen Kulturen zu unterschiedlichen Zeiten immer wieder vorkommt und dabei nicht appetitlicher wird. Ich bin in einem Buch über englische Folklore von Joseph Jacobs darauf gestoßen – da hieß die Geschichte ›Der Rosenstrauch‹. Ein kleines Mädchen – das für alle Kinder steht – schafft es dreimal nacheinander nicht, für seine Stiefmutter einen Botengang richtig auszuführen, aus Gründen, für die es nichts kann. Die Stiefmutter hackt der Kleinen den Kopf ab, kocht Leber und Herz und setzt das ihrem Mann vor, der auch nicht besser ist und nichts merkt, sich aber über den Geschmack ausläßt. Aber der Halbbruder des Mädchens, der sie gern hatte, begräbt die Reste seiner kleinen Freundin in einer Schachtel unter einem Rosenstrauch. Als die Rosen zu blühen beginnen, sitzt obenauf ein weißer Vogel und singt:

Meine Mutter hat mich geschlachtet,
Mein Vater hat mich gegessen.
Mein kleiner Bruder, den ich liebe,
Sitzt hier drunter, und ich sing hier oben
und bin tot wie Stock und Stein.

»Uhje«, sagte Patti.

»Im Grimmschen Horrorkabinett heißt die Geschichte ›Von dem Machandelbaum‹, und das fröhliche Liedchen taucht auch in Goethes *Faust* auf. In Ungarn gibt es auch eine Version davon, und Gott weiß, wo noch.«

»Was geschieht mit der ›bösen Mutter‹?« fragte Maggie.

»In der englischen Version«, sagte Liam, »wird sie von einem Mühlstein zermalmt.«

»Und was lernen wir daraus?« fragte Sam, dem es allmählich zum Hals heraushing, daß Liam seine Zuhörer wie der Rattenfänger in Bann schlug.

In diesem Augenblick kam Dana zum Gute-Nacht-Sagen herein. Sie trug ein grünes Nachthemd mit einem Aufdruck von Kermit, dem Frosch.

»Dana«, sagte Patti, »du gehst hoch und fütterst Raymond vor dem Schlafengehen. Du weißt, daß das deine Aufgabe ist.«

»Ja, Mami. Ich hab's nicht vergessen.« Sie gab Patti und Track einen Kuß und rannte die Treppe hinauf.

»Also, was machen wir jetzt?« fragte Track. »Uns hinsetzen und hoffen, daß diese Woche bei der Nachtschicht was Gutes rüberkommt?«

»Ich schätze, ja«, sagte Sam. »Das Band ist Müll. Ich hab fast den ganzen Sonntag und heute noch mal daran rumgebastelt und versucht, was Vernünftiges rauszuholen. Aussichtslos. Das statische Rauschen ist zu dick. Tut mir leid, Jungs –

das war noch gar nicht geplant, wir haben das Zeug aufgebaut und es Stu gezeigt. Es war noch nicht getestet und kalibriert. Wenn uns das kleine Mistvieh noch mal was vorheult, sind wir drauf vorbereitet, aber bis jetzt haben wir bloß 67, 4 Sekunden Salat.«

»Spiel noch mal das Band, wo der Kadett singt«, sagte Maggie. Sam spulte das Band zu der Stelle zurück, an der Tetzel in Trance das Feenlied summte. Alle hockten still da und lauschten der einfachen, unheimlichen Melodie.

»Wie heißt das, sagtest du?« fragte Patti.

»'Siúil a rún. Der Text ist irisch. Es ist die Klage eines Mädchens oder einer jungen Frau, deren Mann ›in der Ferne Soldat‹ ist. Das ist ein altes Thema; in den Jahrhunderten nach Cromwell wurden Tausende von irischen Männern Söldner – die ›Wildgänse‹ – und kämpften für alles mögliche, nur nicht für sich selbst.«

»Jawohl«, sagte Sam. »Und jeder mit einer graden Anzahl von Fingern und Beinen und weniger als zwei Zentimetern Schwimmhäuten zwischen den Fingern ist ausgewandert.«

Maggie zeigte Sam rasch die Zunge. »Darunter die berühmte Bridget Hardesty, deren Geist offenbar immer noch an demselben Flußarm verweilt.«

»Nun aber halblang«, sagte Sam.

»Was mich daran erinnert«, sagte Maggie und wandte sich wieder Liam zu, »kommt die mysteriöse Dame nun oder nicht?«

»Sie wird dasein«, sagte Liam, »und wenn ich sie an den Knöcheln den Interstate Highway entlangzerren muß. Auf alle Fälle hat sie sich mit der Idee angefreundet, als ich ihr erzählt habe, daß es ein Kostümfest gibt.«

»Ah! Das hat ihren Sinn für dramatische Auftritte angesprochen! Und als was, wenn wir fragen dürfen, wird sich dieses listige Geschöpf verkleiden?«

Liam warf Maggie einen Seitenblick zu. Das wird ein Duell der Giganten werden, dachte er sich. »Es steht uns nicht zu«, gab er zurück, »Madames reizenden Aufzug preiszugeben. Ich vermute jedoch, daß er viele Latten und reichlich Gesprächsstoff zur Folge haben wird.«

»Ich kann's kaum erwarten«, sagte Sam. »Sollen wir einen Fotografen vom *Pointer View* zum Schauplatz bitten?«

»Davon möchte ich abraten. Ihr könnt euch ja gern weiter lustig machen, aber ich muß mit ihr nach Hause gehen, und da ich nicht über John Miltons fruchtbare Vorstellungskraft verfüge, möchte ich gern meine Augen an Ort und Stelle behalten, um durch die Welt zu wandeln.«

Eine kleine, unsichere Stimme sagte: »Mami.«

»Dana«, sagte Patti, »vor Urzeiten habe ich dir erklärt ... *oh, nein!«* Dana stand am Fuß der Treppe und drückte ein kleines, fahles Gebilde an sich. »O Schätzchen, ist er krank?«

»Er ist tot, Mami.«

»O Liebes, zeig ihn mal Colonel Bondurant.«

Dana ging still zu Sam hinüber und überreichte ihm feierlich die Ratte. Kein Zweifel, sagte Sam zu sich selbst, der alte Raymond ist eindeutig verschieden. »Tja, Dana, er ist tot.« *Dina, dong, die Ratte ist tot,* sangen die Zwerge, *ding, dong, Danas Ratte ist tot.* Und da sitz' ich nun, ein 41jähriger Psychologe, mit einer toten Ratte im Arm zwischen meinen Freunden und diesem verstörten Kind, und alle starren sie mich erwartungsvoll an, und dabei steht die Zeit still, und die Bostoner Symphoniker spielen das *Deutsche Requiem,* und ich soll nun entweder die Ratte wiederauferstehen lassen oder Dana Dortmunder beibringen, wie man mit dem Tod umgeht. Aber ich bin weder der Allmächtige noch E. B. White, nur Sam Bondurant mit einer toten Ratte. Leck mich am Arsch, Drehbuchautor des Himmels, oder gib mir ein bißchen guten Text.

»Dana«, sagte Sam schließlich, »wie lange hattest du Raymond?«

»Ein Jahr«, sagte sie mit wackliger Stimme.

»Hat es ihm hier gefallen?«

»Ja.« In ihrer Stimme war ein kleines Zittern; nur Sam hörte es.

Sam versuchte es über eine andere Schiene. »Dana, weißt du, was eine Eintagsfliege ist?« Sie wischte sich die Nase und schüttelte den Kopf.

»Aber klar weißt du das, Liebes«, sagte Track. »Eintagsfliegen sind diese Brummdinger, die ausschlüpfen und an der Oberfläche vom Moodna Creek die Forellen zum Auftauchen bringen, wenn Daddy angeln geht.«

»Genau die sind es, Dana«, fuhr Sam fort. »Aber Eintagsfliegen schlüpfen aus und leben und legen ihre Eier und sterben, alles innerhalb von wenigen Stunden. Das ist keine besonders lange Zeit zum Leben, nicht wahr?«

»Neihein.« Ihr Stimmchen bebte.

»Nun, für eine Eintagsfliege ist es genug. Grade richtig. Ich hab noch nie eine gehört, die sich beklagt hätte. Sie sind nicht schlau genug, um uns zu beneiden. Im Vergleich mit uns leben auch Ratten nicht sehr lange, aber die Zeit, die sie haben, ist für ein Rattenleben genau richtig. Ich glaube nicht, daß Raymond uns beneidet; ich glaube nur, daß er sehr, sehr glücklich ist, daß er eine Familie hatte, die ihn geliebt hat.«

Das reichte. Dana brach in Tränen aus und schluchzte laut genug, um die Toten zu wecken – oder doch beinahe so laut, da Raymond keinen Mucks machte. Sie stand vor Sam, ihre Arme hingen schlaff heraus, und sie machte keine Anstalten, Trost zu suchen. »Ach, Häslein«, sagte Track, »Sam hat recht.«

Schließlich streckte Patti die Arme aus, und Dana ließ sich trösten. Als sie etwas ruhiger wurde, sagte sie: »Mami, können wir ihn begraben?«

»Natürlich, Schätzchen. Wir können ihn morgen früh im Garten hinten beerdigen.«

»Äh, ich würde ein zügigeres Vorgehen anraten«, sagte Sam behutsam. »Ich – äh – glaube, daß Raymond schon vor einigen Stunden verschieden ist, und die Zeit arbeitet an der Materie, und morgen früh ist die Materie bereits eine andere, wenn du verstehst, was ich meine.«

»Können wir ihn nicht in einen Sandwichbeutel stecken und ihn oben mit einem dieser Plastikdrähtchen verschließen?« fragte Patti.

»Patti«, sagte Sam, »hast du mal einen dieser alten Filme gesehen, wo das Luftschiff *Hindenburg* in Lakehurst andockt?«

»Ich hab's geschnallt. Süßes, zieh doch mal deinen Mantel und Schuhe an; wir werden Raymond im Garten begraben.«

»Ich möchte, daß er neben Blitzkrieg beerdigt wird«, sagte Dana. »Beim Spielplatz.«

»Blitzkrieg?« fragte Sam.

»Blitz war der Hamster ihres Bruders«, erläuterte Patti. »Er segnete vor zwei Jahren das Zeitliche.«

»Häslein, das ist aber ziemlich weit weg«, sagte Track.

Sie sah ihn vorwurfsvoll an. »Raymond ist für immer tot.«

»Ich hol meinen Mantel.«

Eine feierliche Prozession bewegte sich zum Haus hinaus, angeführt von Dana, die in einer Hand eine Taschenlampe und in der anderen den in ein Plastiksäckchen gehüllten Raymond trug. Die anderen folgten ihr wie die Indianer auf dem Kriegspfad auf dem ungepflasterten Pfad, der den Redoubt-Weg kreuzte. Die Ingenieure von der Garnison hatten vor Jahren einen Teil des Waldes gerodet und einen kleinen Spielplatz angelegt. Blitzkriegs vergessenes Grabmal lag am Rande dieser einsamen Lichtung, einem trostlosen Fleckchen Erde, das durch die Dunkelheit und die bevorstehende Aufgabe nicht gerade heiterer wirkte.

Track hatte einen Spaten mitgebracht. Er ging mit quälender Langsamkeit ans Werk – die Erde war steinig und ließ sich schwer lockern. Schließlich war eine Kuhle für Raymond entstanden. Nachdem Dana ihn in seinem Säckchen in die flache Grube gelegt hatte, standen sie alle eine Weile schweigend und besinnlich im Kreis. Maggie fror. »Tot wie Stock und Stein«, sagte Sam. Maggie boxte ihn mit dem Ellenbogen.

»Wir müssen was sagen«, sagte Dana. »Wie als sie Major König begraben haben.« Walt König war bei einem Hubschrauberunfall diesen Sommer in Honduras ums Leben gekommen und auf dem Friedhof in West Point beigesetzt worden. Er war ein alter Freund von Track gewesen, und die Familie war geschlossen zum Begräbnis gegangen. Dana war sehr beeindruckt gewesen.

Sie schauten Sam an. Du kommst gut an. Sprich.

»Nun«, sagte er, »wir kannten Raymond alle. Es scheint gering, das Dahinscheiden einer so winzigen Seele, aber die Größe einer Seele entsteht durch die Liebe, die ihm ins Grab und darüber hinaus mitgegeben wird. Und so wird Raymonds Tod mit einer Heftigkeit betrauert, die weit über die Länge seines Lebens und die Grenzen seines Geistes hinausgeht.« Sam wandte sich an Dana. »Dana, welcher Religion gehörte Raymond an? Weißt du, welcher Glaubensrichtung er sich als Mensch angeschlossen hätte?«

Dana schüttelte den Kopf.

Sam seufzte, hielt dann seine Hand über das winzige Grab. »*Yisgadal v'yiskadash*«, sprach er, »*sh'may rabo. Requiescat in pacem*, Bruder Raymond. Amen.«

Dana umarmte ihn.

»Leute«, sagte Liam, »ich muß jetzt gehen. Es ist Schlafenszeit fürs Korps, und ich habe heute die Geisterschicht. Haltet mir die Daumen.«

»Sam«, sagte Maggie, »das war wunderschön.«

»Was war wunderschön?«

»Wie du mit Dana umgegangen bist, als sie den toten Raymond gefunden hat. Ich wußte immer, daß du ein weiches Herz hast.« Sie waren gleich nach dem Begräbnis nach Hause gefahren. Sam befestigte für Dienstag ein Namensschild und Schulterstücke an seinem Uniformhemd, und Maggie legte auf dem Bett Wäsche zusammen.

»*Ich* fand es nicht so großartig. Ich hab es nur fertiggebracht, daß sie schrie und heulte.«

Sie ließ die Wäsche Wäsche sein, um zu Sam zu gehen und ihn auf die Wange zu küssen. »Aber du hast es versucht, Lieber. Ich mußte beinahe heulen, als du davon sprachst, daß Raymond eine Familie hatte, die ihn liebte. Ich wußte schon immer, daß du kein Kinderschreck bist.«

»Na, ich sage dir, mir ist fast nichts Vernünftiges eingefallen. Wenn ich an die ganzen Ratten denke, die ich in der Grad School abgemurkst habe, als ich mit Fritz Versuche machte, könnte ich rot werden. Heuchelei, dein Name ist Bondurant.«

»Heuchelei, so ein Käse. Kein Heuchler hätte sich so verhalten können wie du. Du hast eine natürliche Gabe für so was. Mit etwas Übung könnte sogar ein guter Vater aus dir werden.«

»Nur nicht übermütig werden, Mrs. Bondurant. Das Beste an Dana ist ihr Alter. Vor drei Jahren hat sie mit Essen um sich geschmissen. Noch mal fünf Jahre, und sie hat orange-blaue Haare und Genitalherpes. Sie ist nur in einem optimalen Stadium ihrer Kindheit, in dem sie nicht mehr so niedlich ist, daß einem schlecht wird, und noch nicht alt genug, um wegen Verbrechen belangt zu werden.«

»Sam«, sagte sie und schüttelte ein Kopfkissen aus, »sei gnädig mit dir.«

»Bin ich doch. Ich hab eine rührselige Schau abgezogen und eine Ratte verbuddelt. Ein Gutes hat diese ganze Gefühlsduselei vielleicht. Dana hat möglicherweise mein Problem mit dem weinenden Geist gelöst.«

»Was?« Maggies Lächeln verschwand.

»Als sie anfing zu weinen, hab ich den Recorder eingeschaltet. Wenn ich das durch den Real-Time-Analysator laufen lasse, kann ich die Formanten bestimmen, die mit einem weinenden Kind assoziiert werden, mich dann auf diese Frequenzen konzentrieren und –«

Sam sah es erst, als es zu spät war. Maggies Faust erwischte ihn mit voller Kraft am rechten Auge; sie hatte links weit ausgeholt, und sie war keine schwache Frau. Seine Brille flog mit einem abgerissenen Bügel auf den Flur hinaus, und er stolperte in den offenen Schrank. In letzter Sekunde konnte er sich an einem Krawattenbügel festhalten, sonst wäre er gestürzt.

»Du Dreckskerl!« zischte sie ihn an. »Du verdammtes Monster! Das Kind war dir völlig unwichtig!«

Seine Nase blutete, und seine Schläfe war mächtig verkratzt von der Brille. Er sah sie fassungslos und verblüfft an, hatte keine Ahnung, was passiert war. »Was – was tust du?«

»Ich denke ernsthaft darüber nach, dich zu verlassen, du mieser, herzloser Halunke! Ich war fast zu Tränen zu gerührt, als du dieses Mädchen getröstet hast. Ich war bereit, zur Abwechslung mal zu glauben, daß du menschlich sein kannst!

Gratuliere, Sam. Du hast mich reingelegt. Das hast du wahrscheinlich immer getan.«

»Wovon redest du? Ich mag Dana sehr gerne. Ich mochte sogar Raymond. Ich hab ihr dabei geholfen, ihn auszusuchen, weißt du das nicht mehr?«

»Ich glaube dir nicht, du Mistkerl! Du zeigst immer nur Fassade. Und meistens versuchst du nicht mal mehr das.«

»Hör mal, es war einfach eine gute Gelegenheit! Ich hab doch nicht das weinende Kind ausgenützt, um Himmels willen! Du bist schließlich diejenige, die so wild darauf ist, einen Geist zu finden ...«

Sie ging wieder auf ihn los, diesmal mit den Nägeln, aber Sam war vorbereitet, und seine Reflexe waren trotz jahrelanger Lehrtätigkeit nicht völlig verschüttet. Er packte Maggies Handgelenke und drückte sie an die Wand. Sie versuchte ihn in den Unterleib zu treten, aber er parierte mit dem Knie und klemmte sie mit seinem Körpergewicht fest. »Beruhige dich, Maggie, verdammt noch mal! Können wir nicht darüber reden?«

Sie spuckte ihn an. »Es gibt nicht sonderlich viel zu sagen, Dreckskerl. Du hast schon alles gesagt.«

»Was ist los mit dir? Ich hab es doch nicht getan, um Dana weh zu tun – sie wußte doch nicht mal, was ich tat. Niemand hat es gewußt, bis ich's dir erzählt habe.«

»Und darüber bin ich so froh.« Ihre Stimme war ausdruckslos. »Jetzt wissen wir wenigstens, wo das Problem liegt.«

»Wir haben gar kein Problem im Moment«, sagte Sam, »außer Körperverletzung.«

»Dann zeig mich doch an! Laß mich los, und ich mach's wieder!«

»Noch mal, Maggie: Was zum Teufel ist mit dir los?«

»Ich bin schwanger, du Mistkerl.«

Er ließ sie los, aber sie griff ihn nicht an. Sie glitt an der Wand hinunter, bis sie zum Sitzen kam, dann fing sie hemmungslos an zu schluchzen. Sam setzte sich neben sie, an die Wand gelehnt. »Wie ist das passiert?«

»Keine Ahnung! Ich schätze, einer hat mich ge-v-vögelt!«

»Ich meine, ich dachte, du machst was.«

Sie atmete tief durch; sie schluchzte noch immer, brachte aber heraus: »Hab ich ... ja auch, aber ... es war ... wohl nicht ... sicher.«

»Ich kann's nicht fassen.«

»Das wär ja ... mal was erfreulich Neues.«

»Willst du's kriegen?«

»Ich weiß nicht«, sagte sie mit tonloser Stimme. »Soll ich?«

»Willst du es haben? Ich meine, wir haben nie darüber gesprochen. Bist du nicht ein bißchen alt?«

»Du weißt doch immer genau den richtigen Spruch.«

»Ach Scheiße, Maggie! Ich meine, ich will es haben, wenn es nicht zu gefährlich für dich ist.«

»Du bist 41, Sam. Aber du kriegst das Baby nicht. Ich kriege es. Ich bin deine kleine Kindbraut.«

»Dann laß es uns haben.«

»Oh, Spitze. Ich bin jung genug, also wollen wir's haben.«

»Scheiße, Maggie. Laß mir einen Moment Zeit, mich daran zu gewöhnen.«

»Sag mir Bescheid, wenn du soweit bist. Ich – ich möchte dich nicht drängen.«

Er wischte sich Blut vom Gesicht. »Ich weiß immer noch nicht, warum du mich verprügelt hast.«

Sie schnüffelte eine Weile vor sich hin, ohne zu antworten. »Ich ... ich wollte es dir sagen, als du mit diesen tollen Neuigkeiten über deinen verdammten Computer ankamst. M-mein Gerede von wegen, wie nett du zu Dana und ihrer dummen Ratte warst, war nur, um dich weichzumachen.« Ihre Stimme wurde schrill. »Ich dachte eben, ich hätte gesehen, daß du dich mal um was außer dir selbst kümmerst und daß du es wert sein könntest, ein Kind zu haben, mein Kind. Du zeigst mir nichts außer Toleranz, und du zeigst mir nie, daß du mich liebst; das einzig Intime, was du tust, ist, mich zu bumsen, und das ist nicht genug, um einen guten Vater abzugeben, und als du mir erzählt hast, daß du so weit weg warst vom Kummer der armen Kleinen, um ihre Stimme für diesen verfluchten Real-Time-Analysator aufzunehmen, während sie sich die

Seele aus dem Leib heulte, hab ich mir gewünscht, ich wär nie schwanger geworden, und ich wollte dir weh tun dafür. Und dann hab ich's getan.«

»Mußt du wohl. Lieber Gott, du hast 'nen Schlag wie Rocky Balboa.«

Sie sah sich erst jetzt sein Gesicht an. Er würde ein Auge kriegen, auf das jeder Waschbär stolz sein konnte, und von seiner Nase rann Blut zu seinem Mundwinkel. Und sie sah erst jetzt, daß er weinte. Sie hatte bislang von ihm keine heftigere Gefühlsäußerung erlebt, als sie die Wasserspeier am Glockenturm der Pershing Barracks an den Tag legten. Er legte den Kopf an die Wand und schloß die Augen. Sie lehnte sich an ihn und drückte ihr Gesicht an seine Schulter. »Wir sollten wirklich aufhören, uns gegenseitig zu schlagen.«

»Allerdings«, sagte er. »Ich hab mal vor Jahren im *Reader's Digest* gelesen, daß es zu den fünf Alarmsignalen für das Scheitern einer Beziehung gehört, wenn man seinem Mann eine Gehirnerschütterung zufügt.«

»Wenn du übermütig wirst, Bondurant, siehst du morgen aus wie der Lone Ranger und nicht bloß wie Moshe Dayan. Oh, Sam. Ich hatte mir das alles ganz anders gewünscht. Wenn er alt genug ist, können wir ihm erzählen, daß ich zur Feier des Tages versucht habe, dich umzubringen. Ob er es wohl mögen wird, eine Hysterikerin zur Mutter zu haben?«

»Ihr eigentliches Problem könnte auch der einäugige, übermütige Vater sein.«

Sie inspizierte sein Auge. »Oh, Sam – wir müssen dich in die Notaufnahme bringen. Ich hab dich ziemlich zugerichtet.«

»Ist schon okay«, sagte er. »Ich hab schon schlimmer ausgesehen.«

Sie lachte und küßte ihn, sehr behutsam, auf die unversehrte Wange. »Es tut mir so leid, Lieber. Ich hab lange niemanden mehr geschlagen. Ich werd versuchen, es mir nicht zur Gewohnheit werden zu lassen.«

»Das will ich aber auch hoffen. Ich weiß nicht, wie es da war, wo du herkommst, aber im Staate New York haben sie was gegen Mord.«

»Na, ich werd dich wenigstens mal saubermachen.« Sie gingen ins Badezimmer, und dann wischte sie ihm mit warmem Wasser und Hydrogenperoxid das Blut vom Gesicht. Leider verbesserte das den Eindruck kaum. Sein Gesicht schwoll schon an, und um das Auge herum bildeten sich purpurfarbene Ringe. Sie standen am Waschbecken und betrachteten sich gemeinsam im Spiegel. Sam grinste und sagte: »Volltreffer, Olive.«

»So schlimm siehst du aber nicht aus. Na ja, vielleicht doch. Aber eigentlich sieht es irgendwie schnucklig aus. Daß dein Gesicht asymmetrisch ist, mein ich.«

»Nun hab ich zwei Gesichter.«

Sie stellte die Dusche an und knöpfte sein Hemd auf. »Mach dich bettfertig. Ich hole Aspirin und ein Pflaster für deine Backe.«

»Wenn du schon dabei bist, kannst du auch Klebeband für meine Brille besorgen. Dank Maggie Ali werd ich morgen aussehen wie ein Streber, wenn ich vor meine Klasse trete.«

»Werd nicht vorlaut, Bondurant.«

Er erhob die Hände. »Schlag mich nicht!«

Als er aus der Dusche kam, war das Auge beinahe zugeschwollen. Mittlerweile hatte Maggie Zeit gefunden, aus einem speziell getarnten Fach im Kühlschrank eine Flasche Sekt und aus dem Küchenschrank zwei Gläser zu entnehmen, sowie die restliche Wäsche wegzuräumen und ihr Krisensitzungsnachthemd anzulegen. Nachdem sie kurzen Prozeß mit dem alkoholischen Getränk gemacht hatten, einigten sie sich auf ein Bündnisabkommen.

Schließlich war Maggie überzeugt davon, daß das Leben weitergehen konnte. Sie küßte sein dickes blaues Auge. »Mir gefällt es«, sagte sie. »Paßt gut zu meinem dunklen Kostüm.«

Sam fiel in den Armen der reuevollen Maggie in tiefen Schlummer. Um 3 Uhr 35 in der Nacht schlug das Telefon Alarm. Maggie fuhr hoch und beugte sich über Sam, um den Hörer zu angeln, wobei sie mit dem Ellenbogen sein geschwollenes Auge berührte. Dies bewirkte sowohl sein Erwachen wie auch ein schmerzvolles Jaulen.

Maggie versetzten nächtliche Anrufe immer in Angst und Schrecken; auf diese Art hatte sie vom Tod ihres Vaters erfahren. »Ja?« Liam hörte ihren ängstlichen Tonfall und bereute es sofort, angerufen zu haben.

»Maggie, hier ist Liam. Tut mir leid, daß ich dich aufgeweckt habe. Ist Sam da? Ich bin drüben in den Unterkünften.«

»Natürlich ist er hier, Liam. Was dachtest du denn, daß er kopfüber in einem Kirchturm hängt? Was um alles in der Welt ist los?«

»Maggie, es passiert hier was in dem Spukzimmer, und ich muß mit Sam sprechen. Tut mir leid – die Pflicht ruft.«

»Okay.« Sie rüttelte Sam sanft. »Wach auf, Sam. Liam ist dran.«

»Ich bin schon wach. Hast du mich nicht schreien hören? Du hast wieder mein Auge erwischt. Wer war denn euer Hausarzt, Josef Mengele? Los, gib mir den verfluchten Hörer. Liam? Was gibt's?«

»Sam, wir kriegen auf dem EEG ein komisches Signal von Carson. Er schläft seit zwei Stunden. Vor etwa fünfzehn Minuten haben wir auf beiden EEG-Kanälen einen rhythmischen Ausschlag bekommen. Ich kann mir nicht vorstellen, daß es von seinem Hirn herrührt, also muß es ein Fehlsignal von irgendwoher sein.«

Sam zog sein Kissen hoch und berührte vorsichtig das verletzte Auge. »Wie sieht es aus?«

»Es verdeckt die EEG-Linien völlig. Er hatte starke Beta-Wellen, wahrscheinlich die REM-Phase, vor etwa fünfzehn Minuten, dann tauchte dieses Zeug auf. Ortega ist bei mir. Er hat die Verstärker überprüft und die Filter und diesen ganzen undurchsichtigen Müll, den du hier aufgebaut hast, aber er hat nichts Außerordentliches entdeckt.«

Sam seufzte. Er war jetzt völlig wach. »Wie sieht es aus, Liam?«

»Langsames Potential, positiv, ziemlich hohe Amplitude, Gipfel, kurze Zacken, etwa drei bis vier pro Sekunde.«

»Das reicht. Genau das haben wir schon Samstag morgen gesehen, als wir aufgebaut haben. Du hast recht – das kommt nicht von Carsons Hirn. Ich glaube, daß irgendwas mit dem Licht in diesem Raum nicht stimmt. Es tauchte auch schon auf, als die EEG-Sensoren in der Luft hingen. Es ist eine Rauschquelle von irgendwoher. Ich erinnere mich, daß ich dachte, ich hätte so was schon mal gesehen, aber es fiel mir einfach nicht ein, wo. Ich schätze, eine der Elektroden hat sich von Carsons Kopf gelöst. Weckt ihn nicht auf. Solange wir die Störquelle nicht finden, ist es sinnlos. Wie sieht seine Herzfrequenz aus?«

»Ziemlich niedrig. So etwa um ... oh, wow.«

»Oh, wow? Kannst du etwas genauer werden?«

»Sam, sein Puls ist hochgegangen, seit ich ihn zum letzten Mal überprüft habe. Um die 67.«

»Du hast gesagt, bevor du das EEG verloren und diesen Unfug bekommen hast, hatte er Beta-Wellen. Jetzt träumt er wahrscheinlich vom Bumsen oder so. Nein, er ist ja West-Pointer. Er träumt vom Joggen.«

»Danke, Sam. Du bist eine große Hilfe. Ich ruf dich an, wenn irgendwas Ungewöhnliches los ist.«

»Überstürz dabei bitte nichts, Liam. Guten Morgen.«

»Schlaf schön, Sam.«

Sam pustete einen Kuß in den Hörer und legte auf. »Was für eine Nacht«, sagte er und ließ sich auf sein Kissen sinken.

Maggie setzte sich auf und rieb sich die Augen. »War es was Interessantes?«

»Oh, ich glaube nicht. Liam hat eine Störquelle bei der Aufzeichnung der Hirnströmungen entdeckt. Wir haben die am Samstag auch gesehen. Irgendeine komische elektrische Störung in den Unterkünften. Nichts Dramatisches. Etwas nervend. Ich hab das Gefühl, als wüßte ich, was es ist, aber es will mir nicht einfallen.«

»Bist du wach?«

»Nein, Maggie. Dieses Gespräch war ein Exempel für Somnambulismus.«

»Ich meine, bist du *ganz* wach?«

»Was? Ganz wach? Was ist denn nun los? Hast du vergessen, was abzuschalten?«

»Nein«, sagte sie und streichelte ihn sanft, »ich dachte eher daran, was anzuschalten.«

»Hey, Vorsicht! Das ist Privatbesitz, Mrs. Bondurant. Sei diesmal wenigstens so nett, sanft mit mir zu sein.«

»Nein«, sagte Maggie nach eingehender Prüfung der Sachlage, »du bist noch nicht wach.«

»So wie ich dich kenne, machst du doch eine große Sache daraus.« Er streichelte ihr übers Haar und rollte sich zu ihr.

»Ich weiß nicht recht, ob es lohnt, Bondurant. Wir sind heute morgen etwas zart gebaut. Überarbeitet, wahrscheinlich.«

»Mach keine halben Sachen, Lady. Es könnte harte Arbeit werden, aber ich werde dich mit voller Kraft unterstützen.« Er zog sie zu sich und küßte sie auf die Wange, dann umspielte er mit der Zunge neckisch ihr Ohrläppchen. »Zart gebaut? Das werden wir noch sehen ... O mein Gott!«

Maggie schrak so heftig zusammen, daß sie beinahe vom Bett gefallen wäre. »Was? Was hab ich denn diesmal demoliert?«

Sam warf sich aufs Telefon und fluchte, als er im Dunkeln die Tasten nicht finden konnte. Er zog die Nachttischlampe herüber, um an das Kettchen zum Einschalten zu kommen, grunzte dann und sprang aus dem Bett. Er drückte auf den Lichtschalter an der Wand und wählte eine Telefonnummer. Maggie sah verstört zu, wie er mit den Fingern auf den Tisch trommelte und Flüche vor sich hin murmelte. »Liam? Sam. Hör zu, geh in das Zimmer, und schau sofort nach Carson. Sofort! Leg nicht auf! Ich bleib dran, während du nach ihm siehst. Weck ihn auf!«

»Großer Gott, Sam. Was ist es?«

»Das verfluchte Gipfel-Zacken-Muster ist kein Störfaktor, Liam, es ist ein Petit mal, ein leichter epileptischer Anfall. Geh zu ihm, sofort. Er windet sich nicht, er wird keinen Starrkrampf haben, es ist wie eine Ohnmacht! Beeil dich!«

Es entstand eine lange Pause. Das Telefon befand sich in einem anderen Kadettenzimmer, und Sam hörte keinerlei Geräusche. Maggie setzte sich neben Sam auf die Bettkante und legte ihre Hand auf seine. »Ist es wegen das Kadetten?«

»Ja.«

»Ist er okay?«

»Wahrscheinlich«, sagte er ungeduldig. »Ich weiß noch nicht.«

»Ist diese Art von Anfall gefährlich?«

»Es ist nicht wie ein Grand mal mit Krampfanfällen und Hinstürzen. Petit mal ist meistens so etwas wie eine kurze Bewußtseinstrübung, aber während des Iktus gibt es einen deutlichen Ausschlag beim EEG ...«

»Während *was*?«

»Während dieses Anfalls. Präiktal, iktal, postiktal, blablaiktal, was auch immer. Herzlichen Glückwunsch übrigens. Ich liebe dich. Ich hab euch beide ganz vergessen, aber jetzt fiel's mir wieder ein.«

»Ging mir ebenso. Ich liebe dich auch.«

»Was zum Teufel treibt er? Schreibt er einen ersten Strafvermerk? Ach herrje. Warum hab ich nur dieses verfluchte Gipfel-Zacken-Muster nicht gleich erkannt? Und warum hatten wir das am Samstag? Da *muß* es durch eine Störquelle entstanden sein. Hallo? Liam?«

»Ja, ich bin es. Tut mir leid, daß es so lange gedauert hat. Ich mußte erst meine Nerven wieder zusammenkratzen.«

»Ist er okay?«

»Ja, Sam. Carson schon. Aber ich nicht.«

»Was ist los? Du klingst so komisch.«

»Ich fühl mich auch komisch. Bleib dran, Sam. So. Ich mußte mich eben auf den Boden setzen. Ich dachte, ich würde ohnmächtig.«

»Was zum Teufel ist passiert?«

»Sam, ich glaube, ich hab grade einen Geist gesehen.«

Liam und Ortega hatten auf die Oszillographenlinien gestarrt, als Sam anrief. Die zwei oberen Linien waren EEG oder sollten es zumindest sein, die Linie darunter gab die Pulsfrequenz wieder, die ein an Carsons linkem Zeigefinger befestigter Kristallsensor aufnahm, und zu den restlichen Linien war kein Kontakt vorhanden, sie bewegten sich nicht. Die EEG-Linien verliefen in Form des seltsamen Gipfel-und-Zacken-Musters, das an die Stelle der normalen Hirnströmungen getreten war. »Fällt mir nichts zu ein«, sagte Ortega. »Keinen blassen Dunst, Sir. Wir sollten vielleicht morgen die Elektriker holen oder so was.«

»Tja, vielleicht. Ich schätze, es ist, wie Colonel Bondurant sagt. Die Elektroden müssen sich gelöst haben. Vielleicht hat er sich umgedreht. Das kann ich vom Monitor aus nicht feststellen. Dazu ist nicht genügend Kontrast vorhanden.« Nebenan klingelte das Telefon. »Und was nun?«

Liam stapfte über den Flur und nahm das Telefon ab. Ortega lauschte. Es entstand ein kurzes Schweigen, dann sagte Liam: »Lieber Himmel, Sam. Was ist es?« Wieder Schweigen, dann rannte Liam auf den Flur hinaus. »Kommen Sie, Ortega, der Kadett hat einen Anfall.« Ortega sprang auf und folgte Liam zur Tür des Erstjährlers. Liam drehte den Türknauf, stieß die Tür abrupt auf, ging einen Schritt in den Raum hinein und taumelte dann zurück, als habe er einen Stoß bekommen. Er stand im Flur und starrte ins Dunkle. Ortega kapierte sehr schnell, was passiert sein mußte, und blickte an Liam vorbei in das Zimmer hinein. Er sah nichts außer den verschwommenen Umrissen der Betten, Tische und der Trennwand zwischen den Alkoven der Kadetten.

Liam hatte sich beim Eintreten nach rechts wenden wollen, zu Carsons Bett. Als er versuchte, das Bett auszumachen, um nicht im Dunkeln irgendwo anzustoßen, sah er etwas, was sich seinem Gedächtnis für immer einprägen sollte.

Ortega versuchte, an Liam vorbei in das dunkle Zimmer zu spähen, wich jedoch erschrocken zurück, als er etwas Unsichtbares aus der Tür huschen und an ihm vorbeiwehen spürte. Er nahm nur einen kurzen kalten Lufthauch wahr; aber ohne es gesehen zu haben, wußte er, daß sich etwas an ihm vorbeibewegt hatte. Später behauptete er, manche Menschen hätten eben mehr als nur ein Paar Augen, und sein zweites Paar sei in diesem Augenblick startklar gewesen.

Liam fühlte es auch, aber seine Aufmerksamkeit galt den Schatten bei Carsons Alkoven. Er erkannte sie auf Anhieb. Es war eine durchsichtige, verschwommene, schwach leuchtende Gestalt. Aber auch in Liam FitzDonnell lagen Dinge im Dunkeln, schlummerten vielleicht in jahrhundertealter Erinnerung an die Geschichte seiner Ahnen, und die überraschende Begegnung mit einer Macht, die ihre Verachtung für nüchterne Vernunft demonstrierte und die Herren der Luft, die zerzausten grauen Phantome des Irrationalen, um sich versammelte, weckte diese Kräfte. Es gab keinen Zweifel, kein Zögern für ihn; der düstere Dämon seiner verborgenen Seele erkannte das Wesen dieser Gestalt, und er spürte, wie die Kälte über seinen Körper strich.

Es stand am Fuße von Carsons Bett, aber es hatte sich umgedreht und blickte Liam mit einer düsteren Intensität an. Er sah die Augen ganz deutlich, Augen aus einer anderen Welt, Augen, die sagten: Du weißt es, du mußt es wissen, du wagst es nicht, dich abzuwenden. Es waren traurige Augen, Augen, in denen sich Licht aus unendlicher Ferne brach, ein Licht von Kummer und Schmerz; die Augen waren wie kristallene Prismen, die das reine Licht Gottes widerspiegelten, die den Regenbogen der Schöpfung zu reinen, kristallweißen, schimmernden Sternensprenkeln verschmolzen, glitzernde Fokusse aller Schmerzen einer trauernden Welt.

Es war keine große Gestalt, aber der Mantel ließ sie wie einen schwebenden Fürsten der Finsternis erscheinen. Der Mantel auf den Schultern glitzerte, als sei er feucht vom Tau, vorne schien er offen zu sein, aber die Ecken waren nicht deutlich zu erkennen.

Es wandte sich Liam zu, und er wußte, daß er auf eine verschwommene Art von dem Wesen wahrgenommen wurde. Aus irgendeinem Grund dachte Liam, es müsse ihn wie durch eine Rauchglasscheibe sehen, seine Anwesenheit nur schwach spüren. Die Augen kannten ihn, und sie drückten etwas aus, wovor sich Liam fürchtete, schon seit Anbeginn: eine flehentliche Bitte, ein Ruf zu den Waffen.

Hinter dieser Gestalt sah Liam einen dunkleren Umriß, der zum Teil von der Alkovenwand verdeckt war. Er war innerlich auf ein noch schrecklicheres Wesen gefaßt, das er sich anhand der Träume des Kadetten vorgestellt hatte, aber es geschah nichts; die dunklere Gestalt wartete geduldig, während das andere Augenpaar Liam in Bann hielt.

Das Wesen trat vom Bett des Kadetten zurück, wandte sich von Liam ab und ging dann langsam durch die Wand. Es bewegte sich eckig, fast wie eine schlecht animierte Zeichentrickfigur. Als es fortging, trat das bisher verdeckte Wesen an seine Stelle, und Liam streckte die Hände aus; aber es wandte sich ab und verschwand.

Als Liam rückwärts durch die Tür ging, war der Raum voll von tanzenden Lichtpunkten, und sie kreisten immer schneller, rasende leuchtende Flöckchen, die um einen Mittelpunkt herumwirbelten, in dem ein kleines Licht glühte, das Licht entfernter Sterne, die Spiegelung des Himmelslichts. Die wirbelnden Teilchen wurden von dem Strudel aufgesaugt, als hätte ein für den Menschen unhörbarer Schrei sie gerufen, und strömten, eins nach dem anderen, durch die Wand über dem Bett. Und das Zimmer war kalt.

11

Am Dienstag vormittag verbreitete sich im Korps das Gerücht, daß die Abteilung für Verhaltensforschung und Führungsfragen einen Geist gesehen habe. Keiner konnte eruieren, wo das Gerücht herkam; weder Liam noch Ortega hatten über die Sache gesprochen, und Carson hatte sich sofort bereit erklärt, darüber zu schweigen. Etliche Monate nach dem Ereignis kamen die helleren Köpfe zu dem Schluß, daß sich das Gerücht ohne wirklichen Anlaß von selbst verbreitet habe und daß sein mit dem Vorfall zeitgleiches Auftreten auf reinem Zufall beruhte. So oder so war die Stimmung der Brigade beim Mittagsappell alles andere als konzentriert, und auch das bevorstehende traditionelle Army-Navy-Football-Spiel wurde nicht mit der ihm üblicherweise zuteilwerdenden Ernsthaftigkeit gewürdigt.

Colonel Pretorius, der befürchtete, daß die ganze Angelegenheit zuviel Wirbel verursachte, wies den Ersten Captain der Kadetten, einen gutaussehenden, aber humorlosen jungen Mann aus Vermont, an, beim Mittagessen einige warnende Worte zu sprechen. Das Ergebnis fiel nicht im Sinne von Colonel Pretorius aus.

Die Abbilder der ehemaligen Direktoren starrten von den Wänden auf den Ersten Captain herunter: MacArthur, in dramatischer Pose mit kurzem Mantel und Reitstiefeln; Maxwell Taylor mit seinem bestechenden Mittelscheitel; William Westmoreland in steifer und verklemmter Haltung; Robert E. Lee, der sich in seiner blauen Uniform nicht sehr wohl zu fühlen schien. Alle blickten sie den ersten Captain an. Der einzige, der lächelte, war MacArthur, der vermutlich an seine schicke Flamme drüben in Tuxedo Park dachte.

Zu einer anderen Zeit hätte das sehr wohl die Sternstunde des Ersten Captains sein können. Doch zwei Umstände verhinderten das. Erstens war die Woche voller Zwischenprüfungen und Streß, und das Korps war angespannnt und nervös. Zweitens hatte das Schicksal verfügt, daß das Tagesgericht aus Brathuhn bestehen würde.

Die Ansprache des Ersten Captains war kurz und direkt, aber vornehmlich kurz. Zuerst wurde er von einem Applaus für Lumpy Dilworth unterbrochen, und dann – mitten in einem dramatischen Satz – von einem Hühnerbein, das ihn an der Brust traf. Lange nach dem Vorfall kamen die Zeugen überein, daß das Tagesmenü in Form von Brathuhn an diesem Tag der unvermeidliche Auslöser für die skandalöse Szene gewesen war, die sich daraufhin abspielte. In den nächsten Momenten war das weiträumige Kasino vom Boden bis zur Kuppeldecke ein einziger Wirbel von Hühnerbrüsten sowie -schenkeln und -flügeln.

Auf diese Art werden Legenden ins Leben gerufen. Zwei Erstlinge, die am Haupteingang Wache standen, schworen, daß Robert E. Lees Augen sich einen schier endlosen, entsetzlichen Moment lang geschlossen hätten.

»Wir haben ein Problem«, sagte Sam. »Pretorius hat mich grade angerufen. Sie hatten beim Mittagessen eine Art Aufstand im Kasino.«

»Mhmhm«, sagte Track breit grinsend. »Hab ich von gehört. 'ne Essensschlacht. Brathuhn. Der Captain muß eines voll in die Schnauze gekriegt haben. Wär ich gern dabeigewesen.«

»Also«, sagte Sam, »du kannst von Glück sagen, daß du nicht da warst. Du kannst da knöcheltief in Hühnerkadavern und Bratfett waten. Die Materialabteilung hat grade eine große Bestellung für Kruzifixe bekommen. Und wir hocken mittendrin.«

»Wie das?« fragte Liam. »Wir sind seit halb zwölf hier in der Abteilung.«

»Weil«, erläuterte Sam mit einem wilden Lächeln, »der Erste Captain über Geister sprach. Wir werden mit den Geistern in Verbindung gebracht. Wenn kein gutes, gesundes Sequitur zur Hand ist, können wir jederzeit zurückfallen in die alte, verläßliche Irrationalität. Außerdem hat irgendein Schwachkopf einen Ballon mit einem weißen Tuch drüber von der Decke hängen lassen – direkt vors Gesicht des Ersten Captains –, und dann brach die Hölle los. Der Kom macht das Geisterprojekt dafür verantwortlich.«

»Und was sollen wir nun tun?« fragte Liam.

»Wir sollen heute nachmittag um sechzehnhundert – in drei Stunden also – Pretorius, Street und den Kom darüber unterrichten, was wir bis jetzt erreicht haben. Ich habe den Eindruck, daß wir uns da mächtig ins Zeug legen sollten.«

»Was soll ich denn sagen?« fragte Liam. »Ich bräuchte ein paar Tage Pause, eh ich mich dazu bringen kann, was über letzte Nacht zu erzählen. Ich bin immer noch nicht sicher, ob ich es glauben soll.«

»Wir haben doch harte Fakten, mit denen wir deine Halluzinationen untermauern können.«

»Früher«, sagte Liam mit einem schwachen Lächeln, »hätte ich mich über eine derartig blöde, überhebliche, hirnlose Bemerkung von einem Hohlschädel wie dir mächtig aufgeregt. Heute bekümmert mich das allerdings überhaupt nicht.«

»Da bin ich aber froh«, sagte Track, »denn wir werden allen verfügbaren Grips brauchen, wenn wir das alles dem gutgelaunten Trio Infernal verklickern wollen. Fehlt nur noch Lane.«

»Was für ein Zufall«, sagte Sam, »sein Name steht, wie mir vermittelt wurde, ebenfalls auf der Gästeliste.«

»Na, wunderbar. Einfach scheißgroßartig.«

»Liam«, sagte Sam, »wie willst du ihnen von dem Erlebnis letzte Nacht erzählen? Das kann ziemlich knifflig werden.«

»Sam, ich weiß es nicht. Ich hoffe, ich werde überzeugend sein. Ich sehe vermutlich nicht überzeugend aus.«

»Scheiße«, sagte Track, »das ist noch milde ausgedrückt. Du siehst aus wie jemand, der eine Statue hat bluten sehen. Was auch immer du in diesem Zimmer gesehen hast, es muß ein echter Hammer gewesen sein.«

»Ich will es nicht noch mal sehen. Es hat mich *angeschaut*. Ich werd das nie vergessen.«

»Apropos«, sagte Sam, »du hast gesagt, es wäre ›komisch gegangen‹. Das hat Tetzel auch erwähnt. Was meintest du damit?«

»Ich weiß nicht genau. Ich seh es nicht vor mir. Es war nur irgendwas – irgendwas Unnatürliches damit.«

»Wie eine Figur im Zeichentrickfilm, sagtest du?«

»So ähnlich. Schlechte Animation. Es sah nicht normal aus. Irgendwas stimmte nicht an der Art, wie es ging.«

»Sah es vorgetäuscht aus?« fragte Track.

»Nein. Nicht künstlich, wenn du das meinst. Es war kein Scherz. Und es war empfindungsfähig. Es schaute mich an, und ich hatte ganz stark das Gefühl, daß es wußte, daß es mich ansah. Aber davon möchte ich dem Kom noch nichts berichten, weil ich nicht genau weiß, wie ich das meine.«

»Liam«, sagte Sam und blickte den Angesprochenen streng an, »wir können Gift drauf nehmen, daß uns einer dieser Rabauken fragen wird, jeden von uns, ob wir daran glauben, daß es ein Geist ist. Was werden wir sagen?«

»Sam, ich weiß es nicht.«

»Track?«

»Frag mich nicht, ich bin nur für Führungsfragen zuständig.«

»Nun«, sagte Sam, »wir werden auf jeden Fall einen einheitlichen Eindruck von Unentschlossenheit zu bieten haben. Es wird eine interessante Sitzung werden.«

»Ohne das Wort ›interessant‹ hätten wir nie gewußt, wie wir das kommende Ereignis bestreiten könnten«, sagte Liam.

»Ich nicht«, sagte Track. »Ich benutze solche Wörter nicht.«

»Es ist nicht unser Anliegen, Ihre Untersuchung zu behindern«, sagte Colonel Pretorius. »Schließlich haben wir Sie gebeten, sie durchzuführen. Was ihr Leute da drüben im Distrikt des Dekans auch denken mögt: Wir stehen nicht gerne dumm da. Aber General Harrington ist wegen einiger Dinge besorgt.«

»Das ist eine Untertreibung«, sagte der Kommandeur. »Ich weiß die ursprüngliche Motivation für dieses Projekt zu schätzen, aber ich glaube, keiner von uns hatte auch nur den Schimmer einer Ahnung, wie es sich entwickeln würde. Alles in allem«, sagte der Kommandeur und klopfte seine Pfeife in einem Muschelaschenbecher aus, »erzeugen wir schon, indem wir die Untersuchung durchführen, bei den Kadetten – und, noch schlimmer, bei den Medien – den Eindruck, daß wir ein übernatürliches Phänomen für möglich halten. Ich denke, das kann nicht in unserem Interesse liegen.«

»Wir haben noch kein Problem mit den Medien, Sir«, sagte Pretorius.

»Wir werden es aber kriegen«, sagte der General. »Ich teile keineswegs Ihren Optimismus, daß wir diese Sache unter uns regeln können. Meine Erfahrung ist: Wenn etwas auf keinen Fall nach draußen dringen soll, passiert genau das, und je peinlicher das Thema ist, desto schneller wird es publik. Ich gehe jede Wette ein, daß irgendein munterer Reporter schon in dieser Minute an der Geschichte bastelt. Und wenn sie kommt, müssen wir damit umgehen.« Er wandte sich an Sam, Liam und Track. »Aber das ist Ihr Problem, Gentlemen, nicht unseres. Solange Sie nicht irgendwelchen Gazetten Interviews geben und Ihr Konterfei dann auf Seite eins neben einem Foto von Ronald Reagan erscheint, der Liz Taylor in den Ausschnitt schaut.« Sie lächelten alle höflich.

»Wir würden nun gerne wissen«, fuhr er fort, »ob Sie inzwischen genug haben, um die Untersuchung zu beenden und zum geregelten Alltag zurückzukehren.«

»Keine verdammten Essensschlachten mehr«, sagte Lane.

»Kümmern Sie sich nicht um Essensschlachten«, sagte der Kommandeur. »Essensschlachten sind mein Problem.« Lane hielt den Mund.

»Nun, Sir«, sagte Sam, »wir hatten bislang nur eine Nacht für Messungen. Wir haben am Wochenende aufgebaut – Samstag morgen haben wir mit Captain Broadnax' Hilfe die Geräte installiert –«

»Und dabei ein Loch in die Wand geschlagen«, half Colonel Street nach. Der General winkte ab.

»Und letzte Nacht haben wir dann alles für die erste große Messung in Gang gesetzt. Die Geräte sind hochempfindlich und waren so ausgerichtet, daß sie möglichst viele nützliche Parameter liefern konnten. Lieutenant Colonel FitzDonnell hatte zusammen mit meinem Labortechniker letzte Nacht Dienst. Sie begannen die Messungen um Mitternacht und haben sie bis 3 Uhr 45 fortgeführt.«

»Warum so spät?« fragte der General.

»Aus den Vorgesprächen ging hervor, daß sich vor Mitternacht nie etwas ereignet hat; am ereignisreichsten war die Zeit zwischen 2 Uhr 30 und dem Morgengrauen.«

»Sie sagten, das Experiment sei um Viertel vor vier beendet worden. Gab es Probleme mit den Geräten?«

»Nun, Sir«, sagte Sam, »zunächst einmal handelt es sich nicht um ein wirkliches Experiment. Wir haben keine Hypothesen, wir haben keine echten Kriterien für potentielle Ergebnisse. Bei diesem Fehlen von Paradigmen hofft man, auf etwas absolut Deutliches zu stoßen. Was dann auch etwa um 3 Uhr 30 geschah.«

Der Kommandeur runzelte die Stirn und zündete seine Pfeife wieder an. Er lehnte sich in seinen Ledersessel zurück und blickte im Raum umher. Lane schüttelte langsam den Kopf.

»Sir«, sagte Sam, »es ist wahrscheinlich einfacher, wenn ich bei dem Bericht mit dem Samstagmorgen beginne. Im Rückblick muß ich sagen, daß wir zu diesem Zeitpunkt die ersten Hinweise bekamen, obwohl wir sie da noch nicht erkannten.«

»Lassen Sie sich Zeit, Sam. Sie sind bekannt für Ihren präzisen Redestil. Setzen Sie ihn ein.«

Sam beschrieb die Details der Installierung. Der Kommandeur hörte aufmerksam zu. Er hatte ein Master's Degree in Elektrotechnik, und Sam und Liam waren erleichtert, als er sinnvolle Fragen stellte. Ferner waren sie hocherfreut über Lanes ärgerlichen Gesichtsausdruck.

Der General befaßte sich vor allem mit dem Problem des Temperaturwechsels – er sah diesen Punkt ganz richtig als deutlichsten Faktor, da er am leichtesten gemessen werden konnte.

»Man sollte dabei erwähnen«, sagte Liam, »daß eine subjektive Kälteempfindung durch Hypnose bewirkt werden kann. Autosuggestion gehörte zu unseren ersten Hypothesen.«

»Jawohl«, sagte Lane. »Wir wissen von Ihren hervorragenden Hypnosetechniken.« Der Kommandeur winkte wieder ab.

Dann beschrieb Sam das System zur Geräuschanalyse.

»Warum«, fragte Pretorius, »wollten Sie Töne messen?«

»Weil in den Berichten Lärm von nicht vorhandenen Kindern erwähnt wurde. Es gehörte zum Bild der Spukerscheinungen in der 47. Division.«

»Aber«, insistierte Pretorius, »ist das den Aufwand wert? Könnten das nicht einfach herumtobende Kinder sein? Echte, meine ich?«

»Natürlich, Sir. Aber mit dem Geist der 47. Division wird schon seit etwa 1820 das Weinen eines Kindes in Verbindung gebracht.«

»Was?« sagte der Kommandeur. »Sie wollen sagen, daß die Unterkünfte schon früher von einem Geist heimgesucht wurden? Aber die Gebäude sind erst in diesem Jahrhundert entstanden.«

»Das stimmt, Sir. Aber bevor die Forties entstanden, verband man die Geister mit diesem Grundstück. Meine Frau hat einige Hinweise noch aus der Zeit gefunden, als Colonel Thayer Direktor war.« Sam berichtete über Maggies Ergebnisse.

»Die Tonausrüstung ist also dazu da, um das Weinen des Kindes aufzunehmen.«

»Oder weitere Veränderungen in der Geräuschkulisse, die mit dem Erscheinen des Geistes zusammenhängen.«

Die Pfeife ging aus und mußte wieder angezündet werden. »Geben Geister grundsätzlich typische Töne von sich?«

»Ich habe keine Ahnung, Sir. Es schien nur einen Versuch wert zu sein. Als drittes erheben wir jedenfalls physiologische Parameter von der schlafenden Person. Wir haben uns für EEG – also Elektroenzephalogramm, die Messung von Hirnströmen – und für die Herzfrequenz entschieden. Die Hirnströme weisen auf einen Bewußtseinszustand hin, und an der Herzfrequenz läßt sich der Grad der Erregung ablesen. Beides wird von einem dritten Spezialcomputer gemessen.« Sam fuhr vergnügt mit seinem EEG-Vortrag fort.

»Warum sind die wichtig?«

»Zunächst einmal, weil ich wissen wollte, wann die Versuchsperson in Zusammenhang mit Ereignissen aufwacht. Außerdem folgt auf die Erscheinungen üblicherweise – das wurde erstmals 1947 von einem Mitglied des Ladies' Reading Clubs in einem Vortrag angeführt und auch von den Kadetten in den Gesprächen letzte Woche erwähnt – eine Folge von Alpträumen. Darüber können wir Aufschluß erhalten, indem wir die Herzfrequenz und die Muster der Hirnströme verfolgen.«

»Ich danke Ihnen. Ist das alles, was Sie messen?«

»Nun, wir haben auch einen Versuch mit einer ferngesteuerten Videokamera mit Schwenk- und Kippmechanismus unternommen, um den Raum zu überblicken. Aber unglücklicherweise ist es schwer, genügend Licht dafür zu bekommen. Die Bilder sind so verschwommen, daß sie praktisch wertlos für uns sind.«

»Und was haben Sie bis jetzt herausgefunden?«

Sam berichtete ihm von den seltsamen Signalen auf dem EEG und dem Gipfel-Zacken-Muster. »Wir nahmen zuerst an, daß es sich um ein Störelement von irgendeiner versteckten elektrischen Störquelle handelte. Es gibt viele Dinge, die solch ein Muster hervorrufen könnten. Die Regelmäßigkeit war jedoch ziemlich verblüffend. Ich hatte das Gefühl, so etwas schon mal gesehen zu haben.« Dann äußerte er sich zu Saganians und Broadnax' Bericht über das weinende Kind und der allgemeinen Feststellung, daß die Töne einen unnatürlich blechernen Klang hatten.

»Lief Ihr Tonbandgerät?« fragte der General.

»Wir haben nur statisches Rauschen drauf«, sagte Sam. »Es gab ein Problem mit dem Tonabnehmer. Aber dazu wollte ich später noch etwas sagen.«

»Dann fahren Sie fort.« Der General zündete seine Pfeife wieder an und paffte energisch.

»Am Montag fingen wir mit der Wachroutine an. Liam hatte die erste Nacht, deshalb übernimmt er ab jetzt den Bericht.«

Liam sprach langsam und bedächtig; er war sich im klaren darüber, daß seine Aussagen für die Männer im Raum schwer zu akzeptieren sein würden. Es war für ihn selbst ja schon die Hölle, damit zurechtzukommen.

»Wir – also ... Ortega und ich – warteten, bis Kadett Carson bereit war, mit dem Lernen aufzuhören und schlafen zu gehen. Wir legten ihm die Sensoren an, und nach einer halben Stunde schnarchte er friedlich.

Die Herzfrequenz und die Temperaturkanäle waren so eingestellt, daß sie Alarm geben würden, falls die Messungen einen bestimmten Normpunkt überschritten. Natürlich kriegten wir jedesmal ein Piepen und eine Zacke, wenn der Erstjährler sich im Bett umdrehte. Nach einer Weile gewöhnten wir uns dran. So ging es bis 3 Uhr 15.

Um diese Zeit beobachtete Ortega ein neues Muster auf den EEG-Kanälen; dann breitete es sich auf die anderen aus. Die Versuchsperson hatte mehrere Stunden geschlafen, und um kurz nach drei waren seine Hirnströme plötzlich im Theta-Bereich – das ist eine Tätigkeit im Hochfrequenzbereich mit niedriger Amplitude, die wir mit aktivem Bewußtsein in Verbindung bringen und REM oder paradoxen Schlaf nennen.«

»Ist das Rapid Eye Movement?« fragte der Kommandeur.

»Ja, Sir. Gleichzeitig erhöhte sich sein Herzschlag. Wir nahmen an, daß er einen Traum hatte.«

»Gab es Veränderungen bei der Temperatur?«

»Sie sank ganz leicht, von 19 auf 18 Grad innerhalb von zehn Minuten. Das ist ungewöhnlich, aber nicht unmöglich. Dann, etwa um Viertel nach drei, begann sich, wie ich schon sagte, das seltsame EEG-Signal zu zeigen. Wir beobachteten es eine Weile, und Ortega versuchte festzustellen, ob etwas mit den Geräten nicht stimmte. Er fand nichts, und mir wurde allmählich unwohl, also rief ich Sam an.«

»Freute er sich, um halb vier nachts von Ihnen zu hören?« fragte der General und wandte sich an Sam. »Sie sehen aus, als hätten Sie eine schlechte Nacht gehabt. Wie viele Runden haben Sie durchgehalten?«

Alle lachten, sogar – erstmals – Colonel Lane. Sam hatte wegen des blauen Auges eine volle Ladung Spott abbekommen. »Ich habe mich letzte Nacht verletzt, Sir. Und nein, ich war nicht bester Stimmung, als Liam mich anrief.«

»Er beschrieb Ihnen das Problem mit den Hirnwellen?«

»Ja, Sir. Ich ging davon aus, daß es dasselbe Störsignal war, was wir am Samstag gehabt hatten. Ich sagte ihm, er solle nicht darauf achten, wir würden es am nächsten Morgen ins Lot bringen.«

»Und so hab ich's gemacht«, sagte Liam. »Aber dann rief mich Sam ein paar Minuten später noch mal an.«

»Mir war eingefallen, wo ich das Muster schon mal gesehen hatte, nämlich in einem Buch über Neuropathologie. Das seltsame Gipfel-Zacken-Muster entsteht bei einer spezifischen Art von Anfall, den man Petit mal nennt. Zum Grand mal gehören Starrkrämpfe, klassische motorische Störungen, die wir normalerweise mit epileptischen Anfällen in Verbindung bringen. Petit mal ist nicht ganz so dramatisch – es ist mehr wie eine vorübergehende Bewußtseinstrübung. Aber ich befürchtete, daß die Versuchsperson – Kadett Carson – einen solchen Anfall hätte und wies Liam an, zu ihm zu gehen. Wobei ich immer noch hoffte, daß es mit einer externen Störquelle oder einem Murks im Polygraphen zu tun hatte.«

»Ich rannnte über den Flur, um Carson zu wecken«, sagte Liam. »Zuerst stieß ich die Tür auf. Da fiel mir auf, daß der Türknauf extrem kalt war, aber damit hielt ich mich nicht lange auf. Ich weiß nicht viel über epileptische Anfälle, das ist nicht mein Gebiet. Ich wußte, daß Sam sehr beunruhigt war, und ich hatte Angst um den Jungen. Ich trat ein und versuchte den Lichtschalter zu finden, um nicht im Dunkeln irgendwo anzustoßen.«

Liam verstummte und beugte sich vor, starrte auf den Boden. Es herrschte Schweigen. Lane hatte die Arme verschränkt und betrachtete Liam mit einem süffisanten Grinsen. Der Kommandeur fixierte einen Punkt an der Wand oberhalb von Liam. Das einzige Geräusch entstand, als er an seiner Pfeife saugte.

»Ich möchte im folgenden sehr behutsam vorgehen«, sagte Liam schließlich. »Alles, was ich jetzt beschreiben werde, ist ein Schlag ins Gesicht sämtlicher Prinzipien der Logik und Rationalität, nach denen ich mein Leben lebe. Ich möchte, daß Sie wissen, warum ich die Position einnehme, die ich gleich schildern werde. Sie steht in vollständigem Widerspruch zu allen meinen vorherigen Annahmen in bezug auf dieses Phänomen, und ich möchte niemanden im Team in Mißkredit bringen, indem ich mich wie ein Gestörter anhöre.« Der Kommandeur nickte, ohne die Pfeife aus dem Mund zu nehmen. Er blickte Liam milde an und wartete ab.

»Wenn wir uns mit Problemstellungen befassen, die sich außerhalb unserer Arbeitsrichtung befinden – oder, in diesem Fall, nicht sehr viel mit der Ausbildung aller Beteiligten zu tun haben –, fangen wir an, unsere gewohnten Methoden und Paradigmen aufzugeben und uns auf das Prinzip des Geizes zu verlassen. Wie Sie wissen, lehrt uns der Geiz, da sowieso alle Dinge gleich sind, doch zu der einfachsten Erklärung zu greifen, die auf alles paßt. Manchmal jedoch wendet sich der Geiz auch gegen uns und bringt uns dazu, Schlüsse zu ziehen, auf die wir keinen Wert legen.«

»Was Ihnen hierbei widerfahren ist«, sagte der Kommandeur.

»Ja, Sir. Als ich die Tür öffnete, sah ich einen Geist. Das ist die einzige Erklärung, die ich kenne, die auf alle einzelnen Faktoren dieses Phänomens paßt. Es gefällt mir nicht im mindesten. Aber die Alternativen – mindestens diejenigen, die mir einfallen – sind so abstrus, daß ein Geist dagegen solide wirkt.«

»Was auch immer Sie sahen«, sagte der General, »hat Sie stark beeindruckt.«

Liam lächelte und blickte einen Moment lang auf den Boden. »Ja, Sir. Es beeindruckte mich.«

»Warum weihen Sie uns nicht in das Geheimnis ein?« sagte Lane.

Liam atmete tief durch, dann lehnte er sich zurück. »Ich sah eine durchsichtige Gestalt über dem Bett stehen. Sie war blaß und leuchtend, wie die Geister in Filmen. Sie trug eine Art Umhang, lang und mit einem Cape an den Schultern, wie die Überzieher der Kadetten. Ich glaube, daß auch ein hoher Stehkragen sichtbar war. Das Wesen trug eine pludrige Schirmmütze, wie man sie im Mexikanischen Krieg hatte. Das Gesicht war undeutlich, aber von der veränderten Haltung her wußte ich, daß es sich umgedreht hatte und mich ansah.«

Liam hatte die ungeteilte Aufmerksamkeit aller. Er beschrieb die Figur so detailliert er konnte, erwähnte aber das andere Wesen, das er wahrgenommen hatte, nicht. Der Kommandeur hörte ruhig zu und warf nur eine Zwischenfrage über die Augen des Geistes ein, dann widmete er sich wieder seiner Pfeife. Nachdem Liam geendet hatte, entstand wieder eine Pause.

»Ihr hattet doch die ganze Ausrüstung da oben«, sagte Lane. »Habt ihr noch was anderes außer diesem fraglos unantastbaren Bericht eines Augenzeugen?«

»Tatsächlich«, sagte Sam, »hatten wir Glück. Das seltsame EEG-Signal haben wir auf Band. Zwischen meinem zweiten Gespräch mit Liam – als ich ihm sagte, er solle den Kadetten wegen eines möglichen Anfalls untersuchen – und dem Zeitpunkt, als das Gebilde durch die Wand verschwand, haben wir für drei oder vier Minuten einen Temperaturabfall. An der Wand fiel die Temperatur um neun Grad, von 16 auf 7. Das ist nur ein Grad über Außentemperatur. Auf dem Boden fiel sie um zwei Grad. Die Wandmessung bildet natürlich den Mittelwert von den sieben Messungen im Umfeld. Es gab Differenzen. Der Sensor in der Mitte gab beispielsweise einen Wert von vier Grad ab, das ist kälter als Außentemperatur. Liam und Specialist Ortega untersuchten gemeinsam mit Carson, der, wie Sie sich bestimmt denken konnten, inzwischen aufgewacht war, die Wand. An dem mutmaßlichen Ausstiegspunkt fanden sie eine rechteckige, gefrorene Fläche. Die Kadetten hatten bereits vorher berichtet, daß sie am Boden auf geschmolzenes Eis – zumindest kaltes Wasser – gestoßen waren. Das wurde später noch wichtig.«

»Hatte die Videokamera etwas aufgezeichnet?« fragte der Kommandeur.

»Die Hauptkamera nicht. Das Licht war nicht ausreichend. Aber ich hatte neben der regulären Videokamera noch eine Infrarotkamera montiert, mit der man thermische Bilder bekommt. Man sieht sie nicht auf dem Monitor, aber sie werden auf einer Videotapeanlage aufgezeichnet.

Ich hatte mir ziemlich viel davon erwartet, aber als ich es abspielte, waren nur sehr undeutliche Bilder zu sehen. Carson im Bett war als heißer Fleck wiedergegeben, und als ich das Bild umkehrte, so daß alles, was kälter war als die Umgebung, hervorgehoben würde, konnte man kaum mehr etwas erkennen. Irgend etwas schien dazusein, aber man konnte die Form nicht ausmachen.

Also hab ich heute morgen ein paar Einzelbilder aufgenommen und sie digitalisiert, dann habe ich Vergrößerungen gemacht, um die Ränder herauszuarbeiten. Ich hab ein System benutzt, das 256 Grauschattierungen pro Pixel erkennen kann bei einer Auflösung von 680 pro 400 …«

»Ich komm nicht mehr mit«, sagte Pretorius. »Was sind ›Grauschattierungen‹?«

»Der Computer liest ein Bild als Vorlage aus feinen Punkten, den ›picture elements‹ oder ›Pixels‹. Je mehr Pixels, desto feiner die Auflösung. Dies hier ist 680 zu 400. Jedes Pixel ist einem Grad von Helligkeit oder Grau zugeordnet, mit 256 Möglichkeiten. Uns geht natürlich Farbe verloren, wenn wir das machen, aber da das menschliche Auge nur zwischen 50 oder 60 Grauschattierungen unterscheiden kann, erhalten wir so größere Genauigkeit, was wichtig ist. Ich wollte die Umrisse vergrößern, und es gibt einen mathematischen Vorgang, der uns dies ermöglicht.

Ich habe mit der CRT-Kamera einige Polaroids von den Ergebnissen gemacht. Hier ist das erste; es entstand von einem Bild nach dem vermeintlichen Anfall.« Er reichte es dem General.

»Gut. Also, was ist dieser dunkle, horizontale Umriß?«

»Sir, das ist Carsons Körperwärme, die sich gegen das kalte Zimmer abzeichnet. Sie wissen, dunkel bedeutet warm, hell kalt.«

»Und das Ding hier ist der Geist? Dieses verschwommene konische Etwas links?«

»So weit möchte ich nicht gehen, Sir«, sagte Sam. »Das ist ein Bereich im Raum, der um etwa drei Grad kälter ist als der Rest.«

»Warum ist es so verschwommen?«

»Das wissen wir wiederum nicht. Vielleicht hat es keine scharfen Umrisse, die sich abzeichnen könnten. Vielleicht hat es sich bewegt.«

»Auf dem Boden, diese Mischung aus kaltem und warmem Zeug ...«

»Schauen Sie es sich genau an, Sir.« Der General entnahm einer Schreibtischschublade eine Lupe und betrachtete das Foto eingehend.

»Tja, ich bin nicht sicher, aber es sieht wirklich verdammt nach Spuren aus. Der Geist streift sich die Füße nicht ab.«

»Sir, die Kameras waren nebeneinander auf dem Schwenkmechanismus montiert und während der Nacht häufig in alle Richtungen geschwenkt worden. Sie werden mit einem Joystick gesteuert und haben eigentlich eine automatische Sperre – wenn man nicht mehr dransitzt, soll sich nichts mehr bewegen. Dem war aber nicht so. Als Ortega aus dem Zimmer rannte, kippte die Kamera nach unten und lieferte uns eine prächtige Aufnahme vom Boden. Hier ist das unvergrößerte Bild.«

Der Kommandeur warf einen Blick durch die Lupe und lächelte. »Klar wie Kloßbrühe! Das sind Spuren.«

Sam reichte ihm das letzte Foto. »Hier ist dieselbe Aufnahme, aber mit vergrößerten Umrissen.« Der General starrte lange schweigend darauf. Lane rutschte auf seinem Stuhl hin und her. »Ja«, sagte der General, »das sind Spuren. Aber mir fallen auch noch zwei andere Dinge auf.«

Sam nickte.

»Da sind zwei Arten von Spuren: die eine ist groß und von Schuhen mit Eisen an den Sohlen. Die andere besteht nur aus Streifen, weniger deutlich, aber ich kann sie unterscheiden, weil man sieht, wo die Spuren mit den Eisen an den Sohlen verdeckt werden. Beide sind heller als der Boden, also – wenn ich vorhin richtig zugehört habe – kälter. Richtig?« Sam nickte erneut.

»Also«, fuhr der Kommandeur fort, »und da ist noch mehr Zeug auf dem Boden, unregelmäßig, in Flecken und Spritzern. An einigen Stellen verdeckt es die Spuren; an anderen wurde es von den Spuren verwischt. Was kann man daraus schließen?«

Street schaltete sich ein. »Beide zusammen entstanden?«

»Offensichtlich. Dieses andere Zeug ist auch dunkel, fast so dunkel wie der schlafende Kadett. Also wärmer als die Spuren.« Er sah Sam an und zog die Augenbrauen hoch. »Richtig?«

»Genau diesen Eindruck habe ich auch gewonnen, Sir.«

»Also sind zwei Wesen irgendeiner Art, eins davon mit großen, eisenbeschlagenen Stiefeln, eins ohne deutliche Spuren, in kaltem Wasser rumgestapft, das, nachdem die Tür geöffnet wurde, noch immer auf dem Boden ist, und in Ektoplasma oder irgend etwas Warmem. Fand sich so etwas auf dem Boden?«

»Nein, Sir«, sagte Liam. »Als Ortega und ich nachsahen, war da nur das kalte Wasser. Aber die zweite Spur – die eisenbeschlagene – ist nichts Mysteriöses. Ortega ging etwa eine Stunde vor dem Vorfall in das Zimmer, um eine Elektrode zu befestigen, die sich von Carsons Ohrläppchen gelöst hatte; Ortega trug Stiefel, was die darüberliegenden Spuren erklärt.«

»Lassen wir das mal beiseite. Liam, Sie hatten von Alpträumen gesprochen.« Liam nickte. »Hat Carson etwas von Alpträumen erwähnt?«

»Nein, Sir«, antwortete Liam. Seine Stimme war leise, und Lane mußte sich vorbeugen, um ihn zu verstehen. »Wir hatten von Barstow gehört, daß er Alpträume hatte, bevor er verschwand; und Tetzel hat immer noch welche. Die Träume beider sind vom Inhalt her ähnlich.« Liam war erstaunt. Der General hatte sowohl seinen als auch Sams Bericht sehr aufmerksam verfolgt und steuerte nun auf ein Schlüsselelement zu.

»Am besten erklären Sie mir das genauer«, sagte der Kommandeur. Liam beschrieb die einzelnen Traummotive. »Und«, drängte der General, »sehen Sie ein Motiv, das sich durchzieht? Eine Art Kindesmißhandlung?«

»Noch etwas mehr, Sir. In den Träumen verschmelzen die persönlichen Erlebnisse des Träumenden mit dem seltsamen Motiv eines Kindes, das festgehalten oder in einen Raum eingesperrt wird.«

»Und das sinnlose Gefasel?«

»Davon hat Tetzel berichtet. Ich hatte natürlich nicht die Möglichkeit, mit Barstow zu sprechen; und Carson hat offenbar keine Alpträume.«

Ward Lane sah beunruhigt aus. »Sir, in diese Sache kann ich etwas Licht bringen. Ich habe vor etwa zwei Wochen im Beratungszentrum mit Mr. Barstow gesprochen.«

Aller Augen ruhten auf Lane. Track fiel auf, daß Liams Lippen stumm eine Unflätigkeit formten.

»Das Gespräch war Teil einer therapeutischen Einschätzung und größtenteils vertraulich, ob Mr. Barstow nun hier ist oder nicht. Ich kann jedoch ohne die Schweigepflicht zu verletzen sagen, daß Barstow von einer weiblichen Person berichtete, die in einer ihm unbekannten Sprache zu ihm sprach, und einer weiteren, die ihm drohte. Ich bin kein Linguist. Ich glaube jedenfalls an eine Art *folie à deux,* eine gemeinsame Störung.«

»Aha«, sagte der General. »An eine Art soundso. Kommen

in den Träumen denn Personen vor, die der Träumende nicht kennt?«

»Wir können es nicht mit Bestimmtheit sagen«, antwortete Liam. »Tetzel berichtet von mindestens zweien: einer erwachsenen Frau, die anfänglich seine Mutter war und sich, als der Traum häufiger wiederkehrte, in eine andere Frau verwandelte, und ein Mädchen, das er nicht sehen konnte und das ihn tröstete und in einer fremden Sprache ein Lied sang. Ich glaube, anhand von einigen Ausdrücken auf irisch schließen zu können. Das Mädchen nennt den Träumenden mehrmals ›mein Sohn‹ – auf irisch *an mhic* – und summt ein sehr altes irisches Lied. Es ist ein Song, den man so gut wie nie auf irischen Folkplatten findet. Die Folkgruppen spielen es nicht oft, weil der Text gälisch und die Melodie wirklich nur für Iren ansprechend ist.«

»Damit«, sagte Pretorius, »wollen Sie uns nahelegen, daß es sehr schwierig für den Kadetten sein würde, wenn er uns eine überzeugende Lüge auftischen wollte.«

Liam legte zweifelnd den Kopf schief. »Ich habe es schon vor langer Zeit aufgegeben, Theorien über Lügen aufstellen zu wollen, Sir. Zu viele Leute haben da zu viel Unterschiedliches erlebt.«

»Da bin ich ganz Ihrer Meinung«, sagte der General. »Gibt es noch weitere Dinge, die ich wissen sollte?«

»Ja, Sir«, sagte Sam. »Ich habe hier etwas, das eine solide Grundlage für die Weiterführung der Untersuchung darstellen könnte.« Er öffnete seinen Aktenkoffer und holte einen Kassettenrecorder heraus.

»Ich habe vorhin erwähnt, daß wir leider am Samstag nur Plunder auf dem Tonband hatten und die Stimme des weinenden Kindes nicht herauszuhören war. Ich habe mit Sergeant Saganian den ganzen Sonntag daran gearbeitet, noch etwas aus dem Band herauszuholen, aber wir hatten kein Glück. Über dem hörbaren Frequenzbereich lagen überall Raumgeräusche. Wie ich sagte, hatten wir ein Problem mit dem Tonkopf. Wir haben ihn repariert, aber das nützte nichts mehr.

Das Problem dabei ist, daß die Geräusche das Signal überstrahlen. Das Signal ist die Information, das Weinen des Kindes. Es ist ein gezieltes Geräusch. Das Raumgeräusch ist unbeabsichtigt und verdeckt das Signal. Das ist ein Grundproblem der Psychophysik. Ich hätte versuchen können, das Raumgeräusch irgendwie zu reduzieren, wenn ich gewußt hätte, wo im Spektrum ich danach suchen muß. Das wußte ich aber nicht.«

»Ich bin Ingenieur«, sagte der Kommandeur, »nicht Biologe oder so, wie Sie. Aber ich nehme an, Sie wollen mir jetzt mitteilen, daß jede komplexe Kombination von periodischen Wellen mittels der Fourier-Reihe analysiert werden kann.«

»Ja, Sir. Genau das tut unser Mikrocomputer, wenn wir die Real-time-Analyse machen lassen. Ein Ton hat an der Stelle Zacken, wo er in einigen Frequenzen hoch und in anderen tief ist. Wenn wir auf den Plotter schauen, der uns ein Energiespektrum darstellt, können wir Fouriers Hauptkomponenten ausmachen. Sie hängen mit Veränderungen im Stimmorgan des Sprechenden zusammen – dabei verlagert sich die Zacke.«

»Und«, sagte der General, »die Fourier-Komponenten bei einem Kind liegen höher im Spektrum als beispielsweise die Ihren.«

»Ja, Sir«, antwortete Sam. Ich hab ihn im Sack, dachte er. Wir haben hier keine bürokratische Nerverei und kein Disziplinarproblem mehr. Sondern einen technischen Vortrag. »Das Dumme war nur, daß ich ein Vergleichssignal brauchte.«

»Als Bezugsspektrum«, legte der Kommandeur nahe.

»Genau, Sir. Durch Zufall habe ich gestern abend eine Aufnahme von einem weinenden Kind machen können. Es war das reine Glück, wenn man das so sagen darf, und nicht unter den glücklichsten Umständen. Für mich hatte das einige unerfreuliche Konsequenzen, aber damit werde ich Sie jetzt nicht langweilen. Hauptsache war, daß der Computer die Aufnahme analysieren und uns so Hinweise geben konnte, wie wir die schwerer zugänglichen Geräusche rausarbeiten konnten, da wir ja nun Frequenzbereiche hatten. Wir mußten natürlich hoffen, daß unsere Versuchsperson – Major Dortmunders Tochter, die einen tragischen Verlust zu verkraften hatte – im wesentlichen auf dieselbe Art weinte wie Annabelle.«

»Annabelle?« sagte Lane und stierte Sam an, als hätte der ein Eselswiehern ausgestoßen.

»Annabelle Charlotte Proctor. Bei Maggies Recherchen kam heraus, daß einer der Geister die siebenjährige Tochter von Captain Adonijah Proctor ist, der hier von 1822 bis 1847 Zeichenlehrer war.«

»Danke sehr«, sagte Lane mit ironischer Höflichkeit.

»Dann gibt es zwei Geister?« fragte Pretorius.

»So will es die Legende«, sagte Sam. »Der, den Liam gesehen hat, wäre Captain Proctor selbst.«

Wie auf Absprache veränderten alle ihre Sitzposition. Die Pfeife des Kommandeurs war wieder ausgegangen, aber er saugte geistesabwesend am Mundstück und machte keinerlei Anstalten, sie wieder anzuzünden.

»Heben wir uns die Legenden für später auf«, sagte der Kommandeur. »Ich bin neugierig auf Ihre Computertricks.«

Sam beschrieb sein Vorgehen im Detail, wobei Lane und Pretorius auf ihren Stühlen herumrutschten. Track verstand nur noch Bahnhof, hatte aber sein Vergnügen am Unbehagen des psychologischen Beraters.

»Wir konnten den Originalton nicht unverändert wieder herstellen, aber indem wir die spezifischen Modulationen innerhalb der typischen Frequenzbereiche eines Kindes herausarbeiteten, kamen wir bei der Rekonstruktion von Rhythmus und Ton ganz gut zurecht.«

»Und?« fragte Pretorius.

Sam spulte die Kassette zurück und drückte auf »Play«. »Das ist die Originalaufnahme vom Samstag. Einige Sekunden später kommt das bereinigte Signal.« Sie starrten alle auf den Recorder, als ob man die Töne auch sehen könne. Nach einigen Momenten war das Rauschen zu Ende. Sie hörten sehr schwach ein klirrendes Geräusch. Sam stellte das Gerät lauter.

Der General schaute Pretorius an und saugte an seiner Pfeife. Er war weder abergläubisch noch töricht. Seine Karriere hatte im wesentlichen aus Dienst bei diversen Luftlandedivisionen der Infanterie bestanden. Er hatte an der Technischen Hochschule Georgia mit einem Master's Degree sein

Maschinenbaustudium abgeschlossen und war zu einer Zeit zum Kadettenkommandeur ernannt worden, als es schlecht bestellt war um die intellektuelle Qualität des Kommandeursamtes. Seine Aufgaben wurden ihm wenig subtil vom Stabschef der Army mitgeteilt und bestanden darin, altbewährte Pipifax-Streitereien zwischen dem Büro des Kommandeurs und dem Büro des Dekans des Akademischen Ausschusses beizulegen und den Army-Football aufzupäppeln. Geisterjagd gehörte nicht in sein Ressort. Aber er war ein scharfsinniger Mann, und sein Ruf als Spielverderber war sorgfältig inszeniert, um den Erwartungen einer Gemeinschaft gerecht zu werden, die ihn an längst zu Staub zerfallenen Kommandeuren messen würde. Er hatte diesem Treffen auf den dringenden Rat von Colonel Pretorius hin zugestimmt, der wiederum damit auf Ward Lanes Theater reagiert hatte. Die Essensschlacht vor einigen Stunden hatte an der glatten Oberfläche von West Point ein paar kleine Wellen geschlagen, aber dieser disziplinäre Ausrutscher beunruhigte ihn nicht allzusehr. Als Kadett waren ihm Ausfälle durchaus nicht unbekannt gewesen, und als Squadron Commander im 11. Armoured Cavalry Regiment in Vietnam hatte er sich damit abgefunden, daß Männer von Zeit zu Zeit ihren inneren Druck loswerden müssen und daß der Grad der notwendigen Entspannung in direktem Verhältnis zum Grad des Drucks stand.

Er hatte der ersten Hälfte der Erörterung nur mit halbem Ohr zugehört, er war mit seinen Gedanken woanders gewesen. Im Laufe des Gesprächs war ihm klargeworden, daß die Intensität, mit der diese Offiziere von den Ereignissen in den alten Unterkünften berichteten, höchst ungewöhnlich war. Zuerst hatte er die Sache nur als Kuriosität betrachtet, nun aber nahm er sie ernst.

Die Töne auf dem Band ließen sich schwer beschreiben. Mit High Fidelity hatte es wenig zu tun, und es klang künstlich – eine Computerstimme. Dennoch war etwas Eigenartiges daran, und alle, die zuhörten, spürten, daß es kein Irrtum und kein Wunschdenken war, wenn jemand glaubte es beim Namen nennen zu können. Trotz den Veränderungen durch das

Gerät kam ein menschliches Gefühl in diesen Tönen zum Ausdruck. Da weinte ein Kind, und nicht wegen eines aufgeschlagenen Knies oder weil es Schelte bekam. Dieses Kind hier hatte Todesangst.

Sie hörten sich das Band schweigend an. Der Kommandeur gab die Erlaubnis zur Verlängerung des Projekts bis Sonntag.

4

DER ROSENSTRAUCH

Was ist dies Wurzelwerk, das greift, der Ast, der sproßt
Aus diesem Steingeröll?

T. S. Eliot
Das wüste Land

12

Corey Fletcher, Siebzehnter im Abschlußjahrgang 1966. Silver Star für heldenhaftes Verhalten im Felde gegen den Feind in der Republik Vietnam am 22. Februar 1968; und ein Purple Heart für die Kugel des Heckenschützen, die eine Hälfte von seinem Kopf wegriß und sein Leben beendete. Der alte Corey. Liam fühlte, wie ihm die Tränen in die Augen stiegen. Corey, du lieber Gott. Ja, Corey, und für einen Toten sah er sehr lebendig und munter aus.

Liam war außer Atem, kam fast zu spät ins Chemielabor; im letzten Moment, bevor die Klasse zur Ordnung gerufen wurde, nahm er seinen Platz neben Corey in der Bank ein. Der scharfe Geruch der Reagenzien brachte klare Erinnerungen an Dinge zurück, die für immer verloren waren. »Gerade noch geschafft, was?« sagte Corey zwinkernd. »Der olle Leemy, immer 'n bißchen lahm.«

Corey, sagte Liam, doch dann kamen keine Worte mehr, nur Tränen.

Torch eins zwei, Torch eins zwei, hier ist Torch zwei drei. Torch zwei drei. Wir haben Maschinengewehrfeuer von rechts, aus der kaputten Stadt. Ich steh bis zum Arsch in Alligatoren, Leemy, und hab keine Zeit, den verfluchten Sumpf trockenzulegen ... warte ... großer Gott, wir sind unter Beschuß, sie haben einen Granatwerfer. Bleib ...

Es war heiß, und der beißende Geruch von Holzkohlefeuern aus den Dörfern und der noch schärfere Geruch von brennendem Gras stieg ihm in die Nase. Das heisere, malmende Geräusch der Granatwerfer, die nahe dem Zug an der Flanke einschlugen, das Krachen und die furchtbare, gehetzte Schnelligkeit der 7.62er Maschinengewehrkugeln. Er wußte ungefähr die Richtung – von vorne und rechts, vor allem von rechts in der Nähe des zweiten Zugs.

Torch zwei drei, Torch zwei drei, over.

Eins zwei, hier ist zwei drei Romeo, zwei drei ist getroffen. Wiederhole zwei drei ist getroffen. Wir kriegen Beschuß von rechts, kommt sofort rüber. Wiederhole …

Hier eins zwei, schrie Liam. Wiederhole: Ist zwei drei verletzt? ist zwei drei verletzt?

Bestätige, zwei drei hat's erwischt. Zwei drei hat's erwischt. Bewegt eure Ärsche hierher, sonst machen sie uns ein; wiederhole …

Der Himmel staubverhangen, Hitze. Gott, die Hitze. Liam starrte in den Himmel und auf den Staub, den der Hubschrauber aufwirbelte. Er war müde, unsagbar müde, aber er hatte kaum mehr Schmerzen, nur eine Schläfrigkeit, die ihn verlockte, willenlos und sanft in die Dunkelheit im Mittelpunkt seines Blicks zu gleiten, diese Dunkelheit, die sich ausdehnen und den Zenit in Schwärze hüllen würde.

Du darfst nicht, sagte Corey. *Du darfst dich nicht ausruhen. Halt die Augen offen, bleib auf den Beinen, Leemy.*

Er spürte wieder das Schaukeln, als ihn die Sanis zum Krankentransporter trugen, er sah das Gesicht des Hubschrauberkommandanten und hörte, wie der Arzt dem Sergeant vom Zug etwas zuschrie. Aber er begriff die Worte kaum. Die Dunkelheit dehnte sich aus. »Ey, Mann«, sagte der Arzt, ein Schwarzer, der ihn mit großen Augen einfühlend ansah, »die Schweine haben dir ein übles Ding verpaßt, wollten dich für den Himmel fertig machen. Haben dir die ganze Seite gelöchert. Aber kein Problem, Mann, wir flicken dich zusammen, bißchen scheiß Pflaster hier, paar Klammern da, und schon hockste im Flieger nach Hause. Kein Leichensack für dich, Mann. Wir kriegen unsern Scheiß schon hin. Sag den Leutchen in Oakland 'nen Gruß von mir. Hey, Mann, wir haben ihn drin, laßt uns hier Leine ziehen.«

Und die Dunkelheit breitete sich aus, und Liam spürte, wie er dem Mittelpunkt entgegendriftete. Auf der anderen Seite war Licht, zuerst ein entferntes leuchtendes Gelb, dann Sonnenlicht und Bäume mit roten und goldenen Blättern. Zuerst war es eine winzige Szenerie, als blicke man durch die falsche

Seite des Fernrohrs; dann wuchs sie, und er war Teil von ihr, und die Schmerzen und die Angst verflogen.

Sogar im strahlenden Sonnenlicht war es kühl. Gelbe Eichenblätter taumelten graziös zu Boden und sprenkelten die Grasflächen. Da waren Bridey und ihr Corporal, die große Teller mit Äpfeln und Beeren und Bratenscheiben auffüllten, und Ethan stand mit einem Glas in der Hand da und schaute die Allee zum Academy-Gebäude entlang; der Colonel, aufrecht und würdig und unglaublich jung, dem die Epauletten so gut zu Gesicht standen wie keinem anderen, und er stand unter dem großen Ahornbaum vor ihrem Haus und sprach mit Mansfield. Das goldene Kind lachte und klatschte in die Hände, als Brideys Junge tolpatschig versuchte, einen Reifen auf dem harten Erdstreifen neben der Straße entlangzurollen.

Der Antique, Ältester seiner Klasse, machte einen Kratzfuß und überreichte dem goldenen Kind eine Blume, die er am Straßenrand gepflückt hatte. Das Mädchen machte die Verbeugung nach, und er sprach leise auf französisch zu ihr, worüber sie sich immer freute. Der Antique lächelte sein scheues Lächeln, hielt etwas zurück wie Hannibal, der seine afrikanischen Aushebungen nur im absoluten Ausnahmefall einsetzte, wenn es taktisch unumgänglich wurde, und sein sonst so verschlossenes Gesicht veränderte sich. Seine Haare waren feucht vom Spielen mit den Kindern, denn die dicke zinngraue Wolluniform war bei der Herbstsonne eine Tortur.

Liam schaute hin, und da stand sie an der Tür; er sah ihr Gesicht und wußte, daß sie wieder einen ihrer Anfälle durchgemacht hatte; ihr zarter Mund verzog sich zum Ausdruck von Strenge und Mißbilligung, und auf ihren Wangen zeigten sich rote Zornflecken. Sie rief das Mädchen, und der Antique beugte sich zu ihm hinunter und flüsterte mit ihm, und die Kleine lächelte, als er sie behutsam zu Eliza führte.

Liam sah zu Bridey hinüber, die noch immer am Tisch bediente und ihren Jungen rief. Ihr Mann, der Corporal, nahm ihn scherzhaft am Ohr und führte ihn davon. Liam seufzte und schloß die Augen. Wind kam auf, und ein Frösteln erinnerte ihn daran, daß er wieder zu schwitzen begonnen hatte.

Liam schaute wieder zum Rasen, und dort war die Szene erstarrt: Bridey wandte sich um und sah ihrem Mann und dem Jungen nach, als sie die Straße entlanggingen, der Colonel und Ethan mitten im Gespräch, Eliza und das Mädchen waren verschwunden, und die Tür war geschlossen. Dann wurde die Tür immer kleiner, und die Dunkelheit kam von allen Seiten und verschlang ihn. Aber auf der anderen Seite der Schwärze war weißes Sonnenlicht, nicht das goldene Schimmern der Herbstsonne, eine endlose steinige Wüste, die sich in alle Richtungen erstreckte, und ein abgestorbener, vertrockneter Baum mit weißer Rinde.

Ja, sagte der alte Mann, *er ist eine Schönheit. Der beste hier.* Liam sah ihn an und lachte. Er war alt, gezeichnet, voller Runzeln und hatte einen struppigen gelbweißen Bart, der in alle Richtungen wuchs. Sein Gesicht war nußbraun gebrannt vom jahrelangen Arbeiten in der Sonne, und wenn er lächelte, sah man vereinzelte gelbe Zähne. Er mochte hundert Jahre alt sein, und seine Hände waren verkrümmt und fleckig vom Umgang mit der Erde. Er lehnte auf einer schiefen Harke, die fast so groß war wie er, nur mit einem schmutzigen Khakihemd und einer ausgebeulten Khakihose mit abgewetzten, fleckigen Knien bekleidet; seine nackten Füße starrten vor Schmutz und waren voller Schwielen. Aber dann lächelte er Liam an, und seine bemerkenswert blauen Augen leuchteten fröhlich und voller Schalk. Er legte den Kopf schief und grinste mit gelben Zähnen und uraltem Zahnfleisch und funkelnden, lebendigen Augen.

Schau her, Junge, sagte der alte Mann, *du kannst die Wurzeln nicht sehen, aber sie sind lang, reichen tief in die steinige Erde. Einstmals war dies ein Garten, du hast es gesehen. Die Wurzeln sind lang, Junge. Sie ranken sich um die Knochen des Ersten von allen, und auf den Ästen, da ist er, der vergangen ist und doch wiederkehren wird. Schau jetzt, mein Junge, schau, was für einen großen Baum du gepflanzt hast.*

Und Liam betrachtete den Ast, der ihm am nächsten war, und darauf befanden sich lange, spitze Dornen, spitz und glänzend wie aus Bronze gefertigt; und auf ihren Spitzen war Blut. Er blickte zu den anderen Ästen, und sah, daß überall auf den Dornen der Äste Blut war.

Was meinst du, sagte der alte Mann, *bin ich schön?*

Nein, gab Liam zu, nicht schön.

Nun ja, sagte der alte Mann etwas beleidigt, *du bist auch nicht grade so hübsch. Nun küß mich, mein Junge.*

Liam küßte den alten Mann. Er hatte erwartet, daß er schlecht riechen würde, aber das war nicht so. Er roch nur alt, wie alle alten Männer.

Nun, sagte der alte Mann, *jetzt schau, was du getan hast, Junge.* Und Liam sah, daß der Baum lebte, daß er große dunkelgrüne, glänzende Blätter hatte. Während er hinsah, öffneten sich überall auf dem Baum große schneeweiße Blüten; und glitzernde Feuchtigkeit bedeckte jede Blüte.

Woher kommt der Tau hier in der Wüste? fragte Liam.

Nun verstehst du endlich, Junge. Dies sind ihre Tränen.

Ich hab das alles bewirkt?

Sei nicht zu stolz, Junge. Dies ist nur ein kleiner Baum, und vor dir liegt eine riesige Wüste, die mit Tränen genetzt werden muß. Und schau, dort oben. Und in der Krone des Baums gewahrte Liam ein Flattern, und dann war da ein Vogel von reinstem Weiß mit leuchtenden silbernen Augen, und er hörte sein Lied. Und er konnte zuerst nicht sagen, warum, aber ihm war kalt und bange bei dem Lied, denn plötzlich fürchtete er, sich alleine in der steinigen Ödnis wiederzufinden.

Kommt jetzt her, sagte der alte Mann. *Komm und faß mich an.* Und er hielt die Hände hoch, als wolle er Regentropfen auffangen, doch statt dessen flatterte der Vogel mit dem makellosen schneeweißen Gefieder in die gespreizten Hände des alten Mannes und ließ sich dort nieder. *Da bist du ja, mein Kind, komm und laß dich wärmen.* Und er drückte den Vogel, der in seinen Händen zahm wurde, an sein altes staubiges Khakiarbeitshemd. Das Lied verklang, und der Vogel schloß seine silbern schimmernden Augen.

Siehst du, mein Junge? Sie bleibt bei mir. Du brauchst dich nicht um sie zu sorgen, kein Fleck lastet auf ihren kleinen Flü-

geln. Freilich gibt es andere, die weniger vom Glück verwöhnt sind; Gnade ist grenzenlos, aber Weisheit ist rar. Flieg nun zurück, meine kleine Schwester. Er hob die Hände gen Himmel, und der weiße Vogel flog wieder in die Baumkrone, wurde verdeckt von den Blüten.

Wen haben wir denn da? sagte der alte Mann mit einem leisen, fröhlichen Lachen und blickte nach unten. *Du bist wohl immer noch da? Hast diesem Jungen geholfen, mich zu finden?* Und da saß Raymond zu Füßen des alten Mannes und putzte sich zufrieden. Der alte Mann nahm die Ratte behutsam hoch, und sie starrte ihn aus ihren wäßrigen rubinroten Augen an, und ihre Barthaare zuckten aufgeregt. Als die knorrigen Finger Raymonds Kopf streichelten, schlossen sich die roten Augen. Der alte Mann blickte sich verschmitzt um und blinzelte Liam verschwörerisch an. *Ich soll ja nicht,* raunte er, *aber ich laß sie trotzdem rein. Wer soll's schon merken?* Er setzte Raymond vorsichtig am Fuß des Baumes ab und säuberte seine Hände an dem alten Khakihemd. *Ich mag sie alle, die Kleinen,* sagte der alte Mann, *aber eine Ratte bleibt eine Ratte, und die Burschen können's nicht lassen, einen anzupinkeln.* Liam lächelte, und der alte Mann schüttelte träge und wohlwollend den Kopf.

Tja, mein Junge. Was möchtest du noch wissen?

Wird der Baum immer blühen, Vater?

Nur wenn du ihm Wasser gibst. Stellst du dich absichtlich dumm, oder bist du zu stolz?

Liam senkte beschämt den Kopf. Als er wieder aufschaute, waren der alte Mann und der Baum verschwunden, und die steinige Wüste war jetzt ein Flur mit niedriger Decke, fahl gestrichenen Wänden und einem Dielenfußboden. Die Frau stand am Ende des Flurs, aufrecht und stolz. Sie hatte graue, helle Augen und dunkle Haare, die zu einem strengen Knoten frisiert waren und sich gegen ihre hohe porzellanweiße Stirn abhoben. Ihr schlichtes dunkelgraues Kleid reichte bis zum Boden, und der weiß gerüschte Kragen umschloß eng ihren Hals. Sie ist schön, dachte Liam, eine Königin im Exil, deren letztes Kronjuwel ihr Stolz ist. Aber ihre Hände krallten sich vor ihrem Leib ineinander, knochig und starr, als zwinge ihr Kameering sie zusammen; sie waren weiß und mager, die Hände einer Hungernden, und sie klammerten sich mit Ingrimm ineinander. Und nun sah Liam noch einmal ihre Augen, und er erkannte, daß es die Augen einer Wahnsinnigen waren, die ihn mit grenzenlosem Haß und Abscheu anblickten.

Ich kenne dich, sagte sie, *ich kenne dich gut genug, und ich weiß, was du getan hast, Mann. Hat es dir Vergnügen bereitet? Dafür sind Huren doch da, fürs Vergnügen, nicht wahr?*

Nein, sagte Liam, so war es ganz und gar nicht.

Hinweg! Schaff sie weg, das schnatternde, dreckige, fremde Affenweib, die schwatzhafte Hure! Schaff sie beide weg, das irische Gör auch!

Dann verstummte sie, und Liam spürte das Grauen ihrer Not; ihre Augen verdrehten sich, und sie war da und doch nicht da, als wäre ihre eigene Seele vor dem Zorn geflohen.

Liam wandte sich um, und der Flur war verschwunden. Es schneite, und das tanzende, schreckliche Licht eines Feuers fiel auf den Schnee am Boden, und die treibenden Schneeflocken glommen in dem gelben Licht wie Leuchtkäfer. Das Feuer war heiß und sog die Luft zum Fenster herein, und die Schneeflocken trieben mit dem Wind im Kreis und verschmolzen in der Glut wie Motten, die es zum Licht zieht. Wie verhext rasten sie im Kreis herum und taumelten ins Feuer.

Anna stand in der steinernen Ödnis an einem Steintisch, ihre dunklen, naiven Augen waren mit Kajal umrandet, und auf ihrer Stirn schimmerte ein Diadem in Form eines Halbmondes. Auf dem Steintisch vor ihr stand ein Dreifuß, und von einer Flamme in der Schale stieg öliger Rauch zum staubverhangenen blauen Himmel auf.

In der einen Hand hielt Anna ein schmales Messer, in der anderen einen weißen Vogel, der sich still und kampflos ihrem Griff ergab und Liam aus seinen silbern schimmernden Augen ansah. Anna blickte Liam an, und in ihren großen dunklen Augen, die sich von ihrer weißen Haut abhoben, lag Mitleid. *Ich kann dir nicht helfen,* sagte Anna, *du mußt es selbst tun.* Sie drückte die Spitze des Messers gegen die reinweiße Brust des Vogels, bis in einem purpurroten Fleck das Blut hervortrat. Sie legte die weiße Gestalt mit ihrer einzigen roten Träne auf das Feuer, und der Rauch wurden weiß und stieg zum Himmel empor.

Liam wandte sich ab, und am Rande der dunkelnden Wälder sah er die Augen, zwei leuchtende Punkte, in denen sich das Himmelslicht spiegelte, traurig und unendlich fern. Dann verblaßten die beiden Punkte und wurden viele, die plötzlich auf dem Wecker neben dem Bett auftauchten. Es war 3 Uhr 30 nachts, am Mittwoch, dem 31. Oktober, dem Tag vor Allerheiligen.

»Sir«, sagte Sergeant Saganian, »ich werde sehr, sehr froh sein, wenn dieses Projekt vorbei ist.«

»Was ist los«, sagte Sam, »fehlt Ihnen der Schlaf?«

»Das eigentlich weniger. Es ist dieses Rumhocken mitten in der Nacht. Als hätte man ständig Stubenaufsicht. Ich bin kein Nachtmensch.«

»Dann haben Sie Glück«, sagte Sam. »Wir haben schon den nächsten Tag. Es ist 3 Uhr 30. Und Sie kriegen jetzt Pause. Ich dagegen muß um 8 Uhr 30 vor der Klasse erscheinen und habe um 1 Uhr 10 einen zweistündigen Laborkurs. Während Sie Ihren Schlaf nachholen, darf ich über Protokollen brüten und komatöse Kadetten durch die Geheimnisse von – na ja, dem Sermon, den ich gestern unterrichtet habe, schleifen. Ich weiß nicht mehr, was ich geplant hatte.«

»Herrje, Sir, so schlimm kann's doch gar nicht sein. Sie müssen doch nur ein bißchen palavern und 'ne Stunde lang Witze erzählen.«

»Sie sollten mal versuchen, Kadetten nach dem Mittagessen wach zu halten. Das ist, als halte man auf einem Hundefriedhof eine Jubelrede. Wie schaut's aus?«

Saganian ging die Displays der Instrumente durch. Die EEG-Linien wiesen auf Tiefschlaf hin. Herzfrequenz zweiundsechzig. Die Raumtemperatur lag bei zehn Grad (Carson hatte heute nacht bei geöffnetem Fenster schlafen wollen). Auf dem Audio-Display zeigte sich nur eine Reihe von kurzen, flackernden Säulen im hörbaren Spektrum. Auf dem Videomonitor war wie immer sehr wenig zu sehen. Es gab einen sehr schwachen hellen Fleck an der Stelle, wo Carson die Decke weggerutscht war und man das Leintuch sehen konnte. Deutlicher zu erkennen war das Leuchtziffernblatt seines Weckers. Sam schwenkte die Kamera mit dem Joystick nach rechts und nach links. Nur Nebel. Ohne Licht würden sie keinen ausreichenden Kontrast bekommen. Die Videoanlage war die reine Zeitverschwendung, solange sie nicht einen Grund dafür fanden, das Oberlicht einzuschalten. Oder solange nicht etwas Leuchtendes beschloß, den Raum zu betreten.

»Ich bin echt stinkig«, sagte Saganian, »wenn wir nach dem ganzen Aufriß nichts zu sehen kriegen. Ortega verzeiht mir das nie. Was können wir denn tun, um ein bißchen was aufzuscheuchen?«

»Gar nichts, Sarge. Aber bleiben Sie in Stimmung. Es ist die Geisterstunde. Alles ist bisher um diese Zeit passiert.«

»Sie haben recht, Sir. Zum Geier, schauen Sie bloß!« Er deutete auf den Oszillographen und die EEG-Signale. Es gab unzusammenhängende heftige Ausschläge mit hoher Frequenz und niedriger Amplitude. Mehr Theta-Wellen. Sie lachten. Seit er um 11 Uhr 52 eingeschlafen war, hatte Carson solche Bewegungen häufiger aufgewiesen, war dann aber in tieferen Schlaf gesunken. Einmal hatte er sich herumgeworfen und umgedreht und sogar gestöhnt. Saganian hatte Herzklopfen bekommen, als die EEG-Signale lostobten. Aber Carson hatte sich lediglich die Elektrode vom Ohr gerissen; Sam hatte sich im Dunkeln hineingeschlichen und sie wieder befestigt.

Jetzt war Carson entweder wach oder in der paradoxen Schlafphase. Sein EEG wies auf Bewußtsein hin – kleine unregelmäßige Zacken, die an die Stelle der sanfteren Wellen und Schlafspindel traten.

»Ich hätte einen Myographen haben«, sagte Sam, »und ihn am Augenlid festmachen sollen. Damit hätte ich die REM-Phasen nachweisen können. Mist. Ich denk immer zu spät an so was.«

»Nein, Sir«, sagte Saganian. »Sie haben sehr wohl daran gedacht. Sie sagten Captain Salinger, er solle es vorbereiten, als Sie uns letzte Woche ins Bild setzten.«

»Ach ja? Und was ist passiert?«

»Es gab unüberwindliche technische Schwierigkeiten, Sir.«

»Konnte man vergessen, oder was?«

»Vollständig. O verdammt.« Saganian schloß verzweifelt die Augen. »Das verfluchte Videogerät hat sich vom Computer abgekoppelt.« Er hatte recht. Der kleine Monitor auf dem Regal war schwarz. Saganian war außer sich; seit Samstag hatte das Ding schon dreimal ausgesetzt. Jetzt gab es keine Möglichkeit mehr, die Schaubilder der Temperaturveränderungen zu verfolgen.

»Kein Problem, Sarge«, sagte Sam. »Stellen Sie einfach den Drucker auf langsam, und wir zeichnen es so auf. Ich mache eh um 4 Uhr 30 Schluß. Das Papier ist auch nicht teurer als alles andere heutzutage. Aber morgen bringen Sie die Videoeinheit wieder tiptop in Ordnung.«

Saganian schaltete den Polygraphen auf Drucken. Das Licht glomm blau in dem schummerigen Raum.

»Sir, wir haben Geräusche.« Saganian deutete auf den RTA. An drei Stellen erschienen Zacken, die in unregelmäßigen Abständen ausschlugen und dann wieder verschwanden.

»Nicht sehr laut«, sagte Sam. »Wieviel? Weniger als zehn Dezibel? Lassen Sie mich mal hören.« Sam setzte den Kopfhörer auf. Nichts. Doch, vielleicht ein schwacher, unglaublich flüchtiger Ton, der nach einer Flöte klang. »Was tu ich denn da? Ich kann das Zeug doch nicht hören. Versuchen Sie's.« Er reichte Saganian den Kopfhörer.

Er riß die Augen auf. »Das ist es, Sir! Das ist es! Ich schwör beim Allmächtigen, Sir, das ist es!«

»Okay, Sarge. Seien Sie ganz ruhig. Schalten Sie das Tonband ein.«

Saganian verschob seinen Stuhl, so daß er den Instrumenten linker Hand gegenübersaß, und stellte den Audiotapedrive ein. Sam überprüfte die Temperaturveränderungen auf dem Diagrammpapier; sie waren flach. Keine Veränderungen. Das EEG gab starke Beta-Wellen an. Carsons Herzschlag war auf achtundsechzig hochgegangen. Sam schwenkte die Videokamera zu Carson, zoomte dann zurück, um mehr vom Raum einzufangen. Es war immer noch verschwommen. Er sah den weißen Umriß des Lakens, nichts sonst.

»Weint immer noch, Sir«, flüsterte Saganian.

»Kommt hin«, sagte Sam. »Puls leicht erhöht, keine Temperaturveränderungen. EEG wie zuvor.« Sam fiel plötzlich die Absurdität seines Gemurmels auf. Saganian hatte die Kopfhörer auf den Ohren und horchte verzückt hinein, ohne Sams Äußerungen mitzubekommen. Also, dachte Sam, jetzt mal her mit dem berühmten Gipfel-Zacken-Muster. Wo bist du, wenn man dich braucht? Er schaute wieder auf die roten Linien auf dem Schaubild der Temperaturveränderungen. Bei allen acht Thermocouples waren die Linien flach. Er schaute auf das RTA-Display vor Saganian; noch immer das flackernde Tanzen der Graphen, der stumme, leuchtende Beweis für eine namenlose Erscheinung im Raum nebenan.

Carsons Puls lag jetzt bei siebzig pro Minute.

Saganian berührte Sam am Arm. »Schauen Sie aufs Video, Sir.« Tatsächlich entstand Bewegung auf dem kleinen Schwarzweiß-Monitor, der neben dem nicht funktionierenden Computerdisplay auf dem Regal stand. Da war etwas Formloses, Undeutliches, das aber stärker als Carsons Laken leuchtete. Es bewegte sich ziellos wie ein Polarlicht am Winterhimmel.

Sam warf wieder einen Blick auf die EEG-Linien am Oszillographen. Da waren sie, die langsamen Ausschläge, denen die kurzen, spitzen Zacken folgten. Auf zwei Kanälen waren sie sehr deutlich, auf den anderen beiden schwächer. Am stärksten waren der frontale und der fronto-parietale, schwächer waren der temporale und der temporal-parietale.

»Was zum Teufel machen wir nun?« fragte sich Sam im stillen. »Hat der Junge einen Petit-mal-Anfall? Ist es Müll? Was in drei Teufels Namen geht hier vor sich, und was fangen wir damit an?« Er schaute zu den Temperaturgraphen. Sie waren flach.

Er tippte Saganian auf die Schulter und bedeutete ihm, den Kopfhörer abzusetzen. »Lassen Sie das Geräusch nur über den

RTA-Screen laufen, Sarge. Hören Sie, überall tut sich was außer bei der Temperatur. Carsons Puls ist so hoch, als würde er im Stehen rennen, wir haben dieses chaotische Anfallmuster, wir haben das Weinen, und wir haben was Visuelles. Kann sein, daß ich mich irgendwann dafür hasse, aber lassen Sie uns Nägel mit Köpfen machen und einfach abwarten, was passiert.«

»Ist er nicht in Gefahr, Sir?«

»Ich bezweifle es. Es kann kein Anfall sein. Ein wirklicher würde nie so lange anhalten, denke ich. Ich bin allerdings nicht ganz sicher. Ich bin der Meinung, daß er immer noch träumt und dieses entfesselte Anfallmuster irgendein abartiges Phänomen ist. Lassen wir's eine Weile laufen, dann werden wir ja sehen.«

»Okay, Sir. Ich bin sowieso nicht scharf drauf, da reinzugehen.«

Sam grinste aufgeregt. »Was ist los, Sarge? Sie sehen aus, als wär Ihnen ein Geist begegnet.«

»Scheiße, Sir. Sie hätten Ortega nach diesem Tohuwabohu letzte Nacht sehen sollen. Er hat gesagt, irgendwas sei aus diesem Raum geschossen und an ihm vorbeigefegt, und was auch immer es war, es war stinksauer. Er wollte nicht mal drüber reden. Wir müssen ihn morgen wahrscheinlich an den Stuhl fesseln.«

»Ich atme auch nicht grade ruhig«, sagte Sam. »Als ich diese Bewegung auf dem Bildschirm gesehen habe, hab ich ... na hallo, was ist das denn?« Auf dem Monitor war immer noch das polarlichtartige Schimmern zu sehen, aber nun war in einer Ecke oben ein heller Lichtpunkt hinzugekommen. Sam schwenkte nach oben und hielt den Fleck fest. Es sah aus, als sei er etwa anderthalb Meter oberhalb von Carsons Kopf, aber er hatte keinen visuellen Bezugspunkt, um es eindeutig zu bestimmen.

»Sarge, ich möchte mir das durch das Thermal ansehen. Tauschen Sie die Kabel aus. Still – genau, der BNC-Stecker hängt neben dem Regal, tauschen Sie ihn einfach gegen den für den Videoinput aus. Ja. Okay ... heiliger Bimbam!«

»Was ist, Sir?«

»Schauen Sie, hier ist der Punkt. Es hat eine starke thermische Strahlung, wie eine brennende Zigarette. Verflucht, das ist echt heiß, das Ding.« Dann verstummte Sam einen Moment lang, und Saganian sah überrascht, daß er eine doppelte Aufnahme machte.

»Was ist los, Sir? Raucht er?«

Sam antwortete nicht, sondern betätigte einen Kippschalter am Thermal Imager. Sofort wurde das Bild umgekehrt dargestellt, wie vom Positiv zum Negativ. Jetzt hob sich der Fleck dunkel gegen einen blassen Hintergrund ab, durch den quer ein heller unregelmäßiger Streifen verlief.

»Schauen Sie«, sagte er, »und prägen Sie sich das ein, für den Fall, daß das Band kaputtgeht. Dieser helle Streifen ist Carsons Körperwärme im Bett. Als wir uns den Fleck das erste Mal ansahen, hatte ich auf ›schwarz – heiß‹ gestellt. Jetzt sind die helleren Farben auf dem Bild die heißeren Punkte.«

»Sie meinen, der Fleck ist kalt?«

»Sie haben's erfaßt«, sagte Sam abwesend, »wissenschaftlicher Beweis für positives Vorhandensein einer kalten Hexentitte.« Sie starrten eine Minute schweigend auf den Monitor.

»War er vorher schon da?«

»Ich weiß nicht, Sarge. Ich kann mich nicht erinnern, ihn gesehen zu haben. Ich wüßte nicht, was es sein könnte.« Er schaltete auf ›dunkel – heiß‹ zurück.

»Hat es sich grade bewegt?«

»Mag sein. Schauen Sie.« Sam holte einen Faserschreiber aus seiner Tasche und machte in der Mitte des leuchtenden Punkts ein kleines Zeichen. Sie sahen, wie sich der Punkt in einem kurzen waagerechten Bogen zuerst zur linken, dann zur rechten Seite der Markierung bewegte.

»Was meinen Sie, Sir? Ob wir reingehen?«

»Warten Sie.« Der Punkt bewegte sich etwas weiter weg, beinahe rhythmisch, vor und zurück.

»Vielleicht vibriert der Schwenkarm.«

»Negativ«, sagte Sam. »Der Monitor geht erst an, wenn ich das Relais mit dem Joystick auslöse. Ich wünschte, ich hätte einen Referenzpunkt.«

»Der Wecker, Sir.«

»Recht haben Sie.« Sam verlegte die Mitte der Kameraoptik zu dem Wecker auf Carsons Tisch und plazierte die Markierung auf die Zwölf. Sie beobachteten das Bild vier oder fünf Sekunden. Es gab keine wahrnehmbare Bewegung.

»Was auch immer dieses andere Ding ist«, sagte Sam, »es bewegt sich von selbst.« Er schwenkte die Kamera zurück zu dem leuchtenden Fleck. Die langsame rhythmische Bewegung war noch immer zu sehen.

»Schauen wir mal, was wir sonst noch haben.« Er bewegte die Kamera vom zentralen Punkt aus in sorgfältigen rechtwinkligen Bahnen. Dann blockierte sie aus unerfindlichen Gründen. »Was zum Teufel ist das?«

»Das macht sie manchmal«, sagte Saganian. »Bewegen Sie den Joystick hin und her, Sir, dann löst sie sich wieder.«

Sam versuchte es, und zu seiner Erleichterung surrte und klickte die Kamera im Zimmer nebenan, und der Mechanismus befreite sich von Gremlins oder anderen Wesen, die ihn behindert hatten. Aber die Erleichterung währte nur kurz. In diesem Augenblick teilte sich der Fleck plötzlich in zwei Lichtpunkte, wobei der erste sich leicht nach rechts bewegte und der neu hinzugekommene abrupt nach links. Sam stockte der Atem, und er spürte ein Kribbeln auf der Haut; seine Haare standen buchstäblich zu Berge. Er hörte, wie Saganian etwas Unverständliches murmelte.

Das visuelle System des Menschen reagiert schon auf sehr geringfügige Dinge hochsensibel, und noch die magerste Information kann auf einen Blick als natürlichen Vorgängen zugehörig oder nicht zugehörig klassifiziert werden. Das menschliche Hirn ist schnell und clever bei der Übernahme der Informationen, und wenn Sams Körper mit Aufruhr reagierte, geschah das, weil er mit absoluter Sicherheit wußte, daß diese zwei leuchtenden Punkte Augen eines beweglichen, empfindungsfähigen Wesens waren, und daß diese Augen auf das Geräusch des Schwenkarms reagiert hatten und nun die Kamera ansahen – und damit durch das Kabel und den Monitor auch Sam selbst.

Sam und Saganian waren wie gebannt. Die Augenpunkte

verschoben sich leicht, wie aus Neugierde, dann verschwammen sie langsam und schienen in einen zu verschmelzen. Das Leuchten ließ allmählich nach, dann blitzte es kurz auf und zersprang in tausend tanzende Teilchen.

»Jetzt!« sagte Sam, und bevor er sich selbst von seinem Stuhl erheben konnte, war Saganian schon rausgeflitzt. Sam war direkt hinter ihm, und als er aus dem Geräteraum herauskam, griff Saganian nach dem Türknauf der Tür zum Zimmer des Kadetten. Er drehte ihn, und Sam wartete, daß er die Tür aufstoßen würde. Statt dessen riß Saganian die Augen auf und starrte seine Hand an. »O nein. O Gott, Sir, helfen Sie mir! Machen Sie mich los!« Saganian sah Sam in hilfloser Panik an.

Sam schaute auf die Hand des Sergeanten. Die Finger umklammerten den Türknauf, und zuerst dachte Sam, Rauch steige auf; aber dann sah er die dicke Eisschicht auf dem Metall. »Sir, verflucht noch mal, ich hänge fest! Ich verbrenne!«

Sam wußte, daß Saganians Hand an dem Metall festgefroren war. Es wäre sinnlos gewesen, sie mit Gewalt wegzureißen; er hätte die Haut mit abgerissen. »Rühren Sie sich nicht«, sagte Sam. »Ich hole heißes Wasser.«

Saganian lachte verzweifelt, während ihm vor Schmerzen und Angst Tränen übers Gesicht liefen. »Ich hau nicht ab, Sir. Beeilen Sie sich! Beeilen Sie sich!«

Sam raste die Treppe hinunter zur Latrine und drehte den Warmwasserhahn bis zum Anschlag auf. Das Wasser spritzte auf seine Uniform, aber es war kalt. Kostbare Sekunden verrannen, und es wollte einfach nicht wärmer werden.

»Was ist passiert, Sir?« Ein Kadett, der im Zimmer neben der Latrine wohnte, stand in seinem grauen Bademantel und Duschlatschen in der Tür und starrte Sam an, als hätte der den Verstand verloren.

»Holen Sie ein Gefäß für Wasser! Eine Kanne, Kaffeepott oder sonst was! Schnell!« Der Kadett verschwand. Sam hörte Saganian oben vor Angst stöhnen.

Endlich wurde das Wasser warm. Sam hörte Lärm von nebenan, wo sie wohl auf der Suche nach einem Gefäß das Zimmer auseinandernahmen. Es dampfte jetzt, und Sam mischte mit etwas kaltem Wasser.

Der Kadett tauchte mit seinem Zimmergenossen auf. »Wir haben nur den Papierkorb gefunden, Sir. Ist der okay?«

»Herrgott, ja«, sagte Sam. »Machen Sie ihn voll, und kommen Sie mit nach oben.« Sam schoß hinaus und, immer zwei Stufen auf einmal nehmend, die Treppe hinauf. Saganian hatte den Kopf an die Tür gelegt. Die Hand war immer noch festgefroren. Er hatte die Augen geschlossen.

»Bitte machen Sie schnell, Sir. Bitte. Schnell. Ich spüre meine Hand nicht mehr. Ich will sie nicht verlieren. Bitte machen Sie schnell.« Sam schaute zur Treppe. Die zwei Kadetten hatten den Papierkorb mit heißem Wasser vollgemacht und schleppten ihn zu zweit die Treppe hoch. Bei jedem Schritt spritzte Wasser heraus. Hinter ihnen tauchten andere Kadetten auf, die ihre Zimmer verlassen hatten, und von oben schauten welche herunter. »Einer von Ihnen«, sagte Sam zu der Gruppe am unteren Treppenabsatz, »soll Mister Tetzel anrufen und ihm sagen, daß wir einen Verletzten haben. Dann rufen Sie bei der Klinik an, sie sollen einen Krankenwagen schicken. Dann rufen Sie in der Wachstube an und sagen dem Offizier vom Dienst, daß es in dieser Division einen Vorfall gegeben hat.«

Der Wassereimer war da. »Okay, Sarge. Ich gieße jetzt heißes Wasser auf den Türknauf. Es wird auch auf Ihre Hand tropfen. Es ist nicht kochend heiß. Es wird Ihre Finger auftauen.« Er winkte den Kadetten, und sie begannen vorsichtig, das Wasser über den Knauf zu gießen. »Versuchen Sie Ihre Finger zu bewegen.«

»Ich kann nicht, Sir. Ich kann die Hand nicht bewegen.«

Als das Wasser über Saganians erstarrte Finger lief, versuchte Sam, die Hand zu lösen. Er spürte das Metall; kalt, eiskalt, aber nicht mehr kalt genug, um an der Haut zu kleben. Der Daumen bewegte sich, dann der Ringfinger, und als Saganian mit einer panischen Bewegung zurückzuckte, löste sich der Rest der Hand. Er verlor das Gleichgewicht und taumelte gegen die Wand hinter ihm.

Sam zog einen der Wasserträgerkadetten zu sich, packte den Saum seines Bademantels und faßte damit den Türknauf an. In diesem Moment ging die Tür auf, und ein schläfriger Carson schaute heraus. »Was ist los, Sir?«

Sam starrte ihn ungläubig an. Carson blickte in die Runde auf die herumstehenden Kadetten und dann zu Saganian, der benommen an der gegenüberliegenden Wand lehnte und auf seine blutende Hand starrte. »Was ist passiert, Sir? Hatte jemand einen Unfall?«

Sam schüttelte den Kopf. »Sind Sie grade erst aufgewacht?«

»Ja, Sir. Ich hörte den Lärm im Flur.«

»Haben Sie was geträumt?«

Carson schaute zurück in das dunkle Zimmer. »Ich weiß nicht, Sir. Ich erinnere mich nicht. Obwohl, wenn ich's mir recht überlege – ich bin im Schnee rumgelaufen. Ich glaube, ich bin im Schnee rumgelaufen.«

»Das muß stimmen, Sir«, sagte einer der Kadetten im Flur. »Der Schnee ist geschmolzen.« Das Licht aus dem Flur hatte sich in einer feuchten Stelle auf den Dielen neben dem Eingang zu Barstows leerem Alkoven gespiegelt. Sam beugte sich hinunter und berührte die Flüssigkeit. Sie war kalt.

Der Offizier vom Dienst erschien fünf Minuten später, und kurz darauf fuhr ein Krankenwagen mit Blaulicht durch das Ausfalltor und hielt vor der 47. Division. Saganian hatte sich gefaßt, aber bei seinem ruckartigen Zurücktreten war an drei Stellen die Haut an der Handinnenfläche abgerissen. Er fuhr mit dem Krankenwagen weg, und Sam stand vor der Frage, wie sich wohl dieser Vorfall auf die Begeisterung für das Projekt auswirken würde.

Der Offizier vom Dienst, ein kleiner, energischer Major vom 2. Infanterieregiment, wußte von der Geistersache – in den Anweisungen für den OvD war das Projekt aufgeführt, mitsamt den verantwortlichen Offizieren und ihren Telefonnummern, und die 47. Division wurde dort (nur vorübergehend, aber sehr zur Freude der ansässigen Kadetten) von den nächtlichen Inspektionen ausgenommen.

»Ich habe keine Ahnung, wie ich das vermerken soll«, sagte der OvD. »Ich hab diesen elenden Dienst schon eine Million Mal runtergerissen, aber so was ist mir noch nicht untergekommen.«

»Erzählen Sie mir von den ruhigen Diensten«, sagte Sam. »Ich wünsche mir allmählich, ich wäre bei den Panzertruppen geblieben. Da ist es weniger aufregend und überschaubarer.«

»Was glauben Sie, was das war, Sir? Soll ich ins Protokoll schreiben, daß ein Geist den Raum tiefgekühlt hat?«

»Das«, sagte Sam, »liegt ganz bei Ihnen. Ich würde Ihnen raten, sich höchst konservativ zu verhalten. Das werde ich auch tun, glauben Sie mir. Aber wo Sie nun schon extra hergekommen sind, schauen Sie sich das doch mal an.« Sam spulte das Videoband zurück und spielte es für den OvD ab. Sie betrachteten gemeinsam den Polarlichtschimmer, dann den Fleck.

»Was zum Geier ist das?« fragte der OvD.

»Schauen Sie hin«, sagte Sam. Und die Punkte fingen an zu tanzen.

»Verflucht«, sagte der OvD. »Augen.«

»In diesem Moment rannte Sergeant Saganian raus und versuchte die Tür zu öffnen.«

»Wie kalt war es da drin?«

»Gute Frage«, sagte Sam. »Der Bildschirm, auf dem wir normalerweise die Temperaturangaben haben, war hinüber, wir konnten es also nicht gleichzeitig sehen. Wir schauen es uns morgen im Labor an, es ist alles auf der Disk. Aber schauen Sie hier, wir hatten es zur Sicherheit mit Diagrammpapier ausdrucken lassen.« Sam hob einen Haufen mit krakeligen roten Linien bedecktes Papier auf. »Hier, vor einer halben Stunde etwa, fielen alle diese Linien steil ab, innerhalb von 15 oder 20 Sekunden. Wir haben beide nicht hingeguckt, deshalb ist uns das entgangen.«

»Aber hier hört das auf«, sagte der OvD.

»Das hab ich vermurkst«, sagte Sam. »Die Stifte konnten nicht weiter. Diese Stifte haben eine begrenzte Reichweite; sie sind nur ein paar Zentimeter lang, und sie arretieren an bestimmten Punkten, damit sie einander nicht ins Gehege geraten. Und als es schlagartig so kalt wurde, haben sie arretiert, und weil es so schnell ging, haben wir es nicht gesehen. Wir haben immer die graden Linien gesehen, aber nicht gemerkt, warum sie gerade sind.«

»Aber der Erstling ist nicht erfroren«, wandte der OvD ein. »Und der Türknauf muß extrem kalt gewesen sein, wenn die Hand Ihres Offiziersanwärters daran festfrieren konnte. War es nur an der Tür kalt?«

»Nein«, sagte Sam, »diese Graphen auf dem Diagrammpapier stammen von acht Thermocouples, sieben Stück an der Wand und einem in der Mitte auf dem Fußboden, und sie arretierten alle. Ich weiß nicht, warum der Erstjährler nichts gemerkt hat. Vielleicht sind wir morgen schlauer, wenn ich mir die Daten auf der Disk angesehen habe.«

»Was machen Sie jetzt?«

»Bis morgen abend den Laden dichtmachen. Mir reicht's fürs erste.«

Als Sam zu Hause in der Lee Area eintraf, war es nach fünf. Er zog sich im Badezimmer im Erdgeschoß aus und duschte dort, um Maggie nicht zu wecken. Erschöpft und in Hochstimmung, stand er unter dem Strahl und genoß es, das heiße Wasser auf dem Gesicht und den Schultern zu spüren. Soviel zur letzten konservativen Hypothese. Der ganze Unterricht für die Katz. Alles aufgelöst in einer schimmernden Erinnerung. Maggie hatte zu guter Letzt recht behalten.

Diese Augen, dachte er. Ich habe nichts von der Traurigkeit gesehen, die Liam und die Kadetten gespürt haben. Vielleicht ging das durch das Video verloren. Es waren Augen, aber ich habe keinen Kummer, keinen Haß gesehen, nur emotionslose Sinnesorgane. Lag das an dem Videogerät? An mir? Was hätte Maggie wohl gesehen?

Er trocknete sich ab und zog seinen alten Frotteebademantel an. Maggie schlief est. Behutsam stieg er ins Bett. Der Lebensstil von Soldaten verleiht ihnen eine besondere Schwäche für warme Betten nach langen, durchwachten Nächten. Aufgrund seines Rangs mußte Sam nicht mehr Wache halten wie vor

Jahren, und in West Point waren sowieso nicht viele Wachdienste vonnöten.

Der Offizier vom Dienst gehörte zu den glücklichen Auserwählten des Kommandeursstabs, und Sam arbeitete für den Dekan. Sogar der diensthabende Offizier der Akademie mußte nach sechs Uhr nur in seinem Quartier Telefonwache halten. Aber früher hatte Sams Laufbahn etliche durchwachte Nächte mit sich gebracht: zähe Stunden am grauen Stahlschreibtisch des Diensthabenden vor einem Ordner mit Instruktionen, Telefonnummern und unveränderlichen Anweisungen fürs Prozedere in durchsichtigen Plastikhüllen, und die unvermeidliche Schublade mit billigen Erotikheftchen zur Zerstreuung des OvD, und der Bart, der einem wuchs, während man da hockte, und das klebrige Körpergefühl samt der brennenden Sehnsucht nach einer Dusche. Aber die Nachtdienste waren ihm weniger schlimm vorgekommen, wenn er hinterher ins Bett oder in einen Schlafsack hatte kriechen können, auch in den Jahren vor Maggie. Das hatte sie alles nicht miterlebt. Sam war Senior Major geworden, bevor er Maggie kennenlernte, und sie hatte ihn nie nachts aufwecken müssen, weil er Dienst hatte. Und sie hatte sich auch nie in Travis oder Oakland, wo ihm ein Achtzehn-Stunden-Flug nach Tan Son Nhut oder Bien Hoa oder Cam Ranh bevorgestanden hatte, von ihm verabschieden müssen. Ihr Kind würde sich nie an einen fremden Vater mit einem unbekannten, erschreckenden Gesicht gewöhnen müssen. Maggie würde nie beim Klingeln des Telefons Angst haben müssen, nie einem Kaplan und einem Offizier der Hinterbliebenenhilfe gegenübertreten, nie ein Päckchen aus Übersee entgegennehmen, mit den jämmerlichen Überresten eines ganzen Lebens – Briefe, Kleidung, ein Scheck, der von einem Justitiar in einer fremden, weit entfernten Welt abgezeichnet worden war. Sie würde nicht gezwungen sein, etwas zu bereuen.

Maggie bewegte sich. Sam berührte ihr Haar, und sie seufzte. »Schon wieder da?«

»Ich schlaf nur noch ein bißchen, bevor ich das Tagewerk beginne. Gut geschlafen, Kleines?«

»Mmmm. Geister dagewesen?«

Sam sagte nichts. Maggie blinzelte. »Sam, mach keinen Mist mit mir. Du erinnerst dich, ich werde gewalttätig.«

»Ja, liebste Gattin. Der alte Adonijah hat uns beehrt.«

»Wunderbar«, sagte Maggie. »Erzähl mir später davon.« Sie schloß die Augen und war schon wieder eingeschlafen.

13

»Es ist zwecklos, sich so aufzuregen«, sagte Alice Fetterman, als sie zum Washington Gate hinausfuhr und auf den Storm King Highway in Richtung Cornwall abbog. »Sie ist eben eine Bürokratin. Und, Gott ist mein Zeuge, gegen die ist kein Kraut gewachsen. Sie sind vielköpfig wie eine Hydra. Schlägst du einen Kopf ab, sind da immer noch zehn weitere, einer träger als der andere.«

»Ich will ihr nicht den Kopf abhacken«, sagte Maggie. »Ich will nur das vermaledeite Buch finden. *Dann* werde ich Betty O'Grady das Herz herausschneiden.« Sie waren unterwegs zu Bernice Gorts Heim in den Bergen, um dort Tee zu trinken und eine strategische Sitzung abzuhalten.

»Ich bewundere Ihre Beherrschung, Maggie. Ist Sam auch so?«

»Nein, dem Himmel sei Dank. Das wäre ein bißchen viel auf einmal.«

»Hat er sich inzwischen entschlossen, an Geister zu glauben?«

»Er würde es niemals zugeben. Aber ich glaube, daß ihn der Schrecken der letzten Nacht bis zu einem gewissen Grad umgekrempelt hat. Er war ziemlich erschöpft heute morgen, und Liam war ebenfalls sichtbar in schlechter Verfassung. Sam rief mich an, kurz bevor Sie kamen, und sagte, daß sie sich einen Tag freinehmen vom Exorzismus.«

»Ich verstehe, daß Sam angestrengt ist«, sagte Alice, »aber

warum Liam? Ich dachte, Sie hätten gesagt, daß er gestern ausruhen wollte.«

»Naja, er war die Nacht davor auf, und dann hatte er offenbar Schwierigkeiten einzuschlafen. Sam wußte nicht viel darüber.«

»Matt sagte, General Harrington habe es bei dem gestrigen Treffen gut gemeint mit Sam.«

»Tja, er hat die große Geisterjagd bis Sonntag verlängert. Sam fürchtete, daß man die Sache abblasen würde. Als er heute morgen aufbrach, machte er sich ziemlich Sorgen, ob die Verletzung seines Laborassistenten nicht einen Aufruhr verursachen würde. Aber Colonel Pretorius rief ihn heute morgen an und teilte ihm mit, er könne unbesorgt sein, die Abmachung bleibe bestehen.«

Sie erreichten die schmale Küstenstraße, die sich in die Hänge der Berge Crow's Nest und Storm King grub. Auf der rechten Seite war nur ein steiler Abhang und unten der Fluß. Die Aussicht war zauberhaft, aber Maggie hatte die beängstigende Vision, sie könnten einem betrunkenen Fahrer oder einem Trucker begegnen, der sein Fahrzeug nicht unter Kontrolle hatte. Die Felsen zur Linken waren teilweise mit Initialen oder schmutzigen Sprüchen und Albernheiten verunziert, aber klägliche Menschlein hatten wenig Einfluß auf die überwältigende Wildheit der Landschaft, angesichts derer Straße wie Schmierereien bedeutungslos wurden. Die Landschaftsmalerei der Hudson River School hatte hier ihren Anfang genommen, und ihr Thema vom Arkadien der Neuen Welt war nirgendwo so nachvollziehbar wie auf der schmalen Route 218 zwischen Lee Gate und Cornwall-on-Hudson. Es war eine Wildnis wie aus einer Geschichte von Washington Irving, wo man sich leicht einen bärtigen, moosbedeckten Rip Van Winkle vorstellen konnte, wie er unter einer Decke aus Blättern schlief. Die Hartholzbäume zeigten sich in ihrem vollen Herbstkleid, und Maggie war trotz ihrer Bedenken wegen Alices rasantem Monte-Carlo-Fahrstil begeistert.

Sam hatte am Dienstag richtig glücklich gewirkt und war trotz des blauen Auges stolz auf Maggie gewesen und stolz auf sich, weil es ihm gelungen war, an der Quelle der Jugend teilzuhaben. Sein Kopf war voller Pläne für ihr Kind. Zwar war ihr Witz, das arme ungeborene Wesen doch gleich nach West Point zu schicken, nicht gut angekommen, aber gestern abend hatte Sam *in Anwesenheit anderer Leute* den Arm um sie gelegt, was etwa so alltäglich war, wie wenn Rumpelstilzchen Walzer tanzte. Er tat es auch mit etwa ebenso viel Grazie. Aber sei vernünftig, Maggie, dachte sie. Wenn du einem Esel das Lesen beibringst, wundere dich nicht, wenn er nicht fliegen kann.

»Sie sehen reichlich blaß aus«, sagte Alice. »Fehlt Ihnen etwas?«

Maggie hatte gedankenverloren zum Fenster hinaus auf den Breakneck Mountain am anderen Ufer gestarrt. Sie merkte plötzlich, daß ihr kalt wurde, auf jene spezifische Art, die sie erst kürzlich erlebt hatte und die Übelkeit anzukündigen pflegte. O nein. Nicht in Alices Wagen und nicht an einem schönen Tag wie diesem.

»Da Sie gerade davon sprechen, mir ist übel. Ich fürchte, ich schaffe es nicht bis zu Bernice, ohne mich zu übergeben. Tut mir leid, Alice; da Sie bestimmt Ihre Polster mögen, halten Sie besser irgendwo an.«

»Sobald ich kann, Liebes, aber hier ist eine Klippe auf der einen und eine Klippe auf der anderen Seite. Aber ich bremse, wenn Sie wollen – obwohl es in Cornwall Orte gibt, wo ...«

»Ja! Ich will! Halten Sie an!«

Und das tat Alice. Die Straße fiel bis nach Cornwall stetig ab, aber sie war noch immer sehr schmal und hatte keine Randstreifen, und als sie die Felsen hinter sich ließen und sich den Bäumen am Rande eines Dorfes näherten, achtete Alice nicht mehr sonderlich auf die Fahrspuren. Kaum waren sie am ersten Haus vorbei, drängte Alice ein Polizeiauto von der Straße ab. Alice ignorierte das und rettete so Maggies Würde, denn der aufgebrachte Polizist mußte erst wenden, um sie zu verfolgen. Als er Alices Mercedes entdeckte, den sie dreist nahe des Zentrums von Cornwall geparkt hatte, war Maggie längst auf die Toiletten eines italienischen Restaurants geflüchtet.

Als Maggie wieder ans Sonnenlicht kam, fühlte sie sich viel besser. Alice plauderte liebenswürdig mit dem Polizisten. Eine atemlose und plastische Schilderung von Maggies rebellischem Magen, die durch ihre Umstände an rührenden Effekten gewann, hatte den Zorn von ihnen abgewendet. Und als Maggie in ihrem lindgrünen Pullover auftauchte, hatte sich die Wucht des Gesetzes in die freundliche und taktvolle Äußerung verwandelt, daß Alice doch künftig mit Polizeiautos höflicher verfahren, um Kinderwagen einen großen Bogen machen und einen schönen Tag haben möge.

»Fühlen Sie sich dem Rest der Reise gewachsen?« fragte Alice, nachdem der Arm des Gesetzes verschwunden war.

»O ja. Ich fühl mich wie neu. Zum Glück ist es erst neun. Wenn sie da drinnen Tomatensauce gekocht hätten, wär das mein Ende gewesen.«

Alice umfuhr in einem manierlichen Bogen die große Kreuzung und steuerte wieder Richtung Berge. Bei dem eiligen Unternehmen, für Maggie ein stilles Örtchen aufzutreiben, waren sie an der Abzweigung zu Bernice vorbeigefahren. Alice passierte langsam und gemessen die kleinen Häuser und Läden und ließ dabei den Rückspiegel nicht aus den Augen.

»Wir hatten wirklich Glück, Maggie. Wenn ich von dem Polypen einen Strafzettel bekommen oder, Gott bewahre, eine Schramme in Matts teures, heißgeliebtes Auto gefahren hätte, hätte er die Antenne gezückt, um es mir heimzuzahlen.«

»So schlimm?«

»Oh, Maggie«, sagte Alice mit einem Augenrollen, das auf starke Empfänglichkeit für Hypnose hinwies, »Matt hat eine Neigung zu düsteren Launen. Und hinterm Steuer ist er wie eine Oma. Er bringt mich absolut zur Raserei. Er hält an Stopzeichen eine Ewigkeit, und ..., nein wirklich!« Alice stieg auf die Bremse; wenn Maggie nicht angeschnallt gewesen wäre, hätte es sie gegen das Armaturenbrett geschleudert.

Alice stellte auf Rückwärtsgang, und der Wagen schoß mit beängstigendem Tempo nach hinten. Sie steuerte nicht sehr sicher, und Maggie fürchtete einmal mehr um ihr Leben. Aber mit einer virtuosen Mischung aus Mumm und Zielsicherheit manövrierte Alice den Wagen in eine Lücke zwischen einem heruntergekommenen Volvo und einem Pickup.

»Alice, was um ...«

»Wir haben wirklich Glück, Maggie, ich kann's kaum glauben! Schauen Sie!« Alice deutete auf Maggies Seite aus dem Fenster. Sie standen vor einem unauffälligen Antiquitätenladen, in dessen Schaufenster sich staubige Gegenstände aus der viktorianischen Zeit stapelten; neben der Eingangstür hockte ein riesiger eiserner Greyhound auf rostigen Läufen und hielt, so dachte Maggie, Wache über La Blech Epoque. »Hier ist es, Maggie! Es fiel mir wieder ein, als ich den Hund gesehen habe!«

»Prachtvoll, Alice. Was ist hier?«

»Hier habe ich das Buch gesehen, Maggie!«

»Was um – oh, Sie meinen, die Upton-Memoiren?«

»Ja! Es stand als Dekoration in einem alten Sekretär! Es muß zwei oder drei Jahre her sein. Ich komme sonst nicht hierher, weil außer Plunder und Staub nichts zu holen ist, aber ich suchte ein Geschenk für Matts Schwester, und ich dachte, es könnte vielleicht witzig sein, ihr diesen grotesken Hund zu schenken, aber natürlich habe ich ihn nicht – oh, kommen Sie, Maggie! Vielleicht ist es noch da!« Alice sprang aus dem Auto, und Maggie folgte ihr, etwas wacklig auf den Beinen.

Der Laden war geschlossen. Davon ließ sich Alice jedoch nicht entmutigen. Über dem Laden schien sich eine Wohnung zu befinden, und sie war der Meinung, daß die Besitzer auf dem Grundstück wohnen könnten. Sie klingelte – nicht per Klingelknopf, sondern mittels einer richtigen schmiedeeisernen Glocke mit Klöppel – und klopfte hartnäckig an die Glastür. »Hallo! Hallo! Ist jemand zu Hause? Hallo!«

Ladenbesitzer, die in kommerziellem Hinterland wie Cornwall-on-Hudson überleben wollen, müssen ein feines Gespür für den Charakter ihrer Kunden entwickeln. In diesem Fall begriff der Besitzer, ein ehrwürdiger Gentleman namens Guido Squillace, auf Anhieb, daß mit dieser Person da unten Geschäfte zu machen waren. Beim dritten »Hallo« watschelte er die Treppe hinunter, um zu erkunden, was die laute Ziege um diese Morgenstunde wollte.

»Wir haben zu«, jammerte er durch die Glasscheibe.

»Wir müssen ein bestimmtes Buch finden«, sagte Alice, höflich und bestimmt.

»Wir machen um zehn auf«, sagte Squillace, »hab noch nicht gefrühstückt.« Seine einzige Waffe war das Jammern, und das, wie sogar Alice einräumen mußte, konnte sich hören lassen. Es war durchaus eines Mannes würdig, der zum ersten Mal die Steuerprüfer im Haus hat. Aber auch Alice war ausgebufft, und nach einem kurzen Austausch von Emotionen schob Squillace widerstrebend den Riegel beiseite und ließ sie ein.

Nach seiner Kapitulation zeigte er jede Menge Verkaufseifer. »Was kann ich den Damen zeigen?«

»Ich war vor einigen Jahr schon einmal hier«, sagte Alice, »und ich erinnere mich an ein paar staubige alte Bücher. Sie standen in einem Sekretär, ich glaube, dort hinten, wo Sie jetzt den Wandschirm und diesen widerwärtigen ausgestopften Fasan haben. Wo sind sie jetzt?«

»Was? Der Sekretär? Den habe ich verkauft vor ...«

»Nein, natürlich nicht. Die Bücher.«

»Bücher? Sie sind hergekommen, um nach Büchern zu suchen?«

»Nur diese bestimmten Bücher. Sie sind sehr wichtig für uns.«

Squillace zog eine Schnute und stierte auf den Fasan. »Hm. Die hab ich nicht mehr gesehen, seit ich den Sekretär verkauft hab. Müssen hier irgendwo sein. Haben Sie noch 'nen Schimmer, worum's da ging?«

»Nur von einem«, sagte Alice. »Es hieß *Meine Jahre in West Point* und war von John Waverley Upton. Ich glaube, es war braun. Die Vorsatzblätter waren marmoriert und die Schrift auf dem Cover vergoldet. Es war alt, etwa von ...«

»Achtzehnhunderteinundachtzig«, sagte Maggie.

»Mal überlegen«, sagte Squillace. Er steckte seine fetten Hände in die Hosentaschen und blickte im Raum umher. Der Laden war voll mit Kostbarkeiten: Eine Horde Terroristen hätte sich hier auf Lauer legen können, ohne das geringste Risiko, entdeckt zu werden. Squillace faßte zwei angeschlagene Bücherregale und eine lädierte Vitrine ins Auge. Er zog Schubladen auf. Er schaute hinter den Wandschirm und in den Schrank, auf dem sich der ausgestopfte Fasan befand. Schließlich gab er auf und rief die Treppe hoch: »Ma?«

Eine dünne, mürrische Stimme gab zur Antwort: »Ja?«

»*Ma, wo sind diese alten Bücher, die uns Hamish vor Jahren verkauft hat?*« Maggie und Alice warfen sich einen bedeutungsvollen Blick zu.

»*Sie sind in der Zederntruhe, Schnuckelchen. Wer ist denn da? Wir haben noch nicht offen.*«

»*Danke, Ma.*« Guido schlurfte siegesgewiß zu einer rissigen Truhe aus Zedernholz, die hinter der Ladentheke und der Registrierkasse stand. »*Hier* sind sie! Ich wußte, daß sie noch irgendwo sind.« Er angelte einen Stapel Bücher aus der alten Truhe und reichte ihn Alice.

»Wir schauen sie uns mal an«, sagte sie. »Wenn wir welche kaufen wollen, fragen wir.«

»Ach übrigens«, sagte Maggie, »woher haben Sie die?«

»Oh, ein Freund von uns – er ist inzwischen verschieden, fürchte ich – war vor ein paar Jahren ziemlich knapp, und er hat sie uns für ein paar Dollar verkauft. Wir benutzen sie nur, um sie in die Regale zu stellen. Die sehen sonst so leer aus.«

»Sie sind sehr schön. Erinnern Sie sich an den Namen der Person, die sie Ihnen verkauft hat?«

»Na, sicher. Wie ich schon sagte, er war ein Freund von uns. Hamish O'Grady. Er arbeitete lange an der Akademie. Ein netter Mensch, aber ständig mau, nachdem er nicht mehr bei der Army war. Er brachte den Kadetten das Reiten bei, und nachdem sie in den Vierzigern mit den Pferden aufgehört hatten, arbeitete er in der Sporthalle. Kein Bedarf mehr für Reitlehrer beim Militär, sagte er, also ging er in Rente. Seine Frau ist übrigens 'ne nette Person; arbeitet immer noch in der Bibliothek, hab ich gehört, aber Ma und ich kannten sie nie näher. Nicht so gut wie Hamish. Sie war 'ne geborene Cleary, ist in Highland Falls geboren und dort aufgewachsen – Clearys gibt's hier schon, seit Christus Corporal war, und sie reden nicht mit jedem. Ihren Bruder kannten wir besser, John Cleary, der '44 in Anzio umkam. Hamish war ein bißchen jünger als Betty, und alle waren baff, als sie heirateten. Er war von irgendwo im Norden des Staates und ist hierher gezogen. Das war natürlich vor meiner Zeit. *Ma*!«

Erneut war die Stimme vom Obergeschoß zu hören, diesmal noch griesgrämiger. »*Ja*?«

»*Ma, wann ist Hamish nach West Point gezogen*?«

»*Wer*?« sagte die Stimme. »*Hamish Burke von Goshen drüben*?«

»*Nein, Ma – Hamish O'Grady in Highland Falls.* Sie ist nicht mehr so ganz beisammen wie früher«, erklärte Guido den Damen. »Ist jetzt über achtzig; sie kommt nicht mehr oft runter.«

»*Er kam '32 oder '33 her, Schnuckelchen, so um die Zeit. Bei seinem ersten ...*«

»*Danke, Ma.* Ihr Gedächtnis ist noch fabelhaft«, stellte Guido stolz fest. »Vergißt nichts. Nur, was gestern passiert ist, und wann die Rechnungen bezahlt werden müssen. Das mach ich jetzt alles.«

»Haben Sie eine Ahnung, wo er die Bücher herhatte?«

»Oh, in ihrer Familie gab's 'ne Menge Bücher.« Guido schaute die Treppe hoch und senkte die Stimme. »Unter uns, meine Damen, als Hamish in die Jahre kam, trank er 'n bißchen mehr, als gut für ihn war. Und Betty gab ihm Taschengeld – das Vermögen der beiden kam alles von ihr –, und da blieb nicht viel für Entspannung übrig, wenn Sie wissen, was ich meine. Als Hamish also mit diesen Büchern hier ankam – naja, er tat Ma leid, der arme Bursche. Betty hatte die weggeschmissen, sagte er, aber er habe sie aus dem Müll gefischt. Ma kaufte sie für'n paar Dollar, wir konnten sie, wie ich schon sagte, als Dekoration brauchen. Danach lebte er auch nicht mehr lange.«

Tja, dachte Maggie, das eiserne Schweigen der alten Betty O'Grady geht mit dem Tratschmaul vom alten Guido den Bach runter. Ich frag' mich, was er wohl noch ausplaudern würde, wenn man ihn folterte?

Alice berührte Maggies Arm. »Hier ist es, meine Liebe – *Meine Jahre in West Point* von John Waverley Upton. Und schauen Sie, hier, die letzten Seiten kleben zusammen. Und schauen Sie.« Sie zog das Cover auf der Rückseite ab. Innen sah man eine Stelle, wo jemand eine Bibliothekskarte weggerissen hatte.

»Liebe Güte«, sagte Guido. »Was ist los?«

»Dieses Buch wurde gestoh- stammt aus der Bibliothek von West Point.«

»Hey! Ich habe nie geahnt, daß es gestohlen ist. Woher wissen Sie das?«

»Wir haben speziell nach diesem Buch gesucht«, sagte Maggie, »und wir wußten, daß die letzten Seiten verklebt waren. Und hier ist die Stelle, wo die Tasche für die Karte weggerissen wurde.«

»Ist ja unglaublich!« sagte Guido. »Und Hamish war so ein netter Kerl!«

»Ich glaube nicht, daß Hamish das wußte«, sagte Maggie. »Aber keine Sorge. Würden Sie es uns verkaufen?«

»Hey, Ladys, wenn's gestohlen ist, kann ich doch kein Geld dafür nehmen. Nehmen Sie's doch einfach mit.«

»Nicht nötig«, sagte Alice. »Sie haben nichts falsch gemacht, und wir brauchen es. Was glauben Sie, was es wert ist?«

Guido, von Gewissensbissen befreit, zögerte keine Sekunde. »Fünfzehn Dollar. Es ist ein sehr altes Buch und in bestem Zustand.«

»Es ist um die fünfzig Cents wert«, sagte Alice.

»Wir kaufen es«, sagte Maggie. »Nehmen Sie auch einen Scheck? Ich wohne in West Point.«

»'n Scheck ist in Ordnung, junge Frau. Ich nehme auch alle größeren Kreditkarten.« Dann fing Guidos Hirn an zu arbeiten. »Hey – Sie kennen aber Betty O'Grady nicht, oder?«

»Kaum; ich habe sie letzte Woche kennengelernt, als ich das Buch suchte.«

»Maggie«, sagte Alice, »schauen Sie sich das an! Der alte Hamish war wirklich schlecht bei Kasse! Er hat ihnen die Familienbibel verkauft!«

»He«, sagte Guido, »vielleicht sollte ich die Betty zurückgeben.«

»Das könnten wir doch tun«, sagte Maggie leichthin. »Ich sehe sie morgen sowieso. Ich würde es gern tun.«

Guido blinzelte sie aus seinen in Fett gepolsterten Reptilienaugen mißtrauisch an. »Vielleicht sollte ich das lieber selbst tun. Wir kennen sie.«

»Ach, Unsinn«, sagte Maggie zuckersüß. »Ich sehe sie morgen auf jeden Fall, und Sie müssen dann keine Erklärungen abgeben.«

Maggie hatte ihn am Wickel, und er wußte es. Er lächelte und sagte: »Kann ich Ihnen sonst noch was zeigen?«

»Oh, nein danke«, sagte Maggie. »Wir haben Ihre Zeit schon zu lange in Anspruch genommen. Sie haben uns sehr geholfen. Ich schreibe Ihnen jetzt den Scheck aus.« Fünfzehn Dollar waren ein Klacks für die reiche Ausbeute (die Familienbibel der Clearys gab es umsonst), und während Maggie den Scheck schrieb, bewunderte Alice draußen den eisernen Greyhound. Als Maggie ging, hörte sie Mutter Squillace aus ihrer Klause eine Treppe höher rufen: »*Schnuckelchen! Wo bleibt mein Frühstück? Es ist schon spät*!«

»*Nun mal halblang, Mutter! Ich tu ja, was ich kann*!«

Kaum saßen sie im Auto, kicherten Maggie und Alice hysterisch los. Zum Glück führte sich der Ortspolizist gerade in einem Diner einen Kaffee zu Gemüte, was ihm den Anblick des roten Mercedes ersparte, der Cornwall Antiques in einer Wolke aus Staub und hochspritzendem Kies hinter sich ließ.

Sie saßen wieder in der Bibliothek, Hob Gorts Mahagoni-Mausoleum, und aus der Speisekammer hörten sie Satans gedämpftes Bellen und ein wiederholtes Rumsen, wenn er wutentbrannt gegen die verschlossene Tür sprang. Nach einer Weile hatten sich Maggie und Alice an den Lärm gewöhnt; Bernice stellte einfach ihr Hörgerät eine Stufe kleiner. Maggie las die Abschnitte über Adonijah Proctor aus Uptons Buch vor, aber Alice hörte nur mit halbem Ohr zu und widmete sich währenddessen den Eintragungen in der Bibel der Clearys.

»Der Punkt ist«, sagte Maggie«, Upton hat seine Recherchen über den Geist schon um 1870 gemacht. Im Vorwort, das 1871 entstand, zitiert er aus einem Brief von einem General Winfield Scott Hancock vom Department of Dakota. Dieser Name taucht häufiger auf.«

»Ich habe nach unserem letzten Gespräch nach Material über ihn gesucht«, sagte Bernice, »weil er ja etwas über Proctor gewußt zu haben scheint. Ich habe hier irgendwo die Notizen ...«

»Im Vorwort schreibt er«, fuhr Maggie fort, »›im besonderen zu Dank verpflichtet bin ich meinem Freund General Winfield Scott Hancock, in dessen Stab ich im vergangenen Krieg diente, für seine Unterstützung bei der Zusammenstellung von Beobachtungen über den berüchtigten Geist des Adonijah Proctor. Er weckte mein Interesse an diesem Thema schon vor Jahren, indem er mir in der Nacht vor Longstreets berühmtem Angriff auf Gettysburg von Gerüchten zu diesem bemerkenswerten Phänomen Bericht erstattete, und im Zuge des Petersburg-Feldzugs wurde mir die Chance zuteil, mit zwei früheren Kadetten zu sprechen, die ebenfalls einige Kenntnisse über diese Angelegenheit besaßen. General Hancock war so überaus freundlich, mir trotz seines schwierigen Kommandos über das Department von Dakota einige Zeit zu widmen – inmitten, so möchte ich hinzufügen, von großen Schwierigkeiten in den Black Hills und dem drohenden Aufstand der Sioux, der sich bald für die Armee im Westen als höchst hinderlich erweisen sollte. Aber da er ein Freund von Captain Proctor gewesen war – einer der wenigen, der als Vertrauter des alten Mannes gelten konnte –, war seine Unterstützung der Schlüssel zu meinen eigenen Betrachtungen zu diesem seltsamen Thema.‹«

»Hier hab ich sie«, sagte Bernice. »Winfield Scott Hancock, geboren am 14. Februar – am Valentinstag, wie romantisch! – 1824, gestorben 1886. Er machte 1848 seinen Abschluß in West Point, diente beim 6. Infanterieregiment im Mexikanischen Krieg. Im Bürgerkrieg übertrug man ihm das Kommando über das zweite Korps der Potomac-Army, und seine Sternstunde war die Verteidigung des Zentrums der Konföderierten gegen Picketts Division auf dem Cemetery Ridge am 3. Juli 1863. Er galt als stattlicher Mann, obwohl er in seinen späteren Jahren zur Untersetztheit neigte, und man wußte von ihm, daß seine Uniform stets, auch in den schwierigsten Lagen, tadellos war. Er hatte das Kommando über das Department of Dakota von 1870 bis 1872 und ließ sich als Präsidentschaftskandidat aufstellen, blieb allerdings erfolglos.«

»Paßt zu Uptons Bemerkungen«, sagte Maggie. »Jetzt wollen wir doch mal sehen, was er gesagt hat.« Sie blätterte eine Weile in dem Buch herum. Es war im Erzählstil gehalten und hatte keinen Index. Auch die Kapitelüberschriften gaben nicht viel her. Schließlich entdeckte sie die Namen Proctor und Hancock und blätterte zum Anfang eines Kapitels zurück, das mit »Ein unbeugbarer Geist« überschrieben war.

Sie überflog den Text. »Okay, Mädels – vom feinsten! Hört euch das an:

›Die typischste all der vielen Legenden von Spukorten in West Point und Umgebung – die ebenso alt ist wie die Geschichte von der Köchin Molly und Patty Murphy im prächtigen Haus des Direktors – handelt von Captain Adonijah Proctor, der von 1819 bis 1846 unter dem berühmten Professor Robert W. Weir und seinen Vorgängern als Zeichenlehrer tätig war. Im folgenden werde ich den Kern der Geistergeschichte darstellen, über den ich dank meiner langen Freundschaft mit General Winfield Scott Hancock, Held des letzten Krieges, der mit Captain Proctor in seiner Kadettenzeit bekannt war, zu berichten weiß. Dies ist die Geschichte, die er mir in der langen Nacht vor dem furchtbaren dritten Tag von Gettysburg erzählte.‹«

Alice ließ die Bibel sinken und hörte zu. Sogar Satan verzichtete auf seine stupiden Protestbezeugungen.

»›Adonijah Proctor‹«, fuhr Maggie fort, »›entstammte einer alten Familie aus Massachusetts. Er kam 1790 in Braintree zur Welt und erhielt seine Ausbildung in Harvard. Im Krieg von 1812 diente er in der Armee und tat sich in der Schlacht von Tohopeka hervor, in der die Truppen von General Jackson endlich die Streitmacht der kriegerischen Creek zerschlugen.

Fähnrich Proctor erlitt bei dem letzten Angriff auf die Brustwehren schwere Verletzungen, und man gab nicht mehr viel um sein Leben, jedoch überstand er eine lange mühsame Reise nach Boston und versetzte den Berufsstand der Heiler in Erstaunen, da er lebte und genas, obschon seinem Gang hernach ein Hinken anzumerken war.

1819 nahm er auf Wunsch von Colonel Thayer den Dienst wieder auf und übernahm eine Lehrtätigkeit an der Militärakademie, und selbigen Posten behielt er bei bis zum Ausbruch des Mexikanischen Krieges. Er war ein begabter Kartograph und talentierter Lehrer und erwarb großen Verdienst durch seine Förderung und Verfeinerung dieser Kunst, die sich bei der Erforschung der neuen westlichen Gebiete der Republik als so hilfreich erweisen sollte.

1822 ehelichte er Eliza Wharton aus Boston, ein Mädchen aus hervorragender Familie, einige Jahre jünger als er. Ihr Vater war Doktor Elihu Wharton, ein namhafter Theologe, dessen kraftvolle Predigten und ausführliche Monographien zur moralischen Zweifelhaftigkeit der Zeit jedermann geläufig waren und dessen philanthropisches Wirken sehr zur Blüte der Künste und der Bildung der Stadt in diesem erwachenden Jahrhundert beitrugen. Bei Eliza rühmte man ihre Schönheit und Bescheidenheit und ihre Liebe zu ihrem Vater. Es hieß zu dieser Zeit auch, daß ihre Entscheidung, Captain Proctors Heiratsantrag anzunehmen, auf erbitterte Ablehnung ihres Vaters stieß, der erst zum Einlenken bewegt werden konnte, als man ihn überzeugt hatte, daß Captain Proctors begrenzte Zukunftsaussichten durch seinen unzweifelhaften Ruf und die Empfehlungen von Colonel Thayer wettgemacht wurden, der einer der besten Lehrer aller Zeiten und mit Proctors Familie bekannt war.

Um die Vergrößerung seines Hausstandes angemessen zu würdigen, verlegte Captain Proctor seinen Wohnsitz von einer kleinen Unterkunft in Buttermilk Falls in ein solideres Heim an der alten Faculty Row. Das Glück blieb den Proctors hold, denn 1824 erblickte ihr einziges Kind, eine Tochter mit Namen Annabelle Charlotte, das Licht der Welt. Sie war ein prächtiges Kind mit leuchtend goldenem Haar und einem allerliebsten Gemüt, das die kleine Gemeinschaft der Militärakademie bezauberte, und vor allem bei den Kadetten (seinerzeit weniger an der Zahl als das gegenwärtige Korps) freute man sich, wann immer man sie sah. Ihre jungen Verehrer, die sich im Hause der Proctors zu Zeiten ihres kurzen Lebens aufhielten, kannten sie als Annabelle.

Jene Jahre waren für Captain Proctor beinahe idyllisch, denn er konnte seiner gewählten Berufung uneingeschränkt nachgehen, wurde von seinen Vorgesetzten, Studenten und Kollegen bewundert und lebte ein behagliches, wenngleich bescheidenes Leben und sonnte sich in der Aufmerksamkeit, die eine kleine Gruppe anderer Lehrer und ausgewählter Studenten seiner Tochter, dem »goldenen Kind«, zuteil werden ließen. Zwei oder drei Kadetten waren regelmäßige Gäste im Hause der Proctors, unter ihnen Proctors klügste und vielversprechendste Studenten.

Im Leben der kleinen Annabelle trugen nicht nur viele erwachsene Bewunderer zu ihrem Glück bei, sondern auch eine stete Gemeinschaft von Kindern des Lehrkörpers und der Dienerschaft, zu der auch der kleine Sohn des Proctorschen Dienstmädchens, Bridget Hardesty, zählte, die Corporal James Cleary geehelicht hatte –‹«

»Treffer«, sagte Alice. »Wir kommen der Sache näher. Sind wir soeben auf den Urvater des berühmten Cleary-Clans aus Highland Falls gestoßen?«

»Können wir es zu hoffen wagen?« sagte Maggie. »Jedenfalls: ›... die Corporal James Cleary geehelicht hatte, einen Soldaten ihrer Volksgruppe, der seinerzeit in der Garnison von West Point stationiert war. Der Junge war ein Jahr jünger als Annabelle, und die beiden waren unzertrennliche Spielkameraden, ihren Herkunftsunterschieden zum Trotz. Auch Proctor selbst verhielt sich zu dem jungen Cleary wie zu einem eigenen Sohn.

Allzubald brach eine Tragödie herein über das Glück. Schon 1827 schien sich Captain Proctor in tiefster Verzweiflung zu befinden, aus Gründen, die seinen Freunden verborgen blieben, allerdings litt Eliza zu dieser Zeit offenbar unter einem nicht zu erhellenden Gebrechen, das ihren Charakter stark veränderte. Dennoch entsprach der Proctorsche Haushalt nach Meinung der Freunde den Mustern christlichen Familiendaseins, wobei das lieblichste Geschöpf desselben die entzückende Annabelle war, die zu Zeiten ihres vierten Geburtstags als gefeierte Schönheit von West Point galt.

In der Nacht des 12. Dezember 1830, in der sich Captain Proctor wegen eines Auftrags in Buttermilk Falls aufhielt, brach im Hause der Proctors ein Brand aus, der in kürzester Zeit alles zerstörte, wogegen kein Ankommen war, da die Kälte den Wassernachschub erschwerte, und als Captain Proctor zurückkehrte, war dem Feuer kein Einhalt mehr zu gebieten. Verhängnisvollerweise waren die Türen fest verschlossen und mußten aufgebrochen werden, was Rettungsversuche zusätzlich erschwerte. Nur Bridget Cleary und ihr Sohn John konnten flüchten, indem sie aus einem Fenster im ersten Stock sprangen.

Der Verlust von Mrs. Proctor und vor allem von Annabelle senkte sich schwer auf West Point. Captain Proctor selbst verlor angesichts des Unglücks fast den Verstand und mußte ein Jahr beurlaubt werden. Die Gruppe der Kadetten, die enge Freunde der Proctors und Verehrer der goldenen Annabelle gewesen waren, war schwer getroffen, und vor allem einer von ihnen, ein vielversprechender Kadett und hervorragender Student, einer der Begabtesten seiner Klasse, ergab sich hernach den düsteren Seiten seines Geistes und brach schließlich seine Ausbildung vor der Zeit ab.‹

Und jetzt«, fuhr Maggie fort, »gibt Upton eine Schilderung von Corporal O'Hanlons Erlebnis mit dem weinenden Kind im Jahre 1835. Schauen wir mal – sieht fast so aus, als wäre es im wesentlichen dieselbe Geschichte wie im anderen Buch. Ja, ich glaube sogar, teilweise wortwörtlich. Genau, hier spricht er vom ›heftigen Tadel seitens des Offiziers‹, darüber hatte sich Sam so amüsiert. Ich fürchte, der gute alte J.W. Upton schämte sich nicht, sich selbst zu plagiieren.«

»Kann das wahr sein?« sagte Bernice.

»Wundert mich auch«, sagte Maggie, »aber er hat's getan. Also, hier geht's weiter. Herhören, meine Damen! Frisches Material! ›In den Tagen vor der Attacke auf Petersburg blieb mir wider Erwarten etwas Zeit, die ich nutzen konnte, um mit zwei Offizieren aus der Abschlußklasse von 1860 zu sprechen, die Gelegenheit hatten, dem Geist zu begegnen. Beide berichteten von einer Erscheinung, wie sie von dem tapferen Corporal O'Hanlon geschildert wurde, und einer – der derzeit in West Point Dienst tut – wußte vom Weinen eines Kindes am selben Orte zu berichten. Beide merkten jedoch an, daß der Geist von Captain Proctor nicht Angst und Schrecken verbreite, sondern vielmehr ein tiefes Gefühl von Traurigkeit verursache, und daß sie den Eindruck gewonnen hätten, der Geist sei eher gütiger als übelwollender Stimmung.

Aber düstere Vorkommnisse, die dem Erscheinen folgten ...‹ Grundgütiger«, sagte Maggie, »hier haben wir's ›... düstere Vorkommnisse seien schlimme Träume; Träume von solcher Gräßlichkeit, daß sie dem scheinbar harmlosen Wesen des Geistes widersprächen. Beide Männer schilderten mir ihr nächtliches Grauen in allen Einzelheiten. Angesichts der Ungehörigkeit der Themen, sehe ich von einer Nacherzählung ihrer Erlebnisse ab. Begnügen wir uns damit zu sagen, daß laut diesen Phantasien beim Tode von Eliza und Annabelle weitaus schrecklichere Umstände eine Rolle spielten, als man seinerzeit annahm. Aus Rücksicht auf die Überlebenden sollen meine Schlüsse unter dem Siegel der Verschwiegenheit bleiben. Für diejenigen, die sich jenen Schrecken gegenübersehen, ist dies geringer Trost. Denn mir ist bekannt, daß zumindest einer der zwei Männer, die mir in einem Zelt ihre Geheimnisse offenbarten, noch immer von diesen wüsten Störungen seiner Nachtruhe heimgesucht wird.‹«

»Schlechte Aussichten für unsere Kadetten«, sagte Alice.

»O Gott, Sie wollen doch nicht sagen, daß sie diese Träume mit ins ... o Schreck!« Bernice kreuzte instinktiv die Hände über dem Herzen. »Ich muß vorsichtig sein, was ich sage!«

»Ich muß an Liam denken«, sagte Maggie. »Vielleicht war das die Aufregung von letzter Nacht. Gott, ich hoffe nicht. Er ist schon, wenn es ihm gutgeht, seinen Stimmungen ausgeliefert, ich möchte nicht daran denken, was wäre, wenn er jahrelang Alpträume erdulden müßte. Herrje – sie müßten einen Raben über seiner Tür anbringen.«

Sam und Maggie gönnten sich einen Abend Pause vom Geisterdienst. Zur Feier des Tages machten sie eine Flasche Wein auf. Aber Sam verspeiste sein Essen so geistesabwesend, daß es auch warme Notrationen hätten sein können. Er war völlig in das Buch vertieft. Maggie beschäftigte sich mit der Bibel. Ihr gemeinsamer Abend verging ohne nennenswerte Gespräche, indem Sam vor sich hinmurmelte und Maggie sich auf einem Block Notizen machte.

»Sam«, sagte sie schließlich, »ich habe eine Theorie. Sie ist ein Prachtstück.«

Er blickte von den Upton-Memoiren auf. »Gib's mir.«

»Keine Provokation, Bondurant. Gar keine. Aber schau, Mrs. O'Grady war unvorsichtig; sie hat es zugelassen, daß die Cleary-Familienbibel mit all ihrem belastenden Material in die rachsüchtigen Klauen von Maggie gerät.«

»Ein schwerer Fehler. Was steht drin? Liturgien für schwarze Messen?«

»Nein, Liebster – es ist nur eine ganz normale Bibel von 1855. Aber beim Cleary-Clan war es Brauch, Geburten, Todesfälle und Heiraten innen auf dem Umschlag zu vermerken. Und das haben wir nun hier, mit der letzten Eintragung aus dem Jahr 1932. Ereignisse vor 1855 sind auch verzeichnet, und zwar in derselben Handschrift, die die ersten Notizen nach dem Kauf der Bibel machte (was ungefähr 1855 gewesen sein muß). Der Schreiber oder die Schreiberin muß die früheren Sachen aus der Erinnerung notiert oder aus einer älteren Bibel abgeschrieben haben.«

»Klingt einleuchtend. Komm zum Schluß.«

»Nur nicht ungeduldig sein, bester Gatte. Ich amüsiere mich bestens hierbei. Und da haben wir nun die liebe, meschuggene, alte Mrs. O'Grady, die nur halb so gaga zu sein scheint, wie die gute Maggie zuerst dachte, die, wie sich herausstellt, die lebende Nachfahrin von Miss Bridget Hardesty, geboren im Juli 1807 im County Fermanagh, Irland, ist. Diese hat, so steht hier, Corporal James Cleary geheiratet, der im August 1795 geboren wurde und im Mai 1838 in West Point starb. Bridey selbst lebte bis zum 12. Dezember – allerhand, Bridget! Das war der Jahrestag des Feuers! – bis zum 12. Dezember 1889. Ihr langes Leben ermöglichte es John Waverley Upton, mit ihr zu sprechen. Erinnerst du dich? Er berichtete, daß sie im Vollbesitz ihrer geistigen Kräfte war. Das möcht ich wetten! Bei unserer Betty O'Grady schlagen bestimmt die Eigenschaften des alten Mädchens durch.«

»Und was sagt uns das?« fragte Sam. »Willst du auf was Bestimmtes raus, oder kramst du nur hämisch in den Familiengeheimnissen deiner Erzfeindin?«

»Wir sind noch nicht bei den Geheimnissen. Also, sie haben einen Sohn, John Cleary, geboren im Februar 1825, gestorben 1877. Er heiratete Rachel Mahan aus Tompkins Cove, und sie hatten vier Kinder, von denen nur eines, John junior, die Kindheit überlebt. John wurde 1854 geboren und starb 1912. Er heiratete Elizabeth Ward aus Peekskill; sie hatten zwei Kinder, die sehr spät zur Welt kamen – für sein Alter, Miss Ward war um einiges jünger. Das kommt dir doch bekannt vor, oder? Ihr Sohn John III wurde 1901 geboren und starb 1944; er ist als ›Master Sergeant, U. S. Army‹ aufgeführt, also hatte Guidos alte Mama recht. Er muß derjenige sein, der in Anzio umkam.«

»Wer zum Teufel ist Guido?«

»Später, mein Guter. Die Tochter, Elizabeth, wurde 1907 geboren und lebt, den meisten Berichten zufolge, bei bester Gesundheit in den Gedärmen der Kadettenbücherei. *Ta-taaaaa*!«

»Ich klinge nur ungern wie eine Platte, die hängt, aber was sagt uns das?«

»Schau dir die Daten an, Herzblatt. Upton zufolge hat unsere Bridey ihren Teilzeitjob als Muschelverkäuferin oder so in Fermanagh aufgegeben und ist gerade rechtzeitig an den Küsten des Landes der unbegrenzten Möglichkeiten eingetroffen, um sich im zarten Alter von sechzehn Jahren von der frischgebackenen Familie Proctor anstellen zu lassen. Das war 1824, als die Proctors einzogen. Die goldene Annabelle tritt weniger als ein Jahr nach dem Einzug auf den Plan – das heißt, das *erste …*«

»Maggie, jetzt weiß ich, worauf du hinaus willst.«

»… und ein Jahr danach kommt der kleine John, Sohn von Bridget Hardesty, aber auch von John Cleary? Man mag's nicht recht glauben. Die errötende Braut umarmte, möchte ich meinen, einen gleichfalls errötenden Bräutigam. In Uptons Erinnerungen – und ich nehme an, daß er diese Informationen von der alten Bridget Cleary bekam – läßt er den munteren Knaben im Januar 1825 das Licht der Welt erblicken. Aber hier in der Cleary-Bibel kräht der kleine Bursche erstmals am 5. November 1824.«

»Recht peinlich.«

»Das kannst du aber annehmen! Der altehrwürdige Cleary-Clan hat einen Bastardfaden auf dem Schild! Sie hat James Cleary erst am 15. Juni 1824 geheiratet, steht hier. Sie haben die Wahrheit Gottes in Gottes Buch vermerkt – aber die alte Bridget hat vergessen weiterzuschwindeln, als sie sechzig Jahre später mit Upton sprach. Vielleicht war es ihr auch egal.«

»Und uns ist es nicht egal?«

»Oh, ich glaube nicht, daß es uns bei der Geisterjagd hilft. Aber ich kann dieses Buch triumphal zur lieben, meschuggenen, alten Mrs. O'Grady schleppen. Dann werden sie und ich wissen, daß ich weiß, was niemand wissen sollte! Und zudem kann ich sie gnädig anlächeln in dem Wissen, daß sie weiß, daß ich weiß, daß sie ein Buch ausgemustert hat, das Eigentum der Regierung der Vereinigten Staaten ist.«

»Woher weißt du das?«

Maggie erzählte Sam von Guido Squillace und der unerfreulichen Schwäche von Hamish O'Grady. »Ach, ich muß übrigens Liam anrufen.«

»Er schläft wahrscheinlich. Laß ihn ausruhen.«

»Es dauert nur eine Sekunde.« Maggie hüpfte in die Küche und rief in Liams Unterkunft an. Es dauerte eine ganze Weile, dann: »Oh, hi! Maggie. Hab ich dich aufgeweckt? Ich glaube nicht. Ich habe eine wichtige Frage, die nur du beantworten kannst. Wie sprichst du S-E-A-M-U-S aus? Ja, den irischen Namen ... Das dachte ich mir. Aber warum? Weshalb kommt dabei ›Hamish‹ raus?« Es entstand eine längere Pause. »Oh. Hab ich mir gedacht. Danke, Liam, du bist genial. Tschüß.«

»Worum in drei Teufels Namen ging es?« fragte Sam, als sie an den Tisch zurückkam.

»Ein letztes Geheimnis. Bettys verstorbenes Schätzchen ist in der Bibel als Seamus O'Grady aufgeführt. Ich dachte mir, daß es dasselbe ist wie Hamish, und Liam hat mir das bestätigt.«

»Und was sagte er während der langen Pause?«

»Ach, du kennst doch Liam. Ich hab den Fehler gemacht, ihn zu fragen, wie sie nur von Seamus auf Hamish kommen, und er hat mir einen Vortrag gehalten über starke und schwache Vokale und gehauchte Konsonanten in irischem Gälisch – was übrigens, Liebster, ›gälisch‹ ausgesprochen wird und nicht ›geilisch‹. Das war jedenfalls das fehlende Stück.«

»Das ist doch albern, Maggie. Du hast nicht genug Beweise, um Betty O'Grady als Abkomme des Bastardzweigs der Clearys zu verurteilen. Aber warum sollte sie die Bücher wegwerfen? Wer würde sich denn je die Mühe machen, sie zu vergleichen? Oder sie überhaupt nur anzuschauen?«

»Jeder, der sich für den Geist interessiert, Sam. Ich glaube, sie hat sie '67 oder '68 rausgeschmissen, als das Geistthema wieder aufkochte. Es wäre möglich, daß Bernice Gort 1947 ziemlich dicht an der Wahrheit dran war – oder zumindest glaubte Betty das –, als sie beide Upton-Bücher las, um ihr Papier zu schreiben. Als das nächste Mal jemand herumschnüffelte, wurde Betty radikal. Es hätte ja jemand eine richtig ausführliche Studie über den Geist anfangen und dabei auf die liederliche kleine Bridget stoßen können.«

»Aber wer sollte sich denn so was aufhalsen?«

»Sei doch nicht so dusselig, mein Guter. Ich hab das soeben getan.«

»Ist was dran.« Sam schenkte ihr Wein nach. »Trinken wir auf die Cleary, unverwüstliche Söhne Hibernias und knöcherne Säulen der hiesigen Sagenwelt.«

»Da trink ich drauf«, meinte Maggie vergnügt, und sie stießen an.

Und Sam sagte: »Und trinken wir auf Maggie Marple, Kindbraut, junge werdende Mutter und unvergleichliche Detektivin, die den Troll des Katalogs zur Strecke brachte.«

»Darauf trink ich auch.« Sie leerten ihre Gläser. »Weißt du«, sagte Maggie, »du siehst ziemlich süß aus mit diesem blauen Auge – wie ein schlaues, reizendes Hündchen mit einem Fleck auf dem Auge. Hast du heut abend noch was vor?«

»Da du mich gefragt hast, stelle ich fest, daß mein Kalender keinerlei soziale Verpflichtungen aufweist.«

»Wie wär's mit einem Quickie zu Ehren von – von John Cleary und seiner errötenden Braut?« Maggie beugte sich vor und küßte Sam. »Wir haben auch was, worüber wir rot werden könnten.«

Liam war tatsächlich wach gewesen, als Maggie ihn anrief, und das Thema hatte ihn nicht sonderlich interessiert. Er hatte versucht zu schlafen, aber er war zu aufgewühlt, und zu viele Dinge stahlen sich in seinen Kopf und raubten ihm den Schlaf. Er gab es auf, setzte sich wieder auf den fürchterlichen, unbequemen, geschnitzten Stuhl an seinem chinesischen Schreibtisch. Es ist nicht der richtige Zeitpunkt, sagte er sich, aber im Hintergrund ertönte schriller denn je der Chor der Dämonen. *Du vergeudest Zeit. Wirf die Runen, Feigling, laß sie fallen, wie sie wollen.*

Und so holte er schließlich den Beutel aus seinem Versteck, nahm einen Stein heraus und legte ihn auf den Tisch. Es war *nyd*,

die Rune für die Beschränkung. Und genau das erlebe ich, sagte er sich. Das erlebst du schon seit Jahren, heulten die Dämonen. Er wählte einen anderen Stein und legte ihn neben den ersten. Es war *beorc*,

ᛒ

die Rune des Wachstums. Welchen Weg gibt es noch? Er zog einen letzten Stein, und es war *thorn*,

ᚦ

die Pforte. *Wir wußten es, kreischten die Dämonen, wir haben es gesagt, wir haben es gesagt, es gibt nur diesen Weg, nur den Weg durch die Pforte.* Liam legte die Steine nacheinander in den Beutel zurück und ging wieder ins Bett. Jetzt, nachdem er die Runen gelegt hatte, ließen die Dämonen ihn schlafen.

14

Donnerstag um kurz vor zwölf fand Liam eine Nachricht von Sam, die besagte, er möge sich doch so bald wie möglich im Labor einfinden. Das war etwa kurz nach zwei, und als Liam im Labor eintraf, stieß er dort auf Sam, der mit George Salinger (dessen Fuß in Gips steckte), Saganian und Ortega zusammenhockte. Am Ende des Raums stand ein großer Fernsehmonitor auf einem Rolltisch.

Sam plazierte für Liam einen Stuhl direkt vor dem Fernseher. »Extra für dich, Sigmund – erste Reihe. Wir möchten nur, daß du da hinschaust und uns deine Eindrücke mitteilst.«

»Ich werde mein Bestes tun«, sagte Liam. »Aber werdet nicht zu technisch. Kann ich auf ein Video von *Citizen Kane* hoffen?

»Nein. Schau's dir einfach an.« Ortega schaltete das Oberlicht aus, und in dem lichtisolierten Labor wurde es pechschwarz. Sam ließ das Band laufen. Nach einigen Sekunden tauchte eine Gruppe blasser Punkte auf dem Bildschirm auf. »Okay«, sagte Sam, »was ist das?«

»Ein Haufen Flecken.«

»Okay, und jetzt paß auf.« Einige Sekunden später begannen die Punkte in unregelmäßigen Abständen von links nach rechts zu wandern.

»Da läuft jemand rum«, sagte Liam, »oder es ist ein ziemlich guter Zeichentrickfilm.«

»Richtig«, sagte Sam. »Genauer gesagt, ist es Ortega in einem schwarzen Overall mit einer schwarzen Tüte über dem Kopf und Reflektoren an den Gelenken – an den Schultern, Ellenbogen, Handgelenken, Hüften, Knien und Füßen. Wir haben ihn aufgenommen, wie er vor der Kamera rumlief, dann haben wir das Licht rausgenommen und den Kontrast hochgestellt, so daß man nur noch die Reflektoren sieht.«

»Faszinierend.«

»Wart's nur ab, du Mondsüchtiger. Es wird erst faszinierend. Schau dir das an.« Eine zweite Sequenz begann: ein ähnliches Muster von Lichtpunkten, das erst unbeweglich war, sich dann nach rechts bewegte.

»Noch einer, der rumläuft«, sagte Liam.

»Derselbe?«

»Schon möglich. Sollte ich einen Unterschied sehen?«

»Ich spul's noch mal zurück. Und diesmal schau bitte mit den Augen im Kopf, nicht mit denen am Arsch.« Es wurde dunkel, als Sam das Band stoppte; dann liefen die Bilder in derselben Reihenfolge noch einmal ab.

»Okay«, sagte Liam, »ich wage die Vermutung zu äußern, daß die zweite Person weiblichen Geschlechts war.«

»Wie kommst du darauf?«

»Muß ich dir das sagen? Ich nehme an, der zweite Körper hatte ein anderes Gleichgewicht. *Vive la différence.*«

»Exzellent. Es war nämlich Maggie in schwarzer Strumpfhose und Leotard sowie der schwarzen Tüte und den Reflektoren.«

»Ich bin beeindruckt. Maggie könnte zum Varieté gehen. Kann ich jetzt abdampfen?«

»Nein. Sieh dir diese Sequenz an.«

»Ich werde versuchen, meine Aufregung zu zügeln.« Wieder ein Lichtbündel; diesmal jedoch bewegten sich die Punkte seltsam, nicht mit menschlichen Bewegungen.

»Ich schätze, das war wieder eine Person mit Lichtern. Habt ihr Quasimodo angeheuert? Das sah nicht nach jemand Normalem aus.«

»Okay«, sagte Sam, »und noch eins. Schau genau hin.« Eine ähnliche Sequenz. Danach blieb Liam still. »Wonach sah das aus?« half Sam nach.

»Laß es noch mal laufen.«

»Aha! Wir haben seine Aufmerksamkeit. Also los ...«

»Nun gut«, sagte Liam danach, »du bist ein Genie. Das ist der Geist – seine Art zu gehen, meine ich.«

Salinger und Ortega strahlten. Sam war entzückt. »Ganz recht – du hast ein echtes Genie vor dir. Tetzel war nach dem Lunch da und sagte dasselbe. Der Geist ›geht seltsam‹, okay, und jetzt wissen wir auch, warum.«

»Prima«, sagte Liam. »Enthüllt mir das Geheimnis.«

»Ganz einfach – die akkurate experimentelle Psychologie siegt wieder einmal. Dieser kleine Trick mit den Lichtern wurde erstmal von Gunnar Johansson 1950 in Schweden durchgeführt. Er fand heraus, daß Menschen sehr präzise die relativen Bewegungen eines Teils einer Sache wahrnehmen können, wie zum Beispiel einer gehenden Person; daß es eine Art biomechanischer Invariante gibt, auf die wir instinktiv reagieren. Einige spezifische Feinheiten verraten uns sogar das Geschlecht der gehenden Person. Und wir spüren auch, wenn etwas nicht stimmt. Die verkrümmte Gestalt war wieder Maggie, aber die Reflektoren waren von den Gelenken an andere Stellen verlegt worden. Ich hätte dieses Beispiel eigentlich nicht mehr gebraucht, aber es machte mir Spaß, die Reflektoren umzubauen.«

»Alter Lustmolch.«

»Na, jedenfalls hatte ich so eine Idee – beziehungsweise Maggie, nachdem sie diese Bemerkungen über ›geht seltsam‹ gehört hatte, und das war eine elegante Möglichkeit, es zu testen. Ich habe nur die Reflektoren von den Knöcheln auf halbe Höhe der Waden geklebt und noch mal eine Aufnahme gemacht. Tetzel und du, ihr habt auf Anhieb – und unabhängig voneinander – den ›komischen Gang‹ des Geists erkannt.«

»Richtig. Und was hat also diese Verlagerung der Reflektoren bewiesen?«

»Es entstand dabei dasselbe relative Bewegungsmuster, das ein Beobachter wahrnehmen würde, wenn er eine verschwommene, undeutliche menschliche Gestalt sähe, deren untere Beinhälfte behindert wäre, zum Beispiel, wenn er durch einen flachen Fluß waten würde.«

»Der Geist ist durch einen Fluß gewatet?«

»Natürlich nicht«, sagte Sam. »Er ging aber auch nicht auf dem Boden – zumindest nicht auf dem Boden des Zimmers. Er ging auf dem Boden, der seiner Erinnerung entstammt. Vielleicht auf dem Boden des alten Hauses, das einst auf dem Gelände der 47. Division stand. Das ist allerdings, wie das meiste hierbei, eine Vermutung. Maggie kam sofort darauf, und wir konnten jedenfalls beweisen, daß es ein plausibles Erklärungsmodell ist, vorausgesetzt, wir gehen von der irrwitzigen Prämisse aus.«

»Das wollte ich gerade zur Sprache bringen«, sagte Liam. »Du scheinst ja Feuer und Flamme zu sein für die Geisttheorie. Wenn ich mich recht entsinne, Sam, warst du doch bis vor kurzem überzeugter Skeptiker. Hast du dich von deiner eigenen wilden Rede anstecken lassen, mit der du den Kommandeur dazu gekriegt hast, das Projekt zu verlängern?«

»Ich laß mich von nichts anstecken außer dem Beweismaterial, das mir zu Verfügung steht. Im übrigen kommt es mir so vor, als hättest du ebendiesem General erzählt, daß du entweder einen Geist gesehen oder deinen fragilen irischen Verstand verloren hast.«

»Ich versuche nur Treffer zu landen, wenn sich die Gelegenheit bietet«, sagte Liam mit seinem typischen trägen, aufreizenden Lächeln. »Du und deine Hexe, ihr seid jetzt mit diesem Band hier obenauf. Ich warte noch auf meinen Auftritt in diesem Zirkus.«

»Du bist derjenige, der das Ding gesehen hat«, sagte Sam. »Maggie ist so verrückt darauf, in dieses Zimmer zu kommen, daß sie sich dafür einen Topfschnitt machen und in Uniform stecken lassen würde. Ich mußte ihr versprechen, sie am Samstag zur Abschlußveranstaltung mitzunehmen. Ich hab da den Dienst, und da Saganians Hand kaputt ist, brauche ich sowieso Hilfe.«

»Halte sie von diesem Raum fern, Sam«, sagte Liam überraschen eindringlich.

»Nun, ich habe natürlich nicht vor, sie da *schlafen* zu lassen. Sie bleibt bei mir im Geräteraum.«

»Hör zu, Sam – ich möchte, daß du mir versprichst, daß du sie nicht in dieses Zimmer gehen läßt. Ich meine es gottverflucht ernst.« Sam starrte ihn beunruhigt an. »Hör mir gut zu. Ich weiß nicht alles über dieses Zimmer und darüber, was sich da abspielt, aber soviel kann ich dir sagen: Was auch immer sich da drin befindet – es *haßt* bestimmte Dinge. Dieser Raum ist das Reich eines Dämons, Sam. Und zwar eines Dämons, der mindestens zwei Gesichter hat, oder vielleicht auch zwei getrennte Wesen. Als ich dieses Ding gesehen habe und sich alle meine Eindrücke durch diesen Traum bestätigt haben – und dieser Traum war kein Zufall, kein Tagesrest, kein Organtraum –, bin ich auf einige sehr unangenehme Dinge gestoßen, die ich noch nicht klären konnte. Aber wenn Maggie diesen Raum betritt, und es ist mir ernst damit, Sam, *wenn sie in diese Zone eintritt, ist euer Kind in Gefahr.*«

»Heiliger Bimbam«, sagte Sam. »Du hörst dich an wie ein Schundfilm.«

»Frag mich bitte nicht, warum, Sam. Ich kann nicht viel davon erklären, und ich werde es nicht versuchen, bis ich mehr weiß. Was vermutlich nie der Fall sein wird. Du mußt gut auf sie achtgeben, Sam. Du kannst sie vielleicht nicht grundsätzlich fernhalten, aber wenn du sie wirklich liebst, halte sie von diesem Raum fern. Ich weiß einfach, wenn Maggie den Geist sieht, ist das mindeste, was sie abkriegt, diese Träume.«

»Liam, haben deine Theorien über diese Sache – was du gerade gesagt hast – irgendeinen historischen Hintergrund?«

»Was meinst du damit? Ob ich von einer wirklichen Vergangenheit rede, aus der der Spuk hervorging? Ja, sicher. Ich hab nur einen Hauch davon gesehen in dem Traum. Die Kadetten auch, aber die haben nur das erlebt, worauf sie vorbereitet waren.«

»Hä?« Sam zog fragend die Augenbrauen hoch.

»Ich meine«, sagte Liam, »daß wir alle die gleiche Grundausstattung im Hirn haben, die gleichen allgemeinen Potentiale. Aber bei einigen Menschen sind die Verbindungen zwischen inneren Vorgängen und der Realität stärker ausgeprägt. Die Kadetten sind jung, haben wenig Selbsterfahrung; ihnen fehlen diese Verbindungen. Ich bin überzeugt davon, daß die Vorgänge in diesem Raum Dinge ansprechen oder hervorrufen, die bereits im Gehirn der jeweiligen Person vorhanden sind; wenn die Verbindungen zu den inneren Vorgängen da sind, werden die Ergebnisse vielfältiger und deutlicher. Die Kadetten träumten von Dingen, die ihnen auch im bewußten Zustand vertraut waren, und ihre eigenen Erinnerungen wurden nur von dieser neuen Erfahrung verzerrt. In meinem Traum bin ich dichter an die Wurzeln dieser Geheimnisse rangekommen, und ich war auch viel näher dran an dem Komplex aus Ängsten, Liebe und Haß, der in diesem Raum herumtobt. Maggie ist mir da ähnlich. Ich habe einfach Angst davor, was passieren würde, wenn das Ding oder die Dinge da drin Maggies Unterbewußtes mit ihrer eigenen Geschichte verwüsten würden.«

Salinger und Ortega hatten zugehört und immer abwechselnd von Sam zu Liam geblickt, als verfolgten sie ein Tennismatch. Sie schauten ziemlich belämmert drein. »Sie beide können sich einfach den Nachmittag freinehmen oder machen, was Sie wollen. Colonel Fitz und ich möchten uns weiter Gruselgeschichten erzählen.«

Salinger grinste. »Schon gut, Sir. Schönen Tag noch.« Sie schlossen die Tür hinter sich. Sam und Liam blieben in dem nachtschwarzen Raum mit dem Rotlicht zurück.

»Liam, ich habe dich das aus einem bestimmten Grund gefragt. Erinnerst du dich, daß Maggie dich gestern abend anrief?«

»Ja, so dunkel. Ich hab ihr eine Minivorlesung über gälische Morphologie gehalten.«

»Tja, sie hat das Buch gefunden, nach dem sie gesucht hat, und noch andres Zeug, und wir wissen jetzt etwas mehr über Adonijah Proctor und seine Kumpane. Wir wissen beispielsweise, daß Kadetten, die den Geist vor über hundert Jahren sahen, von Träumen heimgesucht wurden, von Träumen, die sie nie wieder loswurden. Und es gibt auch noch eine Andeutung von etwas sehr Unangenehmem.« Sam berichtete von der nicht ausgeführten Andeutung, die Upton machte, vom Fall des Kadetten, der zu trinken begann und in trübsinnige Grübelei verfiel, und von den ehemaligen Kadetten, die dem Chronisten von ihren furchtbaren Träumen erzählten. »Paßt das irgendwie zu deinen trivialen, wüsten Erwägungen?«

»Tja«, sagte Liam, »die Welt ist voll von Schizoiden. Ja, es gibt einige Parallelen, aber ich kann nicht darüber sprechen. Aber das Buch würde ich gerne sehen.«

»Ich wünsch dir viel Glück bei dem Unterfangen, es Maggie zu entreißen; man könnte glauben, sie hätte das Gold König Salomos gefunden. Offenbar hat die alte Mrs. O'Grady aus der Bücherei versucht, es loszuwerden, aber ihr trunksüchtiger Gatte hat ihr einen Strich durch die Rechnung gemacht.«

»Wovon sprichst du?«

Sam erzählte von der Entdeckung des Buches und der Familienbibel der Clearys.

»Und weshalb war die Bibel solch ein gewaltiger Fund?« fragte Liam.

Sam ließ sich über die Genealogie und die peinlichen Geburts- und Heiratstermine aus. »Also hatte der alte Troll zweifellos versucht, das Techtelmechtel ihrer Großmutter mit dem lüsternen jungen Corporal Cleary zu vertuschen.«

Liam schwieg eine ganze Weile. »Ich muß diese beiden Bücher sehen«, sagte er, »und mit Maggie sprechen. Ich glaube, allmählich wird mir einiges klar.«

»Was?« fragte Sam. »Hab ich dein Unterbewußtsein gekitzelt?«

»Ja, aber nur durch Zufall. Du würdest einen Archetyp nicht mal erkennen, wenn er dich in den Arsch beißt.«

»Ich werde das *nicht* anziehen.«

»Doch, du wirst«, sagte Maggie milde.

»Ich werde es nicht anziehen. Ich sehe lächerlich aus.«

»Wenn du es nicht anziehst, wirst du dich lächerlich *fühlen*, als einziger miesepetriger Bock mit einer strahlenden, scharfen Gattin, die ihn in ein weit entferntes Bett verfrachtet.«

»Maggie, ich weiß ja all die Arbeit zu schätzen, die du in das Teil gesteckt hast, aber –«

»Sam, mein Bester, du kannst dir nicht mal *annähernd* vorstellen, was für Mühe ich mir mit diesem Kostüm gemacht habe. Und du kannst dir ebensowenig vorstellen – da du mit Nadel und Faden nicht besonders umgehen kannst –, was für ein Aufwand es war, mein eigenes Kostüm zu machen, es mit deinem abzustimmen, und das wäre alles umsonst, wenn du es nicht trägst ...«

»Nein.«

»... und du kannst dir gar nicht vorstellen, wieviel Mühe es gemacht hat, diesen Liebesbrief vor dir geheimzuhalten ...«

»Nein!«

»... vor deinen neugierigen Augen – jeden Nachmittag mußte ich das ganze Zeug die Speichertreppe hochschleppen, bevor du nach Hause kamst ...«

»*Nein*!«

»... und das in meinem empfindlichen und schwachen Zustand, an dem du, wie ich dich erinnern darf, ziemlich sicher zumindest teilweise beteiligt bist –«

»Was meinst du mit ›*ziemlich* sicher‹?«

»Du wirst wunderbar und beeindruckend aussehen und ...«

»Ich werde absurd aussehen.«

»... du wirst nach dem aussehen, was du unbedingt sein möchtest – ein Kreuzritter der akademischen Intelligenz.«

»Maggie, hab ein Herz.«

»Ich bin aber nicht derjenige«, sagte Maggie in zuckersüßer Gelassenheit, »dem man nachsagt, er hätte ein bionisches

Herzsystem. Ich laufe nicht Gefahr, für selbstsüchtig und aufgeblasen gehalten zu werden – und Selbstsucht gehört zu den läßlichen Sünden, oder vielleicht doch zu den Todsünden?«

»Maggie, können wir nicht einfach –«

»Ah ja doch, Todsünde. Ich bin fast sicher, daß das eine der Todsünden ist. Es müßte jedenfalls so sein. Ich weiß nicht, was Gott sich für Aufgeblasenheit ausgedacht hat, aber auf Maggies Erde steht darauf die Verweigerung von Mahlzeiten, eisige Blicke und die Aussetzung sexueller Dienste in einem Maße, wie sie seit der Kreidezeit nicht mehr vorgekommen ist.«

»Wie krieg ich es an?« fragte Sam.

Maggie hatte eine durchaus passable Imitation des Aufzugs eines Templerritters zustande gebracht, mitsamt Harnisch (eine Kreation aus Spitze, die mit Silberfarbe besprüht, Ähnlichkeit mit einem Kettenhemd aufwies) und einer schneeweißen Tunika mit einem blutroten Kreuz. Das Kettenhemd, das Maggie nach Illustrationen gefertigt hatte, die mindestens so alt waren wie der Teppich von Bayeux, bereitete ihnen einige Schwierigkeiten.

»So kann ich nicht gehen«, beklagte sich Sam. Sie hatten es geschafft, das Hemd über seinen Kopf zu streifen, indem er die Arme hochhielt. Da saß er nun fest.

»Mach mir keine Vorwürfe, Liebster. Ich habe mich an den Vorlagen orientiert.«

»So kann ich kein neues Leben beginnen.«

Maggie kicherte. »Du könntest als Kompaß gehen.«

»Das ist nicht komisch, Maggie. Ich kann meine Arme nicht rühren.«

Aber Maggie wußte aus dem Stand nichts zu sagen, und ihre Erwägungen in der Sache wurden, zu Sams ausgesprochenem Unbehagen, durch das Geräusch der Türklingel unterbrochen. Maggie gab sich ausführlichen Gesprächen mit Liam hin, der höflicherweise Sams erstarrte Daseinsform nicht zur Kenntnis nahm und ihn behandelte wie eine Stehlampe. Schließlich gestattete es Maggie Liam, zur Geisterwache aufzubrechen.

»Maggie, hol mich aus diesem gottverdammten Ding raus.

Ich geb's auf. Jetzt weiß ich, wie man sich als gefährlicher Irrer fühlt.«

»Aber ... du ... du hast so ... so ... so ... oh, Sam!« Sie brach ab.

Er ließ sie lachen, bis ihre Bauchmuskeln schmerzten. »*Okay*, jetzt, wo du deinen Spaß hattest, könnten Mylady vielleicht so freundlich sein und mich von diesem Ding befreien.«

Maggie betrachtete ausgiebig Sams mißliche Lage. Dann atmete sie tief durch. »Okay, Sam. Umarm dich selbst.«

»Mich selbst umarmen? Maggie, was ... autsch!« Sie hatte den Saum des Kettenhemds gepackt und es heftig nach unten gerissen; es hatte ruckartig Sams Schultern freigegeben und saß nun auf geradezu magische Art an Ort und Stelle, wie in einem Trickfilm. Maggie trat zurück und betrachtete stolz das Ergebnis.

»Verdammt. Na prachtvoll, Maggie. Und wie krieg ich das wieder aus? Das Kostümfest ist erst morgen abend, und ich habe Labor und Kolloquium morgen, und ich werde beides nicht im Kettenhemd abhalten.«

»Ach, beruhig dich. Ich mache die Halsöffnung größer. Hier ist dein Schild.« Es bestand aus schwerem, mit gelbem Lack besprühten Karton mit einem diagonalen schwarzen Streifen und einem schwarzen Pferdekopf in der oberen Ecke. Sam zuliebe war es eine Imitation des Emblems der 1. Cavalry-Division, Sams erster und liebster Einheit. Er hatte Maggie das Emblem einmal erklärt, als er es auf einer alten Uniform wiederentdeckt hatte.

Er bewunderte sich im Spiegel, runzelte dann die Stirn. »Es ist verdreht, Maggie. Der Streifen verläuft falsch.«

»Ich weiß«, sagte sie. »Das habe ich absichtlich gemacht, zu Ehren der Clearys. Warte einen Moment.« Sie stürmte die Treppe hinaus; er hörte sie im Schlafzimmer herumkramen.

»Und jetzt dreh dich um«, sagte Maggie vom oberen Treppenabsatz. »Mylady macht ihre Aufwartung.« Sie stieg herab und stellte sich schweigend neben ihn. Sie betrachteten sich im Spiegel. Maggie hatte für sich ein langes mittelalterliches Gewand aus einem dunkelgrünen und goldenen Brokatstoff genäht, den sie am selben Tag entdeckt hatte wie Sams Kettenhemd. Die Schleppe am Boden war mit Kunstpelz besetzt; vorne war es tief ausgeschnitten, und die Ärmel waren weit.

»Heiliger Bimbam«, sagte Sam. »Das ist ja ein echter Hammer.«

»Dies«, sagte sie stolz, »ist der uneheliche Sproß von drei nicht zusammenhängenden Schnittmustern aus dem PX. Ich sollte einen Ehrenorden in Topologie kriegen, dafür daß ich die drei Teile zusammengebracht habe. Ich habe mit diesem Ding am 3. September angefangen und bin erst gestern morgen fertig geworden. Gefällt's dir?«

»War Luther Protestant? Ich wünschte allerdings, ich könnte als Templer gehen, der sich als Typ in Wollhemd und Hose verkleidet. Und überhaupt«, hakte er hartnäckig nach, »wieso die Templer? Warum nicht irgendein Landsknecht aus dem Gefolge von Bohemius, dem Gebieter von Bierteich?«

»Ach, ist nur ein hübscher Einfall aus meiner Zeit im englischen Seminar. In einigen Überlieferungen werden die Ritter des Templerordens mit den Bewachern des Heiligen Grals gleichgesetzt.«

»Und du?«

»Nun, ich bin natürlich die Gralsmaid.«

»Aha! Ich nehme an, du hast vor, von der Tierklinik ein Maultier auszuleihen und zur Party zu reiten.«

»Ich fühle mich geschmeichelt«, sagte Maggie. »Du erinnerst dich noch daran!«

»Zum Teufel, Maggie, das ist nun wirklich keine Gedächtnisleistung. Ich habe eine ganze Woche damit zugebracht, deine Dissertation Korrektur zu lesen. Ich kannte ganze Passagen auswendig. Ich verbinde unsere erste Flirtzeit mit dieser Schinderei, seh mich noch in meiner Wohnung sitzen und fünfzigtausend *vgls* und eine Zillion *ders., ebds* nachzuprüfen.«

»Du hattest reichlich Pausen«, sagte Maggie, »und du wurdest fürstlich belohnt. Beklag dich nicht.«

»Eine Kleinigkeit bevor wir loslegen, Sir«, sagte Saganian. »Diesmal dürfen *Sie* die Tür öffnen. Es ist ein Privileg, das nur

Offizieren zusteht.« Er trug immer noch einen Mullverband an der Hand, und sein Enthusiasmus für die große Geisterjagd war seit dem Malheur Dienstag nacht mächtig geschrumpft.

»Keine Sorge«, sagte Liam. »Ich mach alle Türen auf, und zwar mit dem Fuß.« Sam hatte Saganian angewiesen, einen der Thermistoren an Carson anzubringen, um sicherzugehen, daß seine Körpertemperatur nicht gefährlich absank. Die offensichtliche Unempfindlichkeit des Kadetten gegenüber dem rapiden Temperaturabfall im Raum hatte Sam und Saganian vor ein Rätsel gestellt. Liam hatte gemutmaßt, daß dieses wie auch immer geartete Wesen im Raum seine Energie aus der Umgebung nahm und vielleicht die Wärme aus unbelebten Quellen bezog. Sam hatte ergänzt, daß die EEG-Anomalien auf einen in dem Kadetten vorhandenen oder durch ihn verursachten Mechanismus hinwiesen, der die Energiequellen aus Orten nahm, die das Leben des menschlichen »Werkzeugs« nicht gefährdeten. Nach diesen Äußerungen einigten sie sich darauf, daß sie reif für die Insel waren, obwohl Sam Liam fünfzig Dollar versprach für den Fall, daß er mutig genug war, ihre Spekulationen bei dem jährlichen Kongreß der Psychologischen Gesellschaft vorzutragen. Liam hatte entgegnet, daß keiner so dringend fünfzig Dollar brauchte, obwohl er sich vorstellen könne, daß man angesichts des Abstiegs der Gesellschaft mit diesem Vortrag ein großes Publikum ansprechen könne.

Saganian schaltete jetzt alle Geräte ein und begann mit der undankbaren Aufgabe des erneuten Kalibrierens. Der Videobildschirm für den Computer, der die Thermocouples aufzeichnete, war ersetzt worden, und George hatte einen weiteren Auslöser in das Programm eingearbeitet, der ein Piepen bewirkte, wenn die Temperatur innerhalb von sechzig Sekunden um mehr als ein paar Grad abfiel. Ortega hatte im Zimmer des Kadetten ein Nachtlicht angebracht, das mit einem Schalter vom Geräteraum aus zu bedienen war und es ermöglichte, durch die Videokamera Einzelheiten zu erkennen. Schließlich hatten sie noch eine Kamera mit High-Speed-Film und großer Blende über Barstows leerem Alkoven montiert, die durch eine Fernbedienung neben Saganians Stuhl ausgelöst werden konnte. Sam hatte fest vor, in den drei verbleibenden Nächten auf alles vorbereitet zu sein.

»Sieht okay aus, Sir«, sagte Saganian. »Ich würde ja wirklich gern mal eine Nacht ohne Reparaturen auskommen. Machen wir nach Samstag nacht wirklich dicht?«

»Ich denke schon«, sagte Liam. »Ich weiß nicht, was wir sonst noch suchen wollen. Wir haben EEG-Aufzeichnungen, Aufnahmen von dem Weinen, und wir haben das Videotape, auch wenn's nicht nach viel aussieht.«

»Ich weiß nicht recht, Sir«, sagte Saganian. »Ich muß immer noch an diese Augen denken.«

»Ja, die haben mich auch das Gruseln gelehrt«, sagte Liam. »Aber ich habe keine Ahnung, wie ich beweisen soll, daß es Augen sind.«

»Ich mit meinem militärischen Hirn zweifle da keine Sekunde dran. Wahrscheinlich muß man sie einfach gesehen haben.«

»Mich müssen Sie nicht überzeugen«, sagte Liam. »Ich hab diese Augen Montag nacht gesehen. Ich bin überhaupt nicht wild darauf, das nochmals zu erleben.«

»Glauben Sie, daß es heute wieder einen Besuch gibt, Sir?«

»Ja, ich denke schon. Bis jetzt gab es doch mit der Regelmäßigkeit eines Uhrwerks jedesmal einen.«

»Mal ganz ehrlich, Sir – was glauben Sie, was es ist?«

»Ich möchte noch keinen Kommentar abgeben. Vielleicht finde ich es heute nacht heraus.«

»Wie denn, Sir? Wollen Sie es fragen, wenn es kommt?«

Liam lächelte und sah den orangen Linien des Thermocouplegraphen zu, wie sie über den Computerbildschirm krochen. »Tja, so was Ähnliches.«

»Kommt Colonel Bondurant heute nacht?«

»Ich glaube kaum. Als ich ihn das letzte Mal sah, machte er stark den Eindruck, als hätte er heute nacht was vor. Was ist übrigens diese große Zacke auf dem EEG?«

»Oh, das ist ein Außenfaktor, Sir. Das passiert jedesmal, wenn er sich umdreht und an eine der Elektroden stößt. Aber machen Sie sich keine Sorgen – vor zwei oder drei morgens läuft sowieso nichts. Es wird noch ein langes Warten.« Saganian ging die Auslöser des Audiocomputers durch, prüfte dann den Drucker des Polygraphen. Er war ziemlich im Druck wegen der Geräte. Die spürten das irgendwie und quälten ihn. Bislang hatte das Instrumentarium in keiner einzigen Nacht vollständig funktioniert, und es wurde für Saganian allmählich zu einer Obsession, ein perfektes Ergebnis rauszuholen.

Liam dachte angestrengt über ein anderes Vorhaben nach, dessen Erfolg weitaus mehr von der Kooperationsbereitschaft von Adonijah Proctor denn von den Launen der Schaltkreise abhing.

In den folgenden Stunden beobachteten sie zunehmend entnervt, wie Carsons EEG dokumentierte, wann er in Schlafphasen ein- und wieder austrat. Zu Beginn der REM-Phase erhöhte sich jedesmal die Herzfrequenz, aber beide Male waren keine der charakteristischen Petit-mal-Wellensignale aufgetaucht, die bislang Proctors Besuche angekündigt hatten. Nach einer dritten tieferen Schlafphase, die etwa bis kurz nach drei Uhr anhielt, registrierten sie die Theta-Wellenform auf dem Oszillographen und sahen, daß der Herzschlag sich auf 74 Schläge pro Minute erhöhte.

»Das könnte es sein«, meinte Liam. »Es ist die Geisterstunde.«

»Wäre möglich, Sir. Es gibt auch einen leichten Temperaturabfall, um etwa ein halbes Grad in den letzten Minuten.«

»Wegen einem halben Grand krieg ich noch keine nassen Hände«, sagte Liam. »Warten wir mal auf Sams berühmte Petit-mal-Formation.« Aber die EEG-Linien blieben hartnäckig normale, gezackte Beta-Wellen. Carsons Herzfrequenz erhöhte sich jedoch ständig, und bald lag sie fast bei achtzig.

»Tja«, sagte Saganian, »er träumt wie ein Besengter. Ach, Scheiße! Hinüber!« Auf dem Bildschirm war nur noch unregelmäßiges Gehedder zu sehen, das EEG-Signal war unterbrochen. »Er muß den Hauptsensor weggerissen haben – alle Kanäle sind im Eimer. Wir können ihn jetzt entweder wecken, oder das EEG für den Rest der Nacht in den Wind schreiben.«

Liam nickte und beobachtete die Temperaturmessungen, dann starrte er wieder auf das milchige Videobild.

»Was sollen wir tun, Sir?«

»Hm? Wieso was tun?« Liam wachte aus seiner tranceartigen Hingabe an die Gerätschaften auf.

»Wollen Sie ihn wecken, Sir? Die Hauptelektrode ist abgerissen. Wir kriegen keine Messungen von den Hirnströmungen mehr, wenn wir ihn nicht wecken und den Sensor wieder an seinem Ohr befestigen.«

»Nein«, sagte Liam, »wir lassen ihn schlafen. Die Temperatur und das Video reichen aus. Ich möchte den Traum nicht unterbrechen, für den Fall, daß er Vorbote von etwas anderem ist.«

»Sir, wir sind soweit«, sagte Saganian und senkte die Stimme zu einem Flüstern. »Wir haben jetzt ein Grad weniger.«

»Okay. Achten Sie darauf. Geräusche?«

»Nichts Besonderes, Sir. Im Bereich des Weinens seh ich keine Ausschläge – doch, Donnerschlag! Da sind sie! Genau wie beim letzten Mal!«

»Ich seh sie. Legen Sie los, setzen Sie Kopfhörer auf und halten sie ein weiteres Band bereit. Ich klopfe Ihnen auf die Schulter, wenn ich was brauche.«

»Okay, Sir. Aber denken Sie daran – ich bin nicht heiß drauf, da reinzugehen.«

»Schon verstanden, Sarge. Das ist meine Sache. Schalten Sie jetzt das Band ein.« Liam drehte das Oberlicht aus, und sie hockten schweigend im flackernden Licht der Displays da. Liam hörte nur das Geräusch des laufenden Bands und das leise Surren der Motoren in den Geräteregalen. Er verringerte die Helligkeit des Videobildes, um seine Augen an die Dunkelheit zu gewöhnen, und richtete die Kamera auf einen Punkt oberhalb des Leuchtzifferblattes des Weckers. Er konnte nur verschwommen das Ende der hellen Wand an Barstows Bett und einen dunkleren Teil erkennen, den Wandschirm zwischen den Alkoven der Kadetten. Auf der Suche nach Sams berühmten leuchtenden Augen schwenkte er nach links und rechts, oben und unten, sah aber nichts als Dunkelheit.

Saganian blickte Liam an und machte das Daumen-hoch-Zeichen. »Ich habe sie, Sir – den kleinen Schreihals! Schwach, aber ich kann sie hören. Wollen Sie mal?«

Liam nahm die Kopfhörer und schloß die Augen, als sich die weichen, gepolsterten Mikrophone um seine Ohren schlossen. Zuerst konnte er nichts unterscheiden, aber dann hörte er das dünne, klirrende Geräusch, das sich sachte in das angstvolle Schluchzen eines Kindes verwandelte. Er spürte, wie ihm ein Schauer über die Haut lief – allmählich krieg ich eine Ahnung davon, woher diese ganzen Redewendungen stammen, sagte er sich erbittert –, und plötzlich wünschte er, es möge Stille eintreten, jemand möge Gnade walten lassen und ihm die furchtbare Herausforderung ersparen, der er sich aussetzen sollte. Er wollte es nicht in dieser Nacht tun, so einfach war es. Morgen kam Anna. Er wollte in bester Verfassung sein. Nicht heute nacht, nicht heute nacht, Vater, ich bin schwach heute nacht. Ich werde die Pforte durchschreiten, aber nicht heute nacht.

»Sir«, sagte Saganian, »wir kriegen immer noch 'ne Menge Zacken auf den EEG-Kanälen, sogar ohne den geerdeten. Er muß sich ziemlich wild rumwerfen. Sein Puls ist auf 83. Er muß einen furchtbaren Traum haben. Und normalerweise liegt er ganz still, wenn die Träume anfangen.«

Liam nickte und schwenkte die Kamera in Richtung Bett. Das Licht reichte nicht aus, und er machte behutsam Gebrauch von dem neuen Dimmerknopf, der die Beleuchtung regelte – die ohnehin nur aus einem Nachtlicht bestand, das Sam nach seinem Ärger mit dem Video am Dienstag angebracht hatte –, bis die zerwühlten Laken und Decken sichtbar wurden, unter denen Carson lag. Einen Moment lang gab es keinerlei Bewegung, dann sah er, wie der schlafende Kadett ein bißchen herumrutschte. Die untätigen EEG-Linien bildeten Zacken. Er dämpfte das Licht wieder.

»Jetzt brauchen wir nur noch den Geist«, sagte Saganian. »Ohne einen Besuch vom alten Nije ist der Abend kein Erfolg.«

»Wem?« fragte Liam.

»Adonijah, Sir. Ortega und ich nennen ihn Nije.«

»Niedlich.« Dann sah Liam die Strahlung, die dem Polarlicht glich, und Saganian, der keine weiteren Auftritte als Geisterstörer mehr zu absolvieren hatte, deutete auf den Videobildschirm und grinste mit erhobenem Daumen.

»Wir haben Schwein, Sir. Schwenken Sie nicht zuviel – das macht Krach, und das hat ihn beim letzten Mal sauer gemacht.«

»Okay, ich versuche nur die Augen zu finden. Haben wir das dann auf dem Band?«

»Jawoll, Sir. Läuft.«

Liam verstärkte den Kontrast und schwenkte die Kamera per Joystick nach oben. Auf dem Bildschirm war nur ein unheimliches, schwankendes, verwischtes Schemen zu erkennen. Dreh dich um und schau mich an, Blödmann, dachte er; dann lachte er leise über die Absurdität der Lage.

»Was ist, Sir?« fragte Saganian. Er sah Liam von der Seite an und fragte sich, was es wohl zu lachen gab. Seine verletzte Hand juckte.

Liam winkte ab, wieder ernsthaft. »Ich finde die Augen nicht. Vielleicht seh ich nur den Rücken. Wie können wir seine Aufmerksamkeit auf uns lenken?«

»Machen Sie ein Foto, Sir. Wir haben die Kamera –«

»Richtig, hab ich ganz vergessen. Machen Sie's, Sarge.« Und Saganian, der näher am Auslöser saß, machte eine Aufnahme. Sie hörten ein schwaches Klicken (für Saganian, der wieder die Kopfhörer aufhatte, hörte es sich wesentlich lauter an), und plötzlich wurde es hell auf dem Bildschirm, und die Möbel im Raum waren klar erkennbar.

Saganian fluchte. »Elende Scheiße! Ich hab vergessen, den Blitz abzuschalten!«

»Sie meinen, wir haben da drin grade geblitzt?«

»Ja, Sir! Jetzt haben wir seine Aufmerksamkeit, jede Wette!«

»Ich seh nur die Möbel!« Liam schwenkte nach links und rechts, aber die Kamera schien sich nicht zu bewegen. »Der Mechanismus ist kaputt!«

»Nein, Sir, der Blitz hat dieses Bild auf die Röhre gebannt. Es wird 'ne Minute dauern, bis wir wieder ein Bild kriegen.«

Liam drehte den Dimmer auf. Allmählich konnte er den Raum nach dem Abklingen der Blitzwirkung wieder erkennen. Da war eine dunkle, bedrohliche Gestalt rechts; aber dann sah er, daß es sich um Carson handelte, der neben dem Alkoven stand und auf die Wand über Barstows Bett starrte.

»Das ist er, Sarge! Ziehen Sie den Stöpsel!« Saganian hatte keine Ahnung, was er mit »ziehen Sie den Stöpsel« meinte, aber Liam fuhr hoch und rannte zur Tür hinaus. Saganian schaute wieder auf den Bildschirm, wo er Carson sah und hörte, wie er in normalem Unterhaltungston »Ja« sagte. Dann brach eine Lichtwelle über den Raum herein, als Liam eintrat, und das Monitorbild wurde weiß und dunstig und verschwand.

Saganian bekam es plötzlich mit der Angst zu tun. »Alles okay, Sir?« Stille. Er ging hinaus und schaute in das Zimmer hinein. Liam und Carson hockten auf dem Bett; Liam hatte dem Kadetten den Arm um die Schulter gelegt. Saganian schaute zur Videokamera. Sie war mit Rauhreif bedeckt, und während er hinsah, lösten sich ein paar Kristalle und sanken zu Boden.

»Es ist gut«, sagte Liam, »es ist alles gut. Keine Sorge. Wir machen das Zimmer dicht, Sie werden hier ausziehen. Sie müssen das nie wieder machen.«

»Ja, Sir«, sagte Carson. »Ich schaff das nicht noch mal, nicht den blutigen Mann. Aber er will nicht mich.«

»Ich weiß«, sagte Liam. »Ich weiß. Wir müssen das alleine regeln. Sie haben alle Ihre Prüfungen hinter sich und immer noch genug Energie übrig, um ein guter Erstjährler zu sein. Aber jetzt müssen Sie wieder schlafen.«

»Das klingt gut, Sir«, sagte Carson. »Tut mir leid – ich habe Sie nicht angelogen, ich hab mich nur nicht an die Träume erinnert, bis ich heute nacht aufgewacht bin. Ich weiß auch nicht, warum. Ich dachte einfach, ich hätte nicht geträumt. Ich konnte mich nicht daran erinnern.«

»Machen Sie sich keine Sorgen«, sagte Liam. »Diese Träume werden weggehen, wenn ... wenn sie nicht mehr gebraucht werden. Jetzt erzählen Sie mir alles, was passiert ist.«

Und Carson schilderte seinen langen, wirren Traum, der mit Ängsten wegen Infinitesimalrechnung angefangen hatte und in die schreckliche Szene mit der strengen, furchterregenden Frau übergegangen war. »Heute nacht war es noch schlimmer, Sir. Ganz grauenhaft. Sie – die Frau –, sie stand da und sagte mir, daß ich ›in Sünde gezeugt‹ worden sei und daß so etwas niemals ›gesühnt‹ werden könne. Das war das Wort, was sie benutzte. Dann hat sie mich einen Trappisten genannt oder so ähnlich. Sie redete ziemlich unzusammenhängendes Zeug ...«

»Wie wär's mit ›Papisten‹?« fragte Liam.

Carson sah ihn ein wenig ängstlich an. »Ja, Sir. Ich glaube, Sie haben recht. Dann deutete sie auf mich und stand da, und dann sank ihr Arm herunter, und sie schwankte, als sei ihr schwindlig, und ihre Augen verdrehten sich kurz nach oben. Dann machte sie weiter wie vorher und schrie einen Haufen verrücktes religiöses Zeug über die Hölle, und sie sagte, ich könne nie ›gesühnt‹ werden. Ich erinnere mich nicht mehr an alles. Dann hatte sie wieder diese Art Lähmungsanfall, und ich rannte aus dem Zimmer, einen Flur entlang, und die brabbelnde Dame fing mich von hinten ein, und ich hatte Angst, weil ich sie nicht erwartet hatte. Ich hab mich fürchterlich erschrocken und schrie. Sie war riesig, wie die andere Frau auch. Sie fing an, irres, sinnloses Zeug zu reden.«

»*Bhfuil tu tinn, a mhic*?« sagte Liam still. »*Bhfuil tu tinn*?«

Carson sah ihn erschrocken an. »Ja, Sir, genau. Dann roch ich den Rauch wieder, schlimmer als je zuvor, und ich hörte die Frau was sagen, ich weiß nicht, was –«

»Die Frau«, fragte Liam, »oder das brabbelnde Mädchen?«

»Die Frau, Sir; sie war jetzt auch im Flur, und ich hörte sie sprechen, ziemlich ruhig, und das kleine Mädchen im Zimmer schrie.«

»Wie sah die Frau aus?«

»Sie war schon älter, sah aber gut aus. Sie trug ein altmodisches dunkelblaues oder graues Kleid mit einem Spitzenkragen. Aber sie sah verrückt aus, obwohl ich nicht weiß, warum.«

»Aber ich«, sagte Liam. »Was geschah dann?«

»Es war heiß. Plötzlich rauchte es noch mehr, und das

Mädchen, das dieses Zeug brabbelte, was Sie kennen, sie hob mich hoch. Ich weiß nicht, wie, sie muß irrsinnig stark gewesen sein. Sie hob mich hoch, und dann erinnere ich mich, daß ich im Schnee war. Es schneite, und mir war kalt, und ich weinte, richtig laut, und sie sprach wieder zu mir, sagte etwas wie ›*knock is tu*‹.«

»›Still jetzt‹«, sagte Liam.

»Aber ich sah das Feuer in einem Fenster ganz nah, und sie zerrte mich in den Schnee hinaus. Der Schnee brannte plötzlich von dem Feuer, und die Schneeflocken wirbelten im Kreis herum und flogen in das Fenster, wo das Feuer war. Ich hatte solche Angst, ich weiß nicht, wann ich je solche Angst hatte.«

»Kam noch jemand?« fragte Liam.

»Da bin ich aufgewacht, Sir. Und dann war er da, der Geist war da, genau wie bei Barstow. Er stand über mir und sah mich an. Und da war noch der andere, der blutige Mann ...«

»Der blutige Mann?« sagte Liam sanft. Saganian schaute ihn mit aufgerissenen Augen an. Die Vorstellung von einem blutigen Mann schien ihn nicht im mindesten zu begeistern.

»Das war das allerschlimmste. Steve Barstow sagte ja, da sei noch was anderes gewesen, was ihm angst gemacht hätte. Das kann ich mir denken. Er stand da, neben dem Geist. Er war blutüberströmt, und er sah aus, als hätte man ihm das halbe Gesicht weggeschossen. Ich sah die Knochen, und fast der ganze Unterkiefer war weg.«

Saganian beobachtete Liam. Unglaublich, er lächelte. »Wie war er angezogen? Der blutige Mann.«

»Es war dunkel, Sir. Ich glaube, er trug Kampfkleidung, weite Kampfhosen mit aufgesetzten Taschen. Er hatte einen Pistolengürtel und Hosenträger, und seine Ärmel waren hochgerollt. Etwas war an den Hosenträgern befestigt, an einer Schulter ...«

»Ein Jagdmesser«, schlug Liam vor.

»Vielleicht, Sir; es war zu dunkel. Am furchtbarsten war, daß ich den Rest seiner Zähne auf der einen Seite sehen konnte, wenn er sprach. Da hab ich dann versucht zu schreien.«

»Ich hab gehört, wie Sie ›ja‹ sagten«, sagte Saganian, »bevor Colonel Fitz reinkam.«

»Ja, Sir. Er fragte mich, ob ich ihn hören könne.«

»Hören? Sagte er denn was?«

»Ja, Sir, aber ich weiß nicht, wie, bei dem weggeschossenen Gesicht. Er sagte ›sag Leemie, die Pforte ist offen‹ – ich glaube, so hörte es sich an; Leemie oder so was. ›Sag Leemie, ich lasse die Pforte offen.‹«

Liam saß schweigend auf der Kante des Betts. Saganian und der Kadett beobachteten ihn, wie er die Videokamera anstarrte. Der Reif auf den Objektiven begann langsam zu schmelzen und fiel, ein Tropfen nach dem anderen, zu Boden; ein kleines Rinnsal, das sich mit der größeren Pfütze aus Eiswasser vermischte, durch das unachtsame Füße gestapft waren. Saganian schaute auf den Wecker auf Carsons Tisch. Es war 3 Uhr 39 am Freitag morgen.

15

Am Freitag morgen tat Liam seine Empfehlung kund, daß die Kadetten so schnell wie möglich aus dem Zimmer in der 47. Division ausziehen sollten und das Zimmer nicht mehr als Wohnraum genutzt werden sollte. Sam schloß sich seiner Meinung an. Bezüglich Liams nächstem Vorschlag zeigte er sich allerdings weit weniger begeistert.

»Das ist Wahnsinn. Du kannst nicht da schlafen.«

»Sam, über die Jahre habe ich die Fähigkeit entwickelt, *überall* schlafen zu können. Und wir haben noch nicht alle Informationen, die wir über den Geist brauchen, und wir haben das Problem des Kom noch nicht wirklich gelöst. Das war unser Auftrag, erinnerst du dich?«

»Es ist trotzdem ein schwachsinniger Einfall. Wenn es für die Kadetten gefährlich war ...«

Liam schüttelte geduldig den Kopf. »Ich hab nie gesagt, daß

es gefährlich sei, Sam. Ich habe nur gesagt, daß sie in ihrem Schlaf und bei ihren Studien in ihrem ersten Semester des ersten Jahres gestört werden, was niemandem was nützt, und daß es eine Menge Unruhe in den Unterkünften erzeugt. Es ist nicht so, daß der Geist sie demnächst gefressen hätte.«

»Nein«, sagte Sam, »aber wir haben einen Stabssergeanten mit verbundener Hand und ein kaputtes Kameraobjektiv. In diesem Raum gehen Dinge vor sich, die wir nicht erklären und nicht vorhersagen können. Etwas, das stark genug ist, um die Zimmertemperatur innerhalb von einer Minute um 10 Grad sinken zu lassen – hast du dir den Ausdruck angeschaut? – ist stärker als wir alle zusammen.«

»Nun werd nicht panisch. Du und ein Haufen anderer Leute sitzen auf der anderen Seite dieser Wand und nehmen alles auf, was sich ereignet. Sobald es aussieht, als ob was außer Kontrolle gerät, könnt ihr doch eingreifen.«

»Es gefällt mir ganz und gar nicht.«

»Was soll denn passieren?«

Sam biß sich auf die Unterlippe.

»Ich sagte, was soll denn passieren?«

»Du könntest überschnappen, Liam. Die Kälte und die verrückten EEG-Linien und die rumspringenden Geister sind das geringere Problem. Aber die Träume. Die machen mir mehr angst als der ganze Rest. Und du hattest sie...«

»Ich hatte einen.«

»... Tetzel hatte sie, Barstow hatte sie, und jetzt Carson. Es gefällt mir nicht. Ich stimme deiner Einschätzung zu – je gruseliger es im Hirn zugeht, desto gefährlicher werden diese morbiden Phantasien.«

»Du kommst zu den falschen Schlüssen, Sam. Ich bin derjenige, der am besten mit den Träumen umgehen kann, weil ich das beste Vorwissen habe, um sie zu verstehen.«

»Quatsch. Du weißt mehr, als du mir sagst, Liam, und das beunruhigt mich am meisten. Ich traue dir nicht zu, dich selbst zu überwachen.«

»Was gibt dir das Recht, meinen geistigen Zustand zu beurteilen?«

»Ich glaube, ich bin dazu eher befähigt als du. Du hältst nach Dingen Ausschau, die wir anderen nicht sehen. Und du verschweigst systematisch einige Schlüsselinformationen –«

»Also, jetzt halt mal die Luft an –«

»Nein, du hältst die Luft an«, sagte Sam. »Schau dir das mal an.« Er zog ein Foto aus einem Stapel Notizen hervor. »Hier ist das thermische Foto von den Spuren. Du hast gesagt, die Stiefelabdrücke seien von Ortega. Aber Ortega ging eine Stunde vor dem Temperaturabfall in das Zimmer, als auf dem Boden noch gar kein Wasser war, in das er treten konnte ...«

»Und woher zum Teufel wissen wir das so genau?« sagte Liam.

»... und er trägt normale Feldstiefel – das hab ich nachgeprüft –, und die hab ich mit den computervergrößerten Spuren verglichen, und die sind nicht von Feldstiefeln.«

»Nun komm schon, Sam, deine Bilder sind nicht so gut –«

»Sie sind gut genug, um darauf diesen Abdruck zu erkennen, Liam. Du wußtest genau, wovon der war, als ich dir das Bild gezeigt hab. Du weißt ganz genau, daß hier niemand mehr diese alten Dschungelstiefel mit den Panamasohlen trägt. Ich hab meine heute morgen vom Speicher geholt und sie mit dem Computerbild verglichen. Es gibt keinen Zweifel. Und im übrigen, wenn der Geist auf einer tieferen Ebene laufen würde, wie könnten –«

»Das war deine Idee, Sam. Nicht meine.«

»Hör zu, die Sache ist uns über den Kopf gewachsen. In diesem Raum huschen zu viele Dinge rum. Zu viele Geister. Und einer von uns läßt sich auf was Gefährliches ein und drängt die anderen ab.«

Liam verschränkte die Arme und starrte Sam an. Schließlich schüttelte er den Kopf. »Wir haben nicht genug Daten. Die Ergebnisse von einem Kadetten reichen nicht aus. Du hackst immer auf Ein-Fall-Studien rum und erzählst mir, wie naiv es ist, alle möglichen zugrundeliegenden Motive und Mechanismen auf der Basis von ein paar Interviews ableiten zu wollen. Und bis jetzt ist das genau der Schwachpunkt unserer Ergebnisse.«

»So schwach sind sie gar nicht«, sagte Sam. »Wir haben

wiederholte Beobachtungen, die von unumstößlichen Messungen gestützt werden.«

»Darum geht es nicht. Die große Unklarheit liegt doch bei den EEG-Abweichungen. Und das ist keiner meiner starken Punkte, sondern einer von deinen. Und du weißt, daß es ein Schlüssel ist. Wir müssen wissen, ob es ein Störfaktor ist oder etwas Systematisches, das in Zusammenhang mit dem Geist steht. Und außerdem sind wir jetzt schon so weit. Wir können nicht aufhören, bevor wir wissen ...«

»Und wie wir können!« sagte Sam. »Letzte Nacht ist er wieder dagewesen. Was hat Carson gesehen? Was ist passiert? Saganian hat frei heute morgen, und ich habe bisher noch nichts erfahren.«

Liam zuckte die Achseln. »Das übliche Muster, dasselbe, was wir schon die ganze Zeit gesehen haben. Diesmal hatte Carson den Traum. Und es gab Temperaturverschiebungen, wie immer.«

Sie starrten einander an. Sam biß sich auf die Lippe.

»Hör zu, Sam. Wir haben keine Wahl. Jemand muß da drin schlafen, um rauszufinden, ob es Carson ist.«

»Carson?«

»Carson war bisher bei jedem Vorfall dabei. Bei jedem einzelnen. Er ist der einzige, der bewußt oder unbewußt ein Auslöser sein könnte. Wir müssen die Möglichkeit ausschließen können, daß er ein kausaler Faktor ist. Stell dir vor, es ist nicht so. Was haben wir dann noch? Kaltes Wasser, unklare Bilder, Temperaturveränderungen in einem Raum mit einem Fenster, das jedesmal bei einem Kälteeinbruch springt, und die Recherchen des Ladies' Reading Club. Willst du *damit* zum Kongreß der Psychologischen Gesellschaft?«

»Ich geh überhaupt nicht zur Psychologischen Gesellschaft«, sagte Sam. »Und ich bin nicht dafür, diesen Plunder irgendwo außer in einem Bericht für den Kom zu veröffentlichen. Mir wäre nichts lieber als Ruhe im Wald, wenn dieses Fiasko vorüber ist.«

»Sam, wir haben keine Wahl. Jemand muß da drin schlafen.«

»Okay. Dann mach ich es.«

»Ich war zuerst dran«, sagte Liam.

»Na gut, aber du wirst genauso verkabelt wie Carson.«

»Also, Moment mal! Du hast alle Daten …«

»Nein, hab ich nicht«, sagte Sam mit einem hinterhältigen Grienen. »Ich muß wissen, ob die EEG-Ausschläge bei jemand anderem genauso auftreten wie bei Carson. Du hast selbst gesagt, daß die –«

»Okay, okay, schließen wir einen Kompromiß. Ein Kanal, mehr brauchst du nicht. Nur das EEG.«

»Vier«, sagte Sam, »genau wie Carson.«

Das Telefon klingelte. Ortega rief aus dem Büro des Labors: »Für Colonel FitzDonnell!«

»Zwei«, sagte Liam, während er zur Tür hastete. »Ich werf mich immer ziemlich hin und her.«

»Zwei plus Puls.«

»Ich schlag ein.«

Der Anruf war von Major Broadnax.

Anna traf um 2 Uhr 30 aus Boston ein. Sie hatte zwei Koffer und eine Umhängetasche dabei, die Liam die Stufen seines Quartiers hochwuchtete und vorsichtig am Fußende seines Bettes plazierte.

Anna marschierte schnurstracks zum Fenster. »Was für eine wunderbare Aussicht! Und das mietfrei! Ich versteh schon, warum es dir hier gefällt.«

»Das ist ein dürftiger Grund. Und wenn du die miserablen Mahlzeiten sehen würdest, die ich mir selbst zubereite, würde dir übel. Unsere Treffen in Boston sind die einzigen Gelegenheiten, wo ich was Vernünftiges zu essen kriege.«

»Ach wirklich? Ich dachte, du fändest mich anziehend.«

»Eitelkeit, dein Name ist Perugino. Nun kennst du die Wahrheit.«

»Also, was haben wir vor?« Sie setzte sich auf die Bettkante und streifte ihre Schuhe ab, wackelte dankbar mit den Zehen.

»Nun, ich muß nachher noch eine Stunde halten Anna. Nimm doch eine Dusche und schlaf ein bißchen. Du solltest dich frisch fühlen, wenn du all diese Leute triffst.«

»Was hast du ihnen von mir erzählt?« fragte Anna. Ihre Augen glitzerten etwas durchlässiger als sonst, und es zeigte sich sogar ein winziger Funke Humor in ihnen. Sie lag auf dem Bett, ließ die Beine herunterbaumeln, schloß die Augen und lächelte vor sich hin.

»Nichts«, sagte Liam, »das sie nur annähernd auf die Wirklichkeit vorbereiten könnte.«

»Wie wird die hiesige Gemeinschaft auf diese seltsame Frau reagieren, mit der du das Zimmer teilst? Das Schild am Eingang hat mich wissen lassen, daß ich meine Uhr besser um hundert Jahre zurückstelle.«

»Überlaß diese Sorgen mir. Dieses Gebäude hat schon im hellen Tageslicht weitaus Seltsameres erlebt, und erst recht zu dunkler Nachtstunde. Ich denke, man wird mir vergeben. Der Strafstuhl bleibt heutzutage den uneinsichtigen Parksündern vorbehalten.«

»Aber deine Freunde wissen, daß ich mitkomme?«

»Natürlich. Es ist Stadtgespräch. FitzDonnels dunkle Dame wird endlich ihre Aufwartung machen. Meine Aktien stehen derzeit bestens.« Liam setzte sich neben sie. »Es ist an der Zeit.«

»Herrje«, sagte Anna. »Gibt's hier kein Werben mehr?«

»Natürlich nicht. Du bist die Frau, die ich will.«

Sie sah ihn unbehaglich an. »Das ist nicht fair. Ich meine, warum gibst du dir Mühe, mir treu zu sein? Ich kann dir das nicht zurückzahlen, Liam.«

»Das weiß ich. Ich bin ich. Du bist Anna. Ich bin im Glauben an ein Regelsystem erzogen worden, und ich halte mich daran. Das macht das Leben leichter.«

Sie schloß wieder die Augen. »Nein, tut es nicht. Ich bin nach denselben Regeln erzogen worden, und sie sind nur zu einer Sache gut, nämlich einen institutionalisierten Rahmen für psychische Verletzungen abzugeben.«

»Wo hast du es denn gelernt, dich so auszudrücken? Du klingst wie bei der mündlichen Prüfung fürs Diplom in Betriebswirtschaft.«

»Nun, ich *habe* ein solches Diplom. Aber das gehört nicht

zum Thema. Die Regeln taugen nichts. Was soll für mich gut daran sein, nette Sachen zu erzählen, die ich nicht meine, und Versprechen zu geben, die ich nicht halten kann? Das ist doch dumm. Das endet doch nur damit, daß irgendwer sie mir wieder ins Gesicht schleudert.«

Liam verfluchte sich im stillen. Sie waren wieder an diesem Punkt angelangt, wie jedesmal, und die arme Anna war erst eine Viertelstunde hier. »Okay«, sagte er, beugte sich über sie und küßte sie sanft, »genug davon. Du ruhst dich aus, und in zwei Stunden etwa bin ich zurück. Mach es dir gemütlich und überleg dir, wie du die Gatten schachmatt setzen und dir den Haß ihrer Frauen zuziehen kannst.«

Sie antwortete nicht, aber als er aus dem Zimmer ging, sah er, daß sie wieder die Augen geschlossen hatte und dieses stille, strenge, eisige Lächeln lächelte.

»Halt still!« sagte Maggie. »Wenn du ständig rumzappelst, muß ich dich ja mit der Nadel stechen.«

»Du hast mich gekitzelt. Und in dieser Zwangsjacke kann ich mich nicht wehren. Also sieh dich vor.«

Maggie zog die Nähte des »Kettenhemds« über Sams Schultern und befestigte sie mit einer Stecknadel. »Schau, Bondurant, wenn du möchtest, daß dieses Ding hier in prekären Lagen platzt, brauchst du's mir nur zu sagen. Ich muß diese Änderung machen, sonst kannst du dich weder bewegen und tanzen noch dich hinsetzen, ohne daß es reißt. Wir müssen in dreißig Minuten bei der Party eintreffen.«

»Nimm's leicht, Mag. Wir können ruhig zu spät kommen. Du mußt dich ja noch anziehen.«

»Nein, können wir nicht. Ich möchte auf keinen Fall den großen Auftritt von Liams Herzensdame verpassen.«

»Irgendwas«, sagte Sam, »sagt mir, daß sie selbst es auch nicht grade eilig hat. Aua! Verflucht, sei vorsichtig!«

»Ich hab dich gewarnt. Jetzt sei ruhig und halt still.«

»Kann ich dir beim Ankleiden helfen?«

»Nein. Uns bleibt nur eine halbe Stunde.«

»Warum darfst nur du Spaß haben?« jammerte Sam. »Ich

muß immer der Trottel sein und mich stechen lassen. Das ist ungerecht.«

»Hör auf zu zetern, Bondurant. Du siehst klasse aus. Bleib nur mit diesen Sporen nirgendwo hängen, und fall nicht über die vorstehenden Füße.«

»Ich hab immer noch keine Ahnung, wie ich in diesem Ding mal für kleine Jungs gehen soll.«

»Du wirst zwei Lakaien brauchen, die dich aufs Pferd setzen und wieder runterholen«, sagte sie. »So! Jetzt kannst du dich bewegen wie ein fähiger biomechanischer Simulator.«

»Apropos biomechanisch, Liam war sehr angetan von deinem Auftritt. Er meinte, du hättest eine große Zukunft im Varieté.«

Maggie lachte. »Ich schätze, ich wär vielleicht ganz gut gewesen auf der Bühne. Hat er mich an den Lichtern erkannt?«

»Er hat zumindest ein weibliches Wesen ausgemacht – nach zwei Versuchen, muß ich da zu sagen.«

»Ist es ihm wirklich ernst damit, in dem Raum schlafen?«

»Bitterernst«, gab er zurück. »Ich denke allerdings, daß es bessere Möglichkeiten gäbe, die Sache abzuschließen.«

»Du machst dir Sorgen.«

»Ganz recht. Irgendwie schlägt Liams alte Ansicht über Geistergeschichten jetzt auf uns zurück.«

»Du wirst ja auf deine alten Tage richtig redegewandt, mein Guter. Worum ging es dabei? Nein, halt still und erzähl. Ich muß dieses Ding hinten zuschnüren.«

»Naja, wir sprachen drüber, daß das große Grauen in diesen Geschichten darin besteht, daß die Regeln der Natur über Bord geschmissen werden; und wenn die abhandenkommen, gelten auch die Regeln Gottes nichts mehr. Was die Welt um vieles gefährlicher und den Menschen hilfloser macht.«

»Und so fühlst du dich jetzt?« fragte Maggie zwischen zusammengebissenen Zähnen hervor, mit denen sie grade eine Nadel festhielt.

»Ganz genau. Dieses Zimmer ist kein Scherz. Hinter dieser Tür sind alle Wetten wertlos. Wir haben nicht den blassesten Dunst, was da drin vor sich geht, oder was wir dagegen tun können. Nein, das stimmt nicht. Was mir wirklich angst macht, ist meine Ahnung, daß Liam mehr weiß, als er sagt. Er fährt völlig auf dieses falsche Petit-mal-Signal ab, und ...«

»Das ist kein falsches Signal«, sagte Maggie an der Nadel vorbei, »das ist ein echtes.«

»Hä?«

Sie nahm die Nadel aus dem Mund. »Es ist ein korrekter Ausschlag. Von einer wirklichen Person.«

»Wovon redest du?«

»Es ist der Ausschlag von Eliza, du Dummchen. Hast du denn nicht hingehört bei diesen Beschreibungen von ihr aus den Träumen? Die verdrehten Augen? Die kleinen ›Absencen‹?« Sam zog die Augenbrauen hoch. »Sam, ich hab das in deinem albernen Versandkatalog der lockeren Schrauben nachgesehen ...«

»DSM III.«

»Ja, in diesem Buch über psychische Störungen. Und ich hab das Kapitel über Epilepsie gefunden, *grand* wie auch *petit*. Sie hatte Anfälle, Sam; die Symptome, die unvorhersehbaren Ausbrüche, die kleinen Blackouts. Das ist ihr Signal in dem Raum, das Zeichen dafür, daß sie noch da ist.«

»Aber das ist doch Unsinn; der Geist, den alle sehen, ist ...«

»Ja, ich weiß, Lieber – die graue Gestalt von Adonijah Proctor. Aber sie hören auch die kleine Annabelle und Bridey Cleary. Und die Kadetten, Sam – Tetzels Traum, auf dem Band. Sie sehen alles aus dem Blickwinkel des kleinen fünfjährigen John Cleary. Vielleicht sind sie alle da. Aber ob das nun so ist oder nicht – Eliza ist die wirkliche Macht.

Schau, Sam – die Kadetten sagten alle, daß da noch etwas war, jemand, der sehr zornig ist. Und das ist wahr. Ich hab das selber gespürt, als ich in dem Zimmer war. Erst heute wurde mir klar, daß das nicht nur düsterer Humbug ist. Als ich mit Liam in dem Zimmer war, habe ich gespürt, daß da etwas sehr, sehr Kaltes und extrem Wütendes war. Und, Sam«, sagte sie nach einem kleinen Zögern, »sie hat mich auch gesehen. Sie war wütend auf mich, nicht einfach allgemein.«

»Na, wunderbar. Und woher weißt du das?«

»Ich weiß es nicht. Ich habe es gespürt.«

»Dein sechster Sinn? Dein siebter?«

»Werd nicht frech, Bondurant, bloß weil du deine anderen fünf nicht beisammen hast.« Sie nahm ihre Stichelei an einem besonders riskanten Punkt unweit der Sitzfläche von Sams Kettenhemd wieder auf.

»Da du grade davon sprichst«, sagte Sam, »Liam ist ganz deiner Meinung. Er hat mir das Versprechen abgenommen, dich dort fernzuhalten. Zumindest ... Au!«

»Entschuldige, Liebster, bin ausgerutscht. Ich bin zwar höchst geschmeichelt, daß Liam meine Instinkte bestätigt, aber du solltest nicht mal *im Traum* daran denken, daß du mich vom Schlußakt dieses Dramas ausschließen könntest.«

»Du wirst dieses Zimmer nicht betreten.«

»Gut, darüber läßt sich verhandeln. Aber ich werde dort sein, wo sich der Clan zum Höhepunkt versammelt.« Sie schnitt einen losen Faden ab. »So, das war's. Auf zum Sturm auf Akko.«

»Mich beunruhigt schon allein der Gedanke, daß Liam da drin schlafen soll. Ich hab allmählich genug von diesem Projekt. Aber er ist wild entschlossen und läßt sich nicht abbringen.«

»Ich muß zugeben, daß er den Stier bei den Hörnern packt.«

»Und das ist milde ausgedrückt. Da ich Liam kenne, bin ich vorsichtig genug, nicht über seine Motive nachzudenken. Nein, da ich Liam *nicht* kenne, tu ich es nicht. Vielleicht hast du irgendwelche Einsichten.«

»Und warum, bitteschön, soll *ich* Einsichten haben?«

»Du bist Liam ziemlich ähnlich, Mag. Euch interessieren dieselben Dinge. Vielleicht weißt du, wonach er Ausschau hält.«

»Oh, das ist ganz einfach; aber das ist auch der große Unterschied zwischen mir und Liam, außer daß er spinnt und ich nicht. Ich hab etwas, in dem mein Leben verwurzelt ist. Liam nicht. Er zieht immer die Karte des Ertrunkenen.«

»Bitte *was?*«

»Oh, Sam – er hat seine Familie verloren, er hat seinen

Beruf verloren, als er sich entschloß, Psychologe zu werden. Seine gesamten Wurzeln waren in der Armee; und nun weiß er nicht mehr genau, ob er nur zur Armee gehört. Er ist weder das eine noch das andere. Er hockt alleine in dieser Junggesellenunterkunft inmitten von Trübsinn und diesen furchtbaren Möbeln und legt Runen.«

»Er tut *was*?«

»Ja, wirklich! Er hat es mir erklärt. Er zieht Runen aus einem Beutel, ohne hinzusehen, und interpretiert sie dann, als eine Form von Tiefenpsychologie. Er sagt, er könne auch wahllos Zahlen aus den täglichen Börsenkursen nehmen, aber die Runen helfen ihm dabei, in die richtige Stimmung zu kommen. Ich meine, jetzt mal echt – ein Mann, der seine Entscheidungen von einem altnordischen Alphabet bestimmen läßt, ist außerstande, die Verantwortung für sich selbst zu tragen.«

»Tja, ob er das nun kann oder nicht, er wird in diesem Zimmer schlafen. Und du, meine Süße, bist die wirkliche Geisterjägerin, also mußt du auch vor Ort sein.«

»Ich fühle mich so geschmeichelt, daß ich fast platze vor Stolz. Meine Freundinnen aus dem Ladies' Reading Club werden vor Neid erblassen.«

»Statt vor Stolz zu platzen, könntest du dich anziehen. Ich mach das schon selbst fertig.«

»Nein«, sagte Maggie. »Ich brauch keine Minute. Ich muß dich in diesem Dreß sehen.« Sie nahm die weiße Tunika vom Sofa hoch und streifte sie ihm über den Kopf.

»Wenn du jetzt zum Fotoapparat greifst«, sagte Sam, »brech ich dir die Finger.«

Track als glühender Fan des Poeten Robert Service erschien auf der Party als Dangerous Dan McGrew verkleidet; was Patti dazu verpflichtete, in einer Art viktorianischem Minirock, kombiniert mit Netzstrümpfen und Strapsen, aufzutreten. Ihre roten Haare trug sie in einem Arrangement, das Ähnlichkeit mit der Frisur eines Saloongirls hatte. Alles in allem, eine sehenswerte Lady namens Lou. Bei Dortmunders hatte es wesentlich weniger Zankereien gegeben als bei Bondurants.

Patti hatte es sich schon vor langer Zeit angewöhnt, sich kommentarlos Tracks Meinungen anzuschließen und sich nur auf die Hinterbeine zu stellen, wenn ihre Interessen gar zu rücksichtslos an die Wand gedrängt wurden. Der einzige Anlaß zu Meinungsverschiedenheiten war Tracks Gesicht. Er hatte die morgendliche Rasur ausgelassen und sich nach seiner Stunde um elf von der Arbeit verabschiedet; da er einen rasanten Bartwuchs hatte, fand Patti, daß er am Abend aussah wie Lon Chaney jr. in *Der Wolfsmensch*. Track fand, das sei vollkommen okay.

Sie folgten den Spuren von Herb Fisher, der mit seiner Harley die Treppe zum Clubhaus hochgerast war mit seiner Frau auf dem Rücksitz, die sich verzweifelt an ihn klammerte; er trug eine Ledermontur, Ketten und eine Biberkappe. Der Benzingeruch sollte noch tagelang im Haus hängen.

Doris Gilmer hatte sich mit Walter Orthwein und J. D. Gordon, zwei Lehrern aus dem Bereich Führungsfragen, zusammengetan, wobei die beiden letzteren im Fummel auftraten; sie gaben die Supremes. Nach der Party neigte die öffentliche Meinung in der Abteilung für Verhaltensforschung und Führungsfragen deutlich dazu, diesen Teil des Ereignisses aus dem kollektiven Gedächtnis zu tilgen.

Nicht weniger als drei Gäste erschienen natürlich als der Geist von der 47. Division. Was ihnen an Originalität fehlte, machten sie durch Entschlossenheit wett. Ned Baumgartner, einer der wenigen Junggesellen, schoß den Vogel ab. Er brachte es fertig, unter Beweis zu stellen, daß er seit seinem Abschluß kein Pfund abgenommen hatte, indem er seine Kadettenuniform trug; das Outfit wurde mittels großzügiger Mengen weißer Schminke vervollständigt.

Maggie mußte Sam buchstäblich die Treppen zum Clubhaus hochzerren. Während des ganzen Marschs über den Parkplatz hatte er sich ununterbrochen über die langen Schnabelschuhe beklagt, aber bis sie eintraten, hatte er es geschafft, sich eine Art aggressives Hoppeln anzugewöhnen, mit dem es ihm gelang, nicht über seine Fußspitzen zu stolpern. Während dieses Prozesses entdeckte Maggie eine neue Vorliebe für aufwendige Kreationen.

»Hey, Sam!« rief Track von der Bar. »Wo sind Dorothy und Toto?«

Sam entfernte mit dem Mittelfinger imaginäre Fusseln von seinem schneeweißen Templergewand. Track kapierte die Mitteilung und grinste. Sam nahm Maggie den Mantel ab und brachte ihn in einem Hinterzimmer unter; als er wieder herauskam, wurde Maggie heftig umworben von Dangerous Dan McGrew, einem Samurai-Krieger und einem Teil der Supremes. Maggie schwebte im siebten Himmel, und Sam entschloß sich, George Salinger einen Besuch abzustatten. Dessen Fuß steckte noch in Gips; da ihm nichts Besseres eingefallen war, hatte er sich als Pirat mit Krücke (Aluminium) und einem absurden Papierpapagei ausstaffiert.

»Was macht der Fuß?« fragte Sam. »Sie sind unser erstes Opfer. Machen Sie sich nur keine Sorgen deshalb. Sie und Saganian haben den Klinikfahrern ein bißchen Bewegung verschafft.«

»Herrgott, Sir, ich bin froh, daß es nur der Fuß war. Saganian hat sich heute nachmittag darüber aufgeregt, daß es sogar weh tut, wenn er in der Nase bohren will. Schade, daß ich das aufregende Ereignis verpaßt hab.«

»Naja, ich denke, Sie können morgen bei der Feuerprobe mitmachen.«

»Stimmt es, daß Colonel Fitz da drin schlafen wird?«

»Sieht so aus. Laut Maggie wurde das ausgeknobelt. Entweder schlafe ich drin und mache dem Geist mittels Einfrieren den Garaus, oder Liam schläft drin und lehrt ihn mit einer Vorlesung über die Libido das Gruseln. Liam hat gewonnen.«

»Ich bin mir nicht so sicher, wer gewonnen hat, Sir. Ich bezweifle, daß irgendeiner da drin noch ein Auge zutun wird nach dem ganzen Rambazamba diese Woche.«

»Keine Sorge«, sagte Sam, »Colonel FitzDonnell schläft überall. Und im übrigen ... Herr im Himmel, sei uns gnädig.«

»Sir?«

»Wenn man vom Teufel spricht ... da ist Liam mit seinem sagenumwobenen Herzchen aus Boston.«

Etwa ein Dutzend Gespräche gerieten vorübergehend ins

Stocken, als Liam Anna durch die Pforten des Clubhauses geleitete. Die meisten Offiziere und deren Gattinnen wußten nicht, wer Anna war, und nur Liams Freunde hatten sie erwartet.

Liam hatte einen Aufzug gewählt, der zu seiner Persönlichkeit paßte und bei dem keiner seine Fähigkeiten in Hauswirtschaft taxieren würde: eine Mönchskutte, schlicht und schwarz, von einer Kordel um die Taille gehalten und ergänzt durch Ledersandalen (die er sich von einem Nachbarn in den Junggesellenquartieren geliehen hatte und die noch voller Sand vom letzten Sommer waren). Liam sah aus wie ein ganz normaler Mönch – vielleicht einer, der eine Menge zu beichten gehabt hätte und bestimmt nicht einem Schweigeorden angehörte, aber immerhin wie ein Mönch.

Anna hatte sich ebenfalls für strenges Schwarz entschieden – ein Kleid, das großzügig von ihren Hüften zum Boden reichte, sich aber in der Gegenrichtung weitaus geiziger verhielt. Das Oberteil war hinter ihrem Hals verankert und bedeckte ihre Vorderseite, solange sie nicht Anstalten machte, heruntergefallenes Kleingeld aufzuheben. Ihr Rücken war selbstverständlich oberhalb der Taille textilfrei.

Obgleich bezaubernd, schien ihr Aufzug doch wenig mit einem Kostüm gemein zu haben. Weitere Accessoires schienen nur aus einem blassen Make-up und überdurchschnittlich starker Augenakzentuierung zu bestehen. Sam fragte sich anfänglich, ob Liam vergessen hatte, ihr vom Thema der Party zu berichten. Aber in diesem Moment trat Track zu ihr, und Anna lächelte. Da sah Sam das Vampirgebiß.

Desgleichen George. »Verdammt! Wer zum Teufel ist das?«

»Liams Dame. Ich seh sie auch zum ersten Mal. Wirkt ziemlich echt.«

»Das will ich meinen«, sagte George. »Wer schneidert ihre Garderobe? Edward Gorey?«

»Beachtliches Pärchen«, sagte Sam. »Wie Max und Klärchen.«

George schnaubte. »Schaun Sie sich bloß Track an, mit dieser Sabberspur im Mundwinkel.«

»Yeah«, sagte Sam. »Paßt auch zu seiner Verkleidung. In fünf Sekunden ist Patti zur Stelle und erwürgt ihn mit einem seiner Ärmelhalter. Leben Sie wohl, George – Maggie ordert mich.«

Maggie stieß auf halbem Weg durch den Raum zu ihm. »Los«, sagte sie mit einem Bühnenflüstern, »ich möchte Morticia von Angesicht zu Angesicht gegenüberstehen.«

»Waffen gezückt?«

»Sei brav, Bondurant! Liam betet sie an, also muß sie trotz der Zähne ein liebreizendes Wesen sein.«

»Hübsche Kurven.«

»Schnauze, Schwein. Benimm dich, oder ich brech dir den Arm.«

Sie gesellten sich zu Track, der vor dem liebreizenden Paar stand. »Anna«, sagte Liam, »ich möchte dir Sam Bondurant vorstellen, von dem du schon viel gehört hast ...«

»Lügen«, sagte Sam, »alles Lügen und Truppenenten, wüste Verleumdungen und üble Nachrede.«

»... und das ist Maggie, die dir ja auch ein Begriff ist.«

Anna lächelte Sam an – was bei ihren Zähnen eine Gänsehaut auslöste – und danach Maggie. »Tja«, sagte sie mit leicht bemühter Munterkeit, »da lerne ich euch nun endlich kennen!«

»Es ist schön – äh – dich kennenzulernen«, sagte Maggie mit einem Blick auf die Form des schwarzen Gewands. »Liam hat uns sehr wenig über dich erzählt –«

»War aber offenbar großzügig mit Informationen uns betreffend«, sagte Sam.

Anna nahm die Zähne aus dem Mund. »Pardon – ich darf doch vorübergehend, da sie jetzt jeder gesehen hat?«

Track dachte über eine Erwiderung nach, aber Patti tauchte neben ihm auf. Auch bei den anderen entstand ein kurzes Schweigen, während sie pfiffige Bemerkungen probierten und wieder verwarfen.

»Wäre zweckmäßig«, sagte Liam, »du bist ziemlich schwer zu verstehen mit diesen Zähnen. Da du jetzt die Fänge abgelegt hast, möchtest du vielleicht was trinken? Es gibt Bier und Bowle ...«

»Bowle. Du bist Maggie? Liam sagt, du hast einen Ph.D. in ... was?«

»Literatur des Mittelalters«, sagte Maggie und verschränkte die Arme.

»Ach, ja. Was um alles in der Welt machst du mit einem Abschluß in Literatur des Mittelalters?« Ihre großen unschuldigen Augen blinzelten träge. Track fühlte sich an eine Schlange erinnert.

»Ach, ich schreibe Storys für Zeitschriften, wühle in staubigen Bibliotheken herum, produziere Kapitel für Bücher – all so was.« Maggie legte den Kopf schräg und lächelte Anna an. Track sah einen Mungo vor seinem inneren Auge. Das, dachte er im stillen, wird das Eintrittsgeld wert sein.

»Ach wirklich?« sagte Anna. »Ich dachte, es sei so schwer, auf diesem Gebiet Jobs zu finden.« Track dachte: Jetzt hebt sie den Kopf, das hübsche Ding zischt eine Warnung.

»Oh, ich arbeite nicht regelmäßig«, sagte Maggie, »ich mache überwiegend Auftragsarbeiten. Ein Ehemann macht 'ne Menge Arbeit. Aber du hast ja bestimmt viel Zeit für deinen Job.« Sie tänzelte, leichtfüßig, während die Gegnerin auf den richtigen Moment für einen Haken lauerte.

»Vermißt du nicht das Gefühl, unabhängig sein zu können?« fragte Anna (Lauern, Zischen.) »Meine Exmänner haben es einfach nicht ertragen, mich als Konkurrentin zu haben, sie sind immer durchgedreht, wenn ich besser verdient habe. Das Problem«, fügte Anna hinzu, »hast du natürlich nicht!« (Treffer!)

»Nein«, stimmte Maggie ihr zu, »ich habe bloß Sam, ich denke, du hast da reichhaltigere Erfahrungen. Aber ich bin nicht so scharf auf die Schecks; die Anerkennung ist mir wichtiger.« (Ausweichen! Zwicken!)

»Was?« fragte Anna. »Du meinst, für deine Storys? Naja, ich schätze, wir arbeiten alle für das, was wir am meisten brauchen. Hier ist Liam mit meiner Bowle.« Track gab ihnen gleichen Punktestand; ein paar Blutstropfen, ein paar Giftspritzer, aber keine tödlichen Verletzungen. Sie plauderten ein wenig weiter, tranken dabei ihre Bowle, aber die Hauptnummer war gelaufen. Anna erkundigte sich nach dem Geisterabenteuer, und Sam berichtete ihr von seinen Erlebnissen in der Nacht von Saganians Mißgeschick.

»Der Türknauf war wirklich so kalt, daß seine Hand daran festhing? Das kann man ja kaum glauben.« Ihre Augen waren riesig, die Pupillen dunkel und erweitert. Track betrachtete bewundernd ihre Nippel, die sich plötzlich unter dem schwarzen Stoff abdrückten. Patti kniff ihn diskret und nachhaltig genug in den Arm, um einen dauerhaften blauen Fleck zu hinterlassen. Er wandte seine Aufmerksamkeit Annas Ohrringen, klassischen goldenen Quadraten, zu.

»Mir blieb nichts anderes übrig«, sagte Sam. »Ich hab den Nebel und den Rauhreif gesehen, und als er loskam, blieb seine Haut an dem Metall hängen.«

»O je. Dem Kadetten im Zimmer muß es ja auch schlimm ergangen sein.«

»Tja«, sagte Sam, »seltsamerweise nicht. Die Kälte scheint sich nur auf Unorganisches auszubreiten. Ich hab keine Ahnung, warum. Was auch immer der Grund dafür sein mag, jedenfalls scheint sich dieser Effekt seine Objekte auswählen zu können. Maggie glaubt, daß er Belebtes von Unbelebtem unterscheiden kann und seine Energie aus letzterem bezieht. Ich bin mir nicht darüber im klaren. Ich habe keine Ahnung, welche Vorgänge es ›ihm‹ ermöglichen sollten, zu differenzieren.«

»Und natürlich«, sagte Maggie, »ist etwas, das Sam nicht versteht, auch nicht vorhanden. Sam ist schwer von etwas zu überzeugen.«

»Ich bin nach dieser Woche weit leichter zu überzeugen als vorher«, sagte Sam mit einem zärtlichen Blick zu seiner Frau. »Ein Blick in diese Augen, und du bist weich wie Butter.«

»Augen?« sagte Anna. »Von den Augen hattest du noch nichts gesagt. Das ist aufregend!«

Sam ließ sich darüber aus, was Anna unübersehbar begeisterte – Track ebenso. Patti kniff ihn erneut, und er nahm wieder Annas Ohrringe in Augenschein.

»Aber konnte er denn sehen?« fragte Anna. »Ich nehme doch an, er ist nicht aus Fleisch und Blut? Kann denn so ein Wesen sehen?«

»Dazu kann ich nicht viel sagen«, meinte Sam. »Ich weiß nur, daß es eindeutig die Kamera betrachtet hat. Aber Liam hat das Ding ja direkt gesichtet.«

Anna wandte sich zu Liam. »Du hast mir nichts davon erzählt! Du hast es gesehen?«

»Ich schätze, ja. Ich hab was gesehen.« Er beschrieb seinen Eindruck der ersten Nacht. »Es schien mich anzublicken, zumindest hatte ich dieses Gefühl. Da die Augen nicht klar auszumachen waren, ließ sich nicht genau bestimmen, wo es hinsah.«

»Und was, glaubst du, hat es empfunden?«

»Ich weiß nicht.« Liam fühlte sich plötzlich unbehaglich. Er hatte kein Verlangen mehr, sich darüber auszutauschen, was er in diesen Augen gesehen hatte, viel genauer, als bei allen Blicken in Annas Augen, aber er wollte es für sich behalten. »Schwer zu sagen.«

»Aber war es feindselig?« insistierte Anna. »Schaute es bedrohlich? Neugierig? Ängstlich?«

»Am ehesten neugierig«, sagte Liam. »Hattest du einen Eindruck davon, Sam?«

»Nein. Nur Punkte auf einem Monitor. Aber allein die Tatsache, daß es offensichtlich Augen waren, hat mich dermaßen verstört, daß ich mir eine Wagenladung Valium herbeigewünscht habe.«

»Sam!« Maggie sah ihn mit gespieltem Entsetzen an.

»Schockier sie nicht, du Trampel«, sagte Track. »Sie ist jetzt besonders empfindlich.«

»Ach, so empfindlich dann auch wieder nicht«, sagte Maggie. »Und ich hab schon lange aufgehört, mich von einem von euch schocken zu lassen.«

»Jawoll«, sagte Track, »dich haben sie ja beim Cro-Magnon-Clan auch aufgenommen. Aber sie hatte 'nen guten Einfluß auf uns«, ergänzte Track und wandte sich an Anna. »Sie hat es uns beigebracht, zu baden und mit Gabeln zu essen.«

Anna lachte ihr lautes, unfeminines Lachen. »Und ich dachte die ganze Zeit, Liam sei ein Feingeist.«

»Ist er ja auch«, sagte Track. »Wir sind immer noch Abschaum für ihn. Aber Liam lebt eben auf einer anderen, astralen Ebene. Er liest die *New York Times*. Und entfernt dabei die Sportseite. Ein echt zartbesaiteter Bursche. Ich hab ihn neulich sogar mal dabei erwischt, daß er ein *Buch* beäugte. Und erst letzte Woche hab ich ihn im Büro sitzen und an die Wand starren sehen, und ich gehe jede Wette ein, daß er *nachdachte*! Stellt euch das bloß vor!«

»Gnade«, sagte Maggie. »Du willst doch Liam nicht vor Anna erniedrigen.«

»Nicht nötig«, sagte Liam. »Das tut sie lieber selbst.«

Anna blickte sie alle etwas unbehaglich an, brachte aber dennoch ein Lachen hervor. Sie war ein Außenseiter, spürte deutlich, daß sie sich fern ihrer sicheren Reviere aufhielt, und die Eigenheiten der einzelnen Charaktere brachten sie durcheinander: der steife, trockene Sam, der zu Maggie auf- und auf jeden anderen herunterschaute; Track, dessen Rauhbeinigkeit sie sofort als heiße Luft identifizierte; und Liam selbst, der plötzlich ein anderer Mensch war, noch immer zurückhaltend und besonnen, aber ohne das Undurchsichtige, das er ihr gegenüber aufwies. Dies war ein Stab von Charakteren, den sie in West Point nicht erwartet hatte. Sie waren nicht wie die Lehrkräfte, mit denen sie während ihres eigenen Studiums zu tun gehabt hatte; diese Leute waren so ... so *erdverbunden*. Aber sie traten viel zu selbstsicher auf, um Annas überhebliche Einschätzung zu bestätigen, nach der Liam der einzig Helle in einem Haufen Tranfunzeln war. Nach dieser kurzen Begegnung sah sie sich mit einer Wahrheit konfrontiert, die das am sorgfältigsten gehütete Geheimnis der Army ist: Um in diesem Geschäft als gut zu gelten, mußte man überragend gut sein; und hier waren die Allerbesten versammelt. Sie durchforstete ihr Hirn nach einem leitenden Angestellten bei Analog, der es mit diesen Männern hätte aufnehmen können. Das Ergebnis war gleich null; dort fand sich nur eine Mischung aus beschränkten, karrieregeilen Hohlköpfen, die sich mit plattdarwinistischen Methoden an der Spitze hielten, und menschlichen unfähigen, monomanischen Software-Experten. Nicht einer von ihnen hätte sich in einem Gespräch mit diesen professionellen Soldaten über Wasser halten können. Sie verstand Liam jetzt etwas besser. Früher hatte sie sich ständig gefragt, wieso ein Mann mit eindeutig überdurchschnittlicher Intelligenz und Sensibilität sich für einen Beruf entschied, der nun einmal vornehmlich darauf ausgerichtet war, Menschen zu töten und Dinge zu zerstören. Sie beschloß über ihrer Bowle, daß es sich dabei um eine kriminelle Vergeudung menschlichen Materials handelte: Hätte sie Analog mit diesen Männern besetzen können, hätte IBM der Vergangenheit angehört. Das Klischee vom ungehobelten Killerbürokraten wurde brüchig und zerfiel.

»Also«, sagte Maggie, als sie sich mit Track in sicherer Entfernung befand, »was hältst du von ihr?«

Track schlürfte sein Bier und sah zu Anna hinüber, die auf der anderen Seite des Raums mit offensichtlichem Unglauben einer Äußerung des Supreme-Mitglieds Doris Gilmer lauschte. »Was halte ich von wem?«

»Liams *amour* natürlich – Draculas Braut.«

»Hübsche Ohren.«

»Ohren, sieh mal an. Ich hab gesehen, wo du hingeschaut hast.«

»Ach ja? Ich dachte, ich hätte den Blick ausreichend gesenkt.«

»Hast du nicht. Wenn du Supermans Röntgenblick hättest, hätte die arme Frau so viele Strahlen abgekriegt, daß ihr die Haare ausfallen würden. Aber was hältst du nun von ihr?«

Track dachte eine Minute nach und suchte nach einem treffenden Ausdruck. »Eine kabellose 220-Volt-Muschi.«

»Großer Gott, gib dem armen Ding doch 'ne Chance! Sie ist klug und hübsch und –«

»Ja, ja, weiß ich doch. Sie hat große schöne Augen und wohlgeformte Äpfelchen und schlanke Arme und so weiter und so fort. Deshalb ist sie trotzdem gefährlich. Ich habe mir diesen *danse macabre* angesehen, den ihr beiden da aufgeführt habt, und auf die Fingernägel gewartet.«

Maggie blinkerte ernsthaft mit den Lidern. »Wir haben das Recht, ein bißchen zu fechten. Ich hab selten genug eine so würdige Gegnerin. Die Ehefrauen ziehen den Degen nicht, Liam ist zu konservativ, um gegen eine Frau zu kämpfen, Sam läßt sich zu leicht verletzen, und du hast 'ne Haut wie ein gigantisches Urvieh. Und außerdem kriegst du zu leicht was ab.«

Track grinste. »Nein, Schönste, du weißt nur, wann es besser ist, schon vorher klein beizugeben.«

»Vielleicht«, sagte Maggie. »Aber sie ist anders, als ich erwartet hatte.«

»Was hattest du denn erwartet?«

»Ich weiß auch nicht – irgendein hysterisches Dummchen, das auf Intellektuelle abfährt, oder eine hauptberufliche Hexe, oder eine blasse, hohläugige Psychopathin, die Morde aufklärt, indem sie Visionen von blutgefleckten Autositzen hat. Oder sonstwas. Aber nicht diesen fröhlichen Incubus.«

»Aha!« sagte Track. »Jetzt tritt dein wirkliches Urteil zutage! ›Incubus‹?«

»Nein«, gab Maggie zu, »ist vielleicht doch nicht das richtige Wort. Ich schätze, ich bin immer noch im Banne dieses Kostüms ...«

»Mhm«, sagte Track, »ich auch.«

»... und dieser Zähne. Aber ich kann mir Urteile über Leute bilden, ohne daß ich lange mit ihnen spreche und sie mir Geständnisse machen. Und ich weiß, daß sie die falsche Frau für Liam ist.«

»Ach ja? Weshalb?«

»Nun«, sagte Maggie mit einem Anflug von Mißbilligung, »vor allem, weil sie ihn nicht liebt.«

»Woher willst du das wissen? Ihr habt euch doch nur zehn Minuten lang angezischt und die Krallen gezeigt.«

»Ich beobachte. Da sind Dinge, die ich sehe, Dinge, die du auch sehen könntest, wenn du hinschauen würdest – und ich glaube, du tust es auch –, die etwas verraten. Ich weiß, wie Patti dich anschaut, sogar, wenn sie sauer auf dich ist, was meistens der Fall ist ...«

»Ist das wahr? Ich bin kein leichter Brocken.«

»... und ich sehe das auch bei anderen Leuten.« Sie sah wieder zu Anna und betrachtete fasziniert die Szene mit Doris. »Auch bei mir sieht man es, wenn ich mit Sam zusammen bin.«

»Yeah«, sagte Track. »Hab ich auch schon gemerkt.«

»Aber bei ihr sieht man es nicht. Ich kann mir nicht mal vorstellen, wie sie aussehen *würde*, wenn sie mit einem Mann zusammen wäre, an dem ihr läge. Es ist fast, als seien ihre Gesichtsmuskeln nicht dafür ausgerichtet. So würde es Sam wahrscheinlich ausdrücken.«

»Tja«, sagte Track, »ich sehe auch seltsame Sachen, wenn Liam *sie* anschaut.«

»Laß hören.«

»Er sieht aus wie ein Mann, der eine Interstate entlangfährt und nach einem Straßenschild Ausschau hält. Er versucht etwas zu finden.«

Maggie sah Track an, ernsthaft plötzlich, denn sie vertraute seinem Instinkt. »Und was sucht er?«

»Ich weiß nicht«, sagte Track grimmig. »Ich bin auch nicht sicher, ob er selbst es weiß. Und ob er's überhaupt finden möchte.«

Patti glitt hinter Track und umarmte ihn, packte ihn dann an seinem Ärmelhalter. »Komm schon, Macho Man, ich will tanzen.«

»Wie kann ich einem solchen Angebot widerstehen? Darf ich an deinen Strapsen zupfen?«

»Kommt drauf an, wie viel dir an deiner Gehfähigkeit liegt. Maggie ist nicht die einzige, die Kampfsport lernt.« Track ließ sich davonführen, und Maggie sah sich nach einem Partner um. Sam war ein schrecklicher Tänzer; Maggies Füße waren unbeschreiblichen Grausamkeiten ausgesetzt gewesen, bis sie sich an Sams riskanten Hüpfstil gewöhnt hatte. Liam tanzte eleganter, hielt sie aber, wie Sam, auf langweiligem Abstand. Mit beiden fühlte sie sich wie eine Gefangene beim Schülerball. Sie entschied sich schließlich für Liam, da Anna ihn nicht beachtete und sie ihn über seine Mysteriendame ausfragen wollte.

Sam sah ihnen zu, wie sie sich unter die anderen mischten, und bemerkte, daß Liams Mönchskutte seinen Tanzstil hemmte. Sam luchste Anna von Doris Gilmer fort. Er hatte kein übermäßiges Interesse an ihr und schätzte sie nach ihrem kurzen Wortwechsel mit Maggie und seiner Unterhaltung mit ihr über den Geist eher als recht beschränkt und spitzzüngig ein. Seine wirkliche Motivation, sie zum Tanzen aufzufordern, bestand in dem skandalösen Kleid, das ein spannendes, sinnliches Zwischenspiel verhieß.

Sie versuchten, sich an die Musik zu halten, was nicht funktionierte, und einigten sich dann auf einen gemäßigten Fox. Sam war durchaus zufrieden mit dem Gesamtergebnis. Wenn er die Augen schloß, konnte er sich vorstellen, daß er mit einer nackten Frau tanzte. »Ich hab das Tanzen in der High-School gelernt«, sagte er, den Fox entschuldigend.

»Nein, hast du nicht.« Sie war zwar auch nicht Ginger Rogers, aber Sam dennoch um Meilen voraus.

»Nur zu«, sagte er, »zerleg mich in Stücke. Da versucht man das Tanzbein zu schwingen mit Zehen, die bis ins nächste Country reichen. Aber eitel bin ich in anderen Dingen.«

»Beispielsweise?«

Er dachte eine Weile nach. »Gute Frage. Eigentlich bin ich schüchtern und werde von Minderwertigkeitskomplexen geplagt.«

»Ach ja? Liam sagt, du seist arrogant und gehemmt. Nett, aber arrogant und gehemmt.«

»Und was meinst du?«

»Gehemmt stimmt wohl, deinem Tanzstil nach zu schließen. Arrogant? Ich weiß nicht. Bist du's?«

»Nein, kein Stück. Jeder hält mich für arrogant, aber das sind doch alle ignorante Rednecks, gemeine Hausschweine, Trolle und Kretins.«

»Tatsächlich, kein Stück arrogant! Ich mag deine Frau.«

»Wirklich? Ich auch. Aber ihr habt euch angehört wie Erzfeinde. Versteh mich nicht falsch – ich liebe gute Katzenkämpfe, aber ich hab nicht viel Einfühlung gespürt.«

Sie lächelte, aber ihr Kopf befand sich nahe bei seiner Schulter, und nur Doris Gilmer, die gerade mit Herb Fisher tanzte, sah es. »Ich ziehe Männer vor«, sagte sie nach einer wohlkalkulierten Pause. »Die meisten Frauen haben nicht viel zu sagen, was für mich von Interesse wäre.«

»Nicht viel, was über Klopapier und Waschmittel rausgeht?«

Sie lachte. »Oh, ich wollte nicht herablassend sein. Ich interessiere mich einfach mehr für Dinge, die Männern wichtig sind.« Sie ließ den Blick durch den Raum schweifen. »Das klang irgendwie nicht richtig.«

»Ich hab dich schon verstanden«, sagte Sam. Dann, wider alle Vernunft: »Wirst du Liam heiraten?«

»Er hat mir keinen Antrag gemacht. Nicht, daß es dich etwas anginge.«

»Wird er's tun?«

Die Musik hörte auf, und sie gingen an die Bar zurück. »Ich weiß nicht«, sagte sie. »Ich weiß wirklich nicht. Ich hoffe, nicht.«

»Warum?« Sam wunderte sich über seine eigene Kühnheit. Seit er von Maggies Schwangerschaft erfahren hatte, war sein Weltbild ein anderes geworden, und er fühlte sich, als blicke er aus großer Höhe auf Anna und Liam herunter.

»Weil ich nicht weiß, was er von mir will«, sagte sie, gleichermaßen erstaunt über ihre eigene Offenheit. »Ich weiß nicht, was er sucht. Wenn er an mir interessiert ist, kann es nicht Heim und Familie sein. Daraus wird meine Zukunft mit Sicherheit nicht bestehen.«

»Aber ihr kennt euch doch schon ziemlich lange, oder? Habt ihr nicht irgendwelche Pläne, Absprachen? Liam ist zu ernsthaft, um jahrelang nur herumzutändeln.«

Das stimmt, dachte sie. Früher war er wahnsinnig ernsthaft. Er war verliebt, und sein Verhalten mir gegenüber war wie ein schwachsinniger John-Denver-Song. Als er so offen und verletzlich war, brauchte ich nur länger nicht auf einen Brief zu antworten, und er war verzweifelt. Er ist immer noch ernsthaft, aber jetzt weiß ich nicht mehr, was das bedeutet. Sie wollte Sam erzählen, daß sein Freund wie eine Auster geworden war, die ihre Schale fest verschlossen hatte, um die Perle im Inneren zu schützen. Sie wollte Sam sagen, daß Liam sich trotz seiner einstigen Leidenschaft für sie, trotz seiner geduldigen Hingabe offenbar nie gefragt hatte, was *sie* sich von einem Mann wünschte. Wenn er es wüßte, wollte sie Sam fragen, würde er sich dann ihr zuliebe ändern? Aber sie machte sich nicht die Mühe zu fragen, sie wußte die Antwort auch so.

»Du hast recht«, sagte sie. »Liam tändelt nie herum. Das ist sein Problem. Es ist diese verdammte intensive *Ernsthaftigkeit*, die mich ängstigt. Aber schau, dieses Gespräch ist viel zu tiefgründig für zwei Fremde.«

Sam wurde rot. »Entschuldige. Ich wollte nicht aufdringlich sein.«

»Ich weiß. Ich rede zuviel. Das ist meine große Schwäche – vor allem, wenn ich über mich selbst spreche. Liam ist ein guter Freund für mich, sonst würde ich mich nicht mit ihm treffen. Ich bin kein Erfolg in der Ehe, und ich schätze, er auch nicht. Das sind zwei gute Gründe dafür, alles so zu belassen, wie es ist.«

Es wurde ausgerufen, daß alle Gäste sich zu einem Gruppenfoto versammeln sollten. Gordon, der dritte Supreme, war offizieller Fotograf. Er hatte bereits den ganzen Abend über Schnappschüsse gemacht (von denen sich ein Bild von Track und Anna während des Gesprächs über den Geist als bester erweisen sollte), und nun war es Zeit für das Gruppenbild. Die kleinwüchsigeren Offiziere samt Frauen saßen auf den Barhockern, der nächste Rang stand vor ihnen, und der Rest saß auf Stühlen oder kniete.

Aber auf einem Foto läßt sich immer nur die Oberfläche eines Ereignisses erfassen. Man sah darauf nicht Tracks Hand auf Pattis Hintern (und da er sie dort erst im letzten sicheren Moment plazierte, waren später im Album nur Anzeichen von Veränderungen in ihrem Gesichtsausdruck erkennbar). Auch daß Sams Arm ungewohnt fest um Maggies Taille lag und er ihr just vor dem Moment der Wahrheit ins Ohr flüsterte, wie gut es doch sei, daß die Party jetzt stattgefunden habe, denn sehr viel länger würde sie dieses Kleid nicht mehr tragen können, kam auf dem Bild nicht zum Ausdruck (aber Maggie war deshalb mit geschlossenen Augen und einem zufriedenen

Lächeln um die Lippen abgebildet). Es konnte auch die Distanz zwischen Liam und Anna nicht dokumentieren, als sie posierten, und es trug nichts dazu bei, den abwesenden Ausdruck in Liams Augen zu erklären, Augen, in denen sich ein fernes, ein kaltes Licht spiegelte.

»Okay, Soldaten«, sagte Captain Gordon, »sagt ›Skinner‹!« Er drückte auf den Auslöser, und die Kamera blitzte. Das jährliche Kostümfest war jetzt in der Zeit eingefroren, eines von tausend »Erinnerst-du-dich-nochs«, die in den Alben jener bewahrt wurden, die ein oder zwei oder zehn Jahre später unter der weißen Sonne von Fort Bliss schmachten oder in Panzern oder Jeeps an der Fulda oder am Imjin bibbern oder aufgeregt auf die Ergebnisse des Beförderungsausschusses warten oder mit rauchenden Köpfen über einer Landkartenübung in Fort Leavenworth sitzen würden. Oder nur noch eine Erinnerung sein würde, ein Fetzchen Geschichte, das aus einer gefalteten Flagge und einer Seite im *Howitzer* bestand und eine Familie zurückließ, die irgendwie weitermachen würde. Und von einem Amerika vergessen wurde, das sich nach einer Weile immer abzuwenden schien. Aber in dieser Nacht wurde gelächelt, und das Lächeln, wenn auch nicht die vielen Zwischentöne, würden in dem Album bewahrt bleiben.

5

TOT WIE STOCK UND STEIN

Verriegelt und verrammelt die Läden.
Denn die bösen Winde blasen:
Unser Geist sieht weit heut nacht
Und er scheint uns allen zu sagen
Alles außer uns ist nur
Wüst wie Nebel und Schnee, so rasend.

W. B. YEATS

16

Liam und Anna kehrten kurz nach Mitternacht in die Junggesellenunterkunft zurück. Anna verschwand im Badezimmer, um das Kleid abzulegen, das nun zu einem Teil West Pointscher Überlieferung geworden war, und Liam machte sich daran, im Kamin ein Feuer anzuzünden. Die Junggesellenquartiere in West Point (zumindest die ältesten, begehrtesten) waren die letzten Wohnungen mit offenen Kaminen, und Liam, ein echter Romantiker, zählte immer die Tage, bis es endlich kalt wurde. Jetzt kniete er, zufrieden mit dem Ergebnis, auf dem Boden und sah die Plattenalben nach stimmungsvoller Musik durch. Nachdem er *Alexander Newski* als zu kriegerisch und Sibelius mit den Berliner Philharmonikern als zu trübsinnig verworfen hatte (die Verbindung vom Schwan von Tuonela mit dem Land der Toten war angesichts seiner gegenwärtigen Beschäftigungen zu drängend), verengte sich die Auswahl auf *Peer Gynt* und eine Notlösung, die Maggie als »Supermarkt-Musik« bezeichnete – wenig dynamische Instrumentalstücke, die als akustische Hintergrundberieselung für große Einzelhandelsgeschäfte dienen sollten. Anna plädierte für Grieg. Bald darauf ertönte das »Morgen«-Thema – es war ja auch schon nach Mitternacht.

Liam trank wenig, aber er hatte sich die Mühe gemacht, für Anna die Vorräte aufzufüllen; ihre Nehmerqualitäten hatten ihn zuerst schockiert, aber zu seinem eigenen Entsetzen war er jemand, der sich an alles gewöhnen konnte. Im Eisschrank befand sich Sekt, aber der war für spätere Eventualitäten. Um gegebenenfalls ihr Hirn lahmzulegen, hatte er eine Flasche Remy Martin angeschafft, aber angesichts der späten Stunde und der ihm bevorstehenden Mission beschloß er, es mit Irish Coffee statt mit ernsthafter Gehirnwäsche zu probieren. Sie neigte dazu, in unpassenden Momenten wegzunicken, und der Remy würde sie erwischen wie ein in einer Socke geschwungenes Seifenstück an der Schläfe. Na jedenfalls, dachte er sich, wenn sich alles so entwickelt wie erwartet, kann ich das Zeug auch noch selbst niedermachen.

Er war fast mit der Zubereitung des Getränks – die an eine Katastrophe grenzte, denn seine Unbeholfenheit mit Nahrungsmitteln erstreckte sich auch auf Flüssiges, sobald es sich komplizierter gestaltete, als nur Wodka und Tonic Water zusammenzuschütten – fertig, als Anna in einem bodenlangen maronenfarbenen Nachthemd aus dem Badezimmer trat. Angesichts des Kamins gab sie erfreute Laute von sich und kauerte sich davor. Sie streckte ihre nackten Füße dem Feuer entgegen, lehnte sich mit dem Rücken an das Sofa und lächelte mit zurückgelegtem Kopf und geschlossenen Augen. »Herrlich«, sagte sie zur Decke. »Ist das schick! Warum bin ich bloß nicht schon früher hergekommen?«

Er servierte den Coffee auf einem Silbertablett, das er von seiner Tante geerbt hatte, ein Stück, das er noch nie zuvor benutzt hatte; aber schließlich war es die Nacht der Nächte. »Du bist schwer zu überreden«, sagte er. »Ich wollte schon letzten Sommer, daß du herkommst.«

»Aber da hätte es kein Feuer gegeben«, sagte sie vernünftig. »Für das Feuer lohnt es sich wirklich. Kaffee? Soll ich wach bleiben?«

»Das wäre recht hilfreich. Aber es sind Zusätze drin, sieh dich vor.«

Sie nahm einen der Becher und probierte. »Toll! Du hast es gelernt!«

»Ich dachte, es sei das Richtige. Wenn dir danach immer noch ethnisch zumute ist, hab ich Carolan-Likör, um noch eins draufzugeben.« Liam haßte alle Arten von Likör aus ganzer Seele; Anna liebte sie.

»Hab ich mal probiert«, sagte sie. »Schmeckte interessant. Wo kommt der Name her?«

Immer noch in seiner Mönchskutte, setzte er sich neben sie und streckte auch die Füße zum Feuer. »O'Carolan war der letzte große irische Barde«, antwortete er. »Das kleine strohgedeckte Haus auf dem Label ist seine Hütte. Ich glaube, es ist immer noch Nationaldenkmal oder so.«

»Was hat es nur mit den Iren auf sich, daß sie diese ganzen fürchterlichen Lieder singen und in solchem Elend leben? Ich möchte ja niemanden kränken, aber –«

»Iren lassen sich von angelsächsischer Dummheit selten kränken«, sagte Liam mit einem höflichen Lächeln. »Auch nicht schnell ärgern oder reizen wie die Italiener – ich möchte natürlich niemanden kränken –, aber du hast zur Hälfte recht. Nur zur Hälfte. Diese ›fürchterlichen Lieder‹ – du meinst wahrscheinlich diese Sauflieder der Straßensänger, die sich so gut verkaufen. Aber es gibt auch noch Yeats und Synge und Oscar Wilde ...«

»War der Ire?« fragte Anna.

»Mit ziemlicher Sicherheit. Magst du ihn?«

»Nicht so richtig. Ich mußte auf dem College irgendwas Depressives von ihm lesen. Ich glaube, ich hab auch was von Yeats gelesen, aber ich bin mir nicht sicher. Kommt dir ›Wüst wie der Nebel‹ bekannt vor?«

»›Wüst wie der Nebel und Schnee‹. Aber die meisten Menschen bilden sich ihre Meinung über die Iren anhand der Clancy Brothers und von ein paar Poeten, die in High-School-Anthologien auftauchen. Das ist nicht ganz fair. Es ist, als mache man sich über den Fusel lustig und übersehe den ...«

»Den Sahnelikör?«

»Ganz genau«, sagte Liam.

»Tja«, sagte Anna, »du mußt aber zugeben, daß da ein immerwiederkehrendes Motiv von Depression und Hoffnungslosigkeit ist; ich sehe es manchmal auch bei dir. Ich nehme an, du siehst dich als Iren?«

»Zu meinem endlosen Bedauern. Es sitzt in den Genen. Weißt du, Anna, die Iren sind laut Statistik weitaus anfälliger für Schizophrenie als andere ethnische Gruppen. Es heißt, das hätte was mit dem Einfluß der Kirche und deren Betonung von Schuld zu tun, aber ich glaube, daß die Wurzeln früher zu finden sind. In den vorchristlichen Überlieferungen, dem Ossianischen und dem Red-Branch-Zyklus und den älteren Schriften. Aber ich glaube, der Begriff der Sünde ist das zentrale Thema.«

Ihre Augen über dem Kaffeebecher glitzerten. »Iren haben ein Problem mit der Sünde?«

»Der volkstümlichen Meinung zufolge«, sagte Liam, »machen wir es häufiger und haben weniger Spaß daran als jedes andere Volk. Nüchtern betrachtet – was sich gemeinhin mit ›Kater‹ ins Gälische übertragen läßt und den Zustand bezeichnet, bei dem man mit Blick in den Straßengraben aufwacht –, gibt es eine fundamentale Unvereinbarkeit von heidnischen und römisch-katholischen Motiven, und die Iren hängen an beidem. Der heidnische Teufel verführt uns, es zu tun, die heilige Mutter Kirche zwingt uns am nächsten Morgen dazu, es zu bereuen. Das Leben ist einfach unfair, wie ein berühmter Präsident einst bemerkte.«

Anna lachte. »Und zu welchen Taten veranlaßt dich der heidnische Teufel?«

»Meist dazu, meinen Sinnen nachzugeben. In heidnischer Zeit war unser beliebtester Gott Dagda. Das ist nicht sein Name, sondern das Wort für ›das Gute‹. Aber das hieß nicht, daß er gut war, sondern daß er in bestimmten Dingen gut war. Er vereinte alle Eigenschaften der anderen Götter in sich. Er hatte einen Kessel, der immer mit guten Dingen gefüllt war; er war der stets Großzügige, der Gottvater.«

»Klingt nett. Hat er gesündigt?«

»Auch darin war er natürlich gut. Einmal hatte er so viele Sünden auf sich geladen, daß er in einer Wolke zu den Klippen von Moher flog und sie dort alle aus seiner Seele rang. Sie wurden zu furchtbaren geflügelten Harpien, grausamen Frauen, die noch immer die Klippen heimsuchen, sagt man.«

»Warum Frauen? Hört sich ja nach einem miesen Chauvinisten an.«

»Tja«, sagte Liam, »ich schätze, sie verkörpern das ewig Weibliche, das zur Vollendung verführt – oder zum Ruin, wenn es das Schicksal will. Die wirklichen Schurken – und das nicht nur in der irischen Überlieferung – sind häufig Schurkinnen: die zweite Frau von Lir, die ihre Stiefkinder in Schwäne verwandelte, oder Mórrigan MacCaílltin, die schlimmste der Badb-Hexen, die …«

Anna wurde es langweilig, und sie hatte ihren Kaffee bis auf den letzten Tropfen ausgetrunken. Sie legte den Kopf auf das Sofa. Als Liam sie wieder ansah, hatte sie die Augen geschlossen. Er beugte sich über sie und küßte sie auf die Nasenspitze, eine Geste der Zuneigung, nicht des Begehrens. Was natürlich gelogen war, aber Vorsicht war angebracht in dieser Lage.

Ihre Augen klappten auf. »Entschuldige. Es ist schon spät. Mir ist nicht langweilig.«

»Möchtest du noch was?« Sie schüttelte den Kopf. Das Feuer warf flammenden Glanz auf ihr Haar. Sie fühlte sich wohl und war kurz davor einzuschlafen. Solveigh jammerte herzerweichend im Hintergrund; Liam haßte diese Interpretation, weil sie da klang wie Brünhilde. Aber er wußte, daß der nächste Satz »In der Halle des Bergkönigs« war. Das würde den Bann brechen. Weitere Vorbereitung war unmöglich; jetzt loszulegen war verfrüht und zusammenhanglos, aber in wenigen Minuten würden seine Worte von einem fidelen Troll-Liedchen begleitet werden.

»Heirate mich.«

Einen Augenblick lang machte sie ein Gesicht, als hätte Liam ein heftiges Beckenwackeln vorgeschlagen oder ein Eselsgewieher ausgestoßen. Aber sie war jetzt zumindest wach. Sie schloß die Augen und runzelte die Stirn und sah plötzlich müde aus, nicht mehr schläfrig. Liam fühlte eine kalte Flüssigkeit in den Adern.

»Nein. Laß uns Schluß machen für heute.«

»Ich sehe in alledem keinen Sinn, wenn ich dich nicht heiraten kann. Überhaupt keinen.«

»Was ist denn so falsch an dem, was du hast?«

»Was ich habe?« sagte Liam und sah ihr starr in die Augen. »Ich habe deine Teilzeitzuwendung. Es zehrt an mir. Ich möchte mit dir leben. Informell ist das in West Point unmöglich. Und ich kann es im übrigen auch nirgendwo anders. Ich möchte, daß das alles einen Sinn bekommt.«

»Ich liebe dich nicht, Liam. Ich kann nicht. Und das würdest du verlangen.«

»Glaubst du wirklich? Ich bin doch bis jetzt ganz gut ohne zurechtgekommen.«

Sie lächelte traurig. »Nein, bist du nicht. Sonst würden wir nicht dieses Gespräch führen. Ich werde dich nicht heiraten. Ich will keinen weiteren Fehlschlag vermerken müssen, in dessen Verlauf du Schaden nimmst. Ich bin nicht deine böse irische Westhexe. Du brauchst mich nicht. Du würdest frustriert und zornig sein. In dir ist ein bitteres, schwarzes Etwas, Liam. Es versucht die Herrschaft über dich zu gewinnen. Wenn du mit mir scheitern würdest, hätte es die Oberhand. Dafür werde ich nicht verantwortlich sein.«

»Du würdest überhaupt nicht für mich verantwortlich sein müssen.«

»Du hast recht. Ich bin es nicht.«

»Ich meine«, sagte Liam, »daß nur ich allein meine Wege wählen kann, also bin auch nur ich verantwortlich für mich selbst.«

»Das meinst du nicht wirklich«, sagte sie gereizt. »Ich würde dir nur eines Tages dieses fromme Versprechen ins Gesicht schleudern und mich selbst dafür hassen. Nein.«

»Ich brauche dich. Aber ich werde nicht betteln.«

»Bitte tu es nicht. Du glaubst, daß du mich brauchst. Du weißt es nicht. Du suchst nach etwas und hast diese verrückte Vorstellung, daß ich dir helfen könnte, es zu finden. Ich kann dir aber nicht helfen, Liam. Du mußt es selbst tun. Ich kann nicht daran teilnehmen. Wenn du mich zu irgendeiner Biest-Göttin machen willst, ist das deine Sache. Du kannst mir die Rolle in dem Stück zuschreiben, aber ich werde sie nicht spielen. Laß uns schlafen gehen. Ich bin erschöpft.«

Liam gab nach und verbarg das entsetzliche, lähmende Gefühl von Verlassensein. Er sicherte das Feuer und nahm sie an der Hand und führte sie ins Schlafzimmer. Als er mit Ausziehen und Duschen fertig war, schlief sie schon. Er ließ sie allein, ging in sein Arbeitszimmer und setzte sich auf den Folterstuhl. Er nahm eine Rune aus dem Beutel. Er wußte schon, welche es sein würde.

Sam ging durch den Schnee. Er war pechschwarz, nur ein ganz schwacher Lichtschein drang durch die dichten Wolken, aber er spürte die Kälte an den Füßen durch seinen Kettenhemdstoff, und er spürte die Schneeflocken, wenn sie ihm übers Gesicht strichen. Er spürte die Kälte, und dann lag plötzlich ein großer schwerer Umhang um seine Schultern, und der Harnisch war verschwunden, und an seiner Statt war da warme Kleidung aus schwerer Wolle, und auf dem Kopf trug er eine Schildmütze. Er spürte den Schnee oberhalb von seinen Schuhen an den Knöcheln, und er spürte, wie sich die Schneeflocken in seinem Kragen sammelten und das Wasser in einem kalten Rinnsal an seinem Nacken hinunterlief.

Da waren Lichter, und er erkannte sie: eine Reihe von Fenstern, blasse Rechtecke, die sich schummrig und gelb, von Kerzen erleuchtet, gegen die Dunkelheit abhoben. Die Schneeflocken tanzten um sie herum, flatterten in dem kärglichen Licht. In der schweren Luft lag ein Singen und dann ein Jubeln von vielen Stimmen. Sam hielt an, um zu lauschen; eine Stimme aus der Halle war lauter als die anderen. Sie sang ein Lied, das ihm bekannt vorkam, aber er konnte sich nicht erinnern, wo er es schon einmal gehört hatte:

Doch nun ohne das Wecken
Kann ich die Augen schließen,
Und kann auch ohne »wegtreten«
In Ruh den Tag beschließen.
Ich muß nicht stillstehen, wenn ich spreche,
Nicht grüßen, wenn ich einen Rang seh,
Marschieren tu ich nicht, ich gehe,
O du Soldatenzeit, ade!

Wieder Jubeln, dann verklangen die Stimmen. Sam fand aus dem dichten Schnee heraus und kam zu einem ausgetretenen Pfad, der zu dem Haus mit den erleuchteten Fenstern führte. Er ging langsam und hörte das freundliche Knirschen von Stiefeln hinter sich. Der Gang war ihm vertraut, das Geräusch der Absätze, die zuerst aufsetzten. *Eine kalte Nacht,* sagte die Stimme, und Sam erwiderte, ja wirklich, Ethan, mir sind beinahe die Zehen abgefroren. Wann wird das vorbei sein?

Nicht vor Tagesanbruch. Der Fluß ist 'ne Eisfläche, kann man fast mit'm Munitionswagen rüber. Hab tatsächlich heut morgen den jungen Clay da erwischt. Ist bald 'ne Achtelmeile drauf gelaufen, ich schwör's, bei meiner Treu! Da wett ich drauf!

Sam lachte fröhlich, aber das Geräusch wurde vom Schnee erstickt. Eine Wette. Aus dem Halunken wird ein Dragoner! Man kann das immer an den Wetten sehen, die sie abschließen.

Wie steht's mit 'ner Wette auf euren Antique? sagte Ethan jetzt ernst. *Sieht jetzt älter aus, müder denn je. Traurig und verträumt. Sieht aus wie dreißig, und was ist er? Keine einundzwanzig, beim Herrgott!*

Das hier ist kein Ort zum Altwerden, sagte Sam, das steht fest. Er wird morgen bei uns zum Abendessen sein, zusammen mit den Mansfields. Unser Antique wird mit Annabelle spielen und uns mit französischen Worten bezaubern! Und Brideys Mann, der Corporal, der hat einen fetten Truthahn rangeschafft, obwohl das arme Ding aussah, als hätt er's mit 'ner Kartätsche erlegt! Wirst du uns Gesellschaft leisten?

Sehr freundlich von dir, sagte Ethan. *Ich werd der Dame sagen, 's sei 'ne Schand, 'nen Vogel nach 'nem harten Kampf einfach so für nichts zu schlachten.* Er lachte darüber. *Ich werd unsern Antique bitten, daß er uns 'n paar Verse über den Tod des Truthahns dichtet! Gute Nacht euch und grüßt mir 'Liza.*

Sam wandte sich zu seiner Unterkunft, während Ethan Hitchcock zu seiner marschierte, und da war Bridey, mit ihrer weißen Schürze und ihren plumpen Hüften, die sie jetzt bekam wie alle irischen Mädchen; aber heute nacht sah Sam die Angst in ihren Augen, und ihr Gesicht war tränenverschmiert. *Sie ist wieder mal so weit,* sagte das Mädchen, *und sie ist wieder in so einem Zustand, einem furchtbaren Zustand.*

Sam seufzte, als er in das Licht der Eingangshalle trat. Schnee fiel von seinem weiten blauen Mantel. Hab keine Angst, sie wird bald müde sein. Aber das Mädchen fiel auf die Knie, bekreuzigte sich und fing leise an zu wimmern. Sie versuchte zu beten, und Sam wandte sich ab, peinlich berührt von ihrem einfältigen papistischen Geplapper und ihrem mangelnden Gefühl für Würde.

Er spürte Elizas Anwesenheit, oben auf der Treppe; er spürte sie immer, bevor er sie sah. Sie war immer schon präsent, bevor man sie sah. In dieser Hinsicht glich sie ihrem Vater, dem strengen alten Kinnbart mit seinem schwarzen Frackmantel und den Augen, die dich auf einen Blick abschätzten und für willig befanden.

Er stieg die Treppe empor, und die Stufen quietschten. Sie war wirklich da. Noch wach?

Wirklich, ja, sagte die Stimme. *O ja. Noch wach. Was für eine Frage.* Sie stand aufrecht und stolz da, ihre dünnen weißen Hände krampfhaft ineinandergeschlungen, die Adern stachen blau gegen die weiße Haut ab. *Hast du gefeiert heute nacht, Mann?*

Ja, sagte Sam zornig, das habe ich. Jeder Mann braucht das, Eliza, sogar ein Heiliger.

Dann sah er ihre Augen, und sie waren vom Anfall gezeichnet, schlimmer denn je zuvor; sie waren weiß, weiß und umwölkt wie der Schnee im Morgengrauen, wenn man ihn durchs Fenster eines dunklen Zimmers fallen sah. Da war der Anfall, wie ein Fieber, aber kalt. Er mußte seinen Verlauf nehmen. Sie war verrückt in diesen Phasen, nicht sie selbst. Sie strahlte ein kaltes Licht aus, dachte er, das glattpolierte Gesicht der Hölle selbst, in dem sich das Himmelslicht spiegelt, das es zugleich verachtet und ersehnt.

Ich kenne dich, sagte sie, *ich kenne dich gut genug, und ich weiß, was du getan hast, Mann. Hat es dir Vergnügen bereitet? Wozu sind Huren da, wenn nicht zum Vergnügen?*

Nein, sagte Sam, so war es nicht.

Das Kind spielt im selben Zimmer mit der goldenen Hure, die du in deinem Stolz und deiner Gier erzeugt hast, als du mich umklammertest und stöhntest wie ein Tier. Du bist verflucht, Mann. Er sagte, du würdest es sein, und du bist es. Verflucht.

Nein, sagte Sam, du bist müde. Nimm dich zusammen.

Schaff sie aus meinem Haus, Mann, schaff sie beide raus, die

Hure und ihren dunklen Laich. Aber sie ist meine eigene Pflicht, und ich werde sie vor dem Ende reinigen von aller Sünde. Schaff sie bloß raus, und finde die Verdammnis zur rechten Zeit, Mann.

Du vergißt dich, Eliza.

Ich vergesse nichts, Mann. Raus! Schaff sie raus, das schwatzhafte dreckige Affenweib, die plappernde römische Hure. Schaff sie beide raus, das irische Gör auch! Dann war sie still, als ob plötzlich eine andere, entferntere Stimme über sie bestimmte. Ihre Augen verdrehten sich, und ihre Finger lösten sich. Wieder der Anfall, dachte Sam. Die kleine Krankheit.

Er wandte sich zum Gehen, und der Flur war angewachsen, war riesig, getragen von Steinsäulen, mit Konsolen und einer gewölbten Decke und der große Raum war von Kerzen erleuchtet; und Maggie war da.

Sie trug ihr Kostümkleid und hielt eine große flache Silberschale in Händen. Die Kinder verbargen sich in ihren Röcken, das helle, neugierige, vertrauensvolle Gesichtchen und der dunkle Junge, der sein Gesicht in ihrem Kleid versteckte. In der Schale war ein großer Fisch, ein Lachs, dachte er, silbrig und blaß mit dunkelgrauem Rücken und silbrig-violetten Seiten. *Er gehört uns,* sagte sie mit einem Stolz, der Sam anrührte und wärmte, *und er kommt aus der Quelle. Ich habe von der Quelle getrunken, Liebling,* sagte sie, *und wir können jetzt beide daran teilhaben. Wir haben, wonach wir gesucht haben, Sam: San Graal, sang raal, den Anfang und das Ende.*

Dann sah er zu seinem Entsetzen, wie sich ihre Augen verschleierten. *Jetzt,* sagte sie, und ihre Augen verdrehten sich; aber sie sprach weiter und sagte: *Komm, laß uns gemeinsam feiern, Mann! Jeder Mann muß feiern, sogar ein Heiliger!*

Ich will keine Feier, sagte Sam, der wußte, daß es ein Traum war, den er aber nicht aufhalten konnte, er konnte nur machtlos und von Grauen geschüttelt seinem Verlauf folgen.

Schau nicht hin, Sam, sagte Liam, der nun auch da war, in seiner Mönchskutte und sich hinter ihnen in einem Rollstuhl aus der Dunkelheit herausschob. *Schau nicht hin.*

Sam wußte, daß es Wahnsinn war – von ihr, so zu sprechen, und von ihm, zu gehorchen, aber sie war unbesiegbar in ihrem Wahnsinn und er hilflos in seinem. Sie ging zu ihm, mit hocherhobenem Kinn und Triumph in ihren irren Augen, und hielt Sam die große Silberschale hin, und er sah, was darin lag.

Sam wachte mit einem Schrei auf, und Maggie schaltete erschrocken das Nachttischlicht an. Er war eiskalt, seine Laken und Kissen waren naß, und sein Herz raste. Sie legte die Arme um ihn und murmelte verschlafen: »Sam, Sam, es ist alles gut, es ist alles gut.« Er schaute über seine Schulter auf den Wecker. Es war 3 Uhr 32, Samstag, der Morgen des 3. November.

Das Zimmer in der 47. Division war Freitag nachmittag geräumt und Carson in ein neues Zimmer verlegt worden, in dem ein Bett frei geworden war, weil ein Kadett im Oktober aufgehört hatte. Das Mobiliar blieb da, aber der Erstjährler hatte sämtliche Uniformen und Bücher und persönlichen Dinge ausgeräumt. Er hatte den Raum zweimal durchgeputzt, bevor er von Andrea Linnell abgenommen wurde. Trotz des Aufwands mit dem Umzug und der Nerverei mit der Inspektion war Carson froh, daß er den Raum nicht mehr sehen mußte.

Um die Zeit, als Sam in seine unangenehme Traumserie zu driften begann, breiteten sich die Eiskristalle an den Fenstern in dem leeren Zimmer aus. Sie begannen unten, zogen dann nach oben und an den Rändern entlang und füllten schließlich die Mitte aus. Die Metallasche, mit der die Schiebefenster verriegelt wurden, lief an; dann zeigten sich auch dort die Kristalle, und nach einer Weile hockten sie wie funkelnde Kronen auf jedem Riegel.

Da war kein Ohr, das die Geräusche hören konnte, aber sie waren dennoch da: zuerst ein dünnes, hohles Wimmern, höher als der Ruf einer Fledermaus. Dann kamen tiefere Töne hinzu, wie sie das menschliche Ohr wahrnehmen konnte, und wie Ton um Ton hinzukam, entstand ein unsteter, fast dringlicher Geräuschpegel. Dann ergänzte tiefer liegende Musik den Chor des leeren Raumes, und die Stimmen entschwanden wieder aus dem menschlichen Hörbereich, doch die Fensterscheiben hörten und summten das Lied. Auf seine Art war es ein Lied, und mit seinen wortlosen, ungehörten Strophen verlieh es der Kälte, dem Schneetreiben und den Reifflocken eine Stimme. Die höchsten Töne bildeten die Stimmen des Winds, der das Tal vom einen bis zum anderen Ende durchsuchte, von High Tor bis Beacon, der die schwarzen Skelettfinger der uralten Eiche an den felsigen Hängen des Storm King abtastete, sich zwischen Felsbrocken und Höhen hindurchwand, trotzig gegen die Granitblöcke der Hartlett Hall prallte und die Wasserspeier umkreiste, die den Uhrturm der Pershing Barracks bewachten. Die mittleren Akkorde taumelten in die Nacht hinaus zur Schiffsglocke auf den Felsen am Fuße des Flirtation Walk und hängten sich an die abrupten, hartnäckigen Töne der Hörner von den Schleppern, die die schweren, beladenen Kähne zwischen North Dock und Constitution Island den dunklen Fluß hinunterzogen. Die Baßtöne barsten aus dem endlosen Stöhnen des Eises, wenn es gefror und brach und wieder gefror, während die Eisschollen in wirren Armeen von Albany her den Fluß hinuntertrieben, sich an diesem Punkt verkeilten und die nächste frostige Nacht erwarteten.

Der kalte Nebel kroch von den Fenstern aus die Wände entlang und sammelte sich am Boden. Die Musik hub an und versiegte wieder, und wenn das Lied der unsichtbaren Stimmen sich zu einem Crescendo aufschwang, rasselten die lockeren Fensterrahmen, und Farbflocken lösten sich von dem von Kälte und Erschütterungen mürben Holz und drifteten auf das Fensterbrett und auf den Boden.

Liam hatte leicht geschlafen, sein Kopf wollte keine Ruhe finden nach seiner Niederlage bei Anna. Sie schlief ruhig neben ihm, und ihre Arme streckten sich zufällig Liam entgegen, als wolle sie ihn in seinem Schmerz verhöhnen. Jetzt wachte er wieder auf. Er hörte den Wind. Für einen Nachtwind war er stark, er toste und tobte. Komm ans Fenster, sagte er, komm und sieh unsere Stärke, schmecke unsere Kraft, komm und hör unser uraltes Lied.

Behutsam, um sie nicht zu wecken, stieg er aus dem Bett und ging zu dem Fenster, von dem aus man den Fluß und das gegenüberliegende Ufer sehen konnte. Der Mond war da, und die dürren Äste der Bäume glänzten silbrig. Er stand am Fenster und konnte sich nicht mehr abwenden, konnte den Kopf nicht drehen und nicht die Augen schließen.

Im Haus in der Lee Area hielten sich Maggie und Sam fest. Sam, der jetzt wach war und zitterte, und Maggie, die ebenfalls Angst hatte und sich an ihn klammerte. Sie wiegten sich, gaben sich Kraft.

Im Zimmer in der 47. Division wirbelten die fransigen Schneeflocken um das kalte Licht herum, tanzten langsam im Kreis – langsam, dann schneller und schneller, rissen die kalten Nebelfetzen von den Fenstern und vom Boden mit sich in den Strudel. Das Lied der Kälte erhob sich wieder, lauter jetzt.

Liam lauschte dem Lied der Winde und sah zu den Zweigen der Bäume. Sie rührten sich nicht, und so erkannte er die wahre Gestalt des Windes. Ich höre dich, sagte er zu sich selbst, ich höre dich. Runenwerferin, Tante, Frau vom Hügel. Ich höre dich.

In der 47. Division splitterte eine Fensterscheibe, bedeckt mit Eis, von Rahmen zu Rahmen. Dann war es still im Raum.

17

Den Samstag brachten Liam und Anna mit vagen Zerstreuungen zu. Beide sprachen nicht von der vergangenen Nacht, aber Liams Antrag hing in der Luft, bildete einen stillen Hintergrund für die Aktivitäten des Tages. Sie machten eine Fahrt über den Fluß, über die Bear-Mountain-Brücke und nach Cold Spring hoch. Liam kannte Cold Spring recht gut und führte sie in ein Restaurant am Fluß, eine restaurierte Schenke, in dem in den vergangenen Jahren häufig Lunchtreffen der Abteilung stattgefunden hatten und von dem man einen wunderbaren Blick auf den Crow's Nest Mountain hatte, der steil auf der anderen Flußseite emporragte und an dessen Fuße sich die Gebäude von West Point erstreckten. Es war klar und windstill, genau wie es gewesen war, als Liam den Wind gehört hatte.

Anna bemühte sich angestrengt um eine fröhliche, gesprächige Stimmung, aber Liams Elend blieb ihr nicht verborgen, und sie verlor sich in einem langen, unkonzentrierten Monolog über ihre Arbeit, während Liam stumpf sein Essen verspeiste und gelegentlich zustimmend nickte. Sie wußte, daß sie ungeschickt mit seinem Antrag umgegangen war, aber sie hatte keine Ahnung, wie sie das wieder auffangen konnte. Manchmal schien es unmöglich, Liam Schmerz zu ersparen; er steuerte immer schnurstracks auf die Auseinandersetzungen zu, und trotz seiner Höflichkeit und erstaunlichen Versöhnlichkeit blieb er nach jeder Wiederholung zerrüttet und etwas distanzierter zurück. Es wäre leicht gewesen, ihm zu sagen, er solle sie um seiner selbst willen vergessen, aber ihre Abneigung gegen dramatische Gesten und Härte gegen sich selbst sträubte sich gegen eine solche Lösung. Abgesehen davon, fand sie Liam interessant – manchmal hatte ihr Interesse mehr mit morbider Neugierde und einem vagen Verlangen, seinen nächsten Schritt zu beobachten, zu tun, manchmal war es geprägt von etwas, das sie selbst nicht verstand. Sie hatte keinerlei Intention, für Liam FitzDonnell ihren Job oder ihre Freiheit aufzugeben. Ihre gelegentlichen Sprüche über den anzustrebenden Jachtbesitzer mit viel Freizeit sollten Liam nur in einer gewissen Sicherheit wiegen, ohne daß sie sich binden mußte. Der einzige Druck, sich wieder zu verheiraten, entstand für sie durch die dahingehenden Jahre, und Liam vermied taktvoll jede Erwähnung derselben, sogar an Geburtstagen.

Andrerseits hatte sich Liam trotz seines jahrelangen Werbens um Anna und seiner diversen Anträge nie konkret vorgestellt, wie es sein könnte, mit ihr verheiratet zu sein. Sein Ego raunte ihm zu, daß er sie nur gebeten habe, ihn zu heiraten, damit er sich später sagen konnte, er habe es zumindest versucht. Eine andere Erklärung, die auch nur annähernd Sinn machte, fiel ihm nicht ein. Sein Hang zu Symmetrie und Handlung schrie nach einem Abschluß, nach einem Ende, das ihm zumindest seine Würde ließ und den Jahren einen Sinn gab, die er sonst als verschwendet betrachten mußte. Er war nach etlichen kleineren Enttäuschungen angewidert von Anna weggegangen und nur zurückgekehrt, weil sein Sinn für Aktivität und Vollständigkeit sonst gelitten hätte. Als sie nun über ihrem Lunch saßen und auf den Hudson hinausblickten, mußte er sich fragen, ob das letzte Ticket zu guter Letzt nun auch entwertet war.

Als sie kurz vor drei zu Liams Haus zurückkehrten, verabschiedete sich Anna mit einem schüchternen Kuß und einigen vagen Worten über ihren nächsten Besuch. Liam ging auf sein Zimmer und zog seine Joggingkluft an, denn er wollte vor dem Abendessen ein paar Meilen laufen, um für die Nachtarbeit ausreichend müde zu sein. Es würde nicht genügen, sinnierte er, in dem Spukzimmer zu liegen und wach zu sein. Statt laufen zu gehen, rückte er sich jedoch ein Kissen auf dem Bett zurecht, legte sich hin und las in aller Ruhe ein Buch über multivariate Analysemethoden; das beschäftigte sein Hirn bis zum Abendessen mit emotional neutralen Themen wie Gamma- und Beta-Matrizen und Profilanalysen. Es wurde dunkel, aber er schaltete kein Licht ein, bis es zu schummrig war zum Lesen, dann legte er das Buch beiseite und starrte an die Decke.

Als es schließlich Zeit zum Abendessen war, befahl er sich in die Küche und machte sich ein Sandwich mit Weißbrot und Corned Beef aus der Dose und öffnete eine kleine Büchse Mandarinen. Er schaltete die automatische Kaffeemaschine ein und sah der braunen Flüssigkeit zu, wie sie in den Glaspott träufelte. Als er den Kaffee probierte, bereute er es, ihn so stark gemacht zu haben, aber er trank ihn trotzdem. Ob ich schlafe oder wach bin, dachte er, er wird kommen; und er versprach, die Pforte offenzulassen.

Nach seinem bescheidenen Dinner zog er ein graues Sport-Sweatshirt aus dem Schrank und verließ das Haus. Wird sowieso mehr nützen, wenn ich jetzt laufe, dachte er. Ich werde eine Dusche nehmen, wenn ich zurückkomme, das wird entspannend sein. Ist es immer. Er lief in gemäßigtem Tempo am Kosciusko-Denkmal vorbei und um die Kurve herum in Richtung Trophy Point. Der Weg war hell erleuchtet von den Straßenlaternen, und der Verkehr war nicht stark. Er wurde etwas schneller, als er an der Thayer-Statue vorbeikam und an dem steilen Abhang hinter der Eisenhower Hall die Straße abwärts lief. Er entschied sich aus reinem Trotz für diese Route; wenn ein Läufer einen abschüssigen Weg nimmt, weiß er, daß er später einen steilen bergauf laufen muß, und die Straße von der Ike Hall unten bis zum Friedhof hoch war mörderisch. Es war ihm zuwider, sobald er daran dachte, aber er zwang sich, diesen Weg einzuschlagen. Ihm fiel ein, daß er seine besten Zeiten, seine härtesten Touren immer nach Treffen mit Anna gelaufen war. Ich beherrsche meinen Körper, dachte er. Es ist ein gutes Gefühl, die Kontrolle zu haben.

Auf halbem Wege den Hügel hinauf spürte er, wie seine Schenkel gefühllos wurden. Wann würde er ganz schlappmachen, nächstes Jahr? Er atmete im Rhythmus seiner Schritte, zählte die Atemzüge, kümmerte sich nicht um das Kratzen in seinem Hals, wenn er nach Luft rang. Er hätte anhalten können, aber er tat es nicht. Es waren nur noch etwa fünfzig Meter, danach kam eine grade Strecke. Er dachte an Anna, wie sie sich an das Sofa gekuschelt, die Füße zum Feuer gestreckt hatte. Dabei verlor er Tempo. Aber der Gedanke an ihren Gesichtsausdruck nach seinem Heiratsantrag spornte ihn wieder an, und er schaffte die Hügelkuppe und bog erleichtert zu der flachen Strecke vor der alten Kadettenkapelle auf dem Friedhof ab.

Ob er da wohl liegt? Nein, natürlich nicht; er ist in Chapultepec gestorben, und damals haben sie keine Leichen überführt; na ja, vielleicht Nelson in dem Rumfaß, aber sicher keinen betagten Captain. Er war wohl in Mexiko begraben. Und Eliza und die kleine Annabelle? Die waren vielleicht hier; vielleicht gab es noch Gräber aus dieser Zeit, aber es war eher unwahrscheinlich. Weiß der Himmel, wo die begraben liegen. Maggie könnte das rauskriegen. Er merkte nicht mehr, daß seine Beine sich bewegten. Jetzt, da er den ersten quälenden

Teil überstanden hatte, der ihn an seine Sterblichkeit erinnerte, kam die leichte Phase. Jetzt konnte er zwei oder drei Meilen laufen, ohne sich dessen bewußt zu sein. Jetzt würde das einzig Ärgerliche ein selbstgesetztes Limit sein, das nur auf dem primitiven Impuls beruhte, es hinter sich zu bringen.

Er bog zur Lee Road ab und nahm nicht den langen Weg zur Washington Gate hoch. Er sollte schläfrig sein heute nacht, nicht erschöpft. Vor der Brücke über den Crow's Nest Brook in der Nähe von Sams Haus gab es einen Abhang, und er legte an Tempo zu, um die Monotonie zu unterbrechen. Er hatte plötzlich den Gedanken, daß Anna den Blick auf den Fluß von den Lee-Area-Klippen aus sicher wundervoll gefunden hätte. Aber eine dünne Stimme in seinem Inneren raunte sofort, daß er ein Arsch mit Ohren sei, daß es Anna egal sei, ob sie von ihrem Fenster aus die Scheißalpen oder die Ewigkeit sehen konnte. Dennoch hatte das Bild von einem gemeinsamen Leben mit Anna seine Wirkung getan, und er lief schneller, um einen Schmerz mit dem anderen zu vertreiben.

Er rannte fast in Sam hinein, der in langsamerem Tempo in dieselbe Richtung lief. Sam haßte Laufen und absolvierte nur ein Minimalpensum, das ihn durch den Fitneßtest brachte und sein Herz ausreichend trainierte, um es mit Maggie aufnehmen zu können. Liam lachte in sich hinein. Es war, wie Anna gesagt hatte. Wir arbeiten alle für das, was wir am meisten brauchen.

Er paßte sich Sams Schritt an. »Macht's Spaß?«

»'n Dreck tut's. Ich laufe genau viermal zwischen hier und Lee Gate hin und her. Das sind beinahe ... genau vier verfluchte Meilen. Vier komma null Meilen. Lach ruhig ..., du Speedfreak.«

»Ich gelobe, nicht zu lachen«, gab Liam zurück, allerdings auch nicht ohne ein oder zwei Keucher. »Du hast jemanden, zu dem du zurücklaufen kannst. Das macht den Weg kürzer.«

Sam sah ihn ernst an, spuckte dann in den Rinnstein. »Du klingst ziemlich fertig. Ist Anna schon weg?«

»Ja. Sie mußte nach Boston zurück, um ... noch vor morgen einen Bericht fertig zu machen.«

»War's ein guter Besuch?«

»Für sie oder für mich?«

»Wie du willst.«

»Nee«, sagte Liam. »Aber ich werde dich nicht mit meinen persönlichen Tragödien vollreden. Wann treffen wir uns im Spukhaus?«

»Um zehn, glaub ich. Auf die Zeit hab ich Saganian bestellt. Du kannst auftauchen ..., wann du willst. Ich schätze, vor drei Uhr morgens tut sich nicht viel.«

Sie legten den Rest der Strecke zum Lee Gate schweigend zurück; Liam paßte sich Sams Tempo an, der in etwa acht Minuten eine Meile schaffte. Liam war dankbar, daß er von dem Tempo ablassen konnte, das für sein Alter und seinen Gemütszustand eigentlich zu schnell war. Anna trieb ihn immer dazu, sich übermäßig zu verausgaben. Ich schätze, sie würde mein Herz einlegen lassen, wie Sam dieses eklige Hirn. Wenn es nicht an irgendwelchen neurotischen Anwandlungen von romantischen Wallungen bricht, wird es von Infarkten so gebeutelt sein, daß man Autos drin verstecken kann. Sam hat recht; mehr als vier Meilen zu laufen ist Eitelkeit und Selbstzerstörung. Jedoch, sann er, spricht natürlich einiges für Eitelkeit und Selbstzerstörung. Vielleicht ist das ja meine Absicht heute nacht. Gutes Timing. Die Pforte ist offen.

Aber das Lee Gate war geschlossen, und sie ließen das einfältige Jogger-Ritual nicht aus und berührten das farbige Eisentor, bevor sie sich umdrehten und zurückliefen. Vor dem Tor gab es einen leichten Anstieg, und beim Hinunterlaufen legten sie an Tempo zu – Liam aus Gewohnheit, Sam aus dem Impuls, seine mäßige Zeit um ein paar Sekunden zu verbessern. Doch ihre neue Geschwindigkeit steigerte sich unerwartet auf den ersten Metern der Straße zu einem Sprint. »Bis zur Laterne!« keuchte Liam und registrierte, wie Sam seinen gemächlichen Rhythmus aufgab und sich in Richtung Ziel mächtig ins Zeug legte.

Liam merkte, daß Sam zwar als Langstreckenläufer keine Kanone, aber als Sprinter recht anständig war, und er mußte sich anstrengen, um nicht abgehängt zu werden. Sie erreichten die Straßenlaterne, Liam zuerst. Er lachte, wohingegen Sam heiser fluchte und sich kurz an ein geparktes Auto lehnte. »Los«, sagte Sam, »ich muß zurück und Maggie versichern, daß sie heute abend auch zur Party mit darf.«

Liam joggte auf der Stelle. »Kann sein, daß es alles andere als 'ne Party wird, Sam. Denk an das, was ich dir gesagt habe.«

Sam lehnte sich wieder an den Wagen. »Ich denk daran. Ich hatte letzte Nacht einen von diesen Träumen.«

Liam nickte. »Also weißt du, worum's geht.«

»Nicht ganz. Ich weiß, daß hinter all dem etwas Furchtbares lauert. Weißt du, womit wir es zu tun haben?«

»Weiter«, sagte Liam. »Ich will nicht steif werden. Ich muß noch den ganzen Weg zurück zu mir.« Sie liefen langsam weiter, an den Straßenlaternen vorbei. »Nein, weiß ich noch lange nicht. Was ist letzte Nacht passiert?«

»Nun«, sagte Sam, »ich möchte mich darüber jetzt nicht ausführlich auslassen ...«

»Ich weiß«, sagte Liam. »Versteh ich.«

»Aber ich war zeitweilig jemand anders. Es war kein Alptraum; es war real.«

»Hast du sie gesehen?«

Sam sah Liam scharf an, schaute dann wieder geradeaus. »Die Frau? Die in dem blauen Kleid?«

»Du weißt, wer sie ist, Sam.«

Sam schwieg einen Augenblick. »Ja, ich weiß, wer sie ist. Letzte Nacht wußte ich es. Ich wußte es schon, bevor ich sie gesehen habe.«

»Und was hast du gedacht?«

»Sie ist verrückt, Liam.«

Liam sog tief die Luft ein. »Ja. Sie ist verrückt. Im klinischen Sinne. Sie ist zu allem fähig.«

»Wir können nichts an dem Geschehenen ändern, Liam. Es macht keinen Sinn, dagegen anzukämpfen. Ich habe keine rationale Erklärung für den Fluch auf diesem Raum, aber wir können ihn nicht verändern. Auf jeden Fall hast du recht. Maggie bleibt draußen.« Sam wurde langsamer und blieb stehen, Liam tat es ihm gleich. »Liam, sie hat das Kind getötet. Ich weiß nicht, warum, aber sie hat es getötet. In dem Traum, es war mein Baby, Maggies. Ich werd das nie vergessen können. Ich bin schreiend aufgewacht.«

»Das tut mir leid, Sam. Maggie und du, ihr solltet euch in dieser Zeit nicht mit solchen Dingen abgeben. Was ist, wenn sie das Ding sieht und anfängt, solche Träume zu kriegen in ihrem Zustand? Hast du ihr von dem Traum erzählt?«

»Himmel, nein! Dann fängt das womöglich bei ihr auch an! Sie ist schon empfindlich genug mit dem Baby und der ganzen Aufregung. ›Morbide Suggestion‹ – das war dein Terminus.«

»Vielleicht sollten wir sie doch von dem –«

»Liam, ich möchte auch, daß sie zu Hause bleibt und sicher ist. Aber ich kann ihr nicht erzählen, daß ich im Traum unser Baby gesehen hab, das als verkohlte kleine Leiche in einer Silberschale lag!«

»Großer Gott ...«

»So was bringt einen aus dem Tritt, aber ich halte mich an Absprachen. Ich werd vielleicht alle Hände voll zu tun haben, aber ich schwöre, daß sie dieses Zimmer nicht betreten wird.«

»Sam, *du* selbst warst auch nicht drin.«

Sie sahen sich an. Sam hatte Angst, bemerkte Liam, aber er war nicht sicher, ob Sams Anweisung Maggie wirklich zu Hause halten würde. Bei Anna hätte das vielleicht funktioniert, weil Anna kein Draufgänger war, aber Maggie ließ sich nicht so leicht zähmen.

»Ich mach mir auch Sorgen um dich«, sagte Sam. »Paß bloß auf. Du kamst in dem Traum letzte Nacht auch vor, und du hast im Rollstuhl gesessen.«

»Das sind ja tolle Neuigkeiten. Könntest du dich etwas ausführlicher äußern?«

Sam erzählte ihm widerstrebend von dem Teil des Traums, der sich in der großen Halle abgespielt hatte.

»Du weißt, was das war, oder?« fragte Liam.

»Ach, zum Teufel, ja. Ich hab schließlich Maggies verfluchte Diss Korrektur gelesen, bis mir die Augen rausfielen. Das Gralsschloß, die Gralsprozession. Noch mehr von deiner morbiden Suggestion. Aber ich mach mich über Träume nicht mehr lustig. Sei vorsichtig.«

»Werd ich sein«, sagte Liam. »Los – ich muß mich für heut abend fertig machen, und es ist noch ziemlich weit bis zu meiner Bude.« Liam lief schneller. Sam rannte neben ihm her bis zu seinem Haus, dann bog er mit einem Winken ab. Es war fast acht Uhr; Maggie wartete auf ihn.

Liam war um zwanzig nach bei sich zu Hause. Er duschte ausgiebig, ließ das heiße Wasser seine Muskeln entkrampfen und seinen Geist klären. Er hatte viel Zeit. Er hatte die Aussicht vor sich, in einem fremden Bett zu schlafen, in einem sehr seltsamen Raum. Aber das tat er jede Nacht.

Nachdem er sich abgetrocknet hatte, zog er eine Uniform an und packte einen Trainingsanzug und dicke Socken ein, für den Fall, daß es kalt wurde – dieser beiläufige Gedanke kam ihm rasend komisch vor. Ich muß auch verrückt sein, dachte er. Wie die verrückte alte Eliza, die Tochter vom verrückten alten – was hat Maggie gesagt, wie er hieß? Eli? Nein, Elihu! Du lieber Himmel, Elihu. Ich sehe sein Gesicht vor mir; sah aus, als leide er an Darmverschluß. Er muß wirklich exquisite Höllenfeuer- und Verdammungspredigten abgelassen haben. Das konnte man in ihrem Gesicht sehen.

Geistesabwesend goß er sich eine weitere Tasse Kaffee ein, schüttete sie aber sofort wieder aus und stellte die Kaffeemaschine ab. Dann schaltete er in der Küche das Licht aus und ging in sein Arbeitszimmer mit dem großen kunstvollen Tisch und den Bücherregalen. Er nahm vorsichtig eine Tafel von der Wand ab und setzte sich in den Stuhl des Barons.

Es war eine schöne Tafel. Sie war in einem Laden in Hue hergestellt worden, der sich auf die Spleens der Amerikaner eingerichtet hatte: dunkles, poliertes Holz mit einer grellen Kopie auf einem schwarzen Schild mit einem weißen Adlerkopf, der in einem Triumphschrei den Schnabel geöffnet hatte. Darüber, kleiner, das Wappen der Einheit, und darunter ein Messingschildchen:

1LT Liam James FitzDonnell
1.er Zug der C-Kompanie, 1-502 Infanterie (ABN)
101ste Luftlandedivision
April 1967 – Februar 1968

Auf der Rückseite klebte ein vergilbtes Stück Papier. Die Tinte war verblaßt, die blauen Linien fast verschwunden. Eine schlichte Nachricht:

Viel Glück, 12 – wir denken an dich!

Und darunter elf Namen gekritzelt. Alle, die noch übrig waren, um zu unterschreiben.

Er legte die Tafel zur Seite und holte Barstows Brief aus seinem Fach. Er war an Stu Broadnax adressiert, aber der taktische Offizier hatte ihn Liam am Freitag übergeben, gleich nachdem er ihn gelesen hatte. Liam las ihn ausführlich ein zweites Mal, dann ließ er ihn offen mitten auf dem Tisch liegen.

Vielleicht findet ihn jemand, dachte er.

Das Licht der Schreibtischlampe warf lange Schatten auf die Wände. Als er schweigend die Regale voller Bücher, die Papierstapel – Zeitschriftenartikel, Entwürfe für Forschungsberichte, Stundenpläne – betrachtete, verriet keine Bewegung, kein Wimpernschlag seine Gedanken.

Dann bedeckte er sein Gesicht mit den Händen und flüsterte: »Niederlage.« In entfesseltem Zorn riß er Bücher aus den Regalen und warf sie an die Wand, eines nach dem anderen flogen sie herum, und ihre Seiten flatterten wie weiße Vögle, wie die Flügel der Seraphim in eines Propheten Vision von Jahwe auf dem Thron. Er packte Papierstöße und warf sicherheitshalber auch noch die, und die Blätter bedeckten den Boden und den Schreibtisch und den großen Stuhl. Schließlich zog er die Geheimschublade auf, holte den Beutel mit den Runensteinen heraus, öffnete das Fenster und warf sie hinaus. Einer stieß gegen den Fensterrahmen und fiel ins Zimmer zurück. Liam hob ihn auf und ließ ihn den anderen folgen. Weg war er. Er hörte entfernt das Geräusch, als er auf dem Waldboden auftraf.

Saganian war als erster da und begann die Instrumente zu checken, sein abendliches Ritual, das nun durch seine unbewegliche, bandagierte Hand etwas erschwert wurde. Sie juckte wie die Hölle, aber es hatte keinen Sinn zu kratzen; dann ging der Wundschorf ab, und es war schlimmer als vorher. Jedenfalls, tröstete er sich, funktioniert ausnahmsweise mal alles. Es muß einfach klappen – ich habe alles mindestens einmal überprüft, seit wir dieses irre Projekt angefangen haben. Es war kalt in dem Zimmer gewesen, als er die Videokamera und die Fotoapparate überprüft hatte. Die Kälte hatte ihn erschreckt, da er aus Erfahrung wußte, was sie zu bedeuten hatte. Er war erleichtert, als er feststellte, daß nur eine Fensterscheibe zerbrochen war. Nachdem er sie mit Pappe und Klebeband notdürftig repariert hatte, drehte er die Heizung auf – Andrea Linnell hatte sie abgestellt, um Energie zu sparen –, und bald wurde es angenehmer in dem Raum. Aber er hielt sich nicht lange dort auf, nachdem er mit der Überprüfung der Kameras fertig war.

Track traf um zehn ein und Sam und Maggie etwa fünf Minuten später. Saganian erklärte Maggie mit dem größten Vergnügen die gesamte Technologie, während Sam sich mit Verwaltungsarbeiten beschäftigte. »Ich weiß nicht, ob ich es schaffe, die ganze Nacht wach zu bleiben«, sagte Maggie.

»Keine Sorge«, sagte Sam, »in dem Alkoven hier hinten ist noch ein Bett. Wir können uns mit dem Schlafen abwechseln. Du kannst es haben, wenn dir langweilig wird. Wir wecken dich, wenn was los ist.«

»Das will ich hoffen! So 'ne Chance gibt's nicht zweimal im Leben!«

In diesem Moment traf Liam ein, in grüner Uniformhose und einem schwarzen Uniformpullover und dem ordentlich zusammengelegten Trainingsanzug unter dem Arm. »Seht an!« sagte Maggie, »der große Geisterjäger.«

»In Kürze«, sagte Liam milde, »hoffe ich, der große Schläfer zu sein. Mit etwas Glück komme ich hier zum ersten Mal seit Sonntag dazu, mal wieder vernünftig zu schlafen.«

»Jaja«, sagte Track. »Nehme an, du warst letzte Nacht aktiv. Ist Anna schon wieder weg?«

»Ja. Sie mußte einen Vortrag für Montag fertig machen. Wir haben am Fluß sehr schön zu Mittag gegessen.«

»Kommt sie denn wieder?« fragte Maggie.

»Gute Frage. Na, ich bin bereit zur Bearbeitung. Laßt uns die Folter hinter uns bringen.«

»Die Folter?« fragte Maggie. »Was denn nun?«

»Oh, wir müssen ihn anschließen«, sagte Sam. »Du kannst über den Monitor zusehen.«

»Über den Monitor? Wieso kann ich nicht mithelfen?«

»Du mußt mir signalisieren, wenn es irgendwelche Temperaturveränderungen in dem Raum gibt«, log Sam. »Du mußt nur auf die grünen Linien auf dem Monitor achten. Schau sie dir an – siehst du, sie schlängeln sich über den Bildschirm. Jetzt paß auf, wenn sie ans Ende kommen.« Die acht Linien hatten ihre Strecke zurückgelegt, hielten eine Sekunde lang inne, dann piepte der Computer, eine Reihe von Zahlen leuchtete in der linken unteren Ecke des Bildschirms auf, und der Drucker quietschte kurz. »Also, hier wird die Durchschnittstemperatur des gesamten Analysezeitraums erstellt – die Zeit, in der die Linien über den Bildschirm wandern. Wenn er piept und die Zahlen ausspuckt, möchte ich, daß du uns das zurufst.«

»Okay. Sonst noch was?«

»Nein, das genügt. Faß bitte das Keyboard nicht an.«

»Okay, Liebling. Falls du das übrigens nur tust, um mich aus dem Weg zu haben, schwebst du in Todesgefahr.«

»Keine Sorge«, sagte Sam. »Ruf einfach die Temperaturdurchschnitte aus.«

Sam, Saganian und Liam begaben sich in das Spukzimmer; Track und Salinger blieben bei Maggie. Maggie kapierte sofort, daß die beiden Offiziere genausogut die Zahlen hätten ablesen können, und knirschte mit den Zähnen. Sam würde seiner Strafe nicht entgehen, aber jetzt wollte sie erst einmal die verdammt beste Zahlenableserin der U.S. Militärakademie sein.

Liam hängte seine Mütze über die Videokamera, kleidete sich bis auf die Unterhose aus, zog dann den Trainingsanzug an. Saganian hatte Laken und zwei Decken auf dem Bett in

Barstows altem Alkoven vorbereitet, und Liam legte sich hin und deckte sich zu.

Sam sah ihn zweifelnd an. »Ich nehme an, es ist Zeitvergeudung, dich zu fragen, ob du diesen ganzen Blödsinn wirklich durchziehen willst.«

»Das ist ja wohl grotesk«, sagte Liam. »Warum fragst du mich jetzt, wo ich hier festgebunden bin, um später unter einem langsam schwingenden Pendel aufzuwachen?«

»Himmel, Liam! Begib dich bitte nicht mit dieser Einstellung ins Traumland.«

Liam lächelte gedehnt. Er war jetzt wirklich müde. »Was soll ich denn sonst im Kopf haben, Sam, wenn ich mich schlafen lege? Meine Steuererklärung?«

»Denk an die Persönlichkeitstheorie, Liam. Bereite deine nächste Vorlesung zu diesem Thema vor. Aber denk bitte im stillen darüber nach, sonst knacken wir hier alle auch noch weg.«

»Verpiß dich, Bruder.«

Tatsächlich war Liam nach zwanzig Minuten eingeschlafen. Maggie staunte. Sie wußte nicht, daß er seit einer Woche nicht mehr richtig geschlafen hatte. Die Erschöpfung, nicht gelassene Abgebrühtheit, hatte es ihm leichtgemacht. Sie selbst nahm bis Mitternacht an den leisen Gesprächen teil, dann zog sie sich zurück und legte sich auf das Bett, das durch eine hölzerne Stellwand vom Rest des Raums abgeschirmt war. Das harte fremde Bett und die kratzige Decke hinderten sie eine Weile am Einschlafen, aber nachdem sie eine halbe Stunde in wohliger Wärme zugebracht hatte, fiel sie in einen traumlosen Schlaf.

»Ich bedaure es ja, daß ich das Chaos Donnerstag nacht verpaßt habe«, sagte Sam mit gedämpfter Stimme, um Liam und Maggie nicht zu wecken. »Ich krieg immer nur die letzten Krumen vom Abenteuer.«

»Nicht ärgern, Sir«, sagte Saganian. »Sie haben zumindest noch Haut an den Händen.«

»Okay, wieso habt ihr Leutchen denn hier drin das Licht an? Ich hab den ganzen Tag noch keine Strafvermerke verteilt.« Es war Stu Broadnax, der unter einer Mütze in Tarnfarbe hervorgrinste.

»Es ist wahr«, sagte Sam. »Taks schlafen nie. Wollen Sie den letzten Akt nicht verpassen?«

»Herrje«, sagte Track, »Stu nach Schlafenszeit munterzukriegen ist ein unnatürlicher Akt, letzter hin oder her. Doch horcht, welch willkommene Päckchen dampfender Flüssigkeit erblicke ich in euren Händen?«

»Im Kasino haben sie Kaffee gekocht«, erklärte Broadnax, »und ich dachte, ihr könntet welchen gebrauchen. Wo ist Colonel Fitz?«

»Sägt eine Tür weiter«, sagte Track. »Aber seien Sie bitte leise, Maggie schläft.« Broadnax reichte den Kaffee herum, und sie schlürften ihn schweigsam, wie Männer, die am Lagerfeuer oder einer Reihe Kathodenstrahlenröhren hocken. Das Licht war schummrig, damit man die Displays erkennen konnte, und die Stimmung hatte beinahe etwas Gemütliches.

»Ist mir'n Rätsel, wie er da drin schlafen kann«, sagte der Tak. »Sie wissen es noch nicht, aber General Harrington hat ausgegeben, das Zimmer wieder zu einem Lagerraum zu machen. Das ist ganz schön hart für uns. Wir sind proppenvoll dann, keine freien Betten, keine freien Zimmer mehr.«

»Und was ist, wenn Barstow zurückkommen will?« fragte Sam.

»Sie werden ihn nach dem unerlaubten Entfernen von der Truppe nicht mehr nehmen«, sagte Salinger.

»Barstow kommt nicht zurück«, sagte Broadnax zwischen zwei Schlucken.

»Woher wissen Sie das?« fragte Sam. »Hat er angerufen?«

»Nein, ich hab einen Brief bekommen. Hat Liam es Ihnen nicht erzählt?« Der Tak blickte etwas dämlich auf die Wand zwischen sich und Liam.

»Zum Teufel, nein«, sagte Track. »Ein Brief? Wann?«

»Freitag. Ich habe Colonel FitzDonnell angerufen, und er kam rüber und las ihn. Er hat ihn auch immer noch, glaube ich.« Broadnax sah Track an, dann wieder Sam. »Er hat Ihnen nichts davon gesagt?«

»Was stand in dem Brief?« fragte Sam.

»Oh, Barstow schrieb mir nur, es täte ihm leid, daß er verschwunden sei, ohne mir Auf Wiedersehen zu sagen, daß er bei Verwandten in Maryland geblieben und jetzt auf dem Weg zu seinen Eltern sei. Er sagte, er würde nicht zurückkommen wegen dem, was er in der letzten Nacht in dem Zimmer gesehen habe, und daß er immer noch diese Träume habe, und ob ich ihm bitte alle persönlichen Sachen nachschicken könne.«

»Was hat er in dem Zimmer gesehen?« fragte Sam. Track sah ihn intensiv an. Seine Hände waren zu Fäusten geballt.

»Oh, einen Haufen Kokolores um 'nen Typen, dessen Gesicht weggeschossen war, und überall Blut auf dem Boden. Klingt –«

Sam drehte sich um. »Guten Morgen, Maggie, Liebste. Hast du gut geschlafen?«

»Ja, sehr gut, und ohne Alpträume. Noch nichts?«

»Nichts«, sagte Track. »Er döst wie ein gefällter Baum.«

Maggie setzte sich neben Sam. »Ist jetzt nicht Hauptactionzeit?«

»Fast«, gab Track zurück. »Wenn er kommen will, sollte er das allmählich tun.«

Sie warteten, beobachteten das EEG und die Temperaturmessung. Nichts tat sich. Saganian sah ein paar Ausschläge auf dem Tonanalysator, hörte aber nichts über die Kopfhörer.

»Was können wir denn tun, um ihn rauszulocken?« fragte Salinger.

»Mit der Kamera würd ich's nicht probieren«, sagte Saganian. »Da wird er biestig.«

Sie warteten bis 3 Uhr 45. Liam tauchte aus dem Tiefschlaf auf und war wieder in der REM-Phase, aber die Temperatur blieb bei 18 Grad. Es gab einige Signale auf dem Analysator, aber Saganian identifizierte sie als asthmatische Anfälle der betagten Heizung.

»Vielleicht sollten wir's mit ein bißchen Musik probieren«, meinte Track. »Wie wär's mit ›Vom Himmel hoch‹?«

»Wie wär's mit der Titelmelodie aus ›Der weiße Hai‹?« sagte Maggie.

»Ich möchte ja nicht stören, Soldaten«, warf Sam ein, »aber ich glaube, wir haben einen Besucher.« Sie schauten alle auf das EEG. Liam befand sich in einem Zustand mit starken Beta-Wellen.

»Temperatur ist auf fünfzehn gefallen«, sagte Salinger. »Und fällt rapide weiter.«

»Lieber Himmel!« sagte Track. »Schaut euch die Herzfrequenz an! Einundachtzig, steigend.«

Saganian hatte die Kopfhörer aufgesetzt. »Ich hab ein Geräusch, Sir. Kann noch nicht sagen, ob sie's ist, die Kleine. Das RTA-Muster hat Gipfel, aber wenig Dezibel.«

»Ist das das Anfallmuster?« fragte Maggie. Dem war so. Die EEG-Kanäle hüpften beide in dem Gipfel-Zacken-Muster.

Track grinste und kratzte sich am Kopf. »Vergeudet keine Zeit, wenn er loslegt, ja?«

Sam machte Schwenks mit der Kamera. Es war Vollmond, und das Licht fiel über die Wand gegenüber vom Bett und erleuchtete den ganzen Raum, so daß man ungefähr die Umrisse des Bettes und Liams Körper unter der Decke erkennen konnte.

»Sagt weiterhin die Temperatur und die Herzfrequenz-Durchschnitte an«, sagte Sam zu niemand Speziellem. »Ich muß mich hier voll um das Video kümmern.«

»Ich höre sie jetzt, Sir«, sagte Saganian. »Klar wie 'ne Glocke. So laut war sie noch nie! Shit, sie hat vierzig Dezibel!«

»Herzfrequenz achtundachtzig«, sagte Track.

Maggie wußte, wie man das Computerdisplay ablas. »Sam, es hat elf Grad, und die Linien fallen weiter. Nein, noch mal – eine der Linien ist auf neun Grad runter.«

»Das ist der Thermistor auf dem Boden«, sagte Saganian.

»Siehst du was auf dem Bildschirm, Sam?« Track klang alarmiert. Das beunruhigte Maggie. Track fürchtete sich nie.

»Negativ. Vielleicht ist es zu hell wegen dem Mondlicht, das durchs Fenster kommt. Am Dienstag war es trübe.«

»Achteinhalb Grad auf dem Boden, Sam; neun bei den anderen. Wirst du irgendwas machen?«

»Noch nicht, Maggie. Beobachte bitte weiter die Temperatur.«

»Herzfrequenz bei zweiundneunzig«, sagte Track. »Einige ziemlich wilde Zacken auf dem EEG.«

»Er wirft sich herum«, sagte Sam. »Diese Zacken entstehen durch die Bewegung der Elektroden. Wenn er sich nicht beruhigt, sind wir das EEG bald los.« Sam schaute zu Track und runzelte die Stirn. »Ich versteh das nicht. Er war in der REM-Phase. Da sind die Muskeln entspannt. Er muß wach sein.«

»Das Anfallmuster ist weg, Sir«, sagte Salinger. »Er hat wieder Beta-Wellen, wie vorher. Könnte die Bewegung ein echter Anfall sein?«

»Nein. Die Wellenform war von einem Petit mal, nicht vom Grand mal. Ein Anfall, bei dem er epileptische Krampfzustände bekäme, würde wie ein elektrischer Sturm aussehen, extrem hohe Frequenz und Zacken mit großer Amplitude.«

»Fünf auf dem Boden, Sam, sechs bei den anderen. Fallen weiter.«

»Verflucht! Wie ist die Herzfrequenz?«

»Unverändert – nein, fällt wieder, Sam, auf achtundachtzig.«

»Okay, Maggie, sag mir bescheid, wenn die Raumtemperatur unter ...«

»O Scheiße!« sagte Salinger. »Das EEG ist weg! Eine große Zacke und nun nur noch Müll!«

»Was ist passiert?«

»Ich weiß nicht, Maggie. Auf dem Video ist nur Nebel. Vielleicht ist der Mond hinter einer Wolke.«

»Sir«, sagte Salinger, »so war es auch Dienstag nacht, wurde trübe. Als wir reingingen, war das Objektiv zugefroren.«

Track starrte Sam an. »Was meinst du, Partner?«

Sam schaute auf den Bildschirm und trommelte mit den Fingern auf den Tisch.

»Oh, wow!«

Sie starrten alle auf Salinger. »Da, sein Herz hat grade einen irren Ausschlag gegeben, und jetzt ist da nur Müll, Zackenchaos!«

»Oh, Sam!« sagte Maggie leise. »Hatte er einen Herzanfall?«

»Nein, verfluchter Dreck, er hat den Sensor abgenommen! Los, jetzt reicht's!« Sam schob seinen Stuhl zurück und schoß zur Tür hinaus, Track hinter ihm. Er drehte sich um und schrie zurück: »Maggie, du bleibst hier, was auch immer passiert. Hast du mich verstanden?« Sie nickte.

Er wollte nach dem Türknauf greifen, sah aber gerade noch rechtzeitig, daß er völlig vereist und von einer Nebelwolke umgeben war. Er zog seinen Ärmel über die Hand und versuchte den Knauf zu drehen. Er war festgefroren. »Ich kann ihn nicht drehen!« schrie er Track zu. »Er klemmt und ist festgefroren! Hol heißes Wasser!«

»Scheiß auf heißes Wasser!« sagte Track. »Aus dem Weg!« Sam befolgte den Rat, und Track rammte mit Wucht die Tür mit der Schulter. Sie gab nach, er flog hindurch und fiel vornüber. Sam stand im Türrahmen und sah Liam.

Er hatte die EEG-Elektroden und den Kristallsensor am Finger abgenommen und stand mit dem Rücken zu Sam neben dem Bett. Die leuchtenden Flöckchen wirbelten um ihn herum, und ein gelber Glanz lag auf ihnen wie Feuerschein. Sam versuchte ihn zu rufen, aber die Worte blieben ihm im Hals stecken. Liams Füße waren unsichtbar. Unterhalb des Knies waren seine Beine im Boden verschwunden, als wate er in einem Pool.

Die Flocken kreisten schneller und leuchteten in einem hellen Orange. Die Schreie des Kindes waren jetzt so laut, daß sogar Sam sie hören konnte. Er spürte Maggie hinter sich, sie legte die Arme um ihn.

»Oh, Sam«, sagte sie. »Oh, Sam.« Track hörte sie und blickte vom Boden auf. Zu seinem grenzenlosen Entsetzen sah er, daß sie die Schultern nach unten sacken ließ und ihre Augen sich verdrehten, bis nur noch das Weiße zu sehen war.

Liam wandte sich nicht mehr um. Er ging einfach geradeaus, durch die Wand, und war verschwunden.

18

Liam war müde; seine Lungen brannten von dem schnellen Lauf, seine Beine waren bleiern. Er mußte jetzt eine längere Strecke laufen, und es fiel ihm schwerer denn je zuvor. Er ließ eine Straßenlaterne nach der anderen hinter sich, und er spürte, wie er aus der Finsternis in ihr Leuchten trat und dann wieder in die Dunkelheit eintauchte, wenn die fragilen Lichtfetzen und scharfen Schatten zurückblieben. Er wußte, daß er sich zügeln mußte, weil er sonst erlahmen würde, bevor er die Cullum Hall erreichen würde. Vor ihm lag jetzt ein kleiner Hügel, als er an der Mahan Hall vorbeikam und auf die Bücherei zusteuerte. Das war ein böses Stück Weg, das an der Lunge riß, die letzte Forderung vor dem Endspurt zur Junggesellenunterkunft. Es war kalt in dieser Nacht, und er fühlte, wie die Schneeflocken über sein Gesicht strichen. Er fürchtete, daß er vielleicht an dem Abhang rutschen würde, aber seine Schuhe gruben sich in den Schnee, der so schnell und stetig fiel, daß er nicht mehr geräumt werden konnte. Er wird noch tiefer sein, dachte er, bis ich zu Hause bin. Diese Vorstellung machte ihm angst, obwohl er nicht sagen konnte, warum.

Auf halbem Weg zur Kuppe wußte er, daß er es nie schaffen würde. Sein Herz raste, sein Gesicht war rot und glühte trotz der Kälte, und als er langsamer wurde, schmolzen die Schneeflocken im Kragen seiner Nylonjacke. Er versuchte verbissener denn je, sein Tempo beizubehalten, aber bevor er oben war, mußte er einen normalen Gang anschlagen. Er hörte den Schnee unter seinen Sohlen knirschen, und er wäre am liebsten stehengeblieben, um sich in den Rinnstein zu übergeben. Er konnte alles nur noch wie durch einen Schleier erkennen, die Straßenlichter schienen irgendwie trüber, und er zwang sich dazu, weiterzugehen.

(»Temperatur ist auf fünfzehn gefallen«, sagte Salinger. »Und fällt rapide weiter.«)

Nun waren die Straßenlaternen seltsamerweise verschwunden. Es war dunkler als jede Nacht, die er kannte, pechschwarz, so weit das Auge reichte. Nur vom Himmel kam ein schwaches Glimmen, das gerade ausreichte, um Himmel und Bäume unterscheiden zu können. Jetzt nahm er links die Umrisse des Lagerhauses wahr; er hatte sich wieder gesammelt. Dort, links, sah er die Lichter – zwei Fenster in den South Barracks, und er entschied sich für die Route am Akademiegebäude und dem Kasino vorbei. Der Schnee auf dem Pfad war trotz der fallenden Flocken dunkel vom Schlamm und Kot der Fuhrwerkspferde. Wenn er darauf lief, konnte er sein Tempo beibehalten, ohne im Schnee zu versinken.

Als er nach links bog und die menschenleere Straße entlangging, sah er das erste furchterregende Glühen hinter dem Kasino. Das genügte, um ihn wieder anzutreiben, und er rannte, obwohl er unter dem schweren Wollmantel und -umhang mit dem steifen Kragen naßgeschwitzt war. In seinen Schuhen war Schnee, seine Strümpfe waren naß, und er spürte bei jedem Schritt das Wasser unter seinen Fußsohlen. Plötzlich hörte er Schreie bei dem Feuer, die Schreie von Männern und Frauen und das Wiehern eines Pferdes, das sich bemühte, im Schnee ein Fuhrwerk voranzuziehen. Er rannte schneller, und seine Beinmuskeln schmerzten. Wie konnte er es schaffen, weiter so schnell zu laufen? Es ist bei Mansfields, dachte er. Ja, von hier aus muß es bei Mansfields sein! Gott, es ist bei Mansfields, laß es bei Mansfields sein. Der Gedanke war unwürdig, das Gebet ohne Glauben. Und er wußte jetzt, daß er sich etwas vormachte. Es war nicht bei Mansfields. Es war sein Haus.

Er stolperte und fiel, schürfte sich das Knie an gefrorener Erde auf, und er spürte einen Schmerz, der sein Bein durchfuhr wie ein Teufelsblitz, ein atemberaubender Schmerz wie damals, als er beim Horseshoe von der Holzbrustwehr niedergestreckt worden und der Creek mit dem roten Tuch um den Kopf mit ihm gefallen war, tot wie ein Stein. Als er später im Todeskampf lag und die Fliegen sich an seiner Wunde labten, sagte der alte Hickory zu ihm: *Sei tapfer Sohn, beim Allmächtigen, und morgen wird ein besserer Tag sein.* Er lag mit dem

Gesicht nach unten und verfluchte seine Schwäche, als er daran dachte, wie tapfer er damals gewesen war, vor so langer Zeit, fast noch ein Junge, der eher Schulbücher als Schulterstücke tragen sollte. Aber trotz seiner Jugend hatte er gestrotzt vor rechtschaffener Kraft, als er das Bajonett aus dem Indianer gezogen hatte, und hatte Freude an seiner Männlichkeit empfunden, bevor ihn die Musketenkugel gefällt hatte wie ein Schmiedehammer. Er war tapfer gewesen damals, beim Allmächtigen, und hatte viele bessere Tage erlebt. Und nun lag er hier in Schmutz und Schnee wie ein Hund, den ein Wagenrad erwischt hatte, und fluchte. Steh auf, Köter. Du warst damals tapfer, also sei es nun auch. Und Liam rappelte sich langsam, unter großen Schmerzen und mit mehr Mut, als er selbst angenommen hatte, auf die Knie und dann auf die Beine, obwohl der Schmerz in seinem Bein ihm den Atem nahm.

(»Lieber Himmel«, sagte Track, »schaut euch die Herzfrequenz an! Einundachtzig, steigend!«)

Er begann wieder zu laufen, zu Anfang taumelnd, er rutschte ständig in dem eisigen Dreck, und jedes Stolpern trieb stählerne Sporen in sein Bein, Nadeln aus Eis. An der Straße hinter dem Kasino rannte ihm eine Gestalt entgegen, und andere kamen herbei, einer mit Laterne. *Der Wagen kommt,* schrie einer, *füllt die Wassereimer. Nicht mehr viel da,* schrie ein anderer, *die Zisterne ist zugefroren. Ich komm nicht dran, um das Eis zu brechen.*

Das Küchenfeuer, rief der erste, *schmelzt Schnee; es ist nicht genug Wasser da, es brennt vom Dach bis zum Keller.*

Was brennt da, schrie Liam, welches Haus?

Wer ist das? schrie der erste, der das Wasser holen wollte. *Sind Sie's, Cap'n? Dem Herrgott sei Dank, er ist's selbst. Ihr eignes Haus, Cap'n, Ihr eignes, 'n Glück, daß Sie da sind,* sagte der Corporal, Brideys Corporal, der ihnen morgens einen Wildtruthahn fürs Abendessen gebracht hatte.

Annabelle, sagte Liam leise und hoffte, niemand würde ihn hören oder ihm antworten.

Sie ist da drinnen, Cap'n, sie und die Missis, oben. Meine Bridey, sie ist gesprungen und hat Johnny vorher rausgewor-

fen, in den Schnee. Die Missis, sie antwortet nicht. Dem Herrgott sei Dank, daß Sie da sind. Rennen Sie, keiner geht zu ihnen bei dem Feuer.

Und Liam rannte in einer wilden Hatz über die hartgefrorenen Furchen, und als er am Kasino um die Ecke kam, da sah er sein Haus, das lichterloh brannte, umgeben von Menschen, auf die der Schein des Feuers fiel und die wild durcheinanderrannten. Da war Worth, in einen Büffelmantel gehüllt wegen der Kälte, und Davies, der seine schluchzende Frau in den Armen hielt, die am Straßenrand bis zu den Knöcheln im Schnee stand. Da war Hitchcock, der die Kadetten anschrie, sie sollten die Eimer schneller weiterreichen, als seien sie an einem Frühlingstag beim Drill und nicht in einem Schneesturm, wo sie Eimer mit Wasser weitergeben mußten, das zur Neige ging. Die Kadetten schufteten, aber es war zu wenig Wasser da. Jemandem war es gelungen, das Eis über der Quelle von Douglas zu durchstoßen, aber das Wasser war weit unten, der Eimer stieß an die Eisreste, und viel ging verloren, als sie ihn hochzogen. Er sah den Antique in der Kette, der die goldene Annabelle so liebte – nichts außer ihr konnte ihn verführen, sich von seinen Büchern zu entfernen. Der Kadett sah Liam an, sein dunkles Haar glänzte vom Schweiß, sein Gesicht war aufgequollen, und seine kleinen Augen flehten, ohne daß ein Wort fiel zwischen ihnen. Ihre Blicke trafen sich, und Liam sah die Dunkelheit in der Seele des Kadetten, und er wußte, daß die Ereignisse dieser Nacht diese Dunkelheit auch in ihm selbst emporlocken könnten.

Dann war da Bridey, und sie packte ihn am Ärmel und sagte: *Sie war es selbst, der Anfall kam über sie.* Bridey flüsterte, voller Angst und Scham, ihr Gesicht, das einst hübsch gewesen war, schien jetzt gewöhnlich und verzerrt von Kummer und Mühen und schon plump, wie es die Gesichter der irischen Mädchen vor der Zeit werden, und verschmiert von Tränen und Ruß, und sie blinzelte, denn der Rauch trieb ihr das Wasser in die Augen. *Es war der Anfall. Nije, der Anfall wieder, du hast es selbst gesehen, bevor du davongestürmt bist, es war schlimmer denn je.*

Liam packte ihre Schultern. Annabelle! Verflucht, dumme Kuh, Annabelle!

Bridey sah ihn gekränkt und tumb vor Angst an. *Oben, Nije,* flüsterte sie. *Oben. Gott vergebe ihr, sie hat das Kind in ihr Zimmer gesperrt und das Haus angezündet.*

Dann war Ethan da. *Nije, wir haben nicht genug Wasser! Der Fluß ist fast zugefroren, die Quellen sind gefroren, wir haben das Kochwasser benutzt, und es ist nichts mehr da!*

Liam sah zum Haus hin. Die Hitze trieb ihm ins Gesicht, es war naß von den Schneeflocken, die auf seiner Haut schmorten. Das Feuer war heiß, heiß wie das Pech der Hölle, jener Hölle, von der ihr Vater so beredt gesprochen hatte, und es saugte die Luft auf. Die Schneeflocken vor den zersprungenen Fenstern im Erdgeschoß leuchteten vom Feuer und wirbelten in dem Wind, der durch die offenen Fenster stob, einem Sturm, der von der nagenden Gier in seinem eigenen Herzen verzehrt wurde.

Dann hörte er Annabelle; der Rauch erreichte sie vielleicht, oder das Feuer kroch unter der Tür durch. Ihr Schrei ließ sie alle vom Grauen gepackt erstarren, Kadetten und Offiziere und Soldaten. Liam sah Antique an. Der Mann sah den Tod in seiner überwältigenden zerstörerischen Kraft, sah, wie der Tod und der Verfall die Sonne verschlangen.

Liam stand vor der Tür zwischen den brennenden Fenstern. Niemand, der sich da hinein wagte, konnte hoffen zu überleben. Er spürte den Blick des Antique, der auf ihm ruhte, und er empfand Angst.

(»Ich hör sie jetzt, Sir«, sagte Saganian. »Klar wie ‘ne Glocke.«)

Liam empfand mehr Angst, als sie die Männer dieser Welt in einem ganzen Leben erfahren.

(»Herzfrequenz achtundachtzig«, sagte Track.)

Plötzlich stand Corey Fletcher neben ihm. Er trug trotz der Kälte diese unmöglichen getigerten Tarnhosen, aber er sah stark und kraftvoll aus, sein Tornister saß perfekt, und sein idiotisches heißgeliebtes Jagdmesser hatte er mit grünem Klebestreifen an den Hosenträgern an der linken Schulter geklebt.

Die gelben Schneeflocken wirbelten um seinen Kopf. Gott, Corey.

Harte Zeiten, Leemy, sagte Corey. *Harte Gegend. Wieder spät. Aber du mußt ihm zeigen, daß du Mumm hast. Er braucht dich, Leemy. Die alte Pflicht.*

Ich hab Angst, Corey, sagte Liam und versuchte, Coreys Gesicht nicht zu sehen, von dem nur Reste geblieben waren. Knochensplitter und zerfetztes Fleisch, Zähne, die im Feuerschein glänzten, nicht mehr von Haut bedeckt, kein Unterkiefer. In Coreys Augen glitzerte ein bleiches Licht, ein kaltes Licht.

Ja, natürlich hast du Angst. Du warst nie blöde, Leemy. Manchmal 'n bißchen abgehoben, und nie warst du bei irgendwas pünktlich außer bei deinem verfluchten Abschluß. Aber er braucht dich.

Du hast mich gebraucht, Corey, sagte Liam.

Nur kein Streß, Kumpel, keiner konnte irgendwas tun. Er braucht dich jetzt. Es ist still, Leemy, kein Schmerz mehr, wenn du's hinter dir hast. Die Pforte ist offen, Leemy, ist'n Kinderspiel. Und du hast's versprochen.

Ich weiß, Corey, sagte er. Die alte Pflicht. Und Liam lächelte Corey an, und dabei schmeckte er salzige Tränen in seinen Mundwinkeln. Aber Corey war verschwunden, da war nur noch das Blut im Schnee, und Ethan. *Du kannst nichts tun, Nije. Geh zurück, um Gottes willen, sonst wirst du begraben, wenn es einstürzt.*

(»Herzfrequenz bei zweiundneunzig.«)

Er braucht dich, Leemy. Die Pforte ist offen. Sei tapfer, Junge, und beim Allmächtigen, morgen ist ein besserer Tag.

Liam nahm seine Schirmmütze ab, und die Elektroden lösten sich ...

(»Oh, Scheiße!« sagte Salinger. »Das EEG ist weg! Eine große Zacke und jetzt nur noch Müll!«)

... und er schaute auf den Goldring an seinem Finger. Er würde im Feuer schmelzen, und er hatte diesen Ring von Eliza bekommen, bevor die Dunkelheit gekommen war oder bevor sie sich gezeigt hatte, denn er glaubte, daß sie schon immer dagewesen war. Er streifte ihn ab und reichte ihn Ethan, dem verstörten Ethan ...

(»Da, sein Herz hat grade einen irren Ausschlag gegeben, und jetzt ist da nur noch Müll, Zackenchaos!«)

... der den Ring ansah und dann Liam anblickte, als sei er nicht bei Sinnen ...

(»Nein, verfluchter Dreck, er hat den Sensor abgenommen!«)

... aber dann begriff er. *Nein, Nije, sei kein verdammter Narr, du kannst ihnen nicht helfen!*

Aber Liam lächelte. Diesmal habe ich den Mut, Ethan. Mir wurde das Leben wiedergeschenkt, und nun wähle ich den Tod. Aber Ethan hörte Liam entweder nicht, oder er verstand ihn nicht. Liam legte ihm einen Moment lang die Hand auf die Schulter. Dann sah er den Antique an.

(»Oh, Sam«, sagte sie. »Oh, Sam.«)

Dann wandte er sich um und schritt durch die Tür, in die Flammen, und als er die Tür öffnete, zerrte das hungrige Feuer die Kälte zu seinem Herzen, und die glühenden Schneeflocken wirbelten in einem Malstrom hinter ihm her.

Der Wollstoff seines Umhangs und Mantels war durchtränkt von Schweiß, und dies schützte ihn eine Minute lang. Dennoch war die Hitze auf seinem Gesicht schier unerträglich, und er zog den Umhang über den Kopf, um sich zu schützen, und tastete sich die Treppe hinauf. Er kannte sie gut, aber dennoch stolperte er über die erste Stufe, und sein Bein schrie den alten Schmerz hinaus. Das war nichts, verglichen mit dem Feuer, sagte er sich, und ich kann es überstehen. Dennoch war es mühsam, die Treppe hochzugehen, er würgte vom Rauch und dem Dampf des nassen Wollstoffs, und seine Hände brannten.

Er hörte Annabelle nicht mehr, das goldene Kind, hörte nur noch das Röhren des Feuersturms, das Krachen des Holzes und das Knallen des Kiefernharzes, wenn die Flammen es erfaßten. Er schob sich an der Wand entlang, jetzt schmerzgepeinigt, die Hitze versengte seine Lungen. Er wußte nicht, wie weit er vorangekommen war, und er blickte durch einen Spalt im Umhang. Da stand sie im Flur, aufrecht und stolz, wie eine

Königin, deren letztes Juwel der Stolz ist. Das Feuer hatte diesen Teil des Flurs noch nicht erfaßt, und obwohl sie von Rauch und Hitze fast geblendet war, sah sie ihn.

Sie schenkte ihm ein grauenhaftes Lächeln, und in ihren Augen spiegelte sich das Licht des Höllenfeuers, das jener harrt, die Seine gnadenlosen Gebote mißachten. Diesmal fielen keine Worte. Aber ihre Botschaft war deutlich. Diesmal bist du gekommen. Zu guter Letzt bist du gekommen.

Ja, Eliza. Diesmal bin ich hier. Die Pforte ist offen.

Für dich, sagten ihre Augen, stolze Augen. Einen Augenblick lang setzte der Anfall aus, war ihr Gesicht rein. Doch dann trat wieder der seltsame Ausdruck in ihre stolzen Augen, der todgeweihte Blick, der schlimmer war als alle Feuer der Hölle. *Nicht für mich, Mann. Nicht für mich.* Sie lächelte Liam an, und sein Herz brach; sie war wieder verloren, dieses Mal für immer. Und sie blickte mit blinzelnden, sengenden Augen zu dem Fenster neben ihr, und mit ihrer kleinen Faust zertrümmerte sie eine Scheibe.

Der Wind fegte herein, und das Feuer loderte weißglühend auf. Unten hatte es sich durch die Balken gefressen, seine Arbeit verrichtet, und Flammen und Funken stoben empor. Liam war geblendet, und seine unbedeckten Hände empfanden den Schmerz zuerst. Er spürte, daß der Boden unter ihm nachgab, und hörte Eliza schreien, als ein Dachbalken zwischen ihnen herabstürzte.

Dann war der Schmerz verschwunden, gnadenvoll, und Elizas letzter Schrei war verhallt, und er hörte nur noch das Lied der Winde, das Lied der Kälte mit seinen tanzenden Akkorden. *Komm mit uns*, sagten sie alle, *komm und finde Frieden.* Liam fiel, und das Lied der Winde führte ihn, als er kopfüber durch die Dunkelheit raste. Das Lied wurde lauter und lauter, und er wußte, daß er es schon einmal gehört hatte, aber er wußte nicht, wo. Das Lied erfüllte ihn, zog durch ihn hindurch und umhüllte ihn, er wußte, er war Teil dieses Liedes.

Er fiel eine Sekunde lang, er fiel tausend Jahre lang. Die Zeit hatte keine Bedeutung mehr, die Abfolge von Ereignissen war aufgehoben. Es gab Licht, aber er sah es nicht mit den Augen; er konnte auch nichts hören, denn das Lied der Winde, das Lied der Kälte durchdrang ihn. Dann war es plötzlich ganz still, und das glitzernde Licht erfüllte die Stille.

Er stand inmitten einer steinigen Einöde, einer Landschaft, in der nichts war außer dem großen Baum. Er sah, daß der Baum seit dem letzten Mal gewachsen war, und er war von den untersten Ästen bis zur Krone mit weißen Blüten bedeckt. Die Sonne stand darüber, weißes Licht, glitzerndes Licht, reines Licht, das nicht brannte.

Da bist du ja, sagte der alte Mann, der den Garten pflegte – *Da bist du ja, Junge. Du hast's ihnen wirklich gezeigt! Wirklich mutig warst du.*

Liam lächelte den alten Mann an, der in seinen fleckigen, ausgebleichten Khakihosen und ausgetretenen Arbeitsschuhen älter denn je aussah. Mutig? Vielleicht weißt nur du es, Vater. Woher habe ich den Mut gefunden, die Pforte zu durchschreiten?

Oh, hab Obacht, Junge! sagte der alte Mann aufrichtig entsetzt. *Er hat die Pforte durchschritten, nicht du. Du hast die letztmögliche Ausfahrt vor der Mautkasse gewählt.* Dann lachte er, ein freundliches, gütiges Lächeln. *Mir gefällt das,* sagte er. *Daß ich in meinem hohen Alter noch weise werde.*

Und sie, Vater?

Tja, sagte er traurig, *es ist, wie ich gesagt habe: Gnade ist grenzenlos, aber Weisheit ist rar.* Und der alte Mann schaute zu dem Baum empor, den Liam einst gepflanzt hatte, blickte mit wirklicher Ehrfurcht auf. Liam folgte seinem Blick, und ihm wurde schwindlig vom reinen weißen Strahlen der Sonne.

Als sie hinaufsahen, wurde der Baum lebendig. Die Blüten öffneten sich weit, und aus jeder flog ein strahlend weißer Vogel heraus. Der Himmel war voll von ihnen, und das Rauschen ihrer Schwingen waren die Schwingen des Sturms. Sie kreisten und stiegen auf in die Helligkeit, bis Liam sie nicht mehr von dem blendenden Licht unterscheiden konnte.

Dann spürte er den alten Mann neben sich; er schaute ihn an und sah Traurigkeit in den uralten Augen. *Vergiß es nicht,*

Junge, sagte der alte Mann: *Einst wurden deine Wurzeln von einer Quelle genetzt.*

Liam spürte einen stechenden Schmerz in der Seite, einen Hammerschlag, der ihm den Atem und die Sinne raubte. Farben explodierten um ihn her. Dann Dunkelheit.

»Oh, Sam«, sagte Maggie. »Oh, Sam.«

Liam war verschwunden, und Sam spürte, wie der Zorn aus dem Raum herausbarst, von den Schwingen der Kälte getragen. Er stolperte zurück und hörte wie von ferne Track fluchen. Das Licht war schwach, und er tastete nach Maggie. Der Zorn war an ihm vorübergeflogen, hatte ihn nicht gesehen, und er wußte, daß er nach Maggie suchte. Er geriet in Panik, als er sie nirgendwo sah, nur Saganian, der mit dem Arm vorm Gesicht an der Wand gegenüber lehnte, und Broadnax, der sich vorbeugte, als müsse er gegen einen Sturm anrennen. Überall war Schnee, er sah fast nichts mehr, und seine Hände waren gefühllos.

Er fand ihre Hand und zog sie aus einer wirbelnden Wolke zu sich; er hörte sie rufen, aber ihre Stimme schien weit entfernt, sie bebte und hörte sich verzerrt an, wie durch einen Tunnel. Dann sah er sie, blickte direkt in ihre Augen, und er sah den Wahnsinn.

Sie starrte ihn stolz an, aus kalten, hellen Augen in ihrem Porzellangesicht, und die weiße Spitze ihres Kragens war versengt und schwarz vom Rauch. Aber ihre Augen waren starr, gnadenlos, die Augen eines Raubvogels; der Zorn war still, in grenzenloser Zeit zur Vollendung gebracht. Worte waren nicht notwendig, der Zorn hatte keine Form; er erhob sich über die Worte, ergoß sich in einer tonlosen Sprache des Hasses.

Sam packte sie, als ob er ihr Maggies Körper entreißen wolle, aber dann hielt er inne, und sein Mund öffnete sich wie zum Schrei. Ihr Gesicht wurde schwarz, die Spitze ringelte sich und zerfiel zu einer Aschenspur, Rauch umhüllte sie, und dann sah er sie nur noch als wirbelnde graue Aschenwolke, die vom kalten Wind erfaßt wurde, sich mit dem Schnee vermischte und langsam auflöste.

»Oh, Sam.« Maggie kam zu ihm, und sie standen in dem kalten Flur und hielten einander in den Armen, während sich die letzten Fragmente davonmachten und die Wärme allmählich zurückkehrte.

»Was ist passiert?« fragte Broadnax, der jetzt am Treppengeländer lehnte. »Seid ihr okay?«

»Er ist einfach durch die Wand gegangen«, sagte Saganian, der jetzt an der gegenüberliegenden Wand auf dem Boden hockte, »einfach durch die verfluchte Wand durch. Habt ihr diesen Wind gespürt? Was zum Teufel war *das*? Ein Zweitonner?«

Track war wieder auf den Füßen und stürzte in den Flur. »Mag, bist du in Ordnung? Du sahst ...«

»Ja, Track. Mir geht's gut. Gut.« Sie schaute zu Sam auf, und er zog ihren Kopf an seine Schulter.

»Sollten wir nicht was *tun*?« fragte Saganian. »Colonel Fitz ist verschwunden, durch die Wand. Wir müssen was tun.«

»Zum Beispiel?« fragten Broadnax und Salinger zugleich. Keiner machte einen Vorschlag. Es entstand ein beklemmendes Schweigen. Es dämmerte Sam, daß von den anderen keiner gesehen hatte, was er und Maggie im Flur gesehen hatten.

»Was zum Teufel sollen wir –« Broadnax wurde von einem schrillen Schrei irgendwo in den Unterkünften unterbrochen.

Sie lauschten. In der Division nebenan knallte eine Tür, dann folgte lautes Gerede. »Was jetzt?« fragte Track niemand Bestimmten.

Sie hörten, wie jemand die Eingangstür aufstieß und die Treppe hochpolterte. Keiner sagte etwas. Maggie hielt sich an Sams Arm fest, als Tetzel auftauchte. Er war rot im Gesicht und trug seinen grauen Bademantel und Gummilatschen.

Er sprach Track an. »Sir, Colonel Fitz ist in Andreas Zimmer.« Er war außer Atem. »Er ist verletzt. Ich glaube, er hat sich was gebrochen. Was macht er da?«

»Auch wenn ich dazu eine Theorie äußerte«, sagte Sam, »würden Sie's mir nicht glauben. Hängen Sie sich an die Strippe und rufen Sie einen Krankenwagen.« Tetzel drückte sich an die Wand, als die anderen an ihm vorbeistürmten und die Treppe hinunterrannten.

Vor Andrea Linnells Zimmer drängte sich eine Gruppe von Kadetten und stierte Liam an. Als Sam und Track eintrafen, lag er auf dem Boden, krümmte sich vor Schmerzen und war fast bewußtlos. Sam kniete sich neben ihn und zog eines seiner Lider hoch. Er war bei Bewußtsein, die Pupille klein wie ein Stecknadelknopf. »Liam«, sagte Sam, »was zum Teufel ist passiert?«

Liam schlug die Augen auf und sah Sam kurz an, ließ dann den Kopf wieder sinken. »Ich bin davongekommen, Sam«, sagte er. »Ich bin an der letzten Ausfahrt vor der Mautkasse abgebogen.«

Sam schaute zu Andrea. »Wie ist er hierher gekommen?«

»Sir, ich weiß es nicht! Ich schlief, und dann hörte ich dieses furchtbare Krachen, und jemand stöhnte. Ich war noch zu benommen, um klar zu sehen, aber ich sah, daß jemand auf dem Boden lag. Ich schätze, ich hab so laut geschrien, daß die Toten wach wurden ...«

»Ja«, sagte Sam, »ich weiß.« Er schaute zur Decke hoch; dort war alles unversehrt, Liam konnte nicht heruntergestürzt sein. »Wo tut's weh?« fragte er Liam.

Liam packte Sam am Ärmel. Sam schreckte zurück. Ihm kam in den Sinn, daß Liam vom Tod berührt worden war, und ihn schauderte bei dem Gedanken. Aber dann zwang er sich, Liam die Hand auf die Schulter zu legen. »Kannst du sprechen?«

Liam nickte. »Die Hüfte ist vielleicht gebrochen; bin auf der Seite gelandet, als ich zurückkam, oder vielleicht auf einem Bein und dann auf der Seite. Die Hüfte hat das ganze Gewicht abgekriegt. Mir ist kalt.«

Sam sah Andrea an. »Leihen Sie mir bitte Ihr grünes Mädchen.« Sie zog es aus ihren Laken und Decken hervor, und Sam deckte Liam damit zu.

Liam blickte verträumt zu Sam auf. »Maggie.«

Sam schaute über die Schulter. »Ist Maggie schon hier?«

Maggie gesellte sich zu ihnen. Liam hob unter Schmerzen

die Hand und zog Maggies Kopf zu sich. »Maggie, hör zu; du mußt es wissen.« Sie nickte; sie hatte alle Angst hinter sich.

Liam sprach so leise, daß Sam und Track nur ein paar Worte aufschnappten. »Maggie, er brauchte mich. Er mußte noch eine Chance bekommen. Er mußte zur rechten Zeit sterben. Er hat mich dazu benutzt, es zu tun. Ich wußte, daß er etwas suchte, daß er mich brauchte. Ich weiß nicht, warum.«

Sie nickte. »Hat er ...«

Er lächelte sie an. »Ja. Ich hab ihn hierher getragen, fast den ganzen Weg. Es war, wie der alte Mann gesagt hat – ich hab die letzte Ausfahrt genommen, die Ausfahrt vor der Mautkasse.«

»Was?«

»Das hat er gesagt, der alte Mann ...«

»Welcher alte Mann?«

»Der alte Mann, der den Baum pflegt. Da waren Blumen, Maggie. Du hättest sie sehen sollen. Die Blüten öffneten sich, und die Vögel flogen heraus, reine weiße Vögel ohne auch nur einen Makel; sie flogen in die Sonne, alle, und mit ihnen ...«

»Der alte Mann?«

»Nein, Maggie; er, der, der mich wollte. Der alte Mann bleibt an der Pforte.«

»War das die Pforte, Liam?« fragte sie. »Die, die er offenließ?«

Er nickte. »Er wußte es. Er brauchte mich, um mutig zu sein. Oh, Maggie; so viel Traurigkeit, so viele Jahre, in denen er sich verflucht hat. Er wäre gleich gestorben und hätte nicht ihr Leben ...«

»Ich weiß«, sagte Maggie.

»Aber er lebte weiter, bis jeder Augenblick eine Last wurde. Er mußte noch einmal leben und durch mich wieder sterben.«

»Großer Gott«, sagte Track. »Schaut euch seine Hände an.« Maggie blickte auf die Hand, die ihren Arm hielt. Sie war voller Brandblasen, die Haut flammend rot. Liam sah sie auch an, als bemerke er das erst jetzt.

»Das Feuer?« fragte Maggie.

Liam nickte wieder. »Er konnte sie nicht retten. Er versuchte es, sie kam ihm fast entgegen; aber am Ende war da zuviel

Bitterkeit, sie war fern von ihm, fern von sich selbst. Es war in ihr gewachsen, wie ein Schatten, wie ein kaltes Fieber. Es nahm ihr das Lächeln. Sie ging nicht mit ihm.«

»Sie hat es versucht«, sagte Maggie. »Sie konnte nicht.«

Er ließ die Hand wieder zu Boden sinken. »Ich bin müde. Ich habe einen weiten Weg zurückgelegt. Es war der Wind. Ich hab ihn letzte Nacht gehört, als Anna schlief. Da wußte ich es.« Er schloß die Augen, öffnete sie dann wieder einen Spalt. »Maggie ...«

»Ja?«

»Sag Dana ...« Er lächelte über etwas. »Sag Dana, Raymond geht's prächtig. Er schmuggelt sie rein.« Maggie lachte und fragte ihn, was um alles in der Welt Raymond mit alldem zu tun hatte, aber Liam war weggesackt, in Schlaf oder Ohnmacht.

»Ich weiß nicht, was Sie hier immer machen«, sagte der Fahrer des Krankenwagens, »aber ich hoffe, das hört jetzt mal auf. Ich finde den Weg schon im Schlaf. Ich bin seit drei Jahren hier, und das ist das erste Mal, daß so viele Leute an ein und demselben Ort lädiert werden.«

»Keine Sorge«, sagte Sam. »Es ist vorüber.«

Der Fahrer packte das eine Ende der Trage, Track das andere. Liam war noch immer bewußtlos und gab keinen Ton von sich, als sie ihn hochhoben. Der Arzt hatte Liams Trainingsanzug aufgeschnitten, um nachzusehen, ob der Bruch kompliziert war. Es gab erste Anzeichen eines riesigen Blutergusses, aber nichts wies äußerlich auf einen gebrochenen Knochen hin. Track hatte dem Arzt gesagt, er solle auf die Brandblasen achten, und der Mann hatte mit großen Augen auf Liams Hände gestarrt, aber keine Fragen gestellt. Track fuhr im Krankenwagen mit, und Sam und Maggie folgten in ihrem Wagen. George Salinger blieb zurück, um dem Offizier vom Dienst mitzuteilen, er möge mit dem Bericht warten, bis Sam mit ihm gesprochen habe, oder zumindest möglichst wenig Spekulationen anstellen und am besten Colonel Pretorius anrufen.

»Um halb fünf morgens?« hatte George gefragt.

»Um halb fünf«, hatte Sam fest gesagt. »Wir halten hier gute Nachrichten nicht unter Verschluß. Wenn er Zicken macht, sagen Sie ihm, daß wir möglicherweise sein Geister-Problem gelöst haben. Ich garantiere Ihnen, daß er hochinteressiert sein wird.«

Durch einen glücklichen Zufall war der diensthabende Arzt in der Notaufnahme ein Orthopäde, der vertraut war im Umgang mit den Knieverletzungen der Kadetten, und, des Glücks nicht genug, war er auch noch ein sehr gelassener Mensch. Er untersuchte Liam, als er hereingerollt wurde, und Track saß im Wartezimmer, trommelte mit den Fingern und rief dann Patti an, um ihr mitzuteilen, was sich ereignet hatte. Sam und Maggie trafen fünf Minuten später ein, und alle hockten sich zusammen und versuchten, sich das Ganze zusammenzureimen. Maggie erzählte ihnen, was Liam gesagt hatte.

»Was hat er denn mit ›letzter Ausfahrt vor der Mautkasse‹ gemeint?« fragte Sam. »Bist du sicher, daß er alle Tassen im Schrank hatte?«

»Ich glaube, er meinte, daß Adonijah sich seiner bemächtigt und Liam – seine Psyche oder so – benutzt habe, um die Nacht noch einmal zu durchleben, die seine Seele an diesem Ort festhielt, und durch Liam konnte er irgendwie entkommen. Adonijah ist schließlich seiner Annabelle nachgefolgt, aber Liam konnte nicht den ganzen Weg mitgehen.«

»Was meinst du mit ›den ganzen Weg mitgehen‹? Du meinst, er konnte nicht sterben?«

»Das glaubt Liam, Sam. Ich glaube, das wollte er mir sagen.«

»Aber was wollte Adonijah noch einmal durchleben?«

»Soll ich mal raten?«

»Wenn's nichts Intelligenteres gibt, bitte.«

»Als das Feuer kam, dachte Adonijah, es sei hoffnungslos, einen Versuch zur Rettung von Annabelle und seiner Frau zu machen; vielleicht hatte er auch zuviel Angst. So oder so fand er es dann wohl unerträglich, so lange weiterzuleben.«

»Hancock meinte ja auch, Adonijah sei nach Mexiko gegangen, um den Tod zu finden ...«

»Ja, aber es klappte nicht; er blieb hier hängen. Er wurde an diesem Punkt in Zeit und Raum festgehalten, wo er versagt hatte. Und Liam hat ihm aus dieser Lage herausgeholfen.«

»Wer ist hier der Verantwortliche?« Es war der diensthabende Arzt, der bei Liam gewesen war. »Ich brauche einige Details von jemandem, der weiß, was hier vor sich ging.«

»Das übernehme ich«, sagte Sam. »Können wir irgendwo ungestört reden?«

Sam folgte dem Arzt zu einem Untersuchungsraum. Er erklärte, daß sie vom Kommandeur beauftragt worden seien, die Geistermeldungen zu untersuchen.

»Sind Sie Psychologe?« fragte der Arzt.

»Nein«, sagte Sam schlau, »Biophysiker. FitzDonnell ist der klinische Psychologe.«

»Ich wußte, daß irgendwo einer sein mußte. Fahren Sie fort.«

»Nun«, erklärte Sam geduldig, »er verschwand irgendwie durch die Wand, ohne eine Spur zu hinterlassen, und nachdem er entweder einen wilden Ritt auf dem Rücken einer gequälten Seele hinter sich brachte, der 1830 begann und mit dem Tod endete, oder einen Haufen höchst lebhafter Halluzinationen, fand er sich auf dem Boden eines Kadettenzimmers im nächsten Abschnitt der Unterkünfte mit gebrochener Hüfte und Brandblasen an den Händen wieder ein.«

Der Arzt lehnte sich zurück und sah Sam ungläubig an. »Wo hat er die Brandblasen her?«

»Ich glaube, daß er, ob halluziniert oder nicht, ein intensives Erlebnis hatte, bei dem er sich in einem Feuer befand und daran starb. Ich hab nicht viel mit psychophysiologischen Absonderheiten am Hut, aber ich wage mal zu behaupten, daß er eine Art somatoforme Reaktion produzierte. Wie wenn man in Hypnose Brandblasen bekommt. Sie sind der Ersatz für die Brandwunden, die er normalerweise davongetragen hätte.«

»Und Sie sind sicher, daß er nicht mit Chemikalien in Berührung kam oder mit irgend etwas, das diese –«

»Zum Teufel nein, ich weiß nicht, ob er mit Chemikalien in Berührung kam! Ich sitze hier völlig fertig und gebeutelt und versuche Ihnen zu erklären, daß dieser Mann über eine Minute aus meiner Welt in irgendein Jenseits entschwunden und in einem anderen Zimmer wieder aufgetaucht ist, wobei er durch einen Feuerwall und einen höchst soliden Boden marschierte, ohne eine Spur zu hinterlassen. Er hätte den Mann im Mond besuchen können in dieser Zeit. Chemikalien!«

»Welchen Mann?«

»Vergessen Sie's. Schauen Sie, Sie wollen bestimmt eine hübsche Erklärung, aber ich kann sie Ihnen nicht geben, und ich weiß nicht mit Bestimmtheit, ob das irgend jemand kann. Ich hab's aufgegeben. Wenn ich nicht gesehen hätte, wie er durch die Wand ging, wenn ich nicht seit einer Woche an diesem Projekt gearbeitet und den ganzen unglaublichen Mist gesehen hätte, der sich in diesem Zimmer abspielt, würde ich wahrscheinlich sagen, er sei ein extrem introvertierter Intellektueller, der einen kurzen psychotischen Schub hatte, seine morbiden Phantasien als Halluzinationen erlebt und einen üblen Anfall von hysterischer Konversion hatte. Tatsache ist«, fügte er hinzu und schnitt eine Grimasse, »morgen in aller Frühe werden diverse ausgeschlafene Colonels und Generäle gespannt auf ihren Lederbürosesseln hocken und darauf warten, daß ich genau dieses von mir gebe. Aber ich sitze auch bis zum Hals in Daten, die darlegen, daß die Vorgänge in diesem Zimmer sich keineswegs im Kopf von jemandem abspielen, und ich habe vier Zeugen, die einen Mann aus einem Zimmer in einem Stockwerk in ein andres Zimmer auf einem Stockwerk gehen sahen, ohne daß er dabei eine Spur hinterlassen oder auch nur eine einzige Tür geöffnet hätte.«

Sie starrten sich gegenseitig an. Schließlich sagte der Arzt: »Was soll ich in meinem Bericht schreiben?«

»Das Problem geht mir ziemlich am Arsch vorbei«, sagte Sam. »Aber wenn Sie eine Idee haben, rufen Sie doch den OvD in der Wachstube an. Ich glaube, er könnte auch 'nen Einfall gebrauchen.«

Sam, Track und Maggie blieben in der Notaufnahme. Patti erschien um fünf Uhr auch dort, nachdem sie Dana und ihren

Bruder bei einem verstörten, verschlafenen Nachbarn untergebracht hatte. Um sieben Uhr befand sich Liam in einem Zimmer eine Etage höher und war hellwach. Als sich alle hereindrängelten, empfand Liam das dringende Bedürfnis, sich unter der Bettdecke zu verkriechen.

»Er lebt!« sagte Track. »Wie ist dir zumute, Kumpel?«

»Als hätte man mich grade ‘ne Meile weit über ‘ne Schotterstraße geschleift«, sagte Liam, »mit einem Abschleppseil, das am Bolzen eines lecken Tanks und auf der anderen Seite an meiner Zunge befestigt war.« Er hob seine bandagierten Hände. »Sagt Saganian, ich weiß jetzt, wie sich das anfühlt.« Liam sah müde aus, aber er wirkte sehr lebendig, und seine Reise wohin auch immer schien ihm nicht geschadet zu haben.

»Kannst du dich erinnern, was passiert ist?« fragte Maggie.

Er lächelte sie an. »Ja, kann ich. Der Baum und die Vögel. Ich weiß, wie es aussieht.«

»Wie *was* aussieht?« fragte Patti.

»Das ist eine lange Geschichte. Sam«, sagte er, plötzlich ernst, »ich konnte es dir nicht sagen. Ich mußte es tun.«

»Warum? Und wenn du jetzt die Ausfahrt nicht genommen hättest?«

»Ausfahrt?« fragte Patti.

»Tja. Ich schätze, ihr werdet wohl ein nettes Treffen mit dem Kom vor euch haben. Und ich hab Schwein; ich muß keine Berichte schreiben.«

»Du bist doch immer noch ein Arsch«, sagte Track. »Du bist der einzige Mensch, den ich kenne, der es schafft, von den Toten zurückzukehren, ohne auch nur ein bißchen besser zu werden.«

»Zurück von den Toten?« kreischte Patti. »Kann mir vielleicht mal einer sagen, was hier los ist?«

»Klar, Liebling«, sagte Track. »Laß uns Frühstück fassen, und dann steck ich dir alles. Soweit man hier irgendwem irgendwas stecken kann. Ihr drei könnt euch ja gemütlich Kriegsstories erzählen. Wir sehen uns im College.«

Liam lächelte Sam sanft an. »Was wirst du ihnen sagen?«

»Ich werd heut morgen unter vier Augen mit dem Kom

reden. Ich denke, wir sollten auf dieser Geschichte den Deckel draufhalten und einfach das Zimmer zuschließen.«

»Vielleicht wird das nicht nötig sein, Sam. Er ist weg. Er hat die Ausfahrt nicht genommen. Er wird nicht zurückkommen.«

»Schließt es zu«, sagte Maggie.

»Ich bin auch der Meinung«, sagte Sam, ohne Maggies stille Vehemenz wahrzunehmen. »Vielleicht in ein paar Jahren wieder. Ich glaube, daß wir den Raum so schnell keinem Kadetten mehr zumuten können. Du bist entbehrlich; aber die Jungs stehen unter dem Schutz des Gesetzes.«

6

JUNI

Und denkt nur halbbewußt nochmals zurück:
»Das wär erledigt; gut, daß es nun fertig.«

T. S. Eliot
Das wüste Land

19

Sam und seine Crew schafften die Geräte am Sonntag nachmittag aus der Division weg, und ein Team vom Stab für Ingenieursarbeiten und Unterbringung traf am Montag ein, um das Loch in der Wand wieder zu verschließen, durch das die Kabel verlaufen waren, und in dem Raum Regale einzubauen. Colonel Street hatte Anweisung gegeben, das Zimmer der Erstjährler wieder in einen Lagerraum umzuwandeln und bereitete für den nachfolgenden Regimentskommandeur versiegelte Instruktionen vor, in denen er erläuterte, warum der Raum unbewohnt bleiben sollte. Den Arbeitern, alten Zimmerleuten aus dem Ort, die schon lange in West Point waren, waren auch schon Gerüchte von den Vorgängen der vergangenen Woche zu Ohren gekommen. Sie hatten seit Monaten keine Arbeit mehr so schnell erledigt, und am Dienstag abend befand sich das letzte Regal gestrichen an Ort und Stelle.

Sam und Track trafen sich am Montag morgen mit dem Kommandeur. Keiner der drei ließ nach dem Treffen ein Wort davon verlauten, und als ein Reporter von *Newsweek* am Donnerstag nach Erscheinen eines Artikels in der *Army Times* die Pressestelle belagerte, stieß er auf eine solide Wand aus höflicher Verweigerung. Bis auf eine hämische Notiz in der *Krasnaya Zvyezda,* wo man die *Army Times* zitierte und sich darüber ausließ, daß solcher Blödsinn das Ergebnis des bürgerlichen freudianischen Kapitalismus und des Geplappers westlicher Psychologen und Wissenschaftler sei – das onomatopoetisch sehr treffend mit dem Wort *raznoboi* gekennzeichnet wurde –, versank der Artikel in der Versenkung. Liam amüsierte sich sehr über die Publikationen.

Das Korps behielt die Ereignisse in den alten North Barracks wesentlich länger in Erinnerung. Die Hundredth Night Show dieses Jahres, eine jährliche Veranstaltung, bei dem die Reduzierung der Tage bis zum Abschluß von einer dreistelligen auf eine zweistellige Zahl begangen wurde, würdigte den

Geist in einer großen Musicalnummer. Ein heller Kopf schlug vor, die Jahresausgabe des *Howitzer* dem »Geist des Korps« zu widmen. Daraus wurde nichts.

Im Februar löste Andrea Linnell ihre langjährige Verlobung mit einem Mann in ihrer Heimat auf, und es gelang John Tetzel, einen Termin für ihre Hochzeit am Tag nach dem Abschluß in der Kadettenkapelle zu ergattern. Major Broadnax hatte Andrea für ein Jahr zu einem anderen Regiment versetzt, um Pflichtverletzungen aus dem Weg zu gehen, da es in puncto Zucht und Ordnung nicht den besten Eindruck machte, wenn ein Kompaniekommandeur mit einem seiner Zugführer verheiratet war.

Steven Barstow wurden seine persönlichen Dinge nach Hause geschickt; er schrieb sich in einem College nahe seiner Heimatstadt ein und kam nie mehr nach West Point zurück. Eliot Carson blieb, um seinen Abschluß zu machen, suchte aber nie wieder sein ehemaliges Zimmer auf. Er hatte keinerlei Interesse daran, über den Geist zu sprechen, was sich erst Jahre danach änderte, als er selbst taktischer Offizier wurde; auch den Sketch in der Hundredth Night Show fand er nicht komisch.

Liam wurde nach vier Tagen aus dem Krankenhaus entlassen, aber bei seinem Sturz waren die Knorpel verletzt worden, und er mußte noch wochenlang an Krücken umherhumpeln. Zur Beruhigung der einen und zum Ärger der anderen schien er unverändert, schwieg sich aber über die Ursachen seines Unfalls aus. Das Thema wurde einige Wochen lang in der Abteilung debattiert, aber schließlich hatten alle kapiert, daß sie aus Sam und Liam nichts herausbekommen würden. Jeder außer Maggie war verblüfft, als Liam die Entscheidung seines Urgroßvaters rückgängig machte und katholisch wurde. Er besprach seine Gründe dafür mit dem Priester der Chapel of the Holy Trinity. Darüber drang nichts nach außen, aber man sprach auch nicht viel darüber; die Leute hörten allmählich auf, sich über Liam zu wundern. Maggie fragte ihn im Frühling danach, als sie vor Abschluß des Semesters auf einer Abschiedsparty einen Moment für sich waren. »Das Vögelchen hat's mir erzählt«, sagte er, und sie lachten.

Am zweiten April bekam Maggie einen Brief von einem Anwaltsbüro in Newburgh, in dem man sie vom Tod der Elizabeth Cleary O'Grady unterrichtete und ihr mitteilte, daß Mrs. Samuel Bondurant in West Point im Staate New York aufgrund einer kürzlich vorgenommenen Änderung in Mrs. O'Gradys Testament einige Dokumente aus einem Tresor in der Marine Midland Bank zugehen sollten. Die Papiere steckten in einem versiegelten braunen Umschlag, den Betty mit sorgfältigen Lettern beschriftet hatte. Maggie hatte der alten Bibliothekarin einfach kommentarlos die Upton-Memoiren sowie die Cleary-Familienbibel überreicht. Mrs. O'Grady hatte genickt und sich bedankt. Maggie war in den darauffolgenden Monaten nicht mehr in der Bibliothek gewesen, und die Nachricht von Betty O'Gradys Tod kam überraschend für sie.

In dem Umschlag befand sich ein Brief von Betty sowie ein viel älterer, durch zwei Kartonstücke geschützter handschriftlicher Brief. Die Bibliothekarin hatte geschrieben:

Liebe Mrs. Bondurant,

ich bedaure es sehr, daß unsere Begegnung nicht herzlicher verlaufen ist. Die Schuld dafür liegt bei mir. Als ich jünger war, ließ ich es zu, daß mein Stolz über mein Pflichtgefühl und meinen Verstand siegte.

Sie werden sicherlich auf den Grund für meinen mißglückten Versuch, die Erinnerungen von John Upton aus der Bibliothek zu entfernen, gestoßen sein. Meine Familie war viele, viele Jahre lang mit Highland Falls verbunden, und wir waren in diesen Dingen so empfindlich, daß wir noch lange, nachdem das Thema für irgend jemanden außer uns von Interesse war, mit dem Familiengeheimnis haderten. Ich bin, wie Sie sicherlich ebenfalls geschlossen haben, die letzte der Clearys. Meine einzige lebende Verwandte ist die Frau meines verstorbenen Bruders John Cleary, die in Tompkins Cove lebt. Und sie ist natürlich keine Cleary.

Ich habe das Buch Ende der sechziger Jahre aus dem Regal entfernt, als der Historiker über den Geist arbeitete. Mir waren, als Bernice ihren Text schrieb, die unglückseligen und peinlichen Schlußfolgerungen aufgefallen, die Colonel Upton wohl gar nicht bemerkt hatte. Mein Vater, John Cleary jr., kannte Colonel Upton und lieferte ihm gemeinsam mit meiner schwatzhaften Urgroßmutter Bridget Hardesty Cleary eine Anzahl von Geschichten, die er in seine Memoiren und die offizielle Geschichte von West Point aufnahm. Ich konnte mir mit mir selbst nicht darüber einig werden, ob die bemerkenswerte Dame vom Alter angegriffen war, als sie das Datum von John seniors Geburt ausplauderte, oder sie mit dem typischen Humor der grünen Insel beschlossen hatte, dieses Problem ihren Nachfahren aufzuladen. Wenn Sie dieses lesen, werde ich vielleicht die Gelegenheit gehabt haben, meine eigene Neugier bezüglich dieses Punkts zu befriedigen.

Der beiliegende Brief ist eine Art Familienerbstück; da es nun keine dazugehörige Familie mehr gibt, möchte ich ihn Ihnen übergeben. Er könnte einigen Wert besitzen.

Glücklicherweise geriet er nicht in die Finger meines verstorbenen Gatten. Er stammt natürlich aus den Papieren von Captain Proctor, die in John Clearys Besitz übergingen, als der alte Soldat 1847 nach Mexiko ging.

Ich habe eine Reihe von Geschichten über die Ereignisse in den alten Unterkünften gehört. Ich möchte nie mehr erleben – außer auf der anderen Seite dieses Lebens –, daß nacheinander alle meine engen Freunde sterben und ich mit Erinnerungen und Geheimnissen zurückbleibe, für die sich niemand mehr interessiert – außer Ihnen, Mrs. Bondurant, deren Wißbegierde und rechtschaffene Empörung mich beschämt haben. Bitte nehmen Sie dieses kleine Geschenk an, im Gedenken an mich und an meinen Großvater, Adonijah Proctor.

Elizabeth Cleary O'Grady

Maggie saß eine Weile schweigend da und starrte auf die letzten Worte. Sie hatte den Umschlag abends geöffnet, während Sam auf dem Sofa neben ihr saß und die *Times* studierte.

»Was ist los, Mag? Hat sie den Brief mit Zyanid eingerieben?«

Sie reichte ihm Bettys Brief. »Donnerwetter! Der alte Nije muß der Vater gewesen sein, nicht Corporal Cleary. Das erklärt einiges. Verdammt. Kein Wunder, daß Eliza die Hölle war.«

»Das war sie tatsächlich.«

»Ich erinnere mich«, sagte Sam, »wie sie auf der Treppe stand. ›Das Kind spielt im selben Zimmer mit der goldenen Hure, die du in deinem Stolz und deiner Gier erzeugt hast.‹ Ich hab mich gefragt, was sie meinte.«

Maggie hörte nicht zu. Sie las langsam den vergilbten Brief und schüttelte den Kopf. »Du lieber Gott. Er war es wirklich!«

»Wer?«

Sie reichte ihm schweigend das Blatt.

New York, am 10. März 1831

Sir,
in Ermangelung von hoffnungsvollen Zukunftsaussichten in meinem Heimatland beabsichtige ich, wie bereits erwähnt, nach Paris zu gehen, um dort der polnischen Armee beizutreten, wobei ich um Col. Thayers Unterstützung in dieser Sache ersucht habe. Da ich keine anderen »Hoffnungen« habe, verlasse ich mich auf das Wohlwollen der ganzen Akademie und das spärliche Vermögen, das mir durch die Veröffentlichung meines Buches zukam, die Col. Thayer so großzügig vorantrieb.

Einziger Lichtstrahl im Drill des Kadettenlebens und der kleinlichen Grobheit meines »Vaters« ist die mir von Ihnen und Capt. H. zuteilgewordene Zuwendung und der kurze Glanz unserer goldenen Annabelle. Ohne sie ist die Akademie ein Reich der Schatten.

Hochachtungsvoll
Ihr Obt. St.
Edgar A. Poe

Sam las den Brief langsam zweimal. »Das war der ›Antique‹. Der Kadett, über den wir in meinem Traum sprachen, der im Schnee.«

»Liam erwähnte ihn, als er mir von seinen eigenen Träumen erzählte. Er lächelte irgendwie, erinnere ich mich. Ich schätze, er wußte es.«

»Es ist doch zum Verrücktwerden«, sagte Sam. »Jedesmal, wenn ich grade dabei bin, eine rationale Erklärung zu finden ...«

»Gib's auf, Liebster, wir haben es hier mit einer wahrhaftigen paranormalen Erscheinung zu tun.«

»Laß uns ein anderes Wort finden.«

»Ach, nun sei doch nicht so öde. Vielleicht hast du ja recht – vielleicht müssen wir diese Dinge einfach dem natürlichen Lauf der Dinge zuordnen, nicht dem übernatürlichen. Bist du nun zufrieden?«

»Oh, sehr! Jetzt muß ich es nur noch schaffen, mir selbst zu erklären, wie langsame elektrische Impulse, die über die Hirnrinde laufen, sich in Signale verwandeln, die in einem Raum wahrnehmbar sind. Und nicht nur das, sondern auch zum Junggesellenquartier und zur Lee Road wandern. Dort hatten wir nämlich die Träume.«

»Könnte es denn nicht sein, daß sich die Signale während der Erscheinungen in den Unterkünften ...«

»Halt deine Phantasie im Zaum.«

»... bei dir und Liam quasi zur Wiederholung ins Hirn prägten, wie bei einem Videoband?«

»Klar, Maggie – wenn du von einem Dutzend absolut durchgedrehter Prämissen ausgehst, ist es alles wunderschön klar.«

Maggie streckte ihm die Zunge heraus.

»Übrigens ist Liam seine Krücken los und hat – da wir gerade von durchgedrehten Prämissen sprechen – Urlaub. Heut morgen ist er nach Washington aufgebrochen, und morgen wird er einen Besuch in Boston wagen.«

»Hat er sie seit der Walpurgisnacht noch mal zu Gesicht bekommen?«

»Nein. Ausgerechnet Doris Gilmer hat sie am Montag morgen, nachdem Liam ins Krankenhaus kam, in ihrem Computerladen angerufen. Sie hat ihm eine Karte mit Genesungswünschen geschickt.«

»Ist ja rührend.«

»Ich hab keinen Schimmer, was Liam in ihr sieht«, sagte Sam.

»Gute Frage«, sagte Maggie, »und eine, über die ich viel nachgedacht habe. Vielleicht gibt es eben irgendwas Unberechenbares in ihm, das sich mit ihr ergänzt. Vielleicht hat er zu guter Letzt rausgefunden, was es ist – oder war.«

»Ich glaube, Liam wäre der Erfolg schlechthin, wenn er düstere Gedichte oder widerwärtige Kurzgeschichten wie Edgar Allan Poe schreiben würde.«

»Was für ein Gedanke, Sam!«

»Der aber wahrscheinlich nicht greift. Im Gegensatz zu Poe ist Liam nämlich ein Grad. Und er denkt auch wie einer. Ich wette, Edgar Allan Poe ist nicht ein einziges Mal in seinem Leben joggen gegangen.«

»Haben Sie ihn gefunden?« Der bärtige Mann neben Liam wies auf die Wand. Er war still neben ihm gestanden, während Liam eine Namensreihe nach der anderen auf der Granittafel durchsah. Liam trug Uniformhosen und stützte sich auf einen Stock; der bärtige Mann trug eine ausgeblichene Feldjacke, deren linker Ärmel nach innen geschlagen war.

Liam schrak zusammen und sah den Mann neben sich an. Dann lächelte er langsam und verlagerte sein Gewicht auf die unversehrte Hüfte. »Ja, endlich. Ich wußte den Tag.«

»Sie waren da? Das ist 'ne miese Nummer. Ich weiß.«

»Ja.« Liam wandte sich wieder der Wand zu. Da war Corey, direkt unter Mike Absher, seinem Zugsergeant; Flores, der sein Funkgerät getragen hatte, war zwei Namen weiter oben. Wenn man zurücktrat, verschwammen die Namen zu einer grauen Fläche, aber aus dieser Nähe war es etwas Persönliches, wessen Namen man auch las.

»Jemand, der Ihnen nahestand?« fragte der bärtige Mann.

Liam lächelte wieder; der Mann brauchte ihn, ertrug es nicht, allein zu sein. »Ja«, sagte Liam. »Ein Freund. Mein Zug versuchte nahe genug ranzukommen, um ihn rauszuholen, aber wir waren wohl zu langsam, dann wurde ich getroffen. Ich konnte ihm nicht mehr helfen.«

Der Mann besah sich Liams Stock, dann seine Uniform. »Und weshalb sind Sie immer noch dabei, Mann? Das hätt ich nicht geschafft.«

Liam lachte. »Die alte Pflicht.« Der Mann sah ihn an und nickte. Liam legte ihm die Hand auf die Schulter, die Schulter, die noch vorhanden war, und der Mann schaute auf die Tafel zurück.

Er schüttelte den Kopf. »'ne wirklich miese Nummer.«

Anna steckte leicht in der Klemme. Seit sie aus West Point abgereist war, hatte Liam weder geschrieben noch angerufen, und sie hatte ihn probeweise von der Liste ihrer Anbeter gestrichen. Und nun rückte er ohne Vorwarnung einfach an. Sie hatte den gesamten Enthusiasmus, der ihr im Moment zur Verfügung stand, zusammengekratzt. Er hatte sie scheinbar verlassen, und nun tauchte er Monate später auf, als sei nichts geschehen. Anna konnte sich eine gewisse Lässigkeit erlauben. Sie hielt sich nicht für einen gemeinen oder manipulativen Menschen, aber Liams zähe Treue gewährte ihr einen angenehmen Halt.

Jetzt kam er zu ihr, und der Stock war offensichtlich kein extravagantes Accessoire. Er sah dünner aus als im November, aber irgendwie jünger. Als er sie küßte, bemerkte sie noch eine weitere Veränderung. Der Kuß war eine herzliche, warme Geste, geprägt vom typischen Liam-Charme. Aber die Spannung, die sie immer bei ihm empfunden hatte, war weg. Sie hätte es nicht auf diese Art beschreiben können; sie spürte nur, daß etwas anders war. Da sie nicht zuletzt Gewohnheitsmensch war, waren Anna Veränderungen nicht angenehm. Liam war berechenbar gewesen, was ihn zu einem unkomplizierten Umgang gemacht hatte. Jetzt, in der Flughafenhalle, stellte Anna plötzlich fest, daß sie verunsichert war.

»Deine Haare gefallen mir«, sagte Liam. »Du bist echter als Brünette.«

»Das hast du mir schon im Oktober gesagt«, sagte Anna. »Ich hab's extra für dich so gelassen.«

»Blödsinn. Aber es gefällt mir trotzdem.«

»Ich bin geschmeichelt. Holen wir dein Gepäck.«

»Kein Gepäck diesmal. Ich fliege heute abend zurück.«

Sie runzelte die Stirn. »Ich dachte, du bleibst übers Wochenende. Ich habe schon Tische reserviert bei ...«

Er schüttelte den Kopf. »Nur ein Kurzbesuch. Ich hab am Montag ein Gespräch in New York und muß noch allerhand dafür vorbereiten. Tut mir leid. Ich werd auf meine alten Tage noch vergeßlich.«

»Alt! Du siehst Jahre jünger aus. Was ist passiert?«

»Das kommt wahrscheinlich vom Rumsitzen. Ich hab erst diese Woche die Krücken abgelegt.«

Sie gingen in Richtung Aufzug, mit dem man zum Parkplatz kam. »Ist eine lange Geschichte. Ich schätze, ich bin hier, um dir einen Teil davon zu erzählen. Es wird nicht lange dauern.«

»Ich kann's kaum erwarten, davon zu hören. Eure Freundin – Doris heißt sie, oder? – rief mich an und sagte, du und Sam wie-war-doch-sein-Name, ihr hättet den Geist ausgetrieben oder so was. Ich hatte gehofft, daß du mir schon früher davon erzählen würdest.«

»Ich war beschäftigt«, sagte er trocken. »Außerdem brauchte ich ziemlich viel Zeit, um meine Gedanken wieder ins Lot zu bringen.«

Anna schaute zu ihm hoch, dann geradeaus. Sie überquerten schweigend den Parkplatz. Da wären wir wieder, dachte sie, La Perugino kriegt einen weiteren Antrag. Diesmal werde ich nein sagen, und *er* wird abhauen, oder er hätte nicht diesen Nachmittagstermin ohne Gepäck ausgemacht. Es wird mehr Takt erforderlich sein als beim letzten Mal. Ich bin ihm mehr schuldig ... Nein, korrigierte sie sich, ich bin ihm nichts schuldig. Er kann nichts einklagen.

Liam war nicht gesprächig. Er schlug vor, daß sie doch zusammen zu Mittag essen sollten; sie gingen zu einem kleinen Feinkostladen, den Anna schätzte, und er berichtete von den Hauptereignissen der letzten Nacht im Spukzimmer. Er unterschlug die Details seines Traumes und hielt sich an dieselben Fakten, die Sam heruntergebetet hätte: die Messungen, die gesammelten Daten und seine Verletzung. Sie heuchelte Interesse. Sie war vollkommen mit den Alarmzeichen beschäftigt, die ihr sechster Sinn ihr gab.

Aber Liams Beschreibung war auch unlebendig und wenig plastisch. Das Gespräch schleppte sich auf dieser Ebene weitere Minuten dahin, bis Anna schließlich aufgab und von ihrem Job und ihren Plänen erzählte, die Leiter bei Analog hochzuklettern, wenn ihr Boß im August in den Ruhestand ging. Liam hörte höflich zu; es gab kein Vakuum, das Anna nicht mit ihren Plänen hätte füllen können.

Nach dem Lunch gingen sie spazieren. In der Nähe des Feinkostladens gab es einen kleinen Park, und schließlich beendeten sie ihr Herumschlendern und setzten sich auf eine Steinbank. »Liam, warum bist du hier?«

»Ich mußte dir etwas sagen.«

»Gut«, sagte sie. »Sag es mir.« Sie vermied es, ihn anzusehen, und betrachtete die vorbeifahrenden Autos.

»Zum einen trete ich aus der Armee aus. Zusammen mit meinen früheren Dienstjahren bin ich am ersten Juli zwanzig Jahre dabei.«

»Ich dachte, du würdest in West Point bleiben, bis du zu Staub zerfällst. Bist du nicht fest angestellt?«

»Doch. Ich könnte noch zehn Jahre bleiben. Aber ich will nicht mehr. Ich habe keinen inneren Elan mehr dafür.«

»Den wirst du immer haben«, sagte sie. »Und du bist so wild darauf, gebraucht zu werden, daß du wahrscheinlich einen Tag vor Vollendung deines dreißigsten Dienstjahres Antrag auf Verlängerung gestellt hättest. Was wirst du tun? Du bist dreiundvierzig!«

»Das weiß ich erst nach diesem Gespräch am Montag. Aber um dir das zu sagen, bin ich nicht hier.«

»Ich habe meine Meinung nicht geändert«, sagte Anna. »Ich werde *meine Arbeit* nicht aufgeben.«

»Ja, das weiß ich. Das wollte ich auch nicht sagen.«

»Was dann?«

»Es wird schwer für dich werden, das zu verstehen. Du an meiner Stelle würdest einfach aufhören zu reden und mich schmoren lassen, ohne daß ich wüßte, was los ist. Das ist nicht meine Art von Verhalten. Ich bin mit den Klassikern großgeworden; ich hab gern einen Anfang und ein Ende, und ich möchte die Sicherheit haben, daß keine Fragen mehr offen sind.«

»Und mit was bin ich großgeworden?«

»Ich weiß nicht«, sagte er traurig. »*Familie Feuerstein* wahrscheinlich. Ich gebe zu, daß ich nicht verstehe, was in deinem Kopf vor sich geht. Ich bin aus Eigeninteresse hier. Wenn es dir recht ist, mich weiter anzuhören, gut; wenn nicht, haben wir nur ein bißchen Zeit totgeschlagen.«

»Okay. Ich höre zu.« Und das tat sie. Das war der Liam, den sie immer hinter dem anderen hatte hervorschauen sehen, hinter dem Mann, der sich bereitwillig ihren Launen auslieferte. Irgend etwas hatte die alten Verhaltensweisen heruntergeschält, die alte unterwürfige Verehrung und Duldsamkeit. Früher hatte sie einmal geglaubt, daß nicht einmal der Tod Liam ändern würde.

Er holte tief Luft. »Ich werde nicht auf romantischen Vorstellungen herumreiten. Wenn du sie nicht inzwischen in dir hast, sind sie auch zukünftig bedeutungslos. Du hast nie verstanden, warum ich dich liebte. Du hast auch nicht gefragt, aber wenn du's getan hättest, hätte ich mich verflucht schwer getan, es dir zu erklären. Jetzt, um alle losen Fäden zu verknüpfen, möchte ich es versuchen.

Du mußtest einfach dasein. Ich mußte eine Anna Perugino haben. Du hattest das Pech, für die Sondereinheit ausgesucht zu werden ...«

»Das war kein Pech.«

»... und das ist weder meine noch deine Schuld. Du warst da, als ich an einer Wegscheide stand. Ich wußte nicht, welchen Weg ich nehmen sollte. Ich hätte die Armee heiraten und so leben und sterben können. Oder ich hätte austreten und ein anderes Leben suchen können. Aber ich war an einem Punkt, an den viele von uns nach zehn oder fünfzehn Jahren Dienst kommen. Die Armee fordert viel von dir. 'Ne Menge Leute brennen dabei aus, bevor sie vierzig sind. Manchmal erscheint es einem, als gäbe es jedes Jahr eine Entscheidung auf Leben und Tod: eine Versetzung, damit du das Spektrum erweiterst, ein Beförderungsausschuß, ein Lehrauftrag. Jedes verfluchte Jahr kann irgendwas schiefgehen, das dir den Rest deines Lebens versaut. Und dann die ständigen Umzüge, der Streß für die Familie, der mickrige Sold. Und das alles dafür, daß du im Kriegsfall losziehen und dir den Arsch abschießen lassen darfst. Es macht einen müde; es erfordert 'ne Menge Stehvermögen, damit klarzukommen, 'ne Menge Selbstvertrauen und Optimismus und eine kräftige Portion Glück, blindes Glück. Um in der Army wirklich gut zu sein, mußt du phantastisch, unverwüstlich, schlagfertig, wortgewandt und dickhäutig sein.

Du warst da, als ich den Punkt erreichte, an dem ich mich entscheiden mußte. Ich hätte Liam FitzDonnell, Major General der U.S. Army a.D. werden können, wenn mich das Glück verlassen sollte, oder Liam FitzDonnell, Colonel der U.S. Army a.D., der in Killeen, Texas, Versicherungen verkauft, wenn es mich früh verlassen sollte. Ich hätte ein alter Mann mit erhöhtem Blutdruck und schlechtem Hörvermögen und einem bedeutungslosen zweiten Leben werden können. Aber du warst ja da – ja, Perugino, du. Und das veränderte alles.

Für dich wollte ich wer sein. Dir hingegen war es ziemlich schnuppe, ob aus mir ein Colonel oder der Kommandeur von Disney World würde.«

»Warum ich?« fragte sie. »Du hattest dir doch vorgenommen, diese Frage zu beantworten, erinnerst du dich?«

»Ja, richtig. Wieso du? Weil es nicht du warst. Weil es etwas in mir selbst war, mit dem ich zurechtkommen mußte, bevor ich zu alt wurde, um das Spiel mitzuspielen. Als ich dich traf, war es da, tobte und schrie und wollte raus. Ich wollte es dir anbieten, du solltest dich darum kümmern, es versorgen. Du warst schön und klug – und nach meinen damaligen Kriterien – kultiviert. Auf den zweiten Blick war es dann so, daß ich dir vielleicht gar nichts anbieten wollte. Vielleicht wollte ich einfach, daß du mir dabei hilfst, ein Bild, ein Spiegelbild meiner selbst zu kreieren. Ja, du warst die Leinwand, die Leinwand, auf die ich den Liam malen konnte, der ich sein wollte, bevor ich starb.«

»Aber eine Leinwand ist leer«, sagte sie mit einem kleinen Lächeln. »Bin ich leer?«

»Natürlich nicht«, sagte Liam mit einem leisen Lachen. »Wenn du eine leere Leinwand wärst, wären wir schon lange geschiedene Leute.«

Anna lachte auch, aber zögernd, als sei sie nicht sicher, ob sie statt dessen lieber wütend werden sollte. »Und nun ist das Gemälde fertig? Und wenn ja, bist du dann auch mit mir fertig?«

Er lächelte sein träges, nachdenkliches Lächeln. »Du läßt es nicht zu, daß es fertig wird«, erwiderte er. »Und nun muß ich woanders anfangen. Das Gemälde muß noch fertiggestellt werden, und es wird lange dauern, vielleicht länger, als wir erwarten dürfen. Du kannst mir nicht mehr dabei helfen. Den Rest muß ich selbst machen. Und du«, fügte er hinzu, »mußt dein eigenes Selbstbildnis machen.«

»Ich bin mit mir glücklich«, sagte sie. »Ich habe, was ich brauche.«

»Wen die Götter enttäuschen wollen«, sagte Liam, »den machen sie zuerst optimistisch. Vielleicht ist es so. Ich werd dich noch mal fragen, wenn du mehr von der Wegstrecke hinter dir hast. Aber ich muß in der Zwischenzeit andere Wege einschlagen.«

»Welche Wege? Du hast mir immer noch nicht gesagt, was du vorhast.«

»Vorerst«, sagte Liam, »genügt mir dieser. Wenn ich auf diesem Kiesweg aus dem Park hinausgehe, weiß ich, daß er eine Art von Weg ist, und wenn ich weiß, wo ich hin will, wird er mich dorthin bringen. Aber das ist eine ausweichende Antwort. Jetzt entscheid ich mich erst mal für den Weg zum Flughafen.« Sie gingen den Pfad entlang zurück zu Annas Wagen, und er erzählte ihr von dem Vorstellungsgespräch und den jahrelangen Analysen und der praktischen psychologischen Arbeit, die er brauchen würde, um den alten Mann an dem Baum zu ersetzen und dessen Arbeit selbst durchzuführen. Sie gestand ihm zu, daß er wahrscheinlich wisse, was er tue.

»Aber woher weißt du, wann du Liam gefunden hast?« fragte sie schließlich, als er seinen Boarding Pass bekam.

»Ich möchte nicht banal klingen«, sagte er, »aber das Ziel ist die Suche, nicht das Finden. Schau, ich werde von den meisten meiner Kollegen für einen Spinner gehalten. Die haben meist vernünftige Ziele und Vorstellungen von ihrem Leben. Ich habe mir etwas anderes vorgenommen. Du hast mir dabei geholfen, diesen Weg einzuschlagen. Du hast das nicht beabsichtigt, und ich weiß, daß du nicht verstehst, wie das geschah. Aber so war es, und ich werde das nie vergessen. Ich muß jetzt zum Gate. Ich hasse lange Abschiedsszenen.«

»Tschau«, sagte sie, »ruf mich an, wenn du durch Boston kommst. Du kannst dich ruhig wieder melden.«

Liam sah sie an und fühlte sich plötzlich sehr müde. Einen Moment lang war es ihm erschienen, als wären seine Äußerungen so indirekt und abstrus gewesen, daß Anna kein Wort von alledem verstanden hatte. Aber dann sah er ihre Augen, und jetzt gaben sie Anna preis. Er blickte in ihr Inneres, vorbei an der Undurchdringlichkeit, die ihn jahrelang in Bann gehalten hatte. Sie war offen, überrumpelt von dem, was er nach drei Monaten des Schweigens berichtet hatte. Das war eine Szene, wie sie sie noch nie erlebt hatte, und der Schleier der Reserviertheit fiel; dahinter kam ein ganz normales Mädchen zum Vorschein, das plötzlich von jemandem gekränkt wurde, der ihr noch vor einer Stunde nicht das geringste hätte antun können. Liam blickte in unbekannte, ungeahnte Tiefen.

Er steckte den Boarding Pass ein und zog Anna zu sich, hielt sie in den Armen, und zum ersten Mal in all den Jahren, die er sie kannte, bot er ihr seine Liebe dar und spürte, daß sie angenommen wurde. Links und rechts von ihnen drängelten Reisende vorbei. Liam und Anna bemerkten sie nicht. Dann spürte er, wie sie sich behutsam von ihm löste; und als sie zurücktrat, sah er, daß der Schleier wieder an Ort und Stelle war. Sie hatte sich wieder gefaßt, der Fehler war korrigiert.

Als er das Security Gate passiert hatte, sah er sie zum letzten Mal, sah sie weggehen mit diesem staksigen, unbefangenen Gang, der ihm schon vor so langer Zeit aufgefallen war. Sie schob sich durch die Glastüren und verließ die Abflughalle. Es war vorbei, dachte er, vergangen; die letzte Ausfahrt vor der Mautkasse.

20

April ist der grausamste Monat, sagt der Poet, aber Juni, sagt das Military Personnel Center, ist der arbeitsreichste. Im Winter werden die Veränderungen beschlossen, und zu Sommeranfang bereitet die halbe Army Umzüge vor oder räumt ihre Quartiere. West Point ist ein Musterexempel für diese Umwälzungen, da die Offiziere des Stabs und des Lehrkörpers alle zu Sommeranfang ihr erstes akademisches Jahr beginnen und nach dem dritten oder vierten ihren Abschied nehmen, wenn die Kadetten abgegangen sind und sich ein Zyklus schließt. Umzugslaster kutschieren zwischen den Unterkünften von Stony Lonesome und New Brick, Lee Area und Dunover Court herum; entnervte Ehefrauen und kaltschnäuzige, widerspenstige Packer fechten über Schrankkisten und Geschirrkartons hartnäckige Kämpfe aus und streiten sich darüber, wie man eine Babywiege möglichst ökonomisch zerlegt. Vor dem Hintergrund dieses Hieronymus-Bosch-gleichen tobenden Wahnsinns nehmen wir Abschied.

Das findet im Konferenzraum der Abteilung statt, wo Offiziere und ihre Frauen und Stabsangestellte wie die Sardinen sitzen, um sich sentimentale Reminiszenzen anzuhören und der Vergabe von Medaillen für besondere Verdienste beizuwohnen. An diesem Nachmittag nimmt Track Dortmunder offiziell Abschied; er wird sich in diesem Sommer der 11. Armoured Cavalry in Fulda, Deutschland, anschließen. Doris Gilmer geht nach Monterrey. Für Sam und Maggie gibt es einen Babybecher aus dem Geschenkeladen der Graduiertenvereinigung, auf dem der Name Elizabeth M. Bondurant steht; Sam nimmt ihn würdevoll entgegen, und Elizabeth bezeugt ihren Dank, indem sie Sam mit einem nassen Finger ins Auge piekt.

Tracks Medaille wird vom Dekan überreicht. Es gibt heftigen, begeisterten Applaus, Track ist sehr beliebt, und Sam wird nicht der einzige sein, der seine Direktheit und seine umsichtigen Urteile vermissen wird. Liam schaut gerade rechtzeitig zu Sam und Maggie hinüber, um zu sehen, wie sie ein paar zärtliche Worte wechseln. Sie lächeln, und Liam fragt sich, womit sie in diesem Moment wohl beschäftigt sind.

Tatsächlich handelt es sich darum, daß Sam, der Elizabeth genommen hatte, Maggie zuflüstert: »Sie ist naß.«

»Wirklich? Hab ich nicht Glück, daß du sie hältst?«

»Verflucht, Maggie, mein Ärmel wird naß. Ich muß diese Uniform noch den Rest des Tages anbehalten.«

»Dann ist das doch ein richtiger Glücksfall! Du hast etwas Dunkles an, und da sieht man die Nässe nicht! Ich dagegen trage eine hellblaue Bluse, auf der sich Feuchtigkeit bestimmt sofort bemerkbar macht, und man kann wohl kaum erwarten, daß ich sie ausziehe.«

»Höchst fürsorglich.«

Sie lächelt ihn sonnig an und flüstert: »Sieh's als neue Erfahrung.«

Jetzt ist Liam dran, und wir nehmen Haltung an, während anläßlich der Verleihung des Ordens der Legion of Merit ein Zitat verlesen wird.

Liam lächelt sein träges, stilles Lächeln. »Ich halte keine elegante Rede bereit wie Track und auch keine Trophäe oder so wertvolles Resultat dieser Jahre, wie Maggie und Sam es besitzen.

Dies ist das Ende meiner Zeit in der Army«, sagt er und errötet. »Ich halte keinen Schwanengesang bereit, nur ein paar Zeilen aus einem Gedicht meines liebsten Landsmanns, William Butler Yeats – und nachdem ich es getan habe, wißt ihr Trottel und angelsächsischen Kretins nun endlich, wie man den Namen richtig ausspricht. Hier ist es, und es ist typisch für Liams Unergründlichkeit:

Für Größeres geschaffen
Denn Triumph allein, wende dich ab
Und wie eine Saite lachend
Von irren Fingern gejagt
An einem steinernen Hain
Sei heimlich du und strahle
Denn dieses Ding allein
Ist Prüfung für uns alle.

Ich sage euch Lebewohl.«

»Das war doch wieder die klassische Arschnummer«, sagte Track, »erst Yeats rezitieren und dann ohne Anmerkung Douglas MacArthur.«

»Ich vergebe ihm«, meinte Maggie. »Das war sein großer Moment… wahrhaftig! Einen letzten kleinen Scherz mußte er ja noch ablassen.«

»Du scheinst die einzige zu sein, die ihn kapiert hat«, sagte Sam. »Aber du standst ja auch nicht da mit einem von Babyurin durchtränkten Ärmel. Du konntest dich in aller Ruhe der Muße hingeben.«

Sie schritten durch die schweren Eichentüren der Thayer Hall und gingen über die Straße zur Bibliothek. Die große Bronzestatue von Patton beäugte sie streng, als sie ins Auto stiegen und Sam aus Rücksicht auf Elizabeths verdrießliche Stimmung bei Hitze den Wagen startete und die Klimaanlage anstellte.

»Ich werd ihn vermissen«, sagte Maggie.

»Ich auch.«

»Aber nicht so wie ich. Ich kann's mir hier gar nicht ohne ihn vorstellen.«

Sam wußte, was Maggie meinte. Es war der Preis fürs Dableiben, während die Freunde ständig weiterzogen. »Keine Sorge, Liebling«, sagte er zu ihr, als er sah, wie sie starr geradeaus blickte, »du wirst dich bald an Geister gewöhnt haben.«

Sie war allein, doch die Einsamkeit bezähmte nicht ihren Zorn, linderte nicht den Verrat. Ihr kalter Zorn schwoll an und kroch in jeden Winkel des Raums, glitt über den Boden und suchte nach den leblosen Dingen. Der Reif ihres Zorns, der kalte Dunst ihres Fluchs senkten sich trotz der Hitze des Tages auf den Raum herab.

In jener Zeitspanne, als Liam durch die Wand und seinem eigenen Weg der Erlösung entgegen gegangen war, war sie aus dem Raum gerast, und nur Sam und Maggie hatten sie sehen können, denn sie hatten ein gemeinsames Leben; Maggie war sie geworden und hatte die Kälte, den Zorn, die allumfassende, kalte Wut gespürt, die zurückkehrte, lange nachdem das vergängliche fleischliche Gefäß zu Asche geworden war. Diese Aura packte sie, als flösse noch Blut durch diese Adern; die funkelnde Warnung, das Vergessen, dann der Zorn. Es war stark genug gewesen, um sie zu fesseln, stark genug, bis die neue Kraft kam, die voller Leben war. Und dann waren alle verschwunden, und nur sie blieb zurück.

Maggie und Sam sprachen in stiller Einigkeit nie mehr darüber. Davon zu sprechen, von ihr, hätte bedeutet, einen Namen auszusprechen, und das war verboten. Zu Sams Heil und zum Heil ihres Kindes war es verboten.

In jenem Moment hatte sich der Zorn, in Düsternis und Kälte gehüllt, gegen Maggie gewandt, gegen das Leben, das sie in sich trug. Aber er war zu eisig, zu alt, um zu siegen. Maggie hatte die Aura gespürt, und sie war funkelnd und furchtbar, und der Raum war verschwunden gewesen, und sie hatte Sam durch diese uralten Augen gesehen. Maggie hatte ihre eigene Reise hinter sich und hatte ihre Ausfahrt gefunden, in Sams Armen.

In dem Zimmer zersprang eine Fensterscheibe, brach in der Mitte entzwei, mit einem scharfen Klirren.